读客三个圈经典文库

经典就读三个圈 导读解读样样全

苔丝

[英]托马斯·哈代 著

(1840—1928)

李百温 李燕 译

读客三个圈经典文库

经典就读三个圈 导读解读样样全

江苏凤凰文艺出版社
JIANGSU PHOENIX LITERATURE AND
ART PUBLISHING

图书在版编目（CIP）数据

苔丝 /（英）托马斯·哈代著；李百温，李燕译
. — 南京：江苏凤凰文艺出版社，2023.11
（读客三个圈经典文库）
ISBN 978-7-5594-6771-3

Ⅰ.①苔… Ⅱ.①托…②李…③李… Ⅲ.①长篇小
说 – 英国 – 近代 Ⅳ.①I561.44

中国版本图书馆 CIP 数据核字 (2022) 第 062384 号

苔丝

［英］托马斯·哈代 著　李百温　李燕 译

责任编辑	丁小卉
特约编辑	秦彬彧　黄 婧　李文结
封面设计	胡 艺
责任印制	刘 巍
出版发行	江苏凤凰文艺出版社
	南京市中央路 165 号，邮编：210009
网　址	http://www.jswenyi.com
印　刷	大厂回族自治县德诚印务有限公司
开　本	880 毫米 ×1230 毫米 1/32
印　张	15.5
字　数	390 千字
版　次	2023 年 11 月第 1 版
印　次	2023 年 11 月第 1 次印刷
标准书号	ISBN 978-7-5594-6771-3
定　价	55.00 元

江苏凤凰文艺版图书凡印刷、装订错误，可向出版社调换，联系电话：010-87681002。

Tess
of the
D'Urbervilles

Thomas Hardy

《春天的景色》　1862年　夏尔-弗朗索瓦·多比尼
现藏于旧国家美术馆

《阿夫赖城》 1867年 让·巴蒂斯特·卡米耶·科洛
现藏于美国国家画廊

《弗拉富德的水车小屋》　1816年　约翰·康斯特勃
现藏于伦敦泰特不列颠美术馆

《橡树林》　1839年　泰奥多尔·卢梭

现藏于法国巴黎卢浮宫

目录

第一部
贞洁处子

他导引着苔丝踏过草坪，绕过花圃，走过花窖，然后又穿过果园，来到温室，在温室里，他问苔丝喜不喜欢吃草莓。

01 牧师揭秘

五月末的一天傍晚，一个中年男人正从沙斯顿往家走，他家住马添村，紧靠着布雷克摩山谷，或者叫黑原谷。他走起路来摇摇晃晃，步伐不稳，身子左倾，走不太直。偶尔他还用力点一下头，似乎是在赞同什么，其实他心里啥也没想。他胳膊上挎着个鸡蛋篮子，空的；头上戴着顶绒面帽子，皱皱巴巴，帽檐上拇指常捏的地方磨旧了一大块。他走了不一会儿，迎面碰见一位年长的牧师，骑着匹灰色母马，边走边哼着小曲儿。

"晚安，先生。"挎篮子的说。

"晚安，约翰爵士。"牧师回答。

步行的男人又向前走了一两步，继而收住脚，转过身。

"喂，先生，打扰一下，记得上次赶集那天，咱俩差不多也是在这个时候、在这条路上遇见的，当时我说'晚安'，您回答说'晚安，约翰爵士'，和刚才说的一模一样。"

"我是这么说的。"牧师答道。

"在那之前还有一次，您也是这么招呼我的——差不多得一个月以前了吧。"

"也许吧。"

"那您为啥三番五次叫我'约翰爵士'？我只不过是一个再普通不过的小商贩，名叫杰克·德伯菲尔德。"

牧师把马向前提了一两步。

"那只是我一时高兴而已。"他说。而后稍作迟疑，紧接着又说："这一切都源自不久前我的一个发现。那时我正在考察梳理本地各族氏家谱，准备重修郡志。哦，对了，我是鹿脚巷的特林汉姆牧师，从事古文物研究。德伯菲尔德，你当真不知道你是德伯维尔这个古老骑士家族的嫡传子孙吗？德伯维尔家族的祖上是英明盖世的骑士培根·德伯维尔爵士，当年一路追随征服者威廉从诺曼底而来。我说的这些，在《战役修道院功名录》上都有记载。"

"这些我可从来都没听说过，先生！"

"这都是真事。把下巴抬起来，让我从侧面仔细看看你脸的轮廓。不错，这正是德伯维尔家族的那副鼻子和下巴——只是少了几分尊贵与威严。想当年辅佐诺曼底的埃斯特玛维拉勋爵征服格莱摩根郡的骑士共有十二位，你的祖上就是这十二大骑士之一。在英格兰这一带，到处都是你们家族支系的采邑庄园。斯蒂芬王朝时期，这些支系的名字在《国库收支卷档》上都有记载；约翰王朝时期，支系中有一位阔佬竟把一处采邑庄园无偿捐赠给了著名的医院骑士团；爱德华二世年间，你的祖先布里恩曾应召到威斯敏斯特荣耀出席大议会。奥利弗·克伦威尔时代，你们家族稍有衰落，不过不严重；查理斯二世年间，你们家族又因对王室忠心耿耿而擢封为皇家橡树爵士。唉，贵家族的约翰爵士已经世袭相传好几代了。倘若爵士头衔也像从男爵一样可以世袭的话，你现在也应该是约翰爵士了，其实过去一直是世袭的，爵士头衔都是由父亲传给儿子。"

"真的吗?！"

"总之，"牧师神色坚定，用马鞭啪地抽了一下腿，果断作出结论，"在英格兰，你们这样的家族简直找不出第二家。"

"真厉害，全英格兰都找不出第二家！"德伯菲尔德说，"可是你看看我，一年一年，东奔西跑，四处碰壁，漂泊不定，糟糕透顶。好像我同这个教区里最普通的人也没什么两样……特林汉姆牧师，我家这些事，大伙儿知道多久了？"

牧师说，据他所知，这些事人们早就忘得没影了，现在很难说还有什么人知道此事。他对德伯维尔家谱的调查研究也只是从去年春天才开始的，当时他正在研究德伯维尔家族的历世盛衰，恰巧看见了德伯菲尔德写在马车上的名字，这才引得他去寻根问底，并最终搞清了德伯菲尔德父亲和祖父家世的来龙去脉。

"我原本不打算和你说这些陈芝麻烂谷子的事情，害怕搅扰你平静的生活。"他说，"可是，有时候理智控制不住一时的冲动。我一直以为这些事你早有耳闻呢。"

"嗯，我倒是也听说过一两回，说我家在搬到黑原以前，也过过好日子。当时并没往心里去，还以为他们所说的好日子，只不过是以前家里养着两匹马，而眼下只养得起一匹马呢。你别说，家里倒是真有把纯银的旧调羹和一方刻着花纹的古印；可是，天哪，一把调羹、一方古印又算得了什么？……想想，我竟与高贵的德伯维尔家族血脉相连！确实有人说，我老爷爷身世扑朔迷离，他从未与人提起过他的前世今生……牧师先生，冒昧问一句，目前我们的族人在哪儿起灶生火呢？我是说，我们德伯维尔家族在哪儿呢？"

"哪儿也没有了。以郡县世族大家而论，你们已经灭绝了。"

"啊？真遗憾！"

"是啊——为挽回颜面，家谱上总是体面地说男嗣无传，其实就是说家族衰败了，没落了。"

"那，我们家的祖坟在哪儿呢？"

"大青山下的金斯贝尔，一排排墓室气势恢宏，里面安葬着你的列祖列宗，珀贝克大理石华盖，下面雕刻着贵家族历代祖先的肖像。"

"哦！再有，我们家的宅第、庄园呢？"

"没啦！"

"啊？连块地儿也没啦？！"

"没啦！如我所述，昔日贵家族支系庞多，人丁兴旺，广厦万间，沃野千里。仅在本郡，就曾有房产数处：金斯贝尔有一处，舍顿有一处，磨坊池子有一处，拉尔斯特德有一处，井桥还有一处。"

"那你说我们家还能起死回生吗？"

"哦，重振昔日雄风——这可不好说！"

"先生，眼下我该咋办才好呢？"德伯菲尔德沉默片刻，接着又问道。

"没法办喽，没法办喽！'一世枭雄，而今安在。'你只能用这句话来训诫自己，聊以慰藉了。唯有地方志研究者与宗谱学家对此事还有些许兴趣，除此以外，与世再无任何瓜葛。本郡村舍农户，以前同为声名显赫、大家旺族的还有好几家呢，晚安！"

"得了，特林汉姆牧师，既然到了这一步，不如回来跟我去喝杯啤酒。滴滴纯酒馆开了桶好酒，当然了，比起泝历福酒家的，味道自然还是差了些。"

"不喝了，谢谢你，德伯菲尔德。今晚不喝了。我看你也已经喝了不少啦！"说完，牧师骑马继续赶路，同时心里不觉犯起嘀咕，把这段传奇家史散布出去是不是缺乏考虑。

牧师一走，德伯菲尔德便开始浮想联翩，往前走了几步，索性放下篮子，在路边的草坡上坐了下来。不一会儿工夫，远方出现了一个年轻人，正朝刚才德伯菲尔德要去的方向走着。德伯菲尔德急忙冲他招招手，小伙子加紧脚步，向他走来。

"嘿，小子，把那个篮子捡起来，去给我跑个腿儿。"

小伙子身材细瘦，眉头紧锁。"约翰·德伯菲尔德，你以为你是谁，竟使唤起我来啦，还满口'小子小子的'，咱俩谁还不认识谁呀！"

　　"当真认得，当真认得？这可是个大秘密呀，惊天的大秘密呀！现在，照我的吩咐，马上去给我送个信儿……也罢，福莱德，还是给你说了吧，我本生在豪门大族——我也是今儿下午才知道的，刚过晌午那阵儿。"德伯菲尔德煞有介事地宣布着，与此同时将身子向后躺下去，仰卧在草坡的雏菊花丛中，四仰八叉，酣畅舒美，惬意十足。

　　小伙子就这样站在德伯菲尔德面前，从头到脚、上上下下把他仔细打量了一遍。

　　"约翰·德伯维尔爵士——这才是我。"躺着的人继续浮想联翩，"我是说，倘若爵士也是和从男爵一样的话——其实本就是一回事——此刻我早已载入史册啦。小伙子啊，知不知道，大青山下有个叫金斯贝尔的地方，嗯？"

　　"嗯，知道。我去那儿赶过大青山集。"

　　"那就是啦，就在那座城的教堂底下，埋着——"

　　"那可算不上是座城，我是说至少我去那会儿不是——充其量只不过是个不起眼的、弹丸那么大的地方。"

　　"你先甭管地方大小，小子，那不是目前咱要说的。现在我想告诉你的，是在那个教区下面，埋着我的列祖列宗，有好几百个呢！穿着连环锁子甲，满身的珠宝，躺在铅棺材里，那棺材，嘿，又大又重，得有好几吨呢！我敢说，在咱南威塞克斯郡，谁家的老祖宗也赶不上我家的高贵显赫。"

　　"是吗？"

　　"好啦，马上挎起篮子，到马渌村去一趟，路过滴滴纯酒馆时，告诉他们立即派辆马车过来，接我回家，别忘了提醒他们，在车里放上一小瓶朗姆酒，统统记在我账上。把这些事办妥了，拿着篮子到我家，告诉我太太，把手头洗着的衣服先放一边，用不着她洗了，叫她等着我回家，就说我有事要告诉她。"

小伙子听得将信将疑，却站在那里，纹丝不动。德伯菲尔德看罢，把手伸进口袋，亮出一个先令，他口袋里可是从来就没几个子儿的。

"小子，这个你先拿着，辛苦一趟吧。"

这一先令彻底改变了小伙子对当前形势的判断。

"好嘞，约翰爵士，谢谢您喽。还有啥事能为您效劳吗，我的约翰爵士？"

"告诉家里人，晚饭我想吃点儿，嗯——要是有羊杂碎，我就吃油煎羊杂碎；要是没有，就吃血肠；要是血肠也没有，小肠也凑合。"

"是，约翰爵士。"

小伙子抓起篮子正要上路，这时村子那边传来了铜管乐的声音。

"干什么呢，这是？"德伯菲尔德说，"不是为了欢迎我吧？"

"是妇女会社在游行，约翰爵士。您真是贵人多忘事，令爱就是社员之一呀。"

"说实在的——我满脑子考虑的都是大事，竟把这事给忘了。好了，你去马渌村吧，别忘了给我叫辆马车，兴许我还要乘车转一转，视察视察会社啥的。"

小伙子转身而去，德伯菲尔德躺在青草与雏菊中，沐浴着夕阳静静等候。许久，那条路上连个人影也没出现。四面青山环抱，人迹难觅。山谷里铜管乐曲调依然隐约缥缈，那是在这儿唯一能听到的人类之声。

02　无缘欢舞

马渌村坐落于布蕾克摩山谷，或者叫黑原谷东北绵亘起伏的丘陵地带。此谷群山环抱，幽深静谧，风景秀丽，与世隔绝。距伦敦虽然不过四小时路程，但其大部分地区，连旅行家与风景画家也尚未涉足。

登上环绕山谷的巅峰，山谷胜景一览无余，夏天干旱时节景色或许欠佳。若天气恶劣，又没有向导带路，一旦漫游闯入幽深腹地，就常会抱怨那里道路蜿蜒狭窄、泥泞不堪。

这是一片远离尘嚣的世外净土，沃野千里绵延，草木四时不枯，泉水常年涌流。南面是一道陡峭嶙峋的白垩质山岭，高大凸显的依次是汉伯顿山、巴尔巴洛山、内特库姆图特山、道格伯利山、海斯托依山、巴布荡山等。旅行家由南部海岸徒步北上，艰难跋涉二十多英里，翻越白垩岩丘陵与田野，突然来到这道山岭的一处悬崖边，眼前豁然开朗，一片乡村原野，青葱碧绿，像张地图，在山下铺展开来，景色与他刚过之处截然不同，不觉惊喜交加。他身后山势开阔，骄阳似火，树篱低矮，编结而成，田间篱路亮白刺眼，大气清澈透明，恍若荡然无存。大太阳明晃晃地照耀着一片片广阔田野，整个原野仿佛藩篱尽失，毗连成片，平添了一份恢宏气势。而崖下谷中却别有天地，这里设计精巧纤细，建造精美标致，田地小巧玲珑，藩篱围栏分隔。站在崖上俯视，树篱纵横，宛若用深绿色的线织结成网，铺展在浅绿的草地上。山下空气怠惰慵懒，又染了些许天青湛蓝，甚至连艺术家称为中景的部位也有了那色调，而远远的天际是深深的群青。谷中少有耕作之地，若有，也是纤小玲珑。目之所及草木茂盛，蓊蓊郁郁遍布于崇山大壑之间的这片小丘溪谷。这就是黑原谷。

这片地方自然风景优雅迷人，人文历史也别有风韵。从前此谷名为白鹿苑，这源自一个奇异传说。相传亨利三世在位期间，狩猎时追到一只优雅白鹿，不忍捕杀，将其放生。然而白鹿却死于一个托马斯的猎人之手，亨利国王大怒，罚以重金。在那些年里，这片原野古树参天、万木争荣。即便是现在，山坡上依然残存着古老橡树灌木林及错落无序的林木带，还有一些空心巨树为牧场庇荫遮阳。由此可依稀窥见此地昔日风貌。

层林叠翠一去不返，而绿树浓荫下的古风旧俗却依然留存，只不过早已改头换面，变身化形了。比如，刚才提到那天下午的五朔节便是古风犹存的见证，只不过是采取了会社狂欢或用当地"乡社游行"的形式举办罢了。

马泺村的年轻人热衷于这项活动，不过参与者却体悟不出其中真正意趣。活动之所以奇特，不仅在于它保留了年年此时要列队游行、载歌载舞的习俗，更是因为活动参与者全是妇女。这样的庆祝活动，即便在男人会社里也在逐渐消亡，但相比而言，还不像在妇女会社里那样罕见。女子天性柔弱羞涩，再加上男性亲属讥笑嘲讽，参与这些会社（如果还有其他会社的话）所带来的荣耀与满足感也几乎摧残殆尽。现在只有马泺村的妇女会社留存至今，而且还延续着庆祝赛瑞丝谷神节的传统。这个会社每年如期列队游行，已有数百年历史，它对古风兴趣盎然并将继续载歌载舞，这即便算不上是互济会社，也是一种姐妹虔心誓盟吧。

队列中的妇女都身穿白色长袍——这色调是旧日古风的遗留。那时，五月时节即是欢乐时光，古人不去深谋远虑，不像当今，一切尽在规划之中，情感单调，生活无趣。那天她们最初的展演便是两人一排，列队在教区游行。阳光普照，白衣光亮鲜明，而经青翠的树篱、藤萝遍布的房舍前脸一映衬，理想与现实便有了些许不协调。队列即便是统一白色服装，而白色却各不相同，有近乎纯白的，有白中泛蓝的，有灰白陈旧、皱皱巴巴的（大概因为老社员穿用多年，又折叠存放箱底而导致的，其古旧款式，可追溯至乔治时代），形色各异，不一而足。

除却鲜亮的白色衣袍，每位游行的妇女与姑娘左手持剥去外皮的嫩柳条一根，右手擎洁白如脂玉的鲜花一束。嫩柳条的剥制与白鲜花的选采，大家各自别出心裁，以期尽善尽美。

游行的妇女，有几个已到中年，甚至还有年迈老妪，她们饱经岁月雕蚀，历尽生活磨难，白发苍苍，满脸褶皱，竟也要走在这欢快活泼的行列，让人觉得怪异荒诞，同时也叫人同情心酸。在她们的生命之河中，眼看着就到了说"岁月毫无欢乐可言，日子已然凄苦不堪"的年纪了。实际上，饱经磨难、历尽沧桑的人与年纪轻轻、涉世不深的同伴比起来，或许有更跌宕起伏的故事值得收集叙说。可今天我们权且放下年长老妇不提，单单叙说一下生命在那胸衣下跳动得热烈奔腾的年轻姑娘。

其实，队伍里面还是年轻女子占大多数，阳光辉映下，姑娘们柔美的秀发，浓密且清新，有金黄亮丽的，有乌黑柔润的，有棕褐飘逸的；姑娘们有的目若秋波，有的鼻挺玲珑，有的素齿丹唇，有的亭亭玉立，然而集众美于一身的，不能说没有，有也是寥若晨星。众目睽睽之下，未经人事的姑娘硬得抛头露面，不免有些局促无措：该朱唇轻启还是闭不露齿，应颔首低眉还是翘首微抬，如何才能做到神态自若而不显得忸怩作态呢？姑娘们拿捏不准，尴尬两难。而这一切都表明她们是腼腆羞涩、纯贞朴素的乡下姑娘。

队伍中的每位姑娘都沐浴着和煦的阳光，身上晒得暖洋洋，同时，每个人的心中又有自己的一枚小太阳，照耀着灵魂，点燃着希望。一个梦想，一份情愫，一种爱好，至少有一线希望仍然活在心间，无论多么渺茫遥远；希望本是如此，即便有些终将烟消云散。因而，姑娘们春风满面，有些人更是雀跃欣欢。

她们绕过酒馆，离开大道准备穿过一道小栅栏门走近草地，这时，只听有妇人尖声叫道：

"我的天哪！哎，苔丝，那不是你父亲吗？他坐着大马车回来啦！"

一听这话，队伍里有位年轻的姑娘扭头看去。这姑娘长得姣好清秀，或许不比其他几个俊俏，但是她那灵动娇艳、宛若牡丹的柔唇，汪汪含情、天真无邪的双眸，为其容貌与姿态平添了几分楚楚可人之处。她头上扎着一根红丝带，在这素装而行的队伍里，能以这样的方式引人注目而感到自豪的，她是唯一。她回头，看到德伯菲尔德坐着滴滴纯酒馆的马车沿路而来，赶车的是个姑娘，满头鬈发，体格健壮，两只袖子挽到胳膊肘以上。她正是滴滴纯酒馆的快乐女伙计，在店里做杂役，有时喂马，有时赶车。德伯菲尔德坐在车里，向后仰躺，闭着眼，惬意十足，一只手在头顶来回摆动，嘴里还慢条斯理地用宣叙调念唱道：

"金斯贝尔古城下，墓室恢宏属我家，祖宗武士封侯爵，铅棺装起最显达。啊——啊——啊——"

妇女会社的社员都咯咯地笑起来，只有那个叫苔丝的姑娘没笑——知道父亲在众人面前出丑丢脸，不禁羞红了脸。

"他累了，没啥，"她匆忙圆场说，"我家的马今天休息，他只是搭个便车回来。"

"别装了，苔丝，"同伴讥笑道，"他那是去赶集，在集上喝高啦！哈哈哈哈！"

"嘿，你们要是再笑话他，我半步也不走了，你们自己去吧！"苔丝急了，面颊的羞色蔓延，从脸上一直红到脖子。旋即，眼圈湿润，低头不语。见苔丝真的难过了，大家便不再作声，重整队伍，继续前行。苔丝自尊心强，不好意思再扭头看她父亲今天到底演的是哪一出。于是，她又随着队伍前行了，一直朝藩篱里面跳舞的草地走去。一到地儿，苔丝就心平气和了，便拿柳枝轻轻抽打同伴，照旧嬉戏说笑。

苔丝这个年龄还是满腔纯情，丝毫没有沾染人情世故。尽管她上过村小学，可说话时还或多或少的带有某些乡音。这个地区方言浓重，其特殊音调体现在"UR"这个音节的发声上，其发音的凸显圆润程度与人类语言的其他语音别无二致。发这个当地的语音时，苔丝得把鲜红的双唇噘起，在口型还没完全到位，下唇刚把上唇中部顶起时发出此音，而后双唇随即闭合。

童年的神情体态现在依然潜藏在苔丝身上，即便她现在健美丰韵、女人味十足，可今天游行时，从粉白的脸颊上还能看到她十二岁的影子，从闪烁的双眸里还能辨析出她九岁的模样，甚至唇边嘴角也时而掠过她五岁时的憨态。

然而这一切很少有人熟知了，更没有人去关注了。只是有极少数，且都是素昧平生的人，偶尔走过，会仔细打量一番，一时惊讶于她的清新纯嫩，心想不知日后还能否有缘再次谋面，但对绝大多数人而言，她只是一个出落得标致俊俏的乡下大姑娘，除此以外，再无其他。

德伯菲尔德坐在女车夫赶的马车里，荣耀凯旋，招摇走过，之后便再无人看到，也无人谈起了。游行的队伍走进了选定的场所，大家开始翩翩起舞。队伍里没有男人，女社员便两两结伴而舞，其实一天劳作即将结束，大家就要收工之时，村里的男人，还有闲杂人员与路人就都聚拢到舞场四周，个个跃跃欲试，想找个舞伴跳上一曲。

旁观者中有三个年轻人，一看身份就不一般。他们肩上背着小背包，手里拿着粗手杖，容貌大致相似，年龄一个比一个小，看起来像亲兄弟，事实上，他们就是亲兄弟。老大一身助理牧师打扮，扎着白领结，穿着黑马夹，戴着窄边帽；老二一副普通大学生样子；最小的老三单凭外貌还不足以判断他是什么样的人，那眼神与衣着都透出一种无拘无束、自由散漫的神态，暗示目前他对正经职业还没摸着门路。我们大概可以判定他只是个对万事好奇、浅尝辄止的学生罢了。

三兄弟告诉路人，他们趁着圣神降临节休假，出来徒步旅游，他们想从东北小镇沙斯顿往西南方向走，纵穿黑原谷。

他们斜倚在大道旁的栅栏门上，询问着跳舞与穿白袍的缘由。老大和老二显然一刻也不想在此逗留，但老三看到一群姑娘在此跳舞而没有男伴，便一时兴趣大增，也就不急着赶路了。他解下包，连同手杖一起靠在树篱一侧，伸手推开了栅栏门。

"你要干吗去，安吉儿？"老大问。

"我要去和她们玩一会儿，咱都去吧，就跳一会儿，不会耽误多长时间。"

"不行，不行，简直胡闹！"大哥生气了，"在公开场所同一群乡下野丫头跳舞——这要让人家看见了，成何体统！快走啦，不然天黑前就赶不到斯图尔堡啦。这附近没地方住宿。再者说，今晚睡觉之前我们还得读一章《不可知论驳正》呢，我都不怕沉，一直带在身上。"

"好吧，五分钟之内我保准赶上你和卡斯伯特；不用等我，放心，菲利克斯，我说话算话。"

两个哥哥拿他实在没办法，只得带上安吉儿的背包，继续前行，这样好让弟弟更快赶上来，弟弟则一头扎进了舞场。

"这真是天大的遗憾！"舞蹈刚一暂停，他便向身边两三个女孩子献起殷勤，"姑娘们，我怎么没看到你们的舞伴呢？"

"他们还没收工呢，"一个大胆泼辣的女孩回答道，"他们很快就都来啦，这会儿，你就先充当个舞伴呗，先生？"

"太好啦，可是我一个人怎么和你们这么多人跳啊！"

"一个总比没有强啊，同性面对面，大眼瞪小眼，连搂搂抱抱、亲亲热热都不能，没劲！好啦，你选一个吧。"

"嘘——别这么开放。"一个较腼腆的姑娘说。

年轻人受到如此的邀请，便打眼细看，想作一番鉴赏；但这群女孩子都是新面孔，他的鉴赏力就派不上用场了。他选中的，差不多就是第一个走到他跟前的，连刚才和他说话的女孩都没来得及选，这大大出乎那个女孩的意料。苔丝·德伯菲尔德也没被选中，高贵的门第、祖宗的忠骨、卓著的功勋，族氏的容貌在人生的战场上半点儿忙也还没帮上，就连在这群最普通的乡下姑娘之中脱颖而出、吸引得一个男舞伴都没办到。诺曼的血统，没有维多利亚王朝财富做后盾，又算得了什么！

那个独压群芳的女孩子，不管她叫啥，之后都无人再次提及。但那天下午，她有幸头一份奢享了与男舞伴尽情欢舞的机会，大家除了羡慕就是嫉妒与恨。不过榜样的力量是无穷的，刚才没有外人闯入，村里的小伙子并不急于下场欢舞，一旦有人带头，便一下子涌进来，成对跳舞的女孩子旋即就被冲散，被选走……最后，连相貌平平的村妇也有男伴拥着起舞了。

教堂钟声响起，那个学生突然说他得走了——刚才舞得淋漓酣畅——他还得追赶两个哥哥呢。他从舞场中撤出，目光却落在苔丝·德伯菲尔德身上，不觉眼前一亮，那一双眸子就像会说话，由于刚才没被选中，汪汪秋水中透出丝丝责怨。他悔恨不已，刚才她羞怯迟疑，自己没能及早发觉这份天生丽质。男学生就这样带着遗憾懊恼离开了草场。

耽搁了太久，他沿着往西的篱路，一路飞奔。很快跑过山坳，上了前面的山坡。他仍然没有追上两个哥哥，于是收住脚，喘口气，同时还不忘回头再看一眼坡下激情四射的舞场。那些白衣女子依然旋转着翩翩而舞，如同刚才和他共舞一样，只不过她们好像已经把他完全抛之脑后了。

姑娘们都把他忘了，或许只有一位是个例外，那个白色身影走出舞场，独自站在树篱下。从身姿来看，正是那位他没能邀请共舞的丽质女孩。这不过小事一桩，他却本能地感知到，她一定会因为他的忽略而伤心难过。他多么希望自己邀请过她，也已问得她的芳名。她是如此贤淑优雅，温情脉脉；身着白纱，她是那般软玉温香。他悔恨交加，觉得自己刚才的所作所为，真是愚蠢至极！

可事已至此，悔之已晚。他只得转身弯腰，俯身疾行，心里不再去想此事。

03　贫困之家

苔丝·德伯菲尔德却久久不能把此事从脑海里赶走。许久，她都无心再去跳舞，即使她不缺舞伴，但是，这些舞伴说起话来哪像那位陌生青年那样悦耳动听。直到那陌生青年的身影一点儿一点儿没入斜阳的余晖中，她才摆脱一时惆怅，同意了刚才邀约共舞的请求。

她与同伴一直舞到天色渐黑，也舞出了几分热情与兴致。她情窦未开，纯真质朴，只知道快乐单纯地踩着节奏欢舞，有时看到被人追求、为情征服的那些姑娘所经历的"柔情的折磨，苦涩的甜蜜，幸福的伤痛，欢情的悲伤"，她心里几乎没有泛起过哪怕是细微的涟漪，去窥猜要是她自己身处此境，又当如何。看到小伙子为求得拥她欢舞而争吵斗闹，她只是觉得好玩儿，除此以外，再无其他；有时他们争吵太凶，她还对其责骂一番。

原本她还可以再多玩一会儿，但想到今天下午父亲稀奇古怪的模样，不由得焦躁不安起来。不知道父亲现在怎样了，于是她抛开舞伴，转身朝村头自家小屋走去。

离家还有几十米，小屋里便传来节奏鲜明的曲调，与刚才舞场的不同，这声音她再熟悉不过了。那是屋里的摇篮在石板地面上猛烈地来回摆动，发出了一连串有规律的嘭噔之声；伴着摇篮的摆动，一个女人正用欢快舞曲的节奏低声吟唱着自己钟爱的《花斑奶牛》小调：

我看见她——正卧在——那片葱绿的——小树林；

亲爱的人哪——你快些来！——我要告诉你——她在

哪里！——

摇篮声与哼唱声时而会齐步而止，片刻，传来一阵尖叫，声音拔到最高：

上帝保佑你钻石一般的大眼睛哟！保佑你鲜嫩的粉脸蛋儿

啊！保佑你那樱桃小嘴儿哟！还有那小爱神样儿的小胖腿儿啊！

上帝保佑我的小宝贝儿哟，身上每一块小鲜肉啊！

高亢尖亮的祈福过后，摇篮声与吟唱声恢复如初，《花斑奶牛》小调再度唱起。苔丝推门而入，展现在眼前的，是另一番情境。

即便有这曲调，屋里的境况还是让苔丝心里生出一份莫可名状的悲凄。刚才还是一派野外节日狂欢——洁白的长袍，芬芳的花束，鲜嫩的柳枝，碧草之上轻快的舞步，萍水相逢闪过的一丝柔情，而现在却是孤灯独烛，昏黄黯然，只留一屋凄凉惨淡，竟是天壤之别。除却这强烈对照而产生的一份怅惘，她心里也生出几分自责，责怪自己不懂事，在外贪玩享乐，没及早回来，帮母亲照料家务。

母亲站在一群孩子中间，这和苔丝出门时一样，正弯腰浣洗一盆衣服，那盆衣服周一就该洗完，却一直浸泡到周末，这已经是常态了。昨天，就是从这个盆里，母亲才刚刚把苔丝身上的这件白裙亲手洗净、拧干、熨平；而自己却熟视无睹，跳舞时不管不顾毫不珍惜，在湿漉漉的青草间，染绿了裙子的下摆。想到这里，苔丝内心不觉针扎一般悔恨。

德伯菲尔德太太跟往常一样，一只脚放在洗衣盆一侧来平衡身子，腾出另一只脚，忙活着刚才说的事——蹬着摇篮摇摆，哄着里面最小的娃儿。摇篮底部的弧形摇杆在石板铺的地面上苦苦支撑了多年，承受了太多孩子的重负，历经了太多岁月的碾磨，现在几乎磨平了，这样一来，摇篮每次摆动，其实就是猛烈一抖，摇篮里的孩子就像织布机上的梭子，从一边抛到另一边。德伯菲尔德太太已经在肥皂沫里泡了一整天，在自己歌声的激励下，用尽浑身余力，使劲蹬着摇篮。

摇篮嘭——噔、嘭——噔的声音响彻小屋，烛焰拉长上蹿，上下跳跃不止；洗衣水顺着妇人的胳膊肘滴滴答答往下流，《花斑奶牛》小调也已唱到尾声，德伯菲尔德太太凝视女儿良久。即使现在日夜操劳，拉扯养活着一大群孩子，琼·德伯菲尔德对音乐依然痴情不改。只要有小曲小调从外面的世界飘入黑原谷，不出一个礼拜，苔丝的母亲准能通晓曲调，哼唱自如。

妇人眉宇间仍然依稀残存着年轻时的鲜靓，由此大致可断定苔丝的美貌遗传自母亲，与骑士血统、族氏渊源毫无干系。

"妈，我来照看小家伙吧，"女儿柔声说道，"要不，我换下长裙，帮你拧衣服。我还以为你早就洗完了呢！"

母亲并没有嗔怨苔丝把家务活儿一股脑儿都推给她一人，而自己在外玩耍这么久。事实上，琼极少因此责怪女儿。没有苔丝帮忙，她要是想在繁杂家务中喘口气，歇一歇，便自然而然地将活儿往后推一推。然而，今晚她似乎比往常还愉悦。母亲脸上透出几分期幻、些许沉思，还有一丝兴奋，这让女儿着实摸不着头脑。

"哦，你回来得正好，"母亲刚唱完最后一个音符，继而开口说道，"我正想着要出去找你父亲，不只这个，还有个好事要跟你说，我的小乖乖，听了管保你欢喜得不得了！"（德伯菲尔德太太说惯了当地方言，而她女儿在英国国立学校读过书，受教于一位伦敦毕业的女教师，并通过了六级考核，所以会讲两种语言：在家或多或少说方言，在外或对有教养的人说普通话。）

"是我不在家时发生的吗？"苔丝问。

"是的！"

"今天下午我父亲坐在大马车里耀武扬威，招摇过街，和这事有关系吧？这是怎么回事儿啊？当时我可是羞得恨不能找个地缝儿钻进去！"

"这算什么，好事在后面呢！有人考证说，咱家原本是郡里的世族大户，一直往上，能数到奥利弗·格拉布时代，再往上还能到土耳其异教徒时期呢，立了碑，修了陵，祖宗都顶盔穿甲，佩着盾徽，这个那个的，说也说不完。到了圣·查理国王那会儿，咱家还封了侯，晋了爵，好像叫什么皇家御橡爵士，其实咱家原本姓德伯维尔！……我的小乖乖，听到这里，难道你心窝子里不扑通扑通地跳个不停吗？照这么看，你父亲肯定是为了这个才坐着大马车回来的，别人家说他馋酒贪杯，才不是呢！"

"听了这些，我自然高兴，可是，妈，这对咱有啥好处呢？"

"哎哟，当然有啦！照理说，大好事马上就要来啦。这消息一传出去，像咱们一样有身份的人家，准要成群结伙儿地坐着大马车，来咱家拜望拜望。这事是你父亲从沙斯顿回来的路上听说的，他已经把咱的家世谱系，整个事情的来龙去脉，一五一十全说给我听了。"

"父亲呢？"苔丝突然问道。

母亲的回答风马牛不相及："他今儿去沙斯顿看医生了，他的病好像根本不是肺痨，医生说，是心上长了层肥油。你看，就是这个样儿。"琼·德伯菲尔德一边说，一边弯曲着那泡得湿胀的拇指和食指，比画出一个字母C的形状，又用另一只手的食指指着说："'就目前情况看，'医生对你父亲说，'你的心脏上包裹着一层脂肪。你看，这儿，这儿，还有这儿，哦，就这儿还没有，'医生又说，'要是这儿也长满了，'"说着，德伯菲尔德太太把那两根手指合拢成一个圆圈，"'你就烛灭影消啦，'他说，'或许你还能再活上十年，或许只能活十个月，或许只有十天。'"

苔丝惊慌失措。尽管家里一下子尊贵了，可父亲可能很快就要到天上云雾缭绕的永恒世界去了。

"那，他到底去哪儿啦？"苔丝又问。

母亲面露愠色，表示反对。"先别发脾气！哎，可怜的人哪，听了牧师的话，便觉得有了身价，一时乱了方寸，这不，半个钟头前就去添历福酒家啦。他是想提提神，歇歇脚，好明天一大早装上蜂箱赶路，身世不身世的，蜂箱总还是得送到的。路远，道又不好走，一过半夜就得动身。"

"提提神！"苔丝又气又急，满眼含泪，"哎哟，天啊！到酒馆儿去提提神！妈，亏他想得出，你竟也同意！"

苔丝的责问与愤怒充斥着整个屋子，家具、烛火、四下玩耍的孩子，还有母亲的脸，都染上了惊恐惧慑的颜色。

"我哪儿同意了，"母亲怒容再起，"我可没让他去喝酒！这不是正等你回来看家，我好出去找找他嘛。"

"我去吧。"

"不行，你别去，去了也没用。"

苔丝不再争辩。她清楚母亲不让她去的意思。德伯菲尔德太太的衣服和帽子早已悄无声息地在身旁的椅子上挂着了，这趟外出她早有预谋，且已全部准备停当。主妇此番出门的真正原因，已绝非谴责丈夫贪杯误事那么简单了。

"把这本《算命大全》拿到屋外去。"琼一边急匆匆擦手，套外衣，一边对女儿说。

《算命大全》陈旧古老，就摆在她肘边桌上。经常装在口袋里，纸张的边儿都磨没了，一直磨到有字的地方。苔丝拿书，母亲出门。

德伯菲尔德太太一年到头日夜操劳，忙着一摊子杂务，艰辛抚养着一群儿女，而跑到酒馆找那没出息的丈夫，却成了她心间仍未泯灭的一丝生活乐事。在泺历福酒家找到他，在他身边坐上一两个钟头，暂时撇开家里那摊子操心劳神服苦役的烂事，这是何等快乐惬意！光环亮丽，夕阳绚烂，生活多么美好！一切烦恼与世事都化为精神魂魄，玄虚缥缈，不可触摸，只为静心深思，再不是摧残灵魂、耗竭肉体、冰冷迫人的现实。那群孩子，只要不在跟前，是那么聪明伶俐，那么活泼可人；生活琐事也充满了幽默与欢乐。当年的感觉油然而生，坐在以身相许的丈夫身边，仿佛坐回了他向她求婚的地方，闭上双眼，对他身上的缺点看也不看，满眼满心，他都中意完美。

苔丝留下来，与弟弟妹妹做伴儿，她先把那本算命的书拿到外屋茅草棚，塞进棚子顶上的草里。母亲对这本满是灰尘污垢的书，有一种奇怪的物神崇拜式的畏惧，从不敢让它在屋里过夜，每次用完，都要把它放回外屋草棚子里。母亲迷信，笃信民间传说，说着方言，唱着口口相传的民谣，尽管这一切正在迅速消亡；女儿却是按照不断修订的新教育法典，接受了国民教育，学习了标准知识。看起来，母女的思想之间存在着两百年的差距，她俩在一起，好似是詹姆斯一世时期与维多利亚女王时代并存共处。

苔丝顺着花园小径往回走，心里暗自琢磨，在今天这个特别的日子，母亲到底想从那本算命的书中查什么。她猜测这肯定与眼下关于祖先的新发现有关系，但她万万没想到的是，此事最终只关系到她一人。抛开这些猜想，她又忙着往白天晾干的亚麻布衣服上喷水除皱。此时与苔丝待在家里的，还有她九岁的弟弟，叫亚伯拉罕，以及十二岁半的妹妹伊莉莎·露伊莎，又叫莉莎·露，那些更小的弟弟妹妹，都已打发上床睡觉了。苔丝与她挨近的妹妹相差四岁多，其间还有两个孩子都死于襁褓。如此，苔丝单独和弟弟妹妹待在一起时，俨然一副母亲样态。亚伯拉罕下面有两个女孩儿，一个叫盼盼，一个叫谦谦；再下面还有个三岁的男孩儿，最后是一个刚满周岁的男婴。

这群小家伙都是德伯菲尔德号轮船上的乘客，他们的欢乐，他们的需求，他们的健康，甚至是他们的生存，都完全取决于德伯菲尔德两口子。假如船长德伯菲尔德夫妇选择了把船开进困苦、灾难、饥饿、疾病、屈辱、死亡，这半打关在船舱里的小俘虏便别无选择，只得共命同行。六个无奈无助的小生命，没人问过他们是否愿意降世为人，无论生活是苦是甜；更没人问过，若生在德伯菲尔德这样艰辛凄苦、困顿不堪之家，他们是否仍愿意降临人间。有位诗人，诗歌写得清新洒脱，最近其思想也变得深刻信服，可有人倒想请教，他所说的"自然神圣计划"是否有坚实根据与信服权威。

夜色更深了，父母都未回家。苔丝向门外望去，心也随之飞出，游走于村户田舍之间，整个小村子正慢慢闭上眼，家家灯烛次第熄灭，她分明看到了那熄烛器，还有那伸出的手。

母亲去找父亲，其实就是又多了一个需要找回来的人。一个人，身体不太好，又要在凌晨一点前出远门送货，天都这么晚了，还泡在酒馆，炫耀吹侃他那悠久高贵的血统，在苔丝看来，这太不靠谱了。

"亚伯拉罕，"苔丝对弟弟说，"戴上帽子，你不害怕的对吧？到渎历福酒家看看父亲母亲到底怎么回事，怎么还不回来。"

男孩从座位上一跃而起，打开门，旋即消失在夜色中。又过了半点钟，男的、女的、老的、少的，一个也没有回来。亚伯拉罕也和父母一样，似乎让那诱人的陷阱酒馆给黏住了，捕获了。

"看来我得亲自出马了。"苔丝自言自语。

莉莎·露已上床睡觉，苔丝便将弟弟妹妹反锁在屋里，起身走进那条漆黑的篱路胡同，朝前走去。在这条路上走，急不得；当初修路时还没有寸土寸金这一说，钟表用一根时针来指示时间，便绰绰有余。

04　王子之死

马渎村地形狭长如带，人家稀疏零落，村子这头有家小酒馆，名叫渎历福酒家。唯一可于人前夸耀的，是它拥有卖酒的执照，但只准外卖，不许任何人馆内饮用。由此，唯一可公开合法招待顾客前来喝酒之处，是一块木板，宽六英寸，长两码，用铁丝固定在庭院的篱笆上，权当是喝酒的台面。馋瘾上来的来往过客就把酒杯放在搁板上，站在路边，喝酒歇脚。待到喝完，便顺手把酒渣倒在满是尘土的地面上，泼洒出波利尼西亚群岛的图案，其实他们何曾不想到里面落落脚，坐下歇歇。

过客尚且这样想，更何况当地常客，他们也想着到里面坐下来，好好喝一杯。有想法就有办法，于是，想法就变成了现实。

楼上有间大卧室，窗户上挂着老板娘泺历福太太淘汰不久的一条大号羊毛披肩，把整个窗户遮得严严实实。屋里聚集了十一二个人，都是出来寻开心的；他们都是马泺村这头的老住户，经常来这隐蔽场所喝酒作乐。住户稀落的马泺村那头，也开着一家叫滴滴纯的酒馆，那家酒馆有全副营业执照，但距离远，村这头的住户从不光顾那里；除此以外，实际上还有一个更重要的原因，那就是酒的品质，大家宁可挤在泺历福酒家楼上的角落里喝上口好酒，也不要坐享滴滴纯酒馆宽敞阔绰的大房间，灌一肚子劣酒，这一点，邻里四舍笃信无疑。

屋里放着一张老式四柱床，陈旧破败，三面坐满了人；还有两个男人高高在上，盘坐在五斗柜上；另有一个占据了雕花橡木小柜；盥洗台上还有两个，搁脚凳上也有一个；总之，各人都找到了自己惬意的位置。此时此刻，他们的灵魂早已超脱形骸，整个小屋神采飞扬，激情四射，热情洋溢。房间与家具变得富丽堂皇、庄严高贵起来；窗上悬挂的大披肩已是花团锦簇的壁毯；五斗柜的铜把手已然是金光闪闪的门环；雕花床柱也酷似所罗门圣殿的廊柱，那么雄伟，那么华丽。

离开苔丝，德伯菲尔德太太径直赶到这里，推开前门，穿过楼下漆黑阴森的房间，拨开楼道门，手指灵敏，动作娴熟，对门闩机关了如指掌。然后顺着曲曲折折的楼梯，她拾阶缓行，登上楼顶，脸庞便一下子展露在楼上的亮光里，卧室里，眼光齐刷刷转过来，盯着她不放。

"——这是几个不错的朋友，今天会社游行完，我请客，一起坐一坐，聊一聊，乐呵乐呵。"一听见脚步声，老板娘张嘴便喊，同时瞟向楼梯，熟练地像个孩子在背诵教义问答一般滑膛流利。"哎哟，是你啊，德伯菲尔德太太，你要把人吓死不成，我还当是政府派来的督查员呢。"

参加秘密聚会的其他人等或交换眼神，或点头致意，对德伯菲尔德太太表示欢迎，随后她便转身走向丈夫。他坐在那儿，旁若无人，正轻吟低唱："天下富贵知多少，我本名门刚知晓。金斯贝尔青山下，墓室恢宏属我家。威塞克斯谁最强？德伯家族最风光！"

"我脑子里突然生出一个上好的主意！特地来给你说说——"德伯菲尔德太太一脸兴奋，压低了声音说，"这儿呢，约翰，你没看见人家也来了吗？"说着便拿胳膊肘捣了一下丈夫，而丈夫却视她为一扇玻璃窗，通澈透明，嘴里自顾自哼唱着他的宣叙小调。

"嘘！小声点儿唱！"老板娘提醒道，"万一政府的人碰巧路过，就把咱卖酒的执照没收了。"

"家里发生的事，他都告诉你们了吧？"德伯菲尔德太太问大家伙儿。

"不错，是说过一点儿。哎，你家会不会时来运转，跟着发达起来？"

"哎哟，这话可不能说，"琼·德伯菲尔德英明睿智地拒绝，"不过，即便没有大马车坐，能跟坐大马车的攀上亲戚也不错呢。"随即腔调一转，压低嗓门儿，低声对丈夫说，"自从你给我说了那事，我就一直琢磨，川特里奇那边，就是猎苑边上，住着一个老太太，高贵有钱，恰恰也姓德伯维尔。"

"啥，你说啥？"约翰爵士急忙问。

她把刚才的话又重复了一遍。"那位夫人一定是咱的本家，"她说，"我盘算着让苔丝去认认这门亲戚。"

"你这么一说，我倒是想起来了，是有这么一位夫人和咱同姓，"德伯菲尔德说，"特林汉姆牧师倒是没提这档子事，不过她跟咱们没法比，不用说，她只是咱家族的一个小支系，从诺曼王时代传留下来的。"

你一言我一语，两口子心无旁骛，沉浸其中，谁也没留意小亚伯拉罕早已溜进房间，正等待时机插话，叫他们回家呢。

"她有钱，也肯定会注意到咱家姑娘，"德伯菲尔德太太接着说，"这是多好的事啊，我就不明白，两支本是一家，为什么就不能去走动走动。"

"对，咱都认本家去！"亚伯拉罕站在床沿下面，听得劲头十足、激动不已，"等苔丝去了，住在那儿，咱就都去看她；咱还会坐大马车，还能穿黑衣裳呢！"

"这孩子，怎么跑这儿来啦？净在这儿胡说！一边儿去！到楼梯上玩，等父亲妈把事说完！哎，我说，苔丝真得去看看这个本家。她肯定会很讨那位夫人欢心，肯定会；而且这很有可能会缔结一桩姻缘，一位高贵的绅士娶了苔丝。总之，这事我心里有数了。"

"你是咋知道的？"

"我查了《算命大全》，看了她的运势，书里头说得清清楚楚！你该看看，她今天有多漂亮，那皮肤娇嫩娇嫩的，和公爵夫人的一模一样。"

"那丫头怎么说，她愿不愿意去？"

"我还没问她。她还不知道咱有这么一家贵妇亲戚。不过，要是去那儿能缔结一份好姻缘，她是不会不去的。"

"苔丝一向脾气古怪。"

谈话貌似私密进行，可室内之人足以知晓谈话的中心内容，他们能猜得出，德伯菲尔德家正商谈大事，非寻常人家能比，而且还能猜出，漂亮的大女儿苔丝，前程一片大好，已然胜券在握。

"今天看到苔丝和别的女娃儿在教区游行跳舞，我心里也暗自告诉自己，这娃儿真是个可人的俊俏姑娘，"一个老酒鬼闷声低语，"不过，琼·德伯菲尔德，你可要当心，不要让地上的大麦发了芽儿。"这是一句方言俗语，具有特殊含义，这个话茬，屋里没人去接。

谈话无拘无束，散漫自由。不一会儿，楼下又传来脚步声，穿庭过室。

"——这是几个不错的朋友，今天会社游行完，我请客，一起坐一坐，聊一聊，乐呵乐呵。"老板娘又迅速抛出嘴边那套用来应付外来者的现成话，可定睛一看，来人却是苔丝。

屋里酒气熏天，脸上满是褶皱的中年男人混迹其间，倒也无可厚非，而清纯姑娘家那稚嫩的小脸蛋儿，要是出现在这种地方，就有伤大雅了。苔丝母亲不傻不呆，这事当然能看出来。还没等苔丝那乌黑的双眸露出一丝责怨，两口子便慌忙起身，喝干酒，跟着下楼去了。随着下楼的脚步声，传来了泺历福太太央乞的叮嘱。

"千万不要闹出动静来，否则，我就得丢了执照，万一要是再把我传唤了去，指不定还有啥麻烦，晚安啦！"

苔丝挽着父亲一只胳膊，母亲挽着另一只，就这样一同往家赶。其实，他没喝多少酒，还不及那些嗜酒之徒四分之一的量，那些人喝了酒，周天下午照样去教堂，屈膝下跪，朝东礼拜时连个跟跄也不带打的。但约翰爵士身子虚，喝小酒这丁点儿罪恶，却无限放大，负重如山。出得酒馆，凉风一吹，他竟跟跟跄跄，东倒西歪起来，只弄得互相搀挽的三个人，好像一会儿倒向东北，朝伦敦走，一会儿歪向西北，朝巴斯走，看上去滑稽好笑。一家人走夜路回家，也是常有之事，正像世间多数可笑之事，他们的糗事也有几分让人啼笑皆非。母女俩使出浑身力气，奋勇支撑，尽力掩饰减缓由德伯菲尔德引起的跟跄跌撞。就这样，一家四口一步一步往前移，终于走近了家门口；可就在这时，那位家长，突然放声高歌，重新唱起他那宣叙小调，仿佛是置身眼前鄙陋狭小的栖身之所，特为自己壮胆助威一般。

"金斯贝尔青山下呀，墓室恢宏属我家啊——"

"嘘——别再傻啦，杰克，"妻子制止他，"先前名门世族又不止你一家，你看看安克特尔家、霍绥家，还有特林汉姆家，不都和你家一样衰败了吗？尽管你家确实比他们几户都家大业大，支系庞杂。谢天谢地，我没有生在大家大户，也不用觉得家道败落，蒙羞丢脸了。"

"不要把话说绝了，看你父亲那辈儿，我敢保证，我们谁也没有你辱没祖宗辱没得厉害，你的祖上绝对英明神武，还曾出过国王和王后咧！"

还是苔丝把话题扯了回来，在她心里，更重要的不是争论祖宗，而是另有他事——

"恐怕明天父亲起得不那么早，没法去送蜂箱！"

"什么？不会，过一两个钟头我就好啦。"德伯菲尔德说。

折腾了大半夜，等到全家人上床休息时，已是夜里十一点钟。第二天凌晨两点，必须得上路送蜂箱，否则，周六早晨开市前，蜂箱就不能送到卡斯特桥的零售商手里。道路难走，路程遥远，足足得有二三十英里，而且老马拉破车，想快也快不起来。凌晨一点半，德伯菲尔德太太走进大卧室，苔丝和弟弟妹妹都睡在里面。

"你那可怜的父亲去不了啦。"她对大女儿说。而苔丝的大眼睛早在母亲伸手开门时便已睁开。

苔丝从床上坐起身子，一半还在梦乡，迷迷糊糊地听着母亲说话。

"可总得有人去啊，"她继续说，"现在卖蜂箱就已经晚了，今年蜜蜂分群眼瞅着就要过去，要是再耽误到下个礼拜的集市，就没人要啦，蜂箱只好压在咱手上。"

显然，德伯菲尔德太太应付不了这突发的紧急状况。"找个小伙子，或许有愿意去的，昨天和你跳舞的，找一个，嗯？"她立马提议。

"不行，不行，再怎么着，也不能这样做事啊！"苔丝自尊心强，急忙大声反对，"要是让人家知道了，这不是不知廉耻吗！我看，要是亚伯拉罕能和我做个伴儿，还是我去算了。"

母亲同意了。小亚伯拉罕在这卧室的角落里睡得正香，却被从被窝里提溜出来，在睡梦中被迫穿好衣服。与此同时，苔丝匆忙起身穿衣；姐弟俩点起提灯，来到马厩。小马车已装好，摇摇晃晃，看起来要散架，苔丝把王子，也就是家里的那匹老马牵出来，王子走路晃晃荡荡，跟那辆破车比起来，也好不到哪里。

那头可怜的牲畜，茫然四顾，望望夜空，瞧瞧提灯，看看这俩小人儿，仿佛无论如何也不会相信，这深更半夜的，一切生灵都在栖身休憩，而它却要走出马厩，拉车干活儿。姐弟俩把好几个蜡烛头放在提灯里，把提灯挂在马车右边，牵着马往前走。起初，上坡路段，他俩随着马车，在马旁边走，免得那体弱力衰的老马负担过重。他俩用灯照亮周围，营造天亮的感觉；吃着黄油面包，东拉西扯，尽力使自己打起精神。其实，那会儿离天亮还早着哩。亚伯拉罕已经清醒过来（刚才他一直迷迷糊糊，好像还在睡梦中一般），开始讲起各种黑暗物件投射到天空，形成奇形怪状的影子来，说这棵树像发怒的猛虎，倏地从洞中跃出，又说那棵树酷似巨怪硕大的头颅。

他们走过小镇斯图尔堡，来到了地势更高之处，厚厚的褐色茅草，覆盖着座座温暖的小屋，整个镇子寂静无声，睡意蒙眬。左手边，地势更高，名叫巴尔巴洛山或比尔巴洛山，差不多就是南威塞克斯的制高点，耸立云天，土壕环绕。从这儿往前，就到了漫长道路较为平坦的一段，他俩便上了车，坐在马车前面，亚伯拉罕陷入沉思。

"苔丝！"他稍作沉默，继而发声，准备开场说话。

"怎么啦，亚伯拉罕？"

"咱一下子高贵体面了，你不觉得高兴吗？"

"不怎么高兴。"

"可你要是嫁给一位绅士，一定会高兴吧？"

"你说啥？"苔丝抬起头，问道。

"咱那个有钱的亲戚，会帮忙，把你嫁给绅士。"

"我？咱有钱的亲戚？咱可没有什么有钱的亲戚。你脑子里胡思乱想些什么？"

"我可没胡思乱想，这是昨晚我去泝历福找父亲时，听见他们在楼上说的。在川特里奇那儿，有个阔太太，和咱是本家，妈说你要是去认了这门亲戚，阔太太就帮着你嫁个好人家哩！"

姐姐一下子僵坐在那里，一动不动，一声不吭，陷入沉思。亚伯拉罕继续往下说，只图嘴上痛快，哪管听者感受，丝毫没注意到姐姐在那儿出神发呆。他向后躺在蜂箱上，仰望星空，苍穹漆黑，星光清冷，闪闪律动，宁静安详，与地上人间两个草根无依的渺小生命遥相对应。他问姐姐，那些一闪一闪的小眼睛究竟离他们有多远，上帝是不是就在那些星星的背面。孩子就是孩子，说着说着，便开始颠三倒四、不知所云，问起了比创造宇宙更为神奇诱人的话题——假如苔丝嫁给了绅士，富贵了，那她会不会有足够多的钱，买得起一架大大的望远镜，能够把那遥远的星星拉近，近得跟内特库姆山一样，就在眼前？

重新提起的这个话题，充斥着全家人的脑海，苔丝却对此很不耐烦。

"别再提这事啦！"苔丝大声说。

"苔丝，你不是说每一颗星星都是一个世界吗？"

"是啊。"

"都和咱们的世界一样吗？"

"不知道，不过，我觉得是。有时候，它们看起来就像咱家苹果树上的果子，大多数丰润水灵，无可挑剔，只有少数几个长得虫眼疤瘌的。"

"那咱住的这个，是丰润水灵的，还是虫眼疤瘌的？"

"是个生了虫子，结了伤疤的。"

"真是倒霉，有那么多好地方，我们却偏偏选了这个！"

"是啊。"

"当真是这样吗，苔丝？"亚伯拉罕又把这稀奇古怪的说法想了一遍，满是感动，转身又问姐姐，"要是咱选了那个好的，会是啥样子呢？"

"嗯，要是那样，父亲就不会像现在这样成天咳嗽，乏力迟缓，也不会喝得醉醺醺，不能送蜂箱；母亲也不用一年到头，没完没了地打水洗衣。"

"你也会是大家闺秀，天生富贵，也就用不着嫁给绅士才富有阔绰，是吗？"

"哎呀，亚伯，你又说这事！"

亚伯拉罕独自出神，片刻，便打盹儿瞌睡起来。苔丝根本不会驾马赶车，但她觉得自己暂时可以应付得了，要是亚伯拉罕想睡觉，就让他睡好啦。于是她在蜂箱前给他弄了个小窝，这样他就不会掉下去；她自己手握缰绳，继续赶车，一路颠簸前行。

王子体弱力衰，精力有限，根本无暇去做任何多余动作，更无须照管。没有亚伯拉罕打扰，苔丝靠在蜂箱上，思考更加深沉。一行行树木，一排排篱桩，无声无息，从肩头掠过，迅速变形后撤，成了超越现实的离奇幻境。偶尔风起，呜咽有声，好似悲伤的魂灵，凄苦无限，叹息心伤。天荒地老，宇宙无极。

接着，生命中的纷纷扰扰一时历历在目，她似乎看到父亲那份骄傲中显现的虚荣；母亲幻想中那彬彬有礼的绅士正向自己求婚；看到求婚者满脸怪相，嘲讽她贫穷困苦，讥笑她骑士祖先已成枯骨。一切都变得荒诞离奇，莫可名状，时光模糊，淡化消融……突然，马车猛地一震，苔丝从睡梦中惊醒，刚才她竟也睡着了。

苔丝睡着后，他们不知不觉继续向前走了很长一段，现在车已停下。一阵沉闷凄惨的呻吟从前面传来，之前闻所未闻，紧跟着有人大声喝道："吁！——哎！怎么回事？！"

挂在车上的提灯不知何时已经熄灭，但眼前现出了另一盏提灯，闪闪耀眼，比她的要亮得多。出大事了！马具、缰绳与别的东西搅缠在一起，挡在路上。

苔丝惊恐万分，慌忙跳下车，看到了恐怖的一幕。呻吟声是父亲那匹可怜的老马发出的。一辆早班邮车，车轮飞转，悄无声息，如离弦之箭，沿路飞奔，一下撞到苔丝那行走缓慢，又无灯光照明的车上。邮车的车辕尖如利剑，深深刺入可怜王子的胸膛，热血喷涌，溅洒在地面，咝咝有声。

　　绝望之下，苔丝纵身向前，用手捂压伤口，结果满头满脸，浑身上下，被殷红的鲜血喷溅了一身，却依然于事无补。后来她只得束手站立，绝望地看着眼前的一切。王子一动不动，坚强挺立，没多久，便轰然倒地，瘫作一团。

　　此时，邮差走到苔丝这边，趁王子身体还没僵直，把它拖到一边，卸下马具。王子已死，已是既定事实，无论怎样，皆于事无补，邮差索性回到自己车马一边，他那马倒是毫发未损。

　　"你们不该逆向行驶，"他说，"我得把这一车邮件按时送到，你最好待在原地，照看车上货物，我会尽快派人来帮助处理。天渐渐亮了，也没什么好怕的。"

　　说完，邮差登车揽辔，绝尘而去。苔丝站在那儿等待援助。天色蒙蒙，渐现灰白，百鸟初醒，纷纷在树篱间抖擞羽翼，叽叽喳喳乱作一团。篱路灰白，尽现眼前，晨光中，苔丝脸色苍白，尚留惊恐之色。她面前一摊血泊，早已凝结，晨曦映射，流光溢彩，缤纷斑斓。王子躺在路边，半睁着眼，平静僵直，胸前伤口，看起来根本没那么大，似乎不至于将那维系生机活力的浆液一时间喷尽涌竭。

　　"这一切都怪我，都怪我！"看着眼前情景，姑娘哭诉道，"我无法原谅自己，无法原谅！如今家里还指望什么过啊？亚伯，亚伯！"她使劲摇晃着弟弟，自始至终，他自顾自酣眠沉睡，哪管飞来横祸。"咱没法送蜂箱啦，王子死啦！"

　　等亚伯拉罕清醒过来，那一团稚气的脸上，一下子增添了五十年的皱纹。

"哎！昨天我还在欢舞嬉笑！"她自责道，"想想真是愚蠢至极！"

"这都是因为我们生活的这颗星球满是虫眼，一点儿都不光亮润泽，是不是，姐？"亚伯拉罕眼泪汪汪，不满地咕哝着。

他俩沉默不语，等待似乎遥遥无期。最终远处有了动静，看到有东西由远而近，朝这里过来。邮差并没有食言，那是斯图尔堡附近农场的人，牵着一匹健壮的小马走了过来，套上拉蜂箱的马车，代替王子继续将货物送往卡斯特桥。

当天傍晚时分，空车又返回到事发地点。从早到晚，王子一直躺在路边的沟渠里。车马往来，碾压践踏，路中间那一大摊血迹依然可见。王子被抬到它生前拉过的车上，四脚朝天，铁蹄掌映着落日余晖，闪闪发亮。王子躺在车上，沿着来时的路，走了八九英里，回到马浃村。

苔丝提前一步回到家中。她千思万想，还是不知如何开口将此事告诉父母。父母脸上的神色已然告诉她，他俩早已得知这场飞来横祸，她也无须再费口舌。此事皆由她疏忽所致，自责之情丝毫无减，却是深深堆积心头。

然而这原本就混沌无能、不思进取之家，反倒不像兴旺进取之家，没怎么觉得这场飞来横祸那么可怕；其实这场不幸对这样的家庭意味着倾家荡产，而对殷实人家只不过是一场小小麻烦而已。倘若父母为子女努力谋求优裕生活，此时必将怒火中烧，对其一番责骂，而德伯菲尔德夫妇既无怒颜，又无厉色。苔丝自责，却无人责她。

王子衰朽枯瘦，屠户与皮匠只肯出几个先令来买它的尸躯，得知此事，德伯菲尔德挺身而出。

"不卖，"他毅然决然道，"不卖这副老骨头啦。咱德伯维尔家族在这片土地上世代为爵，从未将战马卖作猫食。让那些人留着他们的先令吧！它为我辛勤劳苦一辈子，临了，我却舍不得与它分离。"

第二天，德伯菲尔德在庭园里为王子挖了个墓穴，几个月来，耕作种植以养家糊口，他都没下过这般力气。墓穴挖好，德伯菲尔德和太太拿绳子拴好王子，从庭园的甬道上拖向墓穴，一群孩子送丧一般尾随其后。亚伯拉罕与莉莎·露抽抽搭搭，盼盼与谦谦则号啕不止，声震四壁。将王子推入墓穴之中，一家人都围站四周。为一家人挣面包的老马走了，他们可怎么活？

"它上天堂了吗？"亚伯拉罕一边抽泣，一边问道。

德伯菲尔德开始铲土填坟，一群孩子再次哭起，而苔丝却声泪皆无。她脸色惨淡苍白，恍若把自己当成了杀生夺命的女凶手。

05 冤家初逢

应季贩卖点儿东西，做些小买卖，全靠家里这匹老马，老马一死，买卖便立即倒垮。虽说不至于一下子变得一贫如洗，可艰难困苦已然在不远处隐现。在当地，德伯菲尔德是出了名的闲散懒惰之徒，干起活来偶尔倒也舍得出力，而舍得出力与有活可干往往不那么凑巧吻合，所以这基本指望不上；而且，他又不习惯经年累月的劳作，即便两者巧合同存，他也不见得能坚持几时。

与此同时，苔丝认为是她将父母拖进了目前的泥潭，心底一直默默盘算着如何助父母一臂之力，从这个烂摊子里解脱出来。正当此时，母亲说出了以下打算。

"好也罢，歹也罢，日子总得往前过，是吧，苔丝？"她开口道，"可巧，这会儿咱又得知，你们德伯维尔家血统高贵，是名门望族，这真是再好不过啦！你得去找找本家，碰碰运气。你知道吗，就在猎苑边上住着一个老太太，姓德伯维尔，十分阔气，和咱不是沾亲就是带故，你得去找找她，认认本家，求她出手帮帮忙，拉咱一把。"

"这种事，我可不干，"苔丝答道，"要是真有这么一门亲戚，对咱客客气气的，就很不错啦，别指望人家能帮上咱啥忙。"

"乖孩子，你会讨她欢心的，到时候，你想让她干啥，她就干啥，再说了，兴许还有你意想不到的大好事呢。听妈的，没错！"

自知给家里带来莫大损失，苔丝内心愧疚，比起以前，对母亲的心愿也就顺从尊重得多。可她无论如何也想不通，此事原本毫无把握，利害未卜，为何母亲一提便莫名地心满意足。莫非母亲打听过，知道这位德伯维尔太太德行无量，慈悲无边吗？不过，作为穷亲戚，上门伸手乞索，无论如何，苔丝也过不去心里这道坎儿。

"我宁愿找个工作，养家糊口。"苔丝低语。

"德伯菲尔德，这主意，你来拿，"妻子转向坐在身后的丈夫，"要是你觉得她该去，她就会去。"

"我可不想让我的孩子到什么陌生的亲戚家，低三下四地去沾光，"他嘟囔着，"咱原本可是族里最高贵的一个支系，而我也是本支堂堂一家之长，做事总不能失了身份。"

对苔丝而言，父亲的反对，荒谬无理。"好吧，妈妈，老马既是死在我手上，"她言语中透着伤痛，"我该有所救赎，去见见她也罢，不过求她帮忙，得让我见机行事。婚嫁之事，更不可妄想，那是多么愚蠢、荒唐！"

"说得好，苔丝！"父亲言简精辟。

"谁说我有这种想法？"琼反驳道。

"妈，我琢磨着你内心就是这么想的，不过，我现在想去了。"

第二天一大早，她便起身，步行至依山小镇——沙斯顿，从那里向东，每个礼拜都有两趟去猎苑堡的大篷车，途经川特里奇附近，那位神秘莫测、模糊难料的德伯维尔太太就住在那个教区。

那个早上，苔丝·德伯菲尔德终生难忘。她穿行于布蕾克摩山谷东北部高低起伏的丘陵地带。苔丝生于斯，长于斯，布蕾克摩山谷就是她的全部世界，谷里的居民就是全人类。孩童时期，她对世间万物充满好奇，从马渌村的栅栏门与篱前梯阶上，曾无数次凝视山谷，尽览谷中景物。如今，新奇之感，丝毫未减。许多次，她站在窗前久久凝望，塔楼、村庄、还有那遥远模糊的白色屋宇尽在眼前；沙斯顿小镇雄踞山顶，傲视众村镇；夕阳映照，房屋的窗户，晃晃如灯，格外注目。她从未到过那里，即便是布蕾克摩山谷及周边地带，她也只是就近观察而熟知那一小片，更不用提谷外的世界了。周边山峦，她了如指掌，其轮廓清晰，如亲戚面庞浮于眼前、现于心间。而山外的未知世界，她只能靠村上小学所习，加以推断。如今她离开学校也就一两年，那时她可是出类拔萃的尖子生。

在校读书时，她颇受同龄女孩子喜欢，村子里时常看到年龄相仿的三个女孩子肩并肩放学回家。苔丝走在中间，身着毛料长裙，原色已褪，模糊不清；外罩粉色印花护胸围裙，网状花纹精致细腻。她阔步前行，双腿修长，腿上穿着紧身长袜，膝盖处磨破了，有几串小窟窿，那是跪在路边与土坡上，寻找奇珍异草或矿石宝藏所致。浅黄秀发披肩，末端卷曲上挑。两边的女孩，搂着苔丝的腰，苔丝双臂搭在她俩的肩上。

苔丝逐渐长大，开始懂事。母亲稀里糊涂给她生下一群弟弟妹妹，苔丝对此颇有不满。养活、照料这群小家伙费心劳神，麻烦重重。就智力而言，母亲犹如三岁顽童，在这堆听天由命的孩子里面，琼·德伯菲尔德就是其中一个，而且还不是最大的一个。

然而，苔丝对弟弟妹妹疼爱有加，呵护备至。她尽力分担家庭重担，一放学便到附近农场帮忙晾晒干草、收割庄稼，而她更喜欢挤牛奶，搅黄油，这些都是在父亲养牛时学会的，她手指灵巧，干起活来，胜过成人。

一天一天，一点儿一点儿，家庭重担逐渐挪移到苔丝年轻的肩头，她代表德伯菲尔德一家去德伯维尔府上拜访，也是理所当然，顺理成章。我们得承认，在这件事上，德伯菲尔德家将最华丽的一面对外展示出来。

苔丝在川特里奇十字路口下了车，登上一座小土山，随后朝猎苑方向走去。有人告诉她，在猎苑边上有个叫"大坡"的宝地，德伯维尔太太的宅第就坐落在那里。这可不是普通的庄园宅第，没有农田、牧场，也不用千方百计盘剥农工，以榨取油水，供全家享用，而招致农工怨言满腹。这座庄园更是一幢乡间别墅，纯粹为了生活享乐而建，庄园周围没有任何招致麻烦的田地附属其上，土地仅用来建宅居住，另有一片梦幻农场，由庄园主人掌管，由管家照看，耕作收获，以享田园之乐。

首先映入眼帘的是座红砖门房，通体爬满了常春藤，直至房檐屋顶。苔丝原本以为这就是整座庄园，她惶恐不安地穿过偏门，继续前行，直到车道一拐弯，整座庄园的全貌才呈现眼前。庄园刚建成不久，几乎全新，深红浓丽，与门房青藤绿蔓对照鲜明。庄园之外，猎苑景致深远，一片素淡浅蓝，映衬之下，整座庄园恰似一簇天竺葵，香浓艳丽，全副盛开。猎苑林木古老茂密，的确令人心驰神往、肃然起敬。毫无疑问，这样的原始森林在英格兰已寥寥无几，在这片原始森林里，督伊德教敬畏的槲寄生在古老的橡树上依然可见。参天紫衫，巍峨耸立，乃是自然孕育，绝非人类种植。自打原始先人将其枝条砍下做成弓箭之时，这些巨杉便生于斯，长于斯。这片古木森林，在大坡之上一览无余，却远在其边界之外，不是庄园产业。

幽静安逸的庄园里，一切都鲜亮明丽、蓬勃兴旺、井井有条。温室占地几英亩，从山坡一直延伸到山脚下的萌生杂树林。一切看起来都像钱币——铸币厂里新出的钱币，整齐有序。南欧黑松与常青橡树掩映之下，是一排排马厩，最新设施，配备精良，宛若逸致玲珑的教堂，庄重威严。草坪开阔碧绿，上面支起了一架帐篷，用作装饰，门朝苔丝静静敞开。

纯真质朴的苔丝·德伯菲尔德，站在砾石铺就的路边，双目发直，面带惊色。她还没完全辨清自己来到何处，便已不知不觉步入庄园；目前来看，一切都出乎意料。

"原本以为我们家族古老悠久，哪承想这里一应全新。"她自言自语，言语间透出天真烂漫。她多么希望，自己当初没那样轻易接受母亲的计划，前来"认亲"，而是在离家近的地方尽力寻求帮助。

坐拥这片产业的德伯维尔家或者像他们称呼自己那样叫斯托克·德伯维尔家，在英国这片如此保守的土地上可不是寻常能找到的。特林汉姆牧师说，我们那位双腿蹒跚的约翰·德伯菲尔德爵士，就是古老的德伯维尔家族在本郡或是周边地区，唯一真正的嫡系子孙，这确实不假；或许他还该加上一句，告知德伯菲尔德，他清楚地知道，斯托克·德伯维尔可不是德伯维尔家族的支系，就像牧师本人不是德伯维尔家族的人一样。不过，我们必须承认，德伯维尔家族势衰没落，急需嫁接，以求新生，斯托克·德伯维尔一族，家大业大，的确是个上好的砧木。

最近故去的老西蒙·斯托克原是北方一个商人（有人说他是放债的），诚实本分；发家以后，一心想定居英国南方，静心做个乡绅，远离生意场上的那些纷扰喧嚣。迁居之时，他觉得一定得改换一下姓氏，新的姓氏，既不能让人一下子认出他就是过去那个精明钻营的商人，又不要像原来的那样赤裸粗陋。他专程到大英博物馆，查阅那些记载英国南方、他打算移居之地的世族文献。这些世族或已经覆灭，或濒临绝灭，或衰败无闻，或家破人亡。仔仔细细研究了一个多钟头，最后他觉得，德伯维尔这个姓，无论是听起来还是看起来，都不逊于其他任何一个。于是，德伯维尔就加到了他原本姓氏之上，永世成为他自己及子孙后代之姓氏。不过，他在这方面极有分寸，重新构建家族谱系时，总是恰如其分地编织家族之间的通婚联姻，合情合理地谱写与名门贵族的交往联系，从不乱加头衔，从未僭越半步。

对这个异想天开的杰作，苔丝及其父母自然是一概不知，这令他们窘迫难堪。说实话，这种改换姓氏以博荣耀的做法，他们是万万不会想到的。他们认为，人长得俊俏，或许是上天所赐，而家族的姓氏，则是自然沿袭而来。

苔丝站在那里，犹豫不决，就好像既想跳入水中游泳，又怕水深不敢向前。正在进退两难之际，一位年轻人从帐篷的黑色三角门里走出来，高高的个子，嘴里叼着烟。此人面容黝黑，嘴唇丰厚，红润光滑，却状丑形秽。看年龄不过二十三四岁，却早早地蓄起了两撇八字胡，那胡子乌黑浓密，修剪整齐，两角尖尖，撅翘朝天。看外相略现粗野之气，而那黑黢黢的面庞与滴溜乱转的双眼却透出一种诡异的气场。

"哎呀呀，我的大美人儿，有啥事需要我帮忙吗？"他嬉皮笑脸，迎上前来。看到苔丝站在那里惊慌失措，不知如何是好，他继续搭腔道："不要怕，我是德伯维尔先生，有事尽管说。不知你是来找我的，还是来看我母亲的？"

此时此刻，苔丝已然错愕不已。这房墅庭园，与苔丝所预想的，已然是天壤之别，而眼前出现的，这活生生的德伯维尔家的人，却是苔丝无论如何也料想不到的。在她心目中，这位德伯维尔先生原本该是德高望重，尊贵威严；他的面庞必是整个德伯维尔家族面部轮廓棱角的集中体现；悠长、丰富的阅历一定在他脸上刻下皱纹深深，如象形文字，诉说着德伯维尔家族与英格兰几百年光辉荣耀的历史。可眼下，她已无路可退，只得硬着头皮来应付这意料之外的情况，她随即答道：

"哦，先生，我是来拜访您母亲的。"

"恐怕你很难见到她——她久病在床，不便见你。"这个改姓邀名、假冒伪装之家现在的代表这样回复。这位代表名叫艾力克，是不久前才辞世的那位绅士的独生子。"你找我母亲有啥事？说出来，看看我能不能助你一臂之力。"

"倒也没啥事——就是——哎，我真不知道该从何说起！"

"是来玩儿吗？"

"嗯——也不是，先生。要是说出来，就好像——"

现在苔丝真切地感到，跑到这里来认亲，真是荒唐可笑。眼前一片尴尬难堪，又对这陌生男人心怯胆寒，可苔丝还是朱唇微翘，强打笑容，来应对眼前境况。可就这启唇一笑，却使这位黑不溜秋的艾力克神魂颠倒。

"这事，极不靠谱，"她结结巴巴，已是话不成句，"真是，难以启齿！"

"没事，没事，本少爷就是爱听不着调的事。说来听听，宝贝！"他和颜悦色，满脸期盼。

"是母亲让我来的，"苔丝接着说道，"其实，我原本也愿意来。可没承想事情会是这样的。实不相瞒，先生，我来这儿是想告诉您，你我本是一家。"

"噢——是穷亲戚？"

"是。"

"也姓斯托克？"

"哪来的斯托克？是姓德伯维尔。"

"哦，是，是，我说的就是德伯维尔。"

"哎，我家的姓，经年累月，现在讹传成了德伯菲尔德，可我们有好些个证据，都能证明我们是德伯维尔家族的后人，古文物学家也这么说。还有，我家有一方古印，上面刻着一面盾牌，盾牌上刻着一头雄狮，后脚直立，威武神气，狮子头顶有座城堡。我家还有把古老的银调羹，匙子头圆圆的，像把长柄小勺，上面也印着那座城堡。那银匙子有了年月，破旧了，母亲常用它来搅豌豆汤。"

"我头顶的盔饰确是银色的城堡，"他言语间透出几分殷勤与温柔，"我肩臂的纹章正是扑立的雄狮！"

"正是因为这，母亲说得认认这门亲戚，我们是德伯维尔家族的长房；最近家里又发生了些变故，全家赖以生存的马，遭遇车祸，撞死了。"

"我相信，你母亲也是一片好意。她能这样做，我欣喜异常。"艾力克说道，眼睛一直盯着苔丝看，这弄得苔丝红晕淡淡，羞涩连连。"这么一说，你这位大美女是以本家的身份到这里来认亲的？"

　　"我想，是的。"苔丝支支吾吾，又尴尬不安起来。

　　"嗯，这没什么不好。你家住哪里？父母是干什么的？"

　　苔丝把具体情况言简意赅地讲说清楚，他又问了些别的话题，她一一做了回答，继而告诉他，她打算乘坐来时的那趟车返回。

　　"那趟车返回经过川特里奇十字路口，还早呢！我的漂亮妹妹，咱们何不在这庭园里走走，也好打发一下时间？"

　　苔丝原本期盼早早结束这次认亲之旅，可那年轻人咄咄相逼，不好拒绝，最后只得同意陪他走一走。他导引着苔丝踏过草坪，绕过花圃，走过花窖，然后又穿过果园，来到温室，在温室里，他问苔丝喜不喜欢吃草莓。

　　"喜欢吃，"苔丝回答道，"那也得等到熟了才能吃。"

　　"你看，这儿的已经熟好了。"说着，德伯维尔俯身弯腰，选摘各式各样的草莓，递给身后的苔丝品尝。不一会儿，又从优良的"大英王后"品种区摘得一枚上好的，站起身来，捏着梗儿，竟直接喂到了苔丝嘴上。

　　"别，别这样！"苔丝急忙抬手，挡在嘴前，隔开了艾力克的手，"还是我自己来吧。"

　　"吃了！"他斩钉截铁，果断坚持。带着些许窘迫与忧虑，她只好张口接住，吃进嘴里。

　　他俩就这样闲逛，漫无目的，消磨时光。德伯维尔递到嘴边的草莓，苔丝都是半推半就，勉强吃下，直到苔丝再也吃不下了，德伯维尔就往她篮子里放。不知不觉，他俩已来到玫瑰园，艾力克折了鲜花，给她戴在胸前，苔丝依顺百般，恍若行走于梦幻。直到苔丝鲜花满怀，无处可插，艾力克就采下三两枝花骨朵儿，插在苔丝的帽子上。之后，他又将苔丝的篮子装满了各色鲜花，真是慷慨至极，奢侈之至。最后，他一看表，说："要是想赶上去沙斯顿的车，现在就得去吃点儿东西，好动身乘车。跟我来，看看能给你弄点儿啥吃的。"

斯托克·德伯维尔又把苔丝带回到草坪，然后把她单独留在外面，独自一人钻进刚才的帐篷，不一会儿他提着一篮子简便餐食出来，亲自送到苔丝面前。这位绅士凡事都亲力亲为，还将仆人支开，显然是不愿让其打扰他与佳人亲近甜蜜的私人会谈。

"我抽支烟你不介意吧？"他问道。

"哦，不介意，先生。"

帐篷里香烟弥漫，透过缕缕青烟，艾力克欣赏着苔丝的天生丽质。她天真烂漫，坐在那里本能地咀嚼着食物，时而低头欣赏胸前红艳艳的玫瑰，可她哪里知道，就在这麻醉神志、引发幻景的缕缕青烟背后，正潜藏着她的"人生悲剧"——芬芳绚丽的人生光谱里的一道血红之光。苔丝面容姣好，身段曼妙，丰满圆润，集少女的纯情、少妇的风韵于一身，而这种特质现在却是招灾引祸，让艾力克丢了魂，直了眼，生了邪念。苔丝的标致丰韵完全是母亲的翻版，有时这会令她烦恼不安。闺密曾俯身，说，将来她肯定会以此而沾沾自喜。

很快，苔丝就吃完了饭。"我得回家了，先生。"她边说边站起身。

艾力克陪伴着苔丝，一路沿着车道走下来，已是看不到庄园的正房，这时他张口问道："你叫什么名字？"

"苔丝·德伯菲尔德，住在马渌村。"

"你说家里死了马？"

"是我——害死的！"她答道。接下来她详尽叙说了王子遇难的经过，自始至终，垂泪不断。"我真不知道，要怎么做才能在父亲面前赎过此罪！"

"我一定好好想想，看看能不能帮你一把。我母亲也会给你找个工作的。可是，苔丝，不要再瞎说什么'德伯维尔'了，你只姓'德伯菲尔德'。要知道，那可完全是另一个姓氏啊！"

"再也没有比这更好的姓了。"苔丝言语间透出几分尊严。

有那么一瞬间，就那么一瞬间，在他俩走到车道转弯的地方，正好走进了高大浓密的杜鹃花丛与针叶树林当中，那里还看不见前面的门房，就在这时，艾力克把脸凑了过去，好像要——不过，他没那么做；他想了想，还是让苔丝去了。

故事就这样拉开了帷幕。要是苔丝知道这次会面对她来说意味着什么，她或许会祈问上天，为什么偏偏选定，那天看到她并垂涎其美色的，是一个卑鄙小人，而不是另外一位如意郎君——人间可觅，才气相貌都如意的可心之人；在她的身旁体畔，生活之间，也不乏这样的优秀青年，可又为何在他们心中如过客匆匆，淡忘于倏忽之间。

计划周密，万事皆备，然而执行无力，实施欠妥，虽振臂高呼，而应者少；心上有情郎，却机缘不合，终将与君绝；一次邂逅，或许成就一生恩爱相守，可造物之主偏偏不肯在那转瞬即逝的正当之时，及时提醒她那可怜的人儿"快看"；不等到那捉迷藏的游戏把人折腾得身心疲惫、形容憔悴之时，上天绝不说声"在这儿"，来引导那苦苦寻觅，一直询问"在哪儿呢"的人。未来人类发展登峰造极，人类的直觉会更加敏锐，社会的运转也会更加默契和谐，我们不禁会问，人类那些拘泥于时代的谬误，会不会销匿。然而这种至善至美，我们无法预言，也难以捉摸。我们只是期望，一切完美皆分阴阳两半，互补相吸，佳期偶遇，结合而成；然而现实世界，绝非如此，通常迷失的一半如孤魂野鬼，愚钝痴蠢，独自游荡，历尽险阻，直到最后那一刻，他们才得以圆梦结合。在此期间，焦虑、失望、恐惧、灾难与离奇命运相伴而生。

德伯维尔回到帐篷，双腿叉开，跨坐在椅子上，脸上闪现出猥琐的得意之色；他低头沉思良久，突然又抬头仰天长笑。

"哎呀，我真是艳福齐天啊！天下竟有这等好事！哈——哈——哈！天上竟掉下个丰满娇嫩的小仙女！"

06　违心受邀

苔丝走下山坡，来到川特里奇十字路口，站在那里失魂落魄，呆呆地等着由猎苑开往沙斯顿的车。上了车，车里的乘客与她搭讪，她随声附和，却恍惚不知所问。车子一路颠簸前行，苔丝一路思绪万千，美景一路无心顾盼。

乘客之中，有一位更是口无遮拦，直率了当："哎呀，你看你，简直就是一个大花球！这才刚进六月，你哪来这么多娇艳鲜嫩的玫瑰？！"

此时，在众人异样的目光里，苔丝才意识到自己异类的模样：胸前插满玫瑰，芬芳艳丽；帽檐别着玫瑰，一枝凸显；篮子装满玫瑰，盈溢飘香。见此情景，她不禁满脸绯红，告诉周围的人，玫瑰是别人送的，言语含糊，遮掩其词。稍后，车上乘客好奇已过，不再死盯着苔丝看；趁人不注意，苔丝悄悄把帽檐上那枝招摇显眼的花儿取下，放在篮子里，用手帕盖了。之后，她又开始浮想联翩；颔首沉思之际，不料胸前玫瑰带刺，竟扎了下巴。就像布蕾克摩山谷里其他村民一样，苔丝也是满脑子臆想妄断、先兆凶吉等；在她看来，花刺扎了下巴，不是个好兆头——那天，她第一次感觉不对劲。

乘车只能到沙斯顿，从那个山间小镇走下山谷，再到马洛村，还有几英里，只能步行。来时母亲曾经叮嘱，若是走累了，当天赶不回去，就在她们熟悉的一个乡下妇人那里住一晚。那晚，苔丝就住在了那里，第二天下午才下山回到家。

苔丝一进门，看到母亲一脸得意，便知晓，她外出期间，肯定发生了什么事。

"哎呀，我早就知道，一切都会很好！怎么样？我说的没错吧！"

"我不在家这两天，是不是发生了什么事？你说的啥没错呀？"苔丝一脸疲倦。

母亲调皮得像个孩子，把女儿上上下下打量了一番，眼里满是赞许与欣慰，继而逗引女儿，道："你到底把他们征服了！"

"您是怎么知道的，妈？"

"我收到了一封信！"

苔丝一想，这的确有可能。

那家人在信上说——德伯维尔太太说——她有个小小的养鸡场，有时去散散心，找找乐儿，想让你去帮着照料一下。不过，这只是个委婉的托词，既能把你留在身边，又不让你有太多幻想，她这是要认这门亲戚。

"可我连她的面也没见着！"

"那你总得见着个什么人吧？"

"我遇到他儿子啦。"

"他认不认你？"

"哦——他叫我堂妹。"

"果不出我所料！杰克，那小子叫咱苔丝堂妹啦！"琼对着丈夫大声说道，显然有些激动。

"肯定是他告诉他母亲让你去那儿的。"

"可我也不会养鸡啊！"苔丝有些忧虑。

"那我就不知道谁会了。你生在一个做小买卖的家庭里，从小耳濡目染，这总比那些半路出家的人见识多吧。再说了，这只是让你觉得，你在那里是自食其力，而不是白吃白喝。"

"我总觉得不该去，"苔丝茫然站立，若有所思，"信是谁写的？我看看！”

“德伯维尔太太写的，你看。”

信是用第三人称的语气写的，简洁明了，告知德伯菲尔德太太，那位太太需要她女儿去帮忙管理养鸡场，倘若能去，可提供一间舒适卧室，要是工作得力，工资更优厚。

“呃，就这几句！”苔丝问。

“你也不能指望她一下子就张开双臂，搂搂抱抱，亲亲吻吻啊！”

苔丝不语，默默凝视着窗外。

“我宁愿留在家里，陪伴父亲与母亲。”

“那是为啥？”

“我也不想说原因，妈妈，其实，我也不知为啥。”

苔丝一直想着在邻近社区找份轻省的活儿，这个夏天努力工作，赚够钱，再买匹马，可天不遂人愿，一周过去了，工作还是没找到。一天傍晚，苔丝找工作无果而返，可还没等她迈进门槛，就有个小孩子跑出来，欢腾雀跃，说：“那个绅士来过了！”

母亲赶忙过来解释，浑身上下笑开了花，说德伯维尔夫人的儿子骑马路过马渗村，顺道过来拜访。他代表母亲想问一下，苔丝是否愿意去为老妇人照管鸡场。他还说，如今，那个管理鸡场的小伙子极不可靠。“德伯维尔先生说，你生得俊俏，要是表里如一，必定是个好姑娘。他还说你弥足珍贵，如金似玉呢，说实话，他一定看上你啦！”

一整天，苔丝都狼狈不堪，情绪低落，现在却得到一个陌生人的高度赞赏，心里不觉高兴起来。

“他能这样看我，是再好不过啦，”她低声细语道，“要是能知道，以后住在那里到底怎么样的话，我随时都愿意前往。”

“那个小伙子可真是聪明又帅气！”

“那可不见得。”苔丝语气冰冷。

"那好，不管怎样，这可是一次绝好机缘；我敢肯定，他戴了一枚漂亮的钻戒！"

"是钻戒！"坐在窗前板凳上的小亚伯拉罕兴高采烈，听到这里不觉插了一句，"我看到啦！他抬手捋胡子，那颗大钻石闪闪发光。妈妈，咱那位阔绰亲戚为啥老是拿手摸他那两撇胡子呢？"

"听听这孩子说的！"德伯菲尔德太太说，满脸羡慕，满眼崇拜。

"或许是为了显摆显摆他的大钻戒！"约翰爵士瘫坐在椅子里，嘴里嘟囔着，好似梦中呓语。

"哎呀，她这一去，可就把咱家这个阔亲戚给征服啦，"女人继续对丈夫说，"她要是不一鼓作气，将其拿下，那才是个超级大傻瓜呢！"

"我可不想让孩子寄人篱下，"家里那个小贩开口说道，"作为家族的长房，他们应该到我这里来登门拜访。"

"不过，杰克，求求你还是让她去吧，"那缺心无脑的女人央告着，"你没看到吗？他已经迷上她啦，都叫她小堂妹啦！他大概要娶了她，让她做贵妇人，到那时，她可就和咱祖宗一样，阔气高贵啦！"

约翰·德伯菲尔德整天病恹恹、昏沉沉，可一听到这个结果，一下子来了精神，有了兴致。

"哦，或许，年轻的德伯维尔先生是真心诚意地想娶她，"他顺着话茬做了补充，"而且，我敢说，他也想通过与咱德伯维尔家族的长房结亲来改善血统。苔丝这个小机灵鬼！这刚一出马，竟有如此战果。"

此时，苔丝正在院子里散步，她走过醋栗莓丛，站在王子坟墓上，满腹心事，矛盾重重。刚走进房间，母亲又追了进来。

"哎，你到底怎么打算的？"母亲问。

"要是那天见到德伯维尔太太就好啦。"苔丝回答。

"我看这事该定下来，你就能早点儿见着她了。"

父亲坐在椅子上，大声咳起来。

"我真不知道该说什么好！"姑娘坐卧不宁，"还是你来拿主意吧。老马死在我的手上，我也该做点儿事，想法子再买一匹。不过——不过——那个德伯维尔先生实在令人讨厌！"

王子死后，孩子们心目中就一直有这样的想法，即苔丝要嫁给那位有钱的亲戚（在他们的脑海里，那家人一定是他们的亲戚），并以此作为心理慰藉，而现在听说苔丝不愿意去，他们便开始嚷闹、嘲弄、责怨起来。

"苔丝不……不……不去啦，不做贵……贵……贵夫人啦！哎呀，她说真……真……真不去啦！"孩子们咧开大嘴号啕起来，"咱们买不了漂亮的新大马啦，也没有一大堆一大堆的钱来赶集买好东西啦！苔丝她也没有漂亮衣服穿，也不……不……不俊啦！"

母亲也在一边帮腔助阵：苔丝要是不去，那家里的困境就会无限期延长，家里的负担也就会更重；这无疑增加了对方阵营的砝码。父亲不参与意见，仍然保持中立。

"我去！"苔丝最终表态。

姑娘同意去了，那门亲事的美好设想，又在母亲心头油然而生。

"这就对喽！就凭你这么漂亮，肯定是个好机会！"

苔丝微笑，暗藏为难之色。

"我去那儿，就是为了赚点儿钱，除此以外，别无他图。你也不要在教区里净说些傻话。"

德伯菲尔德太太没有答应。她无法保证，一旦有人提起此事，她不会一时高兴，把此事宣扬出去。

事情就这样定了下来；于是年轻的姑娘回信，说自己做好准备，他们需要她哪天去，随时可以动身前往。紧接着收到回信，说，知道苔丝要去，德伯维尔夫人很高兴，后天就派辆两轮货车，到布蕾克摩山谷坡顶，连人带行李，一块儿接走。信里还嘱咐苔丝一定要做好准备，准时动身。德伯维尔夫人信上的字，很像男人写的。

"两轮货车？"琼·德伯菲尔德嘟嘟囔囔，满心不悦，"来接亲戚，应该派辆四轮大马车啊！"

主意已定，苔丝便不再整日魂不守舍、坐卧不宁，又开始做起了自己的事。她想着有一份轻快的活儿，可以赚到钱，给父亲再买一匹马。她原本打算在小学里当一名教员，但命运似乎不这样安排。苔丝的思想要比母亲的成熟理性，她没有把母亲一直心心念念地攀上姻缘当回事。那位缺心无脑的妇人，从女儿一出生，就一直在为她寻配如意郎君。

07　单赴魔窟

约定好动身的那天早上，天还没亮，苔丝就醒了。破晓时分，小树林一片寂静，只有一只先知先觉的鸟儿在独自歌唱，歌声清脆嘹亮，宣示着鸟儿对时间的感知精准无误；其他众鸟皆缄默不语，仿佛同样坚信那只叽叽喳喳的鸟儿是弄错了时辰。苔丝忙着在楼上打点行装，直到要吃早餐了，她才穿着平日的衣裙走下楼来；她那套最好的节日盛装，叠得整齐仔细，放在了箱子里。

母亲见此，上前劝道："有谁家走亲戚，不穿得漂漂亮亮的？"

"可我是去工作啊！"苔丝回答。

"不错，是去工作，"德伯菲尔德太太说，继而压低了声音说，"起初或许是要装着点儿去工作……可是我认为你还是把最漂亮的一面展露出来的好。"她补充道。

"好——吧——你比谁都懂。"苔丝平心静气，不再反对。

为博得母亲欢心，姑娘只好把自己完全交到她手上，任由其摆布，从容说道："妈，你认为怎么好看就怎么弄吧。"

看到女儿如此顺从，德伯菲尔德太太心花怒放。她先盛了一大盆洗脸水，彻底把苔丝头发洗干净，等头发干了，再梳理整齐，这时头发看起来比平常多出一倍，然后再用一条粉色丝带扎起来，那丝带比往常用的要宽一点儿。之后又给苔丝穿上了那件在会社游行时穿的白袍子。头发蓬松，白袍宽大，衬出苔丝发育成熟的身段，更蒙蔽了人们的双眼，竟认为她是丰韵的熟女，而她的实际年龄，比一个孩子大不了多少。

"跟你说，我袜子后跟那儿有个洞。"苔丝说。

"袜子上有洞不要紧——袜洞又不会说话！我为姑娘时，只要有漂亮的帽子戴，鬼才管袜子上有洞呢！"

看到女儿容貌秀丽，母亲欣喜自豪，她后退几步，就像一位画家后撤，站在画架前从整体上欣赏自己的得意画作。"你一定得好好看看自己！"母亲嚷着说，"今天可比往常漂亮多啦。"

梳妆镜太小，一次只能照出苔丝身体一个小局部，德伯菲尔德太太就在窗玻璃外挂起一件黑色外套，这样一来，整个窗玻璃就变成了一面大镜子，乡下人梳妆打扮，时常采用这个法子。一切收拾妥当，母亲下楼直奔丈夫，此时，丈夫正在楼下坐着等候。

"听我说，德伯菲尔德，"她得意扬扬，"这下那小子见了咱苔丝，不迷了心窍才怪呢！不过等你见了她，说啥都行，千万别说他喜欢苔丝，更不要提这是她千载难逢的好机会。这丫头脾性古怪，说多了适得其反，会令她生厌，还有可能一气之下不去了呢。如果一切顺利，我真得好好谢谢鹿脚巷的那位牧师，幸亏他告诉咱们那些事——他可真是个大好人哪！"

然而，姑娘动身离去的时刻逐渐迫近，刚才梳妆打扮的兴奋也逐渐消失，琼·德伯菲尔德太太心头不觉生起一丝顾虑。这位家庭主妇决定送姑娘一程——要一直把姑娘送到山谷斜坡顶上，从那里一路爬坡，通向外面的世界。就在那里，苔丝等着斯托克·德伯维尔家派遣的两轮马车来接。苔丝的行李箱子，已经打发一个小伙用小车推到那里候着了。

看到母亲戴上帽子，小孩子们就吵着闹着，要跟她一块儿去。"我也要去送姐姐，姐姐要去嫁给绅士堂哥啦，要穿漂亮衣服啦！"

"别说啦！"苔丝满脸绯红，转身制止，"别再说了！妈，他们脑子里怎么都塞满了这些奇思异想？"

"孩子们，姐姐是去工作，为咱那有钱的亲戚工作，是去挣钱，挣了钱，咱们就能再买一匹马。"

"我走啦，爸爸。"苔丝哽咽着。

"走吧，孩子。"约翰爵士从瞌睡中抬起头，睡眼惺忪，言语含混，为了庆祝苔丝动身，早晨他又去喝了酒。"哎呀，但愿那位年轻的朋友会喜欢上与他同宗同祖且标致秀气的姑娘。还有，苔丝，你得告诉他，从前咱们可是大户人家，只不过现在没落了，我要把家族的名誉——头衔卖给他，是的，卖给他——也不会跟他要高价。"

"少了一千镑可不卖！"德伯菲尔德太太大声说道。

"告诉他——我要一千镑。哎，算了吧，还是少要点儿吧。我忽然想起来，这个名号加在他身上，要比加在我这没出息的人身上好多啦！告诉他，他只要出一百镑，就归他。不过，我也不是斤斤计较的小人——告诉他得出五十镑——就二十镑吧！成交，就二十镑——这是最低价。祖宗的名誉就是祖宗的名誉，一分钱也不能少！"

苔丝眼含泪水，百感交集，喉咙哽咽，一句话也说不出来。她急忙扭头转身，出了门。

母亲、孩子与苔丝一起出发，左右各有一个孩子拉着苔丝的手，心中若有所思，不时抬头看看苔丝，就像在看一个要去闯荡一番大事业的人；母亲与最小的孩子走在后面；这群人构成了有趣的画卷：真诚美丽走在中间，天真无邪伴其左右，愚钝虚荣紧随其后。就这样，他们一直走到山坡脚下；就在坡顶，川特里奇派来的马车正在等候。之所以这样安排，是为了不让马儿拉着车爬这段山坡路。山峦屏障之外，沙斯顿房舍像峭壁一样远远矗立山顶，打破了山脊原本的轮廓。山路似裙带，蜿蜒盘旋于大山之间，一路攀升。路上除了他们差遣来送苔丝行李的小伙子之外，看不见一个人影。小伙子坐在小推车的车把上，车上装着苔丝世间的全部家当。

"在这儿等一会儿吧，不用问，马车很快就来。"德伯菲尔德太太说，"你看，那边来车了！"

车来了——好似突然从最近的高地后面冒出来，正正好好停在了推小车的小伙儿旁边。母亲与孩子决定就送到此地为止，苔丝与他们匆匆道别，弯腰向山坡上走去。

他们看到苔丝的白色身影离马车越来越近，她的行李箱子都已搬到车上。苔丝刚刚走到车旁，正在这时，又有一辆马车从山顶的树丛中飞驰而来，绕过山弯，驶过行李车，在苔丝身旁忽然停下，苔丝抬头观看，似乎面露惊色。

母亲首先看清，第二辆车不像第一辆车那样简陋寒酸，而是一辆崭新漂亮、干净整洁的单骑双轮轻便快车，漆面光亮，配置高档。驾车的是个年轻小伙儿，看年龄不过二十三四岁，嘴里叼着雪茄，头戴一顶花哨小帽，上身穿一件浅褐色短外套，下身穿同色马裤，白围巾，硬高领，褐色驾车手套——总而言之，他就是那个年轻、帅气的小伙子，一两周之前还拜访过琼，向她打听苔丝呢。

德伯菲尔德太太像个孩子一样兴奋地鼓起了掌，然后低头一想，又抬头观瞧。这里面的意思还能瞒得过她？

"这就是那个能让姐姐做贵妇人的绅士吗？"年龄最小的孩子抬头问道。

与此同时，他们看到苔丝穿着平纹棉布衣服，站在马车旁，犹豫不决，马车主人正在与她交谈。她看似犹豫不决，实则是顾虑重重。她宁愿坐那简陋寒酸的两轮货车。年轻人下了车，似乎是在催促她上车。她转过脸来，面朝山坡下，注视着下面的一帮亲人。似乎有什么促使她马上下定决心，或许是想到了王子死在她手上。她突然间上了车，他也上了车，坐在她身旁，迅速打马驱车前行。很快，他们就超过拉行李箱的慢车，消失在山脊之后。

苔丝消失在众人眼里，有趣的事情也像一场戏剧，终于落下帷幕。小家伙们的眼里都闪着泪花，最小的那个开口说道："真希望可怜的、可怜的苔丝没走，不去当什么贵妇人！"说完，嘴一撇，哇的一声哭了起来。这个新想法迅速传染开来，第二个孩子也跟着哭了起来，紧接着又是一个，后来三个孩子一起号啕大哭。

琼·德伯菲尔德转身往回走，眼里也噙着泪，回到村子。事已至此，她也左右不了事态发展了，只得听天由命。晚上，她躺在床上思绪万千，唉声叹气，丈夫问她缘由。

"唉，我也说不清，"她说，"我一直在想，要是苔丝没去，事情也许会更好。"

"你之前咋没想到呢？"

"唉，这是姑娘的一个机会啊——不过，要是这件事重新再来一遍，我就得好好打听一下，看看那位绅士是不是个好心人，是不是真把咱家苔丝当成堂妹，否则我是不会放苔丝走的。"

"说得好，你或许真应该事先打听一下。"约翰爵士一边打着鼾，一边说道。

琼·德伯菲尔德总能从什么地方设法找到安慰："好啦，作为正宗的嫡传后裔，只要她的王牌出得好，就应该能一路顺风顺水。即使今天不娶她，明天也会娶她的。明眼人都知道，他已经痴痴地迷上苔丝啦。"

"她的王牌？你是说她的德伯维尔血统？"

"才不是呢，蠢蛋！是她的脸蛋——和我年轻时候一样漂亮的脸蛋！"

08 陡坡历险

艾力克·德伯维尔登上车，坐在苔丝身旁，便快马加鞭，沿着第一座大山的山脊飞奔向前。一路上他甜言蜜语，把苔丝恭维赞扬得上了天；同时，很快就将运送苔丝行李的马车远远地抛在后面。他们越走地势越高，居高环视，四面开阔，风景优美；身后是生她养她的布蕾克摩山谷，郁郁葱葱；面前是未知原野一片，灰白苍茫；那茫茫原野，她只是上次去过一回，到川特里奇匆匆拜访。就这样，他们来到了坡顶，再往前，便是顺山坡一路向下的一条笔直大道，差不多有一英里长。

苔丝生性胆大，可自从家里的马被撞死，她一坐车就胆战心惊；马车稍微摇晃倾斜，她便心惊肉跳。艾力克驾车左突右闯，苔丝心中惶恐不安。

"我觉得，先生，下坡咱慢点儿走吧？"苔丝装作泰然自若，毫不在乎。

德伯维尔扭头看了苔丝一眼，用白白的大门牙咬住雪茄烟，腾出两片嘴唇，慢慢咧开，笑了。

"哎呀，苔丝，"他抽了一两口烟，问道，"你这么大胆，这么健壮，竟问起这话？哈哈，我从来都是策马扬鞭，飞奔下山，再也没有比这更刺激的啦！"

"不过，这次你用不着那样吧？"

"可是，"他摇着头说道，"这是两个人的事，我一个人说了不算啊！这事也有蒂布的份儿，它脾气怪异，性如烈火。"

"谁？"

"噢，就是这匹母马。我感觉刚才它回头瞪我，满眼不快，你注意到了吗？"

"可……可别吓唬我，先生。"苔丝说话间，口舌有些不听使唤。

"哎哟，我可没吓唬你。这匹马没人能驾驭得了，若是有，那个人就是我。"

"那你怎么还要它？"

"啊，你问得好！我觉得这也是我命里该有的吧。蒂布踢死过人；我买来不久，差一点儿又要了我的命。之后，说真的，我差点儿没把它打死。可如今，它依然脾气暴躁，非常暴躁。坐在它拉的车上，随时都会有生命危险。"

说话间，他们开始下坡。显然，那匹马，不管是出于本意，还是遵照主人的指示（后者可能性更大），几乎不用驾车人给暗示，就能完全领会主人意思，撒开四蹄，不管不顾，狂奔起来。

呼呼——呼呼——他们向坡下冲去。马儿跳跃腾挪，上下颠簸；车轮嗡嗡作响，像飞速旋转的陀螺；车子左突右拐，左右摇晃。一会儿，马车一个轮子腾空，好似跳起几码高；一会儿，又带起石子乱飞，旋转着崩越树篱；马踏燧石，火星四射，闪闪耀眼。车子高速狂奔，笔直的道路更显开阔，大路就像劈开的木柴，裂为两半，从左右肩头一闪而过。

风吹透了苔丝的布裙，凉意直刺肌肤，刚洗过的头发随风飘在脑后。苔丝努力控制着，假装不害怕，不过还是紧紧抓住了德伯维尔驾车的胳膊。

"别抓我胳膊！这样我们都会甩出去的，搂住我的腰！"

无奈之下，她顺从地搂住他的腰，两人就这样一路飙到山下。

"你真能胡闹，不过谢天谢地，现在总算安全了。"苔丝满脸通红，显得有些激动。

"哎，苔丝，你脾气不小啊！"德伯维尔说。

"可我说的句句属实！"

"好啦，现在没危险了，你撒开手，连句感谢的话都没有！"

她并没有意识到刚才做了什么，不管他是男的还是女的，是根棍子还是块石头，搂住他的腰，纯属情非得已。她又恢复了矜持严肃，坐在车上，默不作声，于是他们又到达了另一个坡顶。

"嗨，又要下坡喽！"德伯维尔说。

"不，不！"苔丝惊叫道，"请您理智点儿，先生。"

"可是，既然到顶了，总是要下去的。"他振振有词，无理狡辩。

他信马由缰，再次向山下冲去。车子颠簸摇晃，德伯维尔扭过头来，冲着苔丝嬉皮笑脸地说道："喂！再用胳膊搂着我的腰呗，就像刚才那样，我的大美女！"

"不！"苔丝坚决果断地拒绝，同时尽力稳住身子，不去碰他。

"苔丝，你要是让我吻一吻红艳艳的小嘴儿，或是亲一亲热乎乎的脸蛋儿，我就停车，骗你不是人！"

苔丝惊呆，从座位上向后挪了挪屁股。德伯维尔见状，又催马继续狂奔，可着劲儿摇晃颠簸。

"做点儿别的，不行吗？"最终，苔丝还是大声商量起来，绝望之中，她那双大眼睛直直地瞪着他，像一头困兽。母亲精心把她打扮得漂漂亮亮，这下可把她害苦了。

"一概不行，亲爱的苔丝。"他回答得干净利落。

"唉，我真不知该怎么办啦——好吧，管不了那么多啦！"她喘着粗气，痛苦无奈。

他一收缰绳，马车慢了下来，他伸过大嘴，正要把欲求的吻，热烈地印到苔丝脸上，苔丝却出于羞怯，下意识地一躲；他双手握着缰绳，也就没法阻止苔丝闪避，自己倒晃了一下。

"好哇，我非得把咱俩的脖子摔断不可！"她这位同伴暴躁无常，嘴里开始骂骂咧咧起来，"竟敢说话不算话，你个小狐狸精，啊？"

"好啦，好啦，"苔丝说，"既然你非要吻我，我不动就是啦！不过你是我亲戚，你得对我好，保护我！"

"先不管什么亲戚不亲戚！快过来！"

"可我不想让别人吻，先生！"她哀求说，一颗大泪珠从脸上滚落，她嘴角颤抖，努力控制不哭出来，"要是早知道如此，我说什么也不来！"

他不为所动，坚决索吻，她只好静静坐着，由他强吻。一吻完，苔丝羞得满脸通红，随即掏出手帕，擦了擦脸上的吻痕。这番举动本是无意，可不承想却一下子浇灭了他火热的激情，无名大火涌上心头。

"你这个乡下野丫头，还挺知道害臊！"年轻人怒道。

苔丝没接他的话茬，说实在的，她根本没理解他说的到底啥意思，也没注意到刚才自己的无意之举是对他的一种冷落怠慢。在他眼里，这下无疑是将那一吻擦干净了，无论是在心间，还是在脸蛋上，一点儿痕迹都没留下。隐隐地感到他的恼怒，苔丝一路上一语不发，静静看着前方，马儿一路小跑，很快便来到梅尔伯瑞坡和温格林。在这里，苔丝发现前面还有一段大下坡，心中惊愕不已。

"你会为刚才的所作所为后悔的！"他继续道，话音里满是受伤与愤恨，说着重新挥起了手中的马鞭，"除非你心甘情愿，让我再吻一次，而且不能擦。"

"那好吧，先生！"苔丝叹气道，"你得先让我把帽子捡起来！"

谈话行路间，苔丝的帽子被风刮到地上，上坡路，他们走得一点也不慢。德伯维尔勒住马，要为她捡帽子，苔丝趁机从另一边下了车。

她转身，捡起帽子。

"说心里话，不戴帽子，你更漂亮，虽然你已经十分漂亮了，"他在马车后面，打量着苔丝说，"好啦，上来吧！怎么啦？"

帽子已戴好，帽带也系好了，可苔丝却站在原地，没有上前来的意思。

"不上了，先生！"她说，朱唇开启，皓齿微露，眼里闪现出胜利的欣喜，更透出三分挑战的味道，"可不再上去了，我清楚得很！"

"怎么着——你不上来坐我旁边了？"

"不啦，我要自己走。"

"到川特里奇还有五六英里路呢！"

"就是五六十英里，我也不在乎，而且，拉行李箱子的大货车还在后面呢。"

"你个小滑头，野丫头！给我说实话，你是不是故意让帽子吹掉的？我敢说，你肯定是故意的！"

她的策略就是沉默不语，这也证实了他的猜测。

于是，德伯维尔开始谩骂诅咒，骂她诡计多端，能想到的污言秽语，无所不用其极。他还突然掉转马头，想从后面追上苔丝，把她夹在树篱与马车之间。不过，他没这么做，担心把她伤着了。

"你说话这么恶毒下流，与您身份极不匹配！"苔丝爬上路边的篱墙，来了精气神，义愤填膺起来，"我一点儿也不喜欢你！我讨厌你，恨你！我要回家，找我妈去，我走啦！"

苔丝脾气一上来，德伯维尔倒消气了，开怀大笑起来。

"好啦，我却更喜欢你了，"他说，"上来吧，咱讲和。我再也不违背你的意愿，惹你不高兴啦。我以性命担保！"

苔丝顶住劝诱，不肯上车，也不反对他驾车走在身旁，就这样，他们慢慢走向川特里奇。德伯维尔也发觉，由于自己行为不端，图谋不轨，害得苔丝不得不徒步而行，心里时不时涌现出阵阵不安。或许她现在可以真的相信他了，可他早已失去了她的信任，她一路走着，一路心事重重，琢磨着此时转身回家是不是更好。其实，在她心底早就有了主意，要是现在弃而折返，除非有重大缘由，否则就太孩子气了，太优柔寡断了，而且怎么把箱子取回来，回去后如何面对父母，又怎能这样感情用事，随性打乱整个家业重振的计划呢？

几分钟后，大坡上的烟囱远远地显现，右边幽僻静谧之处，隐隐现出一片鸡舍与房屋，那正是苔丝要去的地方。

09　口哨引诱

苔丝的新工作就是监护、喂养、照料、医护、陪伴好这一大群鸡。鸡群的大本营是一所旧茅屋，屋外有个庭院，从前是个花园，可现在却让这群鸡刨啄踩踏得遍地沙土。茅屋爬满了常春藤，屋顶烟囱上，更是缠着一圈圈枝蔓，纵横交错，看上去粗大了很多，就像个废弃的塔楼。下面的房屋全部用来做了鸡舍，这些鸡神气十足，在专享的房舍间雄赳赳、气昂昂地来回踱着，俨然一副房舍建造者的架势，哪还管教堂坟地里，那些地契持有农的尸骨，他们东西横卧，早已化为泥土，但他们才是这里真正的建设者。这些旧房在当初建造之时，耗费了祖宗先人大量金钱，作为不动财产，在家族里代代相传，承载了几代人的深厚情感。后来，德伯维尔一家搬迁至此，并在此购地置业，而这份旧产业也依据法律落到斯托克·德伯维尔夫人手上，她便随手把这座老屋做了鸡舍，在昔日房主的子孙看来，这简直就是对他们家族的莫大羞辱。他们说："爷爷那时候，有头有脸的人住这房子，也很不错啦！"

房屋里，曾经回荡着数十个哺乳期婴儿的啼哭，而现在却是一群小雏鸡在叽叽啄食，嘈杂一片；昔日，屋里摆放着椅子，上面端坐着泰然安详的农人，而如今却满地鸡笼，笼子里养着魂失意乱的母鸡；在烟囱墙角处与曾经火光熊熊的壁炉旁，现在堆满了倒扣的蜂巢，成了母鸡下蛋的鸡窝；屋门外是一块块园圃，一代代房主，曾用手中的锄锹，把这些园圃收拾得精致整齐，而现在都让那群公鸡用最粗野的方式，刨啄得七零八乱。

茅屋所在的庭园，四面建有围墙，一道门连通内外。

苔丝家原本就是靠贩卖家禽维持生计，如今她凭着自己的巧思妙想，对鸡舍重新布置，做着改善。就在这时，院门开了，走进一名女仆，戴着白帽子，系着白围裙。她是从庄园上来的。

"德伯维尔夫人又要看这些鸡啦，"她说，看到苔丝没完全明白，她进一步解释说，"夫人上了年纪，眼睛也瞎了。"

"眼瞎了！"苔丝惊讶道。

听了女仆的话，苔丝心生疑虑，可还没等她回过味来，那名女仆就让她抱起两只最好看的汉堡鸡，然后自己也抱起两只，两人一前一后，直奔毗邻的庄园走去。庄园华丽雄伟，可目及之处，尽是鸡毛飘飞，鸡笼满草坪，种种迹象表明，这庄园主人偏爱家禽飞鸟。

在一楼的一间起居室里，庄园的主人，也就是那位主妇，正背对着亮光，安坐在一把扶手椅上。她头戴一顶大软帽，看年纪不到六十岁，或许更小，却已白发苍苍。她表情生动，因为她的视力是慢慢下降的，之后又费尽周折尽力挽回，最终才极不情愿地放弃治疗，接受现实，所以不像那些失明多年或天生看不见的人那样表情呆滞。苔丝每只胳膊上都抱着一只鸡，走到老夫人近前。

"哦，你就是那个来帮我照看鸡的年轻姑娘吧？"听到有陌生脚步声，德伯维尔夫人开口问道，"希望你能好好照顾这些鸡。管家告诉我，你再合适不过啦。好啦，我的鸡在哪儿？哦，这是'高扬'，不过，它今天可不那么高兴飞扬，是不是？我想可能是怕生，吓着啦。'凤娜'也不欢腾，它俩都有点受惊吓，是不是，我的宝贝？不过很快它们就熟悉过来啦。"

老夫人一边说话，一边打手势，苔丝就和另外那个女仆按照示意，把鸡一个一个放在她膝上。老夫人从头到尾爱抚一遍，悉心检查嘴喙、鸡冠、翅膀、爪子，还有公鸡的颈毛。她一摸便知道哪只是哪只，也能摸出是否有羽毛折断了，或是有羽毛脏乱了。她还要摸摸鸡嗉子，了解一下它们吃的什么，吃得太多了还是太少了；她的脸上正上演一出生动的哑剧，不满与意见从心头溢出，流露到脸上，展现得淋漓尽致。

两个姑娘把带来的鸡一只只送回场院，又把场院里老夫人宠爱的公鸡、母鸡抱到她身边，一趟一趟，往返来去，直到所有的宠物鸡都进献一遍，如汉堡鸡、矮脚鸡、高趾鸡、婆罗鸡、杜金鸡，还有其他一些当时流行的各式品种。每只放到她膝上的鸡，她都能判别清楚，几乎没出过什么纰漏。

这让苔丝不由得想起了坚信礼仪式，这前前后后，一场折腾，德伯维尔夫人就是主教，那些鸡就是受礼的孩子，她自己还有那个女仆就是把孩子带去受礼的正副牧师。仪式结束，德伯维尔夫人皱起脸，堆起满脸褶子，冷不丁地问苔丝："你会吹口哨吗？"

"吹口哨，夫人？"

"是，得吹出调子。"

同大多数乡村姑娘一样，苔丝也会吹口哨，可是在文雅体面的人那里，她不愿说会这门技艺。然而，最终她还是温和地承认，她会吹口哨。

"那好，每天你都得吹口哨。以前这儿有个小伙子，口哨吹得好，不过他已经走了。我要你对着我养的红腹灰雀吹；我看不见鸟儿，可我能听到鸟儿叫，我们就用这种方法教鸟儿唱歌。伊丽莎白，告诉她，鸟笼在什么地方。明天就开始，要不然，它们就退步啦，已经好几天没人教啦。"

"今天早晨德伯维尔先生还冲着鸟儿吹口哨呢，夫人。"伊丽莎白说。

"他，呸！"

老夫人脸上堆起道道皱纹，一脸厌恶，不再言语。

苔丝想象中的本家阔太太对她的接见，就这样结束了，鸡也送回到了大本营。对德伯维尔夫人的态度，苔丝并没怎么感到奇怪；自从看到这座庄园的规模，她再也没抱什么奢望。可她一点儿也不知道，关于所谓本家亲戚的事，老夫人从未听说过半个字。她由种种迹象推测，那个瞎眼的老太太和她儿子可能感情不太好，两人之间也没有太多感情交流。但是关于这一点，她也猜错了。全天下的妈妈对孩子都是疼爱呵护、关心备至，同时又怒其不从，恨其不争，这样的妈妈，德伯维尔夫人并不是第一个。

尽管头一天这个开端就让人不痛快，可既然已经安置下来，苔丝还是爱上了这个新岗位的自由与新奇。早晨，太阳一出来，她便急迫地想试试那位老夫人提出的要求，尽管那要求出乎她的意料，可她还是要检测一下自己的能力，看看能否保住这个工作。

院子里只剩苔丝一个人，她便找了个鸡笼坐下来，撮起嘴，认认真真地开始练起那门早已生疏的技艺。她发现她之前吹口哨的能力已经退化，现在只能从撮起的双唇中，空吹出一股子风，根本不成调，也不嘹亮。

她吹啊吹啊，可总是不着调，心里纳闷儿，这生来就会的技艺，怎么一下子忘得这么干净。正在这时，她发觉院子围墙上的常春藤条里有什么东西在动，这爬在墙上的常春藤可比屋顶上的少。她定睛观瞧，看到一个人影从墙头跳到地上。来人是艾力克·德伯维尔，自从前天他把苔丝领到庭园的小屋住下后，就再也没出现过。

"我以名誉担保！"他大声说道，"无论是在人间，还是在画里，从来没有像你这么漂亮的人，苔丝'堂妹'（他叫'堂妹'时，语气里有些许的嘲弄）。我在墙那边已经观察你老半天了，你坐在那儿，就像石碑上雕刻的烦躁女神，把你漂亮的红唇撮起来，做出吹口哨的形状，不断地吹呀吹，还不时悄悄地骂上一句，可就是一个音调也吹不出来。你为啥生气，就是因为你不会吹口哨。"

"或许我是生气了，可我没说脏话。"

"哦！我知道你为什么吹口哨啦，都是那些个鸟儿雀儿给闹的！我母亲让你继续给它们上音乐课，是吗？真自私！就好像照看那些该死的公鸡、母鸡还不够一个女孩子忙乎似的，我要是你，才不干呢！"

"可她特别告诉我，一定得吹口哨，而且明天早晨就得开始！"

"她是这样说的吗？那好吧，我先教你一两招。"

"啊，不用，不用，你还是别教我！"苔丝说着，向门口退去。

"净胡说，我又不想碰你。你瞧，我站在铁丝网这边，你可以站在铁丝网那边，这下你可以放宽心了吧。好啦，看这儿，你把嘴唇撮得太紧了，得这样子，对，就是这样。"

他边说边做示范，吹出一曲小调来："挪开，啊，把你的两片嘴唇挪开。"不过，这个曲调的来源与用意，苔丝完全不懂。

"好啦，你来试试。"德伯维尔说道。

苔丝尽量表现得矜持不语，表情严肃得如石雕泥塑一般。但是他非要让她试试不可，后来为了摆脱他的纠缠，她只好按照他说的、能发出清脆音调的方法，把嘴撮了起来，而后却尴尬、痛苦地笑了，旋即又为自己没憋住这阵笑，心里恼悔，羞红了脸。

他一个劲地鼓励她，让她再试试。

这次，苔丝非常认真，认真得让人感到心疼；她尝试着，尝试着，最后，没想到竟然吹出了一声真正圆润的口哨声。成功的短暂快乐，使她心情大好；她的眼睛睁得越来越大，不知不觉在他面前笑了起来。

"这回好啦，现在我已经给你开了个好头，你会吹得很好的。你看，我说我不会靠近你吧；尽管这世上从来没有一个男人能经受得起这种诱惑，我坚守了我的诺言……苔丝，你是不是觉得我母亲这个老太婆很古怪？"

"我还不是十分了解她，先生。"

"你会体会到这一点的；她就是很古怪，才让你学着吹口哨，教她的红腹灰雀。目前，我非常不讨她喜欢，可是你如果把这些鸡照顾好，她会很喜欢你的。再见了，遇到什么难处，需要什么帮助，尽管来找我，可不要去找那个管家。"

她重新掌握了这门技艺，发觉在德伯维尔夫人的屋子里，对着红腹灰雀吹口哨并不怎么费劲，她从能歌善唱的母亲那里，学会了太多的小曲小调，这些小曲小调正适合那些歌喉婉转的鸟儿。现在每天早晨站在笼子旁边，对着鸟儿吹口哨，比起当初在院子里练习这项技艺，可是惬意快活多了。没有了那个年轻人在身边，苔丝无拘无束，她噘起嘴，靠近鸟笼，对着那细心聆听的小鸟儿悠扬地吹起来。

德伯维尔夫人睡在一张宽大的四柱床上，四周挂着厚实的锦缎床帐，红腹灰雀也养在这间屋里，在特定时间放出来，自由地飞来飞去，把家具及其饰垫上弄得白斑点点。有一次，老夫人不在屋里，苔丝像往常一样站在一排鸟笼子旁，教小鸟唱歌，她觉察到床后面窸窸窣窣地有动静，转身一看，发现帷幔下沿露出一双皮靴的尖头。她的口哨即刻乱了，要是帷幔后面真有人，那个人一定也知道，苔丝怀疑有人藏在屋里了。自打那时起，苔丝每天早晨都把帐幔搜查一遍，但从未发现有人。很显然，艾力克·德伯维尔已经完全想到了他怪异行为的后果，假如他再要私藏偷窥的伎俩，肯定会打草惊蛇，吓坏苔丝的。

10　深夜奇遇

每一个村庄，都有其特质、脾性，往往还有自己的道德规范。在川特里奇及其附近地区，有些年轻妇女轻佻浮躁，格外惹眼，这或许便是大坡附近民风民俗的集中体现。这个地方还有个根深蒂固的坏风气，那就是酗酒。附近农场上谈论的主要话题就是攒钱无用。身穿粗布长衫的算术家们，只要一在田间地头歇息，就斜倚着犁耙或锄头，开始了精准计算，来证明教区为老人提供的救济金，比从一辈子赚的工资里积攒下来的钱更充裕。

这些"哲学家"最大的乐趣,就是每个周六晚上,待到收工,到两三英里以外、已经衰败了的猎苑堡去;在那里,那些原本独立经营、如今垄断专卖的酒店把一种莫名其妙的混合液体,当作啤酒卖给他们;后半夜,他们才回到家,然后周天睡上一整天,在睡梦中消去那种液体所带来的胃肠不适。

长期以来,苔丝没参加过这种每周一次的巡礼活动。但那些年龄比她大不了多少的少妇(在当地务农,二十一岁的劳力与四十岁的劳力挣的工钱一样多,所以这儿的人结婚都早)一再劝诱,苔丝经不住诱惑,最终答应跟着去一趟。第一次去那儿,结果出乎意料,她享乐欢愉,尝到了甜头。整整一周都在鸡场过着单调的生活,这些快乐极具感染力,自打那以后,她去了一次又一次。她优雅美丽,惹人注目,又正处于含苞欲放、丰韵崭露的妙龄,于是,她在猎苑堡大街上一出现,便招惹得街上那些游手好闲之徒偷窥。由此,即便有时苔丝只身前往小镇,可每当夜幕降临,她都找村上人结伴回家,以便相互照应。

就这样过了一两个月,到了九月的一个周六,交易会与集市恰巧赶到一天,这一来,川特里奇参加巡礼的人都要跑到猎苑堡酒店里,以寻求那份双重快乐。苔丝手头活儿没干完,出发得晚了些,同伴都先于她早早地到了镇子上。那是九月一个美好的傍晚,落日西斜,黄色光晕与蓝色暮霭相互映衬,卷绕缠斗,丝丝缕缕,变幻万千,云气在天空涂抹出奇异景观。空中飞虫乱舞,上下翻飞,苔丝就在这昏黄的暮霭中,从容悠闲地往镇上走。

到了镇上,苔丝才知道,交易会与集市赶到了一天,那时天色已近黄昏。要买的东西不多,不一会儿便购置停当;然后就像往常一样,她开始寻找从川特里奇来的村民。

起初,她没找到同村的人,后来有人告诉她,他们大多都去参加私人小舞会了。那个舞会在一个捆扎干草、贩卖泥煤的商人家里举行,那个商人还与他们农场有生意往来，他家在小镇上一个偏僻的角落里。她便寻路去那个商人的家，却在街角处遇到了德伯维尔先生。

"干什么去，我的美人儿？这么晚了，你还在这里？"他问道。

她告诉他，只不过是在等人搭伴回家。

她继续顺着后面的巷子往前走。"等会儿见。"即便被甩在背后，他还是不死心，冲着她说道。

慢慢走近那个捆扎干草工人的家，从后面的屋里，小提琴声缓缓传来，那是里尔舞的伴奏音乐；可奇怪的是，却听不到舞步的声响——这在附近地区实属罕见，一般来说，这儿都是舞步压过音乐。前门开着，一眼望去，穿过整座屋子，可看到屋后的花园，以及花园里苍茫的夜色。苔丝敲了敲门，无人回应，于是她穿过屋子，沿着屋外小路，循声而去。

那是一座没有窗户的小屋，平日用来当仓库，门敞开着，从里面飘出一股又黄又亮的烟雾，消逝在屋外的幽暗之中。最初，苔丝以为那是灯光照亮的一片烟雾，走近才看清，那是一团飞扬的尘土，屋里烛光映照着黄尘，把门框的轮廓投射到院子里茫茫夜色之中。

她走进屋子，往里看，看见一群模糊的人影，排成跳舞的队形，来来去去地回旋。脚下全无声息，因为地上铺了一层"软垫"，没到了脚面，其实那是堆放泥煤和其他物品的粉末残渣。舞者脚步杂乱，搅起一片粉尘，缭绕笼罩着整个舞场。泥煤、干草的霉臭混杂着舞者的汗臭与热气，形成了一种人与植物的混合粉末，就在这粉尘缭绕之中，小提琴声音微弱，无力地弹奏着音符，与伴着舞曲踏出的高昂兴致，形成鲜明对比。他们跳着，咳着，欢笑着，一对对舞者，旋来荡去，只能在光线最强处，才能看到他们的身影。烛光幻影中，众舞者恍若变成了成双成对的森林之神撒提亚斯紧抱着山水仙女妮芙，众多山林之神潘恩与水泽仙女西瑞旋舞，莲花女神罗提斯妄图躲避男性之神普里阿普斯，却总是躲不开。

跳舞间歇，一对舞伴走到门口透口气，身上没有了烟尘的笼罩，半人半仙的舞者也就变成了像隔壁邻居那样的普通人。川特里奇竟能在短短两三个小时内完成这样的疯狂变形！

舞者中有几个赛伦尼（酒乐痴迷者），靠墙坐在板凳和干草堆上闲谈，其中有一个认识苔丝。

"有些女孩子觉得在'花露丝'这样的地方跳舞不那么雅观，"他解释道，"她们不想让大家看到她们的心上人。另外，有时候，舞跳得正酣，有些店家却要关门打烊，我们才到这里来寻乐，再派人出去买酒来喝。"

"可是你们什么时候才回家呢？"苔丝有些焦虑，无奈地问道。

"现在，马上就走。这是最后一场舞了。"

她继续等候。里尔舞结束了，有些舞者心里盘算着要往回赶了。但是还有人不想回去，这样一来，另一场又开始了。苔丝心想，这场结束就该散场了吧。可是这场完了，下场又开始了。苔丝坐卧不安，心情烦躁起来，可是既然都已经等了这么久了，那就只能再继续等下去；今天是赶集的日子，路上不时有不怀好意的人在游逛；纵然不害怕那些料想得到的危险，可她还是害怕那些意料之外的伤害。要是离马渧村没那么远，她也就不那么害怕了。

"别紧张，亲爱的好姑娘。"一个满脸汗水的年轻男子，咳嗽着劝慰苔丝说，他的草帽扣在后脑勺上，帽檐的大圆圈儿就像是圣灵头上的光环，"急什么？明天是周天，感谢上帝，在教堂做礼拜时，我们可以睡上一觉，现在，过来和我跳一曲吧？"

她并不讨厌跳舞，可她不会在这里跳。热舞跳得激情四射起来：亮光闪闪的云柱后面，小提琴时不时地跑调，不是错拉到琴马这边，就是把弓背当成了弓弦。但这一切都无关紧要，气喘吁吁的人影依然尽情地旋转着。

舞者若想同原来的舞伴继续欢舞，那就用不着换舞伴。简单来说，换舞伴就意味着双方还有人对舞伴不那么中意。而此时此刻，所有舞者都完美配对，狂欢与梦幻之旅也随之开始了；在这场狂想尽欢中，激情构成了整个宇宙，而物质却变成了插入的异物，阻碍了你尽情尽兴地旋转飞舞。

突然，地上扑通一声闷响，一对舞者跌倒了，躺在地上，乱作一团。翩翩旋转而来的另一对来不及躲闪，绊倒在他们身上。屋内已然是飞尘一片，现在，在跌倒的舞者四周又扬起更浓的灰尘，尘土中，只见胳膊大腿错综纠缠，抽拔挣扎，搅作一团。

"好哇，我亲爱的先生，看我回家怎么收拾你！"人堆里传出一个女人的声音，正是那个身体笨拙、失足闯祸的男人不幸的舞伴，也是前不久刚与他结婚的妻子。在川特里奇，只要夫妻婚后依然柔情蜜意，再相互配对跳舞也没什么奇怪的；而且，夫妻在婚后生活中配对跳舞，也是常事，这样一来，那些彼此脉脉含情、心心相印的独身男女就不会被已婚男女分开，而失去配对的机会了。

这时，在苔丝身后的园子里，从黑暗幽静之处传来一阵大笑，这笑声与屋内的嬉笑声交相应和。她回头，看到了雪茄烟燃起的一点火红：艾力克·德伯维尔独自一人站在那儿，正示意她过去，她只好硬着头皮走上前去。

"嗨，我的大美人，你在这里干什么？"

她累了一整天，走了大半天路，现在已是疲惫不堪，只好和盘托出，说出了自己眼下的困境：自打刚才见面，她就一直等在这里，走夜路害怕，想找个伴儿，一起回家。"可现在看来，他们跳起来没完没了，我真不想再等了。"

"当然不用再等啦。今天我来这里，只是单人独骑，我们先将就着骑到花露丝酒店，到了那里，我就可以雇一辆马车，送你回家。"

听了这番话，苔丝心里美滋滋的，可内心对他的不信任，却久久不能消除，尽管跳舞的人一再拖延，她还是宁愿跟着这些下力做工的人一起走回家。于是她告诉艾力克，十分感谢他的好意，却不想再麻烦他跑一趟。

"我说了要等着他们的，这会儿他们或许还惦念着呢。"

"很好，我的万事不求人小姐，您随意……那我就不用忙乎了……天哪，看看，他们跳得多么欢腾！"

还没等他走进光亮之处，一些舞者便看到了他，他们舞步稍顿，也意识到时间过得飞快，现在确实很晚了。艾力克又点上一支雪茄，抽着烟走开了。随即，川特里奇的人，慢慢从来自附近农场的人群中聚拢起来，准备抱团回家。他们把包裹、篮子收拾到一起，又过了半个钟头，教堂的钟声响起，已是夜里十一点一刻，他们才稀稀拉拉顺着篱路爬坡往家走去。

这条回家的路有三英里长，灰白、干燥，晚上月光一照，越发亮白。

苔丝走在人群中，一会儿和这个走一段，一会儿和那个走一段；很快她就发现，晚上凉风一吹，那些喝酒过量的男人，走起路来踉踉跄跄，左摇右晃；有几个放浪的女人，也步态不稳，竟也前扑后靠起来。这几个女人中，有一个叫卡尔·妲琦的，皮肤黝黑，人送外号"黑桃女王"，前段时间还是德伯维尔的爱宠；另一个是卡尔的姊妹南茜，外号"方块女王"；还有一个就是今天跳舞时跌倒的那个新婚少妇。她们方才的样子，在鄙俗低下、不懂风月者眼里，既臃肿又庸俗；可无论怎样，在她们自己看来，事情却大相径庭。她们走在路上，觉得好似腾云驾雾，飞上了天，思想超前、深奥宏远，好像她们本人已与周边万物融为一体，那么和谐，那么美妙。她们感觉自己就像天上的星星月亮，那样崇高壮丽，星星月亮也像她们一样热烈奔放。

苔丝以前在家跟着父母住时，就有过这种痛苦的经历。今晚皓月当空，走在这皎洁的月色中，原本是无比惬意，可眼下的情形，苔丝无论如何也惬意不起来。不管怎样，鉴于前面所说的缘由，她还是走在人群里，不敢落单。

逢开阔大道，队伍便散落凌乱；而现在他们要过一道栅栏门，前面的人一时打不开门，队伍又聚拢起来。

走在队伍最前头的是"黑桃女王"卡尔，她挎着一个柳条篮子，里面装着为母亲买的杂货，她自己买的布料，以及本周要用的一些物品。篮子又大又重，为了方便走路，她索性把篮子顶在头上，两手叉腰，继续前行，篮子在她头顶晃来晃去，摇摇欲坠。

"哎呀，卡尔·妲琦，你背上是什么东西，还往下爬呢？！"人群中突然有人大声喊道。

大家的眼光齐刷刷地投向卡尔，她穿着薄印花布的长裙，有条像绳子一样的东西，从脑后一直垂到腰间，就像古代中国人的大辫子。

"是头发散落下来啦。"另一人说道。

不对，不是头发，那是从头顶上篮子里流下来的，一道黑黢黢的东西，好像一条黏糊糊的大蛇，在清冷的月光下闪闪发亮。

"是糖浆！"一个目光敏锐的妇女说。

那的确是糖浆。卡尔那可怜的老祖母，嗜甜如命。自家的蜂巢里从来都不缺蜂蜜，可她心心念念想要的，却是那甜甜的糖浆。由此，卡尔今天特意买了糖浆，打算给她个意外惊喜。黑姑娘赶紧放下篮子，发现盛糖浆的罐子已经在篮子里打碎了。

此刻，大家看到卡尔背上的怪相，不由得一哄而笑；那笑声刺疼了黑桃女王，她想自己动手，用眼下能想到的法子，即刻将身上的糖浆弄掉。她情绪激动，猛冲到刚才要走过的田间，仰面朝天，倒在草丛上，开始平地打转，又用胳膊肘撑地，在草里搓来擦去，极尽所能，想除去长裙上的污渍。

看到卡尔的怪态，大家捧腹笑抽，一个个笑得没了气力，有的倚在栅栏门上笑，有的靠在门柱上笑，有的挂在手杖上笑，笑态各异。我们的那位女主角苔丝，先前还保持克制，可在这疯狂势态下，终于忍俊不禁，和大家一起笑了起来。

这下可倒了霉，接下来的事情都变了味。在下力做工的人群中，黑桃女王听到苔丝那持重冷静、优美深沉的笑声，心里长期积压的醋意一下子爆发，她怒火中烧，一跃而起，疯了似的冲到仇人面前。

"你这个女人，竟也来笑话我！"她大声嚷道。

"大家都在笑，我实在忍不住了。"苔丝道歉说，嘴里还在咻咻地笑着。

"你眼下是他的新宠，就觉得比别人都厉害啦？打住，我的大小姐，你先打住，我一个就能顶你俩！来，过来试试！"

黑桃女王边说边开始脱上衣，这使苔丝有些惊恐，其实她脱衣服的真正原因，就是想借机尽快摆脱眼下的窘境。她脱得露出了饱满的脖颈，丰腴的双肩和浑圆的胳膊，月光下，看起来就像古希腊著名雕刻家蒲拉克西蒂利创造的作品，圆润丰满，健硕强壮，完美无瑕。

她紧握双拳，拉起架势，准备进攻。

"我可不想和你动手！"苔丝神色严肃地说道，"早知你是这路货色，我才不自甘下贱，与你们这群女人走在一起！"

这话虽是实情，却无意间扩大了敌对势力，劈头盖脸，给可怜的苔丝招来一阵谩骂。"方块女王"骂得更是厉害，人们猜疑卡尔与德伯维尔关系暧昧，其实南茜与德伯维尔也不清不楚，于是她与卡尔统一战线，联手对付共同的敌人。其他几个妇女也随声附和，恶语相加。要不是晚上都厮混在一起，寻欢作乐，她们也不至于冲昏了头脑，愚昧地乱骂一气。然而，几个男人觉得这有失公允，帮苔丝说了几句公道话，却适得其反，一下子激化了矛盾，扩大了战事。

苔丝恼羞成怒，再也顾不上形单影只与时间已晚了，此时此刻，她满脑子只有一个想法，那就是尽快摆脱这群人。她心里清楚，这群人中，心地稍善良的，第二天一定悔恨今晚的所作所为。人群已经走进田地之中，她慢慢向后，朝人群边缘移动，想找机会独自走开，就在这时，路边树篱一角，悄无声息地出现了一人一马，马上之人正是艾力克·德伯维尔，他正四下端详着人群。

"嗨，你们这些下大力的，在这里吵吵嚷嚷的，干什么呢？"他大声喝道。

没人接他的话茬，其实，他也不需要谁来回答。他骑马悄悄跟踪队伍偷听，早就知道了他们为何争吵，心中不觉暗自高兴。

苔丝已离开人群，独自站在栅栏门附近。他俯下身，低声对她说道："跳上来，骑在我后面，咱们一眨眼的工夫就能把这群狗撕猫咬的贱人抛在脑后。"

这突发的情势，给了苔丝莫大的刺激，她甚至觉得自己快支撑不住，要晕过去了。要换作其他任何时刻，她肯定都会像之前那样，婉言谢绝这份帮助与陪伴；即便是现在，要是单单面临孤单无伴，她也会一如既往，张口拒绝。可这份邀请恰恰出现在这个节骨眼儿上，只要她双脚一跳，眼前的恐惧与愤怒便可瞬间转化为胜利与优越，无情地碾压这群泼妇的嚣张气焰。最终，冲动战胜了一切，她攀上栅栏，脚尖一点他的脚面，飞身上马，坐到他身后。还没等这群吵闹好斗的狂欢者明白过来，他俩便打马飞奔，消失在茫茫的夜色之中。

"黑桃女王"也顾不上身后的污垢，站在"方块女王"和那个摇摇晃晃、站立不稳的新婚少妇身旁——三人就这样愣愣地站着，目不转睛地盯着前方，直到马蹄声渐渐远去，消失得无影无踪。

"你们仨在看啥呢？"一个男人，没看清刚才发生的一切，好奇地问道。

"哈——哈——哈！"黑卡尔笑了。

"嘿——嘿——嘿！"醉酒的新娘子靠在心爱的丈夫臂弯里，跟着笑了。

"呵——呵——呵！"黑卡尔的母亲也笑了，她摸着小胡子，言简意浓，缓缓地说道，"才出煎锅，又入火坑！"

　　这群露天劳作的儿女又走上了那条田间小路，即便饮酒过量，很快也就消散殆尽，无伤大碍；皎洁的月光照耀着地面一层晶莹的露珠，闪闪发光，这样一来，每个人头部的影子周围，便出现了一圈乳白色的光环，人往前走，光环便伴影随行，无论影子怎么颠簸歪斜，光环始终都不离不弃，使影子变得唯美浪漫；逐渐地，似乎是那光环本身颠簸摇晃起来了，他们呼出的白气也与夜间雾霭融为一体；景象的灵气、月光的灵气、大自然的灵气，也似乎与美酒的灵气和谐相融，氤氲一气了。

11　幽林失身

　　艾力克与苔丝骑马向前慢跑了一阵，谁也没说话，苔丝搂着他，心怦怦直跳，仍然沉浸在胜利的兴奋当中，与此同时，她也心存疑虑。马儿跑起来不是很安稳，她紧紧搂住他，看到今晚骑的马，不是原来的那匹烈马，也就没再害怕。苔丝求他把马放慢，改跑为走，这次艾力克听话照做了。

　　"把她们甩掉了，干净利落，是吗，我亲爱的苔丝？"过了一会儿，他说道。

　　"是的！"苔丝回答，"我知道，这得感谢你。"

　　"你真的感激我吗？"

　　她没有回答。

　　"苔丝，你为什么总是不愿让我吻你？"

　　"我想——那是因为我不爱你吧。"

　　"你确定不爱我？"

　　"有时候，我还很生你的气呢！"

"哦，我早就担心会是如此。"苔丝说出了心底的想法，见此情景，艾力克也没再反驳。他心里明白，无论怎样，开口讲话总比冷淡无趣、不搭不理得好。"我惹你生气了，你为啥不告诉我呢？"

"这其中的原因你比我更清楚。在这儿，啥事我能做得了主？"

"我向你求爱，这事没常常惹你生气吧？"

"有几次。"

"多少次？"

"你明知故问——多了去啦。"

"每次求爱，你都不高兴？"

苔丝沉默不语，马儿缓慢前行，就这样走了很久。后来，不知不觉走进了一片灰白发亮的薄雾，那雾气整个晚上都一直弥漫在低地山谷之间，可现在却漫山遍野散布开来，将他们重重包围起来。那团团雾气又好似将月光托起，比起晴空朗照来，迷雾衬托着月光，遍及山林，笼罩万物。或是因为迷雾索月，或是因为恍惚走神，再不就是因为困倦疲乏，苔丝没有觉察到，他们早已走过了去往川特里奇的岔道口，而她的引路人根本就没走通向川特里奇的那条路。

苔丝疲倦得无以形容。这个礼拜，她每天早晨五点钟起床，一天到晚忙得团团转，而今天傍晚她又多走了三英里，来到猎苑堡，在那里，等邻里乡亲一起回家，一等就是三个钟头，这中间一口饭都没吃，连口水也没喝，那时，她等得心焦，也顾不上吃喝；后来，跟着人群往家赶，又走了一英里，其间，还经历了吵架的刺激与兴奋，之后，又骑马缓慢行走在林雾之中，此时此刻，差不多已是凌晨一点钟。纵然疲惫困乏，苔丝仍旧强打精神，保持清醒，只有一次实在支撑不住，困倦袭来，昏昏睡去。沉睡中，她昏昏迷迷，将头靠在了他身上。

德伯维尔勒住马，把脚从马镫里抽出，侧身坐在马鞍上，用胳膊搂住她的腰，将她扶稳。

潜意识里早有防范之心，苔丝一下子便清醒过来，无暇细想，立即轻轻推了一把，本能地自我保护，外加报复。德伯维尔那样坐着，本来就难以保持平衡，再加上她这一推，险些滚落马下，跌到地上，幸亏今晚骑的这匹马健壮有力，老实听话。

　　"你真是太不知好歹了！"他说，"我并没有恶意，只是怕你摔下去了。"

　　她将信将疑，细细琢磨了一会儿，觉得他说的或许是实话，便后悔起来，谦逊诚恳地道歉说："请您原谅，先生。"

　　"那你得对我表示信任，要不然我是不会原谅你的！"他突然发起脾气来，"上帝啊，像你这样一个野丫头，竟敢推搡起我来啦，你把我当成什么人了？整整三个月了，你对我轻视玩弄，冷落怠慢，闪躲逃避，我再也受不了了！"

　　"那我明天就离开你，先生。"

　　"那可不行，不准离开我！我再问你一遍，能不能让我搂着，来表示一下你对我的信任？过来，这里没外人，就咱俩，彼此都很熟悉，你也清楚我爱你，把你看成这世界上最漂亮的姑娘，当然，你的确是这世界上最漂亮的。做我的情人，好不好？"

　　苔丝有些按捺不住，立即倒吸一口冷气，表示反对，坐在马鞍上，焦躁不安，扭来扭去，眼睛望着远方，喃喃地说道："我不知道——但愿——我怎么能告诉你好还是不好，在我——"

　　他用胳膊紧紧搂住苔丝，如愿以偿，苔丝也没再反对。他们就这样侧身搂着，缓慢前行。突然，她发觉他们已经行走得太久了，猎苑堡离这里不远，就是按照这样的速度，也用不了这么长时间，而且，现在走的，也不是路面硬化的大道，而是弯曲小路。

　　"嗨，我们这是到哪儿来啦？"她喊道。

　　"正在经过一片林子。"

"一片林子——什么林子，我们肯定走错路了吧？"

"刚进猎苑——英格兰最古老的树林。多么美好的夜晚啊，为什么不多走走呢？"

"你真不靠谱，经常骗人！"苔丝说道，语气中透出三分狡黠，七分惊恐。她不顾从马上摔下的危险，把他的手指头一个一个扳开，从他怀抱中挣脱出来。"刚才我错怪了你，还推了你一下，就一直信任你，顺从你，取悦你！你看你做的这事，让我下去，我要走回家！"

"亲爱的，就是不下雾，你也走不回去。况且，现在咱们离川特里奇有好几英里远，林雾又越来越浓，实话告诉你，你在这林子里转上几个钟头，也走不出去。"

"这个你不用管，"她好言好语，半哄半劝，"求你，先把我放下来，我不在乎在哪里，先生，你让我下去。"

"那好，我放你下去——但是有一个条件。既然是我把你带到这偏远陌生的地方，不管你自己怎么想，我觉得我有责任把你平平安安地送回家。你说不需要帮助，自己就能回到川特里奇，那是天方夜谭；亲爱的，说实话，这场雾笼罩整个山林，连我自己都弄不清身在何处了。现在，你要是答应我，愿意待在这匹马旁边等着，我穿过灌木丛，去探探路，看看附近有没有房屋做参照，弄清楚我们的具体方位，我就愿意把你留在这里。等我回来了，会详细告诉你怎么走，那时，你要是再坚持走回去，或许能行；当然，你也可以骑马回去——你乐意怎么走，就怎么走。"

苔丝接受了这些条件，答应在这里等着，便从马的左边溜了下来，他不失时机，冷不防上前亲了她一口，从另一边跳下马。

"我想，我得牵着马，对吗？"她问。

"哦，不，用不着。"艾力克拍了拍那匹马，回答道，"今晚它可是累得够呛。"

他掉转马头，把马牵到灌木丛那边，拴到树枝上，又在一大堆厚厚的落叶中，给她做了一个类似榻儿或窝儿的东西。

"好啦，你可以坐这儿，"他说，"这些叶子没湿。照应一下马儿，稍微留意一下就行。"

说完，他便往前走去，没走几步，又转过身，对苔丝说："顺便和你提一句，苔丝，今天有人送给你父亲一匹马。"

"有人送马？是你送的？"

德伯维尔点点头。

"哦，你真是太好啦！"苔丝喊道，可转念一想，偏偏在这个节骨眼儿上要感谢他，心里颇不是滋味。

"孩子们也得到了一些玩具。"

"我不知道，你给他们送了东西！"她低声说道，心里满满的感激，"我真希望你没送他们东西，真的，我真希望如此！"

"为什么，亲爱的？"

"你这样做，弄得我左右为难。"

"苔丝，到现在，你还是一点儿都不爱我？"

"我很感激你，"她勉强承认，"可是，恐怕我爱不起来——"她突然回过味来，他送东西给家人，无非是出于对自己一片痴情，想到此，心中不由得万分难过，一颗伤心的泪珠慢慢滚落，紧接着又是一颗，索性，她放声大哭起来。

"别哭，亲爱的，我亲爱的姑娘！坐这儿，等我回来，啊！"她只得听话照做，在他弄的一堆树叶子里坐下，冷得打哆嗦。"你冷吗？"他问。

"不是很冷，只是有一点儿。"

他伸手摸她，就像摸到鹅绒，柔软细腻，充满弹性。"你怎么只穿了一件这么单薄的裙子？"

"这是我夏天最好的裙子。出门时觉得，穿在身上挺暖和的，那会儿哪知道要骑马，而且还是在大晚上。"

"九月的夜晚就变得清冷了。容我想想怎么办。"他脱下身上穿的薄外衣，轻轻为她披上，"这下好啦，现在你觉得暖和点儿了吗？"他继续说道，"我的大美女，你就在这里休息，我很快就会回来。"

艾力克为苔丝扣好衣扣，便一头扎进雾气缭绕的漫天大网。夜间迷雾，在林间织起层层帷帐，无边无沿。她尚能听到他爬上邻近山坡，推枝拨杈，窸窸窣窣，沙沙作响；渐渐地，那声响变得像鸟雀儿在枝头跳跃，轻盈微弱，最终消失在迷雾里。月落天边，天色渐暗，苔丝独坐在一堆落叶里，隐没在一片暗淡中，沉浸在一场幻想间。

与此同时，艾力克·德伯维尔披荆斩棘，穿越灌木丛，爬上了坡顶，来弄清他俩到底在猎苑什么方位。事实上，他信马由缰，漫无目的地走了一个多小时，见弯儿就拐，一心想和苔丝多待一会儿，他满眼都是苔丝在月下的美形倩影，哪还顾得上沿途路边的物体标识。他心里清楚，那坐骑已是筋疲力尽，需要休息，也就不急着寻找地标，辨别方位。他翻过一座小山，进入下面的山谷，来到一条大道的树篱边，他认出了这条道，也终于搞清楚了现在所处的方位。于是，德伯维尔转身往回走，此时此刻，月亮已经完全落山，破晓将近，林雾依然浓密，整个猎苑笼罩在一片浓浓的黑暗里。他只得双手前伸，摸索探路，缓慢前行，以免碰到树枝上。很快，他就发现，要找回到当初离开的地方，几乎是不可能了。他深一脚浅一脚，在周围转来转去，不断寻觅；突然，他听到身边有马的动静，那声音仿佛伸手可及，一抬脚，却又绊上了他外套的衣袖。

"苔丝！"德伯维尔喊道。

山林寂静，无人回答。黑夜深沉，他只能隐约看见脚边一团暗淡的灰白，那正是身着白色布裙、躺在落叶堆里的苔丝的形体，除此以外，周围一片漆黑。德伯维尔弯腰俯身，听到了轻柔均匀的呼吸声。他跪下来，把身子俯得更低，脸上已经感受到她呼出的热气，他的脸继续压低，到后来，和苔丝的脸贴在了一起。她睡得又香又沉，睫毛上还挂着泪珠。

黑暗与寂静笼罩了四野。头顶上耸立着猎苑古老的水杉与橡树，枝杈间栖息着温柔的鸟儿，它们正享受着黎明前的最后一觉；树林里，野兔蹦来窜去，轻盈迅捷，悄无声息。此时此刻，或许有人要问，苔丝的护身天使在哪里？她一心虔诚信仰的上帝又在哪里？难不成，就像喜欢冷嘲热讽的提什比所说的，他是另一个上帝，或许在闲聊，或许在逐猎，或许在旅途，再不就是在沉睡酣眠，无人叫醒。

这本是美丽娇柔的天生丽质，宛若游丝，精细缥缈，恰似白雪，圣洁无瑕，可偏偏是命中注定，在上面绘出一幅那么鄙俗的图案，这是为什么？生活中往往会上演这样的事情，鄙俗占有了美好，恶男霸占了淑女，丑女抢占了俊男，几千年来，人类的分析哲学也解释不清，世间为什么会如此纷繁杂乱、毫无秩序。的确，或许有人这样认为，眼下这场悲剧，有轮回报应的可能。想当年，苔丝·德伯菲尔德那些顶盔贯甲的祖先，征战凯旋，恣意行乐，对当时农民的女儿，也有过同样的行径，甚至更加冷酷残忍，这或许也是常情。祖宗的罪孽报应在子孙身上，诸神认为这是天经地义，而普通百姓对此却嗤之以鼻；然而，这对势态发展于事无补。

在偏僻的乡下，连苔丝自己家里的人，在交谈中，也总是用那种宿命论的语气，不厌其烦地说着："这都是命中注定。"这正是令人痛心之处。自此以后，我们这位女主人公的身份品性，与她跨出家门，到川特里奇养鸡场试碰运气之前，不可同日而语。这前后之间横跨了一道深不可测的世俗鸿沟。

第二部
少女失贞

　　她不停地捆麦子，就像钟摆一样，机械重复，单调乏味。她明白，她得出来做点儿有用的事，不惜一切代价，重新独立生活，品尝这世间的甜蜜。

12　落魄而归

篮子满满当当，包袱又大又重，苔丝就像感觉不到累，拖着行李，只顾往前走。偶尔停下来，呆呆地靠在栅栏门或柱子上歇息，不一会儿，又伸出圆润的胳膊，挎起行李，机械地继续前行。

这是十月底一个周天的早晨，距苔丝来到川特里奇，大约有四个月，离他们骑马在猎苑走夜路，也不过才几个礼拜。此时，天刚放亮，身后的天际，黄色光辉，冲破云气，照亮了她面前的那道山梁；就是那道山梁，把山谷隔开，在山这边，她只不过是个过客，来去匆匆；只要翻过那道梁，她就回到了生她养她的故乡。山梁这边，坡路舒缓，水土和景致与布蕾克摩山谷的大不一样。即便山谷间有条铁路蜿蜒而过，起到了一些融合同化作用，可两边的人在性格与口音方面，还是有些细微的差别；她的小乡村，虽然离她短暂栖身的川特里奇还不到二十英里，却显得那么遥远偏僻。隔在山那边的乡民，无论是做买卖、出行、求爱，还是婚嫁，都习惯向西边和北边去；而山这边的人，则把心思与精力大都放在了东边和南边。

眼前这道山坡，勾起了她心中的往事，那是六月的一天，德伯维尔来接她，两人正是从这道山坡，驾车狂奔而下。今天，苔丝一口气爬到坡顶，站到山崖边，眺望这片熟悉的绿色原野，在雾霭中半隐半现。这片山谷，从这崖边欣赏，永远都是美不胜收；尤其是今天，在苔丝的眼里，更是美到极致。从上次途中观赏这片美景，一直到现在，往事历历在目，教她懂得了，在鸟儿甜美歌唱的枝头，也会有毒蛇在无情地猎捕；有了这次教训，她的人生观已经彻头彻尾地发生了改变。在家跟着父母，苔丝生活得简单纯洁，无忧无虑，而现在，像完全变了个人似的；她静静地站在那儿，心事重重，低头沉思，心中难过万分；她实在无法再面对布蕾克摩山谷，便转身望向身后。

身后的路灰白漫长，她刚刚一路艰难攀爬，到达坡顶。就在那条路上，她看见一辆双轮马车赶了上来，马车旁边跟着走来一个人，此人正向她举手挥舞，招手示意。

看到手势，苔丝一脸漠然，停下来，戳在那里等；过了几分钟，人与车马一齐停在她身边。

"你为什么要这样偷偷摸摸地溜走？"德伯维尔赶得上气不接下气，一开口便责备道，"还选了个周天早晨，大家还赖在床上睡懒觉呢！我也是碰巧才知道的，紧接着就拼着老命，一路追到这儿。你看看把这匹马给累的！为什么非得这样走呢？又没人拦你。步行多累呀，还带着这么重的行李，你这又是何苦呢？我疯了一般追上来，就是想送你一程，要是你实在不想回头的话。"

"我不会回去了。"苔丝答道。

"我知道你是不会回去的，我早就说过！那好吧，把篮子放上来，我扶你上车。"

苔丝冷着脸，将篮子与包裹放到车里，抬腿上车，与他并排而坐。现在，他也没什么好怕的了，而她不怕他的原因，却正是她伤心的地方。

德伯维尔点起一支雪茄，动作极不自然。一路上，谈话冰冷无趣，时断时续，净说些大道边上、无关痛痒的闲话。夏初时节，就在这同一条路上，他俩驾车而驰，只不过是朝着相反的方向走。那时，他想方设法向她索吻，而今早已忘得一干二净了，可她却将那一切都印在脑海，无法忘记。她坐在车上，呆若木鸡，嘴里间或蹦出一两个字，算作是对他的回答。走了几英里，眼前出现一丛小树林，过了这片林子，就到马添村了。此时此刻，苔丝那冷若冰霜的脸上才露出一丝情感，三两颗泪珠，滑落脸颊。

"你哭什么？"他冷冷地问。

"我只是在想，我就是在那里出生的。"她默默地答。

"哎呀，我们都得有个出生的地方啊！"

"我真希望，我没出生，不管在那里还是在哪里。"

"喊，得了吧！你还不想来川特里奇呢，你这不也来了吗？"

她没有回答。

"你绝不是因为爱我才来的，我敢发誓。"

"千真万确。假如我是因为爱你而来，假如我曾真心爱过你，假如我仍然爱着你，我就不会像现在这样讨厌自己，痛恨自己软弱无能了！……短短这几天，你就蒙蔽了我的双眼，事情就是这样。"

他耸了耸肩。她继续说。

"等我明白过来你的用意，为时已晚。"

"女人都这么说。"

"你竟敢说出这种话来！"她两眼冒火，冲他嚷道，埋藏在内心深处的某种精神苏醒了（将来有一天，他会更多更深地见识这种精神）。"天哪，我恨不能把你摔下车去！难道你就从来没想过，别的女人只是嘴上说说，而有些女人却放在心里！"

"好，好。"他说着，笑了起来，"非常抱歉，我伤害了你。我错了，这个我承认。"他语气里透出几分苦涩，继续说道："不过，你也不必没完没了地给我甩脸子，我情愿把这笔债还清，分厘都不会欠你。你知道，你用不着再到农田或奶牛场里去干活儿；你也知道，你尽可以穿着体面，而不是像你最近这样，老是穿得如此寒酸，就好像你赚的钱，连根衣带都买不起似的。"

她天性宽厚，性情奔放，常日里极少鄙视他人，可今天她却把嘴角轻轻一撇，露出鄙夷的神色。

"我说过，我不会再要你的东西了，不要了，也不能再要了！倘若再要，我就成了你的玩物了，我可不要了！"

"瞧你这优雅的神态，人家还真以为你是地道、纯正的德伯维尔家族的后人，而且还是一位公主呢——哈哈哈！好啦，我亲爱的苔丝，我没啥可说的啦。我自认为，我是个坏人——一个该死的坏人。我天生就坏，一直坏到现在，大概要一直坏到死。可是，我用堕落的灵魂向你发誓，苔丝，我再也不会对你不好了！如果某种情形发生——你明白的——哪怕你遇到一丁点儿困难，需要一丁点儿帮助，就给我写几个字来，要啥，你尽管说。也许我不在川特里奇——我要到伦敦待一段时间——我实在受不了那个老太婆了。不过，信都是可以转过去的。"

苔丝不想让他再往前送了，两人就在那片林子旁停下。德伯维尔下车，又把苔丝抱下来，然后把她的行李物品——一放到身旁。她瞟了他一眼，向他微微鞠躬致谢，然后转身拿起包裹，就要离开。

艾力克·德伯维尔拿开烟，朝她弯下腰，说——

"亲爱的，你就这样转身走了吗？过来！"

"随便你好啦，"她冷冷地答，"看你都把我摆布成啥样了！"

她转过身，仰起脸，像座大理石雕成的田间界神，冰冷生硬；他在她脸颊上吻了一下——一半是敷衍，一半又好似那份狂热还没有完全熄灭；她两眼茫然，望着前方远处的树木，任他去吻，恰似浑然无知无觉。

"朋友一场，再吻一下那边。"

她转头，一样地冷淡无情，就好像在机械地配合理发匠或画像师的指令。于是，他在另一边脸上也吻了一下，嘴唇触到脸颊，湿滑冰冷，好似周围林子里冒出的蘑菇。

"你就不能用你的嘴回吻我一下？你还从来没主动地吻过我——恐怕，你永远都不会爱我了。"

"我早已说过了，而且一直这样说。这是事实，我从来没有真正、真心地爱过你，而且也永远不会爱你。"她难过至极，接着又说，"或许，事到如今，撒句谎说声我爱你，对我大有好处；可我还有些自尊，尽管剩下的不多了，我就是不能撒这个谎。假如我真的爱过你，我会找到许多最好的理由来告诉你。可我根本不爱你。"

他重重地叹了口气，仿佛此情此景让他的良心受到谴责，或是良知得到发现，或是颜面有些扫地。

"哎，苔丝，你这样忧郁惆怅，实在是荒唐可笑。现在，我也用不着去奉承你，就坦率告诉你吧，你没必要这么悲伤，无论出身高贵贫贱，单凭你的美貌，在这一带，你就可以稳妥立身；我说的这些都实在有用，完全是出于好心。你要是识时务，就抓紧去展示你的美貌，千万莫要等到年老色衰……还有，苔丝，你还会回到我身边来吗？说实话，我真不舍得让你就这么走了！"

"妄想，真是妄想！我一明白过来，就下定决心——我该早点儿明白过来的；我绝不会再做傻事了。"

"那好吧，再见了，做了我四个月的堂妹！"

他轻快地跳上马车，理好缰绳，很快便消失在结满了红色浆果的高大树篱之间。

苔丝连头也没回，继续沿着蜿蜒小路，缓慢地往前走去。天色还早，太阳虽然已经高过山头，光线却还是有些朦胧清冷。周围连个人影也没有，游荡在林间篱路上的，似乎只有那悲伤的十月和更加悲伤的她。

她正往前走，这时身后传来脚步声，听声音，是个男的；那人走得疾快，不等她觉察，来人已经走近，赶了个脚前脚后，那人开口招呼道"你好"。他看上去像个手艺人，手提一个锡罐，里面盛着红油漆。他问她可否为她提着篮子，话语稳重礼貌，简洁明了，像是在出席商务活动。她同意了，给了他篮子，跟在他身旁走。

"安息日还起这么早！"他高兴地说道。

"嗯。"苔丝回答。

"劳作了一个礼拜，多数人都还在休息。"

苔丝又点头答应。

"不过，同一个礼拜做的工作比起来，我今天做的，更真切实在。"

"是吗？"

"一个礼拜，我都在为人类的荣耀而辛勤劳作，而周天，我是在为上帝的荣耀而尽心工作。与其他事情比起来，这更加真实，是不是？哎，在这个篱阶上，我还有点儿活儿要干。"说着，那人转身走向路边栅栏的一个开口，那个开口通向一片草场。"稍等会儿，"他继续说道，"马上就完事。"

篮子在他手上，她只得停下来，等在路边，看他工作。他把篮子和锡罐放在地上，拿起罐子里的刷子，搅拌了一下油漆，开始在篱阶上三块木板的中间那一块上写起了大字，字形方方正正，每个字后面都加了逗号，好像让人读起来要一字一顿、铭记在心似的。

一，切，罪，恶，必，遭，惩，罚。
《彼得后书》，Ⅱ，3

那几个朱红大字，映衬着灰白枯黄的矮树林、天边蓝色的云气及布满苔藓的篱阶木板，在宁静的晨光中，显得格外刺眼。每个字似乎都在疾声呼号，连空气也为之震颤。这种宗教信仰，当年也曾为人类做出过贡献，可现在，也许有人看到这些丑陋骇人的涂抹，会厌恶地说"哎，可怜的神学啊"，这种通过涂写来警诫世人的做法，也只是它荒诞古怪的谢幕表演罢了。可这些字却令苔丝恐惧异常，恰似个个都在指责她犯下的罪行，就好像那个人早已知道了她最近的经历；而事实上，他对那些一无所知。

写完字，他提起篮子，苔丝机械地跟在他身旁，继续赶路。

"你真相信你写的话吗？"苔丝低声问道。

"那还用问？就像我相信，我现在是个大活人。对教义，我坚信不疑！"

"可是，"她声音颤抖起来，"假如你犯的罪，不是出于本心，那又该如何？"

他摇了摇头。

"这个问题太棘手，我无法回答，"他说，"今年整个夏天，我在这个地区已经行走了好几百英里，所到之处，只要有垣墙、栅栏门、篱阶，我都会写上这些话。至于效用，就让那些看到的人用心去体会吧。"

"我觉得这些话太可怕了，"苔丝说，"这简直就是心灵碾压！要人命啊！"

"这正是用意所在！"他干的就是这一行，就用这一行的口气说道，"你还没见我写的最热辣戳心的话呢——我把这些话写在贫民窟和码头上。那些话，足以让你浑身打怵！不过，在乡下，用这些话，已经是很好的啦……哎，那个谷仓上有面墙，空着呢，别浪费了。我得写上一句——让像你这样容易出乱子的年轻女人看看，警示警示。稍等哈，姑娘。"

"我不等。"说着，苔丝提起篮子，艰难地往前走。走了几步，她扭头往回看。那面古老灰白的墙上，又写上了与先前一样的词句，炽热火辣，警诫醒目，奇异罕见。之前从没人在上面涂抹过，如今却面目全非，那面墙看起来似乎有些窘迫悲伤。那句话刚写到一半，苔丝便知道了下文，不觉面色绯红。上面写的是——

你，不，可，犯——（奸淫之罪）

那位朋友见她在回头看字，异常兴奋，停下手中的油漆刷，冲她大声喊道——

"你要是想在这些问题上得到教化启迪，你要去的那个教区，今天刚好有位热心诚挚的好人，要去那里做一场慈善布道，他叫克莱尔，来自爱敏斯特教堂。现在我俩不是一个教派了，可他是个好人，绝不次于我认识的其他任何牧师。我最先就是受了他的影响。"

苔丝没有回答，心里扑通扑通狂跳不止，双眼死死盯着路面，继续往前走。"呸，我才不信，上帝能说这样的话！"她用鄙夷的语气低声说道，脸上的红晕随即退去。

走着走着，苔丝猛一抬头，看到一缕炊烟，袅袅升起，面前正是父母的屋舍，心头不由得难过万分。走近房子，看到屋里光景，心中更加难过。母亲刚刚下楼，正在燃起剥了皮的橡树枝烧水做饭，看到苔丝回来，慌忙转身打招呼。这是周天的早晨，孩子们还在楼上睡觉，父亲也还没起床，周天多睡上半个钟头，也算合情合理。

"哎呀！——我的心肝宝贝！亲爱的苔丝！"母亲又惊又喜，跳上前来，激动地亲吻她，"一切都挺好吧？你都到了我跟前，我才看到！你是回家来准备结婚的吧？"

"不，不是，妈妈。"

"那是回来度假？"

"嗯——回来度假，在家过个长假。"苔丝答道。

"什么？你堂兄不办那件大喜事了吗？"

"他不是我堂兄，也不想娶我。"

母亲上上下下、仔仔细细打量着苔丝。

"到底怎么啦，你的话没说完。"她说。

于是，苔丝走到母亲面前，把脸伏在琼的脖子上，从头到尾把自己的经历诉说了一遍。

　　"那你怎么不让他娶了你啊！"母亲一遍遍地说，"有了那种关系，任何女人都会那么办，可你怎么……"

　　"或许别的女人会那么做，可我绝不会那样。"

　　"要是你想法子让他娶了你，再回来，这就是个传奇故事了！"德伯菲尔德太太接着说，心中恼怒，眼泪都快流下来了，"你和他的事情，早都传到了我们耳朵里，可谁会想到竟是这般下场！你为什么不替这个家考虑考虑，给这个家带来点儿实惠，而只为自己打算？！你看看，我操持着这个家，天天累死累活，劳碌疲惫；你那体弱可怜的父亲，心脏就像个大油盘子，被肥油裹得严严实实。我全指望你帮帮这个家，好有点儿起色！四个月前，你俩坐着马车走的时候，看上去是多么般配的一对儿啊！看看他给的这些东西——我们都以为，他给这些都是因为咱们是本家。既然他不是本家，那肯定是出于对你的爱恋，可你偏偏没让他娶了你！"

　　让艾力克·德伯维尔一心娶她！他娶她！结婚的事，他自始至终一字未提。即便他提了，又能怎样？为了从世俗水火中得到救赎，便可慌不择路？于错乱中抓住一丝希望，在逼迫之下，她会怎么回答他？连她自己也说不清楚。可是她那可怜的母亲太糊涂，一点儿也不了解眼下她对那个男人的情感。或许在那种特定情境里，她那份情感不同寻常，可怜不幸，又无法辩解清楚。可那份情感却实实在在地发生了；这也正是她恨自己的原因所在。她从未一心一意地关爱过他，现在更是一点儿也不会关注他了。以前，她怕他，躲他，他就乘她之危，在她无依无靠之际，处心积虑地设计引诱她，最终她被迫屈服。接下来，又一时被他那假惺惺的热情蒙蔽了双眼，好像喝了迷魂汤，糊里糊涂地顺从了他。忽然有一天，她开始鄙视他，厌恶他了，于是从他身边逃开了。事情就是这样。她倒不是十分恨他，不过，在她心目中，他只不过是一撮尘土、一片灰烬而已，即便是为了名声，她也没想过要嫁给他。

"要是你不想让他娶你做太太，你就应该多加小心才是！"

"哎，妈！我的母亲！"女孩痛苦万分，心碎绝望，情绪激动地转向母亲，大声说道，"你想想，我怎么会知道这些事？四个月前，我离开家，也只不过是个孩子。你为什么不告诉我，与男人接触会有危险？你为什么不告诫我呢？大户人家的夫人小姐都知道要提防什么，因为她们读书、看小说，了解男人的花招伎俩；可我却没有那样的机会来学习那些东西，而你又不帮我！"

母亲被问得无言以对。

"要是我早告诉你，他对你的痴情爱恋，早告诉你这份情感会带给你什么，就怕你会摆架子，不搭理人家，丧失了大好机会。"她撩起围裙，拭去眼泪，嘴里嘟嘟囔囔，继续说道，"唉，现在咱们只能尽力往好处办了。说到底，凡事顺其自然，上帝才会高兴！"

13 幽谷索居

苔丝·德伯菲尔德从她那冒牌本家的庄园回来了，这件事已传得沸沸扬扬，如果说，在方圆一平方英里的地界，用沸沸扬扬这样的字眼不算夸大其词的话。下午时分，马渌村里几个年轻的姑娘，也就是苔丝的老同学、老朋友，便闻风来看望她。她们一个个都穿上了最好的衣服，浆洗干净，熨烫平整，她们认为只有这样才能配得上来看一位凯旋的卓越爱情征服者。她们围着苔丝坐成一圈，大瞪着双眼，盯着苔丝，满眼好奇。据说，深深爱恋苔丝的堂兄与她隔了三十一代，并不完全是土生土长的本地绅士，而且还是个肆无忌惮的猎艳高手，恣意轻率的负心汉，这名声早已传出川特里奇，狼藉于天下。这样一来，她们认为，苔丝的境遇，与温情缠绵比起来，那份惊险凶恶更具魔力与刺激。

她们兴趣浓厚，对她的传奇经历着了迷，苔丝一转过身，几个年轻的姑娘便小声议论起来。

"她长得怎么这么好看啊！配上那件连衣裙，显得更漂亮啦！我敢说，那件裙子肯定花了不少钱，而且一定是他送的。"

苔丝走到屋子角落里的碗橱旁，去拿茶具，没听见这些议论，要是听见了，她或许会马上纠正过来。但是她母亲却听到了，于是琼那简单愚昧的虚荣心，在攀附一门绚丽婚姻的希望落空后，又在女儿与人惹眼的调情求爱中得到了满足。即便这种满足瞬间即逝，即便这种满足极度有限，即便这种满足会给她女儿带来不好的名声，可总的来说，这回她称心如意了。不管怎样，她最终或许还是要嫁给他的。来客对苔丝羡慕不已，琼心中喜悦，便盛情挽留她们在家里吃茶。

她们吃着茶，聊着天，欢笑不断，说笑间不时出现含沙射影的插科打诨，尤其是她们那闪烁其词的羡慕之情，嫉妒之意，也提振起了苔丝的精神；夜晚的时光在欢声笑语中流逝，苔丝受她们兴奋情绪的感染，竟也快活嬉笑起来。脸上那岩石般僵硬的表情消融不见了，走起路来也恢复了往日的蹦蹦跳跳，她容光焕发，浑身上下都透出青春的靓丽。

她本是心事满腹，可有时候在回答起她们的问题来，不知不觉有了几分高贵优越的神气，好像自己也承认，她初试情场，这确实有些让人艳羡。不过，同罗伯特·骚赛说的"同她自己的毁灭共浴爱河"比起来，还差得远，她的幻想也只不过是道闪电，转瞬即逝；冷静的理智一旦恢复，便开始嘲弄讥笑她时而冒出的软弱无能、受欺被骗，脑海中瞬间闪现的骄傲里总有一种幽灵般的恐怖，萦绕于脑际，纠缠于心畔，谴责她，惩罚她，使她又变得无精打采，萎靡不振。

第二天黎明时分，苔丝独自醒来，一人躺在过去睡的床上，周天已经过去，今天是周一了；漂亮的衣服已经收起，欢笑的客人已经离去，身边躺着的，是几个小家伙，呼吸轻柔，天真无邪。她回家带来的那份兴奋和激动与撩起的好奇和兴趣已经淡去，摆在她面前的是一条漫长冷酷的大道，在这条大道上，她将独自一人跋涉前行，无人理会，也无人同情。抑郁悲伤披头盖顶地袭来，她情绪坏到极点，恨不能一头钻进坟墓，躲开这世俗的人间。

过了几个礼拜，苔丝才恢复过来，敢抛头露面了。他在一个周天早晨来到了教堂，跟着唱起了晨颂。她喜欢听悠久的圣歌与古老的圣诗。她天生喜欢音乐，这是从喜欢哼唱民谣的母亲那里继承来的，她能赋予最简单的音乐以强大的力量，有时候，这种力量几乎能让人把心儿从胸膛里掏出来。

过去的遭遇不光彩，她既要尽可能避开别人的耳目，又得躲开年轻男子的殷勤示爱，于是她一直等到教堂的钟声敲响，才动身前往。到了那里，也只是在走廊下面觅一个后排座位坐下，那儿靠近杂物间，只有老头老太太才肯坐，那个地方堆放着教堂里用来挖坟开墓的器具，几个棺材架，横七竖八，混杂其间。

教区信徒三三两两晃进教堂，在她前面，一排排坐下，低头静坐片刻，似乎是在祈祷，其实并没那回事；然后直起身子，东张西望起来。今天选唱的圣歌，恰巧是她喜爱的一首——古老的双节"朗顿"颂歌——可她不知道歌曲的名字，尽管心里很想知道。她心里琢磨着，尽管这些想法都无法用语言诉说清楚，但她还是觉得，作曲家的力量是那么的神奇；像她这样一个女孩儿，从来没听说过作曲家的名字，一点儿也不了解他的脾气秉性，然而他躺在坟墓里，竟能用一组洋溢着情感的圣歌，导引着她去领略体悟他当年的情感历程。

礼拜仪式进行中，先前那些回头张望的人又开始扭头向后观瞧；后来他们发现苔丝坐在那儿，便窃窃私语起来。她明白他们在谈论什么，不觉心生难过，觉得这个教堂再也不能来了。

自此以后，她和几个弟弟妹妹共用的寝室便成了她日常避难之处。就在这茅草屋檐下几平方英尺的地方，她独自一人，默默望着窗外，风雪雨露，斗转星移，月缺月圆，日出日落。她把自己关在这狭小的寝室，从此在世人面前销声匿迹，后来，大家都以为她已经离开这里，远走他乡了。

　　这段时间，苔丝唯一的活动就是等到天黑以后，走出小屋，来到树林里，独享那片刻的清静。只有那段时间，她才不那么孤独。她深深懂得如何抓住那一丝光阴，在那一刻，光明与黑暗微妙地达到均势平衡，白昼的规约束缚与黑夜的扑朔不定相互中和，留下心灵的无尽自由与洒脱。只有那个时候，活着的困苦才消减到最低。她并不惧怕黑夜；她唯一的念头是逃开人类或者说是那个冰冷残酷的世间生命群体，作为整体，它是那么令人畏惧，而作为个体，它又是那么孱弱，甚至是可怜。

　　在孤寂的群山幽谷间，她悄然潜行，身子已融入那周边的情境。她那玲珑有致的袅娜腰身更成了景物不可分割的一部分。有时，她离奇的幻想会同化身边的自然景物，周围的一切仿佛一下子变成了她故事里的一节一段，岂止是变成，简直就是。其实，这个世界只是一种心理现象，表面看起来像什么，它就是什么。午夜的寒气与冷风，在冬日林子里紧裹着的苞芽与枝丫间呜咽呼号，苦苦责问着苔丝的内心。淋漓的雨天，更是那模糊难辨的道德神灵，对她不可挽救的伤痛在苦苦哀悼。而那模糊难辨的道德神灵，她还真不能确凿无疑地把他归到童年信仰的万能上帝之中，也更想象不出他究竟是属于其他哪一类。

　　苔丝根据头脑中的一堆残风旧俗，用她本身就反感憎恶的鬼神妖言，主观编造出一些幻影虚形，将自己束缚在里面，摆脱不掉。这些道德上的妖孽本是毫无道理的，然而却使她压抑畏惧。与这现实世界格格不入的，正是这些东西，而不是苔丝自己。她在鸟宿枝杈的篱树之间漫步，在月光皎洁的林场里闲看野兔窜跳，或在栖满山雉的树枝下伫立，无论走到哪里，她都将自己看作是罪恶的化身，侵入了这清白盈溢的净土。这自然景物本无殊异，可在苔丝心里，却偏偏要分出是非善恶。这和谐静好的世界，在苔丝眼里却满是敌意对抗。那猝不及防的诱迫，让她触碰了人类社会的世俗法则，于是她把自己想象成异端另类，然而我们身边的自然世界里哪有世俗的法则。

14　午夜洗礼

八月的一个黎明，浓雾弥漫。夜间产生的浓厚湿气，在暖阳的照射下，逐渐分散，慢慢收缩，变成一团团，一簇簇，躲进低洼的山谷，藏匿于浓密的树林，直到最后蒸发干净，消失得无影无踪。

云雾笼罩，太阳看起来也与往日不同，显得奇异特别，好似有了五官人形，有了意识感知，要想恰如其分地把它描写清楚，非得使用阳性代词才行。他高悬于天，面貌如斯，与此同时，辽阔大地上，空无一人，这番情景瞬间便阐释了在古代为什么有太阳崇拜。你会觉得，普天之下再也没有比崇拜太阳更合乎情理的了。这个光芒四射的大火球就是一个生灵，头发金黄，笑逐颜开，神采奕奕，就像上帝，浑身上下充满了活力，目不转睛地注视着大地，仿佛地面满是情趣。

片刻，那光束便像烧红的通条，穿窗过隙，照射到农家小屋里的碗橱、五斗柜及其他家具上，撩弄得困意未消的农人无法继续赖床排遣倦意。

不过，那天早晨最艳的东西莫过于两根漆得通红的宽木条，通红的木条耸立在马漯村外一块金黄色的麦田边上。地旁边有台收割机，是昨晚运来的，准备今天使用。那两根红木条固定在另外两根木头支架上，就构成了安装在收割机上可以旋转的马耳他十字架。十字架上的红油漆，经阳光一照，越发红艳，好似浸在浓烈的液体火焰中一般。

那片麦地已经"开镰"了,"开镰"的意思是,在麦田的四周,已经人工割了一圈,辟出了一条几英尺宽的小路,以方便马匹与机器开始下地干活儿。

通往麦田的篱路上已经来了两拨人,一拨是男人,另一拨是妇女,他们来的时候,东边树篱顶端的影子正好投射到西边树篱的中腰,此时,割麦人的头沐浴着朝霞,可他们的脚却还处在黎明的暗淡之中。他们走到最近那块麦田的栅栏门那儿,栅栏门两边各立着一根石柱,走进去,消失在麦田里。

一会儿的工夫,地里便传出"咔嚓咔嚓"的声音,听起来有些像蚂蚱索爱求偶的动静。机器开动,开始割麦子了;从栅栏门往里看,只见三匹马套在一起,并排拉着前面所说的那台长长的收割机,收割机摇摇晃晃,慢慢前行;拉机器的三匹马当中,有一匹驮着一个赶马的,收割机的座位上坐着一个照看机器的,这个大家伙沿着麦田的一边向前开动,机器的收割臂展开,慢慢旋转着,一直开过山坡,完全消失在视野里。过了一会儿,那机器又以同样均匀的速度,从麦田的另一边慢慢开过来;在刚割过的麦茬上,最先映入眼帘的,是前面那匹马额头上那颗闪闪发光的铜星,然后是鲜红的收割臂,最后那个大家伙才完全现身在田间。

机器每收割一圈,麦田四周原本狭长的麦茬就加宽一档,上午时光慢慢流逝,未割刈的麦田面积在缩减。大小野兔、各类蛇虫、大鼠小耗都被驱赶着,向麦田中央更小的区域退缩,好像躲进堡垒寻求庇护似的,可哪里想到这只是暂时的避难所,等待他们的却是死亡的厄运。慢慢地,避难的麦田变得越来越狭小,后来这些小动物,无论原来是敌是友,都惊恐地挤缩成一团;收割机势不可当,一往直前;最后,剩余不到几码宽的麦子也倒在了它的铁齿之下,收庄稼的农人便棍棒齐下,乱石纷飞,一股脑儿将这些生灵统统打死。

收割机将割下的麦子一小堆一小堆地撂放到身后,每一小堆正好扎成一捆，一群人跟着机器，忙忙碌碌动手捆麦子——捆麦子的主要是妇女，但也有些男人，他们上身穿着印花布的衬衣，下身穿着长裤，长裤用皮带扎在腰间，这样一来，裤子后面的两颗纽扣也就用不着了，他们每弯腰捆扎，扣子便在阳光的辉映下闪闪发光，仿佛是他们后腰上长出了一双双眼睛。

但在那群捆麦人当中，还是妇女最能引起兴趣。女人一旦走到户外，不再像平日里那样，仅仅是家里的一件摆设，而是成为大自然的一部分，浑身就散发出无穷的魅力。田间的男人只是一个人，田间的女人则是一道风景；她的身子仿佛没有了轮廓，吸收了四周环境的精华，与周围景物融为一体，变成了其中的一部分。

那些妇女——或者称其为女孩子更合适，因为她们大多都青春年少——头上戴着棉布的百褶帽，帽檐宽大下垂，用来遮挡阳光，手上戴着手套，保护双手，不被麦茬划伤。她们中间，有一个穿着粉红色短上衣，有一个穿着奶油色的紧袖长衫，还有一个穿着红色短裙，那短裙红得像收割机上的十字架。其他年纪稍大些的，都穿着棕色的粗布"套筒"或者罩衫——妇女在田间劳作时最合适的老式服装，年轻的女孩子都早已不再穿了。今天早晨，大家的目光不由自主地转到那个穿粉红色棉布上衣的女孩儿身上，她身材最出挑，苗条婀娜，曼妙玲珑。可是帽檐却拉得很低，盖住了额头，在低头捆麦子的时候，一点儿也看不到她的脸，不过从帽檐下散落的一两绺棕褐色头发，大致可以推断出她的面容肤色。别的女人总是前张后望，左顾右盼，而她却低眉顺目，不显不露，也许正是因为如此，她却反倒招惹得人家偶尔投来关注的目光。

她不停地捆麦子，就像钟摆一样，机械重复，单调乏味。她用右手从刚捆好的一捆麦子里抽出一把来，伸开左手，轻拍麦穗，将这把麦子弄齐；然后弯腰俯身向前，双手将面前一小堆麦子拢到膝盖跟前，戴手套的左手从一大抱麦子下面插过去，同另一边的右手会合，就像拥抱情人一样将麦子抱在怀里，再将那把弄齐的麦秸用作草绳，两头拉紧，交错收拢，然后跪在麦捆上，将其捆扎结实。微风吹来，不时掀起她的短裙，她又不断地将其扯回去。在衣袖与暗黄色手套之间，一段手臂裸露出来，娇柔嫩滑，清晰可见。一天慢慢过去，劳作中，麦茬与麦芒多次划破她柔嫩的皮肤，手臂上流出了血。

劳作之间，她时而站直身子休息一会儿，把松散的围裙系好，把歪斜的帽子戴正。此时，可以看出她是个标志俊俏的年轻女子，鸭蛋儿脸，眼睛深邃黝黑，一头长发，浓密柔顺、平整丝滑，好像无论落于何处，都会紧紧贴服其上似的。她脸颊白皙，牙齿齐整，嘴唇柔薄，不大像一个乡下寻常女子。

这个女子正是苔丝·德伯菲尔德，或者叫德伯维尔。她或多或少有了些变化——既是原来的她，又不是原来的她；她眼下的处境，就像个他乡异域的客居之人，即使她对脚下的每一寸土地都了如指掌。在家隐居了很长一段时间后，她还是下定决心走出房门，在自己村上做些户外活计；村里一年中最大的农忙季节到了，无论她在屋里做什么工作，都比不上到地里收庄稼所得的报酬优厚。

其他妇女捆麦子的动作大体上与苔丝的一样，待捆好一捆，她们便像在跳方阵舞，从田间四面八方聚拢起来，把各自的麦捆靠着别人的，每十捆或者十二捆，竖放成一堆，或按当地人的说法，叫一垛。

她们吃了早饭，返回地里，又继续捆麦子。快十一点钟的时候，这时要是有人注意观察苔丝，就会看到她脸上显现出一副渴望期盼的神情，不时朝着山头观望，不过手里捆麦子的动作却丝毫没有放慢。临近十一点，在布满麦茬的坡顶上露出了一群孩子的小脑袋，这群孩子从六岁到十四岁不等，正朝这边走来。

苔丝的脸上泛起红晕，仍然没停下手上的活儿。

那群孩子中，年龄最大的一个是个小姑娘，身上披着一块三角形的大围巾，一角拖在麦茬上，胳膊里抱着什么东西，乍一看似乎是个洋娃娃，后来才看清是个裹在襁褓中的婴儿。另一个孩子手里提着午饭。收麦子的人都停下手里的活儿，各自拿出吃的东西，靠着麦堆坐下，吃了起来。男人还熟练地从一个瓷坛子里随意倒着什么，一个杯子在大伙儿当中依次传递着。

苔丝·德伯菲尔德最后一个停下手里的活儿，在麦垛的一侧坐下来，把脸扭到一边，躲开同伴。她一坐下来，就有一个头戴兔皮帽子、腰间皮带上塞着一块红毛巾的男人，从麦捆顶上递过一杯麦芽啤酒让她喝，不过她婉言拒绝了这份殷勤。午饭一摆好，她就把那个大孩子——她妹妹叫过来，从她怀里接过婴儿，她的大妹妹正巴不得放下这个小累赘，一交接完毕，便飞似的跑向另一个麦垛，和其他小伙伴耍了起来。苔丝的脸上再次泛起红晕，她偷偷扭过身，果断地解开上衣扣子，开始给孩子喂奶。

坐在苔丝身边的几个男人心生体谅，转过脸去，看向麦田的另一边；有几个默默低下头，自顾自吸起烟来；还有一个，在那里尽自愣神，念想着他的最爱，一双大手下意识地抚弄着那个再也倒不出一滴酒的坛子。除苔丝外，所有女人都一边理着弄乱了的发结，一边开始热烈地闲聊起来。

等婴儿吃饱了，年轻的妈妈便把他放到自己大腿上，扶他坐正，轻轻颠着哄他玩；她眼睛望着远方，表情忧郁冷淡，甚至是憎恶；突然，她又俯身下去，在婴儿的脸上狂热地亲吻了几十下，就好像永远都亲不够似的；这猛烈热切的亲吻里，满是疼爱，可又莫名其妙地掺杂了几分鄙夷与厌恶，这突如其来的亲吻吓得孩子哭了起来。

"其实，她打心眼儿里喜欢那个孩子，别看她嘴上净说些傻话，又是和孩子一起死了算了，又是啥的。"那个穿红裙子的女人说。

"过不了多久，她就不会那么说了。"那个穿米色衣服的人答道，

"真是想不到，时间久了，那种事竟也能看得惯，心不乱啦！"

"我觉得，那件事可不是哄骗一下就成的，当初总得费些力气。听说，去年的一天晚上，有人听见猎苑里有人抽抽搭搭地哭，要是那时候有几个进去看看，说不定那个人也遂不了愿！"

"哎，或许是吧，可不管咋说，这种事，别人都没碰上，赶巧让她给撞上了，真是太可怜啦！不过话又说回来，这种事，得长得水灵俊俏的人才能碰上！丑姑娘保管一点儿事都没有——嗨，珍妮，你说是不是？"说着，讲话人扭头看向人群里一个姑娘，那个姑娘长得，要是说她丑，一点儿也不为过。

说苔丝可人怜爱，那是千真万确；她坐在那里，就是仇人见了，也不会不觉得怜惜。她的柔唇宛如一朵鲜花，一双柔媚的大眼睛，黑中带蓝，灰中透紫，竟辨不出到底是何颜色，索性将这些颜色调和在一起，再加上百十种其他色调，调成了色彩丰富的虹彩，一层一层，深浅不同，一抹一抹，浓淡各异，环绕在那深不见底的瞳仁周围。倘若她的家族没遗传给她稍欠谨慎这一缺陷，她便是一个完美女人了。

几个月来她一直待在家里，这个礼拜却下定决心走出家门，到庄稼地里干活，这份突如其来的勇气是如此强大，连她自己都惊讶不已。之前她想不开，一直在孤寂与悔恨中折磨消耗着自己那颗悸动的心，后来生活教会了她很多道理，心间豁然亮起，又燃起了生活的信念。她明白，她得出来做点儿有用的事，不惜一切代价，重新独立生活，品尝这世间的甜蜜。过去的已经过去了，无论如何，现在都已无法挽回。不管是好是歹，都会在时光中消匿覆灭。草青草枯，几年后，她本人会逐渐淡出人们的视线，就像什么也没发生过一样。到那时，树还是绿的，鸟儿依旧在枝头歌唱，阳光明媚，仍然像往常一样，普照大地。她周围熟悉的环境，不会因为她的悲伤而忧郁，也不会因为她的痛苦而伤心。

苔丝或许已经明白，是什么让她无法抬头见人——她总是以为这世间都在关心她的境遇，这种想法完全是建立在她自己的主观幻想之上。除了她自己，再也没有人把她的存在、遭遇、感情及感觉放在心上。人们只是偶尔才想起她，即便是她的朋友，她也只不过是在脑海中多闪过几次罢了。即使她一辈子都没日没夜地折磨自己，对别人来讲，也不过如此，人们会说："哎，她这是自寻烦恼！"假如她打消一切顾虑，振作精神，从阳光、鲜花、孩子身上找到快乐，人们就会这么说："看看她，多么坚韧顽强！"还有，她要是一个人住在一座荒岛上，还会为自己的遭遇难过吗？不可能。假如她刚被上帝创造出来，发现自己还没有配偶却生下了一个孩子，除了知道自己是这个无名无姓的婴儿的母亲外，其他人情世事一概不知，她还会对自己的境遇感到绝望吗？不会。她只会坦然接受，而且还会从中寻找快乐。这些痛苦大都来自她的世俗谬见，而不是起自她天生固有的感觉。

不管苔丝是怎么想的，总之有一种精神力量敦促着她，像从前那样，穿戴整齐，走出家门，来到田间，因为此时正急需收庄稼的人手。正是因为如此，她才有了尊严，即使怀里抱着吃奶的孩子，也敢不时抬头看人，表情泰然自若，不再羞怯了。

收庄稼的男人从麦垛边站起来，伸伸懒腰，掐灭手里的烟头；刚才卸下鞍具的马也喂饱了，又被套到了红色收割机上。苔丝见状，赶紧吃上几口饭，招手叫过大妹妹，把婴儿塞给她，然后系好衣裙，戴上黄手套，起身走到新近捆好的那捆麦子跟前，弯腰抽出一把麦子来，继续捆麦子。

收割工作从上午持续到下午，再延续到晚上，苔丝也就和收麦子的人一起干到天黑。待到收工，一轮昏黄的满月正从东方地平线上升起，于是他们便坐上最大的一辆马车，伴着月光动身回家，那轮圆月的脸盘就像蛀虫啃咬过的托斯卡纳圣像头上晦暗的金叶光环一样。苔丝的女同伴纷纷表示，看到她出门工作，非常高兴。然而，她们也忍不住调皮起来，竟放声唱起了民谣小调，歌谣里唱到有一个大姑娘跑进了逍遥快活的绿树林子里，出来后就变了模样。人生之事总是福祸相依：苔丝的事情被当作引以为戒的警示，同时也让她一时成了村里的公众人物。大家的友善使她远离过去的自己，众人的活泼欢乐，极富感染力，她也跟着快活起来。

现在她道德上的悲伤渐渐逝去，可在人性上却又添新痛，这份痛苦与世俗法则毫不相干。回到家，得知孩子从今天下午突然害起病来，她心里忧虑万分。小家伙孱弱娇嫩，生病本是在所难免，可这件事还是着实吓了她一大跳。

这个孩子来到世上，原本是触犯了世俗规约，为社会所不容，可这个少女妈妈早已把这些统统抛到九霄云外。眼下，她满脑子想的就是要保住这个小冤孽，让他活在自己身边。然而，事情很快就变得再清楚不过了，这个拘禁在肉体里的小囚徒解脱的时间就要到了，她也想到了这最糟糕的一步，可万万没料到，这一切来得这么突然。她看清了这一点，随即便陷入了无尽的悲痛之中，这种悲痛远远超越了单纯的痛失骨肉。她的宝宝还没接受洗礼呢。

不知不觉间，苔丝陷入了这样一种心境：她犯下了罪行，要是应该被烧死，那就干脆把她烧死算了，这样也就一了百了。与村里其他女孩子一样，苔丝满脑子都是《圣经》的条文，曾悉心研读过阿荷拉与阿荷利巴的故事，也清楚从那个故事所推导出的结论。可同样的问题关系到自己孩子时，她的看法就蒙上了个人色彩。她的小宝贝要死了，还没得到救赎就要死了。

马上就该上床睡觉了，可苔丝却匆匆冲下楼，问要不要去请个牧师。父亲每个礼拜都去一次添历福酒家，每次去都是不醉不归；这时父亲恰好刚从那里喝醉回来，还幻想着他那古老的贵族家世，正在兴头上；此时此刻，他对苔丝给这个贵族之家抹上污点，而且还传得沸沸扬扬这件事极其敏感，于是，他当即宣布，绝不允许牧师走进他的家门，探听他的隐私。那一刻，他的这种感觉，比以往任何时刻都要强烈，那就是，她给这个家族带来的耻辱必须隐藏起来。于是，他锁上门，把钥匙放进自己口袋里。

一家人都上床睡觉了，苔丝却痛苦万分，无以言表，只得跟着上床躺下。她躺在床上，老是不断惊醒，到了半夜，她看到孩子病情仍在不断加重。显然，孩子已经奄奄一息，看上去安安静静，也没有痛苦，但是毋庸置疑，正在慢慢死去。

她辗转难眠，痛苦万分。时钟敲响，已经到了肃穆庄严的凌晨一点，深更半夜，幻想超脱了理智，心头种种恶毒的忧虑猜测都好似变成了铁的事实。她想着，那个孩子既没受洗，又是私生，犯下了这双重罪孽，被打入了地狱最深的角落；她看到一个魔头，手拿三股钢叉，那根钢叉与平日里烤面包时用来烧炉子的叉子一模一样，正把孩子挑来甩去。想象的画卷中，她又添加了许多离奇古怪的酷刑与折磨。这都是她素常听人说的，在这个基督教国家里，年轻人了解的往往就是这些东西。睡觉的屋里寂静无声，在这一片死寂中，那种阴森恐怖的幻境更加逼真，她吓得出了一身冷汗，湿透了睡衣；她的心狂跳不止，每跳一下，床也跟着震动一下。

婴儿的呼吸越来越困难，母亲的心也越来越紧张。她不停地亲吻着那个小家伙儿，犹如饿狼在吞食，可这都无济于事；她再也躺不住了，索性下床，在地上疯了似的来回转圈。

"啊，大慈大悲的上帝呀，你就发发慈悲，可怜可怜我这苦命的孩子吧！"她大声祷告着，"把你所有的愤怒都发泄到我身上吧，我心甘情愿，接受惩罚；求您，可怜可怜这个孩子吧！"

苔丝倚在五斗柜上，语无伦次地低声祷告半天，突然，她心头豁然一亮。

"啊！也许这孩子有救了！或许这么办也一样！"

她说着，脸上露出了笑容，就好像在这漆黑的夜里，脸上闪起了熠熠的光。

苔丝点起一支蜡烛，走到墙边第二张和第三张床跟前，把同睡在一个屋里的弟弟妹妹都叫了起来。然后她把洗脸盆架拉出来，自己站到洗脸盆架后面，从水罐里倒出一些清水，又让弟弟妹妹围着她跪下，伸出双手，五指并拢，竖直对合在一起。孩子们还没有完全从睡梦中清醒过来，看到她那种神态，眼睛睁得越来越大，都畏惧不语，听话照做，不敢动弹。她从床上抱起婴儿——一个孩子的孩子——他娇弱稚嫩，尚在襁褓之中，还没有长成鲜明的个性，更无法对着这个生他养他的人，叫一声妈妈。苔丝怀抱婴儿，笔直地站在脸盆旁边，大妹妹站在她前面，手捧翻开的祈祷书，俨然一副教堂助理模样，端着打开的祈祷书，站在牧师跟前；就这样，那个女孩子开始给她的孩子洗礼了。

身着白色的长睡袍，她站在那里，更显高大威严，一条粗大的黑色长辫子，从脑后一直垂到腰间。烛光摇曳，昏黄柔和，掩去了她脸上与身上只有在日光明丽之时方能看出的细微瑕疵——手腕上麦茬的划痕与眼中流露出的一丝倦意。然而她高昂的激情很快就将脸上的疲惫驱散得无影无踪，那副曾经招致祸乱的面孔看起来是那么完美洁净，而且还平添了几分高贵与尊严，颇有一些王室的风范。那几个小家伙儿跪在她周围，睡意蒙眬的眼里泛着血丝，一眨一眨，充满了好奇，静静等待着苔丝布置停当，不过，他们当时身上的睡意依旧浓重，一个个都懒得动弹。

其中一个最受感动的开口问道：

"你真要给他洗礼吗，苔丝？"

少女妈妈回答得庄重坚定、不容置疑。

"你打算给他起个什么名字呢？"

她还没想过取名的事，不过在她给孩子洗礼时，突然想到了《创世记》里的一句话，一个名字在脑海中跃然闪现，她便随口念了出来：

"悲苦，我现在以圣父、圣灵、圣子的名义为你行洗礼。"

她一边念叨，一边把水洒到孩子身上，屋里一片寂静。

"孩子们，快说'阿门'。"

听到吩咐，孩子们应声念起"阿门！"，声音细小，步调一致。

苔丝继续说着：

"我们接受这个孩子"——等等一些话——"我们用十字架的符号给他做上标记吧。"

念到这里，她把手在水盆里蘸了一蘸，然后用食指在孩子身上热烈地画了一个大大的十字，接着又念起那些例行公事的句子，比如要勇敢地同罪恶、世俗与魔鬼做斗争，要自始至终地做上帝的忠诚战士与忠实仆人等。她规规矩矩地继续念着《主祷文》，孩子们也口齿不清地跟着她哼哼，声音小得像蚊子叫。到末了，他们才提高了嗓门儿，就像牧师助理一样，尖声喊了一句"阿门"，随后又陷入一片沉寂。

此时此刻，他们的姐姐对这场洗礼的效力信心满满，内心深处也就自然倾吐出了感谢上帝的祷文，句句发自肺腑。心神所到之处，声音宛如闭管的风琴，高亢嘹亮，简直念得理直气壮、意气飞扬。她的这种声音，她的这份精神，认识她的人，永远也不会忘。她信念虔诚，由此而生狂喜，已将她变为神圣；她脸上熠熠生辉，脸颊红晕朵朵；烛光倒映在瞳孔中，短小晶莹，犹如钻石，闪闪发亮。孩子们抬眼望着她，心生敬畏，哪里还有心思提问。在孩子们心目中，她不再是姐姐，而是摇身一变，成了一位高大威严、令人敬畏的神圣，和他们一点儿都不一样了。

可怜的悲苦，在那场同罪恶、世俗与魔鬼的斗争中，注定只能得到有限的荣耀——考虑到他的出身来历，或许这样的结局对他更好。在早晨那一抹蓝色阴郁中，那个脆弱的战士与仆人，呼出了最后一口气，孩子们一觉醒来，明白了发生的事情，放声痛哭起来，纷纷央求着姐姐再给他们生一个漂亮宝宝。

自从给孩子洗完礼，苔丝的内心就恢复了平静，孩子死后，她依旧平静如初。天亮了，她觉得夜间对孩子死后灵魂的种种推测，未免有些太过分了；无论她的恐惧有没有根据，反正现在是不用担心了，理由是，假如上帝不认可她这种大体上差不多的洗礼，假如因为这种不规范的做法不准孩子进天堂，那么无论是对孩子还是对她自己来说，她也就再也不会把这种天堂看在眼里了。

悲苦这个不受待见的孩子就这样死了，他私自闯入这世间，是那不知羞耻、破坏世俗法则的大自然孕育出的弃子；这个弃儿流浪到人间，对他来讲，时间仅仅是一朝一夕而已，根本不知道年月和世纪的概念。那个狭小的茅屋就是他的整个宇宙，一个礼拜的阴晴风雨便是他感知的气候，褴褛数月就是他的整个人生，本能的吮吸就是他掌握的我们人类全部的知识。

给孩子洗礼这件事，苔丝曾在心里反复掂量了很久，现在又在考虑，要是给孩子举行个基督教的丧礼，不知在教义上能否讲得通。除了教区的牧师，没人能告诉她答案，而那个牧师是新来的，还不认识她。傍晚时分，她来到牧师的住处，站在栅栏门边，无论如何也鼓不起勇气叩门进屋。她正要转身离去，还好碰上外出回家的牧师，要不然，这件事就成了泡影。夜色昏暗，遮羞挡丑，她放下顾忌，把心事和盘托出。

"先生，我想跟您打听点儿事。"

那位牧师表示愿闻其详，苔丝就把孩子是如何生病，她又是怎样为孩子临时洗礼的事一五一十地讲了。

"先生，现在，"她诚挚地继续问道，"请您告诉我，我这么做，是不是和您给他洗礼是一样的？"

一听到本该请他去主持完成的一件事，却由其顾客自作主张，笨手笨脚地草草了事，那种生意人的心理油然而起，本意想说不一样，可是看到那个女孩子一脸庄重，说起话来，声音是那般柔和，他心底流淌的那份贵族血性被唤醒了。或者说，他历经十几年努力，一直在将死板机械的信仰嫁接到对现实世界的怀疑求索，但心间却仍然留存着一丝良知，那份良知如今又被激起。人性与教士在他心里斗争，最终前者胜出。

"亲爱的姑娘，"他说道，"完全一样。"

"那么说，你可以按照基督教的仪式，给他举行葬礼了，是吗？"她紧接着问道。

牧师感觉自己被逼进了死胡同。听说孩子病了，他曾良心发现，愿意天黑后到家里为孩子举行洗礼仪式，可他并不知道拒绝他进门的是苔丝的父亲，而不是苔丝本人。因此，他还是不能接受这种不合常规进行洗礼的辩解。

"哦，那又是另一回事了。"他回答。

"另一回事，这是为什么？"苔丝问道，情绪有些激动。

"嗯，这件事，要是只关系到咱们两个人的话，我情愿为你办了。"

"但出于其他一些原因，我不能那么办。"

"就这一次，先生！"

"我真不能那么办。"

"哎呀，先生！"说着，她抓住了牧师的手。

他抽回手，摇了摇头。

"我真不喜欢你！"苔丝发怒了，"我以后再也不去你的教堂了！"

"说话可不要那么轻率。"

"你不给他举行葬礼，对他来说是不是都一样？是不是都一样？看在上帝的分儿上，请不要像圣人对罪人那样对我说话，请你像平常人对平常人那样说话——我好可怜哪！"

在这些问题上，牧师都坚守着自己严格的观念，他是如何做到将他的回答与这些观念协调一致的，凡夫俗子并不能参悟得透，也就更无法原谅他的做法。就像目前这种情况，受到了些许感动，他张口便说——"完全一样。"

那天晚上，婴儿被放进一个小松木匣子里，上面盖了一块旧围巾，抱到教堂的墓地，给了教堂执事一个先令外加一品脱啤酒，他便打着提灯，把他埋在了上帝分配好的那个破败角落里。那儿长满了荨麻，恣意蔓生，那些未受洗礼的婴儿、臭名昭著的酒鬼、绝望自杀的懦夫和其他一些据推测要下地狱的人，都统统掩埋在那里。坟地极其糟糕，可苔丝还是大胆地用绳子绑了两根板条，做了个小小十字架，上面扎了鲜花，在夜色中趁人不注意，跑到教堂，把十字架插在坟头。同时，她还把同样的鲜花插到一个小瓶子里，里面盛了水，让花保持鲜活，也放到了坟头。瓶子外面，一眼就能看到上面写着"味吉佳果酱"，但是那又有什么关系呢？充满母爱的眼睛看不见这些东西，满眼看到的尽是高尚与伟大。

15　希望再现

罗杰·阿斯克姆说："单凭经验，我们觅得人生捷径，势必上下求索，长路漫漫。"然而这修远漫长的求索却让我们的旅途举步维艰，这也并不少见；那么，经验究竟又有何用处呢？苔丝·德伯菲尔德的经验就属于一无是处的那种。最终她明白了自己该干什么，可现在她的所作所为又有谁认可呢？

假如苔丝在去德伯维尔家之前，恪守她与常人都了解的格言圣训，谨言慎行，那她绝不会上当吃亏。可这完全超出了苔丝及常人的领悟能力，到了木已成舟，事情无法挽回的地步，他们才恍然悟出这些金玉之言的全部道理。此时，苔丝与芸芸众生或许就会带着几分嘲讽，引用圣奥古斯丁的话说"你指引的路太过美好，美得让人无法企及！"

整个冬天的几个月，她都一直待在父亲家，或拔鸡毛，或填火鸡与大鹅，或把以前德伯维尔送的、她当时鄙夷地扔到一边的漂亮衣服拿出来，改成弟弟妹妹能穿的。写信求他这事儿，她是万万做不到地。别人总以为她在不辞辛劳地干活儿，她却经常双手扣搭，抱在脑后，一个劲儿地出神想心事。

她以哲学的眼光审视着这一年中流转消逝的光阴时日；在猎苑的一片黑暗中，彻底毁了她一生的那个川特里奇悲惨之夜；婴儿降生与死去的点点滴滴；还有她自己降临到这世间，以及与己相关的那些特别时刻。一天下午，她对镜自怜，突然想到，将来有一天，会比其他任何时日都重要，那就是她自己与世长辞的日子。那时，所有的美貌都将凋敝，那一天也会悄无声息地混进一年中的普通时日，一声不响，不露痕迹，年复一年，悄然流逝。这又是哪一天呢？每年她都要与这冷酷的日子相遇，却为什么没有感受到它那袭人的冷意呢？她的想法与杰瑞米·泰勒的一样，那就是，认识她的人将来有一天会说："就是在今——今——今天，那可怜的苔丝死了。"说这话时，他们心里压根儿也没觉得这一天有什么特别之处。然而对她来说，在岁月长河中，注定要成为她人生终点的那一天，她却不知道究竟是何年何月，哪个季节，又是一个礼拜中的具体哪一天。

就这样，苔丝由一个头脑简单的女孩儿一跃成为一个思想丰富的女人。面容上多了几分沉思的迹象，话音里流露出些许悲伤的基调。她明眸善睐，顾盼传情，日渐出落成一位活脱脱的标致美人。她面容妩媚，摄人心魄。近一两年，虽然起伏跌宕，历经坎坷，然而她并没因此而堕落腐败；要不是世俗偏见，这些经历简直就是她接受的高等教育了。

近来，她一直离群寡居，不与外界往来，她的事情本来就不是尽人皆知，如此一来，现在马漯村民也逐渐将此事淡忘下来。但他们家企图与富有的德伯维尔家"连宗"，甚至还妄想通过她，再做更进一步的"联姻"，而后不幸崩塌溃败，这一切的一切，马漯村都耳闻目睹。她看得明白，在这一亩三分地上，她是无论如何也快活不起来了。这件事在她心间深刻、敏感，最起码得等若干年，才会逐渐消磨殆尽。可眼下，苔丝对新生活的热切憧憬在她心头怦然搏动。或许到一个幽僻之地，那里对她的旧事一概不知，说不定她还能快乐起来。逃避过去以及一切与过去有瓜葛的东西就是要和过去一刀两断，消除干净，而想要做到这一点，那就得离开此地，远遁他乡。

苔丝时常自问，贞洁这种东西，真的一旦失去，就永远失去了吗？假如能把过去掩盖起来，她也许就能证明这句话是错的。凡是自然界的有机体，都有自我恢复的能力，谁说处女的贞洁就没有这种能力呢？

她等了许久，始终没碰到另起新生的机会。阳光明媚的春天又一次悄然而至，苞芽初发，生命的萌动滋长似乎都能听得见。春天，催发着野生禽兽，也激励着囚困的苔丝，促使她跃跃欲试，远走高飞。后来，就在五月初的一天，她突然收到一封信，那是她母亲从前的一位朋友写来的，很久之前，苔丝曾写信给她，寻求活计，但从未谋面。信上说，向南若干英里的地方有家奶牛场，需要一名熟练的挤奶女工，奶牛场主很乐意雇用苔丝一个夏天。

这个地方还不够她希望的那样远！但她活动范围小，名声不大，对她而言，这也许已经足够远了。对活动范围有限的人来讲，英里就是地理学上的经纬度，教区就是郡县，郡县即是州国。

有一点，苔丝主意已定：她的新生活里，无论是梦想愿景，还是实际行动，绝不会再出现德伯维尔家的空中楼阁。她就是挤奶女工苔丝，仅此而已。娘俩从未在这一点上有过只言片语的交流，可苔丝的母亲摸得很透，现在她也就不再话里话外地提那些什么骑士祖先了。

可是，人性竟是如此地自相矛盾，那个新地方之所以让苔丝兴趣盎然，原因之一就是它恰巧靠近她祖先的故土（虽然她母亲是地道纯正的布蕾克摩人，他们家却不是本地人）。那个奶牛场叫泰波塞斯，离德伯维尔家旧时的几处宅第田产不远，紧邻着她那些贵妇奶奶与其权势显赫的丈夫一起厚葬的家族大墓室。她或许能看一看这些墓室，同时也想一想德伯维尔家族，就像巴比伦一样，倾倒衰败了；还可以想一想，她这个卑微后裔的清白，也会寂静消逝。她一直在琢磨，站在祖宗这片风水宝地上，会不会有什么奇异的好事在她身上发生。每想到此，便有一种精气神，就像树枝里的汁液，在她身体里油然涌现升腾。那是无尽的青春朝气，在短暂压制之后，又重新腾涌高涨起来，点燃了希望，唤醒了她那势不可当、追求快乐的本能。

第三部
谋求新生

　　站立山头，她俯视眼前的山谷——那个寻觅多时的山谷，那个有大奶牛场的山谷。在那个山谷里，牛奶与黄油增长迅猛，虽然不比家里的味美香甜，可这片青翠草原上，产出的牛奶与黄油更加丰厚富裕。

16　奔赴远方

五月的一个早晨，麝香草芬芳四溢，成年鸟孵蛋育雏。苔丝从川特里奇回来已经有两三年了，这两三年里，苔丝独自一人，逐渐抚平心灵创伤，慢慢从阴影中恢复过来。如今，她第二次离开家，到外面闯荡生活。

她收拾好行李——这些行李之后会有人给她送到住处，然后乘坐一辆雇来的双轮轻便马车，动身前往斯图尔堡小镇。斯图尔堡小镇是这次旅途的必经之地，这次外出探索新生活的走向与第一次几乎完全相反。尽管恨不得马上就能飞离这片土地，但是车子走到最近那个山丘的拐弯处时，苔丝还是忍不住回过头来满腹惆怅地望着马洛村与她父亲的屋舍。

她要离家远行了，从此家里人再也看不到她的音容笑貌了，大概她的家人依旧延续着之前的生活，闲散度日，那份质朴的快乐也丝毫不会减少吧。过不了几天，孩子们就会一如既往地嬉戏欢闹，不会因为姐姐的离开而感到有所缺失。这次离开，她确是为孩子们着想，或许这样对他们最好。她自身的经历有可能潜移默化地形成一种误导，这种"榜样"的害处，已经远远超出她言语管教的好处。

她一口气儿穿过斯图尔堡，中间没有逗留，然后一直向前，走到几条大道的交会处，在那里，她就能等着换乘那客货两用的大马车，一路奔向西南。这大片区域形居腹地，铁路只是绕边界而过，从未由中心横穿。在等大马车的时候，路上碰巧来了一个农夫，赶着一辆装了弹簧减震的马车，去向大致与她要去的方向一致。即使她不认识他，但还是接受邀请，上车坐在了他身边，明知道农夫邀请自己上车完全是看着她脸蛋儿长得俊俏，她也假装不管不顾。农夫要去威泽伯瑞，她一路跟着他到了那里，就不用再坐大马车绕道卡斯特桥了，剩下的路，她步行就能走到。

苔丝坐车走了很长一段路，中午到了威泽伯瑞，赶车农夫给她推荐了一户农家，在那里，她草草吃了一顿说不上名堂的饭。苔丝不敢久留，马上又提起篮子，继续赶路。她一路步行，来到一片广袤的荒原高地，荒原高地将威泽伯瑞与远处山谷里的一片低地草场分割开来；那里，正是她一天路程的终点与目的地——奶牛场。

以前苔丝从未来到过这片乡间原野，心里却总是觉得，她与这乡村景致有着不解的渊源。在这风景如画的原野上，她发现在左手边不远处，有一块深色区域，蓊蓊郁郁，一打听，才证实了自己的推测，那里果然是绿荫庇护的金斯贝尔——就在那个教区的教堂里，埋葬着她的祖先——她那些无用的祖先——的枯骨。

现在她不再对祖先抱有敬仰之心了，甚至她还恨起了他们，怨他们给自己带来这么多烦恼；除了那方古印和旧调羹，一件值钱的东西也没留给她。"呸！我原本就是父母生养的！"她说道，"我的全部美貌也都是妈妈给的，而她也只不过是个挤牛奶的女工罢了。"

穿越艾格顿荒原高地与低地之间的路不过几英里，可到了那里才知道，这段路比起她预想的要难走得多。走了两个来钟头，七拐八拐，赶到了山顶，才知道多走了许多冤枉路。站立山头，她俯视眼前的山谷——那个寻觅多时的山谷，那个有大奶牛场的山谷。在那个山谷里，牛奶与黄油增长迅猛，虽然不比家里的味美香甜，可这条瓦尔河或者叫弗卢姆河滋润灌溉的这片青翠草原上，产出的牛奶与黄油更加丰厚富裕。

除了在川特里奇度过一段悲惨不幸的日子外，目前她所熟悉的地方也只是拥有小型奶牛场的布蕾克摩山谷，而布蕾克摩山谷与现在这个地方比起来，有着根本区别。在这里，世界以更大的规模与样式呈现在她面前：圈起来的地不再是十亩八亩，而是以五十亩为单位，农场更加宽广，牛群也不再是一个个小家庭，而是一个个大部落，散落在附近农场。极目远眺，成百上千的奶牛从东到西，望不到边际，在数目上大大超过她从前一眼所能看到的。牛群灿若星海，缀满了这绿色的草原，就像画家凡·阿尔斯卢特或萨雷尔特画布上那满满当当的市民一样。红牛与黄牛身上浓烈的色彩，与绚烂的晚霞交相辉映，而一身素装的白牛却把霞光反射，照到眼里，让人眼花缭乱，即便苔丝站在远处的山顶上，也觉得有些眼晕。

　　俯瞰眼前景致，虽比不上她熟知的另一处那般繁茂华美，但这片风景却更让人欢畅清爽。与能和它相媲美的那个山谷比起来，这里少了些蓝色氤氲，也没有那厚重的沃土与浓烈的气息，可这里空气清新，凉爽宜人，缥缈空灵。那条河流，滋润着青青碧草，养育着牧场奶牛，也与布蕾克摩山谷的不同。布蕾克摩山谷的溪流往往混浊不清，缓慢、平静地流过满是泥淖的河床，那些不明情形而涉水过河的人，稍不留意就会陷入其中、不能自拔。而弗卢姆河清澈干净，像福音传教士看到的那条纯洁的生命之河，又像天上的流云，行色匆匆。浅滩遍布卵石，流水潺潺有声，对着天空，一天到晚，絮絮叨叨，不休不止。布蕾克摩山谷中的溪流里开满莲花，而这儿牛角花遍布两岸。

　　或许是空气从凝重变得清朗，或是来到了新的环境，没有了恶意的眼神，她一下子变得神清气爽，高涨振作起来。温柔舒爽的南风徐徐扑面，她一路雀跃前行。此时此刻，她对新生活的向往与绚丽的晚霞交相融合，幻化成一道光环，围绕在她的四周。微风阵阵，恰似飘来欢声笑语，鸟啼恰恰，犹如传达愉悦音符。

　　近来，她的容貌时常随着心境的变换而改变，快乐愉悦时，就变得俊俏秀丽；沉闷抑郁时，就变得相貌平平。今天小脸粉嫩娇艳，明天又变得灰白凄楚。脸色红润时，便不像脸色苍白时那样忧郁伤感；心情一舒缓，就变得楚楚动人，心情一紧张，姿容便消减几分。而此时此刻的苔丝，玉面迎风心舒畅，最是娇艳动人时。

芸芸众生，熙来攘往，皆为寻求幸福快乐，这种本能，无论卑贱还是富贵，都是自然发生、势不可当、普遍存在的，这种本能也促控着苔丝向往美好生活。即便是现在，她也只不过是个二十岁的年轻女子，在思想与情感上尚未发育成熟，无论什么事情，在她心目中留下的印记，都不可能一入脑海、经久不变。

苔丝现在兴致高涨，充满感激，满怀希望。她尝试着哼唱了几首歌谣曲调，觉得都不足以表达当前的兴奋与激动。后来，终于回想起她品尝智慧树上的禁果前，在周天的早晨，那本眼睛曾经无数次从上面划过的《圣咏集》，于是她开口唱道："啊，天上的太阳和月亮……啊，还有那满天的星斗……世间绿意盎然的植被万物……空中的飞禽，地上的走兽……世间的子民……你们应当赞美主，称颂主，至高无上，永世恒久！"

突然，她又住口不唱了，喃喃自语道："可是我或许还不太了解主呢。"

或许，这种不自觉的圣诗狂吟，是在一神教影响下，对物神的盲目崇拜。女人整天以野外大自然的形体与自然力量为伴，满脑子尽是那些未开化的遥远祖先所怀有的异教幻想，而很少有后世才教给她们的那种体统化的宗教。然而，不管怎么样，苔丝至少从那孩提时期就咿呀学唱的古圣诗《万物颂》中，找到了近乎可以宣泄她情感的词句，这就足够了。刚刚开始迈出自食其力的一小步，她就如此地满足，这正是德伯菲尔德家的脾性。苔丝倒是想挺起腰杆，堂堂正正地做人处事，可她父亲却丝毫没有这样的想法。可有一点，苔丝像极了她的父亲，那就是，眼前一丁点儿的成就与进步，她就心满意足，不思进取了，头脑中从来没有想过，要付出艰辛的劳作与努力，来换得家庭社会地位的些许提升，现在她的家庭深陷极度困境之中，就像曾经盛极一时的德伯维尔家族目前的处境一样。

可以说，苔丝母亲的家族不是旧族没落之家，尚有未耗尽的精力，续传给了苔丝，虽说以前的遭遇曾将其压制，可她毕竟青春年少，精力旺盛，现在，苔丝身上的那股力量又重新燃起，焕发出熠熠光辉。说实话，女人受了这样的耻辱，一般来说会重新打起精神，照旧活下去，也会忘掉前科，兴致勃勃地东瞧西望。那些"上当受骗"的人并不是完全不知道有这样一种信念，那就是：活着就有希望，或者说"留得青山在，不怕没柴烧"。那些和蔼可亲的纯理论家总是想方设法让我们相信这一点。

苔丝满腔热情，情绪高昂，顺着艾格顿荒原的山坡一路往下，走向她一心向往的奶牛场。

两个媲美的山谷之间差别显著，这种差别最终详尽地显现在眼前。布蕾克摩山谷的奥妙从其周围高地上就能看得一清二楚；而要想细细品读面前这个山谷，非得亲自下到山谷中间去不可。苔丝一路观察，一路欣赏，不知不觉已经来到山谷中绿草如茵的平地上，这片平芜由东向西延展开来，一眼望不到边际。

弗卢姆河从高地悄然下流，携泥带沙，年复一年，冲积成这片广阔的山谷平地；流到这里，已是筋疲力尽，像一位老者，躺在山谷之间休憩；河水平阔缓流，蜿蜒匍匐于自己从前劫掠而来的泥沙之中。

苔丝不知该往哪个方向走，就静静地站在这片四面环山、碧草茵茵的平野上，就像一只飞蝇停落在一个宽大无边的台球桌上，而她对平野四周景物的影响，也如那只飞蝇落于桌面，完全可以忽略不计。苔丝现身这片幽静的山谷，目前带来的唯一影响，就是惊起了一只孤独的苍鹭，苍鹭盘旋，又落在路边不远处，伸长了脖子，审视着苔丝。

突然，低地四面八方传来一阵长长的呼喊，重复不断——

"哇噢！哇噢！哇噢！"

从最东头到最西头，那呼喊声就像受到感染，次第蔓延开来，偶尔夹杂着犬吠。这并不是得知美丽的苔丝到来，山谷齐呼，表示欢迎，而是山谷惯常的号令——挤奶时间——四点半已到，挤奶工正要着手驱赶牛群回家了。

近在手边的那群红牛与白牛，早已站在那里，静待号令，一听到号令，便开始成群结队地朝着后面的田间牛舍走去，储满了奶汁的巨囊豪乳，随着脚步，在腹下摆来摆去。苔丝缓步尾随其后，走过敞开的栅栏门，来到场院里。场院四周建有狭长的草棚，倾斜的棚顶布满翠绿的苔藓，棚沿下立有木柱支撑棚顶，不计其数的奶牛与小牛犊往来于木柱之间，摩来擦去，经年累月，把柱子打磨得光滑闪亮；现如今，那些牛早已被抛入难以想象的无底深渊，湮没在浩瀚的时间长河之中。奶牛在柱子之间一字排开，等候挤奶；眼前这番情形，若从后面看，在一个想象力丰富且怪诞的人眼里，每一头牛就像一个圆圈儿悬在两根木桩之间，圆圈儿的正下方，挂着一件囊物，像钟摆一样，来回荡悠；夕阳西下，将这一排排从容不迫、动作缓慢的牛群的影子，精准地投射在草棚里面的墙上。每天日落时分，夕阳都将这些卑微无名、平庸无奇的形体的影子投射出来，每一根线条，每一个轮廓，都精密细致，就好像在宫殿墙壁上勾画宫廷美人的侧画像；又像是在久远的古时，把奥林匹斯神或者亚历山大、恺撒大帝与法老的轮廓刻画到大理石壁上，那样专心致志，那样孜孜不倦。

不太老实的奶牛被赶进棚子里；那些老实安静的，在院子里就被挤完了奶；还有一些表现更好的，默默地站在那里等着挤奶——那都是优质的上等奶牛，这样的奶牛在谷外十分罕见，就是在谷内也不多见。水草丰美的草场正值旺季，提供了汁多味美的鲜嫩草料，喂养出了这上等好奶牛。那些白斑奶牛皮毛光亮，反射阳光，使人目眩；牛犄角上的铜箍闪闪发亮，就像沙场阅兵一般。这些奶牛的乳房脉管粗大，就像一个个大沙袋，沉甸甸地垂在腹下，上面乳头挺拔突起，就像吉卜赛人使用的三足瓦罐的脚。奶牛逗留在那儿，等待挤奶，鲜白的奶汁早已从奶头渗出，滴滴答答落到地上。

17　初到农场

奶牛从草场一回来，挤奶的男工和女工便从小木屋和牛奶房里蜂拥而出。女工穿着木套鞋，不是因为天气不好，而是要保护鞋子不沾上场院里的污泥烂草。每个女孩子都坐在一张三条腿的小板凳上，侧着脸，右脸贴在牛肚子上；苔丝跟着牛群，走近前来，她们就顺着牛肚子，默不作声地看着她。而挤奶的男工把帽檐拉下来，前额抵在牛身上，眼睛盯着地面，没看到苔丝进来。

男工中有一个体魄健壮的中年男人，穿着长长的白围裙，比起其他人的罩衫，多多少少要干净体面一些，里面穿的短上衣更有几分中看、时髦，他就是苔丝要找的人——奶牛场的主人。他具有双重身份，一个礼拜，有六天在这儿挤牛奶，搅黄油，到了第七天，就穿上磨得发亮的呢子大衣，来到教堂，坐在自家专座上祷告。这个特点十分显著，于是有人就给他编了个顺口溜——

挤牛奶的迪克，

一周都在工作，

周天突然又变作，

人模人样的库瑞克。

看到苔丝站在那里愣神，他走了过去。

大多数男工一挤奶就变得有些烦躁不安，好在库瑞克先生正想增添个人手，现在正是活儿忙的时候，他热情地上前接待，问候她的母亲及家人（这只不过是客套而已，在接到介绍苔丝的那封短信前，他根本就不知道这世界上还有个德伯菲尔德太太）。

"哦，是的，我小时候，就对你们那片儿很熟悉了，"他总结道，"从那以后，我就再也没去过。从前，这儿曾住着一个九十多岁的老太太，不过早就死了，她告诉我，在你们布蕾克摩谷里，有一户人家大概也姓你这个姓，最初就是从这附近搬过去的。据说，还是个古老的大家族，只不过，现在差不多都要绝户了。年轻人都不知道这些事了。不过，哎，我对那个老太太没完没了的唠叨也没太在意，没太在意。"

"哦，不错，不用太在意，那不值一提。"苔丝说道。

于是，他们开始只谈苔丝来这儿干活儿的事了。

"你能把奶挤干净吗，姑娘？我可不想让我的牛在一年里这个时候就回了奶。"

对于这个问题，她再三请他放心。随即，他上上下下把她打量了一阵，苔丝长时间待在家里，皮肤变得娇嫩细腻。

"你确定能受得住这份苦？乡下粗人在这儿干活儿，倒还觉得舒服，不过，我们可不是住在种黄瓜的暖棚里。"

苔丝郑重地宣称自己能受得住。她说起话来热情高昂，意志坚定，似乎已经赢得了他的信任。

"那好吧，我想，你先喝杯茶，吃点儿什么，嗯？现在不用？好吧，随便你好了。不过，说实话，要是换了我，走这么远的路，非得变成干瘪的空心菜秆儿不可！"

"我现在就去挤奶，好熟练熟练。"苔丝说。

她喝了几口牛奶，权且当作点心，恢复一下体力，这使得奶牛场主库瑞克大吃一惊，事实上，还有些许的蔑视，很显然，在他心目中，从来就没有想过，牛奶还可以当饮料喝。

"哦，要是你能喝得下那种东西，你尽管喝吧。"他说着，一脸的不在乎，此时一个人正端着一桶奶，让她喝。"这东西，我多年都没碰过了，多年没碰了。这种讨厌的玩意儿，喝在肚子里，就像是个大铅块儿，坠坠的，不舒服。你就拿那头奶牛试试手吧。"他冲最近的那头奶牛努了努嘴，继续说道，"给那头牛挤奶，确实有些费劲。与其他农场的牛一样，我们这里的牛，有些好挤奶，有些不好挤，不过，你很快就会弄清楚的。"

苔丝换下帽子，戴上头巾，真切地坐在奶牛身下的小板凳上开始挤奶了，牛奶从她紧握的手中喷射而出，哗哗地冲入下面的奶桶，那时候，她似乎觉得，她已经为自己的将来建立了新的基础。这种信念生出平静，脉搏跳动得缓慢匀称起来，她也开始抬眼四处观瞧了。

挤奶的工人是由男人与姑娘组成的一支小分队，男人挤奶头硬、不好挤奶的牛，而女人则挤脾性较温和的牛。这是一个大奶牛场。总算起来，库瑞克养着近一百头奶牛，在这一百来头牛里面，有那么六七头最不好挤奶，总是由奶牛场主库瑞克亲自动手挤奶，除非他出门不在家。他不放心将这六七头牛交到男工手上，有些男工是临时雇来的，他们漠不关心，糊弄了事，不会把牛奶挤干净；也不放心交给姑娘们，她们手上力度不够，同样挤不干净。如此一来，过些时候，这些奶牛就会逐渐回奶，再也不出奶了。挤不干净奶的严重性倒不是说当下出奶量少了，而是挤出的奶少了，奶牛分泌的奶也就跟着少了，最后就完全停了。

待苔丝在奶牛身边坐定开始挤奶，场院里一时鸦雀无声，除了间或一两声吆喝，让奶牛转身或别动外，全场只听见牛奶被挤射进无数奶桶里的哗哗声。全场的动作，只有工人双手一上一下，交替挤奶，还有奶牛尾巴来回摆动，他们就这样一直不停地劳作。四周是广阔平坦的草场，一直延伸到山谷两边的山坡下。这片平地上，古老的景致早已被人遗忘，毫无疑问，那些古老的景致与现在的已是天壤之别。

"我看着啊，"奶牛场主说道，他突然从一头牛身后站起来，一手抓着三角凳，一手拎着牛奶桶，他刚挤完一头，正朝着跟前另一头不好挤奶的牛走去，"我看着啊，今儿这些奶牛不如往常奶水旺。要是温克这头牛照这个减奶法，我敢说，到不了仲夏，就不用再给它挤了。"

"这大概是因为我们这儿刚添了新手吧，"乔纳森·凯尔说，"以前我就看到过这种情况。"

"是的，也许是这样。我倒是没往这方面想。"

"听说，在这种情况下，奶都流到犄角里去了。"一个挤奶女工说。

"嗯，至于说奶向上流到犄角里去，"奶牛场主库瑞克接过话茬，心中满是疑问，似乎觉得巫术在生理解剖面前都讲不通，"我不敢这么说，的确不敢说。不长犄角的牛也回奶，跟长犄角的牛没啥两样，所以我可不信这个说法。你知道那个关于不长犄角的奶牛的谜语吗，乔纳森？为什么一年里头，不长犄角的奶牛没有长犄角的奶牛出奶多？"

"不知道！"那个女工插嘴道，"为什么？"

"因为不长犄角的奶牛本来就少啊！"奶牛场主说，"不过，这些混账东西今天是要回奶了。伙计们，咱们唱首歌吧，治这种毛病，唯有这法子管用。"

在这附近的奶牛场，若奶牛出现比往常产奶少的迹象，人们往往就对着牛唱歌，说是这样就能把奶引出来；既然奶牛场主要求唱，大家便扯开嗓子一起唱了起来，应付公事是真，出自情愿是假；他们带着几分自欺，相信在那歌声中，情况确实有了改观。他们唱的是一首欢快的民谣，讲的是一个杀人凶手不敢在一团黑暗中睡觉，因为一闭眼，他就会看到硫黄火焰在他周围燃烧，唱到第十四段还是第十五段时，有个男工说道——

"但愿弯着腰唱歌不会费尽一个人的气力！先生，你该拿出你的竖琴，不过我认为还是提琴最好。"

苔丝一直在默默倾听，本以为这话是说给奶牛场主的，不过她想错了。有人接着话茬，说了句"为什么"，说话声好像是从牛棚中黄牛肚子里发出的，此时，她才发现牛后面还有一个人，这话正是他说的。

"嗯，不错。什么也比不上提琴。"奶牛场主说，"我确实赞同，与母牛比起来，公牛对音乐更敏感——最起码这是我的经验。从前，在梅尔库住着一个老头，叫威廉·杜伊，家里以前是赶大车的，在那一带有不少生意，乔纳森，你还记得他吗？不妨这么说吧，我一见面就能认出他来，就像一眼能认出我的同胞兄弟一样。嗯，有一次他在人家婚礼上拉提琴，完事之后往回走，那是一个月光皎洁的夜晚，为了近一些，他抄道穿过四十亩畦，那条路上的一块大田。说来也巧，那块地里正好有一头公牛在吃草。公牛瞧见威廉，我的老天，低头弓背，伸着两个大犄角，冲着他就追了上来。威廉二话没说，撒腿就跑，没命地跑，幸好那晚酒没喝太多（想想，那是婚宴，办喜事的人家又那么阔绰，他竟没喝多）。可他还是很清楚，要想跑到树篱跟前，再翻身跳过去，逃过这一劫，是万万来不及的。说时迟，那时快，就在这最后关头，他急中生智，边跑边拽出提琴，转身对着公牛，拉起了一首欢快活泼的吉格舞曲，他一边拉，一边倒退着蹭向一个角落。听到舞曲，公牛放松下来，站在那里不动了，两眼直勾勾地盯着威廉·杜伊。威廉丝毫不敢怠慢停歇，只得站在那里拉呀拉呀，拉到后来，公牛脸上隐隐现出一丝笑意。可是威廉刚一停手，想转身翻过树篱，公牛便立即收起笑容，又低头亮角，冲着威廉的裤裆，就要往前捅。哎，不管愿不愿意，迫于形势，威廉只得转身，继续对牛拉琴；那时才凌晨三点哪，他心里明白，再有几个钟头儿，那条路上也不会有人来，他诚惶诚恐，精疲力竭，真不知道下一步怎么办才好。他吱吱悠悠一直拉到四点左右，觉得着实支撑不下去了，便自言自语道：'这是我能拉的最后一支曲子了，此曲一断，我便与这世间恒久的福祉再无缘分！上帝呀，救救我吧，您若再不出手相救，我就命丧此劫啦。'就在那时，他脑海中突然闪现，在圣诞前夜，他曾看到过，有些牛在夜深人静时，跪在地上的场景。现在还不是圣诞前夜，可他转念一想，计上心来，何不要弄一把这头蠢牛。于是，他即刻转而拉起《圣诞颂》来，就好像那天真是圣诞节，在唱《圣诞颂》一样；咳，你瞧，说来也怪，那头牛不知道是在耍它，竟屈膝跪倒，真当那是耶稣基督降生的时辰了。等那位长着犄角的朋友一跪下，威廉迅速转身，还没等那头跪地祈祷的蠢牛站起来，再次追击，他便像狗一样，跳窜起来，跃过树篱，安然脱险了。每每谈起此事，威廉常说，愚傻之人，他见得多了，可像那头蠢牛那样，等它明白过来，那天不是圣诞前夜，自己虔诚受到了愚弄，那个傻样，他是从来都没见过的……是的，威廉·杜伊，那个人就叫威廉·杜伊，即便是现在，我仍清楚地记得，他埋在梅尔库教堂墓地的具体位置，分毫不差，他就埋在北廊边第二棵紫杉那儿。"

"这真是个离奇的故事；把我们带回到中古时期，那时候的信仰鲜活生动！"

这句话是那头黄牛身后那个人嘟嘟囔囔说出来的，在这个奶牛场小院里，也算得上是不同寻常了；这句话里的意味，没人能解悟的开，也就没引起注意，只是讲故事的人似乎觉得，这句话是对他所讲故事的怀疑。

"哦，这事可是千真万确，先生，不管你信不信，那个人我可是熟得很。"

"哦，是的，我一点儿都不怀疑。"黄牛背后那人说。

苔丝这才将注意力转向那个与奶牛场主说话的人，他的头紧紧抵在牛肚子上，脸深深埋在里面，看不着，仅仅看到身体的一小部分。她不明白，为什么连奶牛场主都称呼他"先生"，她一时也找不到合适的理由去解释。他蹲坐在奶牛身子下面，老长时间不出来，这么长时间都足够挤完三头牛的奶了，还时不时地发出急促低沉的叫喊喘息声，好像坚持不住了似的。

"温柔着点儿，先生，你得温柔着点儿。"奶牛场主说，"挤奶得用巧劲儿，使蛮力不成。"

"我觉得也是如此，"那个人说着，终于站起来，活动活动胳膊，"我想我最终还是把奶挤完了，尽管挤得我手指头生疼。"

直到现在，苔丝才看清了他的真面貌。他系一条普通的白围裙，打着挤奶工才打的皮绑腿，靴子上沾满了院子里的烂草泥；不过，只有这身装束打扮有几分乡土气息，在这装束之下，看得出此人身上透着几分教养、内向、敏感、忧郁，以及不可辩说的与众不同。

但这些外表的细节转瞬就被抛到一边，因为苔丝发现，她曾经见过这个人。打那次谋面之后，苔丝经历了几多人生沧桑沉浮，竟一下子说不出到底在哪儿见过。接着她心间一亮，想起他就是当年那个徒步旅者，路过马涞村，还在村社舞会上跳了舞；那个陌生过客，不知从何处而来，撇下她，与别的女孩儿跳舞，临走对她不理不睬，甩下她又匆匆与同伴上路。

这桩小事发生在她遭受不幸之前，却引发了苔丝无尽的思潮，往事不觉历历在目，继而心生忧郁，唯恐此人一旦认出她，就会想方设法，打听她的身世。可从他身上一点儿都看不出还记得她的迹象，这种担忧旋即消失。她也逐渐看清楚，自从他们第一次也是唯一一次相遇后，他那张活泼的脸，变得更加深沉，嘴上已经长出了小青年有型帅气的八字胡与颔下须——下巴上的须毛，逐渐扩展至两颊，刚长出的地方，还是淡淡的麦秸色，离根儿渐远，颜色渐深，逐步变成了棕红色。他外面围着麻布围裙，围裙里面，上身穿一件深色天鹅绒夹克，内套浆洗过的白衬衫，下身配了一条灯芯绒裤子，脚上穿着一双绑腿长筒皮靴。要是没有那件挤奶时戴的围裙，没人能猜出他是干什么的。或许他是一个古怪异常的地主，或是一个身份体面的农夫，两者皆有可能。他花了那么长时间才挤完一头牛的奶，苔丝由此一下断定，他也只不过是这奶牛场的一个新手而已。

与此同时，好多女工已经开始彼此谈论起初来乍到的新人，"看，她长得真漂亮！"这话里确有几分真心的慷慨赞美与些许实意的欣赏羡慕，却也有五成的期许，希望旁听者对这句评论加以审视限定。其实，严格来讲，姑娘们或许早已做出了限定，因为漂亮本不足以形容苔丝那份打眼吸睛的美。当晚挤奶工作完成，大家陆陆续续走进屋内。库瑞克太太正在屋里照看着装牛奶的铅桶，做些杂务，她不肯自贬身份，到外面亲自动手挤奶，也不像女工们都穿着印花布衣服，即便天气暖和，她也总是身穿长袍大褂，一点儿不嫌捂得慌。

苔丝了解到，除她以外，还有两三个女工在奶牛场住，大多数雇工都各自回家。晚饭时，她没看到那个对故事评头论足的上等工人，她也没向别人打听。饭后，她一直在寝室忙着安排整理床铺。寝室在牛奶房上面，房间很大，大约有三十英尺长；另外三个在奶牛场睡觉的女工，和她同住在这间寝室。她们都是花季少女，年轻貌美，只有一个比她年龄小，其余两个比她稍大些。苔丝已经筋疲力尽，睡觉的时候一到，她倒头便睡。

不过，与她邻床的一个女孩子可不像苔丝那样困意浓厚，她坚持要给苔丝普及一下她刚加入进来的这户农庄的一些详情细事。那个女孩子喊喊喳喳，喃喃细语与深沉夜色混合成一片。苔丝昏昏沉沉，半睡半醒，那些话语时隐时现，宛若游丝，在无尽的黑暗中飘来飘去。

"安吉儿·克莱尔先生，是来这儿学挤奶的，还会弹竖琴，从来都不大和我们说话。他父亲是牧师，他心里想的事太多，无暇理会我们这些女孩子。他跟着奶牛场主做学徒，学习办农场的各种手艺。在别的地方学会了养羊，现在又来这儿学着养牛……哦，他确实是个天生的绅士。他父亲老克莱尔先生，在爱敏斯特教堂做牧师——离这儿有好多好多英里呢。"

"哦，我也听说过他，"她的小伙伴睡醒一觉，接着她的话茬说，"一位热心的牧师，是不是？"

"是的，他是很热心，可以说是全威塞克斯最热心的人啦！他们都说，他是古老的低教派最后一个了，这一带，差不多都是他们所说的高教派了。他那几个儿子，除了咱这位克莱尔先生，都是要当牧师的。"

此时此刻，苔丝没了好奇心，也无心追问为什么眼前这位克莱尔先生不学他的哥哥，也去做牧师；她迷迷糊糊，又进入了梦乡。她的信息播报员依旧不舍不弃，喋喋不休地说着，话语和着隔壁奶酪房里传出的奶酪气味与楼下榨奶房里乳清滴滴答答的韵律，一齐向她扑面而来。

18　再次邂逅

安吉儿·克莱尔从尘封的过去逐渐浮现出来，目前整体的形象尚不明朗，唯一可感触的只有那满是赏识的声音，长久凝视而专注的眼神，和生动活泼的嘴唇，这张嘴唇对一个男人来说，确有些过于小巧，线条稍显纤细，不太像是男人的嘴唇，幸而下唇还时不时地紧闭，不会让人觉得他有失果断，这倒是有些出人意料；尽管如此，他还是隐隐地现出一些心神模糊、心事重重、心不在焉的样子，叫人一看就感觉，他这个人大概对前途与未来，没什么明确的目标，也不怎么上心。可是，在他还是个少年的时候，人们都说，他想做什么，必能成什么。

安吉儿的父亲是本郡另一边的一位穷牧师，安吉儿是他的小儿子，这个小儿子来泰波塞斯奶牛场待六个月，跟着学徒。他之前已经到过其他几个农场，目的是要掌握管理农场的各种实用本领，以便将来根据情况，要么到殖民地，要么在国内开办农场。

现在深入农场或牧场学习，只是这个年轻人事业的第一步，无论是他本人还是其他人都没预料到他会走这一步。

老克莱尔的前妻，为他生下一个女儿，便撒手人寰。到了晚年，他又娶了一房太太，没想到，这位太太一口气儿给他生了三个儿子，所以在小儿子与老父亲之间，好像是隔了一辈人似的。在三个儿子当中，我们刚刚提到的安吉儿，是牧师老来得子，也只有他没拿到大学学位，尽管从早年的天资来看，只有他才真正配得上接受大学教育。

就在安吉儿路过马渌村并且参加舞会的两三年前，他就弃学回家，自我研读。有一天，家里来了份包裹，是当地书店寄来的，直接交到了詹姆士·克莱尔手上。牧师打开一看，是一本书，翻开看了几页，一下子站起来，夹着书，直奔书店。

"为什么把这本书寄到我家？"他拿着书，不容分说，劈头便问。

"是您订购的，先生。"

"不是我订的，也不是我家人订的，我确切地告诉你。"

店主查了查订单。

"哦，寄错了，先生。"他说，"是安吉儿·克莱尔先生订的，本来应该寄给他的。"

老克莱尔先生听后猛一倒退，皱眉蹙眼，仿佛本人被戳了一下。他匆匆回到家，满脸苍白，一脸懊丧，即刻将安吉儿叫到书房。

"你看看这本书，我的儿，"他说，"你知道这是本什么书吗？"

"这是我订的。"安吉儿回答得简洁了当。

"订它做什么？"

"读哇。"

"你怎么会想到读这种书？"

"我怎么会想到？这怎么啦？这是一本论哲学体系的书。在已公开出版的书里头，再没有比这本更合乎道德，更合乎宗教的了。"

"没错，它是很合乎道德，这不可否认。但这也能说是合乎宗教！尤其是对你来说，一个要做牧师来宣扬福音的你来说，它合乎宗教？"

"既然您提到了这件事，父亲，"儿子一脸焦虑，说道，"我想最后再重申一遍，我还是不做牧师的好。良知告诉我，不能去做牧师。我爱教会，就像一个人爱他的父母双亲，而且我会一直激情热烈地爱她。整个人类历史上，再也找不到另外一种制度令我如此仰慕；但是，我却不能像我的两个哥哥那样，真诚地接受圣职，来做牧师，因为她的思想无法从那些根本站不住脚的'信奉上帝，以期救赎'的观念中解放出来。"

这位性情直率、思想单纯的牧师从来都没想到，自己的亲生骨肉竟会是这番样子！一瞬间，他吓傻了，惊呆了，瘫痪了。要是安吉儿不愿进入教会，那把他送到剑桥，还有何用处？对这个因循守旧、死不开窍的老头子来说，剑桥只是圣职授任的阶梯，否则便是一篇空荡荡的序言，后面没有任何正文。他这个人不但信教，而且笃信不疑，是个坚定虔诚的信徒——这个字眼，可不是目前那些在教堂内外闪烁其词、玩神学把戏的骗子用来欺世盗名的，而是福音教派一个古老、热诚的讲法。他能够：

真正笃信
上帝与造物主
十八个世纪以前
那开天辟地的圣举
乃是千真万确，万确千真

接下来，安吉儿的父亲使出浑身解数，细细分辩，谆谆教导，苦苦哀求。

"不，父亲！单单第四条（其他条文暂且不论），我就不能按照《宣言》的要求，从'字面与文法的意义'上去接受采纳，更不能在下面签字画押，以示心悦诚服；鉴于此种情况，我是不能做牧师的。"安吉儿说，"对宗教，我的观点是改革重构，这种想法与生俱来；引用你钟爱的《希伯来书》里的话说，就是'万事万物皆由创造而来，皆由震颤而去；不堪震颤者，必皆除之；不畏震颤者，方得存留'。"

父亲伤痛万分，儿子见状，心中无比难过。

"要是你不肯为上帝的光辉与荣耀服务，那你母亲和我省吃俭用、节衣缩食供你上大学，还有什么用呢？"父亲一遍一遍，念叨个不停。

"怎么没用？父亲，我可以为人类增光添彩。"

如果安吉儿坚持不懈，以求学业，也许他就会像两个哥哥一样去剑桥读书了。但牧师认为读书学习就是进入教会的阶石，这是他世代相传的家庭传统。他种观念已是根深蒂固，连生性敏感的儿子都开始觉得，他要再这样坚持下去，就好像是要侵吞一笔信托财产，枉费了家里两位虔诚老人的一番心思，正如父亲刚才透露的那样，他俩无论过去还是现在都不得不节俭度日，希望供养三个儿子全都上大学，接受教育。

"不上剑桥也罢，"最终安吉儿说道，"照目前情况来看，我觉得我没有权利进剑桥大学。"

这场决定前途命运的辩论结束了，后果很快也就显现出来。接下来几年，他做过一些漫无目的的研究，尝试过一些杂乱无章的事务，进行过一些散漫无序的思考，他开始对社会习俗与礼仪规约表现出极大不满，也越来越鄙夷地位、财富等这些世俗的优越。即便是那些"古老世家"（借用近来故去的一位本地名人青睐的字眼儿），在他眼里都失去了古韵古香，除非其后人能另有建树。他过上了俭朴苦行的生活，为了找补平衡，他搬到伦敦去住，想看一下那里的花花世界，顺便谋一份职业或闯一番事业；在那里，他遇上了一个年纪比他大得多的女人，鬼迷心窍，差点儿掉进她的陷阱，幸好及时摆脱，没吃大亏。

早年幽僻静谧的乡村生活，在他心中孕育出一种对现代城市生活的厌恶，那种厌恶无法克制，而且几乎不近情理。如此一来，他既无法进入教会，在精神世界寻一方立足之地，也不能闯荡江湖，在物质世界开一片宏图伟业。但总不能游手好闲，无所事事吧，毕竟他已经虚度了几年宝贵的光阴。后来，他认识了一个朋友，那个人在殖民地兴建农场，逐渐兴旺发达起来；他觉得这也许是条正道，能通向成功。是的，建农场，在殖民地，在美国，或在国内——通过认真学习，通晓经营农场之道，无论如何，也能做起来——也许，这份营生能让他自食其力，体面生活，还不用牺牲他看得比家赀万贯还重的东西——精神自由。

因此，我们就看到安吉儿·克莱尔在二十六岁时来到泰波塞斯，做起了学徒，学习养牛。这附近也找不到一个舒适像样的住处，他索性就住在了奶牛场主的家里。

他住的那个房间，是个很大的阁楼，与整个牛奶房一样长。这个房间只能从奶酪房里的一架楼梯上去，阁楼已空闲多年，他来了，才选做住处。克莱尔一人住在里面，宽敞阔绰。阁楼用帘子隔开，里面是他的床铺，外面则布置成了他简单朴素的起居室。晚上一家人都睡下了，奶牛场工人还能听见他在上面咯噔咯噔地踱来踱去。

起初，他整天待在楼上，花很长时间读书，再不就弹竖琴，那个旧竖琴，是他在促销甩卖时买来的，心情苦恼郁闷时，就自嘲说，将来有一天要到街上弹琴卖唱，讨口饭吃。到后来，他更愿意到楼下来体察人生，和奶牛场主夫妇、男女工人一起吃饭了，大家嘻嘻哈哈，组成了一个快乐活泼的小集体。住宿在奶牛场的工人固然没几个，可在场里与场主一家一起吃饭的人却有好几个。克莱尔在这儿住的时间越长，对大伙儿的芥蒂就越少，也就越愿意与他们交际往来。

最近，他真真切切地喜欢和他们在一起相处了，这大大出乎他自己的意料。才住下来几天，那种传统观念里的乡下人——报纸新闻里所说的典型人物，可怜愚钝的庄稼汉霍奇——便彻底从他脑海中抹去了。同他们一接近，霍奇就消失得无影无踪，不复存在了。起初，克莱尔从一个完全不同的社会一下子来到他们当中，与他们朝夕相处，确实觉得他们有些特别。他觉得与奶牛场主一家，以及那些挤奶工人平起平坐，同吃同睡，好像有失身份。他们的思想观念、生活方式与周围环境都是落后退化，毫无意义的。但是在那儿住下来，天天同他们生活在一起，这位旅居者慧眼敏锐，逐渐认识到，其实这群普通人别有洞天。尽管他们本身并无改变，可在他眼里，这群人不再单调乏味，而是变得丰满多姿了。无论是奶牛场主夫妇，还是挤奶的男工女工，都像发生了化学变化，开始显现出各自鲜活迥异的特色。于是，他想起了法国数学家、哲学家帕斯卡在其《沉思录》总序中的话："唯有才智高慧者，方能洞察他人独特之处。平庸之辈，视天下苍生，皆无异彼此。"那千人一面的典型霍奇已经不复存在，他已经分化为鲜活多姿、形色各异的不同人等——或思想殊异，或特质凸显；或快乐安详，或郁郁寡欢；或天资聪慧，或天生愚钝；或心怀叵测，或朴实无华；或似大诗人弥尔顿，沉默寡言，或像克伦威尔，暗藏锋芒；他们已经变得像其旧时的朋友，各持己见；或相互赞赏，或相互指责，或因想到彼此的瑕疵与罪恶而开心与悲伤；他们都按照自己的方式走在重归尘土的路上。

出乎意料，他本人竟开始喜爱户外生活，这倒不是因为户外生活与自己谋求的职业有关，而是因为户外生活本身及其带给他的东西。照克莱尔的地位来看，他已经奇异般彻底摆脱了长期盘踞在心头的忧郁，这种忧郁都是因为开化文明的人类对仁慈的神逐渐丧失信心而产生的。近些年来，他第一次能够按照自己的喜好与意愿读书了，不用再考虑为了职业而往脑子里生塞硬填；同时，他也发现，那几本值得熟读掌握的农业手册，根本花不了他多少时间。

他与往昔的联系，日渐疏远；在生活与人性中，看到了新鲜的东西。再者，他对外界的自然现象，原本只是隐约了解，如今却有了亲切细腻的认知：四季流转，情态各异；朝来暮去，昼夜更迭；风起云涌，气势不同；草木枯荣，流水如斯；雾霭沉沉，幽暗静谧；自然万物，皆有其声，万事万物，皆有其态。

清晨一大早，凉意犹存，在用早餐的大房子里生上火，大家感到舒适惬意。克莱尔温文尔雅，库瑞克太太觉得不宜和大家伙儿一起用餐，就吩咐人在壁炉边安放了一块铰链活页隔板，上面布置好他用的一套杯盘，因而他总是坐在大张其口的壁炉边吃早饭。阳光从对面那个又宽又高的直棂窗户里射进来，照亮了他坐的那个角落；同时，又有一道清冷的蓝光从烟囱里照下来；这样，每当他想读书时，那儿便是再舒服适合不过了。克莱尔与窗户之间，就是大家围坐吃饭的桌子，他们张口大嚼的侧影，映在窗户玻璃上，轮廓分明。屋子一侧有扇门，通向牛奶房；隔着门，可以看到牛奶房里一排排长方形的铅桶，里面齐沿装满了早晨刚挤的奶。在更远的一头，可以看到搅黄油的大桶在咕隆咕隆地转着；透过窗户可以看见，一个男孩儿，正催赶着一匹无精打采的马，慢慢腾腾拉着大桶转圈圈。

苔丝来到这里已经好几天了，而克莱尔一直都坐在那儿聚精会神地读着刚邮寄来的书本、杂志、乐谱，几乎没注意到餐桌旁的她。苔丝沉默寡言，而其他女孩子又叽叽喳喳，说个没完，在一片喧哗中，那新添的只言片语根本没引起他的注意，而且他读起书来，心无旁骛，外界景物只在脑海中有个大致印象，一向忽略其细致入微之处。然而，有一天，他正在研读一段乐谱，脑海中不禁浮现出乐谱的曲调，他沉浸其中，谱子不觉滑落炉边。此时，早餐已做完，开水已烧好，他凝视着木柴的余火，一点儿火苗还在跳蹿，恰似在那即将熄的火炭尖上旋转，和着他内心的旋律跳着吉格舞。同时，从壁炉横梁上悬下两个挂钩，上面缀满了灰网，那灰网仿佛也伴着曲调，抖动飞舞；还有那挂钩上的水壶，还剩下一半水，滚开着，伴着那调子，哗哗啦啦，低声唱和。餐桌边的谈话与他幻想中的管弦乐混合成一片。突然，他一怔，心想："好清脆悦耳的嗓音，这必定是那个新来的姑娘。"

克莱尔扭头观瞧，只见她坐在其他女工中间。

她没向他这边看。事实上，他坐在那里思忖良久，默不作声，大家几乎都把他给忘了。

"到底有没有鬼，我不知道，"她说着，"可我的确知道，我们活着，灵魂就能走出躯壳，在体外游荡。"

奶牛场主一听，扭头看着她，来不及咽下满嘴的食物，满眼都是好奇疑问，一副大大的刀叉直直地戳在餐桌上（这儿的早餐是正儿八经的早餐），俨然一副绞刑架。

"什么，这是真的？真是这样吗，姑娘？"

"要想感知灵魂出窍，最简单的方法就是，"她继续说着，"晚上，躺在草地上，眼睛紧紧盯着天上某颗又大又亮的星星；同时，全神贯注到这颗星星上，很快，你就会发现，你的精神就脱离开肉体，飞上了好几千英里的天上，好像你自己并不想那样，一切都是自然而然的。"

奶牛场主把死死盯着苔丝的目光移开，转而投在他妻子身上。

"你说怪不怪，库瑞斯蒂娜？过去三十年来，无论是求爱成婚，做买做卖，还是求医问药，寻找护理，我头顶满天星，不知走过多少夜路，可从来都没有听说过灵魂能出窍，也从来没感觉到魂灵离开过我的衣领半寸。"

所有人，也包括奶牛场主的学徒，都把目光集中到她身上，苔丝见状，面颊绯红，推托说这只是幻觉，就又吃起早饭来。

克莱尔继续注视着她。她匆匆吃完早饭，觉察到克莱尔正在看她，局促不安起来，就用食指在桌布上来回画着各种图案，那种不安就像是家畜感知有人在看它一样。

"多么鲜活，多么纯真！那个挤奶姑娘就是大自然的女儿！"他自言自语道。

之后，他似乎从她身上看出一些似曾相识的感觉，这种感觉把他带回过去无忧无虑的欢乐时光，那时，无须深谋远虑，也不用瞻前顾后，那时的天空从来都不像现在这样灰暗阴沉。最后，他得出结论，他俩曾经在某地邂逅，具体在哪里，他也说不清楚。肯定是乡下漫游时一次偶然相遇，对此他并不觉得奇怪。但这种情形，足以使他在审视身边女性时，更愿意选择苔丝，而放弃别的漂亮姑娘了。

19　琴声悠扬

一般来讲，给牛挤奶，碰上哪头就挤哪头，没什么厚此薄彼、挑肥拣瘦之说。可是有些奶牛却对某双特定的手情有独钟，有时候这种偏爱非常强烈，如果不是它们喜好的人，就不肯老老实实站在那里让人挤，一旦碰到生手，它们就会毫不客气，干脆把牛奶桶踢翻。

奶牛场主库瑞克有条规矩，就是坚持不断更换人手，打破这种爱憎好恶。要不然，一旦有挤奶工离开，他就会陷入困境。然而，那些挤奶女工的个人心思，却与奶牛场主的规矩正好相反，要是每个姑娘天天都能挑她们已经挤习惯了的八头或十头奶牛，那些乐意舒畅的奶头，挤起来便会特别轻松省力。

苔丝与她的伙伴儿一样，不久便发现，哪几头牛偏爱她的挤奶方式。在最近两三年里，她长时间宅在家里，手指已经变得娇嫩细致，她倒是愿意去迎合奶牛的意思，挑选愿意让她挤奶的牛。在全场九十五头奶牛中，有八头与众不同——胖团、华美、高贵、迷霭、老美、少美、泰洁、宏声——即便其中有一两头，奶子硬得像胡萝卜，但都乐意让她来挤奶，只要她的手一触弄奶头，奶水便哗哗流出。然而，她深深懂得奶牛场主的意思，因此除了那几头难出奶而她又对付不了的，她便不会刻意选择，碰到哪头就认认真真地挤哪头。

但是，很快苔丝就发现，奶牛的排列次序，从表面看来，似乎是随机偶然的，可这种排列次序却总是与自己的期望惊人的一致，到后来她才觉得这种排列次序绝不是机缘巧合。原来是奶牛场主的徒弟，近来一直在帮着把牛聚拢到一起。到第五次或第六次时，苔丝把头靠到牛肚子上，将脸转向克莱尔，脉脉地追问，满眼尽是诡秘狡黠。

"克莱尔先生，是你这样安排奶牛的吧！"她说道，脸上不觉一红，语气里透着些许的责备，说话间，上唇轻启，露齿莞尔一笑，下唇却还绷着没动。

"嗯，这没什么不一样，"他说道，"你就在这里给这些牛挤奶好了。"

"总这样好吗？我倒是希望如此！不过，我可不敢说我总能站在这里。"

后来，她生起自己的气来，心中怕他曲解了她的意思，她之所以喜欢在这儿避世隐居，是另有其因。她方才对他说话时，是那样热切诚挚，就好像他在这里，她也就愿意待在这里了。她顾虑重重，傍晚挤完奶，心中依旧不安，便独自一人在院子里走，后悔不该暴露自己看破了克莱尔对她的照顾。

这是六月里一个典型的夏日黄昏，大气静谧安宁、清新透明、传导敏锐，因而那些无生命的万物，也都仿佛有了两三种感知，即便不能说有五种的话。远处与近处已无明显分别，地平线上的一切，听起来都像近在咫尺。万籁俱寂，与其说是声音虚无，还不如说它本身就是实际的存在。突然，琴弦铮铮，打破了这一片寂静。

苔丝也曾听到过这曲调，那是来自头顶的阁楼，有墙阻隔，琴声听起来模糊、低沉，从未像现在这样，在寂静的夜空中飘荡，赤裸无饰，质朴无华。说实话，无论是这琴还是这弹奏技法，都称不上好，可这都是相对而言，琴声悠扬，苔丝像着了迷的鸟儿，欲罢不能，欲离不舍。不但离不开，而且还不由自主地步步向弹琴人走近，只是躲在树篱后面，生怕让他猜出她藏在那里。

苔丝正站在园子的边缘，脚下的土地多年没有耕种，潮湿泥泞，上面长满了枝叶肥美的杂草，稍一触碰，花粉便飞散开来，像迷雾一样蔓延；那些高大深密的杂草开满了鲜花，散发出难闻的气味，花儿颜色各异，或红、或黄、或紫，构成了一幅多彩的画卷，鲜艳夺目，丝毫不逊于人工培育的。她像一只猫，轻轻悄悄地穿行于这片茂密的幽花野草之间，裙边沾上了杜鹃的唾液，脚下踩碎了蜗牛的壳，手上染了蓟草的浆汁与蛞蝓的黏液，连裸露的胳膊上也擦上了黏胶般的树霉，那些树霉长在苹果树干上，像雪一样白，一旦黏在皮肤上，就像茜草染成的斑块；就这样，苔丝举步维艰，慢慢走近克莱尔，不过，克莱尔还没发现她。

　　此时此刻，苔丝已经超脱时空。她曾描述过，抬头凝视夜空的繁星，就能如愿达到灵魂出窍的境界，眼下还没经刻意追求就已出现了。古旧竖琴尖细的音调抑扬顿挫，苔丝的心潮便随着起伏跌宕，那和谐的旋律如清风般柔和催情，打开她的心扉，沁入她的心田，不知不觉已是热泪盈眶。那飘浮的花粉似乎就是他弹奏出的音符，花园里潮湿漉漉，宛若受琴声感染而泪水涟涟。夜幕降临，而那茂密的野草间气味难闻的花朵，却依然那样光彩鲜艳，仿佛听得入了迷，只知绽放光彩而忘记了收拢闭合；花朵艳丽，大放异彩，琴声悠扬，沁人心魄，这花色与琴音，恰似波浪附叠，交相融合在一起。

　　那辉映如故的亮光，大都是从西面天边一大片云彩间的巨洞中穿泄而下；仿佛是残留的一片白昼，纯属偶然被遗漏下来；而此时，其他地方已是苍穹昏暗，笼罩四野了。他收了忧伤的旋律，这旋律简单平白，无须高深技巧；她静静等待，念着下一支曲子再次飘来。然而，他弹倦了，绕过树篱，散漫地踱到她身后。苔丝满脸发烫，双颊绯红，一时动弹不得，索性悄悄躲在一旁。

　　但是，安吉儿还是看到了她浅淡轻盈的裙袖，便开口与她说话；纵然两人相去稍远，她还是听到了他那低沉的音调。

　　"苔丝，怎么就这么躲开了？"他问道，"怕了不成？"

　　"啊，不，先生……不是害怕屋外的东西，尤其是现在，苹果树上的花瓣在飘落，草木一片翠绿，这就更没什么可怕的了。"

　　"那是屋里的东西让你害怕喽，嗯？"

　　"嗯，是的，先生。"

"怕什么？"

"我也说不好。"

"怕牛奶变酸？"

"不是。"

"这么说吧，是害怕生活？"

"是的，先生。"

"哦——我也害怕生活，经常害怕。"

"在当下这困境中活着，着实不易，不是吗？"

"是，叫你这么一说，我觉得也是。"

"尽管如此，可我万万没想到，像你这么年轻的女孩子，居然也这么想。你为什么这么认为？"

她犹豫再三，沉默不语。

"说吧，苔丝，就拿我当自己人，把心里话说出来。"

她以为他问的是，在她眼里，世界是什么样子的，于是便羞答答地回答他——

"树木有双好奇的眼睛，是不是？我是说，它们似乎有眼睛。河流好像也在说：'你为什么看着我，让我不得安宁？'你仿佛还会看到无数的明天，排成长长的一队，排头第一个清晰高大，其余的一个比一个远，也一个比一个小；但都面目狰狞，凶恶残忍。它们好像在说：'我来啦，你要提防哟，你要提防哟！'……可是你，先生，却能用音乐创造出梦境，将这些可怕的幻觉统统赶走！"

他惊奇地发现这个年轻女子——虽然她不过是个挤奶女工，却有了如此稀罕的见解，这足以使同舍的女工艳羡不已——竟形成了这般多愁忧伤的想法。她用家乡的方言土语表白着内心情感——间或辅以小学六年级标准的词汇字眼——那种情感或许差不多可以称之为我们这个时代的情感——现代主义之痛。他细细一想，那些所谓的先进思想，大多是很多个世纪以来,无数男男女女领悟到的模糊的感觉,这些感觉再用最时髦的字眼加以定义——更准确的说法是什么"学"或是什么"主义",一想到这,他便不再太在意了。

可是依然让人迷惑不解的是,她为何这般年纪就有了这样的想法?岂止是迷惑不解,还叫人敬佩感动,叫人感兴关怀,叫人悲伤怜悯。用不着去猜其中的缘由,他也猜不出,经验不在于年龄的大小,而在于阅历的深浅。苔丝以前肉体上遭受的蹂躏,而今却成了她精神上的收获。

站在苔丝的角度,她始终搞不明白,一个出身于牧师家庭、接受过良好教育、衣食无忧的人,为什么把活在世上看成是一种不幸。像她这样一个苦命的朝圣客,那么想,还能说得过去。可是这个令人羡慕、富有诗意的人,怎么也会掉进耻辱之谷呢?怎么也会与乌兹老人有同样的感觉呢——就像她两三年前的感觉一样——"吾宁愿悬梁自绝,宁愿了此一生,毋宁苟活于这厌恶的世间。"

固然,他现在已经脱离了他的阶层。但苔丝心里清楚,那只不过是因为,他想学会他愿意掌握的本领,就像当年彼得大帝跑到造船厂,去学习建造船只一样。他挤牛奶,并不是因为他非要挤牛奶不可,而是因为他要学会如何做一个财源茂盛、兴旺发达的奶牛场的主人、地主、农业家、畜牧家。他要做一个美国或澳大利亚的亚伯拉罕,像国王一样,统领掌管他的牛群与羊群,他的花斑牛与环纹羊,还有那众多的男仆、女仆。但有时候,她还是搞不明白,像他这样一个书生气十足、喜好音乐、思想丰富的年轻人,为什么一心只想当个农民,而不学他的父亲与哥哥,去做个牧师呢?

由此,他们两人对彼此的秘密都无线索可循,对彼此的表现都迷惑不解,他们也不想去探索对方的历史旧事,而只是静待进一步了解对方的性格与心境。

每日每时,她的性情禀赋都一点一滴,逐渐展露在他面前,他的性情也渐次显露。生活中，苔丝一直都克制本分，不敢张扬，可她丝毫没有觉察，她的生命力有多么强大。

起初，苔丝满眼都是安吉儿·克莱尔的聪明才智，而没有把他当一个普通的男人来看待。这样一来，她总是拿他同自己做比照：他学识渊博，光辉四射，才智如安第斯山，高不可测，而她自己却思想浅薄，智力低下。两者相去甚远，她不觉自惭形秽，心灰意冷，也不愿再做任何努力了。

有一天，他偶然给她讲起了古希腊的田园牧歌生活，却觉察到她情绪低落，一人自顾自在山坡上采摘名叫"侯爷与夫人"的蓓蕾。

"怎么啦？一下子发起愁来啦？"他问道。

"哦，这只是——我自己的事，"她微微苦笑一下，答道，说话间，不时将"夫人"的花蕾剥开，"我只是想到，有可能发生在我身上的事情！我这一辈子，时运不济，白白的就这么废了！看到你懂那么多，读那么多书，见识广博，思想深刻，我感觉自己什么都不是！就像《圣经》里讲的那个可怜兮兮的示巴女王，除了诧异，就只剩下一副空皮囊了。"

"哎呀，快别自寻烦恼啦！嗯，"他劝道，言语热切，"我亲爱的苔丝，只要能帮你，我就甭提多高兴啦，什么都行，想学历史也好，想念书也罢，我都乐意帮——"

"又是一个'夫人'。"她举起刚剥开的花蕾，插嘴道。

"什么？"

"我是说，剥开的这些花蕾里，'夫人'总比'侯爷'多。"

"别管那些'夫人''侯爷'啦，你想不想学点儿什么，比如说历史？"

"有时候我觉得，除了已经知道的历史，我不想再多学了。"

"为什么？"

"学了又怎样呢？我只不过是一长串人物中的一个，发现旧书里有一个人和我一模一样，我只不过是将她扮演的角色再演一遍，还让我痛苦伤心，仅此而已。最好别知道，你的本性和过去的所作所为与千千万万人的别无二致，也最好别知道，你将来的生活和所作所为也会与千千万万人的如出一辙。"

"那么，你真的什么都不想学？"

"我倒是想知道为什么——为什么太阳普照众生，不分善恶？"她回答道，声音有点儿发抖，"可这些，书本里都不会讲的。"

"苔丝，不要这么苦恼啦！"当然，他这样说，只是按照惯常情理，宽慰一番而已，这种疑惑，过去他也曾经有过。而且，看着那张天真的嘴与稚嫩的唇，他心里知道，一个乡下女孩子会有这种情感，一定是平时听多了，便随口说出罢了。她俯首继续剥着"侯爷与夫人"的花苞，那波浪般卷曲的长睫毛垂在柔美润泽的两颊，他静赏片刻，才恋恋不舍地走开。他走以后，她又在那里站了一会儿，心事重重，剥完最后一个苞蕾，随即便从梦幻中醒来，她心烦意乱，将手中的花蕾，还有其他所有的"侯爷与夫人"，一股脑儿全都扔到地上，生起气来，恨自己刚才的无知与幼稚，同时，内心深处不觉升腾起一股子热流。

他一定会认为她很愚蠢！一味渴求博得好评，她又想到了近来一直努力抛弃忘却的事情，这件事曾给她带来那么沉痛的后果——她又想到了她家与封侯加爵的德伯维尔家本是同宗同族这件事。此事对她毫无裨益，而且还给她招灾引祸。可是，克莱尔是位绅士，又懂历史，假如他知道，金斯贝尔教堂里那些珀贝克雪花大理石雕像，的的确确代表着她的嫡系祖先，而且她才是真真正正的德伯维尔，绝不像川特里奇那一家，用金钱与野心编造出虚假的德伯维尔，也许他就会忘了她剥"侯爷与夫人"花苞这档子事，也就会完全尊重她了。

但是，冒险搬出此事之前，苔丝还是拿不定主意，于是就从侧面向奶牛场主打探一下，克莱尔会对此事有何反应。她问奶牛场主，如果昔日本郡的一个古老名门世家，现在已家道衰败，一无钱财，二无田产，克莱尔现在是否会尊重这样的人家。

"克莱尔先生，"奶牛场主强调说，"是所有人里最具反抗精神的——他这个脾性，一点儿都不像他的家人。要说他深恶痛绝的事情，那莫过于什么'古老世家'了。他说，按照情理来讲，'古老世家'过去已经飞黄腾达，福运过度消耗，现在福禄枯竭，气数已尽。这些家族，像什么贝雷特家、德伦哈德家、格雷家、圣昆丁家、哈代家，还有高尔德家，从前在这片山谷中都曾坐拥田产无数，绵延数英里。而现在的家当，你只需花点儿小钱，就可以将其全部买下。为什么，你知道我们这里的小莱蒂·普瑞德吧，她就是派瑞德尔家族的后裔——派瑞德尔是个古老世家，曾经拥有无数田产土地，王室欣托克附近的庄园产业都是他们家的，而现在，都悉数归了威塞克斯伯爵了。以前，有谁听说过威塞克斯伯爵这个人和他的家族？还有，克莱尔先生查证出此事，着实把小莱蒂笑话了好几天。'哎呀！'他取笑莱蒂道，'你永远都别想做个出色的挤奶工喽！你家的那些本领，好几辈子以前，在巴勒斯坦都用光了，你们得休养生息，等待恢复元气之后才能再做点儿事，那还得再等一千年哟！'又有一天，有个小伙子来这儿找活儿干，名叫马特，我们问他姓什么，他说，他从来都没听说过他还有什么姓，我们问他为什么没有姓，他解释说，这大概是因为，他家建族立业时间还不长吧。'哎呀，你正是我想要的小伙子啊！'克莱尔先生当即蹦起来，跳上前去与他握手，'将来你一定大有前途。'说着，还给了他半个克朗呢。你看，他根本不吃古老世家这一套吧。"

听完克莱尔滑稽讽刺的描述，苔丝不由得庆幸，在脆弱时刻，对自己的家世没吐露半个字——即便自己的家族异常古老，差不多该开始一个新的轮回了。另外，她还得知，还有一个挤奶姑娘，家世与她的大致相仿。因此，她对德伯维尔家族的墓室，以及跟随征服者开疆拓土的骑士——她的祖先——绝口不提。对克莱尔的性格有了进一步的了解，她猜想，克莱尔之所以对她怜爱有加，大概是因为，他觉得她是来自一个新兴之家。

20　情愫暗生

　　风物流转，大自然变得富态绚烂。一年一度，鲜花、绿叶、夜莺、画眉、金翅雀，以及诸如此类的短生物种，都粉墨登场。仅仅一年前，占据这些席位的还是另外一批生物。那时，眼前这些鲜活的生灵还只不过是些胚芽与无机分子之类的东西。旭日普照万物，抽芽出叶，青草顾顾，汁液无声，脉管涌流，花瓣绽放，暗自飘香。

　　奶牛场主库瑞克的农场里，男男女女，生活得自在舒服，平静安详，甚或是快活惬意。世间生活，他们也许算得上是最快乐的，身处当前地位，恰到好处：往下比，他们衣食无忧；往上比，既免于世俗束缚，能酣畅淋漓地流露自然情感，又不必追逐那些陈腐时尚，弄得捉襟见肘，入不敷出。

　　时光变迁，户外满眼都是枝繁叶茂、绿树浓荫的光景即将过去。苔丝与克莱尔在不知不觉间暗自相互揣摩，曾一度处在激情的边缘，然而又悬崖勒马，控而不发。可是，一种不可抗拒的自然力量引导着他俩，逐渐往一块儿凑，恰似幽谷中的两条涓涓细流，合流之势，势在必然。

　　近些年来，苔丝从来没有像现在这么快活过；或许以后再也不会像今天这么快活了。一方面，无论是在身体上，还是在精神上，她已经适应了这里的新环境。好比一棵幼苗，在原先栽种的地方，已经把根扎进有毒的土层里；而现在，已移植到了深厚的沃土。另外，她与克莱尔刚好处在喜欢与爱恋之间的朦胧境界，还没达到荡气回肠的高潮，也就不用瞻前顾后的思虑，更不会受那些烦心问题的困扰："这股新生的爱潮要将我带到何方？对我的将来又意味着什么，过去的遭遇怎么交代？"

在克莱尔眼里，苔丝还不过是一种偶然的现象——一个温柔的玫瑰色幻影，在他的意念里，刚有了挥之不去的特性。他且容许她盘踞心头，认为他的这份专注，只不过是一位哲学家在观赏女性中一个新颖、鲜活、有趣的典型代表而已。

他俩不断相会，谁也无法避脱。每天，那个奇异庄严的破晓时分，晨星闪烁，天边初现淡淡的紫罗兰色或粉红色，正是他俩相会的时刻。在这里工作，得早起，而且要起得很早。单是挤奶，就得早起，更何况，在挤奶前，还得撇奶油，凌晨三点多一点，就得开工。通常情况下，他们通过抽签选定一人，定上闹钟，按时起床，然后再把大家叫醒。苔丝是新来的，大家很快就发现，她睡觉时反应敏锐，不会像其他人那样，定上闹钟也会睡过头，因而十分值得信赖；于是叫醒众人按时上工这项任务便大多抛给了她。只要闹钟当当敲响三下，她便即刻爬起来，先跑向奶牛场主门口，继而爬上楼梯，来到克莱尔门口，收起嗓子，大声用耳语将他唤醒，然后转而叫醒同伴。待苔丝穿戴齐整，克莱尔也下得楼来，走进室外湿润的空气。通常，其他挤奶女工与奶牛场主都赖床恋枕，总得在被窝里经过一番苦苦挣扎才能起得来，一刻钟以后才会露面。

破晓时分，天边的灰白色调与黄昏时刻的不尽相同，尽管明暗亮度无甚差别。曙光破晓，升腾活跃，暗淡势衰，消退渐去。暮色黄昏，黑暗蔓延，光亮式微，倦寂消匿。

整个奶牛场，通常他俩起得最早——不会一直都是凑巧吧——他俩自认为，他们是全世界起得最早的两个人啦。苔丝刚来这儿那段日子，不用去撇奶油，但起床后便马上来到门外，而他，总是早已站在那儿，等着她了。草地寂寥空旷，晨曦微弱始现，天地间幽冥暗淡，云气弥漫，一片混沌蒙昧；两人恍若置身事外，与世隔绝，仿佛一下子变成了亚当与夏娃。一片原始暗淡之中，克莱尔觉得苔丝在性格与体貌上，都显现出一种高贵与庄严，俨然一副女王的威仪。也许是因为他心里清楚，任何别的女人，像苔丝这般天生丽质、风姿绰约的女子，在如此奇异时刻，是绝不会在露天原野里，走在他的视阈之内的——全英国都没几个。漂亮女人，在这仲夏黎明，还大都沉浸在梦乡，唯有苔丝近在指端，其他女子，在何处何方，无从知晓。

在这明暗混沌的奇异光景里，他俩一起走向奶牛俯卧的地点，这常让他想起耶稣复活的场景。可他不会想到，抹大拉的马利亚或许就走在他的身旁。所有景物都沐浴在一片明暗相宜的中性色调之中，他的双眼一直聚焦在苔丝的脸上，那张脸从层层晨霭中显露出来，上面似乎罩了一层磷光，空灵缥缈，看上去像个幽灵，飘浮游荡在雾气之上。实际上，东北方清冷的晨曦，正映射在她的脸上，才有了那番模样，只不过表面上看不出来而已。他的面目，在苔丝看来，也是那样，他自己不知道罢了。

正如前文所述，就是这种时候，苔丝给他的感觉才最深切。她不再是挤奶女工，而是一朵儿空幻玲珑的女性精华——全部女性浓缩精炼而成的一个典型形象。他还独出心裁，用半开玩笑的口吻叫她阿特米丝、德墨特尔，以及其他奇异花哨的名字，这些，苔丝都不喜欢，因为她听不懂。

"叫我苔丝。"她斜了他一眼，说道。而他，则听话照做。

天渐放亮，她的容貌也逐渐变回到普通女子的容貌：从一个赐福赐禄的女神面貌，转而变成了一个求福求禄的子民面貌了。

在这常人罕至的大清早，他俩可以走到离水鸟很近的地方。一群苍鹭引吭高歌，恰似推门开窗的吱嘎声，从草场旁边经常栖息的林子里飞出来。有时候，鹭群已经飞来，在水中毅然站立，看着这对儿情人从旁边走过，丝毫不惧。长长的脖子向前平伸，不动声色地随着这对小情人缓慢水平转动，像极了靠机械机关转动的木偶。

再后来，他们就能看出稀薄的夏雾，一层一层，如羊毛棉絮，延展开来，一簇一簇，平铺在草地上，显然还没有棉床罩厚。白色的露珠铺满草场，恰似一片大海汪洋，奶牛夜间躺卧之处，没沾露珠，草色深绿，宛若茫茫大海上一个个墨绿色的岛屿，与奶牛身体一般大小。大大小小的岛屿间，伸展出蜿蜒曲折的小径，把各个岛屿连接起来，那是奶牛起来漫逛吃草留下的足迹。在每条小径的尽头，准能找到一头牛，牛认出他们，鼻子哼的一声，喷出一股子热气，在弥漫的薄雾中，形成了一小团浓浓的雾气。接着，他们视当时情况，或将牛赶回场院，或坐在那里，就地挤奶。

有时候，夏雾弥漫整个山谷，草场变成了白茫茫的大海，上面露出几棵树木，稀稀疏疏，散落其中，宛若海中危险的礁石。鸟儿从浓雾中飞出，直冲高空，飞到亮光处，展开双翅，悬在那里晒太阳；有的则落在界隔草地的湿栅栏上，此时的栅栏，沾满了露珠，闪闪发亮，像玻璃棒一样。苔丝的睫毛上，挂满了雾气凝结而成的小钻石，头发上也缀满水珠，颗颗赛珍珠一般。天越来越亮，阳光普照开来，苔丝身上的露珠也随即消逝。这一来，苔丝身上那种奇异缥缈的美，也不见了。她的皓齿、柔唇、明眸在晨曦中熠熠生辉，但是，现在只不过是个光彩夺目的挤奶女工罢了，她照样还得努力奋争，与世间众多女人抗衡。

直到此时，他们才听见奶牛场主库瑞克的说话声，训斥那些不住在奶牛场的工人来晚了，又责骂老黛博拉·菲安德没洗手。

"看在老天的分儿上，伸出你那双手，放到水龙头下面，洗洗吧，黛博拉！我敢肯定，要是那些伦敦佬知道，我这儿有你这么个工人，知道你这么个邋遢肮脏样儿，那他们喝牛奶，吃黄油，不得更加细致斯文了吗！我都说了多少遍了！"

挤奶工作持续进行，快结束时，苔丝、克莱尔和其他人等，就会听见库瑞克太太在厨房里，将沉重的餐桌从墙边拖出来的声响，这种声响是每次吃饭前永恒不变的前奏。等到吃完饭，收拾干净了，桌子又被推回原地，同样刺耳的声响就会再度响起。

21　倾慕诉说

刚吃过早饭，牛奶房里就传来一阵哄乱。制作黄油的搅乳器照常运转，可就是搅不出黄油来。只要一出现这种情况，奶牛场就必定会瘫痪。大圆罐里的牛奶稀里哗啦地响个不停，可就是听不到他们期盼的声音。

奶牛场主库瑞克和他的太太，住在奶牛场的女工苔丝、玛丽安、莱蒂·普瑞德、伊茨·休特，结了婚住在场外小木屋里的女工，还有克莱尔先生、乔纳森·凯尔、老黛博拉等人都站在那里，瞪眼瞧着搅乳器，束手无策；在室外赶马驱动机器转动的小伙子，眼睛瞪得滚瓜溜圆，满月似的，以显示他对此事极其关切；就是那匹没精打采的老马，每走一圈，到窗户那里都用绝望的神气向里看一眼。

"我好多年都没到艾格顿荒原，去找咒法大师淳德的儿子啦，好多年啦！"奶牛场主很是苦恼，"他可远不如他父亲。这话我说了不下五十次啦，我信不着他；即便他给人看病，能从尿液里说出一些名堂来。这次，我非得去找他不可啦，就是不知道他是不是还活着。哦，是的，要是还搅不出黄油，我就得去找他了。"

看到奶牛场主绝望的神情，就连克莱尔先生也悲哀起来。

"我小时候，卡斯特桥那边住着个咒法师福尔，人家都叫他'大圆头'，道行不浅，"乔纳森·凯尔说，"不过，现在老得不中用了，成了棺材瓢子了。"

"我爷爷曾去找过咒法师梅顿，他住在鸦谷，爷爷说他道行了得。"库瑞克先生接着说，"不过眼下可找不到这么有真本事的人了！"

库瑞克太太心里总算还盘算着眼前的事。

"也许是咱屋里有人恋爱了吧，"她试探着说，"我年轻时，听人说，有人恋爱，就搅不出黄油。唉，库瑞克，你还记得几年前咱们雇的那个姑娘吧，那回黄油是怎么搅不出来的？"

"哦，是的，我记得！——不过，你说的不对。那回可与恋爱没关系。我可是记得清清楚楚——那次是黄油搅拌器坏啦。"

他转向克莱尔。"先生，你有所不知，从前我们这里雇了一个搅黄油的工人，叫杰克·多勒普，那个坏男孩勾引了一个梅尔库的姑娘；他以前骗了很多姑娘，这次又把她给弄到手了。不过这次他可碰上硬碴了，我可不是指那个姑娘。一天，正赶上是神圣周四，耶稣基督升天节，就像现在一样，我们都在，只是没搅黄油。这时，我们看到那个姑娘的妈，朝门口走过来，手里拿着一把镶着黄铜的大雨伞，那伞，一下能打死一头牛，边走边说：'杰克·多勒普是在这儿干活儿吗？——我找他！有笔大账，今天一定得清算清算！'妈妈身后不远处，跟着杰克玩弄的那个姑娘，拿着手绢，捂着脸哭，哭得凄凄惨惨。'哎哟，我的老天，这可糟了！'杰克向窗外一看，看到她俩，连忙说道：'她会宰了我！我得藏哪儿呢——我得藏哪儿？万万不可给她说我在这儿！'说着，他就打开黄油搅拌器的盖子，一头钻了进去，又反手盖上盖子，正在这时，姑娘的妈也冲进了牛奶房。'那个臭流氓，藏到哪儿啦？'她嚷道，'让我抓住了，非把他的脸撕个稀巴烂不可！'她里里外外找了个遍，同时，也把杰克骂了个狗血喷头，而杰克躲在黄油搅拌器里，差点没憋死。那个可怜的姑娘——或是说年轻的少妇——站在门口，哭得眼都快瞎了。那副可怜相，我一辈子也忘不了，一辈子也忘不了。就是一副铁石心肠，也给哭软了！可那老太婆无论如何也没找到他。"

奶牛场主说到这里，暂且停了一下，听故事的人，添上三言两语，权作评论。

库瑞克讲故事，常常没讲完就停下，看似讲完了，其实并没有真正讲完。不知道的，往往上了当，以为讲完了，不禁发出几声感叹；可是熟悉他的人都知道这个特点。讲故事的人又接着说——

"唉，无论如何我也想不到，那个老太婆怎么那么精明，能猜到他会躲在黄油搅拌机里，可是，她就是感觉，他肯定就在那里面。她一声不吭，走上前去，抓住搅拌机的摇把（那时候的机器是用手来摇动的）就摇起来，杰克就在里面翻来滚去。'哎呀，我的老天！别摇啦！放我出去吧！'他把头伸出来，连连求饶，'再摇，我就成烂酱啦！'（他是个胆小鬼，像他那种人大都是胆小如鼠）老太婆一听，嚷着说：'你糟蹋了我女儿的清白，你要是不答应娶了她，我是不会放你出来的！''赶快停下来，你这个老巫婆！'杰克尖叫起来。'你骂我老巫婆，你还敢骂我，你这个大骗子！'她说，'这五个月，你该叫我丈母娘才是！'说着，她又摇了起来。杰克在里头碰得骨头又嘎巴嘎巴响起来。嗯，我们大家伙儿，没一个人敢去管闲事；最后，他发誓要娶那姑娘，她才罢手。'好，好，我一定说话算话！'他说。这一来，那场热闹才算完了。"

听故事的人笑着，评头论足，忽然觉得身后有急促的脚步声，回头一看，只见苔丝脸色灰白，已经走到门口了。

"今儿天真热呀！"苔丝说，声音小得几乎听不见。

那天的确暖和，谁也没有把她的离场和奶牛场主讲的故事联系起来，场主走上前去，给她打开门，善意地逗趣道——

"哎哟，我的大姑娘（他总是这样亲切地叫她，却不知，这是对她的一种莫大的讽刺），我奶牛场里最俊俏的挤奶姑娘；这阵儿不过刚闻到点儿夏天的气息，你就受不住了，那要到了三伏天，你就更待不下去了，那时，就只剩下我们，在这儿受罪，是不是，克莱尔先生？"

"我有点儿头晕——嗯——我想我到屋外就会好些。"她呆呆地说道，说完就走到外面去了。

幸运的是，此时旋转的搅拌器里的牛奶突然之间变了声调，从稀里哗啦变成咕叽咕叽了。

"黄油出来啦。"库瑞克太太喊起来，大家的注意力也就从苔丝身上移开了。

心中痛苦的漂亮女孩，表面看来很快便恢复如初，但整个下午心里都闷闷不乐。傍晚挤完牛奶，她不愿与其他人待在一起，就走出门外，独自闲逛，自己也不知道该往哪里走。她很难过，哎，非常难过，奶牛场主的故事在其他伙伴听来，只不过是个滑稽的笑料，除此以外，再没别的。只有她自己，听出故事的悲伤惨淡，更没人知道这个故事是多么残酷，深深刺触了她不幸遭遇中最敏感的地方。西下的夕阳，此刻变得丑陋异常，好像是空中出现了一道巨大的红肿伤口。只有一只芦雀，声音嘶哑，在河边树丛中向她打招呼，叫声哀愁、生冷，好像断交的朋友，毫无情谊可言。

六月，昼长夜短，再加上产奶旺盛，总产得桶满盆满，早晨挤奶前的工作又早又累，所以挤奶的女工，其实大家伙儿都是，在太阳刚落山或还没落山的时候就上床睡觉了。通常，苔丝和同伴一起上楼，今晚却第一个来到了大寝室。别的姑娘回来时，她已经迷迷糊糊地打盹了。迷迷糊糊中，苔丝看到她们在橘黄色的夕照里脱下衣服，满身都染上了夕阳橘色的余晖；她在蒙眬中睡去，但又被说话声吵醒，就悄悄转过脸来看着她们。

三个小伙伴没一个上床的。她们穿着睡衣，光着脚丫，挤在一起，朝窗外看；夕阳最后一抹红色残照，依然暖暖地照着她们的脸庞、脖颈和四周的墙壁。她们三个，把脸凑在一起，饶有兴趣地注视着庭院里的一个人；三张脸，各有特色：一张天性快活的圆溜脸，一张头发乌黑的灰白脸，还有扎着红褐色辫子的白净脸。

"别挤！你和我一样，都能看得见。"莱蒂，那个红褐色鬈发的姑娘，她年龄最小，嘴里说着话，眼睛一刻也没离开窗户。

"你和我一样，爱他也没用，莱蒂·普瑞德。"说话人名叫玛丽安，她年龄最大，长着一张快活愉悦的脸，她调皮地调侃道，"人家心里想的是别人家的俊俏脸，可不是你那张小脸皮！"

莱蒂·普瑞德还在看，另外两人又挤过来，一起看。

"他又出来了！"伊茨·休特喊起来，那个灰白皮肤的姑娘，秀发乌黑润泽，嘴唇曲线分明，精巧细致。

"伊茨，你什么都不用说了，"莱蒂说，"我看见过，你还吻他的影子呢！"

"你刚才说，她干什么来着？"玛丽安问道。

"我是说，有一次，他站在乳清桶旁边，将桶里的乳水放掉，脸的影子投在身后的墙上，正好落在伊茨身旁，当时，伊茨正站在那儿装桶，见了影子，就把嘴贴在墙上，吻了影子上的嘴。他没看见，我可看见了。"

"哎哟哎，伊茨·休特！"玛丽安说。

伊茨·休特听了，两颊飞现出一块玫瑰色的红晕。

"好吧，这也没什么不好，"她宣称，装出一副沉着冷静的样子，"要是说我爱上他了，那莱蒂也爱上了，你也爱上了，玛丽安，老实承认吧。"

玛丽安的脸原本就是粉嘟嘟，羞涩的红晕在她脸上根本显不出来。

"我！"她辩解说，"天方夜谭！哎，他又出来啦！温柔的眼睛——亲切的脸庞——亲爱的克莱尔先生！"

"怎么样，不打自招了吧！"

"你也承认了——我们都承认了，"玛丽安坦率从容，丝毫不在乎别人说长道短，"我们用不着向别人承认这件事，可要是咱们自己再互相隐瞒哄骗，那就太傻啦。我恨不能明天就嫁给他！"

"我也是——比你还热切。"伊茨·休特低声说道。

"我也是。"害羞腼腆的莱蒂悄声说道。

听她们说话的人，脸上也发起烧来。

"我们不能都嫁给他啊！"伊茨说。

"其实，我们谁也捞不着嫁给她，这才是更糟糕的。"年龄最大的说，"他又出来啦！"

她们三人，各自向他飞了个吻。

"为什么？"莱蒂急切地问。

"因为他最喜欢苔丝·德伯菲尔德，"玛丽安压低了声音说，"每天我都仔细观察他的一举一动，就发现了这事。"

大家陷入沉思，屋里一片寂静。

"可苔丝对他一点儿意思也没有啊？"莱蒂终于憋不住了，问道。

"嗯，有时候我也这么想。"

"咱们真傻！"伊茨·休特不耐烦地说，"他自然不会娶咱们中间任何一个，也不会娶苔丝——他是个绅士的儿子，将来要到国外，去做大地主、大农场主！要说给点儿钱，让咱们去干活儿，倒还靠谱！"

这个叹口气，那个叹口气，玛丽安本来就丰满圆润，这一叹气，三个当中，更显得魁梧健硕。另外还有一个躺在床上的，也在那儿叹气。莱蒂·普瑞德眼泪汪汪，她年纪最小，长着一头红发，是派瑞德尔家族最后一个花骨朵儿，在本郡氏族谱系中占据重要地位。她们又悄悄观察了一会儿，三张脸和先前一样，凑在一起，三种头发颜色各异，也混在一起。克莱尔先生对此一无所知，自顾自走进屋里，看不见了。天色渐渐暗下来，她们爬上床睡觉。不一会儿，她们就听见他走上楼梯，进了自己房间。很快，玛丽安便鼾声响起，可伊茨过了好久才忘下这一切，入睡。莱蒂·普瑞德是哭着入睡的。

苔丝用情最深，所以到了那种时候，依然毫无睡意。这场谈话是她那天不得不咽下的第二颗苦果。她心间没有丝毫的嫉妒。在这件事情上，她知道自己的优势。身材玲珑，教育良好，除了莱蒂之外，数她最年轻，可她更有女人的味道，她发觉，只要她稍稍用心，就能战胜她那些坦诚直率的朋友，稳稳占据克莱尔的心。但是存在一个严肃的问题，那就是应不应该这样做呢？诚然，说到正式的婚姻，她们当中，任何人都没有希望，一丝一毫都没有。但要是说，她们这几个人里面，有一个，不管是谁，能博得他一时的垂爱，能在他待在这儿的时候，享受他的殷勤，那倒是有机会，或者说机会已经存在。这种门不当户不对的恋爱，终成眷属的，从前也不是没有过。况且，她还听库瑞克太太说过，克莱尔先生曾开着玩笑跟她说，将来他在殖民地会有千万亩草场，养千万头牛羊，收漫山遍野的庄稼，娶一个阔家大小姐有什么用呢？娶一个农家姑娘做媳妇，对他来说，才是最合情理的。但无论克莱尔先生是开开玩笑，还是严肃认真，从良心上讲，她现在绝不会结婚嫁人，况且她还立过神圣的誓言，将来也绝不嫁人结婚，她又怎能去引诱克莱尔先生，将他的用情从别的女人身上吸引过来，趁他还在泰波塞斯的时候，得到他的青睐，博取他的殷勤，来享用一时温存呢？

22 蒜苗风波

第二天早晨，她们打着哈欠，起床下楼；照常撇奶油、挤牛奶，干完活儿就进屋吃饭。进来后却发现，奶牛场主在屋子里直跺脚，原来他收到一位顾客来信，信上抱怨说他生产的黄油有一股怪味。

"哎呀，我的老天，真有一股怪味！"奶牛场主说着，左手拿着一块木片，上面戳了一块黄油，"是有股儿怪味，不信，你们自己尝尝！"

有几个人围到他身边。克莱尔先生尝了一下，苔丝尝了一下，屋里几个挤奶姑娘也尝了，一两个挤奶男工也尝了尝，最后库瑞克太太从摆饭的桌子旁边跑过来，也尝了一下。黄油里的确有股怪味。

场主聚精会神地在那儿品味着黄油，想分辨出是何种"奇珍异草"导致了这种怪味，咂摸了半天，突然大声说道——

"是大蒜！我原本以为，那片草场里，一根蒜苗也没有了呢！"

他这一说，所有的老伙计都想起了那片旱草场，几年前也曾这样把黄油搞砸了；那时，奶牛场主没琢磨出气味的来源，还以为是中了邪。这片旱草场，近来又放进去过几头牛。

"我们得彻底搜查一下那片草场，"他接着说，"这种事情，一定不能再发生了！"

人手一把旧尖刀，大家一齐出了门。那种有害的草，既是平常看不见，那它一定是身小体微。那片草场，眼下浓密丰茂，要想从里面找到它，恰似大海捞针，堪比登天。事关重大，大家都过来帮忙，他们排成一排，仔细搜索；克莱尔也主动请缨，助一臂之力，于是奶牛场主和他站在排头，排在后面的依次是苔丝、玛丽安、伊茨·休特和莱蒂；再往后是比尔·莱威尔、乔纳森，还有已经结了婚，各自住在自家房舍里的女工——有贝克·尼布斯，她长了一头乌黑浓密的鬈发，两只大眼滴溜溜直转，还有长着淡黄色头发的弗朗茜丝，她冬天在水草场受了湿气，得了肺痨。

他们眼睛紧盯地面，缓慢往前推行，搜索完一长条草地，用同样的方式，再折返搜索回来，这样一来，就没有一寸草场能逃过他们的眼睛了。这是最乏味单调的事了，整个草场，不过找到了五六根蒜苗；然而就是这种气味辛辣的草，只要一头牛碰巧啃上一口，就足以使当天奶牛场所产的奶变味了。

这群人天性不同，心境各异，但那时候，大家都弯着腰，沉默不语，队列整齐，动作一致；这时候，要是有个陌生人从附近小径走过，看到这个场景，很可能会把这群人统统称作乡下人"霍奇"了。他们一路缓慢搜索，腰弯得很低，这样才能看清草里的蒜苗；毛茛反射出柔和的黄色光线，照射到他们背阴的脸上，显现出一副月光笼罩、朦胧灵异的模样，即便现在正是中午头，烈日骄阳，不遗余力地喷火泼焰，炙烤着他们的背。

安吉儿·克莱尔坚持与大家共同劳动的原则，凡事都要跟大家一起干，但眼睛却不时地往上瞥。他和苔丝并肩挨在一起，这可不是偶然。

"哎，你好？"他低声地问。

"很好，谢谢，先生！"她庄重地答。

就在半点钟以前，他们已讨论过许多个人问题，现在这种客套似乎是多余。不过当时他们并没再说别的话。人们弯着腰，不停地搜索着，苔丝的裙边正好碰到克莱尔的绑腿，克莱尔的胳膊肘有时也会擦上苔丝的胳膊肘。最终，站在旁边的奶牛场主，累得受不了了。

"老这样弯着腰，真要命，我的背都快要折了！"他大声嚷嚷着，皱着眉头，痛苦万状，慢慢把腰直了起来，"还有你，苔丝姑娘，一两天前，你不是不舒服吗——这样低头、弯腰的，会头疼的！要是觉得头晕，就别干了，让他们去搜吧！"

奶牛场主从搜索的队伍当中退了出来，接着苔丝也落在后面。克莱尔见状，也就走出队伍，东一头西一头，开始四下乱找，一会儿就找到苔丝身旁了。自从苔丝昨晚听到同伴的谈话，到现在一直很警觉，见他来到身旁，就先开口说——

"她们长得多漂亮啊？"

"谁？"

"伊茨·休特和莱蒂啊！"

尽管心中不快，苔丝还是痛下决心，她们当中，无论谁，都能成为一位农场主的好妻子，应该推荐她们，同时还要掩盖自己那不幸的姿色。

"她们漂亮吗？哦，是的——她们都是漂亮姑娘——鲜活水灵，我也常这么认为。"

"可惜，漂亮不能长久！"

"哦，是的，容颜易老，这非常不幸。"

"她们都是挤牛奶的好手。"

"是的，不过比起你来，还是稍逊一筹。"

"撇奶油，她们比我撇得好。"

"真的吗？"

克莱尔扭头观察着她们——她们也在观察着克莱尔。

"她的脸红了。"苔丝英勇挺身，主持公道。

155

"谁啊？"

"莱蒂·普瑞德啊。"

"哦！为什么呢？"

"因为你老是看人家呀。"

　　苔丝确实具有自我牺牲精神，可她实在无法再进一步，去对他说："如果你真想娶个挤奶姑娘做妻子，而不是娶个大家闺秀，那就从她们中间挑选一个吧！千万不要娶我！"于是她就跟在奶牛场主库瑞克身后走了，看到克莱尔仍然留在那里，心里不知是喜是忧，只是感到一种悲伤的满足。

　　自此以后，她便狠下心来，尽力躲避克莱尔——即使纯属偶然碰到一起，也不再像从前那样，在他身边待得太久。她要把一切机会都留给她们三个。

　　苔丝并非未经人事的小姑娘，听完三个女孩子的表白，她非常清楚，她们的贞操完全掌控在克莱尔手中。同时她也看到，克莱尔小心翼翼地回避着她们，从来不越雷池半步，丝毫不做有损于她们将来幸福的事情，这也使苔丝对他生出几分爱戴与敬佩。是与不是，苔丝觉得克莱尔这个人有自制力，有责任感，这种品质，她从来都没想到会在男人身上找到。如果没有这种品质，恐怕与他同在一个奶牛场里做工的单纯女孩子，都要哭哭啼啼，在悔恨悲伤中走完人生历程了。

23　抱得美人

　　七月的酷暑蹑足潜行，不知不觉间便悄然而至。平坦山谷里的空气，就像施了麻醉剂，浓重沉闷，将奶牛场的工人、奶牛与树木统统笼罩在里面。热气腾腾的大雨，一场接一场，连绵不断；放牧场里的青草，长得更加旺盛密茂；而其他牧场里，牧草收割、晾晒的晚期工作，不得不耽搁下来。

那是一个周天的早晨，牛奶已经挤完，住在场外的工人也都回家了。苔丝和其他三个女孩子匆匆换着衣服，这几个姑娘商定，要一起去梅尔库教堂做礼拜，那儿离奶牛场有三四英里。这一晃，苔丝来到泰波塞斯已经两个月了，这还是她头一次出门。

头天下午和夜间，雷声隆隆，大雨瓢泼，哗哗地浇灌着整个牧场，牧场上一些干草都被冲进河里去了。经过暴雨冲刷，今天早上，太阳格外灿烂辉煌，空气也温和清新，芬芳怡人。

从她们教区通往梅尔库的那条蜿蜒小路，有一段是沿着谷中最低洼处穿过的。几个姑娘走到最低洼处才发现，大雨过后，有一段路被水淹了，大约五十码长，积水没过了脚面。这要放在平时，也没什么大碍，她们都穿着高底木套鞋和靴子，可以毫不在乎地从水里呼啦呼啦蹚过去。可今天是周天，是出风头的日子。她们口口声声说是去接受精神的洗涤，而实际却是去炫乳耀臀，卖弄风情；这种场合，她们都穿了雪白的长袜，玲珑的俏鞋，个个长裙飘飘，或洁白，或浅粉，或淡紫，这要是溅上个泥点子，就格外显眼。这片水洼，横在面前，挡住了去路，叫她们犯了难。教堂的钟声已经敲响，人们集结而至，可她们还有一英里的路要走呢。

"谁能想到，夏天河里会涨这么大的水！"玛丽安说。她们已经攀爬到路边坡顶上，站在那里，犹豫不决，想沿着坡顶过去，绕过那个水洼。

"要么从这里蹚过去，要么另走收费公路，否则咱们去不了教堂；要是绕道走收费路，咱非得去晚了不可！"莱蒂站在那里，毫无办法。

"要是去晚了，众目睽睽之下，往教堂里走，多么尴尬难堪，脸上非得又红又烫不可，总得等到'求主这个，求主那个'的时候，才能恢复过来。"

她们挤在斜坡一筹莫展，正在这时，忽听到路前方拐弯处传来一阵溅起的水花声，紧接着，安吉儿·克莱尔出现在眼前，沿着那条小路，蹚着水，冲她们走来。

四颗心，不约而同，扑通跳了一大下。

他的穿戴，根本就不像做礼拜的，这大概是严守教规的牧师教育出来的儿子的模样吧！他穿的，还是在奶牛场挤奶时穿的衣服，脚上穿着一双高筒蹚水靴，帽子里塞了一片卷心菜叶，来保持头脑凉爽，手里拿着一把小草铲，这就是他浑身上下的装束。

"他不是去教堂的。"玛丽安说。

"不是——我倒是希望他去！"苔丝低声说。

对也好，错也罢（借用闪烁其词的辩论家万无一失的说法），夏天晴朗的日子里，安吉儿总是不愿坐在大大小小的教堂里听人讲经布道，他更喜欢到大自然中去，听山川草木讲经布道。而且今天上午，他还得出门看看，洪水冲走干草带来的损失到底有多大。路上他从老远处就看到她们四个了，只是她们把心思都集中到眼下面临的困难上了，没注意到他。他知道那里水面上升，必然得挡住她们的去路。于是加快脚步，赶来帮助她们，尤其是帮她们中的其中一个，至于怎么帮，他心里也不清楚。

四个姑娘，两颊桃红，双眼明澈，身着轻盈的夏装，站在路边的土坡上，就像停在屋脊上的鸽子，看上去魅力四射，光彩迷人。他先停下来，欣赏一番，然后继续向她们走近。姑娘们穿的轻纱罗裙，长摆飘荡，惊起草丛里飞虫乱蝶无数，都被笼在透明的裙摆里，就像关在笼子里的群鸟一般。最终，安吉儿的眼光落到苔丝身上。苔丝排在四个人的最后，看到她们进退两难，正当要笑，见他看过来，不禁举目相迎，满眼春情荡漾。

长筒靴远远高过水面，他走到她们下边，站在水中，看着罩在长裙里的虫蝶。

"你们是想去教堂吗？"他问站在最前面的玛丽安，当然也包括后面两个，可就是把苔丝排除在外。

"是的，先生，可都这时候了，去晚了，非得弄得尴尬脸红不可——"

"我把你们抱过这个水洼吧——一个一个抱过去。"

四个姑娘的脸齐刷刷都红了，仿佛胸中跳动着同一颗心脏。

　　"我想，你抱不动，先生。"玛丽安说。

　　"你们要想过去，这是唯一的法子啦。站在那里别动。瞎说——你们都不沉，我能把你们四个一起抱起来。好了，玛丽安，你先来，"他继续说道，"胳膊搂住我肩膀，嗯，就是这样，好，抱紧了，很好！"

　　玛丽安遵照吩咐，伏在他肩膀上，安吉儿抱着她，大踏步向前走去。他又高又瘦，玛丽安丰满圆润，从后面看，两相映衬，恰似一枝纤细的花梗，衬托起一团累累的花球。他俩消失在道路拐弯处，只有从哗啦哗啦走路的声响与玛丽安帽子顶上的丝带，才能判断出他俩已经走到哪儿了。不一会儿，他便折返回来。按照她们站在斜坡的次序，伊茨·休特是第二个。

　　"他回来啦，"伊茨·休特悄悄地说，能听得出来，她的嘴唇已经被激情烧干了，"我也得像玛丽安那样，用胳膊搂着他的脖子，脸对着他的脸。"

　　"那有什么呀。"苔丝急忙说。

　　"凡事皆有其时。"伊茨没注意到苔丝的话，继续说道，"拥抱有时，不拥抱有时，接下来该轮到我啦。"

　　"呸，那是《圣经》里面的呀，伊茨！"

　　"是的，"伊茨说，"在教堂里，我总是喜欢听这些漂亮的诗句。"

　　安吉儿·克莱尔走到伊茨面前，不过他这番善举，基本是出于一般的帮忙。伊茨安静乖巧、神情恍惚地伏到他怀里，安吉儿中规中矩地将其抱着走了。听到他再次返回，莱蒂的心怦怦地狂跳不止，身子似乎也随着心跳而颤抖。他走到这个红发女孩儿跟前，将她抱起，与此同时，偷眼瞟了苔丝一下。他根本就不用直白明了地说出"一会儿就剩你和我了"这句话，单单这一瞟，她脸上不由得泛起丝丝情愫，早已心领神会。他俩之间总是心有灵犀。

可怜的小莱蒂，她身子最轻，可抱起来最麻烦。玛丽安就是一团肥肉，丰腴滚圆，抱起来死沉，把克莱尔压得东倒西歪。伊茨很懂事，靠在他肩上，一动不动。莱蒂确是一团歇斯底里，一路不老实。

还好，他总算把这个疯疯癫癫的丫头抱过了水洼，放在地上，转身回来。掠过树篱顶端，苔丝远远望见他们三个，挤成一团，站在他把她们放下的高地上。现在轮到她了。离克莱尔的鼻息近在咫尺而且与他四目相对，苔丝感到异常兴奋，她曾对同伴的相同反应嗤之以鼻，但现在轮到她，倒觉得有些局促不安了。就像是害怕泄露了自己心底的小秘密似的，到了最后一刻，她竟然与克莱尔推让起来了。

"或许我能沿着这面土坡自己走过去——走路我可比她们强。你一定也累了，克莱尔先生！"

"不，不，苔丝。"他急忙说。她自己几乎还没觉出是怎么回事，便早已倒进他的怀中，靠在他的肩上了。

"抱三个利亚，都是为了抱一个拉结。"他压低嗓音，轻声说道。

"她们个个都比我好呀。"她回答说，话语里依然透出慷慨大度，一心想成全她们。

"在我看来，却不是这样。"安吉儿说。

听了这话，她脸一红，他见状，抱着她往前走了几步，两人相视无言。

"但愿，我不是太重？"她羞怯地问。

"啊，不重。你试试玛丽安就知道啦！那真是一坨肥肉！而你，就像一片波浪，在暖阳下荡漾，素洁的罗裳，是飞卷的白浪！"

"要是我像你说的波浪，那得多美啊！"

"难道你不知道，我前面费了四分之三的劲，完全是为了最后这四分之一吗？"

"不知道。"

"真没想到，今天会碰到这种事。"

"也没想到……水会突然上涨。"

她嘴上装作误会了他的本意，把他问的事，当成了水的上涨，但是，她呼吸加剧，却把她的真情泄露无疑。克莱尔立住脚，脸慢慢接近她的脸。

"亲爱的，苔丝！"他激动异常。

女孩的面颊在微风中红得发烫，激情荡漾，她逃开他的双眼，不敢再看。这提醒了克莱尔，如果借此偶遇，乘势强行，未免有失公允。于是他就此作罢，不再推进。他俩还没互表情爱，都觉得今天应该适可而止。然而，他却走得很慢，尽量把剩下的路延长；可最终还是走到了拐弯处，下面的路就完全暴露在另外三个姑娘的眼皮子底下了。他们来到了干燥的地方，克莱尔把苔丝放下。

她的朋友都大瞪着双眼，看着她和克莱尔，满脸深思狐疑；她也看得出来，她们刚才一定在议论她。他急忙告别，转身沿着被水淹没的路，哗啦哗啦地走了。

四个姑娘又像以前那样往前走，后来玛丽安打破了沉默——

"不……不管怎么说，我们都争不过她！"她看着苔丝，一脸不高兴。

"你这话什么意思？"苔丝问。

"他最喜欢你呀——最最喜欢你！他抱你过来时，我们都看出来啦。要是你再给他一点儿鼓励，就一点点，他一定会吻你了。"

"没有的事，没有的事。"她说。

刚出门时的嬉笑欢乐，不知不觉消失不见了，但她们之间并没有仇恨与恶意。她们年轻淳朴，都生长在偏僻的农村，都相信凡事都是命中注定，所以谁也没有忌恨她。正是：心向美好，佳人胜出，本是大道。

苔丝心中异常难过，她爱克莱尔，这是不辩的事实，无法掩饰。得知其他三个女孩子也都对他爱恋倾心，她便爱得更加热烈痴狂。这种情感容易传染，特别是在女孩子之间。然而她的心对爱情渴求企盼，对朋友同样也恻隐悯怜。苔丝天性忠厚，大度慷慨，但这想要同男女情爱争个高下，未免显得势单力薄，接下来，一切顺其自然。

"我绝不会妨碍你，也不会妨碍你们当中任何一个！"当天夜里苔丝在寝室向莱蒂声明（声明之际，泪流满面），"我不得不说，亲爱的，他心中根本没有结婚的意愿；他要向我求婚，我一定会拒绝，就像我也会拒绝其他人的求婚一样。"

"啊，是吗？为什么？"莱蒂听得晕头转向，一脸莫名其妙。

"那是不可能的！不过我得把话讲明。撇开我不说，他是不会从你们当中选一个的。"

"我从来都没有那样的奢望，连想都没想过，"莱蒂痛苦万状地说，"哎，还不如死了的好！"这可怜的姑娘，一直为情所困，备受折磨，但那又是何情何物，连她自己也没弄清楚。此时另外两个女孩子也正好上楼来，她转身对她们说道——"咱们跟她仍是朋友，"她说，"同咱们一样，她也觉得他娶她的可能性很渺茫。"

她们之间的隔阂就这样消除了，又亲亲热热说起知心话来。

"现在无论做什么，我都毫无心思。"玛丽安说，她的情绪低落到极点，"我都打算嫁给一个在斯迪克福特开奶牛场的人啦，他向我求过两次婚了；可是——天哪——眼下再让我嫁给他当老婆，还不如自我了断算了！伊茨，你倒是说句话啊？"

"那好，我坦白。"伊茨小声说，"今天他抱我过水塘，我原本以为他一定会吻我的；于是我静静地靠在他的胸膛上，一动不动，默默地，等啊，等啊，可最终却是一场空。我再也不想留在泰波塞斯了，我要回家。"

姑娘们激情荡漾，纵使这种激情无果无望，寝室里的空气，好像也随之悸动震荡。冷酷无情的自然法则，硬把情感塞给她们——这种情感既非预料之中，望盼已久，又非内心渴求，情之所欲。在这份感情的残暴蹂躏下，她们在床上翻滚扭动，受尽折磨。这份热烈的情感，本已在她们内心燃起火焰，而白天的偶遇，又将这火焰撩拨得烧遍了全身，那种折磨愈演愈烈，她们已是不堪忍受。她们本是个性鲜明、体貌殊异，可这份激情已将这些统统消除，她们只是女人这种有机体中的一分子。因为谁都没有希望，大家也就坦诚相待，丝毫没有了嫉妒。每个姑娘都明白事理，都没有自己比别人强的想法，都不用虚幻的傲慢自大去自欺欺人，都不否认自己内心的爱情，也不自我显摆。她们心里清楚，从身份地位上来看，这份痴狂迷恋终将是徒劳一场；一开始就毫无目的，没有意义；最终也就前途无望、自我封闭；从社会文明的角度来看，这样的爱情，根本就没有存在的理由（但从自然天性的角度来看，什么都不缺）；然而，事实却是，这样的爱情，却是真正存在的，让她们狂喜，使她们销魂；所有这一切，在她们心间播下了美好的种子，使她们谦让顺从，自尊自重，倘若她们再用心险恶、争婚夺夫，这种美好便会损毁得无影无踪。

她们在小床上翻来覆去，无论如何也睡不着，楼下榨奶油的机器里，单调乏味的滴答滴答声，也没完没了、不停不息。

"你睡着了吗，苔丝？"过了半个钟头，一个女孩儿低声问。

是伊茨·休特的声音。

苔丝回答说没睡着，话音未落，莱蒂和玛丽安也都一下掀起被单，叹道——

"我俩也没睡着！"

"据说，他家里给他找了一位阔小姐——真不知道，她究竟长啥样？"

"我也想知道。"伊茨说。

"给他找了个阔小姐？"苔丝大吃一惊，慌忙问，"我咋从来没听说呢！”

"啊，是的——听人私下里说的，和他门当户对，是他家里给他选的；是个神学博士的女儿，离他父亲住的爱敏斯特教区不远；听人说，他好像不大喜欢她，不过肯定是要娶她的。"

这件事，她们知道的就这么多。然而，在这夜色深沉的晚上，这足以使她们搭建起痛苦悲哀的遐想。她们勾画出了所有细节：他是如何被劝说同意，又是怎样准备婚礼，新娘是多么的快乐，她的礼服与婚纱是那样的漂亮，以及她和他在一起的幸福之家。有了娇妻爱巢，她们的旧情早就抛到九霄云外，忘得一干二净了。她们同病相怜，就这样谈着、痛着、哭着，直到困倦将她们带入梦乡，忧愁才得以驱散。

苔丝原本以为，克莱尔对她的殷勤，饱含着严肃庄重、深思熟虑的意义，听完这段爆料，她才断了这份念头，不再痴心妄想。他的殷勤，现在看来，只不过一段朝慕夕弃的夏日恋情，他爱恋的只是她漂亮的脸蛋，是为了一时欢娱的爱情而爱，来享乐那片刻的温存，除此以外，再无其他。此外，她头上还戴着一顶荆棘之冠，那就是，他对她的爱恋胜于其他女孩儿，她自己也知道，自己在天性上更加激情热烈，在天赋上更加聪慧敏锐，在体貌上更加风姿绰约，但从社会礼法上看，她却远不如他置之不理、相貌平平的那几个女孩子更值得他去爱。

24 痴情表白

瓦尔谷里，土壤肥得流油，天气暖得发酵，这样的季节，草木孕育滋生，声音清晰可辨，就连汁液的涌流，几乎都听得见。此情此景，即便是最虚幻轻柔的爱恋，也不可能不擦出热烈缠绵的激情。两人身临此境，本就一个有情，一个有意，深深受到周边环境的浸润渲染，不觉变得心醉神迷了。

昼夜更迭，时光流转，七月即逝，暑月来临。大自然好像也在努力调整，以便能够与泰波塞斯谈情说爱的情境相匹配。这里的空气，整个春天与初夏，都清新宜人，而现在却变得呆滞迟缓，令人困倦了。空中气味浓郁，沉沉罩在身上，正午时分，就连这乡村景致也要昏昏欲睡了。骄阳似火，像埃塞俄比亚的烈日一般，晒黄了牧场上地势较高的山坡。但在那流水潺潺的河溪旁，鲜嫩翠绿的草地依然可见。外界，炎炎炙气掀灼浪，内心，柔静苔丝燃激情，克莱尔内外交困，一片火烧火燎。

雨季已经过去，旱草场都干燥起来。奶牛场主乘坐着带弹簧的双轮马车，顺着布满粉末尘土的大道一路飞奔，从集市往家赶，车轮后面扬起一股白色尘土，看着好像是点燃了一条细长的火药引线一般。奶牛被牛虻咬得发了疯，有五道横木的栅栏门都能一跃而过；从周一到周六，奶牛场主库瑞克的衬衣袖子永远都是卷到胳膊肘以上的。只把窗户打开，是透不进风来的，非得连门也打开不可。

庭院里，黑鸟与画眉在覆盆子灌木丛底下走来爬去，看它们的样子，与其说是长翅膀的飞禽，还不如说是生着四条腿的走兽。厨房里的苍蝇，都死皮赖脸，懒得动弹，见了人也不怕，到处爬满了像地板、抽屉、女工们的手臂等平常不去的地方。谈起话来，总也离不开中暑。做黄油，尤其是保存黄油，常常令人束手无策，绝望至极。

大家为了图个凉爽方便，都不再把牛赶回去，在草场上就把奶全挤完了。白天，树影儿按着时辰随着太阳转，奶牛也毕恭毕敬，巴结着树影儿绕着树干转，不管这棵树有多小，都成了风水宝地。蚊蝇猛烈叮咬，挤奶时，奶牛几乎都无法安静地站着了。

一天下午，有四五头还没挤奶的牛，碰巧离开大群，单独来到了树篱拐角后面，这里面有胖团和老美，在所有女工中，最享用苔丝的手法，喜欢由她来挤奶。克莱尔暗中观察苔丝已经有一会儿了，看到她刚挤完一头，从小凳子上站起来，就问她愿不愿意去挤前面提到的那两头。苔丝默不作声，表示同意，拎着小板凳，提着牛奶桶，绕到树篱后面去了。很快，树篱后面便传来老美的奶被挤到桶里的哗哗声。此时，一头难挤奶的牛，恰巧也跑到那边去了，克莱尔想转过树篱，去挤那头牛——现在克莱尔也像奶牛场主一样，能挤难出奶的牛了。

所有挤奶的男工，还有一些女工，在挤奶时，常把额头抵在牛身上，眼睛盯着牛奶桶。但有几个，大都是年轻的，都侧着头，靠在牛肚子上。苔丝·德伯菲尔德就习惯这样挤，她把太阳穴靠在奶牛肚子上，眼睛凝视着草场远方，静静地陷入沉思。她正用这样的姿势给老美挤奶，太阳刚好照在挤奶的这一边，阳光直射到她穿着粉红长裙的形体上，射到她白色帽子宽大的帽檐上，射到她面庞的侧面轮廓上，让褐色的牛身子一衬托，线条轮廓，格外清晰明显，就像花纹凸现的玉石雕刻一般。

她不知道克莱尔已跟随她绕到这里，更不知道他正坐在牛肚子下面观察她。她的头与面部沉静安详，她看似在出神沉思，眼睛睁得很大，却无视任何物体。在这幅天然画卷里，除了老美的尾巴与苔丝粉嫩的双手，再也没有其他活动的东西。那双手，动起来是那样轻柔，是韵律的搏动，是某种刺激的反射，像心房的跳动。

在他眼里，她的脸是那么可爱。那张脸上没有超凡脱俗，虚幻缥缈的神态，满脸都是青春活力，满脸都是温情暖意，满脸都是血肉鲜活。而所有的可爱，都汇集在那张玲珑的嘴上。像她那样澄澈幽深、顾盼欲语的双眸，他见过；像她那样娇嫩白皙、润泽明丽的脸蛋，他也见过；像她那样形若弯弓的眉毛、端庄匀称的颈颈，他都见过；可是那张嘴唇，在这天地间，他却从来没见过这般迷人的。红艳艳的小嘴，上唇中部向上微翘，纵使心间最冷、毫无激情的青年男子看见了，也非得意乱情迷、如痴如醉、神魂颠倒不可。他生平见过的女人，再也没有像她的红唇皓齿这样美妙，这让他不断想起"玫瑰含雪"这个伊丽莎白时期的古老比喻。情人眼中，这红唇皓齿简直是完美无瑕。但这完美并非真正无瑕。正是这几近完美中的一丝缺憾，才生出那无限的柔情蜜意，也正是那一点儿瑕疵，才有了人间的味道。

克莱尔在心里不知将这红唇品鉴了多少遍，一闭眼，那玲珑的曲线便轻而易举地展现在眼前。而此刻，这张柔唇就在眼前，红艳艳，活鲜鲜，吹来一阵清风抚过他的身体，发出一串灵光掠过他的神经，几乎让他战栗昏厥。而事实情形则是，由于某种神秘的生理过程，他打了一个大煞风景的喷嚏，使眼前这番美景诗意全无。

这一来，苔丝意识到他正在那儿看她；不过她不想捅破这层窗户纸，仍旧坐在那儿，纹丝未动，但走近细查，却不难看出，那如临梦境的沉静专注已悄然不见，脸上飞现一抹玫红，刚开始逐渐加深，后来又慢慢消退，最后只剩微红浅浅。

克莱尔体内涌现的那份好似从天而降的激情电束，不减不退，不休不止。决心意志、含蓄缄默、谨小慎微、恐惧忧虑，统统都像败阵之兵，溃逃如潮。他从小板凳上跃起，把牛奶桶一扔，也不管会不会被牛踢翻，大步流星奔向心中渴望的人儿，跪在她跟前，一下将她拥在怀里。

这一抱，突如其来，完全出乎苔丝的意料，她想也来不及想，就不由自主地让他抱在怀里了。看清了突然降临到面前的不是别人，正是她倾心所爱之人，便红唇轻启，发出一声近乎狂欢极乐的呼喊，带着片刻的欢愉，倒在了他的怀里。

他正要俯身去吻那张迷人的唇，但他敏锐的良知让他克制住了自己。

"原谅我，亲爱的苔丝！"他小声说，"我应该先问你一声的。我……我真不知道自己在干什么。我不是有意冒犯你的。我真心爱你，我最亲爱的苔丝，我是一片真心！"

此时，老美回头看着他俩蜷伏在自己肚子下面，一脸迷惑不解；自打它记事起，那儿只有一个人，于是有些不耐烦，就抬了抬后腿，以示抗议。

"它生气了——它不懂咱们在干什么——它会把奶桶踢翻的！"苔丝一边说着，一边轻柔地从克莱尔怀里挣脱出来，可两眼却一直关注着牛的动作，满心想的都是她与克莱尔的安全。

　　她从凳子上站起来，克莱尔也跟着站起来，胳膊仍然搂着她。苔丝双目注视远方，不觉泪水盈眶。

　　"你怎么哭了，亲爱的？"他问。

　　"啊——我也不知道！"她喃喃地回答。

　　等到她看清楚、弄明白自己所处的位置，不觉心慌意乱起来，便试图挣扎脱身。

　　"啊，苔丝，我的真情最终还是流露出来啦！"说着不觉莫名叹了一口气，表示无奈，无意间表露出，他的理智已无法控制他的情感了。"我……我真心地爱你、诚意地爱你，这自不必说。但现在……我不再逼你了……都让你伤心难过了……我和你一样，也被自己吓了一跳。你不会以为，我是趁你不备，冒犯你吧？这一切来得太快，我想也没想，就——"

　　"不——我也说不清楚。"

　　他让她自顾自挣脱开去，片刻之后，两人又各自开始挤奶了。没人看到他俩刚才相互吸引，合二为一的情形。几分钟后，奶牛场主转到了那个枝叶隐蔽的幽僻角落，可那时，这对情侣早已拉开相当距离，各不相扰了，丝毫没有迹象表明他们的关系，有什么不同于寻常熟人的地方了。但是自奶牛场主库瑞克上次看到他俩到现在，这短短的时间里，却已经发生了一件事，他们的天性改变了整个宇宙的中心。这件事，就它的性质而言，要是让那个务实的奶牛场主知道了，一定会瞧不起的。但是，此事却是由一种顽强坚定、不可抗拒的力量诞生出来的，而不是源自一堆所谓的世俗世界的实际功用。一层幕纱一下子揭开了，展现在两人面前的，将是一番新天地——是昙花一现，还是恒久长远，一切不得而知。

第四部
兰因絮果

先不要顾忌后果，只管答应他的求婚；到神坛前同他结合，什么也不要透露，赌上一把，看他究竟会不会发现她的过去；在痛苦的铁嘴钢牙还没有来得及把她咬住之前，先纵情享受这份到口的快乐。

25　间隙潜生

傍晚来临，克莱尔坐立不安，索性走出门外，来到苍茫的暮色里，而那征服了他的苔丝，则早回了寝室。

晚上和白天一样地闷热。大太阳虽然落山了，但除了草地上，还是没有凉快的地方。道路、庭院中的小径，房屋前墙，还有围墙，都热得像壁炉一样，而且还把正午的热浪，反射到夜行人的脸上。

他坐在奶牛场庭院东侧栅栏门上，对自己的所作所为感到莫名其妙。今天白天，他的感情的确压倒了他的理智。

自从三个小时前那突如其来的拥抱，这对小情侣就一直没再碰面。她好像变得沉默寡言，甚至惊恐万状。而这件事对他来说也从未有过，来的不容思索，完全是鬼使神差所致。这使他心神不宁，他本就是那种忧虑多思、瞻前顾后的脾性。到现在他还不大清楚他们彼此之间真正的关系，也不知道，今后在第三者面前，两人应该以何种姿态面对彼此。

安吉儿来到这个奶牛场当学徒，本想在这儿短暂停留，这也只不过是他人生中的一段插曲，不久就过去了，很快就忘掉了。他来到这里，就像到了一个隐蔽的洞室，可以从里面冷静地观察外面的花花世界，并且同沃尔特·惠特曼一起欢呼——

你们这群男男女女，身着惯常服饰，

在我眼里，是多么的古怪稀奇！

　　同时心里盘算着，再以新的姿态重新返回那个世俗世界。可是你看，那迷人的光景已经在这里展现。那曾经引人入胜、妙趣横生的世界，如今却变成一幕索然无味的哑剧；而这儿，表面暗淡沉闷，缺少激情，现在却像火山一样，猛然喷出空前的新异景象，这番景象，他之前在别处从未体验欣赏。

　　所有的窗户都敞开着，庭院中每个房间里，人们安歇时发出的每一种细小微弱的声音，克莱尔都听得一清二楚。这座奶牛场，破旧简陋，不值一提，他纯粹是迫不得已才暂时寄居于此，也就从来没有重视它，更没觉得它在这片景致里有什么意义，值得让人流连忘返。但现在又是怎样一番模样呢？那些年深日久、长满青苔的山墙，都倾诉衷肠——"莫走，我的情郎！"窗含笑，门挽留，常春藤也因为曾是暗中同谋，而今变得绯红娇羞。这都是因为屋内藏佳人，她魔法无边，穿墙入室，直冲云天，燃起激情烈焰，心潮剧烈搏动。这万能的人儿究竟是谁？是一个挤奶的姑娘！

　　这个偏僻幽静、鲜为人知的奶牛场里的生活，对安吉儿来说，变得如此重要，这确实让人惊讶不已。新生之爱，固然是部分缘由，却不尽然。克莱尔和众多人士都明白，生命的伟大与藐小并不在于它对客观外界影响的大小，而在于主观个体对外界的阅历与体悟。一个性情敏感的农人，与一个厚颜迟钝的国王相比，还是那个农人过得更丰富、更广阔、更多姿神奇、激动人心。以此看来，此处的生活，也同别处的生活一样，意义非凡，多姿多彩。

　　尽管克莱尔不顾世俗，反对正统，有许多缺点、许多毛病，但他却是个有良知的人。苔丝也并不是一个无足轻重的人，不是随便玩弄之后就可以任意丢弃的，而是过着珍奇宝贵的生活——这种生活，无论是忍受苦难，还是享用欢乐，对她来讲，也像那最伟大人物的生活一样广阔无边、诗意无限。苔丝的天地，尽在她自己的感知；世间万物，皆因她的存在而存在。对苔丝而言，她于某年某月某日诞出之时，便是混沌初开，寰宇形成之日。

他已经闯入了这个感知的世界，这个世界是无情的造物主赐给苔丝的唯一生存机会——她的一切，这是她所有的机会，也是唯一的机会。那么，他怎能把她看得不如自己金贵重要呢？怎能把她当作一件漂亮的小玩偶，把她戏弄把玩于股掌，而后再厌倦抛弃呢？怎能不以最严肃、最认真的态度对待他在她身上唤起的感情呢？——她看起来沉静内敛，实则激情热烈、敏感多情。因此他又怎能忍心去折磨她，让她痛苦呢？

要是还像过去那样，天天见面，那已开启的爱恋，必然向前发展。两人的关系既是这样亲密，那见面就意味着温存缠绵，血肉之躯又怎能抗拒？这种趋势要发展下去，会有什么结果，他也说不定，于是他决定，目前先避开两人共同参与的工作。现在疏远，伤害还不会太大。

但是不再同她接近的决定，执行起来，却不是那么容易。他的脉搏每跳动一次，都把他向她推进一步。

他想要离开这儿，去看一下他的家人，还可以探探他们对此事的口风。还有不到五个月，他在这儿学习的期限就要到了，再到其他农场学几个月，他就学会了全部农业知识，可以独立创办经营了。一个农场主不该娶个贤内助？农场主的内助，是客厅内摆设的蜡像，还是个懂庄稼活儿的女人？沉默即是默许，这正是他想要的答案，尽管如此，他还是决定到家里走一趟。

一天早晨，大家在泰波塞斯奶牛场坐下来吃早饭时，有位姑娘说，那天他连克莱尔先生的人影都没见着。

"啊，不错，"奶牛场主库瑞克说，"克莱尔先生回爱敏斯特看望父母去了，得待些日子才回来。"

餐桌旁坐着四位爱意绵绵的姑娘，闻听此言，早晨的太阳，在她们眼里刹那间变得暗淡无光，鸟儿的歌唱，也变得沉闷不堪。但没有一位在言谈与体态上表露出一丝惆怅茫然。

"他在这儿跟我学习的时间，眼看着就要结束了。"奶牛场主冷静沉着，镇定自若，却不知，他这份冷静就是残酷。他继续说道："所以我觉得，他已经着手考虑到其他地方继续学习的计划了。"

"他在这儿还要住多久？"伊茨·休特问，满怀忧郁、黯然神伤的姑娘中间也只有她还敢相信，自己说话的声音，不会背叛，不会泄露自己的情感。

其他姑娘等待农场主回答，仿佛她们的生命，全部悬于他将要给出的答案。莱蒂张着嘴，盯着桌布，玛丽安脸颊又热又红，苔丝心里怦怦直跳，两眼望着窗外草地。

"哎呀，那我得查一下备忘录，确切日子，我也记不准了。"库瑞克回答，同样语气冷淡，一副漠不关心的样子，这让人无法忍受，"即便这样，日子也会有些变动。一时半会儿，他准走不了，他还得待在这儿，见习见习干草院里产崽、生小牛的事呢。我觉得，不到年底，他走不了。"

与他朝夕相处的日子，只剩下大约四个月了。四个月，痛苦围困的快乐，四个月，折磨人的狂喜极乐。四个月以后，便是那无以言表的漫漫黑夜。

而此时此刻，安吉儿已经离开他们，来到十英里开外了，他正骑马沿着一条狭长的篱路，朝爱敏斯特他父亲的牧师公馆走着。马上挂着个篮子，里面塞满了库瑞克太太准备的一些黑香肠和一瓶蜂蜜酒，以示对他父母的友好与尊敬。白色的篱路在他面前延伸，他两眼盯着路面，无心观赏途中的风景，而是暗自盘算着来年。他爱苔丝，可他该不该娶她呢？他敢不敢娶她？他母亲和两个哥哥会说什么呢？结婚几年后，他自己又会怎么想呢？那就要看这份暂时的情感之下埋藏的那颗忠贞坚强，志同道合的种子，是否能生根发芽，抑或那只不过是迷恋她的美貌而生出的一种肉欲的贪恋，根本没有生死不渝的土壤与基石。

走着走着，父亲所在的那个四面环山的小镇，用红色石头建造的都铎王朝时期的教堂塔楼及牧师公馆附近的一片树林终于得以展现，于是他催马朝那个熟知的门口走去。进家门以前，他朝教堂方向瞥了一眼，看见有一群女孩子站在教堂的法衣室门口，年龄在十二到十六岁之间，显然是在那里等什么人。不一会儿，那人果然来了，来人看样子比那些女学生年长一点，戴一顶宽边软帽，穿一件浆洗得笔挺的细棉布长裙，手里拿着几本书。

克莱尔与她很熟。他也拿不准她是不是看到他了。她本是一个无可挑剔的女孩子，可他却还是希望她没有看见他，这样就不用上前与她打招呼了。他极不愿与她打招呼，所以就认定她没看见自己。那个年轻姑娘叫梅茜·昌特，是父亲的老邻居、老朋友的独生女儿。他父母暗自希望将来有一天，他会娶了她。她精通反律法主义，对《圣经》教义了如指掌，现在显然是来讲课的。但克莱尔的心，却又飞回到瓦尔谷中，那一群激情热烈、浸泡在酷暑中、却又热情似火的异教徒那里。想起了她们那玫瑰色双颊上的美人斑——那只不过是不小心沾在脸上的一小块牛粪，他还特别想起了她们当中最热情奔放、最情深意浓的那一位。

克莱尔这次回爱敏斯特本是出于一时冲动，事先也没写信告知父母，原打算在早餐时分到家，那时父母还没出门去处理教区事务，也就能见到他们了。但他比预计的时间晚了些，到家时，一家人已经坐下来用早餐了。一见他进来，一桌子人都跳起来欢迎他。父亲、母亲、哥哥菲利克斯；菲利克斯已是邻近郡里一个镇上的助理牧师，正好请了不到两个礼拜的假回家；另一个哥哥，卡斯伯特，也是一位牧师，还是一位古典学者，母校剑桥大学一个学院的院长、董事，现在放暑假，回家消夏。母亲头戴一顶软帽，鼻梁上架着一副银丝眼镜；父亲还是老样子，貌如其人，热

175

心、诚恳、敬仰上帝，只是有些憔悴，年纪在六十五岁上下，苍白的脸上已爬满了思想与意志的印迹。他们头顶的墙上挂着姐姐的画像，她是家里最大的孩子，比安吉儿大十六岁，嫁给了一个传教牧师，跟着到非洲去了。

在最近二十年里，老克莱尔先生这样的牧师几乎从现代生活中消失了。他是从威克利夫、胡斯、路德、加尔文一脉相传的真正嫡派，是福音教派里的福音教徒，一个劝人信教、教人从善的传教士。他像耶稣门徒一样，生活俭朴，思想单纯，在未谙世事的年轻时候，对深奥的存在问题就拿定了主意，并且一朝认定、笃信终生。同时代的人，还有与他同一宗派的人，都认为他思想极端；同时，那些极力反对他的人，看到他那样执着如一，看到他力排众议，坚守原则所表现出的非凡毅力，也不得不表示尊敬佩服。他爱塔尔苏斯的保罗，喜欢圣约翰，痛恨圣詹姆斯，极尽所能，对提摩西、提多、腓利门，则感情复杂、爱恨交织。

按照他的理解，《圣经·新约全书》与其说是记载基督的圣典，不如说是宣扬保罗的史书——与其说是劝说人，不如说是麻醉人。他对宿命论深信不疑，几乎成了邪癖，更甚是消极到放弃一切的一门哲学，与叔本华和莱奥帕尔迪的哲学思想同出一源。他对教规与礼拜规程不屑一顾，却又坚信宗教条例，并且自认为在这类问题上始终如一——从某方面说，他的确做到了。有一点，毋庸置疑——他这个人，很诚恳。

近来，他儿子克莱尔在瓦尔谷里，亲近自然，遍赏群芳，整日审美赏景，陶情冶性，周旋于一群丰盈水灵、鲜美娇嫩的女孩子之间，尽享灵肉感观之乐，过着自由奔放、无拘无束的异教生活。这要是让他查访出来，以他的脾性，一定会格外恼怒，心生憎恶，毫不留情。有一次，由于一时的烦恼，克莱尔失口在父亲面前说，假使现代文明的宗教，起源于希腊而不是巴勒斯坦，那对我们人类结果一定要好得多。此话原本出于无心，他父亲一听却悲痛哀伤，他根本想不通，这种说法连千分之一的道理都没有，更不用说有一半，或是百分百的道理了。之后，他就此事严肃地训诫了克莱尔好些日子，不过，他那个人心地慈善，不会长久记恨，一见儿子回来，便笑容满面，起身相迎，那份笑容，真诚甜蜜，天真得像个孩子。

安吉儿坐下来，有了回到家的感觉。但总觉得，和大家坐在一起，少了几分家庭成员的感觉，不再像从前那样默契和谐了。每次他回到家都意识到这种分歧，但自从上次回到牧师公馆待了几天后，他觉得这种分歧越发明显，这种生活与以往比起来更加陌生了，家里这种超验玄奥的追求与志愿，仍旧基于地球为中心的观点，即上天之至为天堂，下地之极乃地狱，这在他们心目中是天经地义、理所当然的，在克莱尔看来，这无异于痴人说梦。

近来他满眼都是情趣无限的生活，满心都是激情四射的搏动，没有什么信仰教条加以矫揉造作、歪意曲解、束缚牵掣。此番人生性情之真趣，纵使大智大慧，仅能对其稍加导引调节，信仰教条欲对其强施掌控压制，定会枉费心机，无果而终。

他父母也注意到了他身上的巨大差异，现在的他与原先的他逐渐判若两人。他们，尤其是两个哥哥，所注意的，只是克莱尔在行为举止方面的差异。他的一举一动越来越像个农民；两腿乱伸乱抖，挤眉弄眼，喜怒哀乐旋即现于色；眼睛传达的意思，跟上甚至超过了嘴巴表达的意思。读书人的风度几乎消失殆尽，客厅里年轻人的举止荡然无存。一本正经的人会说他毫无教养，假装正经的人会说他粗俗无礼。而这一切都是他在泰波塞斯整日与那些林间仙女、溪畔情郎同吃同住、耳濡目染的结果。

早饭后，他与两个哥哥一起出门散步，两个哥哥都是非福音教徒，受过良好教育，品行端正，性格中规中矩，他们都是在教育机床上一年年生产出来的无可挑剔的标准模范人物。他们两人都有些近视，社会上时兴戴系带子的单片眼镜时，他们就戴系带子的单片眼镜；社会上时兴戴双片眼镜时，他们就戴双片眼镜；社会上时兴戴有腿的眼镜，他们就戴有腿的眼镜，从不考虑眼睛的特殊需要。有人崇拜华兹华斯，他们就把华兹华斯的袖珍诗集带在身上；有人贬低雪莱，他们就把雪莱的诗集束之高阁，任由灰丝蒙满卷轴。有人称赞柯勒乔的画《神圣之家》，他们也跟着称赞；有人诋毁柯勒乔而赞扬委拉斯贵兹，他们也紧跟在后面人云亦云，从来没有自己的主见。

两个哥哥觉察到安吉儿越来越不合社会礼俗，与此同时，他也注意到，两个哥哥在心境格局上越来越狭隘。在他看来，菲利克斯满脑子都是教会，卡斯伯特心目中全是学院。对菲利克斯来说，教区会议和主教视察就是主弹簧，为世界发展提供主要动力；对卡斯伯特来说，世界发展的主要动力则是剑桥。他俩都坦言，在文明社会里，还有千千万万个无足轻重的局外人，他们既不属于大学，也不属于教会；对他们只需克制容忍，任其自生自灭，根本无须顾及理会，更谈不上尊重敬佩。

他们两个都细心孝顺，定期回家看望父母。菲利克斯，是在神学发展变迁中，近现代衍生出的新枝，但是与父亲比起来，却少了几分牺牲奉献，多了一些自私自利。对和他相反的意见，他不会像他父亲那样，觉得那种意见对其持有者有害，就不能容忍，但是若遇到反对意见对他的说教有半点儿侮慢，他可就不会像他父亲那样，容易宽恕别人。相比而言，卡斯伯特思想更开放一些、气量更宽宏一些，不过他更精明圆滑，但却少了许多勇气。

他们沿着山坡走着，安吉儿先前的感觉又在心中浮现——和自己相比，无论他们具有什么优势，他们都没有见过真正的世界，也没有体验过真正的生活。也许，他们和众多人士一样，整天说教不休，却很少观察生活。他们和同事一起在风平浪静的潮流中随波逐流，对在潮流之外起作用的各种复杂力量，谁也没有充分的认识。他们谁也看不出局部真理同普遍真理之间有什么区别；局限在教会和学术的视野中，他们也不知道，他们内心世界所说的和外部世界所想的，完全不是一回事。

"我看，你现在满脑子竟是搞农业了，别的什么也不想了，是不是，我亲爱的弟弟？"菲利克斯一脸的悲伤和严肃，透过眼镜，眺望着远方的田野，在说完了其他事情之后，开始劝解弟弟，"那么，我们只能尽力而为了。不过我还是恳请你，一定要努力，尽可能不要放弃了道德理想。当然，农业生产就是意味着外表的粗俗，但是无论怎样，高尚的思想与俭朴的生活，并非格格不入啊！"

"那是自然！"安吉儿说，"我班门弄斧，用你们的话说，这不是在一千九百年以前就有人证明了吗？菲利克斯，你为什么会认为，我可能放弃高尚思想与道德理想呢？"

"啊，你写的信，与我们谈话的口气，都显露出——我猜想——这只是猜想——你的领悟能力正在减退，学业也有点把握不了了。你没觉出来吗，卡斯伯特？"

"听着，菲利克斯，"安吉儿冷冷地说，"你知道，咱们兄弟相处得很好；大路朝天，各走一边，咱们互不相扰。不过要说到领悟力，我倒觉得，你作为一个踌躇满志的教条主义者，最好不要对我的事说三道四，管好你自己的事就好。"

他们转身下山，回家吃午饭，午饭没有固定的时间，父母什么时候结束上午在教区的事务，就什么时候吃饭。克莱尔先生和克莱尔太太甘于奉献，工作忘我，下午的来访者方便与否，是他们最后才考虑的问题；但是在这件事上，三个儿子却意见一致，希望父母多少能接受一点儿现代观念。

他们走得肚子饿了，尤其是克莱尔，他现在是户外干活儿的人，习惯了在奶牛场主粗糙简陋的饭桌上吃那些价廉味美的"不花钱宴席"。到家一看，两位老人谁也没回来，直到几个儿子等得快不耐烦了，他们才走进门来。两位老人克己忘我，一心只顾劝说他们教区上几个生病的教民，要好好吃饭，要把他们继续囚禁在肉体的牢狱里——这种说法未免有些自相矛盾，自己吃饭的事情，倒忘得一干二净。

一家人围着桌子坐下，几样简单朴素的冷食，摆在他们面前。安吉儿转身去找库瑞克太太送给他的黑香肠，他已经吩咐，要按照在奶牛场烤香肠的方法，好好地烤一下，希望父母能像他一样，好好品尝品尝这种加了浓郁香料的美味香肠。

"啊！你是在找黑香肠吧，我亲爱的孩子，"母亲问，"不过，我想，你听完我解释后，不会在乎吃饭没有黑香肠了吧？我想，你父亲和我都不在乎。教区上有一个教民，得了震颤性谵妄病，不能挣钱养家糊口了。我和你父亲商量，把库瑞克太太好心好意送来的礼物，送给他的几个孩子，他们一定会很高兴。你父亲同意了，所以我们就把香肠送人了。"

"当然不在乎啦。"安吉儿快活地回答，回头去找蜂蜜酒。

"我尝了尝，那蜂蜜酒的酒精含量太高，"母亲接着说，"不适合做饮料，不过要是有急诊，用来救急，倒是能与朗姆酒、白兰地一样有效。所以，我把它收进药柜里去了。"

"我们吃饭从来不喝烈酒，这是规矩。"父亲补充说。

"这叫我怎么回复库瑞克太太呢？"安吉儿问。

"当然是实话实说。"父亲答。

"我宁愿告诉她，咱们非常喜欢她的蜂蜜酒和黑香肠。她那个人，友善和气，有说有笑，我一回去，她保准马上问我。"

"咱们没吃也没喝，你可不能那么说。"克莱尔先生说，语气毫不含糊。

"好——不那么说。不过那种蜂蜜酒，够劲儿，倒是值得慢慢品鉴一番！"

"你说什么？"卡斯伯特和菲利克斯一齐问。

"哦——这是泰波塞斯的说法。"安吉儿脸上一红，回答道。他觉得，父母的做法无可厚非，可这么不近人情，实为不妥，也就没再说别的。

26　表明来意

　　直到晚上做完家庭祈祷，安吉儿才瞅准机会，把心头的那一两件要紧的事，说给父亲听。晚祷时，他跪在两个哥哥背后的地毯上，打量着他俩靴子后跟上的小铁钉，研究了半天，心里也暗自有了主意。晚祷一结束，两个哥哥跟着母亲出去了，屋里只剩下父亲和他自己。

　　年轻人先是同父亲侃侃而谈，说将来自己如何当大农场主——要么留在英格兰，要么到殖民地去，经营大片大片的农场。后来父亲告诉他说，之前没能拿出钱来把安吉儿送到剑桥读书，心里亏欠，老是认为自己该每年攒一笔钱，将来有一天，或买或租，给他谋一些地产，这样便可找补些心理平衡，不会因为厚此薄彼，而心里过意不去了。

　　"就金钱财富而言，"父亲接着说，"用不了几年，你就会身价倍增，比两个哥哥，高出的就不是一点半点了。"

　　见老克莱尔先生如此周全体谅，安吉儿赶紧趁机提出另一个更关心的事。他跟父亲说，他现在都二十六岁了，将来真要开办了农场，身后不得多双眼睛，帮着照看一下这里里外外的一摊子事吗？——他到外面巡察农场，家里总得有个人儿，帮他料理监管家中事务。如此说来，他不该娶个媳妇吗？

　　父亲似乎也觉得，他说的不无道理，于是安吉儿顺势摆出了关键问题——

　　"反正我将来要做一个勤劳俭朴的农场主，那你觉得，我最好娶个什么样的姑娘做贤内助呢？"

　　"一定得找个真正的基督教徒，你这里里外外，来来去去的，她得既能给你搭把手，又能安慰宽抚你。除此之外，怎么都行。这样的姑娘，也不难找；其实，眼前就有一个。我那热心诚恳的老朋友、老邻居，昌特博士——"

"可是，这个姑娘首先不得会挤牛奶，善搅黄油，能做奶酪吗？首先不得懂得教母鸡和火鸡孵蛋，懂得喂养小鸡，关键时候还得能带领工人下地干活儿，能做市估价，售卖牛羊什么的吗？"

"是的，农场主的妻子，就应该是这样的。是的，肯定得是这样的。能这样最好不过了。"很显然，老克莱尔先生以前从未考虑过这些，"我再说一点，"他补充道，"要找一个纯贞圣洁的姑娘，既真正对你好，又投你母亲和我的眼缘，除了梅茜小姐，再也找不出另外一个人来啦。原先你不是也对她有点儿意思吗？的确，我这位邻居昌特的女儿，近来也追风逐尚，学着周边一些年轻牧师，逢场过节，竟拿一些花儿朵儿的，来装饰圣餐桌——有一天，我竟然听见，她把圣餐桌叫成祭坛，着实把我惊了一跳。不过，她父亲和我一样，也反对这种俗套，说这个好治。我相信，这只不过是女孩子一时心血来潮罢了，不会长久的。"

"是的，是的！我知道，梅茜小姐品行端庄，虔诚敬畏。可是，父亲，你有没有想过，假如有一位年轻姑娘，和昌特小姐一样纯洁贤淑，尽管比不上那样饱读《圣经》、精通宗教，但是农场里的活计，她拿得起放得下，样样是把好手，这样的姑娘，是不是要强之百倍，是不是更适合我呢？"

父亲坚持己见，依然认为一个农场主的妻子，首先得有保罗看待人类的眼光，其次才是下地种庄稼的本事。安吉儿本是血气方刚，易于冲动，听了父亲这番话，也想着既要尊重父亲的感情，同时又要促成自己心中的婚姻大事，于是他煞有介事地说起来。他说，命运或者上帝已经给他选定了一个姑娘，放在了他面前，那个姑娘，精于农场，善于持家，无论哪方面，都配得上做一个农业家的伴侣和帮手，而且端庄稳重，这一点更是确定无疑。他不知道她信奉的是不是他父亲笃信的那个合情合理、无可指摘的低教派，但是她思想开明，大概会接受低教派信仰的。她信仰单纯，去教堂从来都按时不误；她诚实善良，乐于倾听，头脑聪慧敏锐，举止优雅大方，忠贞纯洁，天生丽质，美貌冠群芳。

"她的门第出身，是不是投你的心，合你的意？简单地说，她是不是一位大家闺秀？"在他们谈话间，母亲不知什么时候，轻轻走进了书房，听了这番话，不觉大吃一惊，忙插话问道。

"按照那些世俗说法，她是不能被称为大家闺秀的，"安吉儿直言不讳，"可以骄傲地说，她是一个乡下小户人家的女儿。但就情感与天性而言，她可是一位不折不扣的大家闺秀。"

"梅茜·昌特出身高贵。"

"哎呀——那又有什么好处，母亲？"安吉儿急忙说，"像我这样的人，在田间草场过着粗糙野蛮的生活，现在这样，将来更是如此，做我的妻子，出身再好，又有何用？"

"梅茜可是才华横溢，才华横溢自是魅力袭人。"母亲透过银丝眼镜看着他，进一步提醒。

"外在的才华，只是用来装饰门面，对我要过的生活，有什么用处？要说读书，我可以手把手地教她。她聪敏好学，要是你了解她，你肯定会这么说的。她浑身上下，充满了诗意——她本身就是首诗，举手投足，诗意无限，我想，我可以打这么个比方。诗人的诗，流于笔端，现于纸面；她的诗，一切尽在生活……而且，我敢保证，她还是个虔诚的基督徒，完美圣洁，无可指摘；或许还正好是你们想要广为宣扬的那一类，那一种，那样的呢！"

"哎呀，安吉儿，你这是在开玩笑吧！"

"母亲，请原谅。她确实是几乎每个周天早晨，都去教堂，她淑雅虔诚，我敢肯定，就凭这一点，您就不会再嫌弃她社会出身不好了，而且还会认为，要是我不娶她，才不对呢。"他心爱的苔丝身上那点正统信仰，完全是自发产生，当时看见苔丝和别的挤奶女工遵礼守俗，按时做礼拜，心里还有些瞧不起，认为她们本质上是自然崇拜，显然不是诚心皈依。可他做梦也没想到，这一点对他帮助会是如此之大，竟然堂而皇之地成了夸奖苔丝的理由，而且还越夸越起劲儿，越来越兴奋了。

他俩和那位年轻姑娘素未谋面，安吉儿却一个劲儿地为她大唱赞歌，说她如何如何好，克莱尔先生老两口很是怀疑，这些优点，他们的儿子是否具有，想到此，不觉有些伤感。既然如此，克莱尔先生和太太开始觉得，这何尝不是一件好事呢，别的不说，至少她在思想观念上是让人放心的，这一点不可忽视。而且他们尤其感觉，这一对儿的结合，一定是上帝的安排，以前克莱尔可从未把正统思想信仰作为择偶的标准。最后他们说，这事最好不要太过仓促，慎重一些为好，但是并不反对见见她。

其他细节问题，安吉儿目前一概避而不谈。他认为，父母心地单纯，常为他人着想，可作为中产阶级，心中不免潜藏着某些偏见，这得需要机智灵活地处理，才能达成美事。在法律上他是有自由作主的权利，而且他们将来很可能要与父母天各一方，因此媳妇的出身地位，实际上不会对父母的生活产生什么影响，但是可怜天下父母心，他希望在决定自己终身大事时，不能伤害父母的情感。

他将苔丝生活中一些偶然发生的细枝末节，当成了至关重要的优势，自己也觉得前后矛盾。他爱苔丝，完全是出于苔丝自己。为了她的灵魂，她的心性，她的本质，并不是因为她奶牛场里娴熟的技艺，读书的才能，更不是因为她有纯洁正统的宗教信仰。她天性自然纯朴，无须世俗规约来矫饰，自然就叫他倾慕爱恋。他认为家庭幸福依靠的是感情笃深和激情搏动，教育对此的影响微乎其微。或许随着时间的推移，道德培育体系和知识培育体系会有所改善，到时候或许是略微，也或许是大大提高人类那油然天生，甚至是自然本能的天性；但是在他看来，直到今天，文化对那些置身于其影响之下的芸芸众生，也只不过是在他们的心灵表皮上留下了一丁点儿的触动而已。他这种信念，从他与女性接触的经验中得到证实，而他与女性的接触，近来也已经从受教育、有修养的中产阶级发展到了乡村社会了，并从中得出一个真理：一个社会阶层中聪慧贤淑的女子和另一个社会阶层中聪慧贤淑的女子，本质差异微乎其微，而同一个阶层或阶级中贤淑与恶毒、聪慧与愚蠢的女子比起来，其本质便是大相径庭了。

那天早晨，他告别父母，离开家门。两个哥哥早已离开牧师公馆，一路往北，徒步旅行去了。旅行完了，就一个回大学，一个回到副牧师职位上去。安吉儿本来可以同去，但他一心想返回泰波塞斯，与心上人见面。要是这三个人同行，他一定会觉得很别扭，因为在他们三个人里面，虽然他是最令人赞赏的人文主义者，最有理想的宗教家，甚至是三人中对基督最有研究的学者，但是三人立身立命的思想已是天壤之别，与两位哥哥已是方枘圆凿，格格不入。因此，无论是对菲利克斯还是对卡斯伯特，苔丝的事情，他只字未提。

母亲下厨给他做了三明治，父亲骑上自己的马送他一程。既然自己的事情进展得顺心顺意，他也就保持沉默，心甘情愿地听父亲唠叨。篱路树影婆娑，他们沿路颠簸前行，父亲也就一路诉苦，说着在教区上遇到的困难，说他对同行牧师情同手足，而他们却报之以冷若冰霜，原因是他按照加尔文主义的原则去解释《圣经·新约》，而他的同行们则认为这样做有百害而无一利。

"百害无利！"老克莱尔先生语气温和，却带有几分鄙夷；紧接着，他又历数了种种经历，来说明这种思想是多么的荒谬。他还列举了许多令人惊奇的例子，说他如何把迷途的羔羊劝化回来，这些人当中，不仅有穷人，也有富人和中产，同时他也坦率地承认，还有许多羔羊仍然执迷不悟。

那些执迷不悟的人当中，他举了一个例子，那是一个年轻的暴发户，姓德伯维尔，就住在川特里奇，离这儿大约四十英里的样子。

"您说的这个人，是不是金斯贝尔或是什么地方，那个古老的德伯维尔世家的人？"儿子问，"这户人家可是跌宕离奇，历史曾经辉煌，可现在衰败没落了，其间还有一段四轮大马车的离奇传说呢。"

"哦，不是。那原本的德伯维尔家族，早在六十年前或者八十年前就衰败了，湮没了——至少，我是这么认为。这一户人家似乎是新来的，应该是冒名顶替的，为了前面所说的那个骑士家族的荣誉，但愿他们是假的。可是居然听到你对古老世家感兴趣，真是奇怪。我原本以为，你会对他们嗤之以鼻，比起我来，有过之而无不及呢。"

"您误解我了，父亲，您总是这样。"安吉儿说着，有几分不耐烦，"政治上，我怀疑他们，以家史悠长而自夸炫耀。就像哈姆雷特说的那样，家族中也有贤达之士，'大声疾呼，反对因袭旧业'，但要是谈到诗词的意境，戏剧的韵致，甚或是历史的厚重，我倒是深深地迷恋上了那些古老世家。"

这种特别的评说，绝对称不上玄妙，但对老克莱尔先生来说就不可捉摸了，于是他继续刚才的故事。故事里说，那个所谓的老德伯维尔死后，年轻的德伯维尔就开始放荡不羁，做了许多天理不容的风流冤孽，他还有个瞎眼的母亲，本应该从中吸取警诫，有所忌惮。有一次克莱尔先生到那个地方去布道，对德伯维尔的罪行有所耳闻，就借机把此人灵魂状况大胆地直言宣讲出来。他是一个外来牧师，是借用别人的讲坛布道，但是又总觉劝诫此人，他义不容辞，于是就引用圣徒路加的话做了自己布道的题目："无知的人哪，今夜必要你的灵魂！"这个青年痛恨他单刀直入、鲜血淋淋的攻击批评，后来碰见老克莱尔先生，就和他激烈地争辩起来，毫不顾忌他已头发灰白，年近花甲，当众把克莱尔先生侮辱了一顿。

安吉儿闻听此言，脸色大变，难过异常。

"亲爱的父亲，"他心痛万分，"希望你以后不要自寻痛苦，去招惹这种恶棍流氓！"

"痛苦？"父亲布满皱纹的脸上，闪耀着激情的光辉，一副舍我其谁的架势，"我之所以痛苦，全都是因为替他着想，可怜愚蠢的家伙！你以为他那凶态恶语，甚至要动手打人，就能够使我痛苦吗？'有人咒骂我们，我们就祝福；有人迫害我们，我们就忍受；有人毁谤我们，我们就劝善；时至今日，人们依然把我们看作世间污秽，万物渣滓。'这几句对科林斯人说的古语格言，用到眼下情形，真是再恰当不过了。"

"他没动手吧，父亲？他没动手打您吧？"

"没有，他倒是没动手。不过我还真让借酒发疯的醉汉打过。"

"不会吧！"

"都十几次啦，孩子。那又怎样呢？我虽然挨了打，可他们得救了，从杀害他们自己亲骨肉的罪恶中拯救出来了。自此，他们对我感恩戴德，终生不忘，对上帝，更是赞美颂扬。"

"但愿这个年轻人也能如此！"安吉儿情绪高涨，言辞热烈，"但从你的话音里，我听出来，这恐怕做不到。"

"不管怎样，我们还是希望能把他感化过来，"老克莱尔先生说，"虽然在有生之年，我俩也许再也见不着面了。可我还是不断地为他祈祷，说不定我对他苦口婆心所说的那些话，也许有一句会像一粒种子那样，突然有一天在他心里生根发芽，开花结果了呢。"

直到现在，克莱尔的父亲还一如既往，像个小孩子一样对什么事情都乐观向上，信心满满。尽管儿子不能接受他那套狭隘的教条，却还是真心崇敬他身体力行的精神，也由衷承认他的父亲是个虔诚的信徒，是内心强大、勇往直前的英雄。或许他现在更加敬仰父亲了，在讨论要娶苔丝为妻的问题上，父亲压根儿就没想到，还要问一问她是富足优裕还是身无分文。正是这份超凡脱俗，安吉儿才走上了要当农场主的人生之路，而他的两个哥哥，大概也是因为这一点，才在年富力强之时，抱定穷职，甘当牧师。然而安吉儿对父亲的钦佩却分毫未减，说实在的，尽管安吉儿满脑子异端邪说，但他常常觉得，在人性上，还是他和父亲更像，两个哥哥要差一些。

27　初次求婚

安吉儿骑着马，一路翻山穿谷。正午的太阳耀眼光灿，他顶着烈日，走了二十多英里；下午，终于来到了泰波塞斯西边一两英里处、一个孤立的小山岗上；站在这里，他又见到了面前那片低谷，谷中沃野润泽，水草丰美，一片青葱碧绿，那就是瓦尔谷，也就是弗卢姆谷。旋即他便离开山岗，一路下行，走向那片河流冲积而成的沃土，空气也随之变得浓重；夏季的果实、迷雾、干草、野花一时芬芳四溢，浓郁热烈，弥漫成一谷的芳香，恰似芬芳之湖，香波浩渺，而此时的鸟兽、牲畜、蜂蝶都熏陶在这浩渺的香波里，变得倦怠慵懒，昏昏欲睡。现在克莱尔对这儿已经非常熟悉了，散缀在草地上的牛群，纵然隔着老远，他也能一一叫上名来。在这里，他能从内部观察生活了，这与学生时代的观察方式截然不同，他认识到了目前自己的这种能力，心中不免乐陶陶，受用无限。他深爱着父母，可在家住了几天，再回到这里，却不由自主地感觉自己好像摆脱了束缚羁绊，变得一身轻松。泰波塞斯当地没有乡绅地主，在这儿，甚至连英国乡村社会对人性的通常约束都没有。

整个奶牛场上，户外一个人影也没有。奶牛场里的居民，都像平常一样，正享受午后一个钟点左右的小睡，夏天起床太早，中午小睡一觉，必不可少；门前立了一根橡木树桩，剥皮带权儿，权儿上挂满了带木箍的牛奶桶，木桶经过无数次擦洗，已经泡透了，洗白了，挂在那儿就像一顶顶帽子；所有的木桶全部都洗净了，晒干了，准备傍晚挤牛奶用。安吉儿进了门，穿过屋里静静的过道，来到后面，站在那儿听了一会儿。车房里传来阵阵鼾声，里面睡着几个男工；再远一点儿的地方，有一些猪热得难受，哼哼唧唧地叫着。长着宽大叶子的大黄和卷心菜也都入睡了，那宽阔的叶子发了蔫，在太阳下低垂着，像半开半合的伞。

他解下笼头松开嚼子，喂上马，又回到屋里，时钟恰好敲响，已是下午三点。正是下午撇奶油的时候；钟声一响，克莱尔就听见头顶上的楼板咯咯吱吱地响，紧接着听见有人下楼的脚步声。来者不是别人，正是苔丝，不一会儿，她就下得楼来，站在了他的面前。

她没有听见克莱尔进屋，更没想到他会在楼下。她正打着哈欠往楼下走，克莱尔看见她嘴里面红红的，仿佛蛇的嘴一样。她把一只胳臂高高举起，伸在盘起的头发上，胳膊上没晒黑的皮肤露了出来，光滑白嫩，像缎子一样；她的脸红扑扑的，睡眼惺忪，眼皮低垂，遮住了瞳孔。她浑身上下，芬芳四溢，散发出女性成熟的气息。此时此刻，一个女人的灵魂比任何时候都更香艳袭人；超凡脱俗的空灵之美化为香肌如雪、丰乳肥臀，汹涌澎湃，彰显于外。

接着，她的一双眼睛一下子从惺忪蒙眬中睁大了，奕奕神飞，留下脸上其他部分仍然沉浸在一副睡态之中。她脸上表情丰富、情感杂陈，几分喜悦，几分羞怯，还有几分意外，她不由得喊道：

"啊，克莱尔先生！你吓了一跳——我——"

乍一见面，苔丝竟一下子忘记了克莱尔已经向她表白心扉，两人的关系已经发生了微妙的变化。克莱尔向着楼梯口走来，一脸的柔情蜜意，她才缓过神来，内心丰富的情感皆流露在脸上，那张脸一时间有了颜色。

"亲爱的，我亲爱的小苔丝！"他细语绵绵，胳臂搂住她的腰身，脸紧贴着苔丝那红潮荡漾的脸，"千万不要再叫我'先生'了。我匆匆忙忙、早早地赶回来，全都是为了你呀！"

苔丝那颗敏感激动的心，紧紧靠在克莱尔的心上，怦怦有声，搏动回应。他们就站在门厅的红地砖上，克莱尔深深地将苔丝搂在怀里，太阳透过窗户斜射进来，照在他的背上，照在苔丝低垂着的脸上，照在她太阳穴的蓝色血管上，照在她裸露的胳膊和脖颈上，又深深照进她柔密的秀发里。刚才午休，她和衣而卧，现在身上还暖融融的，像一只刚晒过太阳的猫。起初她不肯抬头与他直视，但是不久便仰起头，脉脉看着他，大概就是夏娃第二次醒来看亚当的样子吧；克莱尔与她深情对视，细细欣赏着那一对深邃幽情、变幻莫测的美瞳，虹彩清澈，纤细柔美的纹理由瞳孔向外辐射，或天蓝纯碧，或黑灿亮丽，或浅灰典雅，或淡紫华贵，一双明眸，顾盼神飞。

"我得去撇奶油了，"她解释说，"今天只有老黛博拉一个人帮我。库瑞克太太和库瑞克先生一起去市场了，莱蒂不舒服，别人也都有事出门了，得到挤奶的时候才会回来。"

正当他们往后面牛奶房走的时候，黛博拉·菲安德出现在楼梯上。

"我回来了，黛博拉，"克莱尔抬头说道，"我来帮苔丝撇奶油吧，我想你肯定很累，挤牛奶的时候你再下来吧。"

当天下午，泰波塞斯的奶油可能没有完全撇干净。苔丝宛如活在梦中，平常熟悉的物体，看起来只是一些明暗不清、变幻不定的光与影，只有大概的位置，没有了特别的形体与清晰的轮廓。她每次把撇奶油的勺子拿到冷水管下面冷却时，手都直发颤，他浓烈的感情炽热滚烫、扑面而来，而她就像骄阳烈日下的一棵绿植，震栗畏缩，却又欲逃不能。

接着他又把她紧紧地搂在身边，苔丝伸出食指，沿着铅桶转一圈，把浮在表面的奶油边缘切断，他就用天然原始的办法把她的手指吮吸干净；泰波塞斯奶牛场里无拘无束的生活方式，现在倒给了他们方便。

"既然早晚要对你说，不如现在就说了吧，我最亲爱的，"他温情脉脉，继续说道，"我想问你一件非常实际的事情，从上礼拜草场上那一天开始，我一直在考虑这件事。我打算不久就结婚，你明白，既然要做一个农场主，我就应该选择一个懂得管理农场的女人做妻子。苔丝，你愿意做那个女人吗？"

他说这件事的时候，沉稳严肃，免得让她产生误解，以为他是一时冲动，而理智并不赞成。

苔丝的脸上愁云骤起，一片焦虑忧伤。他们天天待在一起，日久生情，她必然会爱上他，对这个结果，她已不再痛苦挣扎，而是坦然接受；但是她万万没有预料到，这个必然结果来得这么突然，其实，这件事克莱尔确实曾在她面前提过，但是他根本没说这么快就结婚。她品行高尚，做事光明磊落，于是就嘟囔着把自己原来起誓的话说了一遍，说的时候痛苦异常，好似灵肉瓦解、生命终结一般。

"啊，克莱尔先生——我不能做你的妻子——我不能！"

苔丝说出了自己的决定，声音凄惨，好似心碎肠断，说完低头不语，哀痛欲绝。

"可是，苔丝！"克莱尔听了，觉得很奇怪，把她拥得更紧了。

"你不答应吗？难道你不爱我吗？"

"啊，爱你，爱你！我只愿意做你的妻子，"姑娘痛苦不堪，话音里确是诚心满满，甜蜜无限，"可是我不能嫁你！"

"苔丝，"他伸出胳膊抓住她，说，"你已订婚，要嫁给他人！"

"没，没！"

"那为什么要拒绝我？"

"我不想结婚！我还没想到要结婚。我不能结婚！我只愿意爱你。"

"为什么？"

她被逼得走投无路，无言以对，于是就结结巴巴地说：

"你父亲是牧师，你母亲也不会同意你娶我这样的。她一定会让你娶一位阔家小姐。"

"没有的事——我已经对两位老人都说过了。这次回家，多半是因为此事。"

"我觉得我不能嫁给你——永远，永远不能！"她回答说。

"是不是我这样向你求婚太唐突了，我的美人儿？"

"是的——我一点儿也没有想到。"

"如果你想把这件事稍微放一放，也行，苔丝，我给你时间，"他说，"我一回来就立刻向你提出这件事，的确太唐突了。这件事先搁一阵儿吧。"

她再次拿起闪闪发亮的撇奶油的勺子，把勺子伸到水管子下面，重新开始工作。可是她无法像往常那样，手法灵巧精准，把勺子恰到好处地伸到奶油的底层下面。她尽力而为，努力尝试，但不是把勺子拿得过低，撇到了牛奶里，就是拿得过高，什么也撇不着。她伤痛不已，两眼含泪，模糊了视线，看不清东西；这份伤痛，永远都不能向她这位最好的朋友，她亲爱的辩护人去解释的。

"我撇不着奶油了——我撇不着了！"她转过脸去说。

为了让她平复一下心情，不妨碍她的工作，细心体贴的克莱尔开始谈起轻松寻常的话题：

"你完全误解了我的父母。他们朴实率直，无欲无求。福音派的教徒目前所剩无几了，而他们就是其中两位。苔丝，你是一个福音教徒吗？"

"我不知道。"

"你按时去教堂，有人告诉我，我们这儿的牧师并不是什么真正的高教派。"

苔丝每个礼拜都去教堂听教区的牧师讲道，可到底属于哪一派，她还真搞不清楚，甚至还没有从未去过教堂听布道的克莱尔知道得多。

"我希望能专心致志地听他讲经布道，但是我在那儿无论如何也静不下心来。"她泛泛而言，不会引起误解，也不会露出破绽，"对这件事，我常常感到非常难过。"

她说得那样坦诚自然，安吉儿心里相信，他父亲绝不会因为宗教信仰的原因而不同意苔丝了，即使她弄不清楚自己是高教派、低教派，还是广教派，这都没有关系。但是安吉儿知道，她心中混乱的宗教信仰，明显是儿童时期生活熏陶的结果，真正说来，就措辞表达而论，是川克特主义；就精神实质而论，是泛神主义。混乱也罢，明晰也罢，他根本不想去矫正修改：

> 小妹在祈祷，不要去打搅
>
> 儿时的天堂，幸福荡漾；
>
> 也不要用晦涩的暗示搅乱
>
> 那里的旋律，美妙又简单。

过去，他有时候认为，这首诗韵律优美，道理却不怎么可靠，现在却心悦诚服了。

他继续向苔丝讲述他回家的各种琐事：他父亲的生活方式，他父亲追求原则的热情。苔丝也慢慢平静下来，撇奶油时手也不再发抖了；她撇完一桶又一桶，他跟在后面，帮着把塞子拔掉，让牛奶流下来。

"我觉得，你刚进来的时候，有点儿不大高兴。"她一心避开谈论自己，于是就冒昧地问道。

"是的——哦，我父亲跟我谈了许多，谈他的烦恼，谈他的困难，这些话都重重地压在我心头。他热情认真，那些与他想法不同的人，不仅冷淡怠慢他，甚至还动手打他，像他这么大年纪的人，我不愿意听到他遭受侮辱，还有就是一个人热心到了那种程度，我倒认为并没有什么用处。他还告诉我，最近他遇到一件叫人非常不痛快的事。有一次他作为一个讲道团的代表，到附近的川特里奇去讲道，那个地方离这儿有四十英里；在那儿，他遇到了一个放荡轻狂、玩世不恭的年轻人，他是个地主的儿子，妈妈是个盲人；而我父亲便将劝诫教导他视为己任，父亲说话直截了当，毫不留情，结果竟引出了一场大麻烦。我必须得说，我父亲太傻了，明知道朽木不可雕，何必去对一个素不相识的人白费口舌呢？但不管什么事，只要他认准了应该做，无论何时，都非做不可；这一来，他也就得罪了很多人，道德败坏的人恨他，行为不检点的人也恨他，人家嫌他碍事，他却说，他的荣耀恰恰就在于此，他还说，善在万物间。可我还是觉得他都这么大年纪了，不要再自找苦吃了，就让那些猪在烂泥里滚好了。"

闻听此事，苔丝的花容月貌顿时黯然失色，一下子变得呆滞憔悴了，丰润的红唇也露出凄惨的情态；但是没再看出战栗错乱的样子。克莱尔如今又想起了父亲的事情，担心忧虑，一时没有留意苔丝的表现与态度；他们就这样依次将那一长排方形盆子里的奶油撇完，又将牛奶全部放掉。这时，其他女工也回来了，就各自拎起奶桶，黛博拉也下来刷洗铅桶，预备装新奶。苔丝正要到草场上去挤牛奶，克莱尔温柔地问她——

"小苔丝，我的问题，你还没回答呢？"

"啊，不行——不行！"苔丝言辞郑重、坚决果断，希望断了这份念想。因为刚才克莱尔提起了德伯维尔的事情，苔丝的伤痛旧事又现心头，搅乱了一片芳心。"绝对不行！"

她出了门，向草场走去，一跃跨进挤奶女工之中，仿佛要让户外的新鲜空气，来驱走那心头的束缚与羁绊。这群姑娘向着远处草场上吃草的奶牛走去，走起路来无拘无束，坦坦荡荡，像野兽一样勇猛无畏——完全是习惯了宽广无垠的原野自然，迈着放任自由、无所顾忌的步子——在空旷的原野放逐自我，就好像游泳的人去追逐波浪一样。克莱尔又看见了苔丝，现在他觉得，从无拘无束的大自然中选择一个伴侣，而不是从人为矫饰的艺术宫殿里去挑选一位配偶，这是再简单自然不过的了。

28　欲说还休

苔丝的拒绝，虽然出乎意料，却没把克莱尔吓得永远绝望退却。对女人，他已经有了一些经验，这足以让他懂得，她们说"不"常常只是说"是"的序曲先声；但是他的经验毕竟有限，还不足以明白，目前这个

"不"字，和那种忸怩作态的调情戏弄不同，这完全是个例外。既然苔丝已经允许他向她求爱了，他认为这就是一种额外的保证，但是他并没有完全认识到，发生在田野里和牧场上的那些"哀鸣叹息，情已枉然"，也绝不是一场徒劳。在这儿，求爱索欢是常事，不会经过深思熟虑、反复忖度才会接受，谈情说爱只是为了柔情蜜意，尽享其欢，不像充满野心、一切尽在谋划之中的家庭那样忧虑焦躁。在那种家庭里，女孩子恋爱，一心渴望成家立业，如此一来，就有了功利之心，也就不能尽情品尝激情爱恋了。

"苔丝，为什么你如此坚决地对我说'不'呢？"过了几天他突然问苔丝。

苔丝吃了一惊。

"不要再问了。我已经告诉过你了——已经把一部分原因告诉你了。我配不上你——我不值得你爱。"

"怎么配不上？因为你不是大家闺秀，千金小姐？"

"不错——你说得差不多，"她低声说，"你家里人会看不起我的。"

"你实在是错怪他们了——误解了我的父亲和母亲。至于那两个哥哥，我根本不在乎——"他从后面双手抱住苔丝，害怕她逃了，"听我说，亲爱的——你是故意这么说的，是吧？——我敢肯定这不是实话！你弄得我坐立不安，没心思读书，也没心思玩耍，什么事也做不成啦。我不着急，苔丝，但是我想知道——想从你温情的双唇间听到——有一天，你终会是我的人——你选什么时间都行，不过总得有个日子吧？"

她只是摇头，把脸扭开，不去看他。

克莱尔仔细地打量着苔丝，把目光集中在她的脸上，细细端详，仿佛上面刻有象形文字一般。看上去她的拒绝好像是真的。

"要是这样，我就不该这样搂着你了——是吗？我没有权利这样搂着你——没有权利约你，没有权利和你一块儿散步了！实话告诉我，苔丝，你是不是爱上别的男人了？"

"你怎么能说出这种话？"她继续保持自我克制。

"我一直都知道你没有爱上别人。可是为什么你又拒绝我呢？"

"我不是拒绝你。我喜欢让你——让你说你爱我；你和我在一起的时候，你尽可以这么说——我不会生气的。"

"可是你不愿意做我的妻子啊？"

"啊——那又是另一回事了——那都是为你好，的确是为你好，最亲爱的！啊，相信我吧，这完全是你的缘故！我不能就这样成为你的人，享受无限的幸福——因为——因为我绝对不应该这么做。"

"可是你会给我幸福啊！"

"啊——你以为是这样，其实你不明白！"

每次遇到这种情况，他总是把她的拒绝理解成是她的卑谦，她可能认为自己在社会交际和礼貌素养方面缺乏能力，因此他就称赞她知识丰富，多才多艺——其实这话一点儿也不假，她天性聪慧，再加上对他崇拜景仰、爱慕有加，于是无论是言谈措辞，还是音调神情，都处处模仿学习，零零碎碎从他那里学到了丰富的知识，成果着实惊人。他们每次都是这样温柔地争论，最后又总是她大获全胜，然后再独自离开。如果是挤牛奶的时候，她就会跑向最远的一头奶牛，如果是闲暇的时候，她要么跑到苇塘边，要么跑回自己的房间，独自黯然神伤，其实不到一分钟以前，她还假装冷淡，表示拒绝。

她内心的挣扎非常可怕。她自己那颗心完全倾注在他的心上，两颗热烈的心一起对抗着一点儿可怜的良知——她尽自己所能千方百计地坚定自己的决心。她横下一条心，来到泰波塞斯。无论如何，她绝不能迈出这一步，免得导致以后丈夫后悔，说瞎了眼睛才娶了她。她坚持认为，自己在头脑清醒、冷静理智的时候做出的决定，现在绝对不应该一下子就推翻了。

"为什么没人把我从前的事都告诉他呢？"她说，"那个地方离这儿只不过四十英里——为什么还没传到这儿来呢？肯定有人知道！"

可是这儿又似乎没有人知道；还没有人告诉他。

又过了两三天，没人再提起此事。但是她看到同室而居的女伴一脸伤心难过，大概猜出，她们不仅把她看成是他喜欢的人，而且也把她看成是他选中的人；但是她们也看得出来，她在回避他。

苔丝从来都不曾知道，她的生命线明显是由两股拧在一起的，一股是绝对的快乐，一股是绝对的痛苦。第二次做奶酪的时候，他俩又单独留在那里，待在一起了。奶牛场主本来要过来帮忙，但是库瑞克先生，还有库瑞克太太，近来开始怀疑这两个人彼此之间兴趣浓厚。不过他们的恋爱开展得小心谨慎，怀疑也不过一星半点的。不管怎样，那天奶牛场主还是知趣地躲开了。

他们正在那儿把一大块凝乳切开，准备放进大桶里，其做法和把很多面包切碎有些相似。苔丝·德伯菲尔德的双手在洁白凝乳的衬托下，好像粉色的玫瑰。安吉儿正在用手一捧一捧地帮着往大木桶里装，可装着装着突然停下了，把两只手平放在苔丝的手上。苔丝的衣服袖子卷到了胳膊肘以上，他低下头，在苔丝柔嫩胳膊内侧的静脉上吻了一下。

虽然九月初的天气依然闷热，但苔丝的胳膊因为放在凝乳里，所以吻起来湿润凉爽，就像刚采的蘑菇，还带着奶清的味道。她本就敏感多情，这一吻，她脉搏便狂跳不止，血液涌到指尖，冰凉的胳膊热得发了红。她心里似乎在说："现在还有必要再羞羞答答吗？真就是真，假就是假，男人和男人之间如此，男人和女人之间也是如此。"想到此，她把眼睛抬起来，忠诚热烈的目光同他的交织在一起，轻启柔唇，莞尔一笑。

"你知道我为什么这么做吗，苔丝？"他问。

"因为你很爱我呀！"

“说得对，这是我再次向你求婚的序曲。”

“别再提这事了！”

她突然害怕起来，怕的是自己一时欲望强烈，抵抗最终会崩溃得一塌糊涂。

“啊，苔丝！”他继续说，“我真不明白，你为什么如此撩人心怀、顽皮耍弄？你为什么让我这样失望呢？你真像在卖弄风情，实话实说，的确像——都市里水性杨花的极品风情女子！她们时冷时热，若即若离，就像现在的你一样。在泰波塞斯这个偏僻的地方，万万找不到这类人物……可是，最亲爱的，”看到自己的话刺伤了她，他急忙补充，“我知道，你是当今世上最诚实正直、最纯洁无瑕的姑娘。所以我怎么会认为，你是一个风情女子呢？苔丝，如果你内心确如你所说，真像你所辩，那你又为什么不愿意嫁给我，做我的妻子呢？”

“我从来都没说过我不愿意呀，我从来都不会说我不愿意；因为——那不是我的真心话！”

压力已超出忍受的限度，她嘴唇颤抖，只得落荒而逃。克莱尔悲痛困惑，两相交加，不知如何是好，只得从后面追过去，在走道里将她捉住。

“告诉我，告诉我！”他激情澎湃，紧紧搂住她，忘记了自己两手满满都是凝乳，“你必须得告诉我，你不属于别人，只属于我！”

“我说，我说是，我说好！”她喊道，“要是你现在放开我，我还会给你一个完整详细的答复。我会一五一十地给你讲我的经历——我自己的一切——一切。”

“你的经历，亲爱的；是的，当然；有多少，我听多少，愿闻其详！”他盯着苔丝的脸，爱意浓浓地逗弄她，“我的苔丝，毫无疑问，阅历极其丰富，就像外面园子四周树篱上的野牵牛花，数不胜数，而且还是今天早上第一次开花。尽情说吧，但是不许再说你配不上我啦，这话听着就叫人心烦。”

"我尽量——不！明天，我就将前因后果讲给你听——下礼拜。"

"你是说周天？"

"对，周天。"

她到底还是逃了，一直逃进院子尽头浓密的白柳丛，躲起来，看不见了。白柳林间，风吹草动，沙沙作响，她一下子扑倒在金枪草上，就像跃上了一张宽大的软床。她蜷曲着身子，躺在那儿，心儿狂跳不止，痛苦不禁袭来，而这痛苦中，分明又涌出阵阵快乐，而这份快乐已远远胜过她对这场感情最终结局的恐惧担忧。

其实，她已不能自持，由坚定地拒绝转而慢慢地默认。她的一呼一吸，血管每一波律动，耳畔响起的每一次脉搏的跳动，都发出声声呼唤，与她的天性联合在一起，共同反抗她的种种顾虑忌惮。先不要顾忌后果，只管答应他的求婚；到神坛前同他结合，什么也不要透露，赌上一把，看他究竟会不会发现她的过去，在痛苦的铁嘴钢牙还没有来得及把她咬住之前，先纵情享受这份到口的快乐，就么做，爱情已经给她指点好了迷津。心醉神迷与惊恐畏惧纠缠着苔丝，好几个月来，她孤独地忍受着自我惩戒，忖度挣扎，扪心自问，后来想尽办法，咬紧牙关，残酷地制订出许多方案，准备将来孤独一生，但现在看来，爱情最终将要战胜一切了。

下午的时光在慢慢消逝，她依然藏在柳树丛中，不愿出去。她听到有人将奶桶从树杈上取下来的声响，还听到了伴着"呜嗷呜嗷"的喊声，奶牛集合的声音。可是她没有过去挤奶，要是去了，他们就会看见她激动的样子，奶牛场主只把她的激动看成是恋爱的结果，因此也会善意温和地拿她取乐，这种戏谑，她可受不了。

她的情人也一定猜到了她过分激动紧张的情形，为她编造出某个借口，解释她未现身的原因，也就没人再打听或者去喊她挤奶了。六点半，太阳落到了地平线上，映红了半边天，看起来像天堂里一个巨大的炼铁炉；与此同时，一轮明月冉冉升起，像一个巨无霸大南瓜。那丛白柳，不断遭受斧劈刀砍，如今已被残害得失去了天然的形状，月光一衬，就像一群蓬头乱发、满头是刺的怪物。她独自回到屋里，没点灯，摸索着上了楼。

那天是周三。紧接着是周四，安吉儿只是远远地看着她，若有所思，没有上前来烦扰她。屋里的姑娘，玛丽安和其他人，好像都猜出来，这其中必定有事，在卧室里也就没再议论她。周五过去了；今天是周六。明天就到时间了。

"我要屈服了——我要答应了——我要同意嫁给他了——我实在没办法了！"那天夜晚，她听见有个姑娘在睡梦中呼唤安吉儿的名字，她把滚烫的脸贴在枕头上，满怀嫉妒，气息急促地说，"不能让别人嫁给他，我要自己嫁给他！可这样也不对，他知道后，会要了他的命啊！我的心啊——哦——哦——哦！"

29　杰克逸事

"喂，你们猜猜，今天早晨一大早，我听到谁的消息了？"第二天坐下来吃早饭的时候，奶牛场主库瑞克用打哑谜的眼神，看着正在大吃大嚼的男男女女说，"喂，你们猜猜是谁？"

这个猜一回，那个猜一下。唯独库瑞克太太没有猜，因为她早已知道了谜底。

"好啦，"奶牛场主说，"就是那个浮夸懈怠的杰克·多勒普。最近他跟一个寡妇结了婚。"

"真的是杰克·多勒普吗？那个恶棍——想想那事吧！"一个挤奶男工说。

这个名字一下子就闪现在苔丝·德伯菲尔德的脑海里，就是这个小子，欺骗了情人，后来又被情人的妈在黄油搅拌器里搅了个一塌糊涂。

"他按照承诺，娶了那个勇猛母亲的姑娘了吗？"安吉儿·克莱尔心不在焉地问。他正坐在一张小桌旁翻阅报纸，库瑞克太太觉得他是一位体面人物，所以老是把他单独分配到那张小桌上。

"没有，先生。他压根儿就没打算那样做。"奶牛场主回答说，"我刚才不是说了吗，他娶了一个寡妇，这个寡妇好像有几个钱，大概一年五十镑吧；他之所以娶她，无非就是冲那点儿钱。他俩匆忙完婚，可哪承想，婚一结完，她却告诉他，她只要嫁了人，那笔一年五十镑的钱就没有了。想想吧，咱们那位先生，听了这话，心里头该是啥滋味啊！自打那以后，他俩整天打架，闹得鸡飞狗跳！我还从来没听说过，两口子闹得这么欢腾的！真是罪有应得。不过最遭罪的，是那个可怜的女人，可苦了她了。"

"啊，那个傻玩意儿，她早该告诉那小子，她第一个丈夫的鬼魂会纠缠着他，找他算账的。"库瑞克太太说。

"唉，唉，"奶牛场主犹豫不决地回答，"你们还得搞清楚事情的本来面目。她想要有个家啊，不敢冒险，害怕他跑了。姑娘们，你们说，是不是这么回事呀？"

他瞥了一眼那一排女孩子。

"要去教堂结婚时，她再告诉他就好啦，叫他无路可退。"玛丽安大声说。

"是的，应该那么做。"伊茨同意说。

"他一心想要的是什么，她一定早就看透了，压根儿就不该嫁给他。"莱蒂激动地说。

"你说呢，亲爱的？"奶牛场主转向苔丝，问道。

"我觉得她应该——把真实情形告诉他——或者干脆不嫁给他——不过，我也说不清楚，到底该怎么办。"苔丝回答道，一块黄油面包噎了她一下。

"我才不会那么干呢，"贝克·尼布斯说，她结了婚，到这儿来帮忙，住在外面的茅屋里，"情场如战场，任何手段都是正当的。要换了我，也会像她那样嫁给他的，至于我第一个丈夫的事，我不想告诉他，就不告诉他，要是他敢对这事说半个不字，我非得用擀面杖把他揍趴下不可——就他那干瘦的小身板，是个女人就能把他打倒！"

这段妙语趣话立刻引起一阵哄然大笑，为了随声附和，苔丝也跟着苦笑了一下。这在他们眼里是一出喜剧，而在苔丝看来却是一场悲剧。他们欢声笑语、辛辣讽刺，她简直受不了。很快她就从桌边站起身来，并且她有一种感觉，克莱尔一定会跟着她一起走，她走出屋子，沿着一条曲曲折折的小径往前走，一会儿走在灌溉渠的这边，一会儿走到灌溉渠的那边，一直走到瓦尔河干流才停下来。工人们正在河流上游割水草，一堆一堆的水草，浮在水面，从她面前漂过，就像毛茛草堆成的绿色洲渚在漂移，要是站在上面，差不多可以将她托住；河里砸进一排一排木桩，拦挡牛群，免得到了河对面去，水草漂到木桩跟前，一丛一簇地挂在了上面。

不错，这正是痛苦所在。一个女人讲述自己过去的故事——这是她背负的最沉重的十字架——但在别人看来只不过是一个笑料罢了。这简直就像嘲笑圣徒以身殉教一般。

"苔丝！"一声呼唤由背后传来，克莱尔跳过小水沟，一下子站在她身边，"我的妻子——不久你就是我的妻子了。"

"不，不，我不能做你的妻子。这是为你着想啊，克莱尔先生！为你着想，我不能答应你！"

"苔丝！"

"我还是不能答应！"她又重复了一遍。

他没想到她会再次拒绝，刚才把话说完后就轻轻搂住了她的腰，搂在她秀发散落的腰间。（年轻的挤奶女工，包括苔丝，周天吃早饭时，都披散着头发，去教堂时，才把头发高高绾起，平常挤牛奶，头要依靠在奶牛身上，那样绾起来不方便。）要是她答应了，而不是继续拒绝，看他那神情，就一定会深深地吻了她，这显然是他的原本意图。可是她却坚决地拒绝了，于是谨慎的他便踟蹰不前了。他们同住在一幢房子里，抬头不见低头见，他再这样步步施压，作为一个女孩子，将会处在尴尬的不利地位，这样对她极不公平。假如她能够轻易避开他，他反倒可以真真切切地甜言蜜语，连哄带诱了。于是，他松开了围在她腰间的手，也没去吻她。

他这一放手，情势陡然改变。这次她之所以有如此大的力量拒绝他，完全是因为刚才听了奶牛场主讲的那个寡妇的故事。要是再僵持一会儿，她那点儿力量也就化为乌有了。不过安吉儿没再说话，他脸上表情困惑，怅然而去。

他们依然天天见面，不过和过去相比，没那么频繁了，两三个礼拜就这样蹉跎而去。转眼到了九月底，看他的神情，她知道，他大概又要向她求婚了。

这次，他改变了策略——仿佛他一心认定，她之所以拒绝，只不过是因为羞涩，他忽然求婚，把她吓着了。每次讨论这个问题，她总是忽冷忽热，闪烁其词，这使他越发相信自己的判断。因此他就玩起了花言巧语、哄骗劝诱的游戏；也不再超越语言的界限，去搂搂抱抱、亲吻爱抚了，却只是用尽甜言蜜语，施尽柔情蜜意，去打动那颗芳心。

克莱尔时时处处，坚定顽强地向苔丝求婚——无论是在挤牛奶，撇奶油，做黄油，制奶酪的时候，还是在抱窝孵卵的鸡鸭之间，下崽儿哺乳的猪群当中——那柔声软语，好似牛奶汩汩流动；挤奶姑娘们，有谁曾遇到过这样的痴情男子，享受过如此的缠绵柔情。

苔丝深深地懂得，她终究要抵抗不住。无论是宗教的观念使她觉得，从前的遭遇，具有道德的效力，还是良知的驱使让她认为，过去的经历，应该率直地坦白，这些都不会让她把持太久。她爱得激情热烈，把他看成天上的神。她虽然没有经过教育的熏陶，却天资聪慧，本能地渴望得到他的呵护与指引。虽然她心里不断重复着，"我绝不能做他的妻子"，这话却那么苍白无力。也正是这句话，充分证明了，她已无力抵抗，难以自持。一个冷静理性的人，又怎能经受如此的痛苦挣扎，来规约自我呢？克莱尔的柔声软语，克莱尔每一次旧话重提，都在她心里搅起波澜，使她惊喜交加；她害怕自己改口，却又极度渴望自己改口。

他的态度——只要是男人，谁的态度不是这样呢？——那完全是无论在什么情况下，无论发生了什么变故，无论遭受什么指责，无论在她身上发生过什么，他都要爱她、疼她、呵护她。苔丝整日陶醉于浓浓的爱河，沐浴在柔情蜜意之中，享受百般宠爱，忧郁之情日渐缓解。时至秋分，天高云淡，白天变短。奶牛场里，早晨工作时，又重新点起了蜡烛。一天早晨，三四点钟，克莱尔再一次向她求婚。

那天早晨，她像往常一样，穿着睡衣，先跑到克莱尔门口，把他叫醒，然后再回屋穿好衣服，把其他人也叫醒；十分钟后，她就拿着蜡烛，向楼梯口走去。同时，克莱尔也穿着短袖衬衫从楼上下来，伸出胳膊把她拦在楼梯上。

"喂，我撒娇的小姐，下楼之前，我要和你说句话，"他不容分说，霸道地挡了路，"上次我跟你谈过以后，又过去两个礼拜了，这件事不能再拖延下去了。你必须得告诉我，你究竟是怎么想的，不然的话，我就得离开这幢房子了。我的房门刚才半开着，我看见你。为了你的安全，我必须得离开这儿。你不明白。怎么样？总该答应我了吧？"

"刚起来，克莱尔先生，你就来找我麻烦，说我撒娇，未免有点儿心急了吧？"她噘着嘴，生气地说，"不要叫我撒娇小姐，听着冷酷无情，根本是在撒谎。再等一等吧，请你再等一等吧。这段时间，我一定会认真地想一想。让我下楼吧！"

她将蜡烛擎在身侧，脸上挤出点儿微笑，想化去窘境，掩饰刚才自己说话时的严肃表情。那神情看起来倒真有点儿撒娇的味道了。

“那么，不要叫我克莱尔先生，叫我安吉儿吧！”

“安吉儿。”

“最亲爱的安吉儿——为什么不这么叫呢？”

“那么叫，不就等于说，我答应你了吗？”

“不，那只说明你爱我，即使你不能嫁给我，你不是早就承认爱我了吗？”

“那好吧，‘最亲爱的安吉儿’，要是非让我那么叫的话，我就叫啦。”她盯着蜡烛，低声说道，尽管心里犹豫不决，却还是把嘴一噘，做出调皮的样子。

克莱尔本已下定决心，除非她答应嫁给他，否则便不再吻她，但一看到苔丝站在那儿，身上穿着漂亮的挤奶长裙，下摆扎在腰里，头发随意拢在头上，等奶油撇完了，牛奶也挤完了，再去从容梳理，面对此情，他的决心土崩瓦解，嘴唇在她的面颊上轻轻地吻了一下。她匆忙下楼，没再回头看他，也没再说话。其他挤奶女工已经下楼了，他俩谁也没再提这个话茬。除玛丽安外，所有的人都看着他俩，伤感向往，神色猜疑，而此时此刻正值破晓时分，晨光清冷灰白，烛光忧伤昏黄。

撇奶油很快就结束了——秋天来了，牛奶出得少了，撇奶油的时间也就越来越短了——莱蒂和其他女工走了。一对情侣跟在她们后面走着。

“我们这样如履薄冰地过日子，和她们大不一样吧？”他若有所思地问她，同时注视着前面三个人影，此时天光微亮，挥洒一片晓光，清冷灰白。

“我觉得并没什么多大区别。”她说。

“你为什么会那样想呢？”

“很少有女人不生活得如履薄冰，”苔丝答道，说到这个新字眼，她稍微一顿，仿佛这个词打动了她，给她留了极深的印象，“她们三个，优点可多着呢，比你想的还要多。"

"什么优点？"

"她们当中任何一个，"她开始说，"也许都比我更适合做你的妻子。也许她们和我一样爱你——几乎一样。"

"哦，苔丝！"

苔丝虽然鼓足勇气要英勇牺牲自己而成全别人，但是，她听见他不耐烦地喊了一声，脸上不禁露出一丝欢心舒畅。既然该做的她都做了，付出第二次牺牲，现在她再也办不到了。这时，小屋里走出来一个挤奶工人，和他们走在了一起，那些共同关心的事也就没法再谈了。但是苔丝心里清楚，此事，今天非得有个定论不可。

下午，奶牛场的几个工人加上几个帮工，像往常一样，来到老远的草场上，有许多奶牛不用赶回去，就在那儿挤奶。母牛腹中的小牛崽儿日渐长大，奶也就出得越来越少，草场水旺草美时节雇用的帮工，也都被辞退休工了。

工作悠闲从容地进行着。草场上赶来了一辆带弹簧轮子的大马车，上面装着许多高大的铁罐，牛奶挤满了木桶，就一桶一桶倒进车上的大铁罐里；挤过奶的牛，也就径自慢悠悠地散了。

奶牛场主库瑞克也和大家一起，在那儿忙活，暮色沉沉，一片铅灰，映衬着他身上的围裙，闪现着奇幻的白光，突然，他掏出一块沉甸甸的怀表看了看。

"哎呀，没想到这么晚了。"他说，"糟糕！再不赶紧走，就来不及把这些牛奶送到火车站了。今天送奶的时间很紧张，来不及把牛奶拉回家和早晨挤的奶掺和在一起了。牛奶只能从这儿直接送到车站去。你们谁去送？"

送牛奶原本不是克莱尔先生分内的事，但是他主动请缨，去送牛奶，而且还请苔丝陪他一块儿去。傍晚虽然没有太阳，但时下天气依然闷热潮湿，苔丝出门时只戴了挤奶的风帽，没穿外套，露着胳膊，这身装束，的确不是预备出门赶大车的。因此，她打量了一眼身上的穿着，算是回答，不过克莱尔用温柔的目光鼓励怂恿她。于是她就把牛奶桶和凳子交给奶牛场主，让他给带回家去，算是应允。然后她就上了带弹簧轮子的大车，坐在克莱尔身旁。

30　雨夜送奶

日光逐渐变得微弱昏暗，他们沿着平坦大道，横穿草场，一路直行，草场宽广，在茫茫的灰白暮色里向外延展数英里，一直延伸到艾格顿荒原上幽暗陡峭的山坡脚下。坡顶上，长满了冷杉，一簇一簇，一片一片，树梢尖尖，形似锯齿，高低错落，看上去就像建有城垛的塔楼，高耸在黑漆漆的迷幻魔堡之上。

他俩偎依而坐，彼此沉浸在这份相依相伴之中，良久，沉默不语，只听见身后大铁罐里，牛奶来回晃荡的咣叽声。篱路幽僻安静、人迹罕至，两旁树上的榛果，累累挂满枝头，只等着从果壳里自然脱落；一大串一大串的黑莓，压弯了枝条；克莱尔时不时挥起长鞭，缠住一大串，摘了，送予身旁心上人。

不久，沉闷的天空飘落几颗雨点儿，作为先锋，以示雨意浓厚，大雨将至。白天停滞不动的空气，此时也泛起阵阵微风，轻抚面颊。河流与湖泊原本平静安详，晃晃闪烁，亮如水银，如今光泽已慢慢消失；微风吹皱阔大如镜的水面，泛起阵阵涟漪，仿佛晦暗无光的铅皮一般。此刻苔丝满怀心思，怔怔出神，对周边景物视而不见。她的脸本来柔嫩，颜色如浅浅的天然玫瑰，而夏秋太阳的照晒，给她染上了一层淡淡的黄褐，现在雨滴打湿脸庞，颜色又加深了几许；挤奶时，她常将头依靠在牛腹部，头发受到挤压，松散蓬乱，从白色帽檐里披散下来，雨水一淋，又黏又湿，一绺一绺看起来比海草强不了多少。

"我本不该来的。"她望着天空，低声说。

"下雨了，真对不起，"他说，"不过有你在身边，我别提有多高兴了！"

雨丝纷飞，雨帘如织，远处的艾格顿荒原逐渐消失在雨幕之中。天色更加昏暗，路上又有些栅栏门拦路，安全起见，他们赶着车一步一步，缓慢行进。风，冷飕飕；雨，凉森森。

"你光着肩膀，露着胳膊，我真担心你着凉。"他说，"再向我靠紧一点儿，这样雨水就不会淋得太厉害了。我想，天下雨，也许是在帮我；要不然，我就会更加觉得对不起你了。"

她默默地向他靠得更紧了一些，他就把平时盖在奶罐上遮太阳的一大块帆布拉过来，将他俩裹了起来。此时克莱尔双手都腾不出空来，苔丝只得两手揪着帆布，以免从他俩身上滑落。

"现在好啦。啊——还是不行！雨水都灌进我脖子里去了，你脖子里一定更多。这样好多了。你的双臂就像被雨水打湿的大理石，苔丝，在帆布上擦一擦吧。好啦，只要你坐着不动，一滴雨也淋不着你啦。啊，亲爱的——我的那个问题——那个长期拖而未决的问题，你现在考虑得怎么样啦？"

少顷无语，马蹄踏在湿滑地面的啪叽声，以及牛奶在身后铁罐里晃荡的咣叽声，算作是对他的回答。

"还记得你说过的话吧？"

"记得。"她回答说。

"回家前你得答复我啊！"

"好吧。"

后来他没再说什么，只是驱车继续前行。远处，查理王朝时期的一座庄园宅邸，顶着苍穹，耸立在眼前，残垣断壁尽现于茫茫夜色之中；马车缓慢前行，从宅邸旁边经过，很快便将其抛在身后了。

"那座庄园，"为了打发时间，哄她开心，他说，"是一个十分有韵致的古迹——诺曼时期有一个古老的德伯维尔世家，以前在本郡是赫赫有名的大家旺族，府邸庄园有好几处，这就是其中之一。每由此经过，必得想起他们来。一个曾经声名显赫的家族，纵然当时凶狠残暴，飞扬跋扈，盘剥百姓，可一下子衰败灭绝了，也不觉叫人悲伤感叹。"

"是。"苔丝说。

一片苍茫无尽的夜色之中，一点微弱的灯光看似就在眼前，他们朝着那一点儿灯光，缓缓前行。白天，那里间或升腾起一道白色的蒸气，映衬着墨绿色的山峦草场，间歇往来于这片幽僻隐逸的世外山谷与现代生活之间。现代生活每天都有三四次，把他的蒸气触角延伸到这片与世隔绝的世界，触碰一下本土的生活，然后又快速缩回触角，仿佛与当地性情不投、格格不入似的。

他们终于走到了那微弱的亮光跟前，那是一个小火车站里的一盏油灯，灯光昏暗，黑烟缭绕；这尘世的一点儿昏黄油灯，与天宫的璀璨繁星相比，自是渺小可怜，然而它对泰波塞斯奶牛场和那儿的男女女来说，却比天上任何一颗明星都璀璨得多。装着新鲜牛奶的大罐，都在雨中卸下了马车，苔丝就在邻近一棵冬青树下，临时将就着避了避雨。

接着传来火车的呜呜声，紧跟着便悄无声息地停在湿漉漉的铁轨上了。一罐一罐的牛奶急匆匆地装进了车厢。火车头上的灯闪了一下，照在了苔丝·德伯菲尔德身上，她一动不动地站在一棵大冬青树下。只见不谙世事的她光着两条胳膊，满头满脸全是雨水，像只一时受困、老老实实趴着不动的豹子一样。身上那件印花布裙，一塌糊涂，也说不出是什么年代，什么款式的了；棉布帽子也耷拉在额头上，一副狼狈不堪的样子，与蒸汽机的曲轴和轮子一对照，全天下再也没有比这更新奇异样的情形了。

她上了车，与情人相伴而坐，她天性激情热烈，而此时却又是那么沉默温顺。他们又用车上的帆布蒙上头，盖上脸，将自己裹了起来，转身扎进浓密深沉的夜色之中，往回赶了。苔丝生性敏感，刚才与物质文明的旋涡碰触了几分钟，这偶然的邂逅却在她心里流连不去了。

"明天早晨伦敦人吃早饭时，就能喝这些奶了，是不是？"她问，"他们都是我们从来没有见过的陌生人，是不是？"

"不错——我想他们明天就可以喝到这些奶了。不过他们喝的牛奶和我们送的有所不同。他们喝的，牛奶含量已经降低了，免得喝了上头。"

"他们都是高贵的绅士、贵妇、外国大使、百夫长、太太小姐、女商人，还有从未见过奶牛的小娃娃，是不是？"

"哦，是的，也许是的，尤其是百夫长。"

"他们根本不知道咱俩，也不知道奶是从哪儿来的，他们也想不到，今夜咱俩赶着车，顶风冒雨，穿过荒野，走了这么远的路，才把牛奶送到车站，好让他们明天早晨喝上牛奶，这些他们都一概不知，是不是？"

"今晚咱们赶车出来，并不是完全为了那些娇贵的伦敦人；咱们出来也有点儿是为我们自己——为了那个让人焦虑的问题，我想，亲爱的苔丝，在这个问题上，你总该让我放心了吧。好啦，请允许我这样说，你知道，你已经属于我了；我是说你的心。是不是这样？"

"这点你和我一样清楚。一点儿没错——是！"

"既然心都是我的了，那为什么还不答应嫁给我呢？"

"唯一的原因就是为了你啊——为了一个问题，我还有话要告诉你——"

"我能够理解为，这完全是为了我的幸福，也是为了我事业的方便吗？"

"啊，是，是为了你的幸福和事业上的方便。但是我来这儿以前的生活——我想——"

"好啦，本来我就是为了自己的幸福和事业的方便才向你求婚的。假使我在英国或者在殖民地拥有一个大农场，你来做我的妻子，那就极其有用，价值无限了，比娶一个出身于最高贵门户的千金小姐都好得多。所以请你——请你，亲爱的苔丝，你一定要摒弃那种想法，以为嫁给我会妨碍了我。"

"但是我的过去。我要让你知道我的过去——你一定要让我告诉你——你要是知道了，就不会像现在这样喜欢我了。"

"既是你想说，那你就说吧，最亲爱的。那一定是段珍贵的历史。一定是说，我于某年某月某日出生在哪里哪里，等等——"

"我生在马涤村，"借用他的字眼，顺着他的话茬，她说道，那几个字本是随便说来，权作一乐，"长在马涤村。读书到六年级，就辍学回家了。他们都说我有天分，将来要当个好教员，但是我的家里出了点儿麻烦，我的父亲不太勤快，又喜欢喝点儿酒。"

"好啦，好啦。可怜的孩子！这有什么新奇啊！"他把她搂在自己的怀里，搂得更紧了。

"后来……家里又发生了些非同寻常的事……与我……我——"
苔丝的呼吸急促起来。

"好啦，最亲爱的。这都没关系啊！"

"我……我……不姓德伯菲尔德，而是姓德伯维尔……和咱们刚才走过去的那座老房子当年的主人是一家。而现在……都衰败没落了。"

"姓德伯维尔！——真的吗？这就是你所说的麻烦事吗，亲爱的苔丝？"

"是。"她回答得有气无力、含糊其词。

"好啦——我知道了这个，为什么就不能像以前那样爱你了呢？"

"我听奶牛场主说，你痛恨古老世家。"

他仰天大笑。

"是这样，从某种意义上说，我的确厌恶'血统高于一切'的贵族原则，也的确认为，我们唯一尊重的优良血统，是精神层面的，仅指那些智慧英明、品德高尚之人，这与祖先的血统毫无关系。不过，我对你说的这件事特别感兴趣——你不知道我有多感兴趣！难道你对自己这个显赫的家世不感兴趣吗？"

　　"不。我倒觉得悲伤凄惨——尤其是来到这儿，听人说，这远近的许多山林田地，过去都是我们家的，可现在。不过，有些山林田地属于莱蒂家，有些属于玛丽安家，这么一想，我又觉得没什么大不了的了。"

　　"不错——子孙如今在这儿辛苦耕作当佃户，祖宗当年可是坐拥良田为地主，这种情况多得令人吃惊。有时候我在想，为什么某一派的政治家不利用这种情形；不过他们好像还不知道呢……还有，为什么我原来就没看出来，你的姓与德伯维尔很像，也没去查考追踪这有可能是后天的讹传而致。原来你就是因为这才焦虑不安的啊！"

　　她没有把真情说出来。最后一刻，她无论如何也鼓不起勇气，她担心，他会埋怨她没早告诉他，自我保护的本能远远胜出了坦诚告白的决心。

　　"当然，"毫不知情的克莱尔继续说，"我倒是很乐意接受，你的祖先，完全是那长期受苦、默默无闻、名不见经传的普通百姓，而不是自私自利、鱼肉人民的少数贵族。可是我爱你，苔丝（他边说边笑），所以我也学坏了，也变得自私了。出于你的缘故，我也喜欢起你的世家出身。世俗社会，本就势利，无可救药；我要按照打算，先把你教成一位博学多才的女子，然后再做我的妻子。到那时，你德伯维尔世家的身份，一定会让人家对你另眼相看。我的母亲，可怜的人，也会因此而更加看重你了。苔丝，从今天起，你应该把你的姓改过来，改成德伯维尔。"

　　"我还是用我原来的好。"

　　"你一定要改过来，最亲爱的！哎呀，有许多家财万贯的暴发户，要是能够用上这个姓，都得高兴得跳起来呢！顺便告诉你，有一个浑蛋玩意儿就冒用了这个姓——我这是在什么地方听说的来着？——哦，是在猎苑附近。哦，我曾经给你说过，他就是侮辱我父亲的那个家伙。真是无巧不成书！"

"安吉儿，我想我还是不要那个姓的好！我怕那个姓不吉利！"

她说话间有几分激动。

"好啦，苔瑞莎·德伯维尔小姐，你嫁给我，就跟着我姓，你的也就用不着啦！现在秘密已经说出，忧虑也已随之消散，你就不能再拒绝我了吧？"

"如果娶我做妻子，就一定能够让你幸福，要是你觉得非要娶我不可的话，非常非常想——"

"我当然非常非常想，最亲爱的！"

"我的意思是说，要是你非我不娶，离了我就活不下去，不管我有什么过失，都要娶我，只有这样，我才能答应你。"

"你答应了，你已经亲口答应我了，我听见了！你永远永远是我的了！"他紧紧地拥抱她，吻她。

"是！"

话音未落，她突然放声大哭起来，哭得呜呜咽咽，哭得肝肠寸断。苔丝绝不是那种歇斯底里的姑娘，可现在却哭得他莫名其妙、困惑不解。

"你为什么要哭呢，最亲爱的？"

"我也说不清楚——根本说不清！——一想到是你的人了，能够让你幸福，我真是太高兴了！"

"但是你哭成这样，也不大像是高兴得啊，我的苔丝！"

"我的意思是——我哭是因为我自食其言！我说过我至死不嫁的！"

"可是，如果你爱我，你愿意让我做你的丈夫吗？"

"愿意，愿意，愿意！不过，啊，我有时候就在想，要是我没出生就好了！”

“啊，我亲爱的苔丝，我知道你这会儿兴奋激动，又少不更事，要不然，你说这话，我真不敢恭维了。你要是真喜欢我，你怎么会有那样的想法呢？你喜欢我吗？我希望你能用某种方式证明给我看。”

“要做的，我都已经做了，还能怎样证明？”她大声说，一脸的柔情蜜意，“这样会不会更能证明？”

说着，她紧紧搂着克莱尔的脖子，克莱尔也就第一次尝到，一个感情热烈的女人，用全部身心、全部痴情去爱恋的女人，那张柔唇到底是怎样一番滋味。

“现在——你该相信我了吧？”她满脸通红，擦着眼泪问道。

“信了。我从来就没有真正怀疑过——从来没有！”

他们信马由缰，在一片幽暗中前行，两人用那张帆布，紧紧地裹了身子，缩在里面，任凭雨打风吹。她已经答应他了。其实她一开始就答应他，或许也一样。一切生灵皆有“寻求快乐的本性”，万物之灵也难以逃脱，任由其支配，就像无助的海草，要经受浪潮的冲刷，这种力量可不是灯下冥思，苦心孤诣之空洞道德文章所能左右得了的。

“我要写信告诉我母亲，”她说，“你不会反对吧？”

“当然不会，亲爱的孩子。在我面前，苔丝，你真是个孩子，这个时候给你母亲写信，是再合适不过的了，我要是反对，就大错特错了，连这个你都不知道，岂不是个小孩子。你母亲住在什么地方？”

“住在我刚才说的那个地方——马洛村。在布蕾克摩山谷那一边。”

“哦，那么说，今年夏天之前我就见过你了——”

“是，是在草地上跳舞时见的，不过那次你可没跟我跳。啊，希望那不是一个不吉利的兆头！”

31 慈母叮嘱

紧接着第二天，苔丝就给母亲写了一封最急迫、最动情的信，周末，她便收到了母亲琼·德伯菲尔德的回信，那信是用上个世纪的花体字写的。

亲爱的苔丝：

　　我写这几行字的时候，托上帝的福，身体很好，希望收到这封信时，你身体也很好。亲爱的苔丝，听说不久后你真的要结婚了，全家人都高兴得不得了。不过，关于你那个问题，苔丝，我得再叮嘱你一句：过去的那些苦难，是咱俩之间的秘密，只能你知、我知，万万不可向他透露半个字。我并没有把以前所有的事都告诉你父亲，因为他那个人总以为自己门第高贵，自命不凡，也许你未婚夫也跟他一样。很多女人——有些可是这世上最高贵的女人——一生中都曾有过不幸；为什么人家有事就可以不声不响，瞒天过海，而你非要大吹大擂，大肆宣扬呢？没有哪个女孩子会那么傻，尤其是那件事情都已经过去这么多年了，而且本来就不是你的错，再去提那些陈芝麻烂谷子干什么。即使你问我一百遍，我的回答都始终如一。另外，我知道你天性率直，像个小孩子，心里根本藏不住话，心里有啥，都得一五一十地告诉别人——你太单纯了！——所以我曾让你在我面前起誓，为了你将来的幸福，永远都不能在话语里、行动上，泄露过去的事；你离开家门的时候，不是已经郑重地答应我了吗？这一切的一切，你得时时刻刻铭记在心。你的问题，你的婚事，我对你父亲只字未提，他头脑简单，一旦知道了，又得到外面瞎嚷嚷。

　　亲爱的苔丝，鼓起勇气吧！我们知道你们那一带产的苹果酒不多，而且又淡又酸，所以我们想在你结婚的时候，送你一大桶。就写到这儿吧，代我向你未婚夫问好。

你慈爱的母亲，亲笔

琼·德伯菲尔德

"哎呀，母亲啊，我的母亲！"苔丝低声说。

苔丝从信中看出来，即便是再最深重的苦难，压在德伯菲尔德太太那富有弹性的精神上，也会轻松化解，了无痕迹。母亲对生活的理解，与她的截然不同。日夜萦绕在苔丝心头的往事，对母亲来说，只不过是过眼烟云，偶然发生的一桩小事罢了。不过，无论母亲的理由怎样，她出的主意或许可以一试。从表面上看，为了她崇拜得五体投地的那个人的幸福，保持沉默似乎是最好的办法：既然如此，那就恭敬不如从命了。

这个世界上唯一能对她施加影响，左右其行动的，莫过于她的母亲，母亲的来信，抚慰了她的心灵，使她变得冷静安详。责任已然推卸，她的心境，比起前几个礼拜，变得轻松舒畅起来。应允了婚事，深秋十月便悄然来临，在这诗意的季节里，她将以往的生活抛到了九霄云外，精神舒爽，心情愉悦，几乎达到了一种极乐境界。

她对克莱尔的爱，几乎没有一丝世俗的触痕。她对他千般崇敬，万般信服，他几乎就是完美的化身，凡是人生导师、古圣先哲与良师益友所能通达的，他无一不知，无一不晓。

在她的眼里，他身上的每一根线条都是男性美的极致，他的灵魂就是圣徒的灵魂，他的智慧就是先知的智慧。她爱上了他，这本身就是一种智慧，这份爱情，又给她平添了几多高贵，她觉得自己好像戴上了一顶皇冠。在她看来，他的爱就是一种怜悯施舍，这样想来，她就越发忠诚投入、一心相许了。她那双浓情大眼，清澈幽深，满是虔诚崇拜；他偶尔捕获那眼神，正从情浓幽深处，爱意无限地看着他，仿佛崇拜着一尊不朽的神。

她抛弃了过去，脚踩足踏，将其消灭，就像一个人用脚踩灭还在冒烟燃烧的危险煤块一样。

她从来都不知道，男人爱起女人来，竟会像他那般纯正无私、怜香惜玉。在这一点上，安吉儿·克莱尔和她想象的截然不同，甚至是天壤之别；实际上，他精神的情爱要远远多于肉欲的占有，他能够游刃有余地克制自我，完全没有粗俗鄙陋的越轨行为。虽不至于天性冷淡，但他只能算是神采飞扬，不能说是激情热烈；他稍似拜伦，更像雪莱；他可以爱得痴狂，但他的爱，偏重想象，倾向空灵；他无微不至，严谨细腻，宁可压抑自我，也不亵渎爱人。直到现在，苔丝对男人的那点儿经验仍然让她心有余悸，而克莱尔的表现却令她大为惊奇、欣喜万分；她对男人的看法从过去的愤恨厌恶，转向现在对克莱尔的尊敬景仰。

他们两个，真挚自然，卿卿我我，毫无忸怩之态。她坦诚热烈，想跟他在一起耳鬓厮磨，就大胆表示毫不掩饰，从不做作。要是把苔丝对这件事的本能反应，完完全全、清清楚楚地表述出来，那就是说，她若躲躲闪闪，欲擒故纵，吸引一般男人尚且可以，而克莱尔已与她海誓山盟，对于她的完美情人来说，那样未免有些矫揉造作、招嫌生厌了。

当地乡村有这样的风气，订婚的男女，可以在田间野外，相伴嬉戏，不拘形迹，这是苔丝心中唯一的念头，也就觉得这一切都是司空见惯。然而克莱尔却始料不及，感觉怪异反常，但是在看到苔丝和大家伙儿都泰然处之，才逐渐见怪不怪了。金秋十月，下午时光美妙多姿，他们流连忘返，尽情享受这闲暇惬意的时光：或徜徉于谷中平阔的草场，或漫步于溪畔蜿蜒的幽径，或侧耳倾听溪水淙淙，或蹦蹦跳跳跨过溪上木桥，欣赏桥那边的风景，少顷又欢快地折返回来。溪水漫堰，平阔溢流，潺潺之声不绝于耳，与两人喁喁细语、情话绵绵交相应和，好不温馨。夕阳散发的光辉，由天边投射过来，几乎与草场平行，仿佛在这片乡村风景之上，涂洒了一层花粉，这乡村景致也容光焕发，红光满面了。蓝色暮霭，在这夕阳余晖里蔓延升腾，这儿一小团，那儿一小簇，散布于树荫与篱影之间，蓝色暮霭之外，尽是绚烂余晖。夕阳贴地，草场平阔，一对情人的倩影，就在他们面前投射出去，伸展出足足有四分之一英里远近，看起来就像两根细长的手指，遥遥指点着这片与山谷斜坡相毗连的绿色平芜尽处。

男工三三两两，散在草场，继续劳作——眼下正是"修整"牧场的季节，清挖冬天灌溉的沟渠，修复奶牛踩坏的坡岸。一铲一铲肥沃的土壤，黑如墨玉，那是在远古时候河流还与整个山谷一样宽阔时被冲到这儿的，这是土壤的精华，是过去的原野被捣碎成细末，再经过河流的浸泡、岁月的提炼，才变得肥沃富庶；膏腴之地生长出丰茂鲜美的牧草，喂养了肥硕健壮的牛羊。

克莱尔当着整修沟渠的工人，肆无忌惮地将胳膊搂在苔丝的腰间，一副惯于公然调私情、大胆秀恩爱的神气，其实他与苔丝一样腼腆羞怯。而苔丝正张着嘴，斜眼瞧着那些工人，满脸机警，像极了一只胆怯的小动物。

"在他们面前，公然展示我是你的人，你不觉得丢脸吗！"她满心欢喜地说。

"啊，不！"

"这要是传到爱敏斯特你家人的耳朵里，说你那位整日散步聊天、卿卿我我的心上人，却原来是个挤牛奶的——"

"有史以来最妖媚迷人的挤奶姑娘。"

"他们也许会觉得，这有伤大雅，有损体面。"

"我亲爱的姑娘——德伯维尔家的千金小姐会损伤克莱尔家的尊贵体面？！苔丝，你这样的家庭出身，正是我们一张富丽堂皇的王牌，我现在留着它，等我们结了婚，从特林汉姆牧师那儿找来证据，然后再打出去，那才有惊人的效果。此外，我们将来的生活与我现在的家庭完全没有关

218

系——甚至触碰不起他们生活的一丝微澜。我们会离开这一带——也许要离开英国——这儿的人怎么看待我们，又有什么关系呢？你愿意和我一起走吗，苔丝？"

除了同意，她还能说什么呢，一想到要和亲密的爱人一起去外面的大千世界闯荡，她的感情就像浪潮般汹涌澎湃，满耳皆是波涛阵阵，满眼尽是浪花飞卷。她任由克莱尔牵着她的手，两个人就这样一齐向前走；片刻间便来到一座小桥边，夕阳躲在小桥后面，从这边看不见，而桥下河面，反射夕阳光辉，晃晃耀眼，像熔化了的铁水一般，使人头晕目眩。他们静静地站在桥边儿，桥下一些水兽与水禽的小脑袋，从平静的水面冒出来，发现两位不速之客仍然站在那儿，还没走过去，便倏地又缩进水里不见了。两人流连忘返，直至雾霭四合，缭绕身旁——这个时节，雾来得更早了——一颗颗细小水晶，爬上她的睫毛，凝在他的眉梢。

周天，他俩在外面散步的时间更长了，天不黑到底儿，是不回来的。两人订婚后的第一个周天傍晚，有些奶牛场的工人也在外面散步，听到苔丝激越冲动的说话声，由于极度快乐，她说起话来断断续续，只是隔得有点远，具体说话内容听不清楚；看到苔丝斜靠在克莱尔的肩上，由于心跳剧烈，说话时字句都连不到一块儿了，只能一个字一个字地往外蹦；还看见她有时心满意足，一言不发，偶尔低声一笑，好像灵魂就飘浮于她的笑声之中——这是一个女人陪着她心爱的男人，而且还是从其他女人手中抢过来的男人，散步时发出的笑声——天地万物都不能与之相比。他们看见苔丝走起路来步履轻快，好像雀鸟翻飞轻掠，似停非停，似落非落一般。

苔丝对克莱尔的爱，现在已经达到了极致，俨然是她生命的一切，就像一团灵光把她包围起来，让她眼花缭乱，忘记了过去的不幸，驱走了那些纠缠不休的幽灵——疑虑、恐惧、郁闷、烦恼、羞辱。她心里清楚，这些幽灵像群饿狼，在那个光环之外，时刻准备着反扑进来；但是她有持久的力量来制服它们，让它们靠近不得。

219

精神的忘却与理智的回忆共生并存。她走在一片光明之中，同时她也知道，背后的黑暗在蠢蠢欲动。今天它们或许稍有后退，明天或许又逼近一点点，但总是在那里，不灭不休。

一天傍晚，住在奶牛场里的人都出去了，只剩下苔丝和克莱尔留守在家。两人闲谈间，苔丝抬起头来，满腹心事地看向克莱尔，恰好克莱尔也正用欣赏爱怜的目光看她，一时间，四目相对。

"我配不上你——配不上，真配不上！"她从小矮凳上一跃而起，突然说道，仿佛他的崇敬与忠诚让她受宠若惊又欣喜若狂。

克莱尔认为她激动的全部原因就在于此，其不知，这只是其中很小的一部分，于是他说道："以后不许再这么说，亲爱的苔丝！高贵卓越并不是那帮卑劣礼俗的肤浅推行者，而是那些高尚美德的忠实践行者，比如真实、诚恳、公正、纯洁、可爱——他们美名远扬，就像你一样，我的苔丝。"

她极力忍住喉咙的哽咽。近些年，在教堂里，正是那一连串的美德，常常让她那颗年轻的心痛苦不堪，而现在，他又将这些美德悉数一遍，这可真怪啦！

"我……我十六岁那年，你为什么不留下来爱我呢？那时候我还和弟弟妹妹住在一起，你不是在草地上和女孩子一起跳过舞吗？啊，你为什么不啊！你为什么不啊！"她急得直搓手。安吉儿只得安慰她，要她放心，心里一面想（他这样想，倒也没错），她真是一个感情丰富的小东西，她已然把自己的幸福完全寄托在他身上，他还真得细心呵护、尽心体贴才是。

"啊——为什么我没有留下来呢！"他说，"我也想不出为什么啊！要是早知道的话，我能不留下来吗！但是也用不着这么难过吧，为什么要这么难过呢？"

遮蔽掩饰是女人的天性本能，她又急忙改了口——"和现在相比，我不就可以多得到你四年的爱了吗？那样的话，就不会白白浪费那段光阴了——我就可以得到更多的幸福了。"

遭受此番折磨的，不是一个历经风月、遍尝风流的熟女，而偏偏是一位单纯天真、芳龄不过二十有一的姑娘。在年幼无知、不通世事之时，如同一只幼雏，陷入了罗网。为了让自己好好平复一下心情，她从小板凳上站起来，往屋外走，情急之下，裙角却将板凳带翻在地。

克莱尔仍旧在壁炉旁边静静地坐着，壁炉的薪架上，燃烧着一捆绿色的栒树枝儿，欢乐的火苗蹿腾跳跃；树枝烧得噼啪作响，枝条头上咝咝冒着白沫。苔丝返回屋内，已然恢复了平静。

"你不觉得，你有点儿喜怒无常、变幻莫测吗，苔丝？"他愉悦地打趣道，一边为她在小凳上铺了垫子，一边靠近她，在一条长椅上坐了下来，"我正想问你点儿事呢，你却走了。"

"是，也许我有点儿喜怒无常，"她低声说道。突然又走到他面前，双手握住他的胳膊，"不，安吉儿，我并不是真的喜怒无常——我是说，我生性并非如此。"为了进一步证明她不是那样，就靠着坐在他身边，同时还把头倚在克莱尔的肩上。"你想问我什么呢——我保证如实回答，让你满意。"她温顺地说道。

"啊，你爱我，也同意嫁给我，因此接下来就产生了第三个问题——咱俩哪一天结婚呢？"

"我喜欢一直这样过。"

"可是，明年，或者再稍晚一些，我就得去开创自己的事业了。在千头万绪的繁杂琐事缠身以前，我想我应该把终身伴侣的事情定下来。"

"可是，"她胆怯地回答，"务实一些说，先把事业创办起来，然后再结婚，不是更好吗？——不过，一想到你要离开，想到你要我独自留在这儿，我可受不了！"

"你当然受不了了——这也不是什么好法子。创业伊始，有很多地方，你还得帮我呢。什么时候结婚？两个礼拜后，好不好？"

"不行，"她说道，一时变得一脸严肃，"有许多事情，我还要预先想一想。"

"可是——"

他温柔地把她拉近了一些。

婚姻的现实日趋迫近，这让她犹为不安。他们待要将这个问题再深入探讨下去，长椅后面突然转出几个人，一下子走进了屋内炉火的亮光里，他们正是奶牛场主库瑞克先生和库瑞克太太，还有两个女工。

苔丝好像一个富有弹力的皮球，一下子就从克莱尔身边跳开了，她满脸通红，一双眼睛在火光里闪烁生辉。

"我就知道，坐得离他这样近，早晚会出事！"她懊恼地嚷道，"我早就告诉自己，他们回来，一定会撞个正着！不过我真的没坐在他腿上，尽管看上去几乎差不多是那样！"

"啊——要是你不这么说，我敢肯定，就这点儿亮光，我绝对不会注意到屋里还坐着两人。"奶牛场主接着话茬儿说道。他转而继续对太太说，一脸的冷淡，就好像他一点儿也不懂男女私情一般，"我说，克里斯蒂娜，这说明，人千万不要去瞎猜别人正在想什么，实际上他们什么都没想。啊，不要瞎猜，要不是她告诉我，我永远都不会想到她坐在哪儿——一点儿也想不到。"

"我们不久就要结婚了。"克莱尔随机应变，装出一副若无其事的样子，随口说道。

"啊——真是太好啦！先生，听了这话，我真的非常高兴。我早就知道你要这样做的。让苔丝去挤牛奶，真是大材小用了——第一天见着她，我就说过这话——她是天下男子追求的佳偶美妻，尤其是做个绅士农场主的太太，那是再合适不过的啦！有她在身边，你的农场管家就不敢偷奸要滑，任意摆布你喽！"

苔丝悄悄溜走了。听了库瑞克先生直白生硬的赞扬，苔丝已然是羞愧窘迫，局促不安了，又看到跟在库瑞克先生身后那两个女孩子脸上的神情，她再也待不下去了。

晚饭过后，她回到宿舍，灯亮着，姑娘们都在，身上都穿着白色睡衣，坐在床上等候苔丝，看上去就像是复仇的幽灵。

但是苔丝很快就发现，她们并无恶意。从未奢望要得到的东西，现在已是物有所属，她们自然也不会觉得是个损失。她们完全一副旁观的态度、沉思的神态。

"他要娶她了，"莱蒂眼睛一刻也没离开苔丝，低声说，"在她脸上都写着呢！"

"你要嫁给他吗？"玛丽安问。

"是。"苔丝说。

"什么时候？"

"某一天吧。"

她们认为这是闪烁其词而已。

"是啊——要嫁给他了——嫁给一个绅士！"伊茨·休特重复说。

三个姑娘好像受到魔法的驱使，一个个爬下床来，光着脚丫来到苔丝身旁，把她围在当中。莱蒂把双手放在苔丝的肩上，好像是觉得苔丝竟然创造出这样的奇迹，现在要来摸一摸，看看她究竟是不是肉体凡胎；另外两个姑娘双手搂着她的腰，三个人一齐盯着苔丝的脸，看个没完。

"的确像真的！简直比我想的还要像！"伊茨·休特说。

玛丽安吻了吻苔丝。"不错。"她将嘴唇移开时说。

"你吻她是因为你爱她呀，还是因为有另外一个人也在那儿吻过她呀！"伊茨板起脸，冷冰冰地嘲讽玛丽安道。

"我才没想那事呢，"玛丽安淡淡地说，"我只不过觉得，这事有些不可思议罢了——要嫁他为妻的是苔丝，而不是别人。我没有反对的意思，我们谁也没有反对的意思，因为我们谁也没想过要嫁给他——我们只不过是爱他。还有，这世上，要嫁他为妻的——不是千金小姐，也不是穿绫罗绸缎的，而是和你我同吃同睡的苔丝！"

"你们肯定不会因为这事恨我吧？"苔丝轻声说。

她们都穿着白色睡衣站在她周围，没有立即回答，仿佛觉得答案都写在她脸上似的。

"我不知道——我不知道，"莱蒂·普瑞德嘟囔着说，"我也想恨你，可我恨不起来！"

"我也有同样的感觉，"伊茨和玛丽安异口同声地说，"我不能恨她。也不知为什么，就是恨不起来！"

"他应该在你们中间娶一个的。"苔丝低声说。

"为什么？"

"你们都比我好！"

"我们比你好？"姑娘们轻柔缓慢地说，"不，不，亲爱的苔丝！"

"确实比我好！"她有些冲动，大声反驳说。突然，苔丝把她们的手推开，伏在五屉柜上歇斯底里地痛哭起来，一边哭，一边不断地说，"啊，比我好，比我好，比我好！"

感情的闸门一旦放开，悲痛之声便再也止不住了。

"他应该娶你们之中的一个！"她哭着说，"就是到了现在这步田地，我也应该想办法让他从你们中间选一个！你们嫁给他更合适，比——我简直不知道自己在说什么！啊！啊！"

她们走上前去，拥抱她，但哽咽依然撕扯着她。

"拿点儿水来，"玛丽安说，"咱们把她惹得难过了，可怜的人，可怜的人！"

她们轻轻地扶她走到床边，就在那儿热情地吻她。

"你嫁给他才是最合适的，"玛丽安说，"和我们比起来，你更像一个大家闺秀，更有学识，特别是他已经教给你那么多知识了。你应该高兴才是。我敢说你心里很得意！"

"是，我心满意足。"她说，"我竟然哭成这样，真丢人！"

她们都上了床，熄了灯，玛丽安隔着床铺对她耳语着说——

"苔丝，等你嫁了他，可别忘了我们，以前我们怎么说的来着，我们曾告诉你，我们是如何爱他，但我们不想恨你，也不能恨你，因为是他选中了你，而我们从来都没奢望过被他选中。"

她们谁也没料到，苔丝听了这番话，心如针扎，悲痛万分，眼泪如断线珍珠，又滚落枕上；她再也无法忍受如此的折磨与煎熬，心头五味杂陈，一时迸发，于是痛下决心，不顾母亲一再警告，将自己的过去和盘托出，告诉安吉儿·克莱尔；那个她用全部生命爱着的，愿为他而生、愿为他而死的人，要鄙视她，就鄙视吧；母亲要说她傻，就说她傻吧；她宁肯这样，也不愿再保持沉默，因为沉默就是对他的背叛与不忠，而且，在某种意义上，也好像是让他们三人蒙冤受屈了。

32　婚期已定

苔丝总是沉浸在悔恨之中，这让她迟迟定不下结婚的时日。转眼已是十一月初，尽管克莱尔按捺不住，多次诱导，但婚期仍然遥遥无期。苔丝仿佛愿意永远维持目前的订婚状态，要让一切都和现在一样保持不变。

草场风光正悄然变化；不过下午早些时候，在挤奶以前，太阳仍然和煦温暖，而且每年这个时候，奶牛场的活儿并不多，尚有余暇，出去散步消闲。朝太阳方向的湿润草地望去，但见水网如织，微波细浪，蛛网般在阳光下闪烁荡漾，好似皎洁月光下的海面，波光粼粼。粼粼的波光里，蚊蚋纷飞，好似繁星点点，倏而飞出亮光，销形匿迹，却对自己短暂的光荣浑然不觉。每每此时，克莱尔就会提醒苔丝，他们结婚的时日尚未确定下来。

近来，库瑞克太太常常编造出一些差事，大都是派她晚间到谷边山坡上的农舍里，打听那些送到干草院里临产母牛的状况，这样好让他有机会陪着她，每当此时，他就再次问她婚期的事情。每年这个时节，母牛群便会发生巨大变化，每天都会有一批批母牛被送到这所产科医院，喂养起来，直到小牛出生；小牛一会走路，母牛连同小牛一起，便被赶回奶牛场。在小牛卖掉以前，自然是没奶可挤的，小牛一旦牵走了，挤奶姑娘就要复工如初了。

一天晚上，他俩摸黑往回返，途中走到一座拔地而起的高大砂岩峭壁跟前，便静静站立，侧耳倾听。溪水高涨，漫过水堰，哗哗流淌，暗渠内也叮咚有声；即便最小的沟渠也涨得满满的；抄近道已然没了可能，逼着步行者非得走大道不可。黑沉沉的山谷，万籁有声，嘈杂争鸣，这不禁令他们幻想，脚下有座巨城，里面人声鼎沸。

"好像有成千上万的人，"苔丝说，"正聚在集市，开公民大会呢；听，有辩论的，有说教的，有争吵的，有哭诉的，有呻吟的，有祈祷的，还有谩骂的，闹成了一片。"

克莱尔并没怎么特别留神去听。

"亲爱的，今天库瑞克找你谈了吗？冬天这几个月，奶牛场不需要这么多人手了。"

"没有。"

"奶牛眼看着就要不出奶了。"

"是。昨天有六七头送到了干草院，再加上前天的三头，送到那里的都快二十头了。哎，是不是主人不再需要我照顾小牛犊了？哦，这里不再需要我了！我一直都干得很卖力……"

"库瑞克并没有确切地说他不要你了。可是，他也知道咱俩的关系，

226

于是就千般和气、万分客气地对我说，他认为我会在圣诞节前后离开这儿，走的时候一定要把你带在身边；我问他，你走了，他的奶牛场能应付得过来吗？他只说，事实上，每年这个时候，奶牛场只要有一两个女工就够了，这样一来，你不走也得走了。我听了这话儿，很是高兴，不过这么想，未免有些罪过。"

"我觉得你不该感到高兴，安吉儿。没人要，总是叫人伤心，即使对我们来说正好是一种方便。"

"是，正好方便——你承认了。"他用手指头羞她的脸。"啊！"他说。

"什么呀？"

"我觉得有个人的心思让人家猜中了，这下脸红了吧！可是咱们不应该这样闹着玩儿！我们不能开玩笑……生活是严肃的。"

"是。我早就认知到这一点啦，或许比你还早。"

那时，她也感觉到了人生的严肃。要是听从自己昨晚的感情纠葛，无论怎样，都拒绝嫁给他，离开奶牛场，这也就是说，她得到一个陌生的地方，那儿也绝不是奶牛场；母牛下崽儿的季节已然来临，这个时候是没人雇挤奶女工的；所以她就得去耕地种庄稼的农场，那儿可没有她的男神安吉儿·克莱尔。一想到此，她就万分地不情愿，至于回家，那她更不愿意了。

"所以，最亲爱的苔丝，"他接着说道，"既然你可能不得不在圣诞节离开这里，那最理想的也是最省事的办法就是我把你带走，成为我的人，除此以外，别无他法。而且，你又不是这世上最缺心眼儿的女孩子，难道你不知道，咱俩不能永远这样过下去吗！"

"我倒是希望我们能永远这样过下去。但愿永远是夏天和秋天，你永远向我求爱，心里只有我，永远就像今年夏天这样。"

"我会永远这样的。"

"啊，我知道你会的！"她大声说，心里突然升起了一种强烈的信赖，"安吉儿，我要选定一个日子，永远做你的人！"

就在这摸黑回家的路上，在一片淙淙潺潺的流水声中，两人终于将婚姻大事安排妥了。

一回到奶牛场，他们便立即把结婚的日期告诉了库瑞克老板和库瑞克太太——同时又叮嘱他们保守秘密——这对恋人谁都不愿意将婚事声张出去。奶牛场主本打算不久就辞退苔丝的，可现在却又舍不得她了。谁再给他撇奶油呢？谁还会做带花儿的小块奶油，卖给安格堡和沙埠的小姐太太们呢？库瑞克太太祝贺苔丝，说结婚的日子总算定下来了，那游移不定、踌躇不决的日子也就结束了。她还说，自打第一眼看见苔丝，她就断定将来娶苔丝的绝不是普通的庄户人家。苔丝刚来的那天下午，那走过场院的神情看上去是那么高贵优越，她敢发誓，苔丝出自名门大户。其实，库瑞克太太确实记得，那天看到苔丝，倒是真觉得她优雅漂亮，至于她说的高贵，大概是随着对苔丝的了解而想象出来的。

苔丝现在已经是身不由己，只得随着时光的流逝，且行且过，完全没了主心骨，话已出口，日子已定。她本生性敏锐、机灵聪慧，而今却也变得与田间地头的农人，还有那置身自然、少与世人往来的男女别无二致，也信命了。无论她的心上人说什么，她都无心思索，稀里糊涂地就答应什么，这便是苔丝目前的精神状态。

但是她又重新给母亲写了一封信，表面上是告知她结婚的日子，实际上是想再请母亲帮她拿拿主意。现在要娶她的是一位绅士，这一点，母亲也许还没有充分考虑到。要是婚后再解释过往的遭遇，对一个人糙心粗者来说，也许就一笑而过，不甚难堪，但是克莱尔却不见得那样。然而，苔丝的信如石沉大海，德伯菲尔德太太一直也没回复。

无论是对自己还是对苔丝，安吉儿·克莱尔都会这么说，他俩即刻结婚是现实使然；但这么做，实在有几分仓促与轻率，这一点在不久之后便凸显出来。他非常爱苔丝，这自不必提，但他的爱偏于理想，耽于空幻，而苔丝的爱，则激情热烈，彻心彻骨。原本以为自己注定要过不必劳心伤神的田园乡村生活，可他万万没有想到，在这诗情画意的景致里会遇到如此曼妙完美的她，更没有想到，她是如此摄人心魄。原本以为天真朴素只不过是人们茶余饭后的谈资，来到这里，他才真正领略了那份天真、那份朴素是如何让人心动神驰。然而未来的人生之路，他还远远没看清楚，或许还得再有一两年，他才能正确认识自我，创造自己的生活。原来他总是觉得，家庭的偏见与狭隘，使他无法追求真正的前途命运，从而他的性格与事业上都带有些许的鲁莽轻率与无所忌惮，这恰恰是症结所在。

"等到你在英国中部的农场安顿下来，咱们再结婚，这样岂不是更好？"有一次她怯怯地问道。（那时，他想在英国中部的农场创业。）

"说实话，我的苔丝，我可不想把你独自留在什么地方，我得时刻保护你，怜爱你。"

这个理由充分妥帖，无可辩驳。她深受他的影响，他的神态与习惯、他的谈吐与话语、他的喜好与憎恶，无一不在她身上找到印记；要把她单独留在农场，她一定会慢慢退化，不再与他如此和谐了。他希望把她留在身边，还有另外一个原因，那就是，他即将带她到远方安家立业，或许在英国，或许去殖民地，在他俩远走高飞以前，他父母自然希望至少要见她一面；即便父母的意见影响不了他的意图打算，他还是想在寻找良机、开创事业的间隙，带着她在寓所先住上一两个月，熟悉一下社会礼俗，这样有助于减缓她必须经受的严峻考验与痛苦煎熬——牧师公馆会见他的母亲。

其次，他还想见习一下面粉磨坊的工作，打算将来在自己农场上再开个磨坊，既种庄稼，又磨面粉。井桥有一座大型的古老水力磨坊，过去曾是寺院的产业，磨坊主已经答应，只要他方便，可随时过去，参观学习一下那源远流长、文明古老的生产模式，也可亲自动手，实操感受几日。那个磨坊离这儿不过几英里，一天，克莱尔去了一趟，打探了些具体情况，晚上回到泰波塞斯。他一回来，苔丝就知道，他要在井桥的面粉磨坊住些时日。是什么让他做出这个决定的呢？这倒不是因为有机会去考察如何精研细磨，怎样密罗细筛，而仅仅是因为偶然得知，在那农场上有一处寓所，原本是德伯维尔家族庞杂兴盛时一个支系的宅邸，现在可以租住。克莱尔向来就是这样随性安排生活，全凭一时冲动，全然不顾时效功用。他们决定结完婚马上就搬过去，住上两个礼拜，不去住城镇里的馆驿。

"之后，咱们就到伦敦那边考察一下，我听说那儿有几处农场。"他说，"等到三四月，咱们再去拜见我的父母。"

诸如此类的问题不断提出，不断闪过；那一天，那令人不可思议的一天，那一天，她就要成为他的人。十二月三十一日，新年前夜，那一天赫然在望，日渐逼近。那一天，她就要成为他的妻子，她自言自语地说。当真会有这样的事？他们两人要结合在一起，什么也不能将其分离，同命运，共呼吸，分享承担点点滴滴；为什么不那样呢？为什么又非得那样呢？

一个周天早上，伊茨·休特从教堂回来，悄悄地对苔丝说：

"今儿早上，晨祷完了，怎么没听到你俩的结婚通告呢？"

"什么？"

"今天应该是第一次宣布啊，"她回答说，冷静地看着苔丝，"你们不是定好了，在新年前夜那天结婚吗，亲爱的？"

苔丝急忙做出肯定的答复。

"总共要宣布三次啊！从现在到新年前夜只剩下两个周天了呀。"

苔丝觉得自己的脸一下子变得惨白无色——伊茨说得对，当然得宣布三次。也许他把这事忘了！要是他忘了，那就得把婚期向后推迟一个礼拜，那可有点儿不吉利。她怎样才能提醒一下她的爱人呢？她一直都羞羞怯怯、退缩不前，现在却突然变得心急火燎、惊恐慌张起来，那是害怕失去她心上的宝贝儿啊！

后来发生了一件事，自然而然便解除了苔丝心头的焦灼。伊茨把没有宣布结婚通告的事，告诉了库瑞克太太，于是库瑞克太太就以年长经事的过来人的口吻给安吉儿提了个醒。

"你把那件事忘了吧，克莱尔先生？我说的是结婚通告。"

"没，我没忘。"克莱尔说。

后来他单独见到了苔丝，亲自打消了她的疑虑：

"不要让他们拿结婚通告的事取笑你。咱们领结婚证，这样更加隐蔽严密。没跟你商量，我自己就拿定主意领结婚证了。所以你要是周天早晨去教堂，如果你想去的话，你就听不到你的名字了。"

"我本来就不想听到宣布我的名字，最亲爱的。"她骄傲地说。

得知一切已准备妥当，苔丝也就放下心来，轻松自在了；她正害怕有人在教堂里突然站起来，揭露她的过去，反对结婚通告。这样一来，一切都进展得那么顺心如意！

"我还是放心不下，"她对自己说，"现在看来是好运连连，但厄运或许从天而降，瞬间将这一切毁坏驱散。上帝往往就是这样捉弄人。我倒是希望还是用结婚通告的好！"

但是一切都顺顺利利。她心里琢磨着，结婚时，他愿意让她穿现在的这件最好的白色长裙呢，还是另外买一件新的呢？这个问题他早就想到了，也已妥善解决。一天，邮局给她送来了一些大包裹，打开一看，里面是全套的衣服，从头上戴的到脚上穿的，还有一套华丽典雅的晨服，一应俱全；他们本打算婚礼一切从简，这些服装真是再合适不过了。她刚收到包裹，克莱尔就进了屋，听见了她在楼上窸窸窣窣，解包裹，看衣服。

少顷，她下得楼来，脸上泛着红晕，眼里含着泪花。

"你真是细心又周到！"她把脸靠在他肩上，低声细语道，"连手套、手绢儿都一应俱全！我的人儿，你真好，真贴心！"

"不，不，苔丝。这只不过是写封信，寄给一个伦敦女商人，订购一套即可，就这么简单！"

她夸奖赞扬起来，没完没了，为了化解这一切，他让她上楼去，从头到脚好好试试衣服，看看合不合身，要是不合身，就请村里的女裁缝再给修改修改。

她真就回到楼上，穿上长裙。独自一人站在镜子跟前端详了一会儿，看看自己穿上丝绸衣服的效果。就在这时，她忽然想起了母亲曾给她唱的一段民谣，民谣讲的是一件神秘长袍的故事——

> 一时风流千古恨，
>
> 永惧此袍加上身。

苔丝孩提时候，德伯菲尔德太太便唱给她听，那时她脚踩摇篮，摇晃作拍，唱得欢快愉悦，俏皮狡黠。要是这件长裙，也像昆纳维尔王后那件一样，一穿在身上，就会改变颜色，泄露私密，那该如何是好？说来也怪，来奶牛场这么长时间，这首民谣，她一次也没想起过，而偏偏在这个当口儿上，她却想起了这一句。

33　婚礼多舛

安吉儿想着，在举行婚礼之前，要和苔丝一起到别处游玩一天，趁着两人还是甜蜜的情人，享受最后一次短途旅行。这一天，一定会浪漫别致，这种情形以后绝不可能再有了。与此同时，一个更伟大的日子，正向他们招手走来。婚礼前一个礼拜，克莱尔建议到最近的镇子上去置办些东西，于是两人就一起动身了。

克莱尔一直住在奶牛场，与自己那个阶层的人毫无往来，简直成了隐士。几个月来，他连附近的镇子都不曾去过，也就不需要马车，也就没有马车；要骑马，就雇场主的矮脚马，要坐车，就雇场主的双轮小马车。那天他们就是坐着双轮小马车去的。

这是他们人生第一次一块儿置办共用的东西。那天恰逢圣诞前夜，镇子上挤满了从四面八方来的乡下人，铺子里堆满了装饰用的冬青与槲寄生。苔丝挽着克莱尔的胳膊走在人群之中，满面春色，光彩照人，招引来众多艳羡的目光，看得她生出几分不自在。

傍晚时分，他们回到了住宿的客栈，安吉儿去料理门口的马匹与车辆，苔丝就站在过道口等着。大客厅里满是客人，熙来攘往，进进出出。随着客人进出，每次开门，客厅里的灯光就照到苔丝的脸上。后来客厅里又走出两个人，从苔丝身边经过。其中一个见了她，觉得好奇，就上上下下地打量她。苔丝猜想这人好像在川特里奇见过，可是那个村子离这儿那么远，川特里奇人在这儿实属罕见。

"这姑娘真是俊俏标致。"一个说。

"是，是挺俊俏。不过，除非是我真的认错了人——"

紧接着，他没说完的后半句就变了味。

克莱尔刚好从马厩回来，在门口碰见了说话人，也听见了他说的话，又看到了苔丝害怕退缩。眼见心上人受辱，他心如刀扎，怒火中烧，二话不说，握起拳头，铆足力气，照着那人下巴就是一拳。这一拳把那人打得一个趔趄，倒退回过道里。

待那人稳住脚跟，回过神来，似乎要冲上来动手，克莱尔走到门外，拉起架势，准备防守。可此时对手却念头一转，从苔丝身边走过，又重新把她打量了一下，对克莱尔说——

"对不起，先生；这完全是场误会。我把她错当成了离这儿有四十英里的另一个女人啦。"

后来克莱尔觉得自己太过鲁莽，而且也后悔不该把苔丝一个人留在过道里，于是他就给了那人五个先令，算作是那一拳的赔偿，遇到这样的事情，他总是用这种方式来摆平；然后他们便和和气气地道了声晚安，分头走了。克莱尔从客栈的马夫手中接过缰绳，一对小情侣上车出发了，那两个人与他俩背道而行，渐行远去。

　　"你当真是认错人了吗？"第二个人问。

　　"一点儿也没认错。不过我不想伤害那位绅士的感情罢了。"

　　与此同时，那对情人也正赶着车往前走。

　　"咱们能不能把婚礼再稍微往后推一推？"她问道，声音干涩呆滞，"我是说如果我们愿意推迟的话。"

　　"不，我的爱人。你冷静冷静。你是说，我把那小子给揍了，想给他点儿时间，让他到法庭去告我打架斗殴，侵犯人权，好等法庭传唤我，是吗？他说起话来不紧不慢，愉悦又幽默。"

　　"不——我只是说——要是能缓一缓的话，就推迟一点。"

　　她的话究竟是什么意思，并不十分清楚。他劝导她，不要再胡思乱想，她也就顺从地尽力不去想了。不过一路上，她一直郁郁寡欢，心情沉重。后来她心想："我们应该离开这儿，走得远远的。到几百英里以外的地方，这种事就再也不会发生了，过去的事连影儿也传不到那儿了。"

　　那天晚上，他们在楼梯口缠绵甜蜜地分开，克莱尔回到阁楼。苔丝心里清楚，离婚已经没几天了，她怕时间紧迫，就没立即睡觉，在屋里收拾一些零碎的生活必需品。正收拾着，忽听得楼上克莱尔的房间里传来扑通扑通一阵响声，像是在打架。满屋里其他人都睡了，她担心克莱尔生病，就跑上楼去敲他的门，问他怎么回事。

　　"啊，没什么事，亲爱的，"他在里面说，"抱歉，把你吵醒了！不过原因说来十分可笑：我睡着了，梦见又和白天欺负你的那个家伙打起来了，你听见砰砰的响声，那是我用拳头打的皮包，今天才找出来的，本打算装东西用。在睡梦中，我偶尔有这种毛病。快去睡吧，别再想这事了。"

这是最后一颗砝码，打破了全局的平衡，她不再犹豫不决，于是当机立断，将过去的一切坦诚相告。然而一字一句，当面亲口说，她是万万做不到的，不过还有另外的法子。她坐下来，取出纸笔，又将那页信纸折成四页，把三四年前的事，简明扼要地写了下来，然后装进信封，写上"克莱尔先生收启"。恐怕再过一会儿，勇气就消退了，她索性光着脚丫，跑上楼，把那封信从门缝底下塞进了屋子里。

那一夜，她睡不踏实，时睡时醒，这本是情理之中。她终于听到头顶楼上传来了第一声轻微的声响，后来，这声响便与往常一样了，他下了楼，还是同往常一样。她也下了楼。他在楼梯口迎上她，吻她。那吻也与过去一样热烈！

苔丝只是觉得，克莱尔有几分困乏疲倦，也有些许心神不安。不过她信上披露的秘密，他却只字未提，就连他俩单独在一起的时候，也没提一个字。他究竟看到信了没有？除非他先开始这个话题，否则她就绝口不提。一天就这样过去了，很明显，无论他心里想的是什么，是绝不肯让别人知道的。不过，他还是像从前一样坦诚直率，一样对她怜爱有加。是不是她的忧虑太孩子气了？是不是他已经原谅她了？是不是他爱的就是这个她？就像她这样的她？克莱尔看到她如此心神不宁，就像看到一场荒诞愚昧的梦魇，说不定还笑话她呢。他真看到那封信了吗？她向他房间里瞧了一眼，什么也没看见。或许他已经原谅她了。不过即使他没有收到她的信，她也对他突然产生了一种强烈的信任，相信他肯定会原谅她的。

从早到晚，一天又一天，他跟往常没什么两样，于是新年前夜那一天——结婚的日子——来到了。

这一对情人不用在挤牛奶的时候就早早地起床了，这是他俩在奶牛场里住的最后一个礼拜，身份似乎有了几分客人的味道，苔丝也受到优待，自己独享一个房间。吃早饭时他们一下楼，就惊奇地看见那间大餐厅里，也因为他们的喜事，跟从前大不一样了。早晨天还没亮，奶牛场主就吩咐人把那个大张其口的壁炉粉刷得雪白，炉前地面也刷洗得红彤彤，露出了地砖本来面目，壁炉上方的圆拱上，从前挂的满是灰尘、破旧肮脏的黑条纹蓝棉布风帘，现在换成了光彩夺目的黄色锦缎。冬季阴沉的早晨，房间里最引人注目的就是壁炉，现在焕然一新，整个房间瞬时平添了几分喜庆的色彩。

"我打定主意，要想法子来庆祝一下这件大喜事。"奶牛场主说，"要是按照过去传统做法，我们应该找一支乐队，小提琴、大提琴等全套家伙儿一应齐备，吹拉弹奏，热热闹闹，庆祝一番；可是你俩又不愿意那样张扬喧闹，我只好想出了这个安静清心的办法。"

苔丝的亲友住的地方离这儿很远，不便出席婚礼，她甚至都没有邀请家里人来，而且事实即是如此，压根儿就没邀请马洛村任何人参加婚礼。至于安吉儿家，他倒是写信告知了结婚日期，也非常希望，如果有人愿意来，那一天家里至少能来一个人参加婚礼。两个哥哥连信都没回，似乎对他很生气。父母倒是回信了，可信上满是悲伤哀怨之气，谴责他对待婚姻仓促草率，不该这么匆匆忙忙就结婚。但事已至此，即使万万没想到儿子会娶一个挤奶姑娘做儿媳妇，不过好在他已经长大，是非好歹都能一一辨别清楚，做父母的也就不必跟着瞎担心了。

克莱尔的家人对婚事反应冷淡，不过他倒是没怎么太难过，因为他手中握有王牌，不久便可给他们一个惊喜。苔丝刚刚从奶牛场出来，就把她带回家，说她是德伯维尔家族的后裔，是大家闺秀，他觉得这样做既轻率鲁莽又没有把握；因此他要先把她的身世隐瞒起来，花几个月时间，带她一起旅游观光，增加阅历，和他一起读书写字，提高涵养，同时也让她了解一下市井人情，然后再带她去见父母，宣布她的家世出身，这样她才与古老世家的千金小姐身份相匹配。即便这一切算不上是什么了不起的事情，至少也算是一个情人的美丽梦想。苔丝的身世或许对世界上其他任何人来说都无关紧要，可对他来说却意义非凡。

苔丝看到安吉儿对她，依旧浓情蜜意，与原先别无二致，于是就开始怀疑，他是否看到了自己的信。趁着安吉儿还没吃完早饭，她抽身离开饭桌，急急忙忙上了楼。她突然想起来，得去把那个古怪寒碜的房间再搜查一遍，克莱尔许久以来都住在这里，这是他的兽穴，或者不如说是他的鸟巢；她上了楼梯，房间的门开着，她站在门口观察沉吟片刻。然后俯下身子，朝门槛儿看下去，两三天前，她就是从那儿慌慌张张地把信塞进去的。屋里的地毯，一直铺到了门槛儿跟前，在地毯下面，一个信封的白边儿跃入眼帘，信封里装的，正是她写给克莱尔的信，那天晚上，仓促之中，她确实把信塞进门缝儿里了，可同时也塞到地毯下面去了。

她抽出信，同时感到一阵眩晕。那封信，封得完好如初。大山依旧重压在心头，挥之不去。全屋子的人都在忙着做准备，为他们庆祝新婚，现在她绝对不能再去让他读信了，于是她返回到自己的房间，悄悄把信销毁了。

两人再次碰面时，苔丝脸色苍白，克莱尔见状十分担心。她把信误放进地毯下面，没有如愿地坦白往事，这似乎是天意，但是理智又告诉她，这只不过是自欺欺人，其实她仍然还有时间。但是眼前一片混乱，满屋里人来人去，进进出出，大家都忙着梳妆打扮，奶牛场主库瑞克先生与太太已经应邀前来做证婚人。此时此刻，静心思考、认真谈话，已经根本不可能。在楼梯口与克莱尔打了个照面，这是他俩唯一单独相处的机会。

"我急着找你说点儿事——我要向你坦白我所有的过错与缺点！"她装出一副轻松的样子说。

"不用，不用——现在不是谈过错的时候——至少在今天，你得展现得十全十美，我的甜心！"他大声说，"以后我们有的是时间，我希望那时候再讨论我们的过错。同时我也要把我的过错说给你听。"

"可是我想，最好还是现在说，这样你就不会说——"

"好啦，我异想天开的小傻瓜，你什么话都可以跟我说——比如，等我们把新房安顿好以后，但现在不行。到那时，我也要把我的过错告诉你。不过，可不要让那些事破坏了今天这个好日子，以后无聊的日子，那些事倒是解闷自嘲的绝佳话题。"

"那么你是不愿意让我现在说了，最亲爱的？"

"不愿意，苔丝，真的不愿意。"

匆匆忙忙换衣服，急急火火要动身，谈话只得到此结束。听了他刚才的话，又想了想，苔丝感到些许的安慰。她对克莱尔一片赤诚忠心，这股鬼设神使的强大浪潮，裹挟着她，在接下来的关键时刻里，跌宕激漩，浩荡前行，无暇思索。那时候，她只有一个愿望：做他的人，他就是自己的主人，自己的丈夫——如有必要，可为他而死——这个愿望，她苦苦抵抗了多少个日日夜夜，一路艰苦卓绝、愁思忧虑，而今终于从那绝径之中跋涉出来，一飞冲天了。梳妆铜镜之前，她便漫步于五光十色的精神幻境之中，这片绚烂的云霞，将一切不祥之物完全压制下去了。

教堂很远，又是冬天，大家只得坐车去。他们在路边一家客栈定了一辆轿式马车，是从前的一辆驿车，很久以前，全国的交通运输都是靠这种驿站马车，自从淘汰下来，就一直存放在客栈。那辆车轮辐粗壮，轮瓦厚重，车架宽大，形似桥拱，皮带又宽又厚，弹簧粗大结实，车辕就像攻城夺寨时用的粗大撞木。驾车的是一个六十岁的"老顽童"，年轻时赶车，风里来雨里去，饱受自然之苦，加之贪杯嗜酒，老来深受风湿痛风的折磨。自从驿车淘汰，老者便无事可做，整日立在客栈门口，二十五年如一日，仿佛在翘首期盼，昨日之事会重现，以便重操旧业。位于卡斯特桥的"王之重器"客栈，长期雇用他驾驭豪华马车接送客人；驾车时，他右腿外侧受到车辕的磕碰摩擦，日久年深，便留下了一道长年不愈的瘀伤。

新郎、新娘，库瑞克先生与太太，一干人等上了这辆古老笨重、吱

238

嘎作响的大家伙，坐在了那位老朽不堪的驾车夫身后。安吉儿其实非常盼望，两个哥哥至少能来一个，给他做个伴郎。他在信中曾委婉地暗示过此事，可两人却音信皆无，沉默不应。这说明，他们根本无心前来。他们本就反对这门婚事，更不要指望给个面子，到场帮忙了。或许不来更好。他们不食人间烟火，且不说对这门亲事的看法，就是在奶牛场里，与大伙儿平起平坐，称兄道弟，就他俩那一副酸臭相，也一定会让人觉得不自在。

当时的情势，推促着苔丝一路前行，把她架到了云端，对周围事情一概不知，也视而不见，甚至连去教堂的路也不知道是走的哪一条了。她只知道她的安吉儿就坐在身旁，除此以外，其他一切尽是一团雾霭，发着光辉。她仿佛成了诗歌里描绘的那种天上的人物，成了古典天神中的一个，那些天神，安吉儿和她一块儿散步时，常常给她讲起。

婚姻既然是采用领结婚证的方式，教堂里也就只有十二三个人，不过纵然有一千个人在那儿，与她又有什么干系呢？这些人离她现在的世界，简直就像天上的星辰一样遥远。她庄严郑重地宣誓，一生忠心待他，那是一种何等的痴狂与欣喜，人世凡间的男欢女悦，与之相比，都成了轻薄佻达。婚礼仪式的间隙，两人跪在一起，苔丝不知不觉倾向安吉儿一边，肩膀触到了他的胳膊。刚才，她头脑中闪过一个念头，她又恐惧起来，于是不由自主地动了动肩膀，以确保她真真正正地是在那儿，也好巩固一下她的信心，他的忠诚可以抵抗世间一切信心。

苔丝爱他，这一点克莱尔非常清楚，她浑身上下，每一处玲珑的曲线都尽显深情，但当时他却仍旧不知，她的爱之深、情之专、意之柔；他还不知道，她在多少个日日夜夜，忍受了多少煎熬折磨，她的爱又是怎样的矢志不渝、忠贞不悔、死心塌地。

他们走出教堂，撞钟人正荡起铜钟，于是三种音调和谐共鸣，钟声响起，质朴悠扬。这个教区不大，教堂建造者认为，有三架钟，足以让区上教民津津享乐了。苔丝挽着丈夫，一起经过钟楼，走向大门；钟楼百叶窗中传出钟声阵阵，嗡嗡作响，洪亮悠长；钟声震荡着空气，扑面而来，触碰着肌肤，清晰可辨。钟声萦回环绕，伴其左右，此情此景正与她满腔的激情吻合一致。

在这种心境之下，她觉得自己沐浴在一片光辉之中，宛如圣约翰看到的日光中的天使一般；钟声缓缓消逝，婚礼引发的激动也逐渐平静下来。至此，她才回过神来，双眼落到周边事物上，看清了细枝末节；库瑞克先生和库瑞克太太安排人把他们那辆小马车赶来，自己乘坐，而把那辆大马车腾出来，留给这一对新人，此时她才第一次看清这辆马车的构造和特点。良久，她坐在那儿，一声不响，自顾自打量着那辆马车。

"我看着你好像心情不好，苔丝。"克莱尔说。

"是，"她一边回答说，一边用手摸着额头，"好多东西，我一见着就胆战心惊。一切都那么严肃，安吉儿。别的不说，就这辆马车，我似乎从前见过，仿佛很熟悉。真是怪啦，一定是我梦见过。"

"啊——你一定听说过德伯维尔大马车的传说——那时，你们家族兴旺发达，那个迷信的传说，在郡上尽人皆知；一定是见着这辆古老笨重的大家伙，你就想起那个传说来了吧。"

"我记得，从来都没人给我说过这事，"苔丝说，"是什么传说？能不能说给我听听？"

"啊——眼下还是不详细给你讲的好。大约在十六世纪或者十七世纪，德伯维尔家族里有一户，在自家的马车里犯了一桩可怕的罪行；自此以后，那辆马车就总是显现在你们家族的人眼前，还能听到吱扭吱扭往前走的声音，无论什么时候，只要——不过还是改天再讲给你听吧——这件事，阴森恐怖，听了害怕。一定是你从前曾捕风捉影地听到过一点点儿，现在又看到了这辆古老笨重的大车，你才想起了那些传说故事。"

"我记得以前没听说过这个故事，"她嘟囔着，"安吉儿，你说，我们家族的人是在临死前看见马车出现呢，还是在他们犯罪时看见马车出现呢？"

"别说啦，苔丝！"他吻了她一下，不让她继续说下去。

一回到家，她便懊悔恼恨，没精打采。名义上，她是安吉儿·克莱尔夫人，这已是既定事实，可在道义上，她有权享用这个称号吗？说她是亚历山大·德伯维尔夫人，不是更确切吗？她保持沉默，没有实情相告，正直纯洁的灵魂一定会认为这应该受到谴责，难道这份强烈浓郁的爱情就能够免其谴责，去其罪过？她不知道，女人遇到这种情形该怎样办？也没有人帮她拿个主意。

不过，有那么片刻的工夫，屋里只剩下她一个人——这是她最后一天，也是最后一次，待在这间屋里了——于是她跪倒在地，默默祈祷。她祷告上帝，不过她真正恳求的，却是她丈夫。她对这个男人崇拜得五体投地，同时，这也使她生出莫名的恐惧，知道这并不是什么好兆头。她也想起了，托钵修士劳伦斯的观念："乐极，必生悲。"她对他的崇拜已达忘我境界，孤注疯狂，极端狂热，不顾一切。

"啊，我的爱人，我的爱人，为什么我这般爱你！"她独自低声说，"你爱的那个她，并不是真正的我，而只是一个长得和我一模一样的人；只是一个我原本有可能是，而现在不是的人。"

下午如期而至，他俩该走了。他们早就定好了计划，在井桥磨坊附近有一座古老的农舍，他们在那儿租了住处，打算住些时日，同时克莱尔也想在那儿调研一下磨面的情况。下午两点钟，一切收拾妥当，只准备动身了。奶牛场的男男女女都站在红砖门房那儿为他俩送行，奶牛场主和夫人一直把他们送到门口。苔丝看见和她同吃同住的三个小伙伴，都靠墙站成一排，郁郁寡欢，低头沉思着什么。她曾怀疑，不知道在临别时刻，她们会不会出来送行。可是她们都来了，坚忍自持、尽力克制，一直到最后。她知道娇小玲珑的莱蒂为什么看上去那样脆弱无力，伊茨为什么那样伤心痛苦，玛丽安又为什么那样面无表情。她一心想着她们的痛苦，倒一时把萦绕在自己心头的阴影给忘了。

凭着一阵冲动，她低声对丈夫说——

"你看那三个可怜的人儿，去吻一下她们，每人一下，第一次也是最后一次，行吗？"

对这种告别方式，克莱尔丝毫不反对——这对他来说只不过是一种告别而已——走过她们身边时，他就一个接一个地吻了，一边吻一边说着"再见"。他们走到门口时，女性的敏感与细腻又使苔丝回眸顾盼，看看那个同情之吻产生了何等效果；她本可以趾高气扬，自鸣得意，可她目光中却没有丝毫获胜的得意与欣喜，即便有，在看到三个姑娘深深感动的神情之时，也会悄然消失的。显而易见，那一吻又唤起了她们心头难以压制的情感，给她们带来了几多的伤害。

所有的这一切，克莱尔丝毫没有觉察。走到边门，克莱尔与奶牛场主及其夫人握手道别，感谢多日来的照顾与爱护，此后便是一片沉寂。突然，一声啼鸣，高亢嘹亮，打破了这片沉寂。不知何时，一只白羽公鸡，顶着鲜红的肉冠，飞到房前，落到几码开外的栅栏上。那声长鸣，尖锐刺耳，震荡耳膜，而后渐次式微消逝，宛若山石嶙峋的幽谷中荡漾的回声一般。

"啊？"库瑞克太太说，"下午怎么打鸣！"

有两个人分立门边，为他们开着场院的门。

"真晦气。"一个低声对另一个说，没想到这句话被站在边门那儿的一群人，听得一清二楚。

公鸡径直朝着克莱尔，又叫了一声。

"呃。"奶牛场主说。

"这只鸡，真烦人！"苔丝对丈夫说，"快叫车夫赶车走吧。再见，再见！"

公鸡又叫了一声。

"嘘！还不快滚，再叫，我拧断你的脖子！"奶牛场主有些恼怒，转身把公鸡赶走了。进门时，他冲着太太说："唉，你瞧今天这事！真是奇了怪了，一年到头，我还从没听见过，公鸡在下午打鸣。"

"那只不过是说，要变天了，"她说，"可不是你想的那样，绝不是。"

34　坦言相告

他们赶车沿着谷中的平坦大道走了几英里，来到了井桥村，然后左转前行，跨过一座伊丽莎白时期的古桥，正是因为这座古桥，村庄的名字里才有了这个"桥"字。过了桥，就是他们租住寓所的房子，凡是到过弗卢姆谷的人，都对这座房子的外貌特征非常熟悉；它曾经是一座采邑庄园的一部分，庄园富丽堂皇，是德伯维尔家族的产业和府邸，但后来拆除了一部分，便用作了农舍。

"欢迎来到你祖先的一座宅邸！"克莱尔一边扶苔丝下车，一边说。不过随即他又后悔起来，这句话太像是挖苦讽刺了。

一进屋，他们便得知，房主利用他们在此租住的这几天时间，走亲访友，过新年去了，只留了一个从附近农舍请来的妇人，照料一下他俩那几项生活必需的事宜。如此一来，这对新人便可以使用整座房舍，这让两人十分惬意。同时，这也是他俩第一次共处同一屋檐之下，共享私密空间。

但是他发觉，他的新娘子，见了这座陈腐破旧的老宅子，情绪低落，心情抑郁。等马车走了，那个做杂活的女佣便带领他俩到楼上去洗手。走到楼梯口，苔丝站住脚，吓了一跳。

"怎么啦？"克莱尔问。

"你看看这些女人，真吓人！"她笑着答道，"着实把我吓了一大跳。"

他抬头一看，但见砌进墙里的画板上，有两幅真人大小的画像。到过这座庄园的人都知道，这两幅中年女人的画像，大概有两百来年了，画中人物的面貌特别，只要看过一眼，就永远不会忘记。一个是大长脸，尖下巴，眯缝眼，皮笑肉不笑，一副奸诈无情的凶相；另一个是鹰钩鼻，大板牙，怒目而视，一副凶神恶煞的横相；见过这两副嘴脸的人，晚上都要做噩梦。

"这是谁的画像？"克莱尔问女佣。

"据老一辈人说，这座老宅子原先是德伯维尔家的，她们是德伯维尔家的两位夫人。"她说，"这两幅画像都砌进墙里去了，根本移不走。"

这件事，除了没给苔丝留下好印象，还有一种情况，更叫人不痛快；苔丝娇美的面容，毫无疑问，可以追本溯源，从这夸张显著的嘴脸上，看出一点儿影子来。他嘴上没说，心里却一直后悔，悔不该鬼使神差特意选了这么个地方做新房。于是，他走进了隔壁房间。这个房间，是仓促之中收拾出来，为他们做新房用的；他们也只好在同一个盆子里洗手。克莱尔在水里抚摩着她的手。

"哪些是我的手指，哪些又是你的呢？"他抬起头来问，"都混在一起，分不清彼此啦。"

"都是你的。"她娇滴滴地说，努力装得更加快活。她体贴入微，在这个时候，没去惹他不高兴；凡是通情达理的女人，都会像她那样去做的。但是苔丝知道，她如此细心周到，未免太过，要尽力避免，加以克制。

一年中最后一天，下午短暂，转眼夕阳西下，余晖透过小孔照射进来，形成了一根金棒，一直投射在苔丝的裙子上，变成了一个斑点，就像是落在上面的一滴油彩。他们走进那间古老的客厅吃茶点，单独在一起同餐共享第一次晚餐。他们都非常孩子气，或者不如说，他非常孩子气，非要和她共用一个黄油面包盘子，还不时用自己的唇擦掉苔丝嘴上的面包屑，觉得这样乐趣无穷。他热情高涨，极尽挑弄撩拨之能事，可她却冷淡无趣，他心中不觉有些纳闷儿。

他沉思良久，一言不发，自顾自默默看着她；"她真是招人怜惜，惹人疼爱的苔丝，"他心里想着，仿佛在揣摩一段晦涩难懂的文章，但却理解不了真正的结构与正确的意思一般，"这个小小女人，现在已和我不可分割，势必一生同甘共苦，她的未来，完全依赖我的忠诚与财富，这一点已经是不可改变的了，我是不是庄重严肃地考虑清楚了呢？恐怕没有。除非我自己变成女人，否则永远也不能领会。我得到什么样的地位，她也就有什么样的地位。我将来变成什么样子，她也跟着变成什么样子。我不能怎么样，她也不能怎么样。将来会不会有一天，我会忽视她，伤害她，甚至不再把她放在心头呢？上帝呀，千万可别让我犯这样的罪啊！"

两人面对面坐在茶几前，等着行李，奶牛场主答应，天黑前便可把行李送来。可眼看着就到晚上了，行李还没来，而他俩除了身上穿的，其他什么也没带。太阳落下去了，冬日里白天的平静，渐渐退却。门外开始沙沙作响，像是丝绸一阵阵剧烈的摩擦，秋天飘落的枯叶，静静地躺在地上，此刻竟也骚动起来，复活了，不由自主地搅动、旋转、飞扬，扑打着百叶窗。不一会儿，下起了雨。

"那只公鸡早就知道要变天了。"克莱尔说。

伺候他们的妇人已回家休息，走之前，已将蜡烛摆放在桌子上；他们点燃蜡烛，烛光摇曳，烛焰都倾向壁炉一边。

"这些老房子，到处透风漏气，"安吉儿接着说，烛火在风中摇晃，蜡油从一侧往下淌，恰似流泪，"真奇怪，行李到底送到哪儿去了。咱现在连一支牙刷，一把梳子也没有。"

"我也不知道。"她心不在焉地答道。

"苔丝，今晚你一点儿也不高兴——根本不像你平常的样子。墙上那两个凶恶丑婆娘把你吓坏了吧！真是对不起，我把你带到这么个地方。我不知道，你究竟是不是真的爱我？"

他明知道她是真的爱他，这句话，也就没那么郑重严肃，但是她现在正满腹情绪，听了这话，就像一头受伤的野兽，战栗畏缩。她尽量强忍着不哭出来，但还是有一两颗眼泪，扑簌而下。

"我说这话，本是无心！"他后悔地说。

"我知道，没拿到所需物品，你不高兴。真不知怎么回事，老乔纳森为什么还没把行李送来。你看，都七点了！啊，他来了！"

外面传来一阵敲门之声，也没有别人去开门，克莱尔便亲自去了。他回到房间，手里只拿着一个小包裹。

"竟然还不是老乔纳森。"他说。

"真烦人！"苔丝说。

包裹是由专人送来的，本来是从爱敏斯特的牧师公馆送到泰波塞斯，送到那儿的时候，新婚夫妇刚好动身离去，送包裹的人就一路追随至此，因为有过吩咐，包裹一定要当面交到收包裹的本人手上。克莱尔把包裹拿到烛光下细看，但见这个包裹长不过一英尺，外面裹了帆布，密密地缝合，缝口上封着红色火漆，盖有父亲的印鉴，上有父亲亲笔题字："安吉儿·克莱尔夫人亲启。"

"苔丝，这是送给你的一件小礼物，"他把包裹递给苔丝说，"他们想得多周到啊！"

苔丝接过包裹，神色稍有几分慌张。

"我想还是你来打开的好，最亲爱的，"说着她翻过包裹，递给克莱尔，"我不敢拆那火漆印，看着那么严肃。请你为我打开吧！"

他打开包裹。里面是一个摩洛哥皮匣子，匣子上有一封信，一把钥匙。

信是写给克莱尔的，内容如下：

我亲爱的儿子：

　　你的教母皮特尼夫人（一个虚荣心很强的善良女人）临终时，把她一部分珠宝首饰交到我手上，委托我转交给你的妻子（无论你娶谁），以表示她对你钟爱有加。那时你还是个孩子，有可能什么都不记得了。遵照托付，珠宝一直保管在银行。即便我觉得，当前情形，把珠宝送给你妻子有点儿不合时宜，但是，你知道，我是必定要把这些物品转交给那位女士的，归她拥有，终身使用，因此我就立即派人送了过来。严格来说，根据你教母的遗嘱条款，我相信这些珠宝已经变成了传家之宝。遗嘱的准确条文，一并抄录附寄。

　　"我现在想起来了，"克莱尔说，"这件事，以前早忘得一干二净了。"

　　打开匣子，里面装着一条项链、项链的吊坠、一副手镯、一对耳环，还有一些其他饰物。

　　刚开始苔丝不敢动，等克莱尔把全副首饰一一摆开后，只见她眼中一亮，眼神就像闪闪的钻石一般。

　　"这都是我的吗？"她有些不敢相信。

　　"是你的，当然是你的！"他说。

　　他望着壁炉里的火焰，往昔岁月不由得闪现眼前，那时他还是一个十五岁的孩子，他的教母，一位大乡绅的太太——他一生中接触过的唯一一位有钱人——相信他将来一定能出人头地，预言他事业一定会飞黄腾达。既然她认定他事业有成，那将这华丽的首饰，留给他的太太，留给她子孙的太太，不正是顺理成章吗？珠宝首饰闪闪发光，好似是一种讽刺讥笑。他又自问道："这又何必呢？"到头来，这只不过是一个虚荣心的问题罢了；教母既有虚荣心，那他的太太也应该有啊！他太太是德伯维尔家族的后人：还有谁比她更配享用这些首饰呢？

突然，他激情澎湃，对苔丝说——

"苔丝，把首饰戴上——戴上！"说着，他便从炉火边转过身，帮她戴首饰。

仿佛是受了魔法的驱使，她早已把首饰一一戴上了：项链、坠儿、耳环，全都戴上了。

"现在，这件袍子有点儿不伦不类，苔丝，"克莱尔说，"要穿低领长裙，才配得上这熠熠生辉的华丽饰品。"

"是吗？"苔丝问。

"当然。"他说。

他出了个主意，让苔丝把连衣裙的上边折进去一块，这样就大致接近晚礼服的式样了；她照着做了，项链上那个坠子一下脱颖而出，在白皙的脖颈下璀璨凸显，正是设计之初要呈现的效果，他不由得后退几步，细细打量一番。

"我的天，"克莱尔说，"太美了！"

俗语说得好，人靠衣装马靠鞍，此话一点儿都不假；一个乡村女子，衣着朴素，尚能妩媚动人，倘若再像时尚女人一般，配以华丽服饰，加以修饰打扮，便是光彩照人、美不胜收了。纵是那午夜欢场里千娇百媚、倾城倾国的女子，穿了乡下妇女耕作的粗衣布裳，在阴沉暗淡的天气里，站在枯燥乏味的萝卜地里劳作，她们的美丽也会大打折扣，显得可怜寒酸了。之前，他从来都没认识到苔丝的腰身与容颜是如此美妙绝伦，直到现在，他才领略了什么是艺术的卓越。

"亲爱的，只要你在舞会上一亮相！"他说，"但是，不，不，最亲爱的；我觉得，我还是最喜欢你戴着遮阳软帽，穿着粗布衣衫——对，固然穿金戴银更能衬托你的高贵华美，但我还是喜欢你穿得朴实无华。"

苔丝意识到自己的惊艳美丽，不禁兴奋激动，满脸通红，却仍无幸福快乐之感。

"我还是摘下来吧，"她说，"免得乔纳森看见了。这些首饰不是我戴的，对不对？我觉得，咱们还是卖了吧，行吗？"

"再戴一会儿吧。卖了？万万不可。卖了就有违忠信。"

她转念一想，听从了他的劝告。她还有话要说，或许戴着这些首饰，更好说话。于是她戴着这些珠宝坐下来；两人又沉浸在一片猜想之中，乔纳森究竟把他们的行李送到哪儿去了呢。他俩为他倒了杯麦芽啤酒，好让他来了喝，等得太久了，啤酒泡沫都已消散殆尽。

晚餐已经在靠墙的桌子上摆好了，稍后，他们便开始吃饭。晚饭还没有吃完，壁炉里的烟火突然跳蹿起来，一股火苗带着浓烟从壁炉里喷射出来，在房间里蔓延开来，好像有个巨人，用手把壁炉的烟囱一下子捂住了。却原来是有人把外面的门打开了。过道里传来沉重的脚步声，安吉儿迎了出去。

"我敲了半天门，可没有人应声，"乔纳森·凯尔抱歉地说，他终于来了，"外面下着雨，我就自己开门进来啦。我把东西送来了，先生。"

"你把东西送来了，我非常高兴。可是你来得太晚了。"

"嗯，是，先生。"

乔纳森语气里透出几分不悦，可白天还好好的，这会儿新愁又在他的前额上，耕下了几道深深的沟槽。接着，他又说道：

"今天下午你和夫人走后——现在该这样称呼了——奶牛场发生了件悲惨的事，把我们给吓坏了。或许你们还没忘，下午公鸡打鸣的事吧？"

"天哪——发生了什么事——"

"唉，白天鸡叫不吉祥，有人说要出这事，有人说要出那事；可到头来出事的竟是可怜的小莱蒂·普瑞德，她要跳水自杀。"

"啊！真的吗？为什么，她不是还和大家一起给我们送行了吗？"

"是。唉，先生，你和夫人——按照法律该这样称呼了——我是说，你和夫人坐车走了以后，莱蒂和玛丽安就戴上帽子出去了；正赶上新年前夜，又没什么事可做，大家都喝得醉醺醺的，根本没人注意到她俩。她们先是到了露·艾维拉德酒馆，喝了点儿酒，然后又走到三臂岔路口，似乎是在那儿分的手，莱蒂就蹚过水草地，好像是要回家，玛丽安去了邻庄，那儿还有一家酒馆。从那以后，就再也没人见过莱蒂，也没人听到她的消息；碰巧有个水手回家，走到大水池子旁边，发现有一堆东西，走近一看，是帽子和披肩，后来才知道是莱蒂的。他在水里找到了莱蒂，和另外一个人一起把她送回了家，以为她淹死了，但后来又慢慢苏醒过来了。"

安吉儿一下子回过神来，苔丝一定在偷听这个悲伤的故事，就立即走过去，想把过道和前厅之间的门关上，前厅直通里面的客厅，苔丝就在那里；可是他的妻子，早已披了围巾，来到前厅，听到了乔纳森的讲述，目光呆滞地看着行李和行李上闪烁的雨滴。

"这还不算，玛丽安也出事啦；有人在柳树林子边上找到了她，醉得跟死人一样——这姑娘，除了之前喝过一先令的清淡啤酒外，还从未听说她沾过一滴酒；当然，她是个大饭桶，看脸就知道。今天那些女孩子，好像个个都失魂落魄！"

"伊茨怎么样？"苔丝问。

"伊茨还是像往常一样待在家里，但是她说，这些事的缘由，她都能猜得出来；她似乎也垂头丧气、没精打采，可怜的姑娘。你看看，先生，出了这么一档子事，当时我们正在收拾你那为数不多的几个包裹，还有你夫人的睡衣和梳妆的东西，再装上大车，所以，就来晚了。"

"没关系。好啦。乔纳森，把箱子搬到楼上吧，喝杯麦芽啤酒，尽快往回赶吧，万一再有需要你的地方。"

苔丝回到里间客厅，坐在炉火旁，陷入沉思。一片模糊之中，她听见乔纳森沉重的脚步声，楼上楼下搬行李，搬完了，又听见他感谢她丈夫为他准备的啤酒，还感谢她丈夫给他小费。后来乔纳森的脚步声便从门口消失，大车轱辘轱辘的响声也渐渐远去了。

安吉儿滑动笨重粗大的橡木门闩，把门闩好，然后走到苔丝坐的壁炉前，伸出双手，从后面捧住苔丝的双颊。他满心期待，她会快活地跳起来，迫不及待地打开期盼已久的梳妆用具，但她坐着没动，于是他也坐下来，一片炉火之前，两人相伴而坐，晚餐桌上，烛光摇曳，昏暗微薄，熊熊炉火映照之下，惨淡无力。

"真是对不起，那几个女孩子不幸的事都让你听见了，"他说，"不过，不要往心里去。莱蒂本来就疯疯癫癫的，你是知道的。"

"她一点儿都不应该那样，"苔丝说，"倒是有人应该那样痛苦，可她却在掩饰，假装没什么。"

这件事让她的心理天平发生了偏转。她们天真纯洁，本应该受到命运的优待，却尝尽了单相思的痛苦；而她本应该受到惩罚，可命运却偏偏选中了她。她不劳而获，独享所有幸福，这就是罪恶。她应该偿情还债，一分一毫都不能亏欠。此时此地，她该和盘托出，实情相告。克莱尔握着她的手，她两眼紧盯炉火，就在这一刻，她主意已决。

壁炉里火苗逐渐消失，红彤彤的火炭仍旧发着亮光，将壁炉内侧、光滑明亮的壁炉柴架，以及合拢不到一起的那把旧铜火钳，都染得通红。壁炉架朝下的那面，还有靠近壁炉的桌子腿，也都映得火红。苔丝的脸庞与脖颈也染得暖融融、红艳艳，她佩戴的宝石也成了金牛座的毕宿五与大犬座的天狼星，映着余烬的红光，随着她脉搏的跳动，宛若群星闪烁，变幻生辉，时而雪白，时而鲜红，时而又翠绿。

"今天早上，我们都说，要把各自的过错说一说，你还记得吗？"他见她仍然坐在那儿一动不动，就突然问道，"或许我们也是说着玩的，你可能是随便一说；但我是认真的。我要向你坦诚供述，我的爱人。"

这句话，恰巧说出了她的心声，这真是出乎意料，真是机缘巧合，真是天意如此。

"你要坦白什么吗？"她急忙问，语气中甚至流露出几分喜悦与宽慰。

"你没想到吧？唉，你把我想得太高尚了。听着。把头放在这儿，我想让你宽恕我，千万不要因为我以前没告诉你，你就生我的气，或许以前就应该告诉你的。"

真是奇怪！两人的心思竟如出一辙。她没说话，克莱尔继续说道——

"以前我没敢提这件事，因为我害怕失去你，亲爱的，你是我一生最大的奖赏——我称你为我的奖学金。我哥哥的奖学金是从大学里获得的，而我是在泰波塞斯奶牛场获得的。我可不敢轻易冒这个险。一个月前我就想告诉你——那时你答应嫁给我，成为我的人，不过我没有告诉你；我想，那会把你从我身边吓跑的。于是，我就把这事暂时搁置；后来我想昨天告诉你，给你最后一个机会，可以弃我而去。但我还是没说。今天早晨我还是没敢说，就是你在楼梯口提出，把我们各自的错误说一说的时候——我这个罪人！现在我看见你这样严肃地坐在这儿，我一定得告诉你了。真不知道你是否会宽恕我？"

"啊，一定会！我保证——"

"好吧，希望你能宽恕我。先听我把话说完，然后你再说。你一直都被蒙在鼓里，我就从头说起。我认为我可怜的父亲担心我会永远失去信仰，其实，苔丝，我与你一样，坚信高尚的道德品行。我曾经希望做个心灵导师，教化他人，可我发现，我根本无法进入教会，便失望至极。虽然我没有资格说自己十全十美，但我敬仰纯洁，痛恨污浊，我希望我现在还是如此。无论我们怎样看待'完全灵感论'，人们必须诚心接受圣保罗说的话：'你要做个榜样：在言语上，在谈话中，在仁慈上，在精神上，在信仰上，在纯洁上。'这才是我们可怜人类的唯一保护神。一位罗马诗人曾经说过'正直地生活'，真让人意想不到，这与圣保罗说的完全一致——

正直高洁之士，根本无虚可乘，

摩尔人的弓箭与长矛，又有何用。

"哎，有一个地方乃是善念铺就，对此，我感悟至深。我本想救赎众人，播撒美好，可如今不等实现，我却先已堕落沉沦，说到这里，你就会明白，我是何等痛彻心扉。"

接着他告诉苔丝，他以前在伦敦漂泊过一段时间，此事，之前也暗暗提到过一星半点儿。那段时间，他颠沛流离，前途无望，就像一叶木片，在风浪中随波飘摇；当时走投无路，心志不坚，一下坠入了罪恶的深渊，跟一个陌生女人过了四十八个钟头的放荡生活。

"幸好我顿时清醒，认识到了自己的愚蠢与荒唐，"他继续说道，"我便与她一刀两断，返回家中。从此以后，再也没犯过那种错误。我觉得我应该对你毫不隐瞒、坦白率真，不把这件事告诉你，我就觉得对不起你。你能饶恕我吗？"

她紧紧地握住他的手，算作是对他的回答。

"现在就此作罢，咱们永远都不谈这个话题了！——此时谈论这个，真让人痛苦不堪——让我们谈点儿轻松点儿的话题吧。"

"啊，安吉儿——听了这话，我简直有点儿高兴呢——因为现在你也能够宽恕我了！我还没向你坦白我的过错呢。我也有一桩罪过要向你坦白——还记得吗？我曾经说过的。"

"嗯，是说过！那你说吧，你这个小坏蛋。"

"你先别说笑，其实我这事和你的一样，都很严重，或许更严重些。"

"不会比我的更严重吧，最亲爱的。"

"不会——啊，不会，不会更严重！"她觉得有希望，高兴得跳起来说，"不会，肯定不会更严重，"她大声说，"因为我的和你的差不多。我

253

这就告诉你。"

　　她又坐下来。

　　他们的手，依然紧紧相握。炉火垂直映照下去，炉条下的灰烬，就像一片炎热干燥的荒野。炭火的红光，照在他脸上、手上，也照在她的脸上、手上，同时射进她前额蓬松的头发里，将头发下那娇嫩的皮肤照得通红。这一片红光，不由得使人想到末日来临，让人觉得阴森恐惧。她巨大的身影，投射在身后的墙上、天花板上。她身体前倾，颗颗钻石闪闪发亮，就像毒蟾蜍在凶险邪恶地眨眼。她把额头靠在他的太阳穴上，进入了她的故事，她眼帘低垂，把她认识艾力克·德伯维尔的过程，前前后后，叙说一遍。

第五部
饱经磨难

苔丝一时觉得，这些可怜的鸟儿和自己一样，受苦受难，不由得动了恻隐之心。人生在世，难免经受痛苦，但痛苦有大有小，对自己来说，只要把别人的看法置之度外，痛苦也并非不能忍受。

35　初夜嫌生

　　故事讲完了。其中有反复的申明，也有详细的解释。自始至终，她情绪平稳，语调一致，没有一句辩解，也没有一滴眼泪。

　　但就在苔丝喃喃讲述之时，周围的一切，面貌好似都经历了一场变化。炉条上的残火，似妖魔鬼怪，面目狰狞，居心叵测，对她的不幸，没有丝毫的同情与关心。壁炉的栅栏，慵懒地咧着嘴，仿佛对一切痛苦与不幸都充耳不闻。水壶里反射的亮光，也自顾自沉溺于绚丽的色彩，对其他事情都视而不见。周围的一切，都在可怕地反复声明，它们与此事无关。其实，自从他第一次吻她，一切都原样如初；或者不如说，所有的东西均无本质变化。但实际上，一切都变了，再也不能回到从前了。

　　克莱尔拨弄着炉火，此情此景，这个动作显得漠不相关，不合时宜；此时此刻，他一时语塞，没能领悟其中滋味。拨完残烬，他站起身来；这时，她披露的秘闻所产生的威力，才逐渐发作。他的脸一下子苍老憔悴了。他在地上，一阵接一阵，胡蹬乱踏，奋力收拾起思绪。可无论怎样，他都理不出头绪；一时，他丢魂失魄，茫然无措。终于，他开口说话了，那副腔调，那么不合时宜，那么平淡凡庸，丝毫没有了她素日里听到的那婉转轻柔的温言软语。

"苔丝！"

"嗯，最亲爱的。"

"难道我真得相信这些话吗？看你刚才说话的神气，我又不能不信。哦！看样子，你既没疯，也没傻！你的话，该是一派胡言乱语才是！可偏偏又是……我的妻子，我的苔丝，难道你就不能证明，你的确是疯了吗？"

"我没疯。"苔丝说道。

"可是——"他神情恍惚地看着她，头昏目眩，接着又说，"你为什么不早告诉我？哦，我想起来啦，你本来是想告诉我的——可是我没让你说！"

克莱尔说完这番话，又说了些别的，皆不知所云，只是例行公事般潦草虚应而已，而心底深处却早已无力瘫痪了。他背转身，走开了，然后伏在一把椅子背上。苔丝尾随而至，来到屋子中间，站在那里，无声无泪，两眼紧紧盯着他。接着，瘫软倒地，跪在他脚边，而后蜷缩成一团。

"看在咱俩相爱的分儿上，你就宽恕了我吧！"她口干舌燥，低声说道，"你我犯了同样的错误，而我早已宽恕了你！"

他没有回答，她又接着说道——

"像我宽恕你那样，你也宽恕我吧！安吉儿，我宽恕你了。"

"你——是，你是宽恕我了。"

"可你不宽恕我吗？"

"啊，苔丝，宽恕可不能这么简单交换！过去，你是那样的人，而现在，你却换了一个人。我的上帝——'宽恕'两个字，怎能用于这荒诞离奇、障目欺骗的戏法之上！"

说到这儿，他闭口不语，突然又仰天大笑，那笑声，惊悚骇人，异乎寻常，恰似发自地狱一般。

"不要笑了，不要笑了！你这样会要了我的命！"她尖声喊叫道，

"你就发发慈悲，发发慈悲吧！"

他没有回答，她满脸煞白，跳了起来。

"安吉儿，安吉儿！你那样笑，是什么意思？"她大声喊道，"你知道，你这一笑，我心里是什么滋味吗？"

他摇了摇头。

"我时时刻刻都在期望着、渴求着、祈祷着，我要让你幸福快乐！只要你幸福快乐了，我是多么地高兴，你若不快乐，我还怎能配做你的妻子！这是我内心深处的真情实感，安吉儿！"

"这个我知道。"

"安吉儿，我还以为，你真的爱我——你爱我，爱的是我这个人！如果你确实爱的是我这个人，啊，你又怎能做出刚才的样子，你又如何说出那样一番话语？这可把我吓坏了！自从爱上你的那一刻，我就下定决心，永远爱你——无论将来发生什么变故，无论将来如何忍辱受屈，因为你就是你！我不再多问。那么，你，我自己的丈夫，又怎能不再爱我了呢？"

"我再重复一遍，我一直深爱的那个女人，不是你。"

"那又是谁？"

"是另外一个女人，只是和你长得一模一样。"

闻听此言，她便知道，自己从前惧怕的不祥预感，如今终究变成了现实。现在他认为，她就是个骗子；一个貌似清纯、实则龌龊的荡妇。她看清了现实，脸色苍白，面露惧色，双颊松弛下垂，一张嘴看起来也变成了一个小圆洞。他竟然如此看待她，她心中骤然生起无名的恐惧，站立不稳，摇摇欲倒；克莱尔走上前，害怕她跌倒。

"快坐下，快坐下，"他温和地说，"你不舒服，当然了，你也舒服不了。"

她倒是坐下了，却不知道自己坐在了哪里。她脸色憔悴，面部紧绷，她那副眼神令克莱尔毛骨悚然，不寒而栗。

"如此说来，我已不再是你的人了，是不是，安吉儿？"她问道，一脸的无助，"他说，他爱的不是我，而是另外一个女人，和我长得一模一样的女人。"

一想到此，自怜之心油然而生，觉得自己受了莫大的委屈。细思自己的境况，不觉眼泪盈眶；一转身，委屈自怜之泪如决堤洪水，奔流不止。

见状，克莱尔心头一阵轻松。刚才发生的一切，对苔丝刺激极大，而她却呆滞不发，这让克莱尔担惊受怕，这份担忧，比起揭穿真相的那份苦恼，也差不到哪里。他漠然冷对，在一旁袖手等待，一直等到她那满腔的悲愤发泄出来，又独自消缓，直至那泪水狂奔的恸哭变为哭哭停停的抽噎。

"安吉儿，"她突然开口道，音调自然平缓，没有了疯狂可怕的干号恸哭，"安吉儿，我道德败坏，咱俩不可能在一起过了，是吗？"

"我还没来得及想该怎么办。"

"你放心，我不会要求你非得和我一起生活，安吉儿，现在我已无权这样做！也不会写信给母亲和几个妹妹，告诉她们咱俩已结婚，之前本想写来着；我已裁好了一个针线包，本打算在这里暂住的几天，把它缝好，现在看来，也没必要了。"

"不缝了？"

"不缝了，我什么都不干了，除非有你的吩咐——要是你抛下我，独自离去，我绝不会死缠烂打，即便你永远都不再搭理我，我也绝不会问为什么，除非你告诉我，我可以问。"

"假如我要真吩咐你做什么事呢？"

"我愿为奴，对你言听计从，无论多么悲惨可怜，甚至你让我倒地不起，舍生丧命，我都愿意。"

"你能这样说，很好。可是你现在的忘我牺牲精神与之前的自我保护态度，这两者之间，未免少了些协调，多了些矛盾吧！"

这是冲突发生之后他俩第一次说话。这些巧思妙想的挖苦讽刺，一股脑儿地扔在苔丝脸上，就像扔给狗猫一般冷酷无情，而其中微妙的尖酸刻薄滋味，她一概不能领会，只有那话语中满满的敌意，让她明白，他已是怒不可遏。她待在那里沉默不语，却不知，此刻他正将内心的爱情之火绝情熄灭。她也丝毫没有觉察，一滴泪水慢慢从他脸颊滑落，泪滴硕大，好似一架显微镜的物镜，将流过皮肤的毛孔清晰放大。与此同时，他回过味来，她的自白已经完全把他的生活、他的宇宙统统翻转过来，他拼命挣扎，试图在这全新的处境里前行。日子总得过，接下来总得做点儿什么；可做什么呢？

"苔丝，"他说道，尽量将语气放得平缓轻柔，"现在——这间屋子——我实在待不下去了。我到外面走走。"

他悄然离开房间，斟好的两杯红酒，本打算晚餐助兴，一杯予她，一杯自饮，现在两杯酒放在那里，无情无趣，无人触碰。两人婚后第一次晚餐就这样草草收场。就两三个钟头前，两人还亲亲热热，别出心裁地共用一杯，同享香茗。

他轻轻地将房门带上，就像当初轻柔地拉开一样，但这还是将苔丝从昏沉中惊醒。他走了；她也待不下去了，便匆匆裹了大衣，开了门，跟了出去，临走时还不忘将蜡烛吹灭，仿佛此一去，永不回还一般。雨停了，夜清月朗。

克莱尔信步前行，走得很慢；苔丝很快就赶上来，跟在他身后。朗夜之中，她一身浅灰，而身旁的他，通体漆黑，阴沉怕人。苔丝佩戴的珠宝，曾让她有过短暂的骄傲，现在却叫她感到莫名的讽刺与羞辱。克莱尔听到了她的脚步声，回头看了一眼，虽然知道是她赶了上来，却视而不见，无动于衷，继续往前走，走过屋前那座五孔拱桥，拱洞高阔，就像几张大张着的嘴。

路上牛马的蹄印都积满了水，雨水刚好把蹄印灌满，却不足以将其冲掉。天上的繁星，倒映在小水坑中，闪闪发亮，她从小水坑旁走过，倒影点点洒洒，一闪而过。宇宙中如此宏大的物体，倒映在水坑中竟是如此的藐小，要是没看到水坑里的倒影，她也就不会知晓，群星在头顶闪耀。

他们今天来的地方，仍与泰波塞斯同处一个山谷，只不过是往河下游走了几英里而已；这里空旷平阔，放眼望去，很容易，她便看到了他。一条路，从房门口伸展开去，蜿蜒穿过草地；顺着路，她跟在克莱尔身后，既不想追上去，更不想吸引他注意，只是默不作声、茫然若失地紧跟不舍。

苔丝无精打采地向前走，后来还是赶上了克莱尔，走在他身边，不过仍然一言不发。诚实若受到愚弄，一旦幡然醒悟，便觉得这种愚弄残忍至极，而克莱尔目前的感受，正是如此。屋外的空气，清凉爽朗，早已将他的冲动与鲁莽悄然吹散。她心里明白，在他眼里，她已毫无光彩可言，唯有原形毕露，赤裸受审了。此时此刻，岁月之神正在吟唱颂歌，连讽带刺地挖苦苔丝道——

> 看吧！
> 真实的面目一旦捅破，恩爱备至瞬间便可反目倒戈；
> 顺畅的运势一旦摧折，娇美容颜倏忽便会褪尽颜色；
> 生活，宛如一片落叶，恰似半点儿飞雨，飘洒零落；
> 那副面纱，正是无尽的悲伤；
> 那顶花冠，正是漫漫的苦楚，绵绵不绝。

他依然沉思不语，她的陪伴已经苍白无力，弱得竟无法打断或改变他思绪的流淌。她的存在已经无足轻重，终于，她忍不住开口问道：

"我到底做错了什么——我到底做错了什么！我说的每一句话，每一个字，都表示我真心爱你，丝毫没有虚情假意。你不会以为，我是在蓄意欺骗你吧？安吉儿，惹你生气的，都是你自己在头脑中想象编造出来的，我可不是那种人。哎呀，我真不是那种人，真不是你想象中的那种骗情盗爱的女人！"

"哼——不错，我的妻子，不会骗人，只是这前后已不再是同一个人了。不，不是一个人了。请你好自为之，不要让我责备你。我已对天发誓，不责备你；我也会想尽一切办法，不责备你。"

恍惚迷离之中，她依旧苦苦央告恳求，为自己辩解，却适得其反，有些话，说了还不如不说。

"安吉儿！安吉儿！那时我还是个孩子啊——那事发生的时候，我还是个孩子啊！男人的事，我一点儿都不懂。"

"与其说你罪孽在身，不如说别人犯罪造孽，强加于你，这一点，我承认。"

"这么说，你是不会宽恕我了？"

"我可以宽恕你，可这不是宽恕不宽恕的问题。"

"你还爱我吗？"

这个问题，他没有回答。

"哦，安吉儿，我母亲说，这种事也常有！她就知道好几桩，女方的情况比我的还糟糕，可男方也没太当回事——最起码都慢慢看开了。她们对丈夫的爱，可远远没我爱你爱得这么深切。"

"不要说了，苔丝，不要辩解了。社会地位不同，礼俗规约便不同。听了你这番话，我不得不说，你只是一个不懂事的乡下女人，世俗事理，你还没入门道，你甚至都不明白，你这是说的什么话。"

"论地位，我是一个乡下人，看渊源，我却另有来头！"

她一时冲动，不由得恼怒了，可这恼怒，旋即便消失的无踪无影。

"对你来说，这真是糟糕透顶。我倒是觉得，那个把你们家世门第翻腾出来的牧师，要是闭上他那张嘴，反倒更好。你们家族衰败，这不禁让我想到了一些别的事情——你意志不坚。家族的没落表明了思想的腐朽与经营的颓败。苍天，你为何要告诉我你的身世，让我有了把柄，更加鄙视你！我原本以为，你是大自然的新生儿女，可哪承想，你却是一个衰败没落的贵族遗留下来的破落户。"

"还有很多人家，情况和我们家一样，现在都衰败没落了！莱蒂家原来是大地主，挤奶工贝雷特家也是。德比豪斯家曾是富甲一方的德·巴尤大家望族，现在不也沦落到赶大车了吗？像我这种情况的人家，在咱们郡，一抓一大把，现实情况就这样，我又有什么法子！"

"所以这个郡就更糟了。"

所有的责备，她都一股脑儿全盘接受，根本无心顾及详情细节，她只知道，他不再像从前那样爱她了，除此以外，她一概漠不关心。

他俩又各自无言，只是信步游荡。后来听人说，那天深夜，井桥有个农户出门去请医生，在草地上遇到了一对情人，一前一后，缓慢行走，一句话也不说，跟送葬似的。他偷眼瞧了一下，两人脸色都不好，满脸的焦虑与忧伤。返回途中，在同一片草地，他又看到了两人的身影，依旧像刚才那样，缓慢僵直地走着，丝毫不顾夜深风冷。一心只想着家里的病人，根本没心思去管闲事，那人也就没把这件稀奇古怪的事放在心上，事后好久，他才回想起来。

就在那个农户的来去之间，她曾对丈夫说——

"我看，只要我活着，你一辈子都得痛苦不堪。下面就是河，我就此了结算了。我不怕死。"

"我已经做了不少蠢事，我可不想再无端增加谋杀的罪名。"他说道。

"我会留下证据，证明我是自杀——因耻辱而自杀的，这样，他们就不会把罪名加到你身上。"

"别再说啦，真是荒谬愚蠢至极，我可不想听这些。事情到了这步田地，竟还有这样的想法，简直是胡闹；这不是凄婉的悲剧，而是辛辣的嘲讽。你一点儿都不明白这场不幸的性质。这要是让人家知道了，十有八九都会笑掉大牙。求你听我一句，赶紧回去睡觉！"

"好。"她顺从地说。

他俩漫无目的，在路上游荡。那条路，通向磨坊后面的西斯特修道院遗迹，这座修道院在周围地区尽人皆知，而那个磨坊，过去几百年间，一直归修道院所有。食物永久需求，磨坊依然运转；修道院却已破败损毁，信仰转瞬即逝。我们总是看到，暂时的需求，永远有人提供；永久的需求，却往往一时中断。其实，那天晚上，他俩只不过是在周围绕来绕去，转了一晚上，离房子却并不是很远。她听从他的指挥，往回走，只要过了那条河上的大石桥，再沿路向前走几码就到了。很快，她便回到屋里，炉火依旧燃着，屋里的一切与她离开时一样。她在楼下稍停片刻，就上楼进了自己的房间，行李早已放到那里了。她坐在床沿上，茫然四顾，随即便开始宽衣解带。她把蜡烛拿到床头，烛光照在白布帐顶上，见里面好像挂着什么东西，她便把蜡烛举起来，仔细看看究竟是什么。那是一束槲寄生，她一下子明白过来，这一定是安吉儿挂在那儿的；原来，收拾打包的时候，有个包裹，既不好装也不好运；那个包裹里到底装的什么，安吉儿没告诉她，只是说到了就知道了。那是他感情热烈、心里快活的时候挂在那儿的。可这束槲寄生，现在看上去，是多么愚蠢讨厌、多么不合时宜啊！

无论如何克莱尔都不可能回心转意了，既然如此，就没有什么可怕的了，也没有什么可盼的了，她精神麻木，感觉迟钝，索然睡下。悲伤绝望之时，就是困倦睡意乘虚而入之机。很多时候，心情愉悦反而不易入睡，现在的心情，她却轻松睡去。不一会儿，孤独的苔丝就忘却了一切，进入了梦乡。房间寂静无声，微香弥漫，这房间很有可能从前也做过她祖先的新房呢。

那天深夜，克莱尔同样沿着原路回了屋子。他轻轻走进客厅，点上蜡烛，房间里有一张旧的马鬃沙发，他便把几床毯子铺在上面，简单做个睡觉的小床。从这一系列行为举止可以看出，他已将此事考虑妥当。睡下之前，他赤着脚走到楼上，在苔丝房间的门口听了听。她呼吸均匀，已经睡熟了。

"感谢上帝！"克莱尔嘟囔着说道，转念一想，一阵辛酸苦楚不觉涌上心头——她现在了无牵挂，安然睡去，却把一生的重担移到了他的肩上，他这想法，即便不完全符合事实，也是大致如此。

他转身打算下楼；继而又游移不定，慢慢转过，面朝苔丝门口。转身之际，抬眼看见了德伯维尔家两位贵夫人画像中的一个，那幅画像正好镶在苔丝卧房门口上方。烛光中，那幅画像更加叫人莫名生厌。那女人的脸上，暗藏着阴险狡诈的神气，显露出对男人满腹怨恨，一心报仇的凶相，看了画像，他当时就是这种感觉。画像上女人穿着查理时代的长裙，低领露胸，正好与苔丝穿的那件将领子掖进去，好露出项链的衣服一样。他便又觉得苔丝和那个女人有相似之处，心中难过万分。

这足以令他止步不前。于是，他退回来，下了楼。

他神情镇定冷酷，那张嘴紧闭着，表明他有主意、自制力强；他表情冷峻可怕，那是苔丝自我表白以来，他脸上新增的神情。男人有了这种神情，就不再是感情的奴隶，但是也没有从感情的解放中得到什么好处。他只是在那儿思考，人生在世，肝肠寸断之事时有发生，悲惨意外，瞬息万变，世事难料。他一直崇拜苔丝，长久以来，他都认为，不可能再有谁会比苔丝更纯情、更甜蜜、更贞洁的了；可就在一个钟头以前——

差之毫厘，竟是天壤之别！

他心中暗自思量，苔丝表面诚实纯真，实际却是表里不一，其实他这样认为是不对的；不过没人为苔丝辩护，纠正克莱尔的错误。他接着又说，眼里的神情与嘴里的话语，别无二致，但是心里想的，却与表象大相径庭，全然相反；真想不到，居然有这样的事情！

他熄了灯，在客厅那张小床上躺下来。夜色飘入客厅，弥漫开来，对他们的事一点儿也不关心，丝毫也不同情；黑夜吞噬了他的幸福，正懒懒地将其消融；黑夜还准备吞噬其他千千万万人的幸福，而且那么从容不迫，那么神态自若。

36　情断义绝

黎明时分，光线灰白惨淡，透着几分鬼祟，仿佛背地里干了罪恶的勾当。克莱尔翻身起床，壁炉里一堆灰烬，早已熄灭；餐桌铺设停当，上面放着两杯葡萄酒，满满的，没人喝，已经走了味，变得混浊不清；她的椅子空着，没人坐，他的也空着；屋内其他家具，也一副爱莫能助的样子，一个劲儿地追问：怎么办，怎么办？直问得人心烦意乱。楼上依然寂静无声；过了几分钟，传来一阵敲门声。他想起来，必定是附近那家农户的妻子来了，他与苔丝在这儿的饮食起居，皆由她来照管。

此时此刻，家里若有外人，必是极其尴尬，于是他穿了衣服，打开窗户，告诉那个女人，那天早晨他们自己可以安排妥当，她就不用来了。她拿来一罐牛奶，他让她放在了门口。等那个女人走了，他便到屋后寻了柴，生了火，动作干净利落。食品间储存着鸡蛋、黄油、面包等，应有尽有。很快，克莱尔就把早餐摆到了桌子上，在奶牛场的锻炼，这些家务活儿，他已驾轻就熟。壁炉里火光熊熊，燃起烟气滚滚，顺着烟囱升腾，冒出一柱青烟，顶端扩散，状如莲花；当地人从屋旁经过，见了炊烟，便联想起这对宴尔新婚，欢享幸福甜蜜，不觉生出几多羡慕，几多赞美。

安吉儿最后又扫了一眼周围，确保一切停当，然后走到楼梯口，冲上面喊道——

　　"早饭准备好了！"那声音中规中矩，妥当贴切。

　　他开了前门，走进早晨清新的空气中，来回踱了几步。随即，他又回到屋里，这时候苔丝已经穿戴整齐，来到了起居室，正机械地重新布置早餐的杯盘。他叫她起床，只不过才短短两三分钟，而现在她却穿得整整齐齐，叫她之前，她必早已穿戴妥当，或是差不多如此了。她把头发盘成了一个大圆髻，绾在脑后，穿了一件崭新的长裙——一件淡蓝色的呢绒大衣，领口镶着白色皱边。她的手和脸看起来冰凉，很可能是坐在没生炉火的房间里穿衣服的时间太长了。刚才克莱尔叫她的语调，温文尔雅，她听了，心中不由得重新生起一线希望。但一看见他的神态，希望便旋即消逝一空了。

　　这两人，先前就像一团烈火，而现在却只剩一堆余烬，这就是残酷的现实。昨晚还是热辣辣一屋悲痛，今晨却是悲沉沉满腔抑郁；似乎再也没有什么东西，能够把他俩的激情重新点燃，使他俩的深情恢复如初了。

　　他说起话来温顺和气，她回答起来也喜怒不露。后来，她走到他跟前，凝视着他那棱角分明的脸，好像突然没有了意识，不知道自己的脸也有血有肉、有形可见。

　　"安吉儿！"她话一出口，随即止住，然后伸出手指，轻轻触摸，柔得如微风拂过，仿佛她很难相信，这个曾经爱过她的人，正活生生地站在她的面前。她的眼睛依然光泽明亮，灰白的脸颊仍像往日那样丰润饱满，不过半干的眼泪已经在那儿留下了痕迹，斑驳可见；往常那丰满成熟的嘴唇，也几乎与脸颊一样苍白。尽管她心房依旧跳动，生命仍然不息，但在内心悲伤的重压之下，她生命的搏动也已断断续续，只要再加一根稻草，她真就不堪重负，病来山倒了，那传神达情的眼睛就要失去光彩，那丰润饱满的红唇就要瘦削干瘪。

她的神情态势，纯洁无瑕，无可比拟。大自然异想天开，设下诡计，荒诞离奇地在苔丝脸上印刻了清纯处子的标志，安吉儿傻傻地看着她，一时呆在那里。

"苔丝！告诉我，那不是真的！不，不是真的！"

"是真的！"

"句句属实？"

"句句属实。"

他怔怔看着她，满眼哀求，仿佛情愿从她嘴里听一句谎话，明知是谎话，可还是甘愿借助诡辩欺骗自己，把那句谎话当作真言。可她只是一遍遍地重复着说——

"是真的。"

"他还活着吗？"

"孩子死了。"

"那个男人呢？"

"他还活着。"

最后的一丝希望也破灭了，克莱尔满脸绝望。

"他在英国吗？"

"是。"

他茫然不知所措，只是在地上走来走去。

"我的社会地位——是这样的，"他突然说道，"我想——换了别人也会这么想——我放弃了所有的野心，放弃了赢得一位有地位、有财富、有教养的女子的芳心，我想我总可以娶一位娇艳美丽、质朴纯洁的妻子；可是——唉，我不责备你了，不了。"

苔丝对他的社会地位了如指掌，所以剩下的话自不必说。让人心痛不已的正是这一点；她看得出，无论哪方面，吃亏的总是他。

"安吉儿——当初我之所以答应嫁给你，就是因为我知道，毕竟还有最后一条出路让你脱离苦海；尽管我不希望你这样做——"

她的声音变得嘶哑。

"最后一条出路？"

"我是说，最后一个办法，可以摆脱我。你可以摆脱我呀。"

"怎么摆脱？"

"和我离婚呀。"

"我的天哪——你怎么这么简单呀！我怎么能和你离婚呢？"

"不可以吗——现在我不是都告诉你了吗？我想我的自白就是你离婚的理由。"

"哎，苔丝——你也太、太——太孩子气——太幼稚——太浅薄了。我都不知道该怎么说你好。你根本不懂法律——不懂！"

"什么——你不能离婚吗？"

"我确实不能离婚。"

瞬间苔丝羞愧交加、痛苦万状，脸上的神情，复杂难辨。

"我原本以为——我原本以为，"她低声默念，"啊，现在我明白我是多么邪恶了！相信我——相信我，我发誓，我从来都没想到，你不能和我离婚！我曾经希望你不会和我离婚；可我又相信，从来都没怀疑过，只要你打定了主意，只要你不——不——不再爱我，你就可以把我抛弃！"

"你想错了。"他说道。

"啊，这么说来，我昨晚就应该做个了断，做个了断！可是我又没有勇气。唉，我这人，就是这样！"

"你没勇气干什么？"

她没有回答，于是他抓住她的手，问道。

"你想干什么来着？"

"结束我的生命啊！"

"什么时候？"

他如此追问，她便退缩了。"昨天晚上。"她回答说。

"在哪儿？"

"在你挂的那束槲寄生下面。"

"我的天哪！用什么法子？"他严厉地问。

"要是你不生气，我就告诉你！"她退缩着说，"用捆箱子的绳子。可到了关键时刻，我……我又胆怯了！我担心，这会给你招来丑闻，辱没了你的名声。"

这段供词是逼问出来的，并非她主动交代的，供词中出人意料的情况，很显然震惊了他。他仍旧拉着她，盯在她脸上的目光，慢慢移开，低垂下去，然后说道：

"好啦，现在你听着。你绝不能再去想这些可怕的事啦！你怎能有这种想法呢！你得向我、你的丈夫保证，以后不再想这种事。"

"我愿意保证。我现在知道那样做很不好了。"

"非常不好！坏得无法形容。"

"可是，安吉儿，"她又开始辩解，把眼睛睁得大大的，平静安详，根本不在乎他的想法，"这完全是为你着想啊——这样你就可以摆脱我，重获自由，同时又不会落下离婚的骂名。要是为了我自己，我做梦也不会想到那个。不过，死在我自己的手上，毕竟又太便宜我了。应该是你，被我毁掉前途的丈夫，亲手把我了断才是。既然你已走投无路，要是你亲自动手，要了我的命，我觉得我会更加爱你，如果我还能更加爱你的话。我现在觉得，自己一文不值！我就是你人生道路上的一块绊脚石，一块大大的绊脚石！"

"嘘！"

"好吧，既然你不让我说，我就不说好啦。我绝不会跟你反着来。"

他知道这是实话。昨晚她疯狂绝望，而后重归平静，现在不必再担心她会采取轻率鲁莽的极端行为了。

苔丝又去安排早餐，好让自己忙起来，以化解尴尬与窘迫，这多少有点儿效果。他俩在餐桌同一边坐下来，这样就不至于四目相对了。一开始，他俩听见彼此吃喝的声音，感觉有些别扭，但这也在所难免；幸而他俩都吃不多。吃完早饭，克莱尔站起来，告诉苔丝什么时候回来吃午饭，就出门去了磨坊，呆滞地按照原计划去考察他的生意，这也是他来此唯一的实际理由。

他出了门，苔丝站到窗前，很快便看见他上了大石桥，朝磨坊走去。然后下桥，穿过铁路，不见了。连口气都没叹，苔丝便把注意力转向室内，开始收拾桌子，整理房间。

不久，女佣来了。有她在房间里，苔丝最初感觉很不自在，不过后来反而觉得有些许的慰藉与解脱。十二点半，她留下女佣，离开厨房，回到起居室，等着安吉儿从桥那边回来。

大约一点钟，安吉儿出现了。虽然还隔着四分之一英里，但苔丝远远地看到了他，不觉脸红心跳。她跑进厨房，吩咐说，他一进门就开饭。进门之后，他先去了前天两人一起洗手的房间；他一进起居室，餐盘的盖子正好打开，仿佛是他进来亲手打开的一样。

"真准时！"他说。

"是。我看着你过了桥。"她说。

吃饭时，他只谈些普通平常的话题，比如一上午他在寺院磨坊里都干了些什么，上螺栓的方法和老式的机械等，他还说，恐怕现代机器改良了磨面方法，恐怕那些旧机械不会给他太多启发，有些机械似乎还是当年给隔壁寺庙的和尚磨面时就用的，而现在那座寺庙早已成了一堆瓦砾。吃完饭不到一个钟头，他又出门去了磨坊，直到黄昏才回来，整个晚上都埋头忙于那些资料。她唯恐妨碍他，所以等那个老女人走了以后，她又回到厨房，尽量在那儿待着，足足忙了一个钟头。

克莱尔出现在门口。

"你不必干那么多活，"他说，"你不是我的仆人，你是我的妻子。"

她抬起眼，神色有几分开朗。"我可以自认为是你的妻子吗？"她低声说，语气中透出几分可怜与自嘲，"你指的是名义上的！唉，我也不能指望太多了。"

"你可以这样想，苔丝！你本来就是我的妻子。你刚才的话是什么意思？"

"我不知道，"她急忙回答，说话时带着哭腔，"我想我……我的意思是说，我不够体面。很早之前我就告诉过你，说我不够体面……正是因为那，我才不愿嫁给你，可是……可是你偏偏逼着我！"

说到这里，她背过身去，又呜呜咽咽地哭起来。要是换了别人，看到这种情况，都会回心转意，然而安吉儿·克莱尔做不到。别看他平时温柔多情，但在内心深处，却隐藏着长久以来沉淀下的一条顽固逻辑定律，就像松软的土壤里埋藏着的金属矿脉，无论什么东西，想要横穿而过，都得折锋断刃。正是这一脾性，阻碍了他接受教会；也正是这一脾性，阻碍了他接受苔丝。而且，他的情爱看似光彩照人，其实并非熊火烈焰；对于女性，一旦失去信任，他便放弃追求；在这方面，他与那些感情柔弱的人，形成了鲜明对照，那些人，虽然在理智上鄙视一个女人，但是往往在情感上，却迷恋不舍。他就在那儿袖手等待，一直等到她哭够了。

"我真希望，英格兰的女人，能有一半像你一样，这么体面高尚。"对普通女性，他莫名地发了一阵牢骚，接着又说道，"这不是体面不体面的问题，而是一个原则问题。"

他对苔丝说了如此一番话，还补充了些类似的；当时，他仍旧深受反感浪潮的冲荡与支配；一个人，原本直率坦荡，可一旦发现自己被华丽的外部表象所欺骗愚弄，他必然要产生反感，这种反感也就必然导致扭曲的看法。其实，在这股浪潮之中，还潜藏着一股同情的暗流，一个通达精明的女人本可以利用这一点重新将其俘获。但是苔丝不会想到这些；她觉得，这一切都是她应该接受的惩罚，只是默默独自吞下，几乎没开口说过一句话。她对安吉儿忠心耿耿、坚定不移，这简直让人觉得可怜；虽然苔丝天生脾气急躁，但是无论安吉儿说什么，她从未发怒失态；她完全不顾自己，任由冒犯，从不恼怒；无论安吉儿怎样对待她，她都不愠不火。苔丝就像圣徒宣扬的博爱，又回了这自私自利的现代人间。

这一天从傍晚到夜间，从夜间再到早晨，都和前一天一样，分毫不差地蹉跎而过。有一次，也只有这一次，苔丝，犹如从前自由独立的苔丝，曾经勇敢地尝试去改善关系。那是他吃完饭，第三次动身前往面粉厂。他起身离开餐桌，对苔丝说了一声再见，她也起身道别，与此同时，将那唇朝着他的唇，微微倾去。苔丝投来的情，他却未能报之以意，就匆忙转身，扭向一边，嘴里只是说——

"我会准时回来。"

如同挨了当头一棒，苔丝立即缩了回来。曾经有多少次，他不顾她的同意，想去吻这两片唇，曾经有多少次，他快活地说，她的嘴唇，她的呼吸，有黄油、鸡蛋、牛奶、蜂蜜的味道，他可以从那儿得到滋养，还有诸如此类的傻话。而现在，这两片唇，对他而言，已是索然无味。克莱尔见她突然退去，便温和地说——

"你要知道，我得想个办法。现在咱俩不得不待在一起，住上几天，要是很快就分居，会给你带来流言蜚语。不过你要明白，这只是权宜之计，完全是为了顾全面子。"

"是。"苔丝心不在焉地说。

克莱尔出门走了，在去磨坊的路上，偶然停下来，站了一会儿，心里后悔，刚才没对她温柔一些，最起码应该吻她一下。

苦闷绝望之中，他俩熬了一两天。不错，他俩是住在同一屋檐下，可是两人的关系还不如两情相悦之前，现在是那么疏远，那么陌生。她心里明白，正如他自己所说，他的生活，已完全瘫痪，正绞尽脑汁，努力想出一条妥善之策化解眼前的僵局。苔丝发现，他外表柔风细雨，心中却坚如磐石，每想到此，她都胆战心惊。他这份坚定，的确太残酷，太伤人心。现在她不再奢望宽恕。她不止一次地想，克莱尔出门去磨坊时，就狠下心来，离开他，一走了之；但苔丝又担心，此事一旦张扬出去，不仅对他没有什么好处，反倒给他带来诸多麻烦与羞辱。

同时，克莱尔也陷入沉思。其实，他的沉思一直就没有间断过；冥思伤心，让他病倒；苦想劳神，使他消瘦；思虑过度，令他憔悴；冥思苦想，把他折磨得没了家庭生活的情趣。他走来走去，嘴里不住地念叨"怎么办——怎么办？"苔丝一直对两人的未来保持沉默，偶然听见他的话，便打破沉默开口说话了。

"我想——你是不打算长久——和我住在一起了，是吗，安吉儿？"她问道，说话时脸上保持镇静，但是嘴角一直向下耷拉着，这说明，她脸上的镇静完全是机械地装出来的。

"我不能和你生活在一起，"他说，"要是那样做了，我会瞧不起我自己，更糟的是，或许我也会瞧不起你。当然，我是说，我不能按照通常的理解和你生活在一起。目前，无论我感受如何，我都不会鄙视你。明说了吧，要不然恐怕你还是不明白我所有的难处。只要那个男人还活着，我怎能和你生活在一起呢？——实际上，他才是你丈夫，不是我。要是他死了，还可另当别论——还有，这并非问题的全部；还有另外一个问题，也不得不考虑——这个问题不仅关系到我们两个人，它还关系到其他人的前途。想一想，几年以后，我们有了孩子，这件事要是让人知道了——当然，人家肯定会知道的。纵然是天涯海角，也总有人从那里来，有人到那里去。唉，想一想吧，我们的亲生骨肉，那些小家伙儿，在别人的冷嘲热讽中长大，随着年龄增加，逐渐懂事，他们该有多痛苦！等他们明白过来，该有多难堪！他们的前途该有多黑暗！要是你仔细考虑过这些问题，凭良心说，咱们还能生活在一起吗？难道你不觉得，咱俩最好还是忍受这一切痛苦与屈辱，不要再累及他人了？"

原本已是千愁万绪，压得她的眼皮重重下垂，闻听此言，她的眼皮垂得更低了。

"我不会要求和你生活在一起，"她回答说，"我不会这样要求；以前我从来没想这么远。"

我们不得不说，苔丝到底是个女人，一直巴望着两人的爱能破镜重圆，这种企盼是那么强烈，那么执着，心中不觉暗自生出一丝幻象：只要同处一室，整天耳鬓厮磨，相依相伴，时间久了，他那份理性的冷淡便会消融，感性的温柔便会升腾。即便苔丝像平常说的那样，天真纯朴，不谙世故，但也不至于智力发育不全；要是她不再凭本能就知道亲密接触的力量，那她真的就枉做女人了。苔丝心里明白，如果这样做再不行，那别的法子就更没用了。她曾对自己说，用计谋、耍手腕，万万不可，但是那份希望与企盼在她心中却未曾熄灭。克莱尔已经做了最后表态，正如她所说，那是一个全新的观点，以前从未想到。她实在没想那么远，也没考虑那么周全；他描绘的图画，一下展现在她面前，清晰明了：他们会生儿育女，儿女将来会瞧不起她；她本就心地善良、忠厚老实，听了这一番话，便觉得合情合理。全凭经验，她已经懂得，有时候，无论好歹，放弃生活，比美好生活更美好。如同受过磨难、预知未来的人一样，她听到了苏里·普鲁敦说的话"你要下世为人"，这是以命令宣读的判决书，尤其是，这判决书，是对着她未来的儿女宣读的。

自然女神就是这样，有时候像狐狸一样狡猾；苔丝深深爱着克莱尔，这份爱蒙蔽了苔丝的双眼，竟让她忘了，两人生活在一起，可以诞生新生命，还可以把自己悲叹的不幸施加到别人身上。

因此，苔丝觉得，克莱尔的观点无可辩驳。然而克莱尔生性敏感，天生有自我争论的癖性，这时他自己心中，却生出了一种辩驳之词，几乎害怕苔丝真的会拿这种辩词来反驳他。这种辩词仰仗的是苔丝完美丰韵的身材；苔丝若利用这一点，完全可能力挽狂澜。除此以外，她还可以说："我们可以远远地离开这里，去澳大利亚的高原，或者得克萨斯的平原，这样一来，谁会认识我们？谁会在乎我的不幸？谁还会来责备我？"但是，和大多数女人一样，苔丝接受了克莱尔当下的观点，认为那是一种必然，无法避免。或许她做得对。靠直觉，女人不仅能感知自己的苦楚，而且也能感知丈夫的苦楚；陌生人或许指责克莱尔，或许指责他的儿女，这些指指点点单凭想象就能清晰地浮现在眼前，即使外人不说，克莱尔那敏感怪癖的头脑里也满是责备，充斥双耳，久久不绝。

这是他俩产生隔阂而彼此分居的第三天。或许有人可以冒昧地这样说，这句话既自相矛盾又怪异反常：他的兽性越强烈，他的人格就更高尚。我们可不这么说。然而毫无疑问，克莱尔的爱情虚幻缥缈，空灵超凡，偏于想象，脱离现实。天性如斯，有时候深爱之人近在眼前倒不如远在天边更具吸引力；爱人远在天边，他可以发挥想象，创造出一个理想的人来，将真实的缺点抹去。苔丝发现，她的人格魅力，已经不像她期望的那样，成为她强有力的辩解了。那个比喻的说法真是生动形象：她是另外一个女人了，已不再是激起他的爱欲的那一个女人了。

"你说的，我已经反复考虑过了，"苔丝说，食指在桌布上比画着，另一只手托着额头，手上的戒指，仿佛在嘲笑他们两个，"你说得完全对，肯定是那样的。你是得离开我。"

"可是你怎么办呢？"

"我可以回家。"

这一点，克莱尔倒真没想到。

"真的吗？"他问。

"千真万确。既然要分，何不早做了断。你曾经说过，我很容易讨男人欢心，让他们失去理智；要是我总在你眼前晃来晃去，你会把持不住，违背理智与愿望，改变主意；真要那样，你的悔恨，我的悲伤，将来会更加惨痛。"

"你愿意回家吗？"他问。

"我愿意离开你，回家。"

"那就这么办吧。"

闻听此言，苔丝虽没有抬头看克莱尔，但心头不觉一颤。提出建议是一回事，而应允实行又是另一回事，而且她觉得，他答应得也未免太快了一点吧。

"我早就担心会走到这步田地，"她嘟囔着说，不动声色，一脸顺从，"我不抱怨，安吉儿。我……我觉得，这是最好的办法。你的话，完全在理，我完全信服。你说得对，如果我们住在一起，尽管不会有外人谴责我，但是日子久了，指不定什么时候，你可能会因为生活琐事生我的气，说不准就把过去的事情抖搂出来，有可能让外人听见，也有可能让咱们的孩子听见。啊，现在我只是伤心悲痛，可到那时，我一定会受尽折磨，凄苦丧命！我得走——明天就走。"

"我也不在这儿住了。尽管我不愿意先提这件事，但是我看得出来，我们还是分手得好——至少分开一段时间，等我把情势看清楚，我会给你写信的。"

苔丝偷偷看了一眼丈夫，只见他脸色苍白，身子颤抖；见此情景，苔丝与往常一样，不由得惊恐万状，因为她嫁的这个温柔绅士，心底深处隐藏着坚毅决断——这种坚强意志，让感情由粗俗鄙陋变为细致微妙，由物质实体转为抽象概念，由鲜活肉欲化为空灵精神。他的想象支配着一切，犹如暴虐的狂风扫卷枯叶，一切癖好、倾向、习惯都一扫而光。

克莱尔或许注意到苔丝看他，转而又解释道——

"熟人亲友，一旦不在身边的人，我就会更加想起他们的好，"接着又玩世不恭地补充道，"只有上帝才会知道；也许将来有一天，我们都过腻了，就又凑合到一块儿过日子啦。这芸芸众生，不都是这样吗！”

克莱尔当天便开始打点行囊，她也上楼收拾行李。两人都知道，彼此心中都明白，明早一别，便后会无期。两人收拾行李时，头脑中闪过种种猜想臆测，来宽慰自己，他俩都认为，永久别离就意味着痛苦折磨。他知道，她也知道，彼此吸引对方的魅力——对苔丝来讲可不是靠博学多才——在刚分开的前几天，或许比以往更强烈，可日久天长，时间一定会慢慢将其消磨殆尽；一旦分离，克莱尔头脑就会更冷静，眼光也会更长远，那些务实真切的想法——不能与苔丝同居一室，也就会更加清晰明了。而且，两个人一旦分离，那就意味着抛弃了共同的居所与共同的环境——新的蓓蕾便会在不知不觉间生长，将彼此腾出的空白填补占据；意外之事，始料不及，妨碍着原本的打算，自然而然，旧日的计划，也就渐渐忘却了。

37　午夜梦游

轻轻地，午夜来了；静静地，午夜又去了。弗卢姆谷里没有教堂，也就听不到钟声的报时提醒；这里昼夜更迭，悄无声息。

午夜时分，曾是德伯维尔家族府邸的那处农舍里漆黑一片。刚过凌晨一点，里面却传来一阵嘎吱嘎吱的声响。苔丝睡在楼上，听见声响，从睡梦中惊醒。声音是从楼梯拐角处那几个台阶传来的，拐角处的台阶，通常很难钉紧，也就容易松动。苔丝醒来后，看到自己寝室的房门开了，丈夫的身影出现在门口，然后穿过一道雪白的月光，迈着莫名其妙的步伐，小心翼翼，走了进来。他身上只穿了衬衣衬裤，苔丝见状，心头不由得一阵欢喜，可仔细一看，只见他直勾勾大瞪着双眼，眼里一片空洞茫然，她的欢喜便转瞬消逝。克莱尔走到屋子中间，立在那里不动了，嘴里嘟嘟囔嚷，语气里透出无限的凄苦悲伤，莫可名状。

"死了！死了！死了！"

一旦受到强烈刺激，克莱尔有时候就会梦游，甚至还会做出一些奇异惊人的举动；比如，结婚之前，他俩从市镇上回来的那一天，到了夜间，他就在房间里，与侮辱苔丝的那个男人打了起来。苔丝看出来，近日持续不断的打击与苦痛，把克莱尔折磨得神情恍惚，夜里便起来梦游了。

苔丝对克莱尔忠诚信任，深爱在心，无论克莱尔是睡着了还是醒着，她心中都毫不惧怕。即使克莱尔拿着手枪进来，那份信任也分毫不减，她总是相信，他一定会保护她。

克莱尔走到她跟前，弯下腰。"死了！死了！死了！"他嘟嚷着说道。

良久，他痴痴地注视着苔丝，眼中充满了无限悲伤；之后，他又俯低身子，将她抱在怀里，用床单裹了，就像是用裹尸布包敛尸体一样。接着，他就像对待逝去的人一样，心中满是尊敬，将苔丝从床上抱了起来，嘴里嘟嚷着——

"我可怜的、可怜的苔丝——我最亲爱的心肝宝贝！你是如此甜蜜，这般善良，那样真诚！"

这些甜言蜜语，他醒着的时候，是绝对不肯说出口的，这在苔丝那颗孤苦凄凉、饥渴难耐的心听来，其中的甜蜜滋味，真正无以言表。就是拼着本已厌恶的性命不要，她也绝不肯动一下，挣扎一下，唯恐这一动，会打破她目前所处的境界。她一动不动，就这样躺着，大气也不敢出一口，心里琢磨着，他究竟要抱着她干什么去。她就这样忍着，让他把自己抱到了楼梯的平台。

"我的妻子——死了，死了！"他说。

他抱着苔丝靠在楼梯栏杆上，停了一会儿。他是要把她扔下去吗？苔丝早已将自我安危置之度外，她心里清楚，克莱尔已经策划妥当，明天一早就离开这里，可能今生今世再也不能相见；接下来会发生什么，难以预料，尽管摇摇欲坠，危险重重，但苔丝就这样躺在他的怀里，非但心无惧怕，反倒觉得这是一种奢华享受。要是两人一块儿摔下去，都摔得粉身碎骨，那该多好哇，该多么称心如意啊！

然而他并没有把她扔下去，而是借势楼梯栏杆的支撑，在她的嘴唇上——白天他根本不屑一顾的嘴唇上——吻了一下。接着又重新把她抱紧，下了楼梯。松动的楼梯发出嘎吱嘎吱的声响，也没惊醒克莱尔，他们安全走下楼，来到地面。随后他腾出一只手，拉开门闩，走出门外。他只穿了袜子，出门时脚指头在门边轻轻碰了一下。但是他似乎并没觉察。到了门外，有了施展手脚的空间，他便把苔丝靠在肩上，这样就更好抱了。身上没穿多少衣服，这给他减轻了不少负担。他抱着苔丝，离开房屋，朝几码外的河边走去。

假如这番折腾他有自己的意图，那又是什么呢？苔丝猜不出来，她在那儿独自揣度，仿佛是个局外人。她已经坦然地把自己完全交给了克莱尔，看着他把自己全然当作私有财产随意处置，苔丝反倒高兴起来。明天的分离，给苔丝带来无尽的恐惧，压在心头，久久不去，令她黯然神伤。苔丝觉得，克莱尔现在真正承认了她是他的妻子苔丝，并没有弃她而去，这给她带来了些许的安慰，即便他斗胆利用承认是夫妻的权利，去伤害她，也是对她的一份安慰。

啊！现在她知道他做的什么梦了——那个周天早晨，克莱尔把她和另外几个挤奶姑娘——抱过水洼；那几个姑娘也和她一样深爱着克莱尔，假如有这种可能的话，不过苔丝可不承认这一点。克莱尔并没有把她抱过桥，而是抱着她，在河这边继续走了几步，朝附近那座磨坊走去，到后来，就在河边站定，不走了。

草地平阔，绵延几英里，河水曲曲折折蜿蜒前行，顺势恣意漫流；静水缓流，分分合合，时而分道扬镳，将草地分割成许多无名洲渚，迂回环抱；时而又分而复合，汇聚成一条宽阔的大河，浩瀚向前。此时，克莱尔面前正是众流汇合之处，河水宽广幽深。河上有座木桥，以济行人；秋水丰盈，泛滥而下，将桥上栏杆裹挟而去，只留独木桥板，形影相吊；桥下水流湍急，离桥面仅几英寸，即便头脑清晰、步伐稳健之人过桥，也不免头昏眼花、心惊胆战；白天苔丝倚窗闲眺，见有年轻人从桥上走过，争相展现其平衡技艺。丈夫或许也亲眼见过这同样的表演。不管怎样，现在他已经滑步向前，走上这座独板窄桥，向前走了。

克莱尔是要把她扔到河里淹死吗？大概是吧。这里偏僻无人，河水深阔，淹死一个人，易如反掌。要是他愿意，就随他去吧；淹死在此，总比明天凄然离散，各自天涯要好吧！

脚下，激流奔涌，漩涡四起，圆月的倒影，在湍流中飘摇颠簸，忽而被抛上浪尖，揉作一团，忽而被掷入漩涡，摔得粉碎。一团团泡沫从桥下疾驰而过，一簇簇水草缠在桥桩上，随波飘摇。此时此刻，两人彼此相拥，紧紧抱在一起，若同时跌入湍流，必死无疑；如此一来，他俩便可以毫无痛苦地离开这个世界，再也没有人责备她了，当然克莱尔也不会因为娶了她而备受责难了。要是真那样，他同她在一起的最后半个钟头，一定是对她疼爱有加的了；要是死不了，等他醒来，白天对她的厌恶，便恢复如初。这短暂的时光，只是转瞬即逝的梦幻罢了。

突然，她心血来潮，何不摇晃一下，让两人一齐跌入深水洪流，但是她不敢真那样做。她的生命，在自己心目中，是轻是重，早有定论，但是克莱尔的生命，她却无权践踏。最后，他抱着她，安全抵达对岸。

他们进入一片人造林地，这儿正是修道院的旧址，克莱尔换了一个姿势，抱着苔丝，又向前走了几步，走到了修道院教堂已经损毁的唱诗席那儿。靠北墙，停放着一口石棺，是原来一个修道院院长用过的，现在空着；到此一游者，凡喜欢在阴森冰冷中寻开心的，都到棺材里躺一躺，亲身体验一下。克莱尔小心谨慎地将苔丝放进了这口石棺，又在她的唇上吻了一下，紧跟着深深吸了一口气，又重重地呼出，仿佛完成了一桩重大心愿似的。接着他也挨着石棺躺到地上，立刻睡着了；他很累了，睡得很沉，躺在那儿一动不动，像截木头。他精神上迸发出一阵亢奋，才有了刚才一番举动，现在亢奋的劲头过去了。

苔丝在石棺中坐起身来。晚上，这个时节，虽说还算干燥暖和，但他穿得半遮半露，要是在地上躺得太久，会很危险；要是把他自己留在这里，他会一直睡到天亮，寒冷袭人，足以置人于死地。她也曾听说过，有人梦游，走到外面，因寒冷致死的事。但是她又怎敢把他叫醒呢？要是让他知道了他的所作所为，让他知道了他对她的一番痴情，所做的一番傻事，他不得觉得蒙屈受辱吗？思来想去，别无他法，苔丝只得从石棺中起身走出，轻轻地摇了摇克莱尔，但是不用力摇晃，又怎能将他唤醒？刚才，那份惊险刺激，使她兴奋不已，一时忘却了寒冷，而现在，那种幸福快乐已经消逝，身上的床单，根本挡不住寒气，她已经冻得浑身发抖。她必须得想个法子了。

她突然想起，何不劝导劝导他呢？于是苔丝凝神聚气，语气坚决果断，在他的耳边轻声说道——

"亲爱的，我们继续走吧。"说着便拉他的胳膊来引导他。克莱尔没有丝毫抗拒，完全顺从照做，苔丝见状，方松了口气；苔丝的话，分明又将他带入了梦境，似乎生出一番别样的情致，在他的幻境里，苔丝的灵魂复活了，正导引着他，升入天堂。就这样，她挽着他的胳膊，领着他走到了屋前的石桥，过了桥，就到家门口了。苔丝赤脚前行，路面冰凉，寒气刺骨，路上的石子硌得脚生疼；克莱尔穿着毛袜，似乎并没感到什么不舒服。

随后之事，一切顺利。苔丝诱导着克莱尔躺在沙发床上，给他盖得严严实实，又点上木柴，生起火，来驱走他身上的寒气。她原以为这样会把他惊醒，她内心也希望他能够醒来。可是他身心疲惫，躺在那儿，任凭折腾，就是不醒。

第二天早晨他们一见面，凭直觉，苔丝便清楚，即便克莱尔或许觉得，昨晚睡得并不安稳，但是他根本不知道，夜里曾梦游行走，更不知道昨晚的事情，苔丝也深卷其中。其实，那天早晨他从沉睡中醒来，就如同从灵魂与肉体的覆灭中重生，刚开始，就像力士参孙活动身体、恢复力量一样，他的头脑也在凝神聚力，恢复记忆，对夜间不同寻常的活动尚有一丝模糊的印象。但是很快，他便回到现实，把对昨天夜里的辨想与推测扔到一边。

他满怀期待，静静等候，辨察自己心态的变化；他知道，要是昨晚主意已定，在一片晨光中依然坚守如初，即便是感情冲动之时做出的决定，大概也可以说是基于纯粹的理性了；那么，这个主意，到目前为止，还是值得信任的。就在一片灰白的晨光里，他依旧毅然决然地想与苔丝分手；这并非炙热与愤怒的本能，而是炙烤灼伤的激情之后的退却，只剩一副骨架，仅仅是一具骷髅，却明明又在那里摆着。克莱尔不再犹豫。

无论是吃早餐，还是收拾剩下的几件零碎东西，克莱尔都显得疲倦不堪，显然，这是昨晚劳累所致；看到这种状况，苔丝差点就把之前发生的事和盘托出；但转念一想，在梦幻之中，克莱尔已经本能地展现了对她的倾慕爱恋，而理智又不允许他这样做，但这份倾心爱恋却偏偏又在理智酣眠之时，战胜了高贵与尊严；所有这一切，他一旦知晓，必定恼怒悔恨，悲痛万分，觉得自己愚蠢至极，于是她改变了主意，对此事闭口不提。要是说了，岂不就像对着一个醒了酒的人，去嘲笑他酒醉之时所做的荒唐之事一样吗？

苔丝脑海中又闪过一个念头，或许克莱尔对昨晚温情荒唐之举还有一些模糊的记忆，他之所以不愿意提及此事，就是害怕她利用这柔情蜜意的时机，再恳求他不要弃她而去。

克莱尔早已写信，从最近的镇子上定了辆马车，早餐后不大一会儿，车来了。见了车，苔丝知道分离在即——即便不是永久分离，至少也是暂时分离，昨晚发生的一切，克莱尔对她展现出无限柔情，这又给了她希望，梦想着将来有一天，还有可能与克莱尔生活在一起。行李装上车顶，车夫载着两人扬长而去。他俩仓促离开，磨坊主和伺候他们的女仆，都啧啧诧异，倍感惊奇。克莱尔便借口说他发现磨坊太古老陈旧，不是他想考察的现代磨坊，这种说法，就其本身而言，也有一定道理。除此以外，两人离去之时，丝毫没露出什么破绽，不会让人看出，他们婚姻惨败，处境尴尬，反倒让人觉得，他俩夫唱妇随，共同去探亲访友。

他们恰好要从奶牛场附近经过，就在几天前，两个人带着庄严的喜悦从那儿离开。既然车子从那里走，克莱尔便想借此机会，和库瑞克先生把没办完的事情做个了结，同时苔丝也就免不得去拜访一下库瑞克太太，如若不然，便会引起猜疑，认为他俩的婚姻不幸福。

他俩不想张扬，在小侧门前就下了车，侧门那儿有条小路，通往奶牛场；他俩肩并肩，离开大路，沿小路走向奶牛场。眼前那片柳林已经修剪过，越过树顶，举目远眺，可以望见当初克莱尔黏着苔丝，如影随形、追欢求爱的地方，也正是在那儿，他央求催促苔丝答应嫁给他；左边是个院落，在那里，安吉儿的琴声曾引得她心醉痴迷；牛栏后面，远远的一片碧草芳茵，那是两人第一次拥抱的地方。夏日美景灿烂辉煌，如今却是灰暗无光，色彩变得寂寥单调，沃土已是泥泞不堪，河水亦然清冷凄凉。

隔着场院栅栏门，奶牛场主就看见了他们两个，急忙迎上前来，满脸堆笑、滑稽诙谐，欢迎这对新婚夫妇，再次光临农场；在泰波塞斯及其附近地带，这么做合风宜俗，颇为应景。紧接着，库瑞克太太也从屋里迎了出来，还有几个旧日同伴也出来欢迎他俩，可是好像没看到玛丽安和莱蒂的身影。

他们打诨逗趣，诡秘狡黠，他们调要戏弄，友好亲热，这些苔丝都不动声色，坚强忍受着，可是他们哪里知道，此时此刻她的真实感受。这对夫妻配合默契、心照不宣，对彼此的隔阂疏远、关系破裂，都保持沉默，言谈举止，一概装作与平常夫妻一模一样。后来，苔丝又被迫听了一遍玛丽安与莱蒂的故事，即便她一个字都不想听，而且故事讲得生动形象，细节详尽。莱蒂回了父亲家，玛丽安则到别处谋生，他们都担心她不会有什么好下场。

听了这些故事，苔丝悲痛伤感，为了消除悲伤，就跑去和她喜欢的那些奶牛告别，一头挨一头，用手抚摩。拜访完毕，两人肩并肩站在一起，与奶牛场的人道别，看上去就像一对心有灵犀、灵肉合体的恩爱夫妻，可在知情人看来，这番境况特别可怜。两人摩肩擦臂、裙带相依，面朝大家，言必称"我俩"，外人看来，情逾骨肉，其实则情悖意离，疏远得就像地球的南北两极。或许两人在感情态度上露出了些许的僵硬与窘迫，在故意表白琴瑟和鸣时现出了几分笨拙与呆板，这些都与年轻夫妇流出的自然羞涩有所差异。因此，两人走后，库瑞克太太对丈夫说——

"苔丝的眼神是那么不自然，两人说话飘忽，恰似梦呓，举止呆板，如同蜡像！这些，难道你都没看出来？苔丝总是怪怪的，完全不像一个嫁给有钱人的骄傲新娘。"

他俩又上了车，一路朝威泽伯利和鹿脚巷去了，到了雷恩巷客栈，克莱尔就把马车和车夫打发走了。他们在客栈稍事休息，又换了个车夫，这个车夫与他俩互不认识，更不知道他俩的关系，由他赶车入谷，继续前行，直奔苔丝的家。走到半路，过了纳特堡，来到一个十字路口，克莱尔叫停马车，对苔丝说，要是她想回母亲家，他就只能把她送到这里。有车夫在，他俩说话不方便，克莱尔就要求苔丝跟着自己，沿一条岔路往前走几步，以避人耳目；她同意了。他吩咐车夫在那儿等一会儿，两人便走开了。

"事到如今，我们互相理解吧，"他温和地说，"我们谁也不生谁的气，尽管有些事目前我还不能容忍，但是我会尽量让自己容忍的。只要我知道我要去哪儿，我就会写信告诉你。如果我觉得我可以容忍了——如果想开了又能办得到的话——我会回来找你的。不过除非是我去找你，你最好不要试图找我。"

这命令透着严厉苛刻，苔丝听了绝望至极；她彻底看清了克莱尔对她的看法；他将苔丝看成了一个彻头彻尾的女骗子。可即使一个女人做了她做的那些事，难道就该受到所有这些惩罚吗？但是再与他争辩这个问题，已经毫无意义。她只是将他说的话重复了一遍。

"除非你来找我，我一定不能去找你？"

"正是。"

"我可以给你写信吗？"

"啊，可以——如果你生病了，或者你需要什么东西，你尽可以给我写信。我希望不会有这种事；鉴于此，可能还是我先写信给你。"

"我同意你说的所有条件，安吉儿。因为你心里最清楚，我该受到什么么惩罚。只是——只是——千万不要多得让我承受不了！"

这件事，苔丝就说了这些，一句恳求的话都没有。要是苔丝有点儿心机，在那条偏僻荒凉的岔路上大闹一场，晕倒一次，歇斯底里地哭上一番，即便安吉儿当时愤恨难当、难以取悦，大概也会招架不住。但是苔丝长久忍受的态度倒是顺了他的心、如了他的意，她自己却成了克莱尔最好的辩护人。在她忍辱顺从之中，分明又透出几分傲气与自尊——这也许是整个德伯维尔家族那种不计利害、听天由命的明显特征——本来她可以哀求他，让他回心转意，她手里有很多根琴弦可以奏效，可她却一根也没有弹拨。

他们又谈了一会儿，内容只涉及一些生活实际。这时，他递给她一个小包，里面装着钱，数目不小，那是他专门从银行里取出来给她的。那些珠宝首饰，似乎只有苔丝才有资格在有生之年佩戴享用（如果他看懂了遗嘱上的话），他建议，安全起见，由他存放到银行；苔丝欣然同意。

事情安排妥当，克莱尔便陪着苔丝原路返回，来到马车旁，扶她上了车。他付了车费，告诉车夫送苔丝去的地点。拿上自己的包和伞——这是他带在身上的全部家当——向苔丝道了别；两人便分道扬镳。

马车一路上坡，缓慢爬行。克莱尔目送马车离去，心中不由得期望，苔丝能从车窗里探头看他一眼。但是她躺在车里，半死不活，已经昏晕过去了，根本就想不到还要再看他一眼，更不会去冒险尝试了。就这样，他望着马车渐行渐远，心中涌起万分悲痛，不觉想起几行诗句，稍作修改，以抒胸臆——

上帝不在天堂：乱了人间！

苔丝的马车翻过山顶，不见了。他转身自顾自而去，哪还有旧日情爱。

38　弃女归家

苔丝乘坐着马车，在布蕾克摩山谷中一路穿行，孩童时代亲切熟悉的风景在眼前次第展开，此时此刻，她才从麻木昏迷中清醒过来。她首先想到的是，她有何颜面去见自己的父母呢？

沿着通往马添村的大道一路向前，没多久便来到一个收税的关卡。卡子门开了，开门的是个陌生人，早已不是她从小就熟悉、在此看门多年的那个老头儿；新年那一天轮岗，老人大概那时才离开这儿。近来家里音信皆无，她就向看门人打听消息。

"哦——一切照旧，姑娘，"他回答说，"马添村还是马添村。婚丧嫁娶，添丁进口，如此而已。就这个礼拜，约翰·德伯菲尔德家嫁了一个姑娘，女婿是个农场主，很是体面。不过，姑娘可不是从约翰家迎娶的，两人是在别处结的婚；那位绅士很有身份，嫌弃约翰家里穷，那帮穷亲戚，一个都没邀请去参加婚礼；新郎似乎并不知道，有人发现约翰身上竟流着古老贵族的血，他们祖宗的尸骨，现在依然埋在他们自家的大墓穴里，不过自从罗马时代，他们的祖先就开始没落衰败了。但是约翰爵士，现在我们都这么叫他，在女儿结婚那天，尽其所能，操办喜事，把教区上的人全都请到了，约翰太太还在滴滴纯酒馆唱了歌，一直唱到十一点多钟呢。"

听了这番话，苔丝心里很不是滋味，也就没有颜面坐着马车，拉着行李，大张旗鼓地回家了。于是她便问看守税卡的老人，可否先把东西暂时寄存在这里，得到老人的应允，她就打发走了马车，独自一人顺着一条僻静的篱路，徒步往村里走去。

看见父亲茅屋顶上的烟囱，苔丝不由得在心中自问，这个家，她该怎么进去呢？草屋里，她的家人，父母弟妹，一脸平静安详，一片痴心妄想，满心满脑，全是她和她那富有的男人，到远方享受新婚旅行；那个男人，在他们心目中，定会给她荣华富贵；然而谁又会想到，她举目无亲，沦落至此，这偌大世界，竟无一处栖身之所；她孑然一身，独自一人偷偷溜回到旧时家门。

还没等到家，却偏偏又碰上熟人。她刚走到园子的树篱旁，迎面碰上一个姑娘，与她很熟——苔丝读小学时三两好友中的一个。问了苔丝一些怎么到这儿来了等诸如此类的话，也没有注意到苔丝脸上的悲伤神情，突然又问道——

"哎，你那位绅士呢，苔丝？"

苔丝急忙向她解释，说他出门办事去了。语毕，便丢下那人，攀过园篱，进到家院。

苔丝顺着庭院小径往前走，听见母亲在后门那儿唱歌，走到近前，看到德伯菲尔德太太站在门口台阶上，正在拧床单。她没看见苔丝进来，拧完了床单，进屋去了，女儿紧随其后。

洗衣桶依旧放在老地方，那只旧酒桶上，母亲把床单扔在一边，正要把胳膊伸进桶里继续洗。

"哎呀——苔丝！——我的孩子——我想你已经结婚了！——这回可是千真万确——我们送去了苹果酒——"

"是，妈妈。我结婚了。"

"要结婚吗？"

"不——已经结了。"

"已经结婚了！那你丈夫呢？"

"啊，他暂时走了。"

"走了！那你们什么时候结的婚？是你告诉我们的那一天吗？"

"是，是周二那天，妈妈。"

"今天才周六，他就走啦？"

"是，他走了。"

"你这话是什么意思？你怎么嫁了这么个玩意儿，我问你。"

"妈妈！"苔丝走到琼·德伯菲尔德跟前，把头伏在母亲的怀里，伤心痛哭，"我不知道该怎么跟你说，妈妈！你亲口对我说，也写信叮嘱我，千万不能告诉他。可是我告诉他了——我没忍住，全部告诉他了——他就走了！"

"哎哟，你这个小傻瓜——你真是个小傻瓜呀！"德伯菲尔德太太又气又恨，瞬间迸发，激动烦乱之中，不慎溅了自己和苔丝一身的水。"我的天哪！但凡有口气在，我还是要说，你太傻啦！"

苔丝大哭不止，直哭得浑身抽搐，多日的憋屈与压抑，今天一发不可收拾。

"我知道——我知道——我知道！"她呜呜咽咽，抽抽搭搭，连哭带说道，"可是，哎，妈呀，我还是忍不住要说！他那个人太好啦——我以前的事，要是瞒着他，就是在作孽！如果——如果——如果这事从头再来——我还会这么做。我不能——我不敢——对他——犯下——罪行！"

"可是你先嫁给他，然后再告诉他，不更是犯罪吗！"

"是，是，这正是我痛苦所在！不过我原本想，如果他决意不肯原谅我，他可以通过法律将我抛开。可是，啊，要是你能——要是你能明白我一半的感受，你就知道，我是多么爱他——多么渴望嫁给他——心中喜欢他，却又不想对不起他，进也不是，退也不是，夹在中间，真是难受！"

苔丝悲苦凄愁，再也说不下去了，浑身无力，瘫倒在一把椅子上。

"好啦，好啦！事已至此，伤心无用！我真不明白，为什么我养的孩子，都比别人家的蠢——竟不知道，这种事情岂能乱讲，要是你不瞎说，他又怎能知道！"说到此，德伯菲尔德太太感到，自己这个母亲做得既憋屈又窝火，不觉黯然落泪。"你父亲知道了，指不定要说些啥呢！"她接着说道，"自从你结了婚，他整天到沵历福酒家和滴滴纯酒馆去卖弄，说你嫁了阔人家，这样一来他家就能借势重振雄风了——可怜的傻瓜！——现在你看看，这一切都搞砸了！天哪——我的老天哪！"

事情仿佛都赶着趟儿来凑热闹，正在那时，屋外传来父亲的脚步声。然而他并没有立即进来，德伯菲尔德太太说，苔丝可以暂且躲一躲，让她先把这个坏消息告诉他。猛然知道了苔丝的事，琼·德伯菲尔德迸发出一阵伤心，片刻之余，便将此事挥之脑后，就像看待苔丝遭受的第一次不幸一样，不当回事了；这件事在她心里，只不过是过节遇上了阴雨天，土豆收成不好，无关美德与罪恶；是一次偶然的外部侵害，不可避免，而不是一场教训。

苔丝躲上楼去，一上来便发现，床铺都挪动了位置，重新做了安排。她原来的床已经改头换面，分给了两个小孩，这儿已经没有她的地方了。

楼下的房间没装天花板，下面的谈话，大部分她都听得清楚。父亲很快就进了房间，显然手里还拎着一只母鸡，活的。生活窘迫，第二匹马也卖了，打那以后，他就挎起篮子，走街串巷，靠贩卖些小东西勉强度日。今天早上他一直将鸡拎在手里，以此向别人宣告，他还在做买卖，其实这只鸡已经捆着腿，在泺历福酒家的桌子底下躺了一个多钟头了。

"刚才我们正好说起了一件事——"德伯菲尔德开始一五一十地向妻子讲述，他们在小酒馆里讨论牧师的情形，这场大讨论正是起自他家的苔丝嫁到了一个牧师家庭，"从前人们称牧师'阁下'，和称呼我的老祖宗一样，"他说，"而如今，他们真正的称呼，严格来说，只是'牧师'这两个字了。"苔丝不愿结婚之事太过张扬，他也就没怎么特别提起。他盼望着苔丝很快就能把这道禁令取消。他提议，他们夫妇俩应该姓苔丝的本姓，这个家族飞黄腾达时的姓——德伯维尔，这个姓要比她丈夫的好。他又问起，那天苔丝有没有来信。

德伯菲尔德太太告诉他，信没来，但不幸的是，苔丝自己来了。

这场变故被解释得一清二楚。听完，德伯菲尔德便成了霜打的茄子，垂头丧气，郁郁寡欢，刚才喝酒激起的那番兴奋快活已荡然无存，此番情形，对他来说实属罕见。他爱慕虚荣，极度敏感，令他沮丧、使他羞辱的，不是这件事情的内在本质，而是别人听说此事之后心里的种种揣度猜测。

"谁能想到，事情竟闹到这样的下场！"约翰爵士说，"像我这样的人，在金斯贝尔的大教堂里，我们家的大墓穴就和大乡绅乔瑞德老爷家的大酒窖一样大，我祖先的遗骨就横七竖八地埋在那里，货真价实、彪炳史册。你看看现在，泺历福酒家，还有滴滴纯酒馆里那些人还指不定怎么说我呢！他们肯定斜眼蔑视，嗤之以鼻，冷嘲热讽地说：'这就是你那门当户对的好亲戚，这就是你要恢复的诺曼王时期你那祖宗好门庭！'琼，我哪能受得了这些，我还是死了的好，爵位呀，名声啊，什么都不要了——我再也受不了啦！……既然他都娶了她了，她咋就不能让他留下她呢？"

"啊，能是能。可是她不想那样做。"

"你认为他真娶了她了吗？——或者还是跟头一次一样——"

可怜的苔丝，听到这里就再也听不下去了。她发现，即便在这儿，自己父亲妈家，她说的话，也遭到怀疑；世态炎凉，她已初试，别处权且认了，可这是自己的家啊，再也没有比这更令人伤心绝望的了，想到这儿，她对这个家也厌倦冷淡了。命运多舛，世事难料！自己的生身父亲都将信将疑，邻居和朋友还不得满腹狐疑吗？啊，这个家也没有她的容身之处了！

由此，她决定在家里只少住几日，正要离开之际，便收到了克莱尔写来的一封短信，信上说他去了英格兰北部，考察那里的农场。苔丝迫切渴望显摆一下，她是克莱尔夫人，而且名正言顺。同时也向父母掩饰一下，他俩之间的感情没有疏远。于是，这封信就成了她离家的借口，这让家里人觉得，她是投奔丈夫去了。为了进一步掩饰，不让别人以为她丈夫对她不好，苔丝就从克莱尔给她的五十镑钱里拿出二十五镑，交给了母亲，仿佛做克莱尔这种阔人的太太，拿出这笔钱，是小菜一碟；她说过去母亲含辛茹苦，把她抚养成人，这是对母亲的一丁点儿回报。这下苔丝挽回了几分颜面，找到了一点儿尊严，她告别父母家人，离家走了。苔丝的慷慨大度，着实让德伯菲尔德家红火热闹了一阵子。母亲对她说的话深信不疑，认为他们小两口彼此深爱，感情热烈，两人之间出现点儿小裂痕，必定和好如初，他俩到底还是谁也离不开谁！

39　贞洁淑女

结婚三个礼拜后，克莱尔才下山，朝他父亲那幢小有名气的牧师公馆走去。俯瞰山下，教堂的塔楼耸立在一片暮色之中，看那神气，好像在追问，他为什么这时候回到镇子；镇上暮色苍茫，他的到来，根本无人觉察，更不会有人盼望他来。像孤魂野鬼，他漂泊至此，游荡回家，连自己的脚步声他都觉得是个累赘，不愿让人听到，销声匿迹才好。

在他心目中，生活的景象变了模样。在此之前，他了解的生活，只是一种主观的推断；现在他觉得，他心中的生活，完全是实际的经验；即便如此，就是到了现在，也许他还没真正认识生活。不过，他面前的生活，已经不再是意大利绘画中那种凄婉深沉的幽静甜美，而是韦尔茨博物馆绘画里那种横眉怒目的骇人神态，凡·比尔斯绘画里那种斜睨而视的阴险狡诈了。

最初这几个礼拜，他的生活杂乱无章，无法形容。他也曾经尝试着，采取古往今来伟人智者所推荐的方法，潜心研究农场，一心实现规划，只当什么事也没有发生，但是后来他得出结论，那些伟人智者，极少有人验证过其建议忠告是否具有时效。有位异教徒伦理家说："关键在于沉住气，遇事不慌。"克莱尔也是这么想的。然而无论如何，他也沉不住气，心里乱作一团。拿撒勒人说："心中莫要忧愁，不要胆怯。"克莱尔也是由衷赞同，但他心里照样忧愁多虑。克莱尔多么渴望能当面见见那两位伟大的思想家啊，和朋友同伴一样促膝而谈，恳求他们告知其法、指点迷津。

他的心境变了，成了一种顽固的冷漠，对一切都满不在乎；后来，他恍惚觉得，他变成了一个冷眼旁观者，对自己的身世处境，竟也漠不关心了。

正因为苔丝是德伯维尔家族的后嗣，随后才生出了这诸多的忧伤烦恼，克莱尔对此深信不疑，这也让他苦恼怨愤。当他发现，苔丝是生长在没落腐朽的氏族之家，而不是出自他梦寐以求的新兴门户，他为什么没有坚守原则，忍痛割爱将她放弃呢？他背叛了初衷，这一切都罪有应得。

于是他变得心灰意懒，焦躁不安，且焦虑之情日渐严重。他也曾想过，这样待她是不是有失公允。他食不甘味，寝不安席。时光一点一滴在流逝，而那一长串流逝的日子中，每一个行为的动机都历历在目，清晰地展现在眼前，此时，他终于看清，他要把苔丝当作宝贵财富而据为己有，这种想法与他所有的计划、言语和行为紧密融合在一起。

克莱尔在各地穿梭往来，在一个小市镇的郊外，他看见了一则红蓝相间的海报，上面说，巴西帝国是移民农场主开疆拓土、种田畜牧的乐土，并详细叙述了种种利好。在那儿，有大片的土地可供使用，条件优越得让你意想不到。到巴西去，这个崭新的想法让他迷恋不舍。将来苔丝也可以到巴西去，和他一起生活。这儿的传统习俗使他和苔丝的生活处处受阻，或许在异国他乡，景致、观念、人情、习俗，和这儿截然相反；到了那儿，他和苔丝一起生活就不会有太大的问题。简而言之，他强烈期望到巴西去闯荡一番，尤其是，眼下正值去巴西的狂热季节。

带着这种想法，克莱尔返回爱敏斯特，将自己的计划说予父母，同时还要编出托词，就不能同苔丝一起回来，尽量做出最好的解释，同时，两人真正分离的缘由，一字也不提。他来到门前，一弯新月照在脸上。在新婚之后的第二天，午夜过后，他抱着新娘子过河，来到寺庙的墓地，那时，月亮也是这样照着他的脸，只不过现在这张脸，消瘦憔悴了许多。

克莱尔这次回家，并没有事先通知父母，他一回来，安静的住宅，一阵骚乱，就像平静的池塘，突然扎进一只翠鸟，惊起了波澜。父母在客厅，不过两个哥哥都不在家。安吉儿走进客厅，随手把门轻轻关上。

"可是——亲爱的安吉儿，新娘子呢？"母亲大声问道，"你事先也不给个信儿，真是给了我们一个偌大的惊喜！"

"她回娘家了——暂时在那儿住几天。我这次回来得急，因为我决定要到巴西去。"

"去巴西！那儿可都信罗马天主教！"

"他们都信罗马天主教？这一点，我还真没有想到。"

儿子要去一个信奉罗马天主教的地方，他们感到无比惊奇，同时也感到非常难过，不过这一切很快便消散殆尽，因为老两口真正关心的只有儿子的婚事。

"三个礼拜前，我们收到你写来的一封短信，信中说你已经结婚了。"克莱尔太太说，"接到信，你父亲就派人把你教母的礼物送去了，这你早就知道了。当然，我们觉得最好还是不要去参加你的婚礼，尤其是你选择在奶牛场里和她结婚，而不是在她家里，无论你们在哪儿结婚，我们都没有去。去了会使你难堪，我们也会不自在。你的两个哥哥尤其觉得如此。现在婚既然已经结了，我们也不埋怨你，尤其是你无心去传播福音，一心想开办农场，如果她适合你所选择的事业，我们也不反对……不过我们还是希望先见见她，安吉儿，我们想多了解了解她。我们还没有送她礼物，也不知道送她什么礼物她才高兴，你不要以为我们不送她礼物了，不过是等几天罢了。安吉儿，你要明白，我和你父亲，并没有因为这桩婚事生你的气；但是我们想，在见到她之前，我们最好还是先把那份爱保留着。这次你怎么没有把她带来？有些莫名其妙，这是怎么回事？"

他回答说，他们商定，她目前先回娘家，他来这里，这样最好。

"亲爱的妈妈，坦白告诉您，"他说道，"我一直觉得，她先不要回这个家，等到她知书达理、优雅体面，我认为您可以接纳她了，我再带她回来也不迟。去巴西的想法，是最近才有的。如果我真要去巴西，第一次出远门就把她带上，十分不妥。她只能待在娘家，等我回来。"

"那你动身去巴西之前，我是见不着她了？"

他说恐怕这次是见不着她了。正如他所言，他原本就没打算把她带到家里来，他怕父母对她有成见，伤害了他们的感情。另外，现在有了新情况，他就更不能带她到这儿来了。要是他现在立刻就走，一年内他势必回来探亲；第二次出去就要把苔丝带在身边，在动身之前，他就能带她回家见父母了。

晚饭匆匆准备妥当，送进了房内。克莱尔进一步讲述了自己的计划。母亲没见到新娘，一直闷闷不乐。上次，克莱尔对苔丝的激情热烈打动了她，当母亲的同情悲悯之心油然而生，到后来，她几乎都幻想着，拿撒勒也能出好人——泰波塞斯奶牛场也能出一个貌美贤淑的姑娘。儿子吃着饭，母亲就在那儿一直盯着儿子看。

"你能不能把她的样子描绘一下，我敢肯定，安吉儿，她长得一定很漂亮。"

"那是自然！"他说话时激情热烈，掩去了内心的悲伤苦楚。

"她品行端正、清纯贞洁更是自不必提了。"

"当然！她品行端正、清纯贞洁！"

"她仿佛站在我面前，清晰明了，卓然不群。那天你曾说过，她身材苗条，体态丰盈；红唇艳丽，形若丘比特之弓；青眉如黛，睫毛纤长；秀发柔顺，长辫及腰；一双明眸黑中带紫、紫中透蓝。"

"我是这样说过，妈妈。"

"她就站在我面前，生动鲜活。她生活在幽谷深山，纯净天然。你从山外，静静来到她面前，在此以前，她与山外的男孩子自然很少见面，"

"几乎见不着。"

"你是她的初恋情人吗？"

"当然。"

"女人很多，乡村之中这般单纯、健壮的漂亮姑娘，却是少之又少。作为母亲，我自然也想过这一点——好吧，既然我儿子一定要做一个农业家，那么娶一个习惯户外工作的妻子也许更合适。"

父亲倒是没问这么仔细。晚上祈祷以前，要从《圣经》里选出一章，进行诵读，于是牧师对克莱尔太太说——

"既然安吉儿回来了，这次咱们就不读今天本来应该读的那一章了，换成《箴言》第三十一章，是不是更合适呢？"

"不错，当然不错。"克莱尔太太说，"咱们一起诵读利慕伊勒王的赞言吧。"（和丈夫一样，《圣经》里的每一章、每一节，她都能够背诵。）"我亲爱的孩子，你父亲决定诵读《箴言》里赞扬贤淑妻子的那一章。毋庸置疑，那一章里的言语，一定会施显在你那不在场的人儿身上。愿上帝保佑她一切安顺！"

听了此番话，克莱尔如鲠在喉。轻便的诵经案从墙角搬出来，摆在壁炉正中间，两个年迈的仆人走进来，克莱尔的父亲开始诵读刚才所说的那一章的第十节……

"贤良淑德之女自古难觅，价值不可估量，远胜珍珠宝石。天将破晓，她便起身，生火煮饭，盛予家人。她紧束腰身，双臂有力。她慎思明辨，投资以求回报。她房内灯烛，彻夜不息。她照料家务，井井有条，身体力行，勤劳持家。儿女晨起，纷纷问候祝福；丈夫亦是赞不绝口，道：'贤淑之女众矣，唯汝卓越超群！'"

祷告结束，母亲说——

"我不禁想，你父亲刚才读的那一段，某些具体情形之下，施用到你中意选择的女人身上，准是无比贴切适宜。你知道，一个完美的女人，应该是一个勤劳的女人，而不是一个无所事事、好吃懒做的女人；一个完美的女人，不是一个娇宠的千金小姐，而是一个用自己的勤劳、用自己的智慧、用自己的博爱为他人谋福祉的人。'儿女晨起，纷纷问候祝福；丈夫亦是赞不绝口，贤淑之女众矣，唯汝卓越超群！'哎，真希望我能见到她，安吉儿。她既是清纯贞洁，我也就不会嫌她有失体面、教养不足了。"

听了这些话，克莱尔再也无法忍受。他眼泪盈眶，就像一滴滴熔化的铅水。他匆匆向一对老人道了晚安，告辞回到房间。克莱尔深深爱着两位老人，他们真诚质朴，心无旁骛；两位老人的心里，既无世故人欲，也无罪恶魔鬼；对于他们，这世间一切都是虚无的身外之物。

母亲紧跟其后，敲他的房门。克莱尔开了门，看见母亲立在那儿，满脸焦虑。

"安吉儿，"她问，"你这样匆匆出国，难道是出了什么事？我总觉得不大对劲。"

"没有，真的没有，妈！"他说。

"是因为她吗？好吧，我的儿，我知道一定是——我知道一定是因为她！这才三个礼拜，你们吵架了吗？"

"其实也不是吵架，"他说，"只是有点儿小分歧而已——"

"安吉儿——她是不是在家为姑娘的时候有什么事需要追究？"

凭着母亲的直觉，克莱尔太太一下子就戳中了令儿子激愤不安的要害。

"她清白无辜！"他回答道。同时也感到，即使要下地狱，哪怕万劫不复，他也得撒这个谎。

"既是这样，其他的也就无关紧要了。说到底，在乡下，没有什么能比一个清白的姑娘更可贵的了。任何粗俗鄙陋，起初或许引起你的厌恶反感，但你与她朝夕相处，便可施以引导，加以调教，我敢肯定，濡染熏陶久了，她会变得文雅体面的。"

母亲还蒙在鼓里，才有了如此的宽宏大量，但母亲的一番话，在克莱尔听来，简直就是莫大的嘲讽，事到如今，他又认识到，这桩婚姻彻底毁了他的事业前程，这一点，当初在她自白之时，他却万万也没想到。诚然，就自己而言，他并不在乎自己的事业前程，但是为了父母兄长，至少他也希望活得体面且有尊严。克莱尔独坐烛前，凄然面对。烛光摇曳，仿佛在默默诉说：蜡烛有生，自焚成灰，唯愿照耀明哲理智之人，亦不枉此生；而今不幸，却照耀着一个上当受骗、一事无成的败家之徒，不觉愤恨恼怒。

一阵激愤才冷却下来，他又对可怜的妻子恼怒不已，都是她一手造成了目前的烂摊子，逼得他不得不对父母谎话连篇。他几乎是生着气在和她说话，仿佛她就站在眼前。然而，他似乎又感觉到了她那温柔亲切的细声软语，忧郁凄苦的倾诉哀怨，漫漫黑夜的纷扰不安；感觉到了她那天鹅绒般的温润柔唇吻遍他的前额，他甚至能够在空气中嗅出她呼出的温暖气息。

那天夜里，被他鄙视贬低的那个女人，却正在那儿想，她的丈夫是多么伟大，多么善良。但两个人的头顶之上，却笼罩着一团黑影，比克莱尔认识到的还要阴森，那就是他自己的思想局限。这位青年，本来具有先进思想和善意用心，是这个时代最近二十五年来造就的一个典型，一直尝试将自己从偏见中解脱，以独立的见解来判别事物。然而一旦意外袭来，却又退回到自幼所受的训教，成了传统与旧俗的奴隶。没有先知为他指点迷津，自己也不够先知先觉，因此也就执迷不悟，岂不知，他年轻的妻子，和所有爱憎分明的女人一样，利慕伊勒王赞扬的言辞，她都当之无愧；判断她的道德价值，应该看她心之倾向，而不是看她过往的经历。还有，在这种情形之下，近在眼前的人，总是处于劣势，蒙受冤屈，因为他们的缺点，毫无遮拦，暴露无遗；而身处远方的人，模糊不清，却受到尊重，因为距离将他们身上的瑕疵，变成了艺术上的唯美。克莱尔看待苔丝，满眼都是缺失与不足，忽视了优点与长处，从而忘记了瑕不掩瑜。

40　意乱情迷

巴西成了早餐桌上热议的话题，克莱尔提出要去巴西尝试创业，大家尽管听到了一些负面消息，说有农业工人去那儿还不到十二个月，就被迫回来了，可还是尽力谈论去巴西打拼的种种希望。早饭过后，克莱尔到小镇上，将一些琐碎杂事做了个了结，并从当地银行把他所有的钱都取了出来。返回途中，在教堂边遇见了梅茜·昌特小姐，她信仰虔诚，仿佛就是从教堂的墙壁中长出来的一样。她怀里抱着一大堆《圣经》，那是给学生讲课用的。她的世界与众不同，无论事情多么痛心忧戚，她脸上总洋溢着幸福的微笑——这着实让人艳羡。不过在克莱尔眼里，这就是违背人性，盲从天神，一点儿也不自然，更让人想不通。

她听说克莱尔要离开英格兰，就对他说，这个计划看来似乎精彩绝伦、前途无量。

"不错。毫无疑问，从商业角度来看，这个计划很不错。"他回答说，"但是，我亲爱的梅茜，这彻底改变了我的人生轨迹。或许还不如进修道院好呢！"

"修道院，哎哟，安吉儿·克莱尔！"

"怎么啦？"

"听我说，你这个邪恶的人，进修道院就意味着做修道士，那就成了罗马天主教徒。

"信了罗马天主教就是犯了罪，犯了罪就得下地狱。安吉儿·克莱尔，你处境危险啊！

"信仰新教，无上光荣！"她义正词严地说。

痛苦至极，克莱尔此时如魔鬼附体，也不再顾忌真心信奉的教义原则了。他把梅茜小姐叫到跟前，恶魔一般，附在耳边，低声耳语几句，那番话，他极尽龌龊之能事，尽是些离经叛道的异端邪说。闻听此言，她白嫩俊俏的脸蛋上惊恐万状，他不觉大笑，转瞬，那张脸上又露出了痛苦与焦虑，显然是在担忧他的幸福与未来，笑声便戛然而止。

"亲爱的梅茜，"他说，"你一定要原谅我。恐怕，我要疯了！"

她也以为克莱尔疯了，谈话就这样结束了，克莱尔返回牧师公馆。他把珠宝存到了银行，以待甜蜜时光重现之时，再取出享用。他又在银行存入三十英镑——委托银行过几个月寄给苔丝，以周济她吃穿用度；他还给布蕾克摩谷里苔丝的父母写了一封信，将自己的近况详细告知。这笔钱，再加上他以前给苔丝的那一笔——大约五十英镑——他相信，目前来讲，足够她用的了，他特别叮嘱过她，如有急需，还可向他父亲求助。

他觉得，最好不要让父母和苔丝通信，因此就没把她的通信地址告诉父母；父母也不知道他俩究竟为什么闹别扭，也就没问苔丝的地址。那天，他离开了牧师公馆，既然主意已定，蓝图已有，还是尽早实现为好。

离开英格兰之前，他必须做的最后一件事，就是去拜访一下井桥村的农舍——他俩新婚宴尔，头三天，就是在那座农舍度过的。三天的租金微不足道，可总是要付的，他俩租住房间的钥匙也得还回去，另外还有落在那儿的两三件小物件要取回来。就是在这片屋檐下，最黑暗的阴影投进了他的生命，笼罩着他的生活。他打开起居室的门，向里观瞧，新婚那天下午，一对新人欢天喜地地来到新房，那段幸福时光如在眼前；两人第一次同居一室，第一次共进晚餐，第一次挽手促膝，围炉夜话的新鲜浪漫，都历历在目。

他到农舍时，房东夫妇恰巧去了田间，克莱尔便独自一人在房间里等了一会儿。一时旧情重现，百感交集。于是他移步上楼，走进了苔丝住的房间，这间房，他一次也没住过。床铺整整齐齐，这是那天早上离开时，她亲手整理的；那束槲寄生，依旧悬挂在帐子顶上，那是他亲手挂上去的。槲寄生挂在那儿已有三四个礼拜了，叶子和红果都已干枯萎缩。安吉儿取下来，塞进壁炉。站在那儿，他第一次怀疑，当初自己的所作所为，是否明智恰当，就更不用说宽大仁慈了。但是，他自己不是也被残酷地欺骗蒙蔽了吗？他心中五味杂陈、凌乱不堪，含泪跪在了床边。"啊，苔丝！要是你早一点儿告诉我，也许我就宽恕你了啊！"他痛苦地说。

正在此时，楼下传来脚步声，他站起身，走到楼梯口。楼梯下，站着一个女人，她一抬头，克莱尔认出来，那正是灰白脸蛋儿、乌黑大眼的伊茨·休特。

"安吉儿先生，"她说，"我过来看看你和安吉儿太太，来向你们问好。我想你们很快就会回到这儿。"

这个女孩儿到这儿来的秘密，安吉儿已经猜到，不过她却没有猜出安吉儿的秘密。她就是深深爱着他的那个诚实痴情的姑娘——那个和苔丝一样好或者差不多一样，能做一个务实持家的农村主妇。

"我自己一个人在这儿，"他说，"我们现在不住这儿啦。"于是就将他此次前来的缘由向她解说清楚，然后问道，"你走哪条路回家，伊茨？"

"泰波塞斯奶牛场没我的家了，先生。"她说。

"为什么呢？"

伊茨低下头。

"如今那儿一片凄凉惨淡！我实在待不下去了。现在我住那边儿。"她一面说，一面用手指着相反的方向，正好和他顺路。

"哦——现在你要回去吗？如果愿意搭个便车，我可以送你一程。"

她那橄榄色的脸上泛起一层红晕。

"谢谢你，克莱尔先生！"她说道。

很快他便找到房东，清算了房租还有其他几项费用，他们走得突然，一些账目都要另算。克莱尔处理完毕，回到马车跟前，伊茨就跳上车，坐在他的身边。

"我要离开英格兰了，伊茨。"他边说边赶着车往前走。

"我要到巴西去了。"

"克莱尔太太喜欢到那个地方去吗？"她问。

"目前她先不去——大概一年吧。我自己先到那儿看看情况——看看那儿的生活怎么样。"

他们打马扬鞭，向东跑了很远一段，伊茨沉默不语。

"她们几个现在怎么样啊？"他问，"莱蒂可好吗？"

"我上次见她时，有些疯疯癫癫；两腮塌陷，瘦弱不堪，整个人眼看着就要垮了，再也没人爱她了。"伊茨心不在焉地说。

"玛丽安呢？"

伊茨压低了声音说："她开始酗酒了。"

"真的吗？"

"千真万确。奶牛场主已经把她开除了。"

"你呢？"

"我不喝酒，身体健康。就是——就是早饭之前，我不再唱歌了！"

"为什么？早上挤奶时，你总是爱唱《爱神丘比特的花园》和《裁缝的裤子》，唱得那么好听，你还记得吗？"

"嗯，当然记得！你刚来那几天，我一直唱。过了几天，我就再也不唱了。"

"为什么不唱了呢？"

那乌黑的双眸，看了他一眼，算是回答。

"伊茨！——你真软弱——不就是为了我嘛！"他说，说完便陷入深思，"那么——假如我当初向你求婚，你肯答应吗？"

"要是你向我求婚，我就答应，你肯定要娶一个爱你的女人呀！"

"真的吗？"

"那还用问！"她悄声回答，神气慷慨激昂，"哎呀，我的天哪！难道在此之前你没看出来！"

走着走着，他们来到了一个岔路口，岔路通向一个小村庄。

"我得下车了。我就住在那边。"伊茨突然说道，自从刚才承认爱他，就一直没再开口说话。

克莱尔将马放慢。一时间，他不由得对自己的命运气恼愤怒，对社会礼法痛恨不已；就是这些东西，把他圈起来，逼进了一个死角，让他找不到合规合法的出路。为什么不报复一下社会呢？为什么不把将来的家庭生活过得恣意放荡呢？为什么偏要束于习俗，非得去亲吻那根训教之棒来惩罚自己呢？

"我现在是独自一人去巴西，伊茨，"他说，"我之所以和苔丝分居，不带她去巴西，是因为个人感情出了点儿问题，并不是怕舟车劳顿、路途遥远。或许我再也不会和她生活在一起了。而你，爱或不爱，我也说不定，可是，你愿意取代她，和我一起去巴西吗？"

"你真希望我和你一起去吗？"

"真的。我已经受够了，就想从中解脱出来。至少你爱我，没有那些私心杂念。"

"是——我愿意和你一起去。"伊茨停了一会儿后说。

"你愿意吗？你知道那意味着什么吗，伊茨？"

"那就是说你在巴西期间，我要和你住在一起——我觉得挺好的。"

"记住，现在你不要再认为我是个正人君子了。可是我应该提醒你，用文明的眼睛来看——我是说西方文明，我们这样可是名不正，言不顺。"

"我不在乎那些，女人到了痛苦的顶点，又走投无路，才不会在乎那个呢！"

"那么你就不要下车了，坐好就是了。"

他驱车走过那个十字路口，一英里，两英里，始终也没有爱的表示。

"你非常非常爱我，是吗，伊茨？"他突然问道。

"我非常爱你——我已经说过了，我非常爱你！我们一块儿在奶牛场工作的时候，我就一直爱着你！"

"比苔丝还爱我吗？"

她摇了摇头。

"不，"她嘟囔着说，"我的爱比不过苔丝的。"

"为什么？"

"因为不可能有人比苔丝更爱你！她为你能把命豁出去。但我做不到。"

就像普洱山上的先知，伊茨·休特此刻本想说些违心话，但是苔丝的人格魅力生出了魔力，使率真淳朴的她不得不实言相告，夸赞苔丝。

克莱尔沉默了。他万万没想到，从一个与此事无关的人口中，听到如此这番公正爽直的话语，心中顿时感动不已。他感觉突然有个东西卡在喉咙里，在那里呜咽；耳畔，一句话，在不断重复："为了你，她能把命豁出去。但我做不到。"

"伊茨，刚才我们只是瞎说，你可不要放在心里，拿这话当了真，"说着，便突然掉转马头，"我真不知道，我胡说了些什么！现在我送你回去，到那条岔路那儿。"

"我可是对你一片真心呀！哦——我可怎么受得了啊——我可怎么——受得了啊——"

伊茨·休特明白了她刚才做的事，用手拍打着脑袋，号啕大哭。

"你这是为那个不在场的人做了一丁点儿好事，是不是后悔了？哦，伊茨，别后悔，一后悔就算不上做好事了！"

慢慢地，她镇静下来。

"好吧，先生。哦——也许我同意和你一起走时，我也不知道自己说了些什么！我那是——痴心妄想！"

"因为我已经有一个爱我的妻子了。"

"是，是！你已经有一个了。"

他们又回到了半小时前经过的那个岔路口，伊茨跳下车。

"伊茨——请原谅我一时轻浮！"他喊道，"刚才的话太欠考虑，太鲁莽！"

"要忘掉？永远永远也忘不掉！哦，对我来说，那可不是轻浮！"

他觉得，他伤害了伊茨，无论伊茨说什么，那份谴责，他完全该受，他内心的悲伤难以形容，跳下车，握住伊茨的手。

"不过，伊茨，无论如何，我们好聚好散，你是不知道我最近受了多少罪！"

伊茨这个姑娘，真是宽宏大量，接下来没显露更多的痛苦怨恨，让分手道别彼此难堪、大煞风景。

"我原谅你了，先生！"她说。

"现在，伊茨，"他强迫自己，充当了一次人生导师的角色，尽管当时他根本不想这么做，他对站在身边的伊茨说，"见到玛丽安，请你告诉她，她是个好姑娘，不要自暴自弃。答应我，也请转告莱蒂，世界上比我好的男人多的是，就算为我着想，她也要好好的——请你记住我的话——好好的——就算为了我。请你把我说的这些话带给她们，就算是一个要死的人，对另外两个要死的人说的话；因为这一辈子，我再也见不着她们了。还有你，伊茨，这次是你拯救了我，我妻子的事情，你坦荡率直，实言相告，把我从难以置信的冲动、愚蠢、背叛中拯救出来。女人也许有坏的，但是在感情方面，她们再坏也坏不过男人！就这一点，我一辈子也忘不了你。永远保持诚实、善良，以前这样，现在这样，将来也要这样。请把我看成一文不值的情人，但请把我当作忠实诚信的朋友。答应我。"

她答应了。

"上帝保佑你，赐福于你。先生，再见！"

克莱尔赶车继续前行，伊茨顺着岔路回家；克莱尔的身影刚一消失，伊茨刚一踏上岔路，便瞬间崩溃，猛然扑倒在篱路边，悲痛万分。直到深夜，她才赶回母亲那间小屋，绷着脸，极不自然。克莱尔走后，伊茨回到母亲家以前，这段时间夜色昏暗，她究竟做了什么，无人知晓。

与伊茨告别以后，克莱尔也是伤心至极，痛苦不堪，嘴唇一直颤颤发抖。不过他的伤心痛苦可不是因为伊茨。那天晚上，他差一点儿就放弃去附近的车站，差一点儿就要勒转马头，穿过南威塞克斯那道山脊，那道把他和苔丝家分开的高高的山脊。然而他没那么做，阻止他的，不是他看不起苔丝的天性，也不是他怀疑苔丝的感情。

不是，都不是；他觉得，固然不错，如伊茨所说，苔丝很爱他，但事实就是事实，丝毫没有改变。既然当初那么做没有错，那么现在他依然没有错。他已经走上了这条路，强大的惯性力量推着他继续往前走，除非有一股比今天下午更强大、更持久的力量，将局势扭转。或许用不了多久，他就会回到她身边。当晚，他登上了去伦敦的火车，五天后，在港口他与两个哥哥握手告别，乘船而去。

41　寻活觅路

前面说了冬季发生的故事，接下来让我们说一说十月的一天吧，也就是安吉儿和苔丝分手八个多月以后的事情。我们发现，苔丝的生活完全变了；她本该是个新娘子，该有人为她搬箱运盒，而她现在却孤零零一个人，挎着篮子，携着包裹，和她没做新娘子之前一样了。刚和丈夫分开时，丈夫为了让她过得舒适，还给她准备了宽裕的生活费用，可现在却只剩下一个瘪了的钱袋子。

再次离开她的家马渖村后，大部分时间，苔丝都在布莱迪港附近、布蕾克摩山谷以西的奶牛场里做些轻快的零活儿，这里离她的故乡和离泰波塞斯一样远，春夏两季就这么轻松度过，没干过什么重活儿。她宁愿这样自食其力，也不肯靠克莱尔给她的钱过日子。在精神上，她仍旧呆滞，她做的那些机械性的工作不但没有使这种状态减轻，反而使之更加严重。她的心思还在从前那个奶牛场里，还在从前那个季节里，还在从前她在那儿遇到的温柔情人那里——这个情人，她刚要伸手抓住，独自享有，却又似镜中花、水中月，消失不见了。

奶牛场里奶量减少时，就不需要那么多零工了，因为苔丝没有找到和在泰波塞斯奶牛场一样的第二份正式工作，所以她只能当临时工，做些零活儿。不过，秋收将至，只要她从牧场转到庄稼地，工作就遍地都是，而且将会一直持续到秋收结束。

克莱尔原先给了她五十英镑，她拿出一半给了父母，算是报答他们多年来含辛茹苦的养育之恩，剩下的二十五英镑，她还没怎么用。但不幸的是，雨季来临，工作无望，她也只好动用剩下的金币了。

她真舍不得用那些金币，因为那些金币，崭新锃亮，是安吉儿亲手为她从银行取出来，又亲自交到她手上；那些金币经过他抚摩，便成了圣物般的纪念品——这些金币除了他们两人之间的交接传递，似乎还没有别的历史——花掉金币，就如同把圣物扔掉。可她别无选择，只好让这些金币一枚一枚从她的指缝间溜走了。

她不得不经常写信，告诉母亲她的地址，但她却隐瞒了自己的境遇。正当钱快用完时，母亲来了一封信。信上说，她们家陷入了非常窘迫的境地，秋雨把茅草屋顶淋透了，需要全部翻修，可上次修葺的旧账还没付清，就累及这次也不能动工了。还说，楼上的椽子和天花板也都需要重新修缮，这些花费，加之上一次的欠账，一共得需要二十英镑。她丈夫是个有钱人，不用说，现在肯定也已经回来了，那她能不能给他们寄去这笔钱，以解燃眉之急呢？

就在这时，克莱尔委托的银行刚好给苔丝寄来三十英镑，她看家境如此窘迫，一拿到钱就如数给母亲寄了二十英镑。剩下的十英镑，她又花了一些，置办了几件冬季的棉衣，寒冬在即，她剩下的钱实在不多了，只是账上的空名儿了。以前克莱尔告诉过她，如果有什么困难，就去找他父亲。用完最后一枚金币，她只得考虑安吉儿对她说的这番话了。

但是苔丝越想越不情愿，为了克莱尔，她谨言慎行，自尊自重，生怕给他丢脸，能做的都做了，就连自己和丈夫分居的事，她都隐瞒了父母，也就更不能去找丈夫的父亲，告诉老人家自己已经花光了丈夫留下的一大笔钱，现在手头拮据，需要救济。他父母大概早就瞧不起她了，若她如今再像乞丐一样伸手要钱，岂不更讨人厌、招人烦。鉴于此，这位牧师的儿媳妇决定，无论如何都不能让她这位公父亲知道自己目前的窘况。

她心想，她不愿与丈夫的父亲通信这个想法，随着时间的推移，应该会逐渐减弱，可对于她自己的父母，情况却正相反。她结婚后，回到父母家住了几天，接着就离开了，父母始终认为她最终还是追随丈夫，恩爱度日了；从那时到现在，她一直都没捅破这层窗户纸，他们也就一直认为，苔丝过着舒服日子，在那儿等丈夫回来；她也从无望中找寻希望，盼望着丈夫到巴西去，只是短暂停留，很快就会回来接她，或者写信让她去找他；总而言之，她盼望着有朝一日，他们携手共同努力，很快就会和好如初，也好给家人一个交代。至今，她仍抱有这样的希望。她的父母本想通过这次婚姻来光耀门楣，掩盖头一次糗事家丑，现在再让他们知道她成了一个弃妇，在接济了父母后，现在全靠自己的双手谋生，岂不是太让人难堪？

她又想起了那副珠宝。克莱尔把它们存在哪儿，她并不知道，这也无关紧要，即使在她手里，她也只是有权使用，无权变卖。即便那些东西完全属她所有，她也只是有其名，无其实，变卖实际不属于自己的东西来得钱财，变富裕，这未免也太卑鄙了。

与此同时，她丈夫的日子也并非一帆风顺。就在这时，他在巴西的库瑞提巴附近的黏土地里，遭了几场雷雨，淋得像落汤鸡，又受了许多磨难，如今高烧不退，一病不起。和他一起遭罪受难的还有许多其他的英国农场主和农场工人，他们也都是被巴西政府的种种许诺哄骗到这儿来的。他们觉得，既然在英国高原上耕田种地，身体能够抵抗得了所有的天气时令，那在巴西平原，自然也同样能够抵抗一切天气时令了，他们却不知道，英国高原的天气时令是他们生来便习以为常的，而巴西平原的天气时令是突如其来、以前未曾经历过的，所以那种想法，实在毫无根据。

我们返回来，继续讲苔丝。就在此时，她花完了最后一个金镑，也没有另外的金镑来填补空缺，同时由于季节关系，她发现，找个工作极其困难。她没有想过去找个室内的工作，因为她不知道有智力、有体力，又健康又肯干的人，无论在生活中哪个行当里，总是缺少的；她只知道她害怕都市城镇，害怕大户人家，害怕富于钱财、谙于世故的人家，害怕礼仪举止不同于乡下的所有人。那黑色忧患都是从彬彬有礼、出身高贵的上流社会来的。

那个社会，也许比她用自己那点儿经验想象出来的要好，但对此，她没有任何证据，所以在这种情况下，她本能的反应是远离，甚至连这个社会的边缘四郊，她都避而远之、不敢触碰。

布莱迪港以西有几个小奶牛场，春夏两季苔丝都在那儿做过临时挤奶工，现在也不再雇她了。到泰波塞斯去，即便不缺人手，奶牛场主仅仅出于同情，大概也不会不给她一个栖身之所；从前那里的生活虽然舒服，但是现在却不能回去了；如今的生活一落千丈，实在是让人无法忍受；她回去，可能也会给她崇拜的丈夫带来羞耻。她不愿忍受他们的同情怜悯，更不愿看到他们相互耳语，议论她的奇怪境遇；要是那些知情人，把事情都埋在心里，她觉得自己差不多是可以面对这一切的。正是那些背后议论，把她这生性敏感的人吓退了。苔丝无法解释这中间的区别，但是她知道她感觉到了这一点。

现在，苔丝正在赶往本郡中部一个高地农场。她收到玛丽安的信，这封信几经辗转才送到她手上，信中推荐她到那个农场去。玛丽安不知怎么知道了她同丈夫分居的消息——大概是从伊茨·休特那儿听说的——这个好心肠的姑娘，现在染上了酒瘾，以为苔丝陷入了困境、遇到了麻烦，就急忙写信给她从前的这位老朋友，告诉苔丝说，她离开奶牛场后就到了这个高原农场上，现在这里还有几个人手的空缺，如果苔丝真的还是像从前一样出来工作的话，她倒是很乐意在那儿见到她。

冬日来临，白昼渐短，能得到丈夫原谅的一切希望也逐渐破灭消亡。她心中有了几分野兽的习性，走起路来全凭本能，不假思索——她正一步一步，一点儿一点儿，斩断自己与那历经磨难的过去之间的联系，她隐姓埋名，免得别人认出她，但她从来都没想过，有时候因为意外事件，会让人迅速发现其踪迹所在，即使这种发现对发现她的那些人的幸福无关紧要，然而对她自己的幸福却有可能息息相关。

苔丝这样孤身一人外出，自然会遇到许多困难，而其中最让她厌烦的，是她自己的容貌所招引来的殷勤。她原本天生丽质，魅力无限，如今又受到克莱尔的熏陶濡染，不觉平添了几分优雅气质。最初她穿着结婚时的华美服装，那些垂涎者尚不敢有放肆之举，但后来这些服装都穿破了，她不得不换上农妇的衣服，就不止一次有人当面对她说些粗鲁野蛮的话。不过，一直到十一月一个特别的下午，还没发生过对她实际有害的事。

她宁愿到布莱迪河的西部农村去，也不愿到她现在要去的那个高地农场，别的不说，西部农村离她丈夫的父母家要近些。她在那儿往来徘徊，没有人认识她；她还想，也许有一天她打定了主意，会去拜访牧师公馆，一想到这些她就高兴。不过一旦决定了要到更高、更干燥的地方去，她就转身向东，一直朝那个叫粉新屯的村子走去，并打算在那儿过夜。

篱路漫长，景色单调，十里同天。冬日白昼迅速缩短，不知不觉黄昏将至。她走到一个山顶，再往前去，只见那条下山的篱路，蜿蜒曲折，时隐时现；这时，她忽听见背后传来了一阵脚步声，不一会儿，有一个人来到了跟前。那人走到苔丝身旁，说："晚上好，姑娘，你长得真漂亮啊！"

苔丝客客气气地做了回答。

尽管景物已经黑暗模糊，天空中的余晖仍然照亮了她的脸。那个男人转过身，瞪着眼直勾勾地盯着苔丝看。

"哎呀，没错，这不是那个在川特里奇住过一段时间的大姑娘吗——德伯维尔少爷的女朋友，是不是？那时我也住在那儿，不过现在不了。"

苔丝认出来了，他正是那个在酒店里对她说粗话，后来被克莱尔打倒在地的有钱村夫。想到此，她心头一颤，暗自袭来一阵揪心的疼痛，她默不答话。

"你就老老实实承认吧，那天我在镇子上说的话都是真的，尽管你那个小情郎听了会发脾气——怎么啦，鬼机灵的小妞？那天我挨了打，你是不是应该替他求我原谅才对啊？你想想吧！"

苔丝仍旧一言不发。近来诸事不顺，到处都有恶人围追堵截，此时此刻，想要逃离险境，别无他法。冷不防，她抬腿便跑，头也不回，顺着那条路一直跑到一个栅栏门前，栅栏门敞开着，通往一块人造林地，她一头钻进树林，片刻不停，一直跑到林地深处，觉得安全了，不会被发现了，方才停下。

脚底一片落叶，干燥枯焦，落叶林中间生长着一片冬青，树叶稠密，足以挡风。苔丝把枯叶拢在一起，聚成一大堆，在中间做了个窝，爬了进去。

这样睡觉自然是断断续续，睡不踏实。耳畔总有奇异的声响，她暗自劝说自己，那只不过是夜半风起，穿林过木而已。此时，她又想起丈夫：她在这里忍冻受怕，而他大概在地球的另一边，享受煦日暖阳吧。苔丝不禁自问，天地间，还有像她这么可怜的人吗？她还想到了那些被自己虚度荒废的光阴，说道："凡事皆虚空。"她反复机械地念叨着这句话，后来，她反应过来，这话早已不适合现代社会了。两千多年前，所罗门已经想到这一点；她自己虽然不是思想家，但想的却似乎更加深刻一些。如果万事皆空，那谁还在乎呢？唉，一切比虚空还要悲切——不公、惩罚、苛求、死亡。想到这儿，安吉儿·克莱尔的妻子把手放在前额上，感觉额上的曲线，摸过眉梢眼角，停留在眼眶的边缘，感知柔嫩皮肤下的骨头，她边摸边想，总有一天，这里也只剩下一块白骨。"真希望现在就如此啊！"她说。

正当胡思乱想之际，她突然听见，树叶中传出了一种怪异的声音。这也许是风声；可当时几乎一丝风都没有。这声音时而颤抖，时而扑棱，时而倒抽气，时而咯咯叫。很快，她便断定，这些声音是某种野生动物发出的，后来发现，声音是从头顶树枝里传出来的，伴随着叫声，还有东西重重摔在地上的声响。但凡当时所处的境遇稍好一点儿，或换个场景，她一定会惊慌失措、恐惧万分；但是现在，只要不是人类，她什么都不怕。

一丝曙光划破天际，天空逐渐亮了起来，过了一会儿，树林里的一切也明晰可辨了。

不一会儿，那令人安心而又平常无奇的光逐渐强烈起来，万物复苏，林间活跃，苔丝立刻从那堆小丘似的树叶中爬了出来，胆大无畏地四周查看一番，后来她终于查明了昨晚惊扰她的罪魁祸首。原来，她暂借栖身的这片树林子，从山上绵延下来，到这里形成了一个突出的角，是树林的尽头，林子边上的树篱外，便是庄稼地。那些树下，散落着几只山鸡，华丽的羽翼上沾满了斑斑血迹；有的死了，有的奄奄一息，翅膀还在抽搐，有的翻着白眼，有的扑打搏动，有的扭曲旋转，有的僵卧挺直——所有这些山鸡都在抽搐挣扎、痛苦万状；几只流血过多，无力坚持，夜里就死了，算是幸运。

苔丝立刻明白了其中原委。原来这群山鸡是在昨天被打猎队赶到了这个角落；有些被枪弹打中的，或者掉在地上死了，或者天黑前才断了气，被打猎的找着拿走了；有些受了重伤的，或者逃走躲藏起来，或者飞进浓密树枝，夜里勉强坚持，直到流血过多，无力抓附，一只一只掉到地上；苔丝听见的，就是它们掉下来的声音。

小时候，苔丝曾偶尔瞥见过那些猎鸟之人，他们在树篱中搜寻，在灌木丛里窥视，穿戴着奇异装束，比画着猎枪，眼露凶光，满脸杀气。听人说，那些猎人狩猎时粗鲁野蛮，但并不是一年到头都这样，其实他们都是文明人，只是在秋冬季节那几个礼拜，才像马来半岛上的土著居民那样，一时疯狂残暴，杀气腾腾，并以杀生害命为己任，荼毒生灵。他们猎杀的，全是与人无害的羽毛动物，这些都是为了满足他们杀生嗜好，预先人工繁殖培育出来的。一时间，他们对大自然芸芸众生之中、比他们弱小的同伴，竟是如此粗野，如此残酷，丝毫没有教养礼貌，根本不顾侠义道德。

　　见此情景，苔丝一时觉得，这些可怜的鸟儿和自己一样，受苦受难，不由得动了恻隐之心；她首先想到的，是为那些还活着的山鸡解除痛苦，于是她就一只一只，把那些她能找到的山鸡，都亲手拧断了脖子，免得它们活受罪；然后将这些鸟儿放在原地，等那些打猎的再来找寻——他们大概还会回来的——回来进行第二轮搜查。

　　"可怜的小家伙，看到你们受了这样的罪，我怎能再说自己是天底下最悲惨的人呢？"她一面轻轻地把它们弄死，一面泪流满面，同时大声说道，"我可是一点儿皮肉之苦也没受过啊！我没有缺胳膊少腿，也没有血流不止，而且我还有双手可以挣饭吃，挣衣服穿。"想起那天夜里自己的颓丧，苔丝不觉倍感羞愧。那种颓丧，无凭无据，只不过是在毫无自然基础的人类社会礼法面前，她感到自己是一个罪人，该受谴责罢了。

42　农场受雇

　　现在天光大亮，苔丝小心翼翼地上了大路。其实，她用不着这样担惊受怕，因为路上连个人影儿都没有。于是，她便毅然决然地往前走去。一边走，苔丝不觉又想起了那些山鸡，昨天夜里，受伤的山鸡一直都在默默忍受痛苦，于是她便觉得，人生在世，难免经受痛苦，但痛苦有大有小，对自己来说，只要把别人的看法置之度外，痛苦也并非不能忍受。可是如果克莱尔也跟周围的人一样，持有那些看法，那她又怎能不放在心上呢？

她走到粉新屯，在客栈里吃了早饭，那儿有几个小伙子，讨厌得很，都奉承她长得漂亮。不知怎的，却也又让她生出几分希望，没准儿有一天，她丈夫也会对她说出相同的话来呢？既是这样，那她更得小心谨慎，远离这些偶然碰到就调戏她的人。保险起见，她决心不能再因容貌而让自己涉险了。于是她一出村子，就躲进一个矮树丛，从篮子里拿出一件破旧不堪的女工服——这件衣服，她在马添村割完麦子之后，再也没穿过，就连在奶牛厂都没穿过。她灵机一动，想了个妙招，从包袱里拿出一块大手绢儿，把帽子下的脸，包括整个下巴、脸颊和太阳穴都裹起来，生怕别人看到她的真面目，这样看起来就像害牙疼似的。然后，她又拿出剪刀，对着一面小镜子，把心一横，将眉毛剪了。这样一来，保管再没人垂涎她的美色了，她这才又放心地走上那条崎岖不平的大路。

"那个大姑娘，怎么弄得怪模怪样的！"有个人遇到苔丝，就和旁边的同伴说。

苔丝听了这话，顿时眼泪盈眶，可怜起自己来。

"不过，我不在乎！"她说，"哦——我不在乎！自此以后，我就要把自己打扮得灰头土脸，反正安吉儿不在身边，也不会有人关心我。我丈夫走了，再也不会爱我了；可是我还是一样地爱他，讨厌别的男人，我情愿他们都对我轻蔑无礼！"

苔丝就这样朝前走，形单影只，与大地景致融为一体；她从头到脚，一身冬装，将身体容貌掩盖得严严实实，俨然就是一位地地道道的农妇；只见苔丝上身披着一件灰色粗哔叽布料的短斗篷，脖子上围一条红色毛围巾，下身穿着一条毛料裙子，外面裹着一条棕中泛白的粗布罩裙，手戴一副黄皮手套。那一身旧装，历经风吹日晒，雨水侵蚀，每一针每一线、每一块布面都磨损褪色，现在从苔丝身上，一点儿也看不出年轻人该有的激情——

姑娘的嘴冰冷，

一层一层，

拢了前额，

遮了容颜。

　　从外表看，她死气沉沉，毫无生机，几乎就是一个无机体，但她的内心，真实又鲜活，就其年龄来说，她已经阅尽世间沧桑，看透世态炎凉，深知肉欲残酷，懂得爱情脆弱。

　　第二天天气不好，但是她仍然继续前行，虽然天公不作美，但至少它表里如一、直截了当、不偏不倚，因此她并不为之感伤。既然要找一份工作在寒冬糊口度日，寻一个去处在寒冬遮风挡雪，自是一时一刻都不能耽搁。她从前做短工的经历，让她决心不再重操旧业。

　　就这样，她朝着玛丽安写信告诉她的地方走去，途中路过一个又一个农场，不停地打听有没有工作，最后她决定，除非实在走投无路，否则绝不去玛丽安推荐的那个农场工作，她听说那个地方的工作非常艰苦，令人生畏。她起初想找一些轻快活儿，于是就从她喜欢的奶牛场、养禽场问起，看到这类工作渐渐没了希望，才去找比较繁重的工作，问来问去，一无所获，只得去干那些她不喜欢的粗活重活了——农田上的工作；这种工作又粗又累，除非是迫不得已，否则她是不会干的。

　　第二天黄昏时分，苔丝走到了一片高低起伏的白垩质高地，或者说是高原。这片高原在她出生和恋爱的两个山谷之间绵延推展。无数半圆形古冢点缀其间，状如丰乳，浑圆挺立，远远看去仿佛是乳房众多的大地母神希波莉长身仰卧一般。

　　这儿空气干燥寒冷，漫漫大路，雨后不过几个钟头，就被吹得尘土飞扬，灰蒙蒙一片。这儿树木稀少，或者说根本没有树木，生长在树篱中间的零星几棵，也都被佃户无情地摧残蹂躏，编结成树篱。佃户本来就是乔木、灌木和丛林的死对头。前面不远处，可以看见野牛冢和荨麻山的山顶，看上去友善和蔼。从这片高原上看，两座山头呈现出一副低矮谦逊的样子，但苔丝小时候从故乡布蕾克摩谷看上去，就像直插云霄的魔幻城堡。往南，越过海岸边的小丘与山脊，好多英里之外，有一片水面，晃晃如擦亮的钢板，那就是远远通向法国的英伦海峡。

在她面前，出现一个小村庄，破败零落。原来，不知不觉中，她已经到了燧石山，也就是玛丽安做工的地方。一切就像命中注定，她似乎是非来这儿不可。她放眼观瞧，周围的土壤坚硬贫瘠，心中明白，这儿的工作一定艰苦卓绝；但是她已经疲于奔波，尝尽四处谋生之苦，天又下起了雨，于是，她决定留在这儿。村口有座小屋，山墙向大路突出，雨下得急，她顾不上找住所，就先在那面山墙下站住脚避雨，此时，天色渐暗，暮色四合。

"谁会想得到，我就是安吉儿·克莱尔夫人呢！"她说。

她将肩膀、脊背靠在墙上，顿时，一股暖意传来，她再一看，原来这所小屋的壁炉，就修在山墙这一面儿，暖气透过墙砖，传到外面。于是，她把手放在墙上取暖，刚才脸也被雨淋得又红又湿，干脆也靠在了舒服的墙面上。那面墙仿佛就是她唯一的朋友。此刻她一点儿也不想离开，哪怕待上一整晚都行。

苔丝听到小屋里的人们干完一天的活儿，聚集在一起谈天说地，还能听见他们吃晚饭时杯盘相碰的响声。但是村庄的街道上，一个人影也没有。终于，一个女子模样的人向这里走来，才打破了这片孤寂。傍晚已是凉意飕飕，但那个女人还穿着夏天的印花布长裙，头上戴着夏季的凉帽，苔丝凭直觉断定，来人可能是玛丽安，待她走近，能在暮色中辨认出时，苔丝定睛一看，果然是她。玛丽安比以前更胖了，脸色也更红润了，但身上却衣衫褴褛。这要是放在以前，苔丝怎么也不肯在这种情况下与她相认。但她太孤独了，所以玛丽安一向她打招呼，她便回应了。

玛丽安恭敬客气地询问苔丝近况，她隐约听说过苔丝和丈夫分居的事，但现在看来，苔丝的情况和当初相比似乎并没有改善，于是不由得为她难过起来。

"苔丝——克莱尔夫人——亲爱的克莱尔夫人！怎么落到这步田地了，我的宝贝？为什么把你漂亮的脸蛋儿裹起来呢？有人打你了吗？不会是他吧？"

"不，不，不！我包起脸，只是为了躲避是非而已，玛丽安。"

于是，她气愤地把裹脸的手绢扯了下来，免得让别人产生这样荒诞的猜想。

"你怎么没戴领子？"（在奶牛场时，苔丝习惯戴一条白色的领子。）

"是的，没戴领子，玛丽安。"

"中途丢了？"

"没丢。实话告诉你，我一点儿也不在乎我的容貌了，所以就没戴领子。"

"结婚戒指也没戴？"

"不，戒指我戴着呢，不过我没戴在外面。我把它用绳子穿着，戴在脖子上了。我不想让别人知道我结婚了，我现在过成这样，要是再让人家知道我已嫁为人妻，不知道有多尴尬呢！"

玛丽安一时沉默不语。

"可你是一位上等绅士的夫人呀，这种日子对你来说太不公平了！"

"啊，不，公平，非常公平！虽然我很难过，但我罪有应得。"

"哎呀，哎呀，他娶了你，你还觉得难过！"

"做了夫人，有时候就得苦恼，这并不是丈夫的错，都是因为她们自己。"

"你没有错啊，亲爱的；我相信你没错，而他也没有错。所以只能

319

是外界的因素了。"

"玛丽安，亲爱的玛丽安，你帮帮忙，放过我好不好？我丈夫已经到国外去了，我的钱也差不多用完了，所以才迫不得已，暂时出来像从前那样，做工糊口。你别叫我克莱尔夫人，就像以前一样，叫我苔丝吧。他们这儿缺人手吗？"

"啊，缺，他们一直都缺，谁肯来这儿干活啊！这里土地贫瘠，一片荒芜，只能种点儿麦子和瑞典萝卜，我来也就罢了，但像你这样的，也跑到这里来，真可怜！"

"可是，以前你不也和我一样都是挤牛奶的好手吗？"

"是啊，可自从我沾上酒瘾，就不再做那样的工作了。天哪，现在喝酒成了我唯一的慰藉了。如果你被雇用了，你就得去挖瑞典萝卜，我现在就干这个，我想你不会喜欢的。"

"啊——什么活儿都行！你帮我说说？"

"最好还是你自己去说吧。"

"那好吧。不过，玛丽安，要是我在这儿干活儿，千万不要再提他啦，可别忘了啊！我不想辱没了他的名声。"

玛丽安虽不及苔丝心细，却值得信赖，苔丝要求她的，她都一一答应了。

"今天晚上发工资，"她说，"你要是和我一起去，他们雇不雇你，你当场就知道了。我真替你难过。我知道，这都是因为他不在这儿，对吧？要是他在这儿，即使他不给你钱，即使他把你当苦力使唤，你也不会难过吧。"

"是，是。那样我就不会难过。"

她们一同继续前行，很快就来到一排农舍跟前。农舍周围，一片沉寂荒凉，无以复加。放眼望去，目光所及之处，寸木不生、绿草不长；在眼下的季节里，除了休耕地和萝卜地，竟不见一片青草、一丝绿意。土地广衰无垠，树篱盘结，高低一致，将土地分割成一大块一大块，一片死寂。

苔丝站在农舍外面，一直等到工人领完工资，玛丽安才把她叫进去。这天晚上农场主似乎不在家，一切由妻子代办。她问了问苔丝，知道她愿意工作到旧历圣母节，就把苔丝雇了下来。现在很少有来地里做活的女工，而且女工工资低，却可以和男工做一样的活儿，自然更是有利可图。

苔丝签了合同，接下来得找个栖身之所，除此以外，别无他事。曾靠在其山墙上取暖的那户人家，给苔丝提供了一个住处。这种生活自是简陋困顿，勉强维持生计而已，但无论如何，也是在天寒地冻时节给了她一片遮风挡雪的庇佑之所。

晚上苔丝立马写信，把新地址告诉了父母，以保证丈夫的信若是寄到了马渎村，父母也好转寄给她。不过，对自己目前所处的艰难困苦，她只字未提，若说了，势必招来父母对自己丈夫的责备。

43　劳役凄苦

玛丽安说燧石山农场是一片穷山恶土，这话一点儿也不夸张。这片土地上，唯一丰腴肥硕的就是玛丽安，而她还是个外来的。英国的乡村，分为三种，一种是地主自己经营，一种是村人自己经营，还有一种是地主和村人都不经营（换句话说，第一种是地主住在乡下，督促其佃农耕种；第二种是自由保产人或公簿持有农自己耕种；第三种是地主不在乡下，由佃户耕种，他只收地租）。燧石山农场属于第三种。

既然来了，无论如何，生活都得过下去，于是苔丝便着手工作。现在她很有耐心，这份耐心，情感复杂，道德上的勇敢和身体上的怯懦交杂参半，成为她苦苦支撑的力量。

苔丝和同伴开始挖瑞典萝卜，那块田地足足有一百多亩，且地势最高，外层是白垩岩层的硅质矿床，突出地面，砂石混杂，上面铺着一层松散的白燧石，不计其数，有的圆如球茎，有的尖如弯月，有的直如根茎。萝卜露在外面的上半截，早已被牲畜啃了个一干二净，这两个女人要干的活儿，就是把埋在地里的下半截，用带弯钩的锄头刨出来再喂牛羊。萝卜的绿叶已经吃光，整块田地放眼望去，满眼尽是枯黄淡褐，一片荒芜凄凉；仿佛一张没有五官的脸，从下巴到额头，只覆着一张褐色的皮；天空和大地一样，同样凄凉悲怆，只是颜色不同，一张白脸空洞无物，五官俱失。一天到晚，天地两张脸，就这样遥遥相望，空对无言，白脸向下望着黄脸，黄脸向上瞅着白脸，天地之间，除了这两个姑娘，像苍蝇一样趴在地上，再也看不到别的东西了。

　　周围杳无人烟，她俩在田间机械劳作，动作单调乏味。两个人形站在那儿，棕色粗麻布套衫，裹在身上，密不透风——这是一种带袖子的褐色围裙，背面有排扣子，一直扣到下摆，护着袍子，免得被风吹起——袍子下摆极短，露出靴子，高高超过脚踝，手上戴着黄色护腕羊皮手套。头戴遮风帽，帽檐宽大，低头工作，看起来像在苦思冥想，让人不觉联想到意大利初期画家心目中的那两位俯首悲哀的玛利亚。

　　她们孤苦伶仃，在荒凉的大地上劳作，没有丝毫悲伤，也不去探究命运是否公允，只是一个钟头又一个钟头，不辞劳苦地埋头苦干。即便处境如斯，梦想依然存在。那天下午，雨又来了，玛丽安说她们不必再去干活儿了，但转念一想，不干活儿就拿不到工钱，最后还是打消了这个念头。这片田，地势很高，不等雨落地，就被怒号的狂风横扫漫卷，在半空中乱抛，就像玻璃碴子，狠狠地扎进她们的身体，将她们浑身上下浇个透心凉。到现在，苔丝才真正明白被雨淋透的滋味。原来淋湿的程度，各有不同，平常被雨淋湿了一点儿，我们也说淋透了。但是要一直站在田地里持续缓慢地干活儿，境况就大不相同了。她们觉出雨水在身上慢慢流淌，先是小腿和肩膀淋透了，然后是大腿和脑袋，接着是后背、前胸和两胯，统统都被雨淋得湿透了。她们还得继续工作，一直到铅灰色的亮光逐渐暗淡，太阳西下，才停下来；要不是真有点儿不同寻常的坚韧毅力，甚至是英勇气概，是万万干不来这种活儿的。

然而她俩对淋雨，并不像我们想象的一样，觉得那么难受。她们年轻，又正诉说着泰波塞斯奶牛场的快乐时光，谈论着她们同居一室，同爱一人的美好生活，还有那陶情怡性的广阔绿野；那片原野，慷慨宽宏，夏季有太多的馈赠；在物质上大家雨露均沾，情感上二人独享宠爱。克莱尔在法律上却是苔丝的丈夫，而实际上却又不是，苔丝本不愿和玛丽安谈这件事；但是这个话题，似乎有不可抗拒的魔力，只要玛丽安一提起来，她就违背自己的本意，你有来言，我有去语，不由得应和上去。因此，正如我们前面说的，虽然帽子湿透了，帽檐不停地拍打着脸，粗布罩衫湿透了，紧紧箍在身上，成了沉重的累赘，但整个下午，她们都沉浸在绿草如茵、阳光灿烂、魂牵梦萦的泰波塞斯的回忆里。

"天气好的时候，从这儿可以望见离弗卢姆谷只有几英里远的小山。"玛丽安说。

"啊！真的？"苔丝说，又发现了这个地方的新价值。

因此，在这个地方，就像在其他地方一样，她们感到体内有两股力量在相互冲突：天生意志渴望享乐，环境意志又不容享乐。玛丽安有一个方法，来增强自己安逸享乐的意志。下午慢慢过去，她便从自己口袋里掏出一个酒瓶子，大约有一品脱的容量，瓶口塞着个白布条塞子，请苔丝喝酒。但眼下苔丝的思绪早已飞到了仙山琼阁，根本无须再借助酒力。她只呷了一小口，就不再喝了，玛丽安接过酒瓶，大口喝起来。

"我已经喝上瘾了，"玛丽安说，"离不开它了。现在酒是我唯一的慰藉了——你知道，我是情场失意，而你情场得意，用不着喝酒，也一样能过。"

苔丝觉得，自己的失意，和玛丽安是一样的，但又一想，至少名义上她还是安吉儿夫人啊，有了这种自尊，她也承认了刚才玛丽安分析的那种区别。

在这样的光景里，无论早晨结霜上冻，还是午后飘洒苦雨，苔丝都像奴隶一样不停劳作。不是刨挖萝卜，就是修整萝卜；修整萝卜，是用一把弯刀，把萝卜上的泥土和根须削掉，然后储存起来，供将来食用。修整萝卜时，如果下雨，可以到茅草棚子里躲一躲；但是遇到天寒地冻的鬼天气，萝卜被冻成一个个的冰核，就是戴着厚厚的皮手套，也挡不住那刺骨的冰冷，直冻得手指生疼。不过，苔丝仍满怀希望，她坚信，克莱尔天生宽厚仁慈，总有一天，他会回来与她重修旧好。

玛丽安喝足了酒，兴奋起来，就捡一些奇形怪状的燧石，紧跟着忍不住尖声大笑；苔丝却不苟言笑，目光呆滞；这里虽然看不见弗卢姆谷，但她们还是时常眺望，一面望着那片阻断了视线的灰色迷雾，一面回忆着她们在那儿度过的旧日时光。

"唉，"玛丽安说，"我真想让过去的老朋友，能再来一两个！那样的话，每天干活的时候，咱们就能回忆泰波塞斯的生活了，就能常常把它挂在嘴边，聊聊咱们在那儿度过的美好时光，说说我们都熟悉的事，这样一来，我们就好像又回到从前了！"玛丽安一想起旧日的情景，眼眶就湿润了，嘴里也含糊起来。"我要给伊茨·休特写信，"她说，"我知道她现在闲在家没事做，我要告诉她，我们在这儿，叫她也到这里来。或许，莱蒂的病现在也好啦。"

对玛丽安的这个提议，苔丝没什么好反对的；两三天以后，苔丝第二次听到了叫朋友来这里，重现泰波塞斯旧日欢乐的计划，那时玛丽安告诉她，说伊茨已经给她回信了，答应她，要是能来，就一定来。

多年来，从未遇到过像今年这样的冬天。悄悄地，它来了，小心翼翼、蹑手蹑脚，就像棋手在走棋子。一天早晨，那几棵孤零零的大树和树篱间的荆棘，一下子改变了容颜，体被由植物的更换成了动物的。每一根枝丫，都覆了一层白绒，仿佛一夜之间，树皮上长出了一层厚厚的毛，粗细也变成了原来的四倍；整个灌木和大树，就像一幅扎眼的素描，用白色线条，画在了灰色惨淡的天空和地平线上。棚子里和墙壁上，原先看不见的蛛网，现在露出了真面目，在寒冷湿润、容易结晶的空气里看得清清楚楚，蛛网好似白色绒线结成的环扣，挂在外屋、柱子和大门凸出的地方，格外惹眼醒目。

这段潮湿冷凝季过去了，接踵而至的便是干燥霜冻期。这段时间，一些奇怪的鸟儿，都悄无声息地从北极后面飞到燧石山这片高地上；这些瘦削憔悴、幽灵鬼怪似的生灵，眼里满是凄惨忧伤；它们生活在广袤无垠、人迹罕至的极地，那里雪虐风饕，寒气能凝固血液，人类根本无法忍受；在那里，它们曾目睹大变动中那灾难性的恐怖场景；在曙光女神播撒的绚烂极光里，曾亲眼看到冰山崩裂、雪山崩塌；在狂风暴雪、倒海覆地的漩流里，眼睛几近失明；至今面目还保留着饱经诡异幻境的神色。这些无名怪鸟，飞到苔丝和玛丽安身旁，对那些人类无法目睹的奇景，只字不提；这些鸟不像旅行家，心怀壮志凌云，到处讲述游历观览，而是冷漠淡薄，不动声色，早把那些惊心动魄的经历，抛之脑后，一心专注于这片高地家园上当前正在发生的事情。它们关注的，无非是两个姑娘手上的锄头翻开的土块儿，土块儿中有这些来访的宾客所倾心的美味，它们吃得津津有味。

有一天，这片空旷原野的大气中，袭来一种异乎寻常的东西，带着湿气，却不是来自雨水，又带着寒气，却不是因为霜冻；直冻得两人眼珠冰凉、额头生疼，又钻骨袭髓，酸痛苦楚甚于其外。有了这样的感觉，她们知道要下雪了，当天夜里，这片原野上便纷纷扬扬卷下漫天大雪。苔丝还是住在那间小屋里，那温暖的山墙，曾给予孤寂的行人些许的慰藉与欣喜。夜里苔丝醒了，她听见草屋顶上发出一种奇怪的声响，好像是四面八方狂风大作，把房顶当成了竞技场。早上，她点了灯，准备起床，发现从窗户缝里刮进来许多雪，在窗户里面，细细的粉末堆成了一个白色的圆锥体，烟囱里也吹进来许多雪，铺在地上，有鞋底那么厚，她走在上面，留下一排鞋印。屋外，风雪交加，疾飞劲走，吹进厨房，旋即变成一片雪雾。是时，外面依旧漆黑一片，雪势如何，不得而见。

苔丝心里清楚，这种天气，是不能继续刨萝卜了。一灯如豆，独自摇曳，苔丝就着灯盏，吃完早饭。此时，玛丽安来了，告诉苔丝说，她们得到仓库里去理麦秸，一直理到天气好转。等外面漆黑的天幕，有了一丝微弱的光，天地混沌，灰雾沉沉，两人就熄了灯，身上裹了厚厚的围裙，脖子、前胸围了毛围巾，出门前往仓库。这场雪，就像擎天的白色云柱，满天飞洒，跟随着候鸟，从北极盆地，一路来到这儿；单看一片雪花，是不会看到这铺天盖地的豪壮。朔风突起，夹带着冰山、北极海和北极熊的气味，恣意肆虐，抛卷着雪花，疾飞狂走，久久不落。她俩侧身弓步，在风雪交加的原野中，奋力挣扎，艰难前行；两人尽量靠着树篱，以避风雪，而此时的树篱，不再是屏风来遮风挡雪，反倒成了巨筛以走风过雪。漫天风雪，天昏地暗，空中飞雪盘旋飞转，凌乱纷纭，天地混沌，无形无色。两个年轻的姑娘，却依然兴高采烈，干燥高原上的极端天气，丝毫左右不了两人的心情，没法让她俩伤感抑郁。

"哈——哈！机灵的北方鸟儿，早就知道要下雪了，"玛丽安说，"我敢肯定，鸟儿从北极星那儿，往这边飞，一路刚好飞在风雪的前头。亲爱的，你丈夫估计这会儿正晒着大日头呢！天哪，要是现在他能够看见自己的漂亮夫人就好啦！我并不是说这鬼天气把你冻得不好看了，反倒让你更迷人了！"

"不要再提他了，玛丽安。"苔丝厉色道。

"好吧，可是——你心里一直想着他啊！不是吗？"

苔丝没有回答，满眼含泪，急转身，朝着她想象中南美洲的方向，噘起小嘴，茫茫风雪之中，飞出一个激情热烈的吻。

"唉，唉，我就知道你心里老惦记着他。可说句实话，你们夫妻这么个过法，太别扭！好吧——我也不说了！天气恶劣，只要在仓房里，就冻不着。不过，理麦秸可比刨萝卜费劲多啦！我粗壮结实，自然不怕，可你苗条得多，真不明白，农场主竟也叫你干这个。"

她们来到麦仓，闪身进去。麦仓呈长方形，一头堆满了麦子；中间是理麦秸的地方，头天晚上，就已经搬进来了很多麦捆，放在理麦秸的机器上，足够这些女工干一天了。

"哟，这不是伊茨嘛！"玛丽安说。

的确，走上前来的，正是伊茨。昨天下午，她从母亲那里一路走来，没想到路这么远，一直走到天黑才到。不过还好，她一到这里，天就下起了雪。她在客栈住了一夜。原来农场主和她母亲在集市上就商量好了，只要她今天能到，就雇她。伊茨就担心来晚了，惹农场主不高兴。

除了苔丝、玛丽安和伊茨，还有另外两个女人，也是从附近村子来的，她们是姊妹俩，都生得虎背熊腰，长相彪悍。苔丝见了，大吃一惊，原来一个是黑桃皇后黑卡尔，一个是她妹妹方块皇后——想当年，在川特里奇，半夜三更赶夜路，和苔丝吵架还差点打起来的，就是她俩。两人看起来好像不认识苔丝，也可能真不认识，毕竟吵架那回，姊妹俩喝得醉眼惺忪，而且在川特里奇那会儿跟现在一样，是暂住，打短工。她们喜欢干男人干的活儿，掘水井、修树篱、挖沟修渠、刨坑凿洞，样样精通，信手拈来。两姐妹也是理麦秸的一把好手，她看了看苔丝三人，露出一脸不屑。

大家戴上手套，在机器前站成一排，开始工作。机器就是个架子，一边一根柱子，中间一个横梁，横梁下面放着准备整理的麦子，一捆一捆，麦穗朝外，横梁用竖销子固定在柱子上，下面的麦捆越来越少，横梁也随着慢慢往下落。

天色昏沉，仓门半开，透进灰白的光，那不是天上照耀而下的阳光，而是地下反射而上的雪影。几个姑娘，从机器压梁下，将麦秸一大把、一大把拔出来；面前那两个陌生女人，东家长，西家短，没完没了，说个不停；碍于此，玛丽安、伊茨两人，便无法叙旧情谈往事了。少时，仓外传来一阵沉闷的马蹄声，农场主骑马，已到了仓门。他下了马，径直来到苔丝跟前，一言不发，站在一侧打量苔丝。起初苔丝没有回头，可农场主站在那里，目不转睛地盯着看，她就转身看了一眼。这一看，她大惊失色，盯着她看的不是别人，正是她的雇主，那个在大路上揭发她的历史，吓得她飞奔逃避的川特里奇人。

他就站在那里等着，直到苔丝把割下的麦穗抱出去，放在门外的麦穗堆上，他才开口说话："原来你就是那个不知好歹的女人啊，一听说刚雇了个女工，我就知道是你，要是连这都猜不出，出门就叫我掉到河里淹死！哼，第一回在客栈，仗着你那小情人，占了便宜；第二回在路上，仗着腿快，逃走了；这回，我看你往哪里跑！"他满脸狞笑。

一边是两个彪形悍妇，一边是睚眦必报的农场主，苔丝夹在中间，就像一只陷入罗网的小鸟。苔丝一言未发，只是默默继续拔麦秸。此时此刻，她已经看透了当前情势，自此，她再也不用担心农场主对她献殷勤了；他只是因为让克莱尔打了，有火没地儿发，要拿她出气罢了。她宁愿受男人的气，而且自己有勇气忍受这一切。

"你是不是认为我爱上你了？有些女人就是傻，看她一眼，她就认真了。先在地里干上一冬天的活儿再说，就让你看看，我是不是爱上你了。合同不是已经签了吗，答应干到圣母节？还不赶紧道个歉！"

"我觉得你应该向我道歉才是。"

"好哇，随你的便吧，咱倒要看看，在这一亩三分地上，到底谁说了算！今天就干了这几捆的活儿吗？"

"是，先生。"

"就这？也太少了，你看看人家，"说话间，手指那两个粗壮的女人，"其他人干的也比你多。"

"她们以前都干过这个活儿，我又没干过，怎么能跟她们比呢？再说了，这个活儿计件，多干多给钱，少干少给钱，和你有什么关系？"

"啊，你说没有关系就没关系吗？我就是要把这个麦仓早点儿清理出来。"

"那好，别人都是干到两点钟就回去，我不走，我干一下午总可以了吧！"

他恶狠狠地瞪了她一眼，转身走了。苔丝心里琢磨，全天下还有比这儿更糟糕的地方吗？不过，这总比献殷勤、抛媚眼的男人好。到了下午两点钟，那两个专业理麦秸的女工，把大酒壶里剩下的半品脱酒一口喝干，放下镰刀，捆好最后一捆麦秸，起身走了。玛丽安与伊茨起初站起来也要走，可一听到苔丝手生干活儿慢，要留下来多干一会儿，补上缺口，她俩岂能让苔丝一人孤零零地留在这里。外面的雪还在下，玛丽安抬头往外看了一眼，大声喊道："好啦，现在全是自己人了。"于是，话题自然而然地转到了奶牛场的往昔岁月；当然，还说起了她们对安吉儿·克莱尔的热恋深情。

"伊茨、玛丽安，"安吉儿·克莱尔夫人满脸严肃地说，不过这种严肃令人心酸，她这位夫人，哪还有个夫人样，"现在我不能和过去一样，同你们一起谈论克莱尔先生了；你们也知道，现在他是离我而去了，可到底还是我丈夫啊！"

四个钟情于克莱尔的姑娘当中，就数伊茨冒失鲁莽、尖酸刻薄。她说："要说做情人，毫无疑问，他是最好人选，可是做丈夫，这刚一结婚就抛下你，实在说不过去！"

"那是无奈之举，不得不去，总得去考察考察那儿的土地吧！"苔丝替丈夫辩解。

"就算是那样，那他也得先把你安顿好，度过这个冬天才是。"

"啊——那只不过是因为一件小事——一场误会；咱们就别争啦，"苔丝哽咽着回答，"其实，他的所作所为，还是可圈可点！至少，他不像有些负心汉，不辞而别；他在什么地方，我还是知道的。"

说完这番话，三人沉思良久，只默默干活，将麦穗卡住，拔出麦秸，夹在胳膊下，用镰刀把麦穗割下。麦仓里，麦秸沙沙作响，镰刀嚓嚓有声，除此以外，一片寂静。忽然，苔丝两腿一软，瘫倒在一堆麦穗上。

"我就知道你受不了！"玛丽安大声说，"这种活儿，得皮糙肉厚的才能干得了。"

就在这时，农场主进来了。"啊，我走以后，你就这么干活啊！"他说。

"这么干，吃亏的是我，又不是你。"苔丝辩解道。

"我就是想把这活儿赶紧干完。"他倔得像头牛，说着话，穿过麦仓，从另一个门出去了。

"别理他，亲爱的，"玛丽安说，"我以前在这儿干过，你先去躺一会儿，我和伊茨把你欠的活儿补上。"

"我不愿意让你俩替我受累，论个头，我比你们还高呢。"

但她实在无力支撑，就答应躺一会儿，便倒进一堆乱草之中。那堆乱草，是理完麦秸剩下的杂草乱叶，扔在仓库的一头。这回瘫软，一方面是因为工作太累，一方面是因为又提起她和丈夫分离，伤心难过。她躺在那儿，感知尚存，意志全失；麦秸沙沙作响，镰刀嚓嚓有声，好像都落到了身上，自己也感受到了分量似的。

她躺在角落里，除了麦秸声与切割声以外，还能听见另外两人在窃窃私语。她知道，她们一定还在继续刚才那个话题，不过她们把声音压得很低，苔丝听不清；后来，苔丝越来越好奇，想听一听她们究竟在说什么，就咬牙劝告自己，感觉已经好多了，站起来继续干活。

后来，伊茨·休特也累垮了。毕竟，她昨天晚上走了十几英里的路，半夜才上床睡觉，五点钟就起来工作。只有玛丽安，身强力壮，又喝了酒，借着酒劲儿，还能顶得住，没有背酸胳膊疼。苔丝催着伊茨回去休息，说自己已经好多了，等都做完了，根据麦捆，大家平分。

伊茨欣然接受，心中感动万分，出了仓门，顺着雪中小路，回自己住处了。玛丽安每天下午这个时候都要喝酒，此时酒意阑珊，已是如痴似癫了。

"真没想到，他会办出那种事——无论如何也想不到！"她迷迷糊糊，就像在说梦话，"我也很爱他！他娶了你，我一点儿也不介意。不过这次，他这样对待伊茨，真是太不像话了！"

闻听此言，苔丝大吃一惊，差点儿没把手指头割下来。

"你说的是我丈夫吗？"她结结巴巴地问。

"哎，是啊。伊茨嘱咐我，不要告诉你，可我就是忍不住，还是告诉你吧。是这么回事，他让伊茨，让伊茨陪他一起去巴西。"

听到这话，苔丝脸色煞白，白得像外面的雪，垂头丧气地问："伊茨没有答应他，是吧？"

"这我不清楚，反正后来，他又反悔了。"

"呸——那他并不是真心的！只不过是男人与女人开个玩笑罢了！"

"不，可不是开玩笑。他载着伊茨向车站走了好远一段路呢。"

"还是没把她带走哇！"

她们又默默地理了一会儿麦秸，苔丝突然放声大哭，哭之前，一点儿征兆都没有。

"唉，要是不告诉你就好了，就没这事啦！"玛丽安说。

"不，你告诉我这事，一点儿都没错！我一直放任自己，由着性子，萎靡不振，这样下去，会是什么结局！我应该常常给他写信才是。他告诉我，不要去找他，但没说不能写信哪！我不能再这么糊涂下去了。大事小事都由他而定，是我的疏忽，我的错！"

仓库里光线本来就暗淡昏沉，现在更是惨淡无光，视线模糊，看不清东西了，两人只好停下手里的活儿。当天晚上，苔丝回到住处，走进了自己那间粉刷一新的私密小房间，一时激情冲动，拿起笔来，便想给克莱尔写封信。信还没写完，她又犹豫起来，到底该不该写这封信呢？后来，她把贴身放在心窝的戒指，从带子上解下来，戴在手指上，戴了一整晚，仿佛这样可以给她信心，增强力量，告诉自己，她才是那位扑朔迷离的情人真正的妻子。她这位情人，刚一分开，居然就要求伊茨同他一起到国外去。现在她都知道了，怎么能再写信去恳求他，表示对他的挂念呢？

44 拜访公馆

爱敏斯特牧师公馆遥遥在望，最近，苔丝不止一次想起这里。自从在仓房里听了玛丽安那番话，牧师公馆又一次浮现在脑海。临行前，丈夫曾经叮嘱，要写信给他，就得从爱敏斯特他父母那儿转寄，如果遇到困难，就直接写信给他父母。但苔丝觉得，无论品行，还是贤淑，自己都不配做克莱尔夫人。想给丈夫写信的冲动几次都被压制回去。牧师公馆其实与自己娘家一样，自从结婚以来，从来没有人在乎她的存在。她性格孤立，婚后便与婆家、娘家隔绝往来，这也符合她的脾性。而且，平心而论，她有何资格得到两家的恩泽与体恤，既然如此，她干脆连想也不想了。她清楚，人生成败，全凭自己品性特质；至于她与克莱尔一家，不过是那家人里其中一位，由于一时冲动，与她一起把名字签在了教堂的结婚薄上，于是就成了一家人；这种名分脆弱淡薄，她也绝不会以此来寻求帮助。

但是她的忍耐是有限度的，伊茨的故事刺激了她，就像得了热病，痛苦难耐。丈夫为什么还没有写信给她？他分明跟她说过，至少会让她知道他旅途所到的地方，可到现在，连一行告知行踪的信也没有。他真的一点儿都不把她放在心上吗？或是他病倒了？自己是不是应该主动去找他？她想，既然自己放心不下，一定可以鼓足勇气，去牧师公馆，打听打听消息，也表达一下自己的想法——他杳无音信，她担忧思念。如果克莱尔的父亲，真如之前所述，是个好人，那他一定能理解她内心的焦虑和思念。至于她生活上的困难，完全可以避而不谈。

工作日，她无权离开农场，所以只能趁周天去拜访牧师公馆。燧石山地处白垩质高原中心，到现在也没通火车，她只得步行去那儿。到那里单程十五英里，打个来回，得需要一整天工夫，而且还得起个大早。

两个礼拜后，风雪停息，接踵而至的是天寒地冻，一片冰雪世界，苔丝就趁着路面封冻，前去拜访。周天凌晨四点，她就起身下楼，披星戴月出了门。天气依然很好，地面冻得硬如铁砧，人走在上面咯噔咯噔，踏地有声。

玛丽安、伊茨心里清楚，苔丝这趟出行，一定与她丈夫有关，也就多了几分关心。两人住的地方与苔丝住的小房在一条街上，但还得再往前走几步，才能到苔丝那儿。她俩也起了个大早，跑到苔丝那儿帮她梳妆打扮，劝她穿上最漂亮的衣服，好讨她公婆欢心，但是苔丝知道，老克莱尔先生是一位朴素的加尔文派，不讲究衣着，因而苔丝觉得，过分打扮不见得妥当。自从结婚之后，悲伤痛苦便伴随在她左右，一年时间已经蹉跎而过，新婚伊始，华美服饰满衣柜，如今只剩下为数不多的几件，就这几件，足以将她打扮得清纯美丽、楚楚动人，活脱脱一位时尚的乡下姑娘。她身穿浅灰色毛料长袍，镶着白色花边，脸蛋儿白里透红，脖颈儿颀长柔细，外罩黑色天鹅绒外套，头戴黑色天鹅绒帽子，人美衣素，煞是好看。

"真可惜，你丈夫现在也看不见你，活脱脱一个大美人儿！"伊茨·休特打量着苔丝说道。苔丝站立门口，屋外，星光青蓝，屋内，烛光昏黄，人景映衬，美不可言。伊茨的话，发自肺腑，全然不顾自我贬低。

一个女人，但凡心有榛子般大小，在苔丝面前，就不能与之敌对，伊茨自然如此。面对同性，苔丝身上总散发出一股非同寻常的暖情与力量，感化她们，把女人的那些嫉妒和仇视的卑鄙感情，都一概压制下去。

玛丽安与伊茨下面扯一扯，中间整一整，上面抚一抚，看到苔丝浑身上下都妥帖整齐、周正利索了，才放手让她出门，目送她渐行渐远，逐渐消失在黎明的珠灰色晨辉里。苔丝放开脚步，走在坚硬的路面上，嗒嗒有声。就连伊茨，也希望苔丝这次拜访能够成功。虽然她并不怎么注重自己的贞操，但是一想到上次，一时受了克莱尔的诱惑，差点儿做出对不起朋友的事，两人悬崖勒马，伊茨感到些许欣慰。

只差一天，就是克莱尔与苔丝的结婚纪念日了；同时，再过几天，也是克莱尔离开苔丝一年的日子。一个晴朗干燥的冬季早晨，呼吸着白垩质山脊上清爽稀薄的空气，她步伐轻快，带着使命踏上征途，这倒也令人欣喜。毫无疑问，出发伊始，她的目的就是要讨婆婆的欢心怜爱，把自己的全部经历都告诉婆婆，希望得到她的理解支持，站到自己这边，替自己想办法，把那逃走的丈夫弄回来。

行走间，苔丝不觉来到了广袤高地的一处断崖边，下面便是肥沃富庶的布蕾克摩山谷；山谷绵延伸展，雾霭朦胧，晨曦初露。谷中大气，一片深蓝，与高原上苍白无色形成鲜明对照。苔丝现在干活儿的那片高原上，田地动辄上百亩，这儿五六亩便是一处，田间树篱，纵横交错，罗网一般。山岗一片浅褐，而谷中景色，与弗卢姆谷堪一比，绿意盎然，四季常青。即便如此，情境已不同往昔，苔丝很难再喜爱那片土地，她所有的苦恼悲伤，都是在那儿发生造成。苔丝觉得，世间之美，皆不在其本身，而在其象征，如此看法，非品味过凄婉柔肠之人，不能体悟觉知。

苔丝走起路来从容坚定，顺着她右面的山谷，一路向西；经过脚下那几个名叫辛托克斯的小村庄，穿越谢尔顿—阿巴斯通向卡斯特桥的那条大路，继而沿着道格伯利山与海斯托依山山脚，穿过两山之间的"恶魔厨房"大峡谷。然后沿着山间小径一路上行，直抵圣手十字柱。只见一根石柱，孤零零、静悄悄、冲天耸立；大概在那里发生过什么神圣奇迹，或是诡异凶杀，又或二者皆有，故立此柱为标记。前行三英里，突现一条笔直荒凉的罗马古道，名曰长槐路；一走上长槐路，旋即便拐上一条岔路，朝山下走去，很快便走到一个小镇，其实更像个村庄，名叫艾沃兹海德，到了那儿，路程基本过半。苔丝在艾沃兹海德稍事休息，吃了顿早饭，惬意无限。无论是休息还是用餐，苔丝没有去猪橡客栈，而是选择了教堂旁边一家农舍，因为她要避开客栈，以免引起不必要的麻烦。

剩下的一半行程，苔丝取道奔维尔路，穿过一片平坦祥和的乡村原野。不过，离目的地越近，苔丝就越觉得信心不足，实现此行的目的，更显得难上加难。眼前目标明确，四周却景物模糊，有几次都差点儿迷了路。到了中午，她总算来到一处栅栏门，在那儿立住脚歇息片刻，栅栏门下面是一片低地，爱敏斯特与牧师公馆就在那里。

她看见了教堂的四方塔楼，知道这个时候，牧师和教民都在塔楼下面集会，这种场景，苔丝看来肃穆庄严。她心想，要是设法在平常日子来就好了。即使是像老牧师这样的好人，不知道她选择周天来的苦衷，也一定会觉得她冒失失礼。事到如今，她已别无选择，只能硬着头皮往前走了。她一路走来，穿的是一双笨重的厚皮靴，她把靴子脱下来，塞到门柱旁的树篱间，一个显眼好找的地方，换上了一双漂亮的黑漆轻便靴子，这才往山下走去。走近牧师公馆，苔丝那张让冷风冻红的脸，也渐渐恢复了正常。

苔丝心想，要是碰巧遇到一桩好事，来帮自己一把，那该多好，可是周围一片寂静，什么事也没发生。牧师公馆草坪上的灌木，在呼啸的寒风中瑟瑟发抖。就算她绞尽脑汁也想象不出，这座房子里住着自己亲近的家属，即使自己打扮得漂亮得体，也无济于事。然而，无论是本性还是感情，在本质上她与那家人根本没有区别；无论是喜是悲，是生是死，无论是思想，还是死后，也都毫无二致。

苔丝终于鼓起勇气，走进栅栏门，按响了门铃。事已至此，已无退路。不，事情还没完，没人出来开门。她又鼓起勇气，第二次按响门铃。她赶了十五英里的路，本来已是疲惫不堪，这么一折腾，更是有些支撑不住，于是她一手撑着腰，用胳膊肘抵住门廊的墙壁，等着人家来开门。寒风刺骨，连墙上常春藤的叶子，都被吹得灰白枯萎，互相拍打，不息不止，刺激着她的神经，使她更加焦虑不安。一张带血的纸，从一户买肉人家的垃圾堆里吹了起来，在门外的路上来回飘荡，上下翻飞；因为太轻，老是落不下；又因为太重，怎么也飞不走，便在空中与几根干草飞舞做伴。

第二次门铃按得更响，但仍然没人出来开门。于是她就走出门廊，打开栅栏门，溜到外面。她心有不甘，时而回头盯着房子前墙看，仿佛要重新回去，可是栅栏门一关，她如释重负。她心里一动，暗自琢磨，莫非是公婆认出她来（至于怎么认出来的，她却说不出个所以然），特意不给她开门？

苔丝走到拐角，停下了脚步。能做的，她都做了，可苔丝还是决定不能因为自己一时羞怕便动摇了，给将来留下无穷悔恨，于是她又转身返回，在屋前走了个来回，把房子所有的窗户都细细查看了一遍。

啊，原来如此，他们都去了教堂，全家人都去了。她记得丈夫说过，他父亲坚持要全家人，包括所有的仆人在内，都要去教堂做礼拜晨祷，这一来，他们回家后只能吃冷饭。那么，也没什么大不了的，她只要等到晨祷结束，他们就回来了。她怕引起别人注意，便离开公馆，绕过教堂，躲到篱路上。可苔丝刚走到教堂墓地的栅栏门前，礼拜结束了，教堂里的人蜂拥而出，一下子把她拥在中间。

爱敏斯特的教民会众都盯着她看，那眼神只有信步回家的乡野小镇教民遇见一个外来陌生女人时才会有。苔丝加快步伐，走上来时的那条篱路，想在树篱中间躲一躲，等到牧师公馆的公婆吃过午饭，方便接待之时再出来。一会儿工夫，她就把教堂拥出的那些人，甩在后面，只有两个年轻男子胳膊挽着胳膊，快步从后面跟了上来。

等他们走近，苔丝便能听见他们郑重严肃的谈话声。女人在这种情况下，十分敏感，这两个男人说话的语音腔调，与丈夫的神似。这两个紧随其后的人，正是她丈夫的两个哥哥。苔丝乱了阵脚，一切计划全然忘光，她担心，自己衣衫不整，还没有做好十足的准备与他们见面，便让他们给追上了。虽然她认为这哥俩不会认出自己，可出于本能，还是害怕他们对自己端详品评。他们在后面跟得越快，她在前面走得就越急。显然两人是要在回家吃午饭之前，先快走一段，活动活动刚才坐在教堂里冻了半天的腿脚，暖和暖和。

上山路上，只有一个人，走在苔丝前面，看起来是位大家闺秀，确有几分惹眼，不过又有些许拘谨，显得极不自然。苔丝走得急，差不多快赶上前面那位小姐，她的两位哥哥，几乎也追到了背后，两人说话，一字一句，她都能听得清清楚楚。起初，他们的谈话并无特别之处，但后来，两人注意到了前面的那位小姐，其中一个便开口说道："那是梅茜·昌特，我们追上去吧。"听到这话，苔丝便警觉留意了。

以前苔丝听说过这个名字。这位小姐，正是安吉儿父母和昌特夫妇一起商量，给克莱尔选定的终身伴侣，要不是自己半路插了一脚，说不定这会儿她已经和安吉儿结婚了。即便苔丝不知道此事，再等一小会儿，她也会知晓。哥俩中一个开口说道："唉！可怜的安吉儿，可怜的安吉儿！我一看见这漂亮姑娘，就感到遗憾，也不由得要埋怨安吉儿几句，他太过轻率，放着这么漂亮的千金小姐不要，偏偏娶了那么个女人，不知道是挤牛奶的，还是干什么的，真是奇了怪了。也不知道，现在她找到他了没有。几个月前，我收到安吉儿的信，他说她还没去。"

"我也不知道。现在他什么话也不告诉我了。自从他糊里糊涂地结了婚，想法越发稀奇古怪，和我也就日渐疏远了。"

苔丝加快脚步，往漫漫的山坡上走去；但是，硬要走在他们前面，难免会引起注意。后来，两人赶上苔丝，把她甩在后面。前面那位年轻小姐，听见了脚步声，就转过身，他们互相打了招呼，握了握手，一同向前走去。

很快他们便走到山顶，看他们的意思，显然这是散步的终点，到了那儿，放慢了脚步，三人一起拐到一处栅栏门旁边，就在一个钟头前，那时苔丝还没下山，也曾经在那里休憩、观察下面的市镇。谈话间，其中一位牧师兄弟，用伞在树篱中，仔细翻拨搜寻，最后竟真掏出一样东西。

"瞧，一双旧靴子！"他说，"大概是流浪汉或者什么人扔的吧。"

"也许是骗子，想光着脚到镇上，骗取同情，才把鞋藏在这里。"昌特小姐说，"没错，一定是，这双靴子还挺好呢，一点儿也没磨破，干吗要扔了？干这事的人真缺德，咱们把靴子拿回去，送给穷人穿吧。"

发现靴子的是卡斯伯特·克莱尔，于是他就用伞把手钩起靴子，递给了昌特小姐，就这样，苔丝的靴子划拨给了别人。

这些话苔丝听得一清二楚，幸好她戴着毛织的面纱，才从他们身边安然走过，丝毫没露出破绽。她一走过去，便立马回头看，只见那三个刚做完礼拜的人，已经带着她的靴子，离开栅栏门，下山了。

于是，我们这位女主角，又上了路。眼泪，模糊了她的双眼；眼泪，从脸上悄然滑落。她只觉得，这一场意外，是对自己罪过的谴责。她也清楚，此番心情，皆因自己多愁善感，其实并无真凭实据。但是她却深陷其中，无法自拔。外界的一切，似乎都与她作对，她这样一个手无缚鸡之力的穷苦女孩，毫无力量与之抗衡。现在重返牧师公馆，已是没有可能。安吉儿夫人隐隐感觉，自己处处受人鄙视，被那两个看起来极其高雅的牧师，一路赶到山顶。那三个人的言语，无意中伤害了她，而且她运气不佳，遇到的不是父亲，而是儿子，父亲尽管心胸褊狭，但绝不像两个儿子那样严厉刻薄，他天性宽容敦厚，有恻隐之心。她又想起她那双沾满泥巴的靴子，无故受了一番嘲弄，不觉伤感起来，觉得这靴子的主人，前途一片渺茫！

"唉！"她自艾自怜地叹气道，"他们哪里知道，穿这双旧靴子，就是怕那崎岖不平的山路，把他给我买的漂亮鞋子给毁了——不——他们不会知道！他们更不会知道，我身上这件袍子，颜色也是他选的——哎——他们哪会知道这些呢；就算他们知道，也不会放在心上，他究竟怎样，他们已经不怎么在意了，可怜的人！"

于是，她又可怜起她那心上人来，其实她现在所有的苦恼，都源自这位心上人狭隘的偏见；她继续闷头走路，却不知道，她一生中最大的不幸，就是在这关键时刻，用儿子来判断父亲，导致了最后放弃退却。她目前的处境，正好可以引起克莱尔先生和克莱尔太太的同情怜悯。他们两个，一遇到人间苦难，恻隐之心便一发不可收，而那些未曾陷入绝境，只有轻微的精神苦恼之人，很难引起他们的关注。他们只顾着拯救税吏和罪人，却忘记了文士和法利赛人，这时候也该有人站出来为他们辩解几句。他们偏狭局限，此时却正可以把儿媳妇，看成迷途落难之人，对她施以援助怜爱。

于是，她沿着来时的路往回走；来的时候，本来就没抱多大希望，只是觉得，自己又遇到了一个人生的坎儿。但事实却是，什么事也没发生。现在她无计可施，只好再度回到那片穷山恶土，继续往日的生活，一直等到她再次鼓起勇气，面对牧师公馆。在回家的路上，她也曾觉得埋没自己而心有不甘，于是她掀开面纱，仿佛向世界宣告，至少她有姣好的容貌，梅茜·昌特却没有。但是她边掀面纱，边摇头难过。"这算得了什么——这算得了什么！"她说，"现在谁还爱这副容貌，谁还看这副容貌？像我这样一个被遗弃的人，有谁还在乎我的容貌！"

返回途中，苔丝像个孤魂野鬼，一路游荡，哪像个跋涉行路之人。她死气沉沉，漫无目的，如同一具行尸走肉，只是方向差不多就是了。奔维尔路漫长乏味，苔丝渐渐感到疲乏，就靠在栅栏门上，或里程碑上歇歇脚。

她一直走了七八英里，没进一处人家歇脚，下了一段长陡坡，进入艾沃兹海德村或小镇，来到那天早上她吃早饭的那户人家，那时她还满怀希望，早饭也吃得香甜。这户人家紧挨着教堂，差不多是村头第一家，主妇到食品间给她拿牛奶，苔丝趁机向街上张望，发现街上空空荡荡，似乎连个人影也没有。

"村里人都做晚祷去了吧？"她说。

"不，亲爱的，"那个老妇人说，"现在做晚祷还早了点儿；教堂还没敲钟呢。人们都到仓房那边，听人讲道去了。一个狂热派教徒，趁着晨祷和晚祷的空儿，在那儿讲道呢。人们都说，他是一个杰出的、激情热烈的基督徒。可是，天哪，我从来都不去听！教堂的讲道，就已经够我听的了。"

稍作停留，苔丝便起身进村。村子空无一人，周围寂静无声，只有她的脚步声，在路两旁房屋之间回响，仿佛此地是亡者陵园。即将来到村子正中，忽而另外有声音夹杂在脚步回音之中；她抬头看时，发现路边不远处有一仓房，她就知道，那一定是讲道的声音了。

空气清朗，万籁俱寂，讲道之音清晰嘹亮，纵然隔着一面墙，讲道者的每一句话，苔丝很快便能听得清楚了。正如所期，布道是极端唯信仰论，与圣保罗神学理论中阐述的如出一辙：只要信仰基督教，人人都能得救赎。那位狂热的布道者慷慨陈词、激情热烈，只顾宣讲他那固有的观念，哪还管什么辩证方法。苔丝错过了开头，可布道者翻来覆去、唠唠叨叨，她也能听出个大概——

无知的加拉太人，是谁迷惑了你们，让你们不信真理？就
在你们眼前，耶稣基督被钉死在十字架上，证据确凿！

苔丝站在后面听，发现布道者的教义，激情热烈，和安吉儿父亲同属
一派，就越发感兴趣了，布道者开始说起，当初他自己是如何信了这种教
义的，苔丝兴趣更浓了。他说，他本是罪恶深重，曾经诋毁谩骂过宗教，
曾经放荡的人，但后来有一天，他幡然醒悟，之所以能悔悟，主要是受到
一位牧师的影响，起先他曾粗鲁地侮辱过这位牧师，不过那位牧师临走
时，对他说了几句话，那几句话深深地刻在了他心里，让他永世难忘。后
来，感谢上帝的恩惠，他终于改头换面，成了听众现在见到的样子。

比教义更让苔丝吃惊的，是布道者的声音，万万想不到，那声音，
居然和艾力克·德伯维尔的声音一模一样。她表情痛苦又满脸疑惑，紧走
几步，绕到仓房前，从门口走过。仓房入口有两扇大门，一扇敞着，冬天
日头低沉，光束斜射进去，直抵仓房深处，越过仓房打粮食的地面，落在
布道者及其听众的身上；他们躲在仓房里，避开寒冷的北风，享受着这片
温暖惬意。听道的全是村里的村民，从前她遇到的、那个提着红油漆桶写
格言的人，也在里面。不过，她的注意力，全然在仓房里那个中心人物身
上，他正站在几个麦袋子上，面朝门口与听众。午后三点钟的太阳，照射
在他身上，把他映得清清楚楚。自从清楚地听见他的声音，她就觉得，毁
了自己贞操的那个男人就站在面前。但这样的想法很奇怪，使她萎靡消
沉、沮丧不已，但现在，他的脸清晰地呈现在眼前，事实已定，他正是那
个男人。

第六部
冤家路窄

　　德伯菲尔德家的马车遇见了很多别家的马车，满载着家具，车顶坐着全家人；这种装载方法近来似乎成了不变的法则，满载的大车上趴坐着一家农人，就像一个大蜂窠子上爬满了蜜蜂，成为当时一大独特景观。

45　改头换面

　　自从苔丝离开川特里奇，她就再也没有见过德伯维尔，也没有听说过有关他的任何消息。

　　这次偶遇，恰逢苔丝忧心忡忡、郁郁满怀之际，事发突然，或许这样相遇不会叫她惊慌失措，这也难说。他已经皈依了宗教，重新做人，对过去的胡作非为懊悔。但"一朝被蛇咬，十年怕井绳"，苔丝一看到他，就会想起往日的屈辱伤痛，不由得一阵恐惧，僵在那里动弹不得。

　　他以前的神情，如在眼前，现在他本人，就站在跟前！帅气的脸，神采依然，却令人生厌；不过，原来嘴上的黑色八字胡不见了，现在蓄起了旧式连鬓胡，修剪得整整齐齐；身上的衣服，说不上是牧师服，还是平常人的服装，却改变了形象，掩盖了纨绔子弟的本性。苔丝看到他的一刹那，竟也没认出他来。

　　《圣经》上那些箴言警句，滔滔不绝地从他口中流出，苔丝只觉得不伦不类，毛骨悚然。这语气腔调，她再熟悉不过了，四年前他还满口污言秽语，如今嘴里却净是仁义道德，这前后反差过大，令人作呕。

　　就当前来看，说艾力克是洗心革面，显然力道不够，说改头换面，更为确切。从前他脸上的线条，饱含色欲，如今竟显得柔和起来，甚至还带有几分虔诚；从前他的嘴唇，总是一副花言巧语、窃玉偷香之态，现在也变得满是祈求劝导；从前他面红目赤，那是狂乱纵欲之火，现在却成了虔诚雄辩的激情之光；从前的兽性大发，成了现在的宗教狂热；从前的异教精神，成了现在的保罗精神；从前那双贼眼，滴溜溜乱转，看她时盛气凌人，现在那双眼，炯炯有神，散发着对宗教的崇拜与狂热；从前满脸横肉，棱角凸显，凡事与愿违，皆癫狂愤怒，现在暴戾之气依旧存在，表明此人恶习难改，不可救药。

他面目表情，透出埋天怨地之气。弃离了遗传，违背了天性。说来也怪，原本想变得神圣高尚，实际却显得矫揉造作，每每想提高抬升，却处处显得虚张伪造。

难道果真如此？或许本性可移呢？她不该老是待他如此尖酸刻薄。世上之人，从前作恶多端，而后弃恶从善、救赎灵魂者很多，德伯维尔也不是第一个，为什么一定要抱着成见，看他不顺眼呢？这不过是因为她一直对他有成见，觉得他是坏人，跟从前一样，从他嘴里说出的话，纵然再好，也格格不入。其实，罪孽越深重，一旦改邪归正，信仰就越虔诚，这个道理很平常，用不着深究基督教史，就可以看出来。

这些印象，朦胧模糊，并不十分清晰明确。少顷，她惊魂稍定，身体渐缓，可以走动，便想立即逃离他的视线。她站立那儿，正好背光，人影模糊，显然他还没发现她。

可她一动，他就立刻认出了她。这位旧日情人，突然见到苔丝，犹如浑身触电，他的惊奇诧异之情，远胜苔丝。一瞬间，他激情似火、口若悬河的态势尽数消失！他嘴唇挣扎颤抖，话到嘴边，却也说不出。见了苔丝，他眼神便四处游离，慌张失措，不知道看哪儿的好，只是再也不敢往苔丝那儿瞧，却又忍不住，过不了几秒，又胆战心惊地瞄上一眼。但他瞠目结舌、失魂落魄的状态，只持续了一小会儿；在他手足无措之时，苔丝恢复力气，重振精神，尽快绕过麦仓，往前去了。

苔丝定了定神，发觉两人的地位处境，前后竟是如此悬殊，不觉惊骇不已。他为非作歹，祸害了她，如今却站在了神灵那边；而她这个受害者，灵魂却尚未得到新生。正如传说所言，她那爱神形象，突然出现在他的祭坛，几乎扑灭了祭坛上的圣火。

她头也不回，只顾朝前走。她的脊背——甚至衣服——好像都生出了知觉，对别人的目光异常敏感。她自以为，或许此刻他已走出仓房，正在那儿盯着她呢。她一路走来，原本就满怀悲痛，郁郁寡欢；现在又添新愁，不过现在的苦恼与原来的却不可同日而语。

原来她如饥似渴地企盼那份压抑的爱情，现在却深深地感到，那迫切的渴望，被另一种肉体上的感觉取代了；她感知，覆水难收的过往，死死地纠缠着她。错误已是既定事实，这让她倍感绝望，如今，这种感觉越来越强烈。斩断过去与现在的联系，是她日思夜想的企盼，然而这一切太难实现。只要她还活着，过去永远都不可能完全成为过去。

她边想边走，不觉已经横穿长槐路北部，眼前现出一条白茫茫大路，由低而高，蜿蜒伸展，一直通往高地。剩下的路，就是顺着高原的边儿往前走。这条路，路面灰白干燥，茫茫大道，竟无一人、一车或别的什么东西，偶尔有几堆深黄色的马粪，散落在干冷的路面。苔丝一路攀爬，速度缓慢；这时，身后突然传来了一阵脚步声，她回头一看，不是别人，正是那个她熟悉的身影——身穿卫理公会牧师服，显得不伦不类，怪模怪样——这辈子，她都不想与他单独会面。

然而，苔丝根本没有时间考虑，也没时间逃避，只好尽量冷静镇定，让他赶上自己。来人兴奋异常，或许是路上赶得太急，更是内心万分激动。

"苔丝！"他喊道。

她没回头，只是放慢了脚步。

"苔丝！"他又喊道，"是我——艾力克·德伯维尔。"

她这才转身回头，他也走了上来。

"我看着就是你！"她冷冷地答道。

"啊——就这一句话？好，别的话，我也配不上了！"他轻轻笑道，接着又说道，"你看我这身打扮，一定觉得好笑。没事，你笑吧，我都受着呢……刚才听说你走了，不知去了哪儿。苔丝，我一路跟来，你觉得很奇怪吧？"

"是，确实很奇怪；打心眼儿里不愿意让你跟着我。"

"是，说得对。"他冷冷说道，说话间与苔丝一齐向前走，苔丝一脸不情愿。"你千万别误会我；我就怕，你看到刚才那一幕，产生误会——要是你真注意到——你突然出现，把我惊得手足无措。不过，那只是瞬间闪失；考虑到你我的关系，出现这种情况，也是自然，符合常理。但坚强的意志力帮我渡过了难关——听到这里，你或许觉得我又在撒谎——之后我立马感觉，在这大千世界、芸芸众生之中，我有责任又愿意去拯救，使其将来免受上帝的愤怒惩罚——想嘲笑，你就笑吧——那首先要救的，不得是被我侮辱残害的那个女人吗？就为这，我才一路跟到这里，没有别的意思。"

她的回答，含着几分鄙夷："那你把自己拯救出来了吗？人家不都说，慈善要由己及人吗？"

"我什么也没做！"他毫不在乎地说，"我一直对听我讲道的人说，一切都是上天的力量。我想起自己过去的荒唐恶行，惭愧不已。我知道你看不起我，其实我更看不起我自己！如今，我能幡然悔悟，也算是一桩奇事，信不信由你；不过我倒是可以和你说说，我是怎样悔悟过来的，你得耐住性子听一听。你听说过爱敏斯特那个上了年纪的克莱尔牧师吧——你一定听说过，是吧？他是那一派里最虔诚的；教会中如此热情虔诚的人，已经不多了。比起我现在信奉的基督教中那个极端派，他还算不上最诚恳、最热烈的，但在国教牧师中，已经是很难得了；最近新涌现的国教牧师，只会巧言令色、强词夺理，慢慢把真正地教义都模糊了，弄得都徒有其名、虚有其表了。我俩只是在教会与国家关系问题上存在分歧，对经文'上帝说，尔由此辈中间而来，必将脱颖独立而出'有点儿不同的见解，仅此而已。虽然他卑微无名，但在当地，他拯救的灵魂比谁都多，你听说过这个人吧？"

"听说过！"她说。

"两三年前，他代表一个传教团体，到川特里奇讲道；那时我荒唐放荡，他一见我，就生出救赎众恶的善念，无私规劝、谆谆指引；我却不知好歹，诋毁侮辱他；而他并没有怀恨在心，只是说，总有一天我会接到圣灵初果。那一天，很多人原本是前来嘲笑谩骂的，可最后都留下来祈祷了。他那句话，就像有魔力似的，深深印在了我的脑海。后来，我母亲去世，我遭遇惨痛打击，慢慢地才开始走上正途。自此以后，我一心一意只想把真理传递给别人，助其走出迷途，这就是我今天想干的事。不过，我来这一带讲道，也只是近来的事。头几个月，我都在英格兰北部讲，我对那里的人不熟悉，先练练胆儿，然后再讲给熟人听，讲给那些从前和我一样堕落腐败，过着昏天黑地生活的人。为他们讲道，需要勇气，对自己虔诚与否也是个严峻考验。苔丝，要是你能亲自体验一下狂抽自己嘴巴的乐趣，我敢保证——"

"行啦，别说啦！"苔丝情绪激动，大声制止道，边说边扭过身去，走到一处路旁的台阶，靠在上面，"这种突如其来的改变，鬼才相信，本性难移！现在你觍着脸和我说这些话，我一听就来气，你心里清楚——你心里清楚把我害成什么样了！你，还有像你这样的人，只顾自己寻欢作乐，却要让像我这样的人付出惨痛代价，你们只顾着自己，哪还顾及别人死活；你们玩儿够了，就信教，准备死后到天堂，继续享乐，想得真美啊！全天下的便宜都让你们占尽了！少来这一套，我不信你，我恨死你了！"

"苔丝，"他坚持说道，"别这么说，我皈依宗教，受到感化，真有种茅塞顿开、心情欢愉的感觉。你不相信我？你不相信什么呢？"

"我不相信你真变成好人。不相信你耍的宗教把戏。"

"为什么？"

她压低了声音说："有人比你好不知多少倍，都不相信这东西。"

"女人见识！比我强的那个人是谁？"

"不告诉你。"

"行，"他说道，话音里透出许多愤恨，眼看就要进射而出，但又被极力压制，"上帝不容许我自夸自卖——你知道我自己也不会这么说，我刚刚踏上从善之路，千真万确；可新人上路，有时却看得更远。"

"话虽如此，"她唉声叹道，"但就你这觉悟，我可真不敢信。艾力克，你这样的，干什么都是三分钟热度，恐怕不会长久！"

她一边说，一边从倚靠的台阶上转过身来，面朝着他；于是他的目光无意中又落在了苔丝脸上、身上，那面容身段，他是多么熟悉，于是他便紧盯着仔细打量起来。他身心的卑劣，此时已安静驯服，但是没法真正铲除，也难以完全克制。

"不要那样看着我！"他突然说。

苔丝的举止眼神，本是情感的自然流露，闻听此言，立即把那双又大又黑的眼睛挪了，脸上一红，结结巴巴地说："对不起！"同时一股悲怆伤痛之感瞬间涌上心田，她天生丽质，有一副姣好容貌，为什么总是差错不断，真是莫名其妙。

"不，不！不要说对不起。不过，你戴着面纱，遮着你美丽的脸，为什么不摘了呢？"

她拉下面纱，急忙说："我戴面纱主要是为了挡风。"

"我这样对你发号施令，似乎太严厉！不过，我还是少看你几眼的好，看多了危险！"

"别说啦！"苔丝道。

"好吧，女人的脸魔力无边，我怎能不怕！福音教徒与女人的脸本无关系，但一看你的脸，往事历历在目，怎么忘也忘不了！"

说毕，两人便一同慢慢朝前走，间或闲谈几句。苔丝不好意思直截了当地将其撵走，只是心里纳闷儿，这家伙究竟想同自己走到何时才停下来。每遇到栅栏门或台阶，常常看到红红蓝蓝的油漆涂写的《圣经》格言警句，她就问艾力克，知不知道是谁，这么不辞辛苦，将这些格言摘句写上去的。他告诉她，写格言摘句的，是他和另外一些在教区工作的人请来的，涂写这些醒世格言，就是要千方百计劝化那些邪恶的灵魂。

后来，他们走到了那个叫圣手十字柱的地方。整个荒凉凄惨的白土高地，再也没有比这里更萧瑟惨淡了。一眼望去，毫无吸睛之处，画家与美景爱好者绝不青睐，然而这里倒是自成情调——别具凄凉悲壮之美。一根石柱冲天矗立，上面刻着一只人手，故而得名。石柱茕茕孑立、古怪粗糙，从石质来看，绝非出自本地采石场。其历史来源与蕴含意义，也众说纷纭。有权威人士说，从前此处矗立着一根完整的十字架，以示虔诚，现在破败不堪，只剩残桩了；也有人说，那儿原本就是一根石头柱子，矗立在那儿，以标明地界，或集合地点。无论来历如何，看到石柱的人心境不同，时而显得庄严，时而显得凶险，就算是感觉迟钝之人，从旁走过，也不由得毛骨悚然。

"我想我得离开你了！"两人即将走到石柱，他开口说道，"今晚六点，我还得到艾伯特·榭奈儿去讲道，我得从这儿往右拐了。苔丝，你把我弄得心神不安——我不知道，也说不出究竟是为什么。我必须得走了，好平复一下心情……你现在说话怎么这么流利？是谁教你说这么好的一口英语？"

"我遭遇了很多苦难，也在苦难中学会了一些东西。"她闪烁其词。

"你都遭遇了什么苦难？"

她就把第一次苦难告诉了他——那是唯一一次与他有关的苦难。

德伯维尔一听，瞠目结舌："这件事，我一无所知！"后来，他又低声说："你陷入麻烦，为什么不给我写信？"

她没有回答，他打破了沉寂，接着说："好吧——咱们后会有期。"

"不，"她回答说，"再也不要见面了！"

"让我想想。不过分手之前，你先到这儿来。"他走到石柱跟前，"这根柱子，曾经是个神圣的十字架。我们这一派，本不信圣物遗迹，但有时候我很怕你——我知道你也怕我，其实，我更怕你。所以我得为自己壮壮胆儿，请把手放在这只石手上，对天发誓，说你永远不再来诱惑我了，不再拿你的美貌，你的一切，来诱惑我。"

"天哪——你怎能有这种要求呢？一点儿都没必要。我一丁点儿想引诱你的想法也没有！"

"话是不错——不过你还是发个誓吧。"

苔丝心中惧怕，屈从了无理要求，把手放在石手上，对天发了个誓。

"你不信教，真是遗憾。"他继续说，"真想不到，会有个不信教的人对你影响这么大，蛊惑了你的心智，动摇了你的信念，不过现在也不必多说，至少我会在家里为你祈祷；我一定会为你祈祷的；谁敢说还会发生什么事呢？我走了，再见！"

他转身走向树篱中间的一个猎人栅栏门，没再看她，跳了过去，穿过草地，朝艾伯特·榭奈儿去了。他心神不安，步伐慌乱；走了一会儿，仿佛想起了之前的念头，从口袋里掏出一本小册子，里面夹了一封折叠的信，破旧不堪，应该是反复看了多遍。德伯维尔把信打开，信是好几个月前写的，信末签名是克莱尔牧师。

那封信，一上来就说，德伯维尔回心转意，牧师对此表示由衷的高兴；接着又说，他能就这个问题与他通信，共同探讨，表示真挚的感谢；信中还说，克莱尔先生真心实意地宽恕了德伯维尔过去的行为，他非常关心这位青年的宏图大志。克莱尔先生非常希望看到德伯维尔也进入他多年献身的教会，为了实现这宏图大志，愿意帮助他先进神学院学习。不过德伯维尔认为进神学院学习耽误时间，他不想去，克莱尔先生也就此作罢。只要大家都尽心尽力，听从圣灵的激励导引，奉献自我，做好本职工作，也是尽了本分。

德伯维尔把这封信看了一遍又一遍，似乎在嘲弄自己。一边走，一边又把从前的备忘录读了几段，后来脸色恢复了平静，苔丝的身影，终于不再扰乱他的心智了。

与此同时，苔丝也沿着断崖一路向前，这是她回去最近的路。走了不到一英里，他遇见了一个孤独的牧羊人。

"我刚才从那边走过，看到一根古老的石柱，那代表什么意思？"她问道，"从前真是一个神圣十字架吗？"

"十字架？不，不是十字架！姑娘，那东西不吉利。以前，有个人犯了罪，让人把手钉在柱子上，受尽了折磨，后来被绞死了。家人就在那儿竖了一块石头，把尸首埋在下面，听说他把灵魂卖给了魔鬼，有时候还跑出来显魂。"

这番话，出乎意料，阴森恐怖，让人毛骨悚然。于是苔丝撇下牧人，独自朝前走去。燧石山终于出现在眼前，天色也已经昏沉黑暗。在小村路口，她碰到了一位姑娘和她的情人，然而他俩并没有发现她。两人也没什么私密甜言，姑娘的声音清脆冷淡，应和着男人炙热的情话。是时，天地苍茫，暮色四合，一片沉寂，只有姑娘的声音，零零落落，在寒冷的空气中飘散，此外，寂寥无声；只有这悦耳的情话，听起来让人放松慰藉。这些声音着实让苔丝高兴了一阵儿。转念一想，他们约会，是源自一方或另一方的吸引力，也正是这种吸引力，成了她悲痛经历的序幕。她继续向前走，那位姑娘坦然地转过身，认出了苔丝，那个年轻的小伙子有些不好意思，走开了。那位姑娘正是伊茨·休特，她一认出苔丝，立刻关心起苔丝这次出门的事来，自己的事却抛之脑后。苔丝含含糊糊，也说不出个所以然。伊茨聪慧，也就不再追问了，开始对她讲起自己的一件小事，也就是刚才苔丝看到的那一幕。

"那个男人叫安比·西德林，以前常在泰波塞斯打零工。"她满不在乎地解释说，"其实，他打听到我在这儿，才来找我的。他说这两年一直爱着我，不过我还没答应他。"

46　求婚不成

苔丝前去寻亲，却无果而返。回来后，苔丝依旧下地干活儿，一转眼就过了好几天。寒风干燥，强劲凛冽，不过，迎风面竖起了草苫子，挡了凌厉的风，避风的一边，放了一台切萝卜机，机器新刷了蓝漆，鲜活艳丽，与周围的暗淡萧条一对照，显得有色有声，生机勃发。机器正前方，有个土窖，形似圆冢，里面储满了萝卜，一入冬就收了，存放在那里。苔丝站在土窖开口处，手持钩镰，削干净萝卜上的根须和泥土，然后把萝卜扔进机器；一个男人摇着把手转动机器，将萝卜切成片，机器槽口源源不断地吐出切好的萝卜片，新切的萝卜片色黄味鲜。此时，风声呜呜咽咽，切萝卜声咔咔嚓嚓，削萝卜声哧哧唰唰，气味与声音交相混合，一片忙碌。

萝卜拔完，漫漫田野空空荡荡，一片褐色；现在又拱起一条条田垄，凸显深褐，分外扎眼；放眼望去，田垄渐渐变成缎带般宽窄。田垄尽头，有个十条腿的东西，不紧不慢、不停不歇，顺着长垄爬行，从田地这头，一直爬到那头；走近一看，却原来是一个人，驾着两匹马，中间拉着一张犁，正在翻耕收获后的地，以备来年春季播种。

好几个钟头，这片田野都毫无变化，一片沉闷无趣、单调乏味。后来，耕作队之外，目之所及处，出现了一个小黑点儿；树篱的拐角有个缺口，黑点儿就是从那儿进入，朝着削萝卜的人走来。黑点儿越走越近，逐渐变得如保龄球般大小，后来才看出，那是一个身着黑衣的人，从燧石山方向，一路走来。摇机器的人，双眼本就闲来无事，不知看什么好，于是就一直盯着来人；苔丝手眼并用，忙得不可开交，根本没工夫看这个，后来还是同伴示意，她才注意到有人来了。

来者不是尖酸刻薄的监工——农场主格劳毕，而是一个牧师打扮的人，再一看，却是那个淫乱放荡的艾力克·德伯维尔。他现在没有火热亢奋地讲道，脸上也就失去了那份热烈激情，有摇机器切萝卜的工人在场，他看起来有些尴尬局促。见他来了，苔丝面色苍白，一脸悲伤，顺手拉低风帽的帽檐儿，遮了脸。

德伯维尔走上前，轻声说道——

"我想和你说句话，苔丝。"

"离我远点儿！上次我都告诉你了，不要再来烦我，可你就是不听！"她说。

"是，不过，我来这儿自有道理！"

"那好，有话快说。"

"我说的话严肃认真，你可能想不到。"

他环顾四周，看看是否有人偷听。摇机器的工人离他俩还有段距离，而且机器声音嘈杂，艾力克的话工人们一定听不见。于是德伯维尔站在苔丝和摇机器的人之间，背对着摇机器的人，把苔丝挡住。

"事情是这样的，"他突然又面带愧疚之色，"我们上次见面时，我只顾着讲你我灵魂信仰的事了，竟忘了询问你的生活状况。看你衣帽整齐，穿着体面，也就忽略了。但现在看到你这样辛苦劳作，我全明白了，你生活得很苦——比当初我们刚认识时还苦，你不该受这般苦难，或许这一切都是我的错！"

苔丝低头不答，风帽遮了整个脸，继续清理萝卜。艾力克一脸探询的神情，站在一旁看着她。苔丝只顾低头干活儿，觉得唯有如此，才不会让艾力克影响自己的情绪。

　　"苔丝，"他不满地叹口气道，"与我有关系的人当中，再没有比你境遇更惨的了！你要不告诉我，我万万想不到后果竟是如此严重。我真是浑蛋！玷污了你的清白，毁坏了你的生活。这都怪我，我们在川特里奇的那些越轨行为，千错万错，都是我的错。你才是德伯维尔家族真正的血脉，我只是个冒牌货。你当时年幼无知，不懂世间险恶。说实话，父母只管把女儿养大，却不教其防范人生险恶，提防世间陷阱，无论是出于好意，还是漠不关心，这都是父母的错，是他们的耻辱。"

　　苔丝只是静静地听，手里的活儿一刻也没停歇，扔下一个萝卜，接着又拿起一个，机械又规律，一副沉思哀怨的田间女工模样。

　　"不过我来这儿，并不只是为了说这些！"德伯维尔继续说道，"我的情况是这样的，你离开川特里奇后，我母亲就过世了，我继承了那儿的全部产业。但我打算卖掉产业，一心一意去非洲传教。毫无疑问，对此我并不擅长，肯定会搞得一团糟。可是我想问问你，能否让我尽一份责任——权作我对过去的罪孽做些补偿。换句话说，你能嫁给我吗？然后跟我一起去非洲……我已经把那份珍贵的文件弄到手了，那是母亲临死时的遗愿。"

　　他显得有些窘迫羞涩，摸索了半天，从口袋里掏出一张羊皮纸。

　　"这是什么？"苔丝问。

　　"是结婚证。"

　　"哦，不，先生，不行！"她吓得倒退几步，慌忙说道。

　　"你不愿意？为什么？"

　　问话间，德伯维尔一脸失望，但那种失望，可不是完全因为想赎罪过而遭遇拒绝。显而易见，他还惦记着和苔丝旧情复燃，现在只不过是赎罪之情与淫欲之心携手同至、纠缠不休罢了。

"不错！"他又说道，语气越发暴躁，接着回头看向那个摇切萝卜机的工人。

苔丝也感觉到，这场争论不会就此作罢。她便告诉那个摇机器的人，说这位先生来看她，想和她单独聊聊。说完，就和德伯维尔一同穿过那块满是斑马条纹的田地。两人走到刚刚翻耕过的田地，德伯维尔伸手想扶她一把，可苔丝对此视而不见，自顾自在犁过的土垄上走。

"你不想嫁给我，苔丝，给我个改过自新的机会吗？"刚走过垄沟，德伯维尔又问起那个问题。

"我不能嫁给你。"

"为什么？"

"你知道我根本不爱你。"

"但是，只要你能真正宽恕我，也许会日久生情。"

"绝对不会！"

"为什么说得这么肯定？"

"在我心中，另有其人。"

闻听此言，他大吃一惊。

"果真如此？"他喊道，"另有其人？难道你就一点儿也不顾及道德是非吗？"

"不，不，不——休要提这个！"

"无论如何，你对那个男人的爱可能只是一时冲动，这份感情，你迟早会摒弃——"

"不——不会。"

"会，会！为什么不会呢？"

"不能告诉你。"

"你必须如实回答！"

"那好，我告诉你，我已经嫁给他了。"

"啊！"他喊了一声，愣在那儿，盯着苔丝瞠目结舌。

"我本不想告诉你，也没打算说！"她解释道，"此事这儿无人知晓，即便有人知道，也只是略知皮毛。所以请你，请你不要再继续问了，好吗？请记住，现在你我已形同陌路。"

"形同陌路？你我？形同陌路！"

刹那间，他脸上闪现出惯有的讽刺鄙夷，但他又强忍屈辱，控而不发。

"那个人就是你丈夫吗？"他用手指着那个摇机器的工人，冷冷地问道。

"那个人！"她傲气十足，"我想不是吧！"

"那又是谁？"

"别再白费口舌了，问了我也不说！"她抬首低眉，恳求他道。

德伯维尔的心乱成了一锅粥。

"不过，我问这些，可完全是为你好！"他激动热烈地反驳道，"众位天使！请上帝饶恕我用这样的字眼。我发誓，我此番来这儿，都是为了你好。苔丝，别这样看我，我受不了！我敢肯定，从古至今，人世间从未有过你这般迷人的双眸！唉，我不能着迷，不能失去理智，千万不能。我原本以为，我对你的感情早已灰飞烟灭，可一见到你，旧日情愫油然再起。不过我还是觉得，要是能步入婚姻殿堂，我们两个的灵魂与感情会圣洁纯净、无可指摘。我始终认为，'不信神的丈夫会因为妻子信神而变得圣洁；不信神的妻子同样会因为丈夫信神而变得圣洁'。不过，现在我的计划破灭了，我只能独自痛苦失望！"

他心情抑郁，低头看着地面，心里琢磨。"结婚了！结婚了！——既是这样，也就罢了。"他又开口说道，心情镇定，同时慢慢地将结婚证一撕两半，装进口袋，"既然不能娶你，不管你丈夫是谁，我还是愿意帮你和你丈夫做点儿事。我还想知道更多，当然了，你若不愿说，我也不再过问。不过，要是我认识你丈夫，那我就能帮到你们。他也在这个农场吗？"

"不，"苔丝小声说道，"他离这儿远着呢。"

"很远？离你很远？他这个丈夫当的，真是莫名其妙！"

"哦，不要说他的坏话！还不是因为你！他都知道了……"

"啊，原来如此——真不幸，太惨了，苔丝！"

"是。"

"不过，他就这么狠心扔下你，让你独自在这儿吃苦受累！"

"他没扔下我，没让我在这里吃苦受累！"她义愤填膺，站出来替不在场的那个人辩护，"他不知道我在这儿干活儿！这都是我自己的事！"

"那他给你写信吗？"

"我……我不告诉你。这是我们两个人的事。"

"也就是说，他没给你写信。我漂亮的苔丝，你已然是个弃妇了！"

由于一时冲动，他忽然转身，握住苔丝的手；但苔丝戴着褐色手套，他只抓了粗糙的皮手套，触不到手套里那有骨有肉的手指。

"你不能这样，不能这样！"她惊恐万状，一下将手从手套中抽出，仿佛从口袋里抽出一般，只留一只空手套在他手里，"哎呀，看在你信奉基督的分儿上，你快走吧——就当是为了我和我丈夫，快走吧！"

"好，好，我走！"他突然说。他将手套甩给苔丝，转身愤然离去。倏而，又回过头来说："苔丝，上帝可以为我作证，刚才我握住你的手，并无半点儿虚情假意！"

田间响起了一阵马蹄声，一骑飞来，停在他们身后，刚才谈话全神贯注，根本没有注意到有人来。紧接着，苔丝耳畔传来一阵喝骂：

"你不在地里干活儿，跑到这里干什么？"

农场主格劳毕，远远地瞥见两个身影，便骑马过来看个究竟。

"不要那样对她说话！"德伯维尔面色一沉说道，丝毫不像是个基督徒。

"是，先生，不过，一个卫理公会的教徒会和她有什么瓜葛呢？"

"这家伙是谁？"德伯维尔转身问苔丝。

苔丝走到德伯维尔身边。

"走吧——我求你了！"她说。

"什么！把你留在那个暴君身边？一看那张脸就知道，他不是个什么好东西。"

"他不会伤害我。他也没爱上我。到了圣母节，我就可以离开这里。"

"也罢，我无权阻拦，只能听你的。可是——好吧，再见！"

苔丝这位保护神（其实她害怕这位保护神甚于害怕那位攻击者），极不情愿地悻悻而去。农场主无休无止，继续训斥苔丝；苔丝保持克制，冷淡顺受，因为她知道，这种攻击至少不会发展成为骚扰。她这位主人心如铁石，要是有胆量的话，恐怕早就暴打她一顿了，相比从前的那番经历，苔丝反倒觉得这是一种解脱。她默默地走回之前劳作的那块田野高地，全神贯注地琢磨着刚才和德伯维尔见面的情景，格劳毕胯下坐骑的鼻子，几乎都要碰到苔丝的肩膀了，她都没感觉出来。

"既然跟我签订了合同，就要为我工作到圣母节，一定得按合同办事！"他咆哮着说道，"该死的女人——今天这个，明天那个的；再这样下去，我实在忍无可忍了！"

苔丝很清楚，他不去骚扰农场上其他女人，而仅仅和自己过不去，就是因为当初挨了克莱尔那一拳，现在故意找碴儿报复。她不禁在心中勾勒出另一幅画面，如果她是自由之身，接受艾力克的求婚，做了他的妻子，那结果又会如何呢？她就可以出人头地，在欺压凌辱她的雇主面前，甚至在鄙视她的所有世人面前，扬眉吐气了。"可是，不，不！"她喘息着说道，"现在我不能嫁给他！他着实令人生厌！"

当天晚上，苔丝给克莱尔写了封信，信上言辞恳切，而所受苦难，却只字未提，满纸尽是她对克莱尔忠贞不渝的爱。但细细品读此信，都会隐隐觉察，苔丝浓浓的爱情背后，字字句句都隐藏着某种深深的恐惧——那是一种绝望，是对尚未暴露的意外事故的一种莫名恐惧。不过这一次，她又半途而废，心声欲吐又罢。既然克莱尔曾要求伊茨和他同往巴西，或许他早已将自己抛到九霄云外，根本不在乎了。她把信放进箱子里，心里犯嘀咕，这封信不知道哪天才能寄到丈夫手里。

自此以后，苔丝每天都干着繁重的体力活儿。一直干到了圣烛节大集，这一天对农人意义重大。就在这个大集上，大家会签订圣母节之后一整年的雇工合同。凡是想换工作的人，都按时去县城赶大集。燧石山农场的工人，几乎都不想再在这里干了，一大早，大家就一齐动身，朝县城方向涌去。从燧石山农场到县城，十一二英里，翻丘越岭，山路崎岖。那天不去赶集的也没几个，苔丝便是其中之一，她也想在结账日离开此地，不过她老是抱有一线希望，渺茫的希望，幻想着到时候会机缘巧合，不必再签约到野外干活。

二月的一天，静谧晴朗，天气出奇地暖和，甚至让人产生错觉，冬天已经过去了。她一个人待在寓所，刚吃完正餐，就看见德伯维尔的影子，映在了小屋的窗户上，把窗户都遮黑了。

苔丝急忙跳起来，但她这位来访者，已经敲响了门板，这时候再逃，显得毫无道理。德伯维尔敲门的方式，以及走到门口的神态，与苔丝上次见他时，有某种微妙的变化，无以言表。这之中似乎透露出几分羞愧。苔丝本不想给他开门，但不开门好像又没有道理。于是便起身，拉开门闩，又急忙退了回来。德伯维尔走进来，看了看苔丝，一屁股坐在椅子上，开口说话。

"苔丝，我实在没办法了！"他擦了一下炽烫的脸，只见他满脸兴奋激动，泛着红光，"我觉得，我至少应该来这儿看看你，问问你过得怎样。说实话，上个周天见到你之前，我从未想起过你。可现在，无论如何，你的音容笑貌总在我心里，挥之不去。你这样一个贤淑女子，怎会把我这样的坏蛋坑害，但事实确是如此，苔丝，为我祷告祷告吧！"

看到他压抑痛苦的神情，无论是谁，都会产生同情怜悯之心，但苔丝却没有丝毫怜悯。

"你让我怎么为你祈祷？我无论如何也无法相信，那主宰万物的神，会因我的祈祷而改变他的计划！"苔丝说道。

"你真这么想？"

"是，我本来随波逐流，另有想法，可现在，有人彻底治好了我这个毛病。"

"治好了？谁治的？"

"要是非说不可，那我就告诉你，是我丈夫。"

"噢——是你丈夫——你丈夫！听来甚是奇怪！记得前几天，你好像说过类似的话，苔丝，宗教一事，你究竟怎么看？"他问道，"你好像不信教——是因为我吗？"

"我信教，只是不相信任何超自然力量罢了。"

德伯维尔看着苔丝，一脸疑惑。

"那你认为，我走的这条道，全错了？"

"错了多半。"

"嗯——可是我对此深信不疑。"说话间，他有些忐忑。

"我相信登山训众的精神，我亲爱的丈夫也信……但我不信——"

她一一列出了自己不信的事物。

"事实就是，"德伯维尔冷漠地说，"你那亲爱的丈夫相信的，你都接受，他反对的，你也一并反对，一点儿也不去调查，丝毫没有自己的想法，一味人云亦云。你们女人就是这样，你在思想上已成为他的奴隶，完全没了自己的主见。"

"啊，那是因为他无所不知，无所不晓！"言辞话语间透出无限得意，她思想单纯，始终坚定地相信安吉儿·克莱尔，其实这种信任，即便最完美的人，都不配享用，更别说她丈夫了。

"不错，但是你也不要把别人的消极见解完全照搬过来。他教你怀疑万物，那他也一定是个有趣的人。"

"他从来不对我的判断横加干涉！也从来不跟我争论！我的看法是，他对各种教义都有深入研究，他相信的比我相信的更合理、更正确，毕竟这些教义学说，以前我一点儿都不了解。"

"他曾经说过什么？他一定跟你说过什么！"

苔丝记忆敏锐，克莱尔平时说的话，即使不解其中的精神，也可以记得清楚。她想了一会儿，记起有一次她正好陪在克莱尔身旁，他陷入思索，自言自语。于是，苔丝便把当时克莱尔那个犀利无情的三段论法模仿了一遍，音调神态都模仿得惟妙惟肖，犹如克莱尔本人跃然眼前。

"再说一遍。"德伯维尔听得入了迷。

苔丝又重复了一遍，德伯维尔若有所思，喃喃地跟着苔丝重复克莱尔当时的话语。

"还说什么啦？"他旋即又问道。

"还有一次，他也说过类似的话。"于是她又模仿了一段。这段话，上自伏尔泰的《哲学词典》，下至赫胥黎的《论文集》，在这一谱系的作品中，都可以找到出处。

"啊！哈！你竟然都记住了？"

"虽然他不希望我这样，可我还是依然坚持，他信什么我就信什么，我千方百计缠着他，让他给我讲述他的思想。我不敢说，我理解得很透彻，但我知道，那都是对的。"

"哼！做梦去吧，你自己都不懂，还想教导我！"

他陷入沉思。

"我得在精神方面与他保持一致，"她接着说道，"我可不愿意和他产生差异。对他好的，自然对我也好。"

"他知道不知道你和他一样，都是异教徒？"

"不清楚，即便我是异教徒，也从来没告诉过他。"

"苔丝，说到底，你现在的境况比我要好很多！我信奉的宗教，你不去盲从，更不去宣扬，也不会受到良心的谴责。我坚信应该去布道，可我又像魔鬼一般，既痴迷相信，又战战兢兢。现在，我突然放弃了传道，屈服于对你的一片痴情。"

"怎么了，这是？"

"唉！"他说道，一副索然无趣、无可奈何的样子，"今天我一路来到这儿，就是为了看你一眼！其实我从家动身的时候，是要去卡斯特桥集市的，今天下午两点半，我要在集市的一辆大车上宣讲教义，那些教众这时候正在那儿等我呢。你看，这是公告。"

他从胸前的口袋里掏出一张告示，上面印着集会的时日与地点。在那个集会上，他要宣讲福音，跟他前面说的一模一样。

"可你现在怎么赶过去呀？"苔丝看了看表，说道。

"我不去那儿了！我已经来这儿了！"

"什么，你真安排好去那儿讲道，却又——"

"我已经安排好要去讲道了。不过我不去了——因为我热切渴望去见一个女人，一个我过去看不起的女人！不对，实话实说，我从没有看不起你，要是看不起你，我现在就不会爱你了！我从未藐视过你，因为你圣洁无瑕，出淤泥而不染。你一看清当时的情形，就当机立断，毅然决然地离我而去，没有留下任我玩弄摆布；天下女子，我不敢有丝毫轻蔑鄙视的，唯有你一人！不过，现在你完全可以看不起我了；本以为，我是在山上敬仰膜拜，却原来只是在林中供奉祭祀！哈哈！"

"啊,艾力克·德伯维尔!你这话是什么意思?我又怎么啦!"

"怎么啦?"艾力克言语间带着一种无声的冷漠鄙夷,"你倒并非出于有意,却引诱得我沉沦堕落,即便无心如此。我无数次自问,我真就是那种'堕落败坏之奴'吗?我真就是'刚脱污境,又入浊流,竟不能自拔',只落得身败名裂,不及当初吗?"说着,便把手搭在苔丝的肩上。

"苔丝,我的姑娘,这次见到你之前,至少我已经走上了救世之路!"一面说,一面摇着苔丝,动作怪异反常,仿佛拿苔丝当个小孩子,"你为什么又来诱惑我?在此之前,我血气方刚,志若磐石,后来就又见到了你的双眸与柔唇,将我迷得神魂颠倒;自夏娃以来,再无这般柔唇!"声音渐次沉低,双眼热辣辣、直勾勾,射出的一股淫邪之光,带有几分狡黠。

"你这个狐狸精,苔丝!你就是那个让人爱恋不舍却又孽债累累的巴比伦女巫,一看见你,我就欲罢不能,迷恋不休!"

"你偏要来这里看我,那有什么办法!"苔丝往后倒退一步,说道。

"我知道——我再说一遍,我没有怨你。不过事实确是如此。那天我看到你在农场受欺负,而我却无权保护你,并且我又无法得到这种权利,想到此,我都快疯了;有权保护你的人,却又似乎不把你当回事!"

"不要说他坏话——当时他又不在场!"她有些激动,说话提高了嗓门儿,"说话要有良心,他又没做什么对不起你的事!离他的妻子远点儿吧,免得传出什么丑闻,坏了人家名声。"

"我走,我走,"德伯维尔仿佛刚从一场痴迷的美梦中走出来,"我失约了,没能按时赶到集市,给那些喝得醉醺醺的穷鬼傻瓜讲道,这还是我平生头一次开这么大的玩笑。这事要放到一个月前,我无论如何也不肯。我走了——发誓——永远不再来!"突然他又说道:"抱一抱,苔丝,就一下!看在旧日交情的分儿上——"

"艾力克,我可没人保护!另一个人的名誉,就攥在我手里——你想过没有——还有没有羞耻?"

365

"喊，好吧，说的是，说的是！"

他紧咬嘴唇，恨自己没骨气。他两眼空洞，既缺乏世俗的信念，也没有宗教的信仰。自从他改过自新，那些时而发作的旧日情欲，都变成了僵冷尸骸，蛰伏进他脸上的褶皱之间，现在却似乎要死而复生，都苏醒了，一齐聚拢了来。他走了出去，犹豫不决，依恋不舍。

德伯维尔一个劲儿地声称，他今天失约，是一个信徒的倒退堕落，但苔丝从安吉儿·克莱尔那儿学来的话，却深深地印在了他心里，即便他已离去，那些话依然在他心里回荡。他精神麻木，无精打采地朝前走，他做梦也没想到，自己的信仰竟是如此不堪一击。之前他皈依宗教，只是一时心血来潮，根本不是出于对上帝的虔诚，大概是一个心性轻浮的人，由于死了母亲，一时感情空虚，忽而异想天开，另寻寄托罢了。

几滴逻辑之水，投进了德伯维尔狂热火爆的海洋，冷却了他的激情，停滞了他的欢腾。他反复思考着苔丝说给他的那些糖衣蜜饯般的话语，自言自语道："那个聪明的家伙，哪里会想到，他告诉苔丝这些话，也许正为我铺就了道路，好让我跟她重温旧梦。"

47　麦场纠缠

燧石山农场上，要打最后一垛麦子了。三月的黎明，一片混沌模糊，东方地平线，无迹可辨。朦胧的曙光，映衬出高高的麦垛，呈圆梯形，孤零零耸立在麦场，在这寒冷的冬天，饱经风吹雨涤。

伊茨·休特和苔丝走到打麦现场，听到沙沙有声，知道已经有人先来了。稍后，天色微明，麦垛顶上现出两个男人身影，正七手八脚忙着"揭垛顶儿"，所谓"揭垛顶儿"就是先拆掉麦垛的草顶子，以便往下扔麦捆。农场主格劳毕盘算着尽量一天把麦子打完，非要工人早早来到现场；伊茨和苔丝，还有其他女工，穿着浅褐色围裙，站在那儿看"揭垛顶儿"，冻得直打哆嗦。靠近麦垛草檐子下面，停放着一个"红色暴君"，天色暗淡，还看不太清楚，这就是女工前来伺候的那个东西——一个木头架子，上面装着皮带和轮子——脱粒机，这家伙儿一发动起来，女工的肌肉和神经也就一并跟着绷紧，没点儿耐力，根本坚持不下去。

脱粒机不远处，还有个东西，模糊朦胧，看不太清。这东西颜色漆黑，嘶嘶作响，似乎蓄积着巨大能量。高大的烟囱矗立在一棵白蜡树旁边，冒出滚滚热气，用不着天光大亮就可以看出，这就是引擎，这个小小世界的原动力。引擎旁边站着一个黑影，身形高大，满身煤灰，一身污垢，昏昏呆呆，一动不动；那个黑影立在一堆煤旁边，正是烧引擎的工人；他神态孤独，颜色奇特，仿佛刚从托菲特垃圾焚化场出来，误闯入这片环境清朗的净地；这儿麦穗金黄、土地灰白、空气清新，他的出现与此地格格不入，一时间惊扰了当地乡民。

此人表里如一，外貌打扮契合心之所念。他身处农田，却不事耕作，只是燃煤生火；农田上的人心里装的满是庄稼、天气、霜露与日照，而他只管带着他的机器，辗转于农场之中，奔波于郡县之间；那时，蒸汽脱粒机在威塞克斯一带还是巡回作业。他操着北方口音，说起话来怪怪的；他言语不多，想着自己的心事，双眼只顾盯着自己那套铁家伙儿，对周围一切，置若罔闻，毫不在意。除非万不得已，他不会和当地人搭腔，仿佛他背井离乡，为生活所迫才流浪至此，来伺候他这件冥府王器。一条长长的皮带，连接着引擎驱动轮与麦垛下红色的脱粒机，这是他和农事之间唯一的联系。

工人忙着揭麦垛，他自顾自站在那个移动能量储存器旁边，一脸漠然。晨间清冷的空气，在那滚烫的黑家伙周围，回旋颤抖。脱粒之前的准备工作，他不闻不问，只顾把炭火烧得白炽耀眼，蒸汽高压蓄势待发。只需几秒钟，他便让那根皮带高速转动起来，直看得人眼花缭乱。皮带之外，一片混沌，麦秸、草料，对他而言无甚区别。假若有土生土长的闲散人员，问他怎么称呼自己，他的回答简洁明了："机械工。"

麦垛揭开，天色大亮。于是，男工女工，各就各位，各司其职，脱粒开始。农场主格劳毕——工人私下都将格劳毕称为"他"——在此之前便早早来了，他吩咐苔丝到机器台面上去，紧挨着那个往里填料的男工；伊茨站在麦垛上，紧挨着苔丝，给她递麦捆；苔丝负责解开麦捆，递到那个男工手里；男工则把麦捆铺开，填入高速旋转的圆筒上，顷刻之间，圆筒就把麦粒子尽数打下。

刚一开始预热，机器停顿了一两次，那些憎恨这残暴机器的，心中算是出了一口恶气，着实高兴了一阵儿。之后，机器便全速旋转，顺畅无阻，一直工作到早饭时候，脱粒机才停了半个钟头；饭后又开始脱粒，农场的其余人手，都叫了来堆麦秆，不一会儿，麦堆旁边就起了个小山似的麦秆垛。中午时分，大家就站在原地，匆匆吃了口饭，紧接着又干了几个小时，眼看着快到晚饭时间了。飞轮旋转，势不可当，脱粒机嗡嗡轰鸣，尖锐刺耳，穿肉透骨，一直震到机器边上那几个人的骨髓里。

麦秆垛越堆越高，上面的老人不觉忆起旧时岁月，那时还在打谷场上用橡木连枷打麦子；那时所有工作都靠人力，连扬谷去糠也不例外；在他们看来，人力虽慢，但打出的麦子清洁干净，也不浪费。麦垛上的人也偷闲聊上几句，但站在近旁伺候机器的，包括苔丝，个个都忙得焦头烂额、汗流浃背，根本无暇闲聊歇息。脱粒好像永无止境，累得苔丝精疲力竭，不觉后悔当初不该来燧石山农场。麦垛上的女工——玛丽安便在其中——能够时不时地停下来，拿起瓶子，喝口啤酒或凉茶，还能擦擦脸，掸掸落在衣服上的稻草麦糠，也能说长道短扯上几句闲话。机器圆筒旋转不止，往里续料填麦的工人也就不能停歇，苔丝自然也得一刻不停地解麦捆，递麦束供料，连喘息的工夫都没有。有时玛丽安便和苔丝调换一下位置，替上半个钟头，让她喘口气；格劳毕见了不乐意，嫌玛丽安活儿慢，供应不上，玛丽安不予理会。

大概为了省钱，通常要选个女工，来完成这项特殊任务。格劳毕选中苔丝，更是振振有词，说她有劲儿，耐力又好，而且解麦捆速度快，这话倒也不假。脱粒机轰鸣，盖过一切声音，人们无法闲谈；一旦进料供应不足，机器就会空转，发出一阵狂吼。苔丝和那个填料男工，连扭头的时间都没有，哪还有时间关注别的。在一片忙碌之中，晚饭前，有个人悄悄地从栅栏门外走了进来，躲在另一个麦垛旁，看着眼前这一幕，来人对苔丝尤为关注；仔细一看，来人身着杂色粗花呢套装，款式新颖时尚，手持一根华丽手杖，摆来摆去。

"那人是谁？"伊茨·休特问玛丽安，刚开始她问询苔丝，苔丝没听见，又转问玛丽安。

"我想，他应该是某个人的男朋友！"玛丽安回答得简短扼要。

"我敢赌一个几尼，他是来追求苔丝的。"

"哦，不。最近跟在苔丝后面献殷勤的，是一个卫理公会的牧师，哪是这样一个花花公子。"

"你不知道，是同一个人。"

"和那个讲道的是同一个人？怎么看着一点儿也不像啊！"

"他换了装束，没穿黑衣服，也没戴白领巾，连鬓胡子也剃了。尽管如此，人还是那个人。"

"你确定是他？那我得告诉苔丝！"玛丽安说。

"先别去，待会儿她自己会看到，别没事找事！"

"好吧，不过我觉得，这个牧师一边公然讲道，一边追人家有夫之妇，总是不太好；即便苔丝的丈夫远在国外，即便苔丝目前守活寡，但她终究是有主儿的人。"

"嗯——他奈何不了苔丝。"伊茨说话冷冰冰，又不失幽默，"苔丝是个死心眼儿，想打动她的芳心，比拉动陷进泥坑里的大车还难。上帝呀，一个女人，变通一下，也许生活就好了；她可好，不管怎么献殷勤，怎么讲道理，她还是认死理儿，天打五雷轰，也无济于事。"

晚饭时间到了，机器停止运转；苔丝从机器上下来，膝盖让机器震得发颤，连路都走不了了。

"你应该像我那样，喝上一夸脱酒才好，"玛丽安说，"你的脸色就不至于这么难看了。唉，天哪，你面色苍白，就像魔鬼附了身！"

玛丽安心地善良，她突然想到，苔丝已是疲劳不堪，要是再让她看见那个人，晚饭一定没了胃口。因此就想引导苔丝从麦垛另一边的梯子下去，正当此时，那个人却迎面走了过来，抬头望着上面。

苔丝轻轻惊叫了声"啊"就顿住了，急忙说道："我就在这儿吃饭——就在麦垛上吃。"

有时工人离家远了，就在麦垛上吃饭。不过那天风有点儿大，玛丽安和其他工人就都下了麦垛，坐在麦秸垛下面吃饭。

来人正是艾力克·德伯维尔，尽管他更换了衣服，改变了面貌，却还是那个福音传道者。一眼便能看出，他满脸色欲，又恢复了趾高气扬、放荡不羁的那副德行，跟苔丝第一次认识这位追求者，或者所谓的堂兄时一模一样，只不过虚度了三四岁罢了。苔丝决定留在麦垛上吃饭，找了一个从地面上看不到的麦捆坐下来，开始吃饭；吃着吃着，便听见梯子上有动静，不一会儿艾力克就站在麦垛上了——上面麦捆平铺，形成了一个长方形平台。他跨过麦捆，坐在苔丝对面，一言不发。

苔丝继续吃晚餐，晚餐再简单不过了，一块厚煎饼，一大早自己带来的。此时，其他工人都聚在麦秆垛下面，舒舒服服地坐在松软的麦秆上，放松休憩。

"你看，我又来了。"德伯维尔说。

"为什么又来骚扰我！"苔丝火冒三丈，大声斥责。

"我骚扰你？我倒要问问，你为什么要骚扰我？"

"我什么时候骚扰你了！"

"你敢说你没骚扰我？你一直在骚扰我哇！你的声音身影无时无刻不萦绕在我心头。刚才你恶狠狠瞪我的眼神，不分白天黑夜，一直在我眼前！苔丝，我本是一股清流，拘谨严格，一心修道，但自从你告诉我，咱俩那个孩子的事，我的感情就像决堤的洪流，朝你的方向奔涌而出，自那时起，传教布道之河，便一下子干涸了，这都是你一手造成的！"

她凝视前方，一言不发。

"怎么——布道传教的事，你完全放弃了？"她问。

受安吉儿的熏陶，她现在极具怀疑精神，看不起艾力克这种一时冲动、片刻热情的人；但她终究是个女人，听了艾力克的话，还是不免有些吃惊。

装出一副正颜厉色的样子，德伯维尔继续说道——

"完全放弃了。那天下午，本来约好了到卡斯特桥集市，去给那些醉鬼讲道，可我没去。自从那以后，所有的讲道，我一概没去。鬼才知道他们怎样看我呢！哈哈！我那些兄弟！毫无疑问，他们在为我祈祷——为我哭泣；他们都心地善良，不过我还在乎什么呢？我已经不再相信了，怎么能再像从前一样呢？要是那样，我不就成了最卑鄙的伪君子了吗？我若仍旧混迹其中，与许乃米与亚历山大还有什么两样？这两人都被交给了魔鬼撒旦，好让他们学会不要亵渎神明。你已报仇雪恨了！四年前，我看你年幼无知，不谙世事，把你骗了；四年后，你见我是一个虔诚的基督徒，就来诱惑我，坑害我，让我背信弃义，使我万劫不复！可是苔丝，我的堂妹，我曾经这样叫过你，这只是我对你的一种称呼，是我的一些疯言疯语罢了，你不必吓成这样。当然了，你只是保持了娇美的容颜与玲珑的身材，并没有做错什么。你看见我以前，我早已在麦垛上看到你那曼妙身姿了——你身上穿着紧身围裙，戴着有耳朵的软帽，把你衬得美丽动人。你们这些田间女工，想要远离危险，就永远不要戴那种帽子。"他又默默地盯着她看了一会儿，冷笑了一声，接着又说，"我一直认为我就是那位洁身自好的独身使徒，但如若他也受过你这副美丽容貌的诱惑，我相信他必定和我一样，为了你而放弃他的耕犁。"

苔丝试图反驳，但在这个节骨眼儿上，她竟连一句像样的话也说不出来，德伯维尔也不看她，自顾自继续说道：

"好啦，说到底，你给的乐园，不亚于任何其他乐园。不过，苔丝，说真的，"德伯维尔站起身，凑上前来，胳膊肘支着身子，斜靠在麦捆之间，"自从上回见到你，你跟我说了他说的那些话，我就一直琢磨那些话。思来想去，到最后我才明白，从前那些陈词滥调的确缺乏常识；有悖常理；我怎么会被克莱尔牧师的激情鼓弄得心火四起，布道讲经如痴如狂，那份热诚，甚至超过了他，这连我自己都闹不明白！上次你对我讲的那些，跟你那位了不起的丈夫学来的那些话——你甚至都没告诉我他姓甚名谁——那些话，有人称之为脱离教条的道德体系，我总觉得我办不到。"

"如果你做不到——无论你怎么称呼——那些教条，至少你也得信奉仁爱纯洁的宗教哇！"

"哦，不！我可不是那种人！我这个人，总得有人和我说'你做这个，死后定有好处；你做那个，死后必有坏处'，才能激起我的热情。算了吧！要是没人对我负责，那我就无须对自己的行为与感情负责。亲爱的，我要是你，我也会觉得，我不用负任何责任！"

苔丝试图辩驳，想告诉他，在人类起源之初，神学和道德就是两码事，二者截然不同，只是他那脑袋糊涂迷乱，将两者混为一谈。但由于安吉儿·克莱尔平时沉默寡言，再加上苔丝才疏学浅，而且情感经常战胜理智，她也就没法再往下说了。

"好吧，亲爱的，这都没关系，"他接着说，"我又回来了，咱们和以前一样了。"

"不会和以前一样——永远都不会——天壤之别！"苔丝恳求道，"再说，我对你从来没感情！啊，要是因为失去了信仰，就对我说这些话，那你为什么不坚守信仰呢？"

"那是因为你把我的信仰都驱走了！我的美人儿，你就等着遭报应吧！你丈夫无论如何也不会想到，他会搬起石头砸自己的脚！这都是咎由自取！哈——哈——你让我离经叛道，我却乐在其中！苔丝，我已是意乱情迷，陷得比以前更深，我真的很心疼你。尽管你对外不肯吐露实情，我也能猜得出，你现在举步维艰——那个人本该把你含在嘴里、捧在手心、疼爱有加才对，可现在却狠心抛弃你，不管不问。"

闻听此言，苔丝哪还能咽得下口中的饭食；她双唇发干，几乎要噎住了。麦垛下一片欢声笑语，在她听来，却像远在四分之一英里以外，虚无缥缈。

"你说这些太残酷，太伤人！"她说道，"你但凡心里有我，又怎能如此待我！"

"确实，确实。"他打了个寒战，脸上闪现一丝苦痛，"我来这儿，不是因为我做了错事，却来责怪你；苔丝，我来这儿，是想跟你说，我不想让你在这里干活受苦，我是特意为你而来。你说你有丈夫，但不是我。好，或许你真有，但我从未见过，你也没告诉我他的姓名。总之，那人只是个子虚乌有的神话传说而已。可就算你真有个丈夫，现在也远在天边，而我却近在眼前。无论如何，我都想方设法，帮你逃离苦海，而那个人，连面都不露，更别提指望他帮忙了。我突然记起希伯来先知何西阿说过的话，他言辞犀利，我曾经拜读过，苔丝，你知道那几句话吗？——'她欲追随所爱，但却追之不及；她欲苦苦寻觅，但却觅之不得，她便凄苦倾诉，我欲重归前夫，再享千般宠爱！'——苔丝，我的车就在山下！我的爱人——不是他的爱人——剩下的话我不必再说。"

说话间，她脸上慢慢升起片片红晕，却一直缄默不语。

"我此番堕落，都是为你！"说着，手已伸出，揽住了她的腰身，"你该和我携手并肩，共同承担所有后果，至于你那个丈夫，就是头驴，让他永远滚蛋吧。"

她吃煎饼时，脱了一只皮手套，搁在膝头；事发突然，她冷不防抢起手套，朝他的面门用力打去。那只手套，又厚又重，就像武士的铁手套，结结实实打在他嘴上。想象一下，这个动作，恰似她那些身穿铠甲的祖先惯常的把戏，现在又故技重现。艾力克原来斜躺着身子，现在一下子跳蹿起来，凶相毕露。手套击中之处，现出一道深红血印，一会儿，血便从嘴里流出，滴到麦捆上。但很快，他便按压怒火，镇定自若，慢慢从口袋里掏出手绢，擦掉血迹。

她也跳了起来，紧接着又坐了下去。

"来，惩罚我吧！"苔丝抬眼看着德伯维尔说道，那眼神，就像是一只被捉住的麻雀，万念俱灰，无力反抗，只能坐以待毙，"你抽死我吧，打死我吧；不用担心下面那些人！我不喊。一朝被害，终生难逃——这是规律！"

"哦，不，不，苔丝，"他温和地说，"这件事，我完全能够原谅。但有一件事，你绝不能不顾公道，就这样忘记。要不是你剥夺了我的权利，我早就娶了你了。难道我没有清晰明了地求你做我的妻子吗——啊？你说话啊！"

"不错，你说过。"

"现在你没法嫁给我了。不过有件事，你得记住！"他想起了之前向她求婚时的真心实意，又想到她现在的忘恩负义，两相对照，不由得怒火中烧，说话的声音也变得生硬严肃；他走上前去，抓住她的双肩，直抓得她浑身颤抖，"记住，我的夫人，之前你没逃出我的手掌心！现在也休想逃出我的手掌心。只要你为人妻，必是我妻！"

打麦场上纷纷扬扬，人们又开始行动了。

"我们不要再吵了，"他撒开手说道，"我得走了，下午再来听你答复。你还是不了解我！但我很了解你。"

苔丝没再说话，傻了一样待在那儿。麦垛下的工人站起来，伸伸懒腰，顺一顺刚才喝下的啤酒；德伯维尔跨过麦捆，下了梯子。接着，脱粒机又重新启动；麦秸沙沙有声，再度响起，苔丝重新回到岗位；脱粒机滚筒轰轰作响，苔丝恍然若失在梦中，一个个麦捆递到面前，解开，递出去，如此反复，无休无止，无止无休。

48 修书传情

下午，农场主格劳毕宣布，趁着晚上月光皎洁，无论如何也得把那一垛麦子打完，因为脱粒机的主人明天约了另一个农场的活儿。于是，机器的隆隆声、滚筒的轰轰声与麦草的沙沙声再次响起，这次连中间休息的时间都没有了。

大约下午三点钟，快到吃茶点的时候，苔丝才抽空抬头环顾四周，却看到艾力克·德伯维尔又来了，他站在栅栏门旁的篱树下，而她对这种行为已经见怪不怪了。艾力克瞧见苔丝抬起头来看他，便立刻献给她一个飞吻，彬彬有礼地向她挥手示意。这意味着，两人先前的争吵已经过去了。苔丝低下头，小心翼翼地告诫自己不往那个方向看。

下午时光就这样慢慢过去。麦垛愈来愈低，麦秸垛愈来愈高，打出的麦子不断地装袋运走。六点钟左右，没打的麦垛差不多还有齐肩高，可剩下的麦捆看起来依然没完没了。尽管如此，大部分麦捆都已被那个永远填不饱的贪食鬼狼吞虎咽地吃下，这些麦捆都是由那个男工和苔丝两个年轻人亲手喂进去的。麦秸堆成了山，那个地方，早晨还是空空如也；这巨型麦秸垛，好像是那个轰轰乱叫的红色大肚怪物排出的一堆粪便。黄昏将至，西边的天空现出一片愤怒的光辉，那是狂暴的三月日落时分才会有的晚霞——霞光穿透云霄，喷薄而出，倾泻在打麦人疲惫不堪、汗渍斑斑的脸上，把一张张面庞染成紫铜色；霞光四射，又映在女工飘动的衣裙上，就像暗淡的火焰在裙上翩翩起舞。

草垛旁的打麦人都累得腰酸背痛、气喘吁吁。喂料的男工亦是心力交瘁，苔丝瞥了他一眼，只看见他泛红的后颈上沾满了灰土与麦糠。苔丝仍然坚守岗位，双颊累得通红，汗水涔涔的脸上落满了麦屑，原先雪白的帽子也满是灰尘，变成了黄褐色。女工里面，她是唯一一个站在机器旁边干活的；机器不知疲惫地旋转，连带她的身体也跟着振动；先前玛丽安和伊茨还能替她一阵子，现在麦垛矮了，她也被迫与两人隔开了，也就没法替换一下了。机器剧烈震颤，永无停息，她全身每一块肌肉、每一根神经也跟着颤抖，抖得她浑身麻木、神志不清，如同进入梦幻一般，连两只胳膊如何活动也全然不知了。甚至她连自己在什么地方也不知道了，伊茨在下面喊她，说她的头发散开了，她也未曾听见。

即便最有朝气的，现在也逐渐变得两眼发黑、面如死灰了。苔丝每每抬头，眼前总是那越堆越高的麦秸垛，上面站着只穿着衬衫的邋遢男人，仿佛要撑起北方整片灰色的天空。麦垛前面是长长的红色升降卷扬机，就像雅各梦见的梯子，脱了粒的麦秸像一条滚滚黄流，源源不断地奔腾而上，喷射而出，倾泻在麦秸垛顶上。

苔丝知道，艾力克·德伯维尔还在现场，正在某个地方注视着她，尽管说不上他躲在哪儿。他总有留下来的借口，等麦垛快要拆完时，麦垛底下藏着许多老鼠，都要将其斩尽杀绝，一场杀鼠大戏即将上演。每每此时，总会有一些与打麦子无关的闲散人等纷纷参与其中——各色喜欢打猎的，有架鹰携犬、手持烟斗的乡绅，也有拿着棍棒石头的粗汉。

不过，还得再干一个钟头，才能拆到老鼠躲藏的麦垛底层；此时，最后一缕夕阳从阿波特·塞耐尔旁的巨人山消失了，一轮明月，银辉皎洁，从梅德尔顿修道院与沙茨福德方向的天边升起。最后一两个钟头，玛丽安有些担心，恐怕苔丝吃不消，但又无法靠近苔丝，和她说句话。其他女工喝上几口啤酒来保持体力，唯独苔丝，因为小时候酒给家里带来了巨大伤害，至今仍心有余悸，因此滴酒不沾。但苔丝现在依然坚持不辍，继续干活儿；假如她不能胜任这个工作，就会被迫离开；这要放在一两个月以前，她一定会泰然处之，甚至会感到如释重负。但自从德伯维尔尾随至此，便一直纠缠不休，离开这儿就变成了她的莫名恐惧。

一面拆麦垛，一面填料脱粒，麦垛越拆越低，后来地上的人都能和麦垛上的人交谈了。就在这时，农场主格劳毕上了机器，走到苔丝身边，告诉她要是想去会见朋友，现在就可以去，他会安排人替她。这件事有些出乎苔丝的意料，她知道这个"朋友"就是德伯维尔，也清楚这个让步，是这位朋友或者说是敌人要求农场主这么做的。苔丝摇了摇头，继续埋头干活儿。

麦垛越来越低，老鼠便往下逃避，最后都集中到了麦垛底部。逮老鼠的时刻终于到来了，狩猎正式开始。最后的避难所揭开了，鼠群在空旷的地面上四散逃窜。此时，玛丽安早已喝得微醉，突然，只听她发出一声尖叫，惊恐刺耳；不用猜，她的同伴便知道，肯定有老鼠钻到她身上了。这着实吓坏了其他女工，于是她们便想出各种法子保护自己，有的慌着掖起裙子，有的忙着往高处跑，乱作一团。那只老鼠总算弄出来了。一时间，男人喊打声、女人尖叫声、犬吠声、咒骂声、踩踏声，不绝于耳，恰似群魔乱舞，一片混乱。就在这一片混乱之中，苔丝解开了最后一捆麦子，脱粒机的滚筒慢了下来，引擎停止了呼啸，苔丝也从机器上下来了。

她的情人一直袖手旁观，看众人逮老鼠，此刻也已来到苔丝身旁。

"你究竟想怎么着？扇耳光也羞辱不走你？"苔丝说话有气无力。她已经筋疲力尽，连大声说话的力气也没有了。

"你说句话做点儿事，我就生气，那我也太傻了。"他的话语充满诱惑，跟川特里奇的伎俩如出一辙，"看你娇嫩的手脚，抖得多厉害啊！就像一头流血的小牛犊，柔弱无力，这一点，你也清楚。我来了，你什么活儿都不用干。你怎么这么固执？我也警告农场主了，他无权雇用女工上蒸汽脱粒机打麦子。这个工作不适合女人，条件好的农场都没这么干的，这一点他也很清楚。走吧，我送你回家。"

"嗯，好吧，"苔丝疲惫不堪，拖着沉重的步伐，边走边说道，"你要想送就送吧！我也想过了，你来让我嫁给你，是因为你还不知道我的具体情况。也许——也许你没我想的那么坏。你若好心好意，我必心存感激；你若别有用心，我定愤然反击。其实有时候，我也捉摸不透你的心思。"

"就算我不能把咱们之前的关系变成合法的，但至少我能帮到你。这次我绝对会尊重你的感受，不再犯之前的错误。我的宗教狂热，不管是什么，已经过去了，但我还是保留了一点儿善良的本性。我想，我真的是心怀善良。苔丝，看在你我之间那份温柔、炙热的男女之情上，相信我！我富足有余，一定能让你不再焦虑担忧，还有你的父母、你的兄弟姐妹。只要你信我，我保证都让他们过得舒适安逸。"

"你最近见过他们了？"她急忙问。

"没错，但他们还不知道你在这儿，我也是碰巧才找到你的。"

苔丝在暂以栖身的小屋外站住脚，德伯维尔也在她身旁停下，清冷的月光从园内篱树的枝丫间斜照下来，洒在苔丝疲惫不堪的脸上。

"休要再提我那年幼的弟弟妹妹——不要把我彻底击垮了！"她说，"你想帮就帮，上帝知道他们需不需要帮助，不用告诉我。不过，不，不！"她大声说道，"我不能要你的东西，不管是为了他们，还是为了我自己，我都不能要你的东西！"

苔丝与那户人家住在一起，室内毫无隐私可言，德伯维尔也就没再继续陪她前往。苔丝进得门来，洗了手，与那一家人一起吃了晚饭，随后便陷入沉思。她蜷缩到墙角桌旁，借着微弱的灯光，满怀激动地写起信来——

我的丈夫：

请允许我这样称呼你。尽管这会惹你生气，让你觉得我不配做你的妻子，但我一定要这样称呼你！一定要向你哭诉我的委屈与困境——除你之外，我找不到任何人倾诉心扉。现在我正经受着巨大诱惑，安吉儿，我不敢告诉你他是谁，也实在不想写信和你说这些。但我对你百般依赖，其程度之甚，超乎你的想象！为何你现在就不能立即来到我身旁？唉，我知道你不会来，因为你我天各一方！你若不能快点儿来，或者写信让我去，我只有死路一条。你给我的这份惩罚，我受之无怨——我完全明白——无怨无悔——你恼怒愤恨，我无话可说。但是安吉儿，求求你，求你不要这么铁面无情，多少对我好一点儿，即便我有愧于此，到我身边来吧！只要你想，让我来，我情愿死在你怀里！只要你原谅我，我死不足惜！

安吉儿，我完全为你而生。我深深地爱你，即便你远走他乡，我也没有丝毫怨言，因为我知道，你得找到一片中意的农场。千万不要以为，我会说些刻薄怨恨的话，我一句怨言都没有，只求你回到我身边。亲爱的，没有你，我孤苦伶仃，了然无趣！工作再苦再累，我都不在乎，只求你给我寄来几个字，告诉我，"我就来"，我便会坚守不渝，翘首以待！安吉儿，我便会欢喜若狂！

结婚以来，我的信条始终如一，那就是：在思想与身体上都忠心于你；即便有男人出乎意料地对我说了句奉承话，我都觉得对不起你。昔日咱们在奶牛场的点点滴滴，难道你现在都忘了！要是还记得一丁点儿，你又怎能忍心远离我、抛弃我？安吉儿，我还是我，还是以前你深爱的那个女人；真的，一点儿都没变！绝不是你想象的那个你从未谋面、厌恶嫌弃的女人。自从遇到你，我的过去又算得了什么？过眼烟云罢了！你给了我新生，让我变成了另一个女人。我怎么还会是以前那个女人呢？你为什么偏偏看不到这一点？亲爱的，但凡你有一丁点儿自信，相信你自己，相信你有足够的力量来改变我，也许你就会想回到我身边了，回到你可怜的妻子身边了。

当我沉浸在幸福之中时，我曾坚信你会永远爱我，现在想来，我是多么傻！我早就应该知道，那种幸福根本不属于我这般可怜的女人。我伤透了心，不仅为过去，也为现在。你想一想——想一想我永远永远都见不着你，我心里该是多么痛苦！唉，我每日每夜，无时无刻不痛苦难过；要是能让你那颗亲爱的心，哪怕每天痛苦上一分一秒，也许你就会对你那可怜孤寂的妻子有些许的怜悯了。

安吉儿，有人还在夸我长得好看（他们用的是美丽这个词，我得实言相告），也许他们说得对，但我并不看重姣好的容貌。亲爱的，我愿意拥有这副容貌，只是因为它属于你，只是因为我至少还有一样东西值得你拥有。我自己也有这种强烈的感觉，所以每当因为脸蛋儿漂亮而遇到麻烦，只要别人觉得我漂亮，我就用布把我的脸裹起来。唉，安吉儿，告诉你这些不是因为我虚荣——你也知道我不是那种人——而是我总想着有一天，你会回到我身边！

要是你真的不能来找我，能不能让我去找你！我已经说过，现在有人威逼利诱，想让我做我不愿意做的事！我绝不会退让半步，但我又怕出现什么意外，酿成大错；再者，原来我犯过一次错误，现在没有任何自卫能力。我不想再说从前了，一提起来就肝肠寸断。要是我实在支撑不住，不幸再次落入恐怖陷阱，肯定比上一次更悲惨。哦，上帝！我不敢想象！快让我去吧，要么，你快来！

唉，只要能跟你在一起，就算做不成你妻子，做你的仆人，我也心甘情愿。只要让我待在你身边，能看见你，能想着你，我也就心满意足了。

你不在我身边，即便阳光灿烂，我也毫无兴致；田野里，白嘴鸦与椋鸟翩翩起舞，我也无心观赏；一看到这些，我就想起你陪我漫步赏景，不觉悲痛欲绝！我亲爱的，无论是在天上、人间或是地狱，我只求一件事：我想见你，只想见你！来吧，快到我身边来，救我于威胁，救我于水火！

你肝肠寸断却至死不渝的

苔丝

49 异域劫难

苔丝这封信情深意切、感人肺腑，现在已经寄到了清幽静谧的牧师公馆，放在了早餐桌上。牧师公馆地处西面山谷，空气柔和，土壤肥沃，与燧石山农场比起来，那儿的土地，只要稍加耕作，庄稼便能长势旺盛，那儿的人，在苔丝眼里似乎也大不相同（其实并没什么两样）。安吉儿背井离乡、远赴重洋，怀着沉重的心情在异国他乡开拓事业，随时把自己往来不定的行踪告知父亲。由此，安吉儿嘱咐苔丝，保险起见，先把写给他的信寄给他父亲，然后再由父亲转寄给他。

"我说，"老克莱尔先生看了一眼信封，对妻子说，"这封信必定是安吉儿的妻子写来的，安吉儿之前不是来信说过嘛，想要在下个月底离开里约来家走一趟，要是他真那么打算，这封信无疑会催促他提早动身。"一想到安吉儿的妻子，他不禁深深叹息。随后在信封上重新写了地址，立即转寄给了安吉儿。

"我的宝贝儿子，希望他能平平安安回家，"克莱尔太太低声说道，"我有生之年都会觉得，我们亏欠了他。你本应该一视同仁，把他也送到剑桥读书，和他两个哥哥一样；不管他信不信教，一律机会均等。耳濡目染，或许思想就会慢慢改变，说不定还会遵循上帝的意旨，成为牧师。总之，不管进不进教会，最起码那样公平公正。"

一谈到几个儿子，克莱尔太太总是埋怨几句，但仅限于此，并不常提。她虔诚笃厚，体贴周到，深知丈夫也因有失公允而伤心难过；每到晚上，她经常听到丈夫半夜不能入眠，强忍悲叹，不停地为安吉儿祈祷。但这位坚定不移的福音派教徒，即便到了现在，仍然认为，不能只因为给另外两个儿子提供了深造的机会，就得公平公正，就得给不信教的小儿子也提供同样的学习机会。如果当初这么做了，那不信上帝的小儿子，即便可能性不大，也有可能会利用大学所学，强烈批判他终生宣扬、毕生追求的教义信条，这些教义信条也是授予圣职的两个儿子孜孜以求的神圣使命。一方面他为两个忠诚信教的儿子铺路搭桥，另一方面又处心积虑地褒扬歌颂那离经叛道的小儿子，这与他的信念、地位与希望前后不符、自相矛盾。尽管如此，他还是深爱着那个名不副实的小儿子，为没把他送到大学读书而暗自伤心。正如亚伯拉罕，把注定要死的儿子以撒带上山，心中自是悲痛不已；只是老克莱尔将心底无尽的悔恨歉意深藏不露，却比妻子口中的埋怨要痛苦得多。

对安吉儿和苔丝这段不幸婚姻，老两口满是自责。要是安吉儿不想当农场主，他就不会去农场混迹于一群乡下女孩子之间。儿子与儿媳因何分开、何时分开的，老两口并不清楚。起初，他们猜想，两人必定是彼此嫌弃、相互厌恶才闹到这步田地。但后来安吉儿在信中偶尔提到要回来接妻子；从这只言片语中不难看出，这番分离并不像他们原先想象的那般决然无望，永生不期；老两口当然也是希望如此。安吉儿曾提起过，说苔丝住在她娘家，老两口对此顾虑重重，不知如何是好，便决定不再过问此事。

与此同时，苔丝的丈夫，正骑着一头骡子，穿越广阔无垠的平原，从南美大陆的腹地往海岸赶。安吉儿身处异乡，境遇悲惨，刚到不久，便大病一场，至今尚未痊愈。后来，留下来的可能性越来越小，他便逐渐放弃了在那儿经营农田的念头，但仍有几分举棋不定，也就没告知父母想要放弃南美的计划。

大批的农业工人，向往广告宣传中安逸独立的生活，一时昏了头脑，从众如流，蜂拥而至，而迎接他们的却是遭难受苦、日渐瘦衰，甚至死于非命。他亲眼看到，从英国农场来的妇女，怀中抱着婴儿，一路艰难跋涉；若是路上孩子不幸染上热病，一命呜呼了，母亲便停下，徒手在松散的土地上挖一个坑，再用那双挖坑的手把婴儿埋了，滴一两滴泪，爬起来继续赶路。

安吉儿本打算到英国北部或东部的农场去，没想来巴西。但当时英国农民掀起了巴西探险热潮，又恰逢他心灰意冷，想逃离过去，两者巧合，他便无奈出走以致漂泊异乡。

在国外生活的这段时间，克莱尔在思想心境上老了十二年。他现在觉得，人生的真谛，不是体验人生的绚烂美丽，而是品味人生的辛酸悲悯。旧的神秘主义宗教体系，他早就不信了，而旧的道德评价体系，现在他也开始怀疑。他觉得旧的道德评价体系，需要重新修正。谁能算是真正有道德的男人呢？或者问得更确切一点儿，谁能算是真正有道德的女人呢？人格美丑，不仅在于其成就大小，还在于其目的与动机；好坏的真正依据，不在于已做过的事，而在于意欲要做的事。

这样一来，应该如何看待苔丝呢？

一旦用以上观念审视苔丝，安吉儿便悔恨交加，悔不该当初仓促决断，恨不应那时行事鲁莽，心中难过不已。他是永远抛弃她了呢，还是暂时抵制呢？他现在不说永远抛弃她了，既然不说这话，那就意味着，现在他在精神上接受苔丝了。

安吉儿对苔丝的旧日情感逐渐复苏，那时苔丝正在燧石山农场，还没敢冒昧写信，诉说自己的情感与处境。那时克莱尔心中一片困惑，不知所措，也就没仔细追究她不写信的原因。她的温顺与沉默就这样被曲解了。她之所以保持沉默，就是想一字不差地严格遵守他所下达却又早已忘记的命令；即使天生无所畏惧，但她并没有坚持维护自己的权利，只是坚信丈夫的所有判断都正确无误，也就心甘情愿低头认错。要是克莱尔能理解苔丝的沉默，那这份沉默真抵得上千言万语！

前文提到，安吉儿骑着骡子穿越内地，与他做伴同行的，还有另一个人，那人也是英国人，来自英国另一地区，他来巴西的目的，与安吉儿的完全相同。一路上两人都垂头丧气，没精打采，一起聊些国内事务。一来二去，两人便推心置腹，无话不谈了。男人往往有一种奇怪的倾向，自己的私事，不愿意向亲近的朋友吐露，却愿意向不熟的生人倾诉。两人并辔而行，克莱尔便将自己悲伤哀愁的婚姻一五一十详细讲述了一遍。

这位陌生的同伴周游世界、阅历丰富，深受各国文化熏陶，思想开明。在他看来，这种背离社会规范的事情，对家庭生活来说似乎非同小可，但也只不过是些凹凸不平的山川峡谷，对整个地球表面而言，微不足道，不值一提。他对此事的看法，与克莱尔的截然相反。他认为，过去的事无足轻重，重要的是她将来怎么做，并且直截了当地告诉克莱尔，他离开苔丝是完全错误的。

第二天，他们遭了场雷暴雨，淋了个透心凉，克莱尔的同伴高烧不退，一病不起，周末便一命呜呼了。克莱尔等了几个钟头，掩埋了同伴尸体，继续赶路。

这位同伴，他只识其名，那名字也平淡无奇，除此以外，一无所知，然而他却思想开通、胸襟开阔，那简短粗略的话语，在他死后，反而成了至理名言，对克莱尔的影响，远远超过了所有哲学家理性缜密的伦理学说。相比之下，克莱尔不禁为自己心胸狭隘而羞愧不已。于是，那些自相矛盾之处，洪水一般，涌上心头，冲击着他的心灵。从前他一直崇尚古希腊异教文化，贬低基督教神秘信仰。在希腊异教文明中，一个人因受到强暴而屈服，这个人并不一定就丧失了尊严。那么他必然认为，丧失童贞固然可憎，这是他承袭自神秘主义的教义信条，但如果是因为上当受骗而丧失的，那么他就应该承认，这种心理至少有必要修正。想到此，他便悔恨交加。伊茨·休特的话，他从未真正忘记，现在不觉又涌上心头。他曾问伊茨，她是否爱他，她回答说是。他又问她是不是比苔丝还爱他，她回答说不。苔丝为他会把命豁出去，而她自己却做不到。

结婚那天苔丝的神情，又在他的脑海中浮现；她明眸善睐，脉脉含情，一直在他身上顾盼流连；他的话语，她都洗耳恭听，几乎奉若神明的意旨。那个可怕的夜晚，苔丝坐在壁炉前，对他表白过去，自明身世；她那纯朴的灵魂哪里会想到，疼爱她、呵护她的人却翻脸无情，弃之不理；壁炉的光辉映着她的脸庞，楚楚可怜。

克莱尔本来是苔丝的批评者，现在摇身一变，却成了苔丝的拥护者。他曾因为苔丝这件事而愤世嫉俗，但一个人总不能一直愤世嫉俗，苟活于世，于是他摒弃了这种态度。他之所以犯下这样的错误，是因为他只沉迷于一般原则，而忽视了特殊情况。

然而这种说法未免有些陈腐；做情人的或是做丈夫的，这种境地，以前遇到不知多少次了。克莱尔对苔丝冷酷无情，这一点毋庸置疑。男人对自己心爱的女人，常常冷酷无情；女人对她们心爱的男人，亦是如此。然而这男女之间的冷酷无情皆源于宇宙万物的冷酷无情，与宇宙的冷酷无情比起来还算是温柔怜爱；这种冷酷，就像地位之于性格、手段之于目的、今天之于昨天、未来之于今天。

　　德伯维尔家族显赫专横，克莱尔原来只觉得它气数已尽，现在，苔丝家族的历史意义却又撩拨起克莱尔无限情思。家族的政治价值与想象价值截然不同，为什么他原来就不明白呢？从想象价值来看，苔丝的德伯维尔血统意义非凡，虽带不来丝毫的经济利益，却是绝佳的幻想素材，尽可让人发思古之幽情，叹往昔之盛衰。然而事实却是，可怜的苔丝，在血统与姓氏方面这一点点的与众不同，很快就被忘得一干二净了；金斯贝尔那些大理石墓碑下、铅制棺材里依然躺着德伯维尔家族祖先的枯骨，但苔丝与祖先的血脉承袭必会湮没在历史长河之中。时间残酷无情，摧毁了他的浪漫情史。她的音容笑貌，一次次浮在眼前，闪现出几分尊严，那必是她祖宗奶奶的威仪庄严。这幻觉让他生出了一种灵动之感，在血管里涌流，恰似初见苔丝时的激奋，荡气回肠。

　　苔丝的过去，并非白璧无瑕，即便如此，她的蕙质兰心，也远远胜过那些鲜嫩的处子。以法莲拾捡的遗漏葡萄，不也胜过亚比以谢采摘的新鲜葡萄吗？

　　可以说，这是要旧情复燃，也正好为苔丝倾诉衷肠铺平了道路。此时，安吉儿的父亲转寄给他的信，恰好送到了他手上；安吉儿深居内地，路途遥远，这封信着实花了些时日，才一路辗转到了这里。

　　同时，写信人也在思量，看了那封信，安吉儿会不会回心转意，回到她身旁呢？有时希望很大，有时希望又很渺茫。她觉得希望很渺茫，是因为，她生活之中导致两人分离的事实并没有改变，而且永远都不会改变；再者，当初两人耳鬓厮磨都没能使他回心转意，现在天各一方，哪里还有希望。尽管如此，她心中仍然细细思忖，一旦他回来，怎么才能讨得他的欢心呢？现在，她又哀叹连连，后悔不迭，悔不该当初没用心留意他弹竖琴时的曲调，没仔细询问乡下姑娘唱的那些民谣，他最喜欢哪几首。她也曾向安比·西德林打听过，安比一路跟着伊茨，从泰波塞斯来到燧石山农场；幸好他还记得，他们在奶牛场工作时，纵情沉迷的一段段曲调之中，引母牛下奶时唱的一首首歌谣当中，克莱尔似乎最喜欢《爱神丘比特的花园》《我有猎苑，亦有猎犬》和《天刚破晓》，好像不太喜欢《裁缝的裤子》和《我长成了大美人》，虽然这两首也很不错。

苔丝一时心血来潮，要把这几首民谣唱得宛转悠扬，现在已然成了她最大的愿望。她一有空就暗自练习，特别是《天刚破晓》那首：

> 早早哟起来，早早哟起枣。
>
> 园中百花艳，玉英缤纷开。
>
> 觅得花中友，赠予吾所爱。
>
> 早起林中鸟，啁啾传天籁。
>
> 斑鸠成双对，枝头筑巢来。
>
> 五月时光好，天刚破晓白。

空气干冷难耐，可只要其他姑娘不在身边，苔丝便哼唱起这些民谣小曲儿，歌声传到之处，就算铁石心肠的人，听到之后也会备受感动。唱着唱着，忍不住思量，或许他终究不会再回到她身边，听她歌唱；想到此，不觉伤心欲绝，泪流满面。曲调忧伤，歌词质朴，唱腔痴情，余音袅袅，仿佛都在嘲讽歌唱者那颗伤痛的心。

苔丝自顾自沉浸于绚烂的梦境幻想，竟忘记了岁月流转，光阴飞逝。不知不觉间白昼渐长，圣母节将至，紧跟着就是旧历圣母节，眼看着她在这儿的合同也就要到期了。

但是还没等结账日到来，便发生了一件事，于是苔丝不得不把心思转到别的事情上，这件事与之前的事截然不同。一天晚上，苔丝跟往常一样，和那一家人在楼下的一个房间里闲坐着，这时有人敲门，打听苔丝是不是在这儿。苔丝抬头往门口看去，只见一个人影，背着光站在一片黄昏里，又高又瘦，女孩儿模样；看高矮像个妇女，看胖瘦又像个孩子，暮光耀眼，苔丝竟认不出来人是谁，女孩却张口喊了声"苔丝"。

"啊——是丽莎·露吗？"苔丝问道，语气中透出几分震惊。一年多以前，苔丝离开家的时候，她这个妹妹，还是个孩子，现在个子一下蹿了这么多，连丽莎·露自己都不知道是怎么回事。个子长高了，以前裙子穿在身上嫌长，现在却短了；裙子下面露出两条腿，又细又长，那两只胳膊、两只手，不知往哪儿放才好，整个人站在那里，拘谨忸怩，一看就知道她涉世未深。

"是我，苔丝，我在周围跑了一整天了，"丽莎没好气，言辞生硬，感情冷淡，"到处找你，可把我累坏了。"

"家里出什么事了吗？"

"母亲病得厉害，医生说快不行了，父亲身体也不太好，还说'像他这样大户人家的子嗣后代，不该跟奴隶一样，干这些苦力活儿'，我们都不知道该怎么办了！"

苔丝一听这话，站在那儿愣了半天，后来才想起来让丽莎·露进屋坐下。丽莎坐下吃了茶点，苔丝也打定了主意。这次她是非回家不可了。她的劳动合同要到旧历圣母节，也就是四月六日才到期，中间也没有几天了，她也管不了这么多了，决定即刻动身回家。

要是当晚动身，就能提前十二个钟头到家，可是妹妹实在太累了，只能休息一夜，明天才能上路。苔丝跑到玛丽安和伊茨的住处，尽述详情，并恳请两人在农场主面前多多美言，好好解释。她又回来给丽莎做了晚饭，然后把她安顿在自己床上睡下，这才开始收拾自己的行李。苔丝收拾好随身物品，尽量都装在一个柳条篮子里，告诉丽莎，明天一早再回家，便只身一人上路了。

50 母病父亡

钟声响起，夜里十点整。正值春分时节，轻寒料峭，星夜清冷。苔丝义无反顾，一头扎进漫漫黑夜，踏上了十五英里的回家之路。人迹稀少、偏僻幽静之处，黑夜，对于悄无声息的独行者，已不再是危险恐惧，反而成了一种保护庇佑。这一点苔丝心里十分清楚，于是便抄近道，循小路而行，这要是白天，苔丝绝不敢如此。那年头也没有半路打劫的，加上苔丝一心挂念母亲，幽灵鬼怪之类也便无甚可惧了。苔丝一路上山下坡，一英里接一英里，疾疾而行。半夜时分，终于登上野牛家。高处俯望，但见山谷一片漆黑混沌，如幽冥深渊，莫可名状；山谷另一面，便是苔丝生长的地方。在高地上已经行了大约五英里，再在低地走上十一二英里，便可到家。星光暗淡，清辉遍洒，山路蜿蜒，依稀可见，苔丝沿着山路迤逦下行。走了没多久，脚下便觉出明显差异，与高地迥然不同，就连气味也别具一格。布蕾克摩山谷黏土厚重，收税公路还没修到这里。此地偏远僻陋，迷信盛行，经久不衰。过去，这里谷深林密，古木森然，现在又是阴暗朦胧，远近交织，古木与树篱高耸恐怖，幽魅婆娑，仿佛鬼神出没，旧态复来。从前，这里雄鹿成群，常有人狩猎；这里女巫出没，曾用针刺或投水之法验明；这里妖精隐现，绿光闪耀，嘻嘻笑着嘲弄行人。现在，生活在这片土地上的人对此深信不疑，因此这里便妖怪群聚，精灵遍布，成了幽灵鬼怪的乐园。

苔丝取道纳特伯瑞，走过一家乡村客栈，风吹招牌，吱嘎作响，与她的脚步声相应相和；除了苔丝自己，再不会有人听到这番动静。不知不觉，苔丝幻想升腾，仿佛飞入路边茅舍，分明看到茅草屋顶之下一片黑暗，农人四仰八叉躺在床上，盖着小紫花格儿的被子，筋松肌弛，享受酣眠，那是在蓄积体力，待到第二天早晨，汉伯顿山顶现出一丝彩霞，便起身投入新的劳作。

苔丝沿着篱路，蜿蜒而行。凌晨三点，终于拐过了最后一道弯儿，进入马洛村。而后走过一片草场，正是在那里，乡村会社举行舞会，她第一次遇见安吉儿·克莱尔，而且他还没邀她跳舞，至今，苔丝心头尚有一丝失望伤感。母亲房舍处，透出一缕灯光。那缕灯光从卧室的窗户照射出来，窗外，树枝摇曳，灯光忽明忽暗，仿佛朝她眨眼。房屋轮廓清晰呈现眼前，茅草顶，刚用她的钱修葺一新；一见宅院，旧日情景便浮现眼前。这座房子，仿佛是她身体和生活的一部分；天窗的斜坡，山墙的石灰，烟囱顶上的破砖碎瓦，都与她息息相关。而眼前这一切却又似呆若痴、昏迷恍惚，这意味着母亲病倒了。

苔丝轻轻推开门，没惊动任何人。楼下的房间空无一人，一位邻居夜间一直陪护着母亲，此时走到楼梯口小声告诉苔丝，她母亲睡着了，身体仍不见好转。于是，苔丝做了点儿早饭，自己吃了，紧接着便走进母亲卧室，悉心照料左右。

第二天早晨，苔丝见到了孩子们，他们一个个都长高了很多，个子像是被拉长了一样。她离家还不到一年，孩子们的成长速度真是令人震惊。她现在得一心一意照顾他们，自己的忧愁也就无暇顾及了。

父亲的病还是老样子，那病也叫不上名儿；他坐在椅子上，跟往日相比，也看不出什么差异。不过，苔丝回来第二天，他却容光焕发，有些异乎寻常。他却是异想天开，想出来一个合理的生活计划，苔丝便问他到底是什么计划。

"我正琢磨着，给英国这一带所有的文物学家写封信，"他说，"让他们各自捐笔钱，建立基金，来养活我。我敢肯定，他们会把我的要求当成一件富有浪漫精神、艺术情趣，且正确恰当的事来做。他们花大量金钱去保护古迹，发掘骨骸之类的东西；要是他们得知还有我这么个活古董，一定会更感兴趣。真希望有人能够逐一告知他们，说现在就有一个活古董生活在他们中间，他们却不当回事！要是特林汉姆牧师还活着，就是他发现的我，他一定会这么办，我敢担保。"

苔丝虽然接济过家里几次，但窘况并没有改善多少。现在诸事急迫，忙乱如麻，苔丝脚不沾地、手不释物，哪有时间和父亲辩论他那伟大的计划。家里的事情终于安排妥当，苔丝便转而处理外面的事情。时下已到栽培、播种季节，村里的菜园子和分派地早已春耕完毕，只剩德伯菲尔德家的还荒着。然而她却得知，原本要播种的土豆，已经全部吃光，这令苔丝惊愕不已，沮丧万分——真是今日山穷水尽，哪管明天是死是活！苔丝赶紧找了些她能弄到的作物种子，连哄带劝，过了几天，父亲终于答应出来照管菜园子了。而苔丝自己则去耕种那块分派地，这是他们从离村子几百码的一块大地里租来的一小块儿。

母亲的病情有所好转，不用她时刻守在床前伺候，再加上被束缚在病床前已有些时日，苔丝倒也乐意出去透口气，种种地；毕竟，繁重的劳作能释放苦闷的心情。一块大地，位于高处，干爽开阔，树篱围圈；苔丝家的分派地，就在其中，像她家这样的地，还有四五十块。白天给雇主干完活儿，人们便在各自的分派地里忙得不亦乐乎。深耕细刨通常在下午六点开始，一直干到黄昏日落或月上枝头，不一而定。此时，天干物燥，各地块儿都趁此机会，点燃一堆堆拔除的野草与废弃之物。

有一天，天朗气清，苔丝与丽莎·露还有几个邻居一起在各自的地里干活，大家一直干到落日的最后一道余晖，平射在分派地块的白色界桩上。日落西山，暮色苍茫，大家点燃了一堆堆杂草和丢弃的卷心菜根，田间地头，火光摇曳，忽明忽暗；浓烟滚滚，随风飘荡，分派地块的边界轮廓也随之忽隐忽现。风卷浓烟，团团贴地翻滚，火光亮起，映照着团团浓烟，倏忽成了半透明的发光体，将农人相互隔绝，不得而见。此时此刻，方才明白，"云柱"白天为墙，夜晚是光的真正意思。

夜色渐浓，田间有些男女便放下手中的活儿，回家去了；不过大多数人仍然留在地里，想把手里的活儿干完，苔丝便是其中之一；她打发妹妹先回去了，自己依旧留在烧着杂草的地里，拿着叉子干活。那把叉子有四个齿儿，闪闪发亮，碰到石头和硬土块儿，叮当作响。有时，浓烟忽起，将她笼罩其间，有时又飘移而去，将其现身；这时，草堆燃起的黄铜色火焰，便照耀在她身上。今晚苔丝穿着奇异，有些惹眼；她身着长袍，几经浆洗，已然发白，外罩黑色短夹克，整体一看，既像出席婚礼的贺喜之友，又像是参加葬礼的送殡之客。苔丝身后的女人都系着白围裙，暮色昏沉，唯有腰间的白围裙与灰白的面庞依稀可见，其余一片朦胧；火光明灭，偶尔照到她们身上，才见得真身。

西边，光秃秃的棘树，枝条杂乱，像铁丝一样，交织在一起，结成树篱，形成了这一大片田地的边界；天空低沉，一片灰白，映衬得那树篱格外显眼。头顶之上，木星高悬，宛如一朵盛开的黄水仙，明亮异常，差不多都能照出影子来。四下繁星点点，叫不出名字。远处传来几声犬吠，偶尔车轮碾过干燥的路面，吱嘎有声。

天色还不算太晚，人们依然在田间辛勤劳作，铁叉击石，叮当有声。空气虽然依旧清冷刺骨，却略带春意，撩拨起人们的兴致，留在田间继续劳作。此时此刻，火堆烧得噼啪作响，光与影神秘莫测，这之间产生了一种魔力，吸引着苔丝与众人，留在田间，乐享情趣，不忍离去。冬日严寒，夜幕降临，就像恶魔；夏日和暖，夜色温柔，宛若情人；三月清明，万物复苏，夜幕缓至，让人心平神和。

那时，大家都无暇顾及周围的同伴，只是低头耕作。刚翻耕过的土地被火光映得通红，就着光亮，苔丝一边翻土块儿，一边痴痴地唱小曲；此时，她也不再幻想，克莱尔会来听她唱歌。过了好久，苔丝才注意到，在她身旁还有一个人在干活儿，是个男的，穿着粗布长衫，和苔丝一起在她家地里翻土，苔丝猜测那人可能是父亲请来帮忙的，想早点儿把地里的活儿干完。两人越翻越近，苔丝隐约能看清那人。浓烟时而飘来，将他俩隔开，时而散去，两人又得以相见，时而又将两人团团围住，与周围耕作的农人隔开。

两人各自无言，苔丝也没多想，只知道白天没见过此人，而且他应该也不是本村的，毕竟这几年苔丝时常离家外出，而且在外面一待就待很长时间，不认识他也不足为怪。他越翻就离她越近，苔丝都可以清楚地看到他叉子上反射的火光，和她自己叉子上反射的一样晃眼。这时，苔丝走到火堆旁，把一些枯草扔到上面，却发现他在那边也跟着做了同样的事情。枯草烧着，火光一亮，苔丝看到了德伯维尔的脸。

苔丝万万没想到，德伯维尔会出现在这里，而且模样竟是如此奇异怪诞；只见他身穿长罩衫，皱皱巴巴，现在也只有那些因循守旧、古板不化的老农才这身打扮。这番打扮是既好笑又可怕，再加上这副举止姿态，苔丝不觉胆战心惊。德伯维尔却压低声音，长笑不已。

"要是开个玩笑，此时此刻，咱俩多像在伊甸园里呀！"他歪着头看着苔丝，异想天开地说。

"你说什么呀？"苔丝有气无力地问道。

"爱说笑话的人，见到此情此景，可能会说咱俩就像在伊甸园里。你是夏娃，我就是另外一个，那个老家伙儿，装扮成下等动物，来诱惑你。我研习神学之时，很熟悉弥尔顿诗歌中描写的一个场景。其中有一段是这样说的——

> 女皇，路已铺好，并不很长，
> 就紧靠着一旁的，那排桃金娘，
> 只要您愿意，
> 我便会为您，头前带路，导引方向，
> 须臾，您便可把人间极乐来享。
> 夏娃答曰："头前带路。"

"等等，我亲爱的，亲爱的苔丝，我只是把你想说的这些话，替你说出来而已；你把我想得太坏，其实我并没那么坏。"

"我从来都没说过你是撒旦，也从来没这样想过。我可从未把你看成那样的人。除非你惹我生气，否则我都是冷静客观地看待你，怎么着，你来这里翻地，完全是为了我？"

"这还用问！我来，完全是为了见你一面，别无他求。这件粗布长衫，在我来的路上，看见挂在那里出售，便买来穿上，这也是事后才想到的，就是怕你认出我来。我来这里，就是为了不让你干这种活。"

"替我父亲干活，我心甘情愿。"

"那地方的合同到期了吗？"

"到了。"

"下一步你打算去哪儿？去找你那亲爱的丈夫吗？"

旧事重提，尴尬难堪，苔丝简直忍无可忍。

"哦——我不知道！"她痛苦万状，"我哪里还有丈夫！"

"说得对——从某种意义上说，你说的一点儿都没错。但是你还有朋友呀，我决心已定，不管你怎么想，我都要让你过上舒服日子。到了家，你就会看见我给你们送去了什么。"

"唉，艾力克，我真希望你什么都不要给我！我不能要你的东西，也不愿意要，那样不好。"

"有什么不好！"他压低了声音，冲她嚷道，"我这样疼你，怎么会眼睁睁看着你受罪，一点儿忙都不帮呢！"

"但是我现在过得也不错！我的困境，只是——只是——根本不是生计问题！"

她转过身来，不顾一切，拼命翻地，眼泪夺眶而出，滴到铁叉柄上，落到土块儿上。

"那就是几个孩子的事——你的弟弟妹妹，"他接着说，"你不必担心，我自有打算。"

闻听此言，苔丝心头一震——艾力克的话戳中了她的软肋，他猜到了她最大的焦虑担忧。这次回家，苔丝一心扑在弟弟妹妹身上，悉心照顾，爱意浓浓。

"万一你母亲有个闪失，总得有个人照顾他们，你父亲又指望不上！"

"有我搭把手，他一定能行！"

"还有我！"

"不需要你，先生！"

"真是愚蠢！"他吼道，"你父亲知道，咱们是本家，我出手相助，他自然满意！"

"他不会再那样想了。我早已将实情相告。"

"真是愚蠢至极！"

德伯维尔大怒，甩下苔丝，退到树篱旁，扯下长罩衫，揉作一团，扔进火堆，愤愤而去。

闹了这么一出，苔丝无心刨地。她心神不定，心里嘀咕，德伯维尔是不是又到父亲家去了，于是她拿起铁叉，径直往家赶。

离家还有二十来码，一个妹妹迎面走来。

"哎呀，苔丝，你快回家看看吧！丽莎·露哭得厉害，家里挤了一堆人，母亲身体大有好转，但他们说，父亲不行了。"这孩子只知事关重大，哪知其后的悲伤苦难。她站在那里，瞪大双眼，满眼凝重，盯着苔丝；倏而，她从苔丝神情里读出了什么，说道——

"苔丝，难道咱们再也不能跟父亲说话了？"

"可父亲没什么大病啊！"苔丝心慌意乱，大声说道。

丽莎·露走上前来。"他刚才跌倒了，给妈妈看病的大夫说，没救了，他的心上裹满了肥油。"

不错，德伯菲尔德夫妇在鬼门关前调换了位置；奄奄一息的脱离了危险，小恙在身的却撒手人寰。这个消息，乍一听，已是令人错愕不已，可仔细一想，其意义却远非如此。苔丝的父亲，生前虽无半点儿建树，于妻于子并无多少担当，可他活着，却对这个家庭意义非凡。原来，他们住的房屋宅院，典约上只限三辈，到德伯菲尔德，正好期满。这座房子，承租农地的佃户垂涎已久，想要过来给长工住，那长工也是缺房少屋，无处容身。而且，终身典房人，和小自由保产人一样，不事农耕，寡居不群，在村子里也就不受待见，因而租期一到，绝不再续。

想当年，德伯维尔家乃是郡中望族，一定有很多次，毫不客气地把无地可耕者驱赶逐出；现在，这种情况居然落到其后人头上。天地之间，盛衰兴败，潮起潮落，万物如斯！

51　雨夜凄迷

旧历圣母节前夜终于到了，这是一年之中特殊的日子，整个农业界在这一天狂热迁移。这一天是合同履行期满的日子；与此同时，圣烛节签订的、来年要履行的田间劳动合同，也要从这一天开始。那些不愿意继续留在老地方干活的劳工——或者叫劳力，自古以来，他们都称自己为劳力，劳工这字眼儿是从外面的世界传进来的——就要搬到新的农场上去。

从一个农场迁移到另一个农场的劳工，每年都在增加。苔丝的母亲还是个孩子的时候，马添村一带大多数庄稼人，一辈子都老老实实待在同一个农场上干活，而且这些庄稼人的父辈、祖父辈，世世代代都以这个农场为家；但近些年来，愿意每年搬迁挪地的达到了高潮。年轻家庭搬迁流动，都愉悦兴奋，或许这是个好事。这些年轻家庭总是抱怨，都觉得自己住在埃及，远远看着埃及的人家却总认为埃及是个福地，而一旦住进了埃及，又开始抱怨住在埃及，因而他们就这样不停地搬来搬去，折腾个不停。

然而，乡村生活中所有这些突变令人目不暇接，究其原因，却并不完全是因为农业界本身的不稳定。农村人口在继续外迁。从前，在农村，还有另外一个阶层与庄稼人并肩谋生活，这些人极有情趣、博闻广识，比起种地务农的庄稼人略高一等，这些人包括木匠、铁匠、鞋匠、小商小贩，还有一些不耕田种地且又不好分类的，苔丝的父母就属于这个阶层。这些人目的固定，职业稳定，有的和苔丝的父亲一样，是终身保产者，有的是公簿持有农，偶尔也有小自由持有农。但是他们长期租住的房屋一经到期，就很少再租给他们这些人，除非农场主绝对需要这些房屋给他的雇工住，不然大部分房屋就会被收回拆除。那些住在农村但不下地耕作的住户，都不大受待见，于是有些人就被迫搬走了，留下来的人，生意也就不好做了，也只好跟着走了。这些家庭是旧式乡村生活的主体，保留着昔日乡村生活的传统，现在只好逃到人烟稠密的大地方去寻求庇护，另寻出路了。这种情形，统计学家幽默地称之为"农村人口流向城镇的趋势"，这种趋势，其实与本应顺势向低处流的水，却由于机械外力而向上逆流是一个道理。

马洰村的房屋，拆的拆，倒的倒，就这样大幅锐减，剩下的，地主房东都收回去，给自己的工人住了。自从苔丝遭遇了那件事，她的生活就笼罩了一层阴影，挥之不去。既然德伯菲尔德家的后人名声不好，大家也就心照不宣，暗中有了打算，只要契约终止，就让德伯菲尔德一家赶紧卷铺盖走人，单就考虑村里的道德风化问题，也得如此。的确，德伯菲尔德这家人，无论在节制、持重，还是在贞操方面，在村里口碑一直很差，不是什么好榜样。苔丝的父亲，甚至连她的母亲，经常喝得醉醺醺的，家里的孩子也很少去教堂，大女儿还闹出一段风流艳史，更是有伤风化。村子里总得净化风气。基于此，圣母节一到，依照契约就可以对德伯菲尔德一家下逐客令，那所宽敞宜居的房子，就被要回去，租给了一个赶大车的，这个赶车夫也是一大家子人。于是，寡妇琼和她女儿苔丝、丽莎·露，儿子亚伯拉罕还有几个小家伙儿，不得不另寻住所。

搬家前那个晚上，阴云四起，细雨蒙蒙，天地一片灰暗。这是他们在村里住的最后一个晚上，这座宅院，是他们出生之地，是他们的家，德伯菲尔德太太、丽莎·露和亚伯拉罕默默出门，向邻里朋友道别，苔丝留在家里看家，等他们回来。

苔丝跪在窗前长凳上，脸贴窗扉，向外观望，只见窗外雨水顺着玻璃向下漫流，好像玻璃之外又蒙上了一层玻璃。她的目光落在一张蜘蛛网上，那张蛛网本不应该结在这个角落，没有蚊蝇飞过，那蜘蛛大概早已饿死了。风穿过窗缝吹进来，蛛网摇曳。苔丝满心想的，都是全家的境遇，她觉得自己就是家庭的祸水。假如自己这次没有回家来，母亲和孩子们也许还有容身之所，只不过每个礼拜缴纳一笔租金而已。可是她刚一回来，就被村子里几个吹毛求疵且有头有脸的人觉察了：她悄悄溜进教堂墓地，用小铲子把毁塌的婴儿坟墓修好了，这一切被他们逮个正着。如此一来，他们知道她又回村里住了；母亲因此遭到指责，说她"窝藏"女儿；于是琼尖刻反驳，说自己不屑住在这儿，恨不能立即搬走；话一说出口，覆水难收，结果可想而知。

"我应该永远都不回家才是！"苔丝凄苦难当，伤心自语。

苔丝自顾自出神漫想，虽然看到街上有人，穿着白色雨衣，骑马走来，起初也并没在意。大概是她的脸紧贴窗玻璃，来人一下就看清了她，便拍马来到屋前，马蹄几乎踏进窗下墙根处那狭长的花圃。那人用马鞭敲了敲窗户，苔丝才看见了他。雨差不多也停了，外面的人示意她开窗，她听话照做。

"你没看见我吗？"德伯维尔问。

"我没留意，"她说，"我觉得，仿佛听见你了，不过我以为是马儿拉着车。我像在做梦似的。"

"啊！或许你听说过'德伯维尔家的马车'吧！我想，也许你听说过那个故事？"

"没有。我的——有人曾想告诉我来着，但是没说。"

"你要是德伯维尔家真正的后人，我也觉得不该告诉你。至于我，是冒牌儿的，也无所谓。那个故事忧郁凄惨。据说有一辆马车，虚无缥缈，只有德伯维尔血统的人才能听见它的声音，大家都认为，听到声音的人会有不吉利的事情发生。这是一桩谋杀案，凶手是一个姓德伯维尔的，那都是几百年以前的事了。"

"既然都开了头，你就把故事讲完吧。"

"好吧。从前，德伯维尔家有个人，抢了一个漂亮女人，装在车里，那个女人想逃跑，两人就在车里厮打，后来不知是那个女人杀了德伯维尔，还是德伯维尔杀了她——我也记不清了。这是其中一种说法——我怎么看见你们把盆子和水桶都收拾起来啦，要搬家吗？"

"是，明天就搬——明天是旧圣母节。"

"我倒是听说你们要搬家，不过我觉得难以置信，这太突然了。究竟是为了什么？"

"父亲是终身保有人，父亲一死，这座房产到期收回，我们也就无权再住下去了。可是，要不是因为我，家里人或许还能勉强继续住这里，只不过一礼拜交次租金罢了。"

"这与你何干？"

"我不是个——正经女人。"

德伯维尔的脸顿时红了。

"这些人真不要脸！可怜的势利小人！但愿他们肮脏的灵魂都烧成灰烬！"德伯维尔喊道，满口讽刺憎恶，"你们就为这个才搬的家？这是让人撵出去了？"

"这也并不完全算是被撵出去；人家说过，我们应该尽早搬走，既然眼下大家都在搬迁挪窝，我们还是现在搬的好，最起码现在机会还好一些。"

"你们搬到哪儿？"

"金斯贝尔。我们在那儿租了房子。母亲迷了心窍，只想住在父亲祖宗跟前，所以她非要搬到那儿去。"

"可是你们一大家子人，在那里租房住不合适，而且那个小镇，窟窿眼儿大的地方。为什么不去川特里奇，到我家花房里去住呢？自从我母亲去世，也没有多少鸡鹅了；但是房子还在，花园还在，这你都知道。只消一天工夫，就可以把房子粉刷一新，你母亲住在那里，会非常舒服；你们要是去了，我还要把弟弟妹妹送进一个好学校。我真的应该为你做点儿什么！"

"可是我们已经在金斯贝尔租好房子啦！"苔丝说，"我们可以在那儿先住着，等——"

"等——等什么等？哦，是的，是等你那位好夫君喽，不过你听好了，苔丝，我知道男人是些什么货色，心里也清楚你俩是为什么分开的，我敢肯定，他是不会和你重归于好的。虽说我曾经是你的仇人，但现在我是你的朋友，信不信由你。到我的小屋去住吧。我们再养一群鸡鸭，让你母亲好好照管，小孩子们也可以去上学。"

苔丝的呼吸越来越急促，后来她说——

"我怎么才知道你会依照你说的去办呢？或许你会中途变卦——然后——我们就——我母亲——又无家可归了。"

"哦，不会，不会。要是你不相信，我可以写个字据给你。你想一想吧。"

苔丝摇了摇头。但是德伯维尔毫不气馁，她很少看见他如此坚决，她若不答应，他就不肯罢休。

"请把这事告诉你母亲！"他加重语气，一本正经地说，"这本应由她决定，你做不了主。明天早上我就让人打扫房子，粉刷墙面，生起火来一烤，晚上就干了，你们就可以直接搬进去。请你记住，我等着你们。"

苔丝又摇了摇头；她心中五味杂陈，喉头哽咽。她已无法抬头去看德伯维尔。

"过去我欠着你一笔情债，这你都清楚！"他继续说道，"而且你还治好了我的宗教痴狂症；所以我很高兴——"

"我宁愿你像从前那样，对宗教痴狂不已，这样还可以继续为宗教做点儿好事！"

"很高兴能有机会为你做点儿事，作为补偿。明天我就在家等着，希望能听到你母亲的家具从车上往下卸的声音——咱俩击掌为约——我亲爱的美丽的苔丝！"

说到最后，他压低声音，喃喃细语起来，把手从半开的窗户中伸进去。苔丝眼中怒火激愤，急忙把窗户撑杆一拉，德伯维尔的胳膊一下子就夹在窗户和石头竖框之间了。

"该死——你真狠！"他抽出胳膊说，"不，不！——我知道你不是故意的。好吧，我等着你。至少希望你母亲和孩子们会去。"

"我不去——我有的是钱！"她大声喊道。

"你的钱呢，在哪儿？"

"在我公父亲那儿，只要我去要，他就给我。"

"要是你去要。可是你会去要吗，苔丝？我了解你，你是永远不会向别人要钱的——宁肯饿死，绝不求人！"

说完，他骑马走了。刚到街的拐角处，他迎面遇见了从前那个提油漆桶的人，那个人问他是不是抛弃了同胞兄弟。

"滚蛋！"德伯维尔说。

德伯维尔走了，苔丝待在原地，愣了半天神。突然，想起自己遭受的种种不公，心中悲愤难平，不禁泪如泉涌。丈夫安吉儿·克莱尔，也和别人一样，待她太残酷，太无情；的确，太残酷无情！过去她从未这样想过，但是他的确待她太残酷了！她长这么大，从来不曾故意犯罪作恶。这一点她可以从心底起誓，可是残酷的惩罚却无情地落在她身上。无论是什么罪，都不是她故意犯的，既然不是故意的，那她为什么还要遭受这无尽无休的惩罚呢？

她满腹委屈，一腔激愤，顺手抓过一张纸，潦草写下几行字：

　　　哎，安吉儿，你为何待我如此狠心！我不应该受到这样的待遇。这件事，我已经前前后后仔仔细细地想过了，我永远永远也不会宽恕你！你分明知道我无心害你，可你为什么还要这样待我？你太狠心了，太狠心了！我只有慢慢地把你忘了。我在你手里，受尽了不公！

苔

她望着窗外，一看到邮差路过，就跑出去把信交给了他，然后又回去呆呆地坐在窗前。

写这封信，与写一封深情脉脉的信没有什么不同。她的哀乞恳求怎能打动他的心肠？事实不会改变，一切照旧存在，凭什么让他回心转意！

天色越来越暗，室内炉火闪耀。年龄最大的两个孩子和母亲一起出去了，家里剩下四个小的，年龄从三岁半到十一岁不等，都穿着黑裙子，围坐在壁炉前，咿咿呀呀、叽叽喳喳说着孩子话。屋里没有点蜡烛，后来苔丝也加入这些孩子的谈话之中。

"亲爱的小宝贝儿们，这是我们在这里睡的最后一个晚上啦，在我们出生的这座屋子里，我们只能再睡最后一个晚上，"苔丝快速地说，"我们应该好好把这件事想一想，你们说是不是？"

孩子们安静下来。他们年龄小，容易受感染激动，如今一听说这是最后一夜，一个个都咧着嘴，几乎哭出声来，可就在白天，他们知道要搬新家，一个个还高兴得不得了呢。苔丝马上换了话题。

"亲爱的，给我唱支歌听吧。"她说。

"唱什么呢？"

"会唱什么就唱什么吧，我都愿意听。"

孩子们稍事安静了一会儿；首先一个细小的嗓音，打破了沉默，轻声试着唱了起来；接着第二个跟着帮腔，歌声渐强，于是第三个、第四个也合上节拍，齐声唱起来，这是他们在主日学校学会的歌曲——

> 在世上，
> 我们尝遍苦难悲伤，
> 在人间，
> 我们历尽离合悲欢；
> 在天堂，
> 我们欢聚相守，地久天长。

四人齐声歌唱，神情冷静沉着；那神情，就好似棘手的问题早已解决，而且解决得恰当无误，根本无须多加考虑。他们个个绷着小脸，一字一句，声音清晰干脆，顿挫有声，唱歌的同时，还凝视着炉中闪烁的火焰；最小的那个，唱错了节拍，人家都停了，他还继续拖着音唱。

苔丝转身，又走到窗前。外面夜色沉沉，但她又把脸贴在窗玻璃上，仿佛要看穿这浓浓的黑夜。其实，她是在掩饰泪水。只要她真信孩子们歌中所唱的话，只要她敢肯定果真那样，那么一切将和现在大不相同！那么她岂不是就可以放心地把他们交给上帝和他们未来的天国！但是，那一切都虚无缥缈，所以她还得想办法，做他们的上帝。有一位诗人写道——

我们降世为人，并非完全赤身裸体，

却是荣耀生辉，祥云瑞气相伴相依！

　　这句诗，对苔丝，对世间万千众生，都是一种辛辣惊心的讽刺，对苔丝，以及和苔丝一样的人来说，降世为人本身就是为了满足卑鄙无耻的个人私欲而强加予人的一场磨难，其结果，必是一无是处，要说好，充其量也只不过是能减缓一些人生痛苦而已。

　　外面夜色苍茫，道路湿滑；没过多久，苔丝就看见母亲和身材高挑的丽莎·露，以及亚伯拉罕回来了。很快，德伯菲尔德太太穿着木屐，啪嗒啪嗒来到门口，苔丝开了门。

　　"我怎么看见窗户外面有马蹄印哪！"琼说，"有人来过吗？"

　　"没。"苔丝说。

　　坐在火边的几个孩子看着苔丝，一脸严肃，其中一个还低声嘟囔说——

　　"怎么，苔丝，你忘了，那个骑马的绅士！"

　　"他不是专门来咱这儿的，"苔丝说，"他只是路过此地，跟我说句话而已。"

　　"那个绅士是谁？"母亲问，"是你丈夫吗？"

　　"不是他。我丈夫永远永远也不会来。"苔丝冷漠无情，满脸绝望。

　　"那是谁？"

　　"哎呀！你不要一个劲儿地追问了。你以前见过的，我以前也见过。"

　　"啊！他说什么了吗？"琼好奇地问。

　　"等明天咱们在金斯贝尔安顿下来，我再一五一十地详细说给你听。"

　　苔丝刚才说过，那个人不是她丈夫。可是，从肉体意义上来讲，只有那个人，才真正算是她丈夫。这种感觉，在她心底越来越重。

52 孤寡搬迁

第二天凌晨两三点钟，天仍然一片漆黑，大道两旁的住户尚在睡梦之中，朦朦胧胧感觉到，窗外马车隆隆，不绝于耳，一直持续到天亮——这是一个特殊时段，每年这个月的第一个礼拜，马车的隆隆声都会再次准时响起，就好像这个月的第三个礼拜，布谷鸟的鸣啼一定会响彻山谷高原一样。这是大搬家的前奏——空马车和搬家队蜂拥而至，他们都是新雇主派来的，为搬迁家庭运送行李家具，接他们到目的地。搬家须在一天内完成，这样，马车要在六点钟之前到达搬迁户门口，一到那儿，就立即动手装车，所以半夜刚过，马车声就叽里咕噜地响了起来。

但是苔丝一家，尽是妇孺老幼，没有壮劳力，也没有哪个农场主想要他们，更没有热心的农场主派人派车来接。没有免费的车马，这一家只得自己花钱雇车，独自搬家。

那天早晨天色阴沉，大风呼啸，苔丝向窗外望去，好在没有下雨，也就放下心来。圣母节这天下雨是搬家的人永远的忌惮，挥之不去。天一下雨，家具淋湿了，被褥淋湿了，衣服也淋湿了，最后弄得许多人接二连三地闹病生灾。

母亲、丽莎·露和亚伯拉罕已经醒了，几个小孩子，先由他们睡着，没有叫醒。四个人就着昏暗的灯光匆匆吃了早饭，然后就动手往车上装东西。

有一两个友善的邻居过来搭把手装车，气氛倒有些活泼。几件大的家具归置好后，又用床和被褥在车上做了一个圆圆的窝儿，预备一路上让琼·德伯菲尔德和几个小孩子坐。

东西装好了，他们又等了许久，马才备好牵过来，装车时，马都卸套摘鞍，拴在一旁。一直耽误到两点钟，人马才动身上路；做饭的锅吊在车轴上，来回摇晃，德伯菲尔德太太和孩子们坐在马车顶上，腿上抱着那块大钟，以免马车猛烈颠簸，把机件震坏了；马车每剧烈颠簸一下，钟就敲一下，或敲一下半。苔丝和大妹妹先是跟在马车旁边走了一段，出了村子才上车而去。

头天晚上连同今天早上，他们到几户邻居家里告别，有几家出来为他们送行，祝愿他们诸事皆顺，而心底深处却都清楚，这家人好不到哪里去。其实，德伯菲尔德这家人是有些懒散邋遢，自己过得不好，但除此以外，于他人却无丝毫损害。不久，大车开始爬坡，随着地势的增高，风也随着路面和土壤的变化变得凛冽刺骨。

那天是四月六日，一路上，德伯菲尔德家的马车遇见了很多别家的马车，满载着家具，车顶坐着全家人。这种装载方法近来似乎成了不变的法则，满载的大车上趴坐着一家农人，就像一个大蜂窠子上爬满了蜜蜂，成为当时的独特景观。安置在底层最重要位置的，总是家里那件大碗橱，碗橱上的把手闪闪发亮，手指头印儿清晰可见，经年累月，上面结了一层油垢，斑驳厚实；按照惯常规矩，大碗橱占据重要地位，竖直摆在正中，对着驾辕马匹的尾巴；大碗橱就像《圣经》中著名的约柜，搬运时非要恭恭敬敬才行。

这些搬家的人，有的快活，有的悲伤，有的在路旁客栈门口站立歇脚，到了饭点儿，德伯菲尔德一家老小也把马车停在一家旅馆的门口，人打尖，马喂料。

停车休息时，苔丝四下张望，眼光落到一只蓝色大酒杯上，那只酒杯足足能盛三品脱酒，正在一群人手中上上下下传来传去，那群人中，有几个妇女坐在车顶，车下也站了几个人，那辆马车与苔丝家的停靠在同一家旅店边，不过距离稍远。苔丝的眼光顺着大酒杯时上时下，终于发现有一双熟悉的手接了酒杯。于是苔丝就朝那辆马车走去。

"玛丽安！伊茨！"苔丝冲车上的女人大声喊，车上坐的不是别人，正是玛丽安和伊茨，她俩正随着同寓所的那家人一起搬迁，"今天你们也搬家，和大家一样，是不是？"

她们告诉苔丝，正是如此。燧石山农场的活儿太苦了，她们毫不留恋，事先都没和格劳毕说一声，说走就走了，如果他愿意，让他到法庭告她们好了。两人告诉了苔丝她们的去处，苔丝也把自己的去处留给了她俩。

玛丽安靠着家具，伏下身，低声对苔丝说："你知道吗，老跟在你屁股后面的那位绅士，你猜得出我说的是谁，你走后，他又到燧石山农场来找过你。我们都知道你不想见他，就没告诉他你的去向。"

"噢——可是我已经见到他了！"苔丝嘟囔着说，"他找着我了。"

"他知道你现在去哪儿吗？"

"我想他知道。"

"你丈夫回来了吗？"

"还没有。"

这时，两辆马车的车夫已经从客栈出来，苔丝赶紧告别朋友，回到自己车上，两辆马车背道而行。玛丽安、伊茨决定跟随同寓而居的耕夫一家，共同奔赴新的农场，他们乘坐的那辆马车，油漆刷得锃亮，三匹高头大马拉着，马具上的铜饰闪闪发亮，耀眼生辉；而德伯菲尔德太太一家人坐的这辆马车，却只是一个吱嘎乱响的木头架子，上面负载了太多的重物，几乎都快散架了；这辆车，自从造出来，就没刷过油漆，也只有两匹马拉着。两相比照，可以看出，由家道兴旺的农场主来接，与没有雇主肯要，自己雇车搬家，真是天壤之别。

山高路远，一天走完，属实不能。两匹马拉车至此，已尽了全力，早已精疲力竭。尽管动身很早，但是等到人车一行转过一座隆起的山丘，天色已经很晚，那处隆起的山丘就是大青山高地的一部分。趁两匹马站在那儿撒尿喘息的空当儿，苔丝环顾四周。他们正前方，大青山脚下，就是他们此行的目的地——金斯贝尔，那个半死不活的小镇，她父亲的列祖列宗就埋在那里。父亲爱慕虚荣，经常提起，到处夸耀，直弄得人心烦意乱。这全天下，能算作是德伯菲尔德家族故土的，非金斯贝尔莫属了，在这里，他们的祖先足足住了五百年。

这时，忽见一人从郊外朝他们走来，那人看出是满载家具、正在搬迁的马车，就加快了脚步。

"我想，你就是德伯菲尔德太太吧？"他对苔丝的母亲说，那时她已经下了车，想徒步走完剩下的路。

她点点头："要是关心在意我的权利，我得说我就是新近故去的没落贵族约翰·德伯菲尔德爵士的遗孀；我们正朝我丈夫的祖宗领地进发。"

"哦？好吧，这我可一无所知；不过，你要是德伯菲尔德太太的话，那就太好啦，他们派我来告诉你，你要的房子已经租给别人了。我们今天早晨才收到你的信，知道你们要来——但一切都太迟了。不过，毫无疑问，你们在别处也能找得到住处。"

来人注意到，苔丝的脸色，顿时一片死灰。母亲也露出绝望的神情。"现在我们怎么办呢，苔丝？"她问苔丝，脸上痛苦万状，"这就是你祖先的领地对我们的欢迎！我们还是到前面找一找吧。"

她们走进小镇，尽其所能找房租住。苔丝留在马车旁，照顾小孩子，母亲和妹妹丽莎·露出去打听住处。一个钟头过去了，琼最后一次返回车旁，一无所获。赶车的说，车上的东西得卸下来，马已累得半死，而且当天晚上他至少还得往回赶一段路。

"好吧——就卸在这儿吧！"琼也豁出去了，不假思索地答应了，"我总能找到一个地方遮风避雨。"

马车拉到了教堂墓地的墙角边，停在了一个别人看不见的地方，车夫一听这话，正中他的下怀，于是三下五除二，赶紧把车上的东西卸下来，堆在地上。卸完车，琼付了车钱，这样她身上差不多只剩最后一个先令了。车夫赶着车，离他们而去，再也用不着继续同这家人打交道了，车夫心中暗自庆幸。车夫暗想，今天晚上干燥清爽，他们最起码不至于挨冻受潮。

望着那堆家具，苔丝陷入绝望。时逢早春，傍晚的阳光清冷惨淡，好像心怀恶意一般，射在那堆锅碗瓢盆上，射在那一丛丛风中颤抖的枯草上，射在大碗橱的铜把手上，射在家里所有孩子都睡过的摇篮上，射在那座擦得锃亮的钟箱上……所有这一切都闪闪反光，好像在责问，这是室内物品，今天怎么都扔到露天野地里来了。想当年，周围这一切都是德伯菲尔德家的园林，世事沧桑，如今都成了山丘斜坡，被分割成一小块一小块的围场；那块绿草菁菁的地基，向世人宣示着，当年那儿矗立着德伯菲尔德家的府邸庄园；爱格敦荒原从这儿向外延展，茫茫无边，从前它一直是德伯菲尔德家的物业地产。紧靠身边的是教堂的一条甬道，称作德伯维尔走廊，躺在一旁，也只是冷眼观瞧。

"你们家族的墓室是不是咱们完全保有的地产？"母亲把教堂及其墓地周围又重新查看了一番，转身回来说，"啊，当然是，孩子们，今晚我们就在此露营，一直住到在你们祖宗的领地上找到一片遮风挡雨的屋檐！喂，苔丝，丽莎，还有亚伯拉罕，都过来帮忙。我们先给几个小家伙儿弄一个小窝，好让他们享受酣眠，然后咱们再出去找找看看。"

苔丝没精打采地伸手帮忙，花了一刻钟的工夫，才把那张破旧的四柱床从那堆杂物中剥离开来，靠着教堂南墙，安置妥当，那儿正是德伯维尔走廊的一部分，床下面就是他们家族的巨大墓室。四柱床的床帐上方，有一个装饰精美、花饰别致的花格窗户，窗户是由许多块玻璃做成的，是十五世纪的东西。这种窗户被称为德伯维尔窗；窗户的上半部分，可以看出家徽的花样，与德伯菲尔德家保存的那方古印和那枚调羹上的家徽一模一样。

琼把帷帐罩在床四周，做成了一个绝妙的帐篷，把小孩子都安顿进去。"如果实在没办法，我们也只好在这儿将就一晚上。"德伯菲尔德太太说，"让我们再想想办法，给这几个小东西买点儿吃的！哎，苔丝，我们都沦落到这步田地，你还老想着嫁个绅士、玩儿个体面，这有什么用啊！"

母亲又与丽莎·露、亚伯拉罕一起，踏上了那条隔断教堂和小镇的羊肠篱路。他们刚走到街上，就看见一个人，骑在马上，上下打量他们。"啊——我正找你们哪！"说着，便提马来到近前，"这真是一家人在这古迹故土上团圆了！"

来人是艾力克·德伯维尔。"苔丝在哪儿？"他问。

琼本人对艾力克没有好感，便粗略地向教堂的方向指了指，就朝前走了。德伯维尔对琼说，他刚才听说，他们正在找房子，万一他们要是找不到住处的话，他再来看他们。他们走后，德伯维尔就骑马去了一个客栈，但没过多久又步行出了客栈。

在此期间，苔丝留下来陪着床上的那几个孩子，和他们说了一会儿话，见当时实在没有什么好法子，可以使他们舒适安逸的了，就起身到教堂四周闲逛。那时夜幕降临，整个教堂一片昏暗。教堂的门没有锁，她便走了进去，这是她有生以来第一次走进这个教堂。

他们的床就摆放在那个窗户下面，窗户里面，就是他们已有几百年历史的家族墓室。墓室上面有华盖，是祭坛式样，很朴素；上面的雕刻已残破损毁、漫漶不清；青铜饰品已经从框子里脱落，只留下一些铆孔，就像砂岩峭壁上紫燕做的窝。苔丝的家族已经从社会上消亡灭绝，但是在她见到的所有残存遗迹中，再也没有比这儿更加破败凄凉的了。

她走到一块黑色墓碑前，上面题刻着一句拉丁文：

古德伯维尔家族之墓

苔丝当然不像枢机主教那样精通拉丁文，但是她知道，这是她祖坟的墓门，墓穴里埋的，正是她父亲把酒咏唱的那些高大尊贵的骑士。

她沉思良久，转身退出，从一个祭坛式墓室走过——那个墓室是最古老的一个，上面还躺着一个人影。暮色沉沉，幽暗苍茫，苔丝事先并没有发觉有人，要不是她心中生起一丝古怪的幻觉，好像看到有个祖宗的雕像在动，苔丝也不会注意那个人影。她一走近那个人影，立即辨清那是一个活人。她万万没有想到，除了她以外，这儿还会有别人，顿时，她吓得魂飞魄散，几乎晕倒，此时，她才认出，那个人影竟是德伯维尔。

艾力克急忙飞身跳下，扶住苔丝。

"我看到你进来啦，"他笑道，"我爬到那上面去，是怕打搅了你冥想。一次不错的家庭聚会，不是吗？和这些老家伙，在这儿，哦，听着！"

说话间，他用脚后跟使劲跺墓室地面，地底下立即传来咚咚的回声。

"我敢保证，这样才会让他们多少受到一点儿惊动！"他继续说道，"你刚才以为，我只是这些石像中的一个，对不对？然而不是。时过境迁，退位让贤。如今我这个假冒伪装的德伯维尔伸出一根小手指，也比地下那些历朝历代的武士更能帮上你的忙——现在你尽管吩咐好了。我能为你做些什么呢？"

"你给我滚！"苔丝低声说。

"滚就滚——那我去找你母亲好啦。"他温文尔雅地说，但从她的身边走过时，低声说道："记住，总有一天，你会对我客客气气的！"

德伯维尔走了，苔丝伏在墓穴门口说——

"为什么躺在这个墓门里面的，不是我呢？"

与此同时，玛丽安和伊茨正和那个耕夫一起，携着家当，一路朝着他们的福地迦南进发，那片土地曾是另外几个家庭的埃及，他们就在这天早晨才刚刚离去。不过，这两个女孩子并没有老是把她们要去的福地放在心上。没多久，她们便谈论起安吉儿·克莱尔和苔丝，还有那个紧追着苔丝不放的情人。这件事情的"前世今生"，她俩一半道听途说，一半自己猜测，也了解得差不多了。

"看来苔丝以前不是不认识那个人，"玛丽安说，"既然以前苔丝上过他的当，那现在的情形就完全不同了。要是他再把苔丝勾引了去，那她就万分可怜了。伊茨，既然咱们和克莱尔先生之间已经没有任何希望了，那为什么还放不下、舍不得，不把他让给苔丝呢？为什么不想办法去弥合他们的争吵呢？要是他知道了苔丝在这儿遭的罪，知道了有人在诱骗她，他也许就会回来照顾他的妻子了。"

"我们怎么才能让他知道这些呢？"

一路上她俩思来想去，反复琢磨着这件事；但一到目的地，两人就忙碌着安置新家，一片纷乱中，这件事就搁置淡忘下来。一个月以后，一切安顿停当。其间，她们没有听到苔丝的任何消息，但是听说克莱尔快要回来了。听到这个消息，又勾起了两人对他的旧情，但是她们也要光明磊落地为苔丝做点儿事。于是玛丽安打开她和伊茨花了一便士买来共用的墨水瓶，两个女孩儿一起商量着写了一封信。

敬爱的先生：

　　如果你还像你夫人爱你一样深爱着她的话，请你快快回来爱护她吧。有一个恶人，伪装成朋友，正在诱惑她、威逼她。先生，一个应该远远离开她的人，现在却死缠着她不放。对女人的考验不应该超过她的承受能力，水滴石穿——莫说是石头——就是钻石，水滴得久了，也会穿透。

　　　　　　　　　　　　　　　　　　两个好心人

她俩把这封写给安吉儿·克莱尔的信寄到了爱敏斯特的牧师公馆，从前听说过的和他有关的地方，她们只知道这一个。信寄走后，两人为她们的慷慨侠义兴奋了好几天，她们歇斯底里地唱起了歌，一边唱，一边哭。

第七部
如愿意满

　　午夜时分，街上空无一人，几盏街灯昏黄暗淡、闪烁不定。两人不敢走人行道，唯恐脚步有声，引起麻烦。一座大教堂，恢弘雄伟，矗立左侧，依稀可辨，但两人谁也无心观看。

53 凄归故里

爱敏斯特牧师公馆笼罩在一片黄昏之中。牧师的书房里，按照往常的惯例，绿色的灯罩下燃着两支蜡烛，然而牧师却不在书房里。牧师心神不定，有时走进书房，拨一拨壁炉里一堆炭火，火不大，春日里天气渐暖，那一小堆炉火便足够温暖整个房间。有时候他走到前门，在那儿站一会儿，又回到客厅，然后又踱回前门。

前门朝西，屋内昏黄暗淡，屋外却依旧明亮，可以看得清清楚楚。克莱尔太太本来端坐在客厅，此时也跟着丈夫来到门口。

"还得等一会儿。"牧师说，"要是火车准点到达，六点之前，他也到不了粉新屯，到了粉新屯，还有十英里的乡间小道，其中光库瑞莫克路就有五英里，走这样的篱路，咱们那匹老马能快得了吗？"

"可是，亲爱的，拉着咱俩，那老马一个钟头不也能跑回来嘛。"

"那是好几年前的事了。"

老两口就这样絮絮叨叨，焦躁不安地熬着时间，两人心里都清楚，说这些都是白费口舌，最要紧的就是耐心等待。

终于篱路上有了一点儿动静，那匹老马拉着那辆旧车，真真切切地出现在了栅栏门外。他们看见车上下来一个人，心下想着他们肯定认识那个人，其实这只是因为他们早就知道，在这特殊的时刻，有一个特殊的人物要回家来，这必是他们正在等的人；不过，如果他们真要是在大街上看见他，那一定会错过。

克莱尔太太急急匆匆穿过黑黑的过道，一直冲到门口，丈夫慢了一步，紧紧跟在后面。

新来的人正要进门来，一抬眼看见了他们两个那焦灼的面孔，看见了他们的眼镜反射出来的亮光，老两口当时正好面对着夕阳最后一道余晖；由于背光，他们看见的，却只是来人漆黑的身形。

"啊，我的孩子，我的孩子——终于回来了！"克莱尔太太喊道。那时，儿子身上异端邪说的污点（这正是导致此番骨肉分离的罪魁祸首）就如同儿子衣服上的尘土，她早已抛开不顾了。其实，天下的女人，即便是最忠实于真理的信徒，又有谁会只相信经典圣言里所说的福祸凶吉而不相信自己的孩子呢？或者说，假如她们的宗教神学妨碍了孩子的幸福，那么权衡利弊，又有谁不会把宗教神学当作耳旁风或抛到九霄云外呢？

三人一走进房间，克莱尔太太马上就着烛光仔细端详起儿子的脸来。

"啊，这哪儿是安吉儿——哪儿是我的儿子——哪是离家出门时的那个安吉儿啊！"她悲痛万分，不停地说着话，将身子转到一边。

看到安吉儿这副模样，父亲也大吃一惊。和原来一比，安吉儿已经瘦得没个人样了。当初，他受到家庭变故的嘲弄，心生厌恨，一气之下，贸然跑到异国他乡，在那儿受尽了忧虑烦恼和恶劣天气的折磨，才变成今天的样子。面前的安吉儿，整个就是一副白骨，或者还不如说是一丝游魂（与其说是个人，还不如说是一副白骨，与其说是副白骨，还不如说是一丝游魂）。他简直可以比作克里维利画笔下的死去的基督了。安吉儿眼眶深陷，满脸病容，眼睛里那昔日光彩也消失殆尽。列位老祖宗骨瘦如柴、满脸皱纹的情形，如今已经提前二十年占领了他的脸。

"你们知道，在巴西，我大病一场。"他说，"现在完全好了。"

说话时，他两条腿有些站立不稳，仿佛要证明他在说谎似的，他急忙坐下，才没跌倒。其实他只是旅途劳顿，而且刚到家，有些兴奋，感觉稍微有点儿晕眩而已。

"最近有我的信吗？"他问，"上次你转给我的信，我差一点儿没收到，信在巴西内地转来转去，耽搁了许久才到我手上，要不然，或许我能早几天回来。"

"我们以为那是你妻子写的，是吗？"

"正是。"

最近寄来的信，只有一封。父母知道克莱尔很快就要回家，就没有把这封信转寄给他。

他急忙打开递过来的信，从那匆匆潦草的字里行间，他读出苔丝的情意绵绵与一丝哀怨，心中激动不安。

哎，安吉儿，你为何待我如此狠心！我不应该受到这样的待遇。这件事，我已经前前后后仔仔细细地想过了，我永远永远也不会宽恕你！你分明知道我无心害你，可你为什么还要这样待我？你太狠心了，太狠心了！我只有慢慢地把你忘了。我在你手里，受尽了不公！苔。

"一点儿也没错。"安吉儿扔下信，说道，"或许她再也不能和我重归于好了！"

"安吉儿，用不着为一个乡下土孩子着急！"母亲说。

"乡下土孩子！那，我们都是乡下土孩子。我倒是希望她就是您说的那种乡下土娃子；现在，我把以前从未向您透露过的，说给您听一听；她父亲是诺曼王朝时期一个古老世家的后人，像他这种情况的还有很多，目前都散布在咱们周围的乡间村落，默默无名、鲜为人知，被称作'乡下土娃子'。"

　　不久，他便上床睡了。第二天早晨，他觉得非常不舒服，就待在自己房间里，陷入沉思。目前的情形是：他在赤道南面打拼，收到苔丝情真意切的信时，他还觉得，只要他肯原谅她，只要他想跑回来找她，无论何时，她都会向他敞开怀抱，随时回到他身边，这件事易如反掌。然而，现在他回来了，事情却似乎不像看起来的那么简单。这前后的变异，可以想见，当初他残忍甩下苔丝，将她推入了怎样一种境遇！她感情热烈，现在他从信中读出，他久去无音信，她对他的看法已经改变——痛定思痛，这都是他咎由自取——他不禁自问，要是不先写一封信给她，就贸然到她父母家里去见她，是否明智。假如在最近这几个礼拜里，她对他真的已由爱转恨，这样突然见面，也许会招来怨言，痛苦难堪。

　　因此，克莱尔想，最好还是先给住在马渎村的苔丝和她的父母写一封短信，告诉他们自己回来了，也好让他们先有个心理准备，同时希望苔丝还是像他离开英格兰时所做的安排那样，仍然和她的父母住在一起。当天就把这封信寄了出去，以打听情况。过了快一个礼拜，他收到了德伯菲尔德太太寄来的一封短信，但是这封信还是没有解决他的窘境，因为那信上连个地址也没有，而且令他感到吃惊的是，信不是从马渎村寄来的。

　　先生：

　　　　我写这几句话，是为了告诉你，现在我女儿已经不在我这儿住了，我也不清楚她什么时候回来，要是她回来了，我就写信告诉你。她现在暂居何处，我不便告诉你。我只能说，我和我的家人离开马渎村已经有些日子了。

　　　　　　　　　　　　　　　　　　　　琼·德伯菲尔德

　　从来信可以看出，苔丝至少安然无恙，克莱尔也就放心了。苔丝的母亲态度生硬，对苔丝的行踪去向缄默保留，不愿告知，克莱尔也没因此长久难过。显然，他们一家人都生了他的气。他只好等待，等德伯菲尔德太太给他写信，告诉他苔丝回来了；从那封信的意思看，过不了多久，她就会回来。他不配奢望更多。他这个人，"一有风吹草动，他便见异思迁"。

这次出国，他历事阅人，大开眼界。他亲眼见识了表面装作才高德贤的柯妮丽娅，而实质则是放荡淫逸的福丝蒂娜；也看到了肉体宛若绝世美女的芙瑞妮，而精神上却是贞节烈女的露珂瑞莎；他也曾想到那个被抓来置于众人面前、该被乱石砸死的女人，还有被大卫据为己有而做了王后的尤利亚之妻；于是他扪心自问，对待苔丝，他为何不从积极有益的角度去判定，而偏要注重过往？为什么只看行为，不顾意愿？

克莱尔就待在父母家里，又过了一两天，他一直在等，等着德伯菲尔德太太答应给他写的第二封信，同时他也恢复了一点儿力气。力气倒是有了恢复的迹象，但是琼·德伯菲尔德给他写信的迹象却丝毫没有。无奈之下，他找出从前他在巴西时，苔丝在燧石山农场给他写的信，又读了一遍。现在重读此信，和他第一次细细品读时一样深受感动。

> 我必须向你哭诉我的苦难与不幸……除你之外，再也没有别人可以倾听……要是你还不快点儿到我这儿来，或者写信让我去你那儿，我想我一定要死了……请你，请你不要一味寻求公正，求你对我慈悲一点儿吧！只要你来了，我情愿死在你怀里！只要你能宽恕我，我死了也心甘情愿！……你只要写几句话来，说"我很快就来了"，我就等着你，安吉儿……啊，我会高高兴兴地等着你！……想想，我总是见不到你，我心里该是多么痛苦！啊，我每天都在痛苦中挣扎，一天到晚，不止不休，要是能够让你那颗亲爱的心，每天将我的痛苦经受哪怕一分钟，也许就

会使你对你可怜的孤独的妻子生出怜悯了……只要能和你在一起，即使不能做你的妻子，就是做你的奴仆，我也甘心，我也高兴；只要能在你身边，能看见你，能想着你是我的人，我也就满足了……无论是天堂，还是人间，或者是地狱，我只渴求一件事……到我身边来吧，把我从重重威胁恐惧中拯救出来吧！

克莱尔看完，决定不再相信苔丝最近写的那封信中严厉的措辞，下定决心立即就出门去找她。他问父亲，他本人出国期间，苔丝是否来这儿要过钱。父亲回答说没有，这时安吉儿才恍然大悟，是苔丝的自尊自爱阻止了她来伸手要钱，才想到她肯定贫困交加而吃苦受罪。此时，父母也从他的话里听出了两人分离的真正原因，他们的基督教是以拯救上帝摒弃的道德沦丧之人为特殊己任，苔丝的血统、纯朴，甚至贫穷，都没有引发他们的同情怜爱，但是她的罪恶却立马将其激活。

匆匆收拾旅行的随身物品时，克莱尔瞥见了新近收到的一封简单信函——那是玛丽安和伊茨写的，开头这样写道——

"敬爱的先生——如果你还像你夫人爱你一样深爱着她的话，请你快快回来爱护她吧。"信末签名是"两个好心人"。

54　辗转寻妻

一刻钟之后，克莱尔便收拾停当，离开牧师公馆，母亲送他出门，一直望着那瘦削的身影慢慢消失。父亲欲将家里那匹老母马给他骑，他知道父母上了年纪，需要它来代步，便婉言谢绝。他在一家客栈租了一辆小马车，急不可耐地套好车马之后，便驾车上山，出了小镇。三四个月以前，苔丝也曾满怀希望，顺着这条路下山，希望破灭之后，又顺着这条路上山。

很快，奔维尔路便展现在眼前，两旁的树篱与树木，含苞吐芽，一树嫩紫；但克莱尔无心赏景，只是参照路景，以免迷路；走了不到一个半钟头，便来到王室辛托克田产的南端，向上直奔悲戚荒凉的圣十字手。就在罪恶的石柱旁，艾力克·德伯维尔要改过自新，一时心血来潮，逼迫苔丝发了毒誓，让她永远不再别有用心地去诱惑他。去年的荨麻，残梗败枝，灰白一片，光秃秃布满山坡；今春的新芽，青翠嫩绿，欣欣然从根部生出。

克莱尔沿着高地断崖，俯视另外几个辛托克小村，一路右转，一头扎进清凉舒爽的燧石山石灰质地区。苔丝写给他的信中，有一封就是从这儿寄出的，他就理所当然地认为，这儿就是苔丝母亲提到的苔丝现在暂居之处。在这儿，他当然找不到苔丝。而且更为沮丧的是，他发现无论这儿的农户还是农场主本人，都非常熟悉苔丝这个名字，却从来都没有听说过"克莱尔夫人"。很显然，自从分离之后，苔丝就没用过他的姓。苔丝自尊自爱，她觉得两人既然分离，就是完全脱离关系，也就放弃了丈夫的姓。而且，她宁肯吃苦受难（他是第一次听说苔丝饱受苦难），也不愿向他父亲伸手要钱。

那儿的人告诉克莱尔，苔丝·德伯菲尔德没有正式辞别，就回布蕾克摩山谷她父母家了，他只得去找德伯菲尔德太太。德伯菲尔德太太在信中告诉他，现在她已不住在马渌村了，但奇怪的是，她避而不谈目前的住址。目前唯一的办法，就是去马渌村打听一下。那个农场主对苔丝粗暴无礼，对克莱尔却净拣好听的说，还借给他一匹马，专程派人驾车送他去马渌村。来时租的马车，按照约定，走够了一天的路程，返回爱敏斯特了。

克莱尔坐着农场主的车到了布蕾克摩山谷的外围，下了车，打发车马人等回去了，自己住进了一个客栈。第二天，他步行走进山谷，到了他亲爱的苔丝出生的故土。时令尚早，花园与树木间春意不浓；所谓春天，只不过是冬天披上了一层薄薄的鹅黄浅绿。不过，这正是克莱尔想要的意境情趣。

正是在这屋里，苔丝度过了童年，但现在，里面住的却是对苔丝一无所知的另一家人。新住户兴趣盎然，在花园里自顾自忙碌，仿佛这处房舍家宅，根本就没住过其他人家，而且那段历史对他们而言，也没什么意义。他们走在花园的小径上，满心想的全是自己的事情；每时每刻，他们的一举一动，都与淡薄模糊的曾经住户迥然不和、满是冲突；他们有说有笑，仿佛苔丝从前居住的时光，哪有现在这么有滋有味、热火朝天。即便是那春鸟，也在头顶得意啼唱，哪会关心这宅院里少了什么特别的人物。

这几个天真单纯的宝贝蛋儿，几乎是一问三不知，甚至连之前住户的姓名都记不起来；克莱尔一再打听，才知道约翰·德伯菲尔德已经去世；遗孀和孩子也已离开马洛村，说是要到金斯贝尔去，但后来又没到那儿去，而是去了另外一个地方；他们告诉了克莱尔那个地方的名字。既然苔丝已经离去，这房子也就面目可憎了，于是克莱尔头也不回，急匆匆离开了这令人生厌之地。

他选择的路，恰好经过一块草坪，就是在那儿，安吉儿第一次遇到苔丝，看她跳舞。对这片草坪，他也痛恨不已，比恨那房子，有过之而无不及。他穿过教堂的墓地，在新立的墓碑之中，他发现有一块设计得像模像样。墓碑上刻着碑文，内容如下：

约翰·德伯菲尔德之墓

　　本姓德伯维尔，乃当年显赫世家，祖上为征服者威廉大帝之御前骑士培根·德伯维尔爵士，系贵族血脉，嫡传子孙，卒于一八一一年三月十日。

英豪千古

有个人，显然是教堂执事，见克莱尔站在那儿，便走上前来，说：
"啊，先生，死的这位本不想埋在这儿，想埋在金斯贝尔，他祖茔在那
儿。"

"那又为何不尊重死者的遗愿呢？"

"哎——没钱。上帝保佑你，先生，唉——先生，这话也就对你说，
别处我是万万不会说的——就这墓碑，别看上面写得花里胡哨，刻碑的钱
还没给呢。"

"谁刻的碑？"

教堂执事跟他说了村里石匠的名字，克莱尔离开教堂墓地，来到石
匠家，一问，果然如此，便付了刻碑的钱，转身朝苔丝一家新搬的地方
去了。

路程太远，步行不便，但克莱尔想独自一人走走，起初并不雇车马，
也不乘火车，乘火车要绕道儿，但终究可以抵达那里。然而到了沙斯顿，
他再也走不动了，非雇车不可了；一路艰辛，直到晚上七点才到达琼的住
处；从马渌村到此，他已横穿二十多英里。

小村不大，克莱尔不费吹灰之力，便找到了德伯菲尔德太太租住的房
屋，房子四周有围墙，里面有个小园子，远离大路；旧家具硕大笨重，德
伯菲尔德太太费尽千方百计，尽数将其堆塞进租住的小屋。她不想见他，
显然另有原因，他也觉得他这次拜访确实有些唐突。德伯菲尔德太太迎到
门口，傍晚的夕阳映在她脸上。

两人初次谋面，克莱尔心事重重，无心关注细枝末节，但见她端庄
漂亮，穿着得体。他只得上前自报家门，说明来意，境况尴尬难堪。"我
想尽快见到苔丝，"他又说道，"您说您会再写信给我，可是我一直没
收到。"

"她一直没回来！"琼说。

"她还好吧？"

"不知道。你应该知道，先生！"她说。

"您说得对。现在她住在哪儿呢？"

谈话伊始，琼就一手托腮，面露难色。

"她具体住哪儿，我也不太清楚。"她答道，"她从前——可是——"

"她从前住哪儿？"

"啊，她不住那儿了。"

她说话闪烁其词，又闭口不说了。这时，几个小孩子跑到门口，最小的那个，用手一扯母亲的裙子，低声道——

"要和苔丝结婚的，是这位先生吗？"

"他俩已经结婚了！"琼小声说，"进屋去。"

克莱尔看出，她想极力隐瞒苔丝的住址，便问道："你觉得苔丝希望我去找她吗？如果她不愿意，那么——"

"我想她不希望你去。"

"你确定？"

"我敢保证，她不想让你去。"

他转身正要走开，又想起苔丝写给他的信，想起字里行间那脉脉深情。

"我敢肯定她希望我去找她！"他反驳道，情绪激动不已，"她给我写了信，这一点，我比你清楚。"

"那倒是很有可能，先生。她的心思，我可从来都没摸透过。"

"请告诉我她的住址，德伯菲尔德太太，我现在孤苦凄惨，你就可怜可怜我吧！"

苔丝的母亲看见他难过，又心神不安了，不停地用手上下搓着脸，终于，她还是没忍住，小声对他说："她在沙埠。"

"啊——沙埠在哪儿？听人说沙埠已经变成个大地方了。"

"我只知道在沙埠，除此以外，一概不知，我自己都没去过。"

显然，琼的话句句属实，他也就没有再追问。

"你们现在缺什么吗？"他关心地问。

"什么也不缺，先生，"她回答说，"我们过得还算不错。"

克莱尔没有进门，转身走了。前面三英里处有个火车站，他付了马车钱，步行去了火车站。开往沙埠的末班车很快就出发了，车轮飞转，载着克莱尔一路向前。

55　沙埠重逢

当晚十一点，克莱尔抵达沙埠，找旅馆住下后就马上给父亲发电报，告诉父亲自己到了哪里，然后独自出门走上街头。但时间太晚了，没法拜访打听，没奈何，只得等到明天早晨再做打算。不过，他仍无心回旅馆休息。

抬眼望去，这是一处时尚奢华的海滨胜地，东西各建有一座火车站，突堤码头一排排井然有序，大片的松林苍翠欲滴，有遮阳棚的花园点缀其间，滨海步行观光大道宽阔敞亮，这一切在安吉儿·克莱尔眼里，宛若仙境，就像是魔杖一挥，突然变幻出来的神话世界；车水马龙，繁华富庶，梦幻小镇腾起一层薄薄的沉沙。附近，辽阔宽广的爱敦荒原东部向外突出地带近在眼前，仿佛触手可及。然而就在这片古老荒原上，那黄褐色区域的边缘地带，竟突现出这样一个辉煌华丽、新奇迥异的娱乐城市。城郊外一英里范围内，高低起伏的地形仍保持着远古洪荒的特色；每一条沟沟坎坎都是当年不列颠人踩出来的行迹，自恺撒以来，那片土地，一分一毫也无人翻动。然而异域的风情却像先知的蓖麻一样，突然在这儿生长起来，而且还把苔丝招引到了这儿。

古老世界里突然冒出这样一个新奇世界，克莱尔惊叹好奇，于是借着午夜的华灯，在蜿蜒曲折的街道上踱来踱去；但见新奇建筑鳞次栉比，满城尽是独栋宅第公馆，高耸的屋宇、烟囱、凉亭、塔楼掩映在浓郁的树木与灿烂的星光之中，真是一处英伦海峡上的地中海休闲胜地。夜色掩映之下，更显宏伟壮观。

大海近在咫尺，触手可及，城与海和谐相处，完美融合在一起；海上波浪汹涌，涛声阵阵，岸上苍松劲柏，松涛瑟瑟，两者和鸣，几不可辨。

偌大一座富丽堂皇、新奇时尚的城市，他年轻的妻子苔丝、一个乡下姑娘，会在什么地方呢？他百思不得其解，这儿哪有奶牛需要挤奶？哪有土地需要耕种？最大的可能便是某个大户人家雇苔丝去做活儿。他一面闲逛，一面观瞻，在一个个大飘窗里不断搜寻；窗内灯光渐次熄灭，克莱尔暗自琢磨，苔丝究竟在哪一个房间里呢？

不知苔丝身处何处，猜想毫无用处，十二点一过，克莱尔便回到旅馆，上床睡觉了。熄灯之前，他又把苔丝那封情词热烈的信读了一遍。他辗转反侧，睡意全消——苔丝就近在咫尺，可她又远在天边——他不停地拉开百叶窗，仔细观察对面房屋，不知此时苔丝睡在哪一个窗户里面。

一整晚，他都坐卧不宁。第二天早上七点钟，他便起床，旋即出了旅馆，朝邮政总局走去。在邮政总局门口，他碰见一个伶俐的邮差，拿着信从邮局出来，要去送早班信。

"有位克莱尔夫人，你知道住在哪里吗？"安吉儿问。

邮差摇了摇头。

克莱尔突然想起，苔丝应该还用她娘家的姓，紧接着问道——

"或者叫德伯菲尔德小姐？"

"德伯菲尔德？"

邮差仍旧一脸茫然。

"先生，你也知道，这地方，天天人来人往，旅客不断，"他说，

"要是不知道住址，是不可能找到的。"

此时，又有一个邮差急匆匆从邮局出来，克莱尔又向他问了一遍。

"不知道有姓德伯菲尔德的；但有一个姓德伯维尔的，就住在苍鹭。"第二个邮差说。

"正是，正是！"克莱尔大喜，不觉喊道，心想这是苔丝启用了她本来的姓，"苍鹭在哪里？"

"苍鹭是一家时尚公寓。上帝，我们这儿遍地都是公寓。"

克莱尔打听了去公寓的路，就慌忙找去了，恰巧与送牛奶的同时到了门前。苍鹭公寓虽是一座普通别墅，却有单独院落，看样子是一处私人府邸，谁也不会想到这是一个公寓。克莱尔心想，恐怕可怜的苔丝是在这儿当女仆，倘若果真如此，她定会到后门去取牛奶，于是他便想去后门，犹豫之际，忽一转念，便回身走到前门，按响了门铃。

时间还早，女房东亲自出来开门。克莱尔便向她打听，是否有位苔瑞莎·德伯维尔或者是德伯菲尔德的住在这里。

"德伯维尔夫人？"

"是。"

如此说来，苔丝虽然没用克莱尔的姓，但对外还是表明已婚身份了，想到此，他不由得高兴异常。

"可否劳烦您转告，有个亲戚急盼相见？"

"现在时间尚早。先生，请问您尊姓大名？"

"安吉儿。"

"安琪儿先生？"

"不，是安吉儿。我的名字，她知道。"

"我去看看她醒了没有。"

克莱尔被带进前厅，也就是餐厅。从窗帘缝隙之中，向外看去，外面有一小片草坪，上面长满一丛丛杜鹃和其他灌木。显然，她的处境绝不像他担心的那样糟糕，心中突然想到，她一定是想办法把那些珠宝取出来卖了，才过上了这舒坦日子。一时却也毫无责备的意思。不久，他敏锐地听到楼上响起了脚步声，一听到脚步声，心脏便狂跳不止，他心痛不已，几乎站立不稳。"天哪！我现在变成这副模样，她看了会怎么想呢！"他正暗自思忖，门开了。

苔丝出现在门口——完全不是他预先想象的样子——而且和他预想的恰恰相反，他大惑不解。她本就天生丽质，现在身着华丽服饰，更增加了韵致。她穿了一件宽松的灰白色凯什迷尔睡袍，绣花图案素净淡雅，脚上穿着拖鞋，也是浅灰色。玉颈亭亭，睡袍的细绒褶边松松环绕，一头深棕色秀发，他记忆犹新，一半绾在头顶，一半披在肩上——显然是匆匆下楼，没来得及梳理。

克莱尔伸出双臂，旋即又放了下来；苔丝站在门口，也没向前来。他现在面黄肌瘦，形容枯槁，两人天差地别，不禁暗想，是自己这副模样惹得苔丝生厌了。

"苔丝，"他声音沙哑，"我扔下你不顾，你能原谅我吗？你能……再回到我身边吗？你怎么过上了……这种生活？"

"一切都太迟了。"她说，声音冷酷坚定，在房间里回荡，眼神闪烁不定，极不自然。

"从前我错怪了你……忽略了你的本真！"他继续恳求道，"我最亲爱的苔丝，我后来知道错了！"

"太迟了，太迟了！"她一面喊，一面焦躁地摇着手，仿佛在忍受剧痛折磨，每一刻都是煎熬，每一刻都那么漫长，几乎熬不住了，"不要过来，安吉儿！不——你不能过来。赶紧走开！"

"你不爱我了吗，亲爱的妻子，是不是因为我病成了这样你就不爱我了？你可不是轻浮善变的人——我是特意来找你的——我父母在家等你呢！"

"是——啊，是，是！可我说了，一切都太迟了。"她看起来就像一个梦中逃亡者，想逃走，却又逃不开，"这一切，难道你不知道吗？你还不明白吗？如果你不知道，你又是怎么找到这儿来的？"

"我到处打听，好不容易才找到这儿。"

"我等你等得好苦！"她突然恢复了从前的凄婉清脆，接着说道，"可左等你不来，右等你不来！给你写信，你也不来！他就不断在我耳旁跟我说，你再也不会回来了，说我是傻等。他对我很好，对我母亲也很好，父亲死后，他对我全家人都很好。他——"

"我听不懂，你都是在说些什么。"

"他威逼引诱，我也是没办法！"

克莱尔看着她，眼光热切锐利，明白了她话里的意思，恍若染了瘟疫，四肢瘫软，目光低垂，无意间，眼光落在了她双手上，那双手，以前是玫红，现在变得白皙娇嫩、玉指纤纤。

她继续说道——

"他就在楼上，我现在恨死他了，是他骗了我——说你不会回来，可是你却回来了！这身衣服也是他给我穿上的。一切由他，我全都不在乎了！不过，安吉儿，你走吧，再也不要到这儿来了！"

两人呆呆地立着，心中困顿茫然，满眼悲戚怆然。两人似乎都在寻着什么，好躲了身子，逃开现实。

"唉——都是我的错！"

克莱尔无话可说。语言已是苍白无力。不过他恍惚觉得，后来逐渐明晰，他原来的苔丝，精神上已经不承认，站在他面前的肉体是她自己的了——她的肉体已是流水中的一具浮尸，脱离了生命意志的航向，随波逐流。

俄而，克莱尔发觉苔丝已去。他心神缥缈，立在那里，脸上干枯冷淡。少顷，他走到了街上，信步而去，不知何往。

56　血溅苍鹭

　　布鲁克斯太太，苍鹭的房东户主，全部豪华家具的拥有人，并不是特别好管闲事。这可怜的女人只是一头钻进钱眼里的野兽，整天算计着一串串魔鬼数字，深陷其中，不能自拔；满脑子装的净是今天赚了，明天赔了，满心想的只是怎样从房客口袋里把钱掏出来，其他的，一概漠不关心。她那两个房客，德伯维尔先生及其夫人——她一直这样认为——出手阔绰，是不缺钱的主儿，然而，安吉儿·克莱尔却突然来访，无论是来访的时间，还是来访的方式，看上去都异乎寻常，这激起了女人的无限好奇与浓厚兴趣；这份好奇对房屋出租或许有些好处，除此以外，别无用处，因而她一直压制在心头。

　　苔丝与丈夫说话时，只是站在门口，没进到饭厅，布鲁克斯太太就站在走廊尽头自己的起居室里，门半开着，两个悲伤灵魂之间的谈话——如果可以称之为谈话——她也能够听见一星半点儿。她听见苔丝上了楼，克莱尔出门，并随手带上前门。继而听见楼上的房门也关了，知道苔丝进了房间。年轻的贵妇还没穿戴整齐，布鲁克斯太太猜想，她一时半会儿也不会下楼来。

　　于是她踮起脚尖，轻轻上楼，站在前面房间门口，侧耳窃听；楼上是布鲁克斯太太的豪华套间，前面房间是客厅，中间装有折门，后面是卧室，现在德伯维尔按礼拜租住。此刻，卧室里悄无声息，客厅却有声音，依稀可辨。

　　刚开始只是单音单调，低沉呻吟，伴着节奏，一阵阵传来，仿佛正捆缚在伊克西翁火轮上接受惩罚，痛苦难耐——

　　"哦——啊——哦！"

　　接下来一阵安静，继而沉重的呻吟再度响起——

　　"哦——哼——哦！"

女房东透过钥匙孔偷眼观瞧，视阈狭小，只能看到餐桌一角及桌旁的一把椅子，早餐已经摆好。苔丝跪在椅子前面，头伏在椅子座上，两手抱头，晨衣的下摆与睡衣的花边拖在地上，两只脚伸在地毯上，没穿袜子，拖鞋也掉了。那莫可名状、压抑绝望的呻吟正是从苔丝口中发出的。

　　紧接着，隔壁卧室传来男人的声音："你怎么啦？"

　　她没有回答，而是继续呻吟，那腔调，若说是痛苦呼号，不如说是悲怆独白；若说是悲怆独白，还不如说是凄婉哀鸣。布鲁克斯太太只能隐约听出一部分：

　　"如今我亲爱的、亲爱的丈夫回来找我了……我却一点儿也不知道！……都是你花言巧语，残酷地欺骗了我……你一直都在骗我——不停……不停地骗我！说什么弟弟妹妹，还有母亲，都需要帮助——你就靠这些来诱骗我……说我丈夫永远也不会回来了——永远不会；你还嘲笑我，说我傻，傻傻等他！……后来我信了你，屈从了！……可现在他回来了！刚刚来了，又走了，永远都不可能再回来啦……而且，一丁点儿也不会再爱我了——只会恨我！……哦，不错，我现在又失去他了，又是因为——你！"她头朝门口，在椅子上痛苦扭动，布鲁克斯太太看见她脸上的痛苦；嘴唇已经咬出了血，紧闭双眼，长长的睫毛沾满泪珠，打湿了脸颊。她又继续说道："他快不行了——看起来奄奄一息！……我的罪孽没要了我的命，却要了他的命！……哦，我这辈子算是让你给毁了……我不止一次哀求过你，请可怜可怜我，别再折磨我了，可你到底还是把我毁了！……我的丈夫永远永远也不会那么干——啊，上帝啊——我受不了——我受不了啊！"

　　男人说了许多难听的话；接着传来一阵衣裙的窸窣之声；苔丝一跃而起。布鲁克斯太太以为苔丝要冲出门来，便急忙下楼去了。

　　其实她没必要担心，苔丝并没有破门而出。不过布鲁克斯太太觉得，再回到楼梯口去偷看，风险太大，于是便回到楼下自己的起居室。

布鲁克斯太太在楼下仔细倾听，但什么也听不见了，只得无趣地进厨房继续吃早餐。很快，她便又来到一楼前面的房间，假借做些针线活，等着房客按铃，唤她去收拾杯盘，也好趁此机会，看看究竟发生了什么事。头顶的楼板，轻微作响，仿佛有人徘徊走动。片刻，楼上的动静便有了结果，但听见衣裙在楼梯栏杆上窸窣而过，接着前门打开，又关上，随之看到苔丝出了栅栏门，朝街上走去。苔丝现在的穿戴，和来时一样，完全是富家小姐出门在外的打扮，不同的是，帽子和黑翎上的面纱拉下来罩住了脸。

布鲁克斯太太没听见两位房客在门口做任何道别，无论是暂离还是久别，只言片语都没有。两人有可能吵架了，或者德伯维尔先生还没起床，他一直都是赖床分子。

布鲁克斯太太返回后面自己的房间，继续做针线活。女房客没回来，男房客也没动静。布鲁克斯太太觉得蹊跷，不明白这一大早就闯人的来访者与两人究竟是什么关系。思索之间便向后仰靠在椅子背上。

她仰靠在椅子里，眼睛不经意望向天花板，突然白色天花板中间有一个小点引起了她的注意，以前没见过天花板上有斑点。发现伊始，斑点只有小饼干大小，后来迅速扩大，忽而变得手掌一般大，而且那斑迹竟然是红的。长方形白色天花板中间，缀上这殷红的小点，看上去就像一张巨大的扑克牌红桃A。

布鲁克斯太太见此情景，不觉疑惧。她站上桌，摸了摸天花板上那个红点，湿的，好像是血。她下了桌，出了起居室，上了楼，想到客厅后面那间卧室看看。但是，她现在麻木胆怯，怎么也不敢去转动门把手。她侧耳倾听，房间里传来滴答声，一滴一答，很是规律，除此以外，一片死寂。

滴答，滴答，滴答。

布鲁克斯太太慌忙下楼，开了前门，跑到街上。这时有个男人正好路过，是给邻近的别墅打工的，彼此认识。她担心房客遭遇不测，便请求那人与她一起进屋，上楼看看。那工人同意了，就跟着她到了楼梯口。

布鲁克斯太太打开客厅门，站到一边，让那个工人进去，她跟在后面也进去了。客厅空空荡荡，早餐还摆在桌上，有咖啡、鸡蛋、冷火腿，但一动没动，与她刚摆上去时一样，只是切肉的刀不见了。于是她让那个工人穿过折门，到卧室看看。

他打开折门，刚往里走了一两步，立刻神色紧张地退了回来。"我的天，床上那人已经死了！大概被餐刀捅死的——满地的血。"

他们立刻报了警，于是一向宁静安详的别墅，一时脚步嘈杂，来者之中，有一位还是外科医生。伤口不大，但是刀尖却直接扎进心脏，死者仰面朝天，躺在床上，脸色苍白，身体僵硬，已经死挺了，仿佛被刺后连挣扎都没挣扎。一刻钟后，一位来此消闲的游客被杀死在床的消息不胫而走，迅速传遍了时尚海滨之都的大街小巷。

57 逃亡之路

与此同时，安吉儿·克莱尔魂飞魄散，行尸走肉般原路返回旅馆；双眼茫然呆滞，坐在餐桌旁，他大吃大嚼，口中滋味自不必提，突然又要账单，结账完毕，就提起随身唯一的行李——装洗漱用具的行囊，出了旅馆。

正要离开之际，一封电报送到手上，是母亲发来的，寥寥数语，告知家人知悉其行踪，颇为欣慰，同时又告知，兄长卡斯伯特向梅茜·昌特求婚，良缘已定。

克莱尔将电报揉作一团，径自走向火车站；到了车站，方知需再等一个多钟头才有火车。他坐下来候车，等了一刻钟，便觉无趣。心破碎，念如灰,他无须再行色匆匆;经过如此一番折腾,此地已毫无留恋,一心想赶快逃离;于是克莱尔起身朝下一个车站走去,打算在那儿乘车。

他走的这条路宽广平阔,前面不远,便下行直入一谷,远远看去,宛若玉带,纵穿整个山谷。行至大半,他上了西边山坡,停脚小憩之际,无意间便向后瞥了一眼。为什么要向后瞥这一眼,连他自己也说不清楚,冥冥之中,似乎有一种力量,催迫着他,非向后瞥一眼不可。大道如带,渐远渐细,消失于目之所及之处,然而就是他那一瞥,却发现有一个小点,闯入了这空旷灰白的大路,正向这边移动。

那个小点是个人,一路奔来。克莱尔恍然觉知,那人是追他而来,便停下来等。

往下疾奔而来的是个女人,不过他万万没有想到,妻子会一路追来,加上换了装束,变了风格,即便她已走得近了,他还是没认出来。近到了眼前,他方才相信,那正是苔丝。

"我刚到车站……就看见你……就看见你走了……我就一路追来!"

苔丝脸色惨白,气喘吁吁,浑身颤抖;安吉儿什么也没有问,只是抓了她的手,放在胸前,自顾自带她往前走。为了避开麻烦,他放弃大路,走进枞林,顺小路走。进到枞林深处,枝杈随风呜咽有声,他方才停下,回身看着苔丝,满眼的关爱与问询。

他这一看,她仿佛等了很久。"安吉儿,"苔丝说道,"我一路追来,你知道这是为什么?告诉你,我把他杀了!"说话时,嘴角露出一丝惨笑,让人心生怜悯。

"什么?"他问道,看到她神情不对,以为是神经错乱。

"真杀了——我也不清楚怎么杀的。"她继续说,"安吉儿,杀了他,对你、对我都好。很早以前,有一次我用手套打了他的嘴,恐怕自打那时起,我就有了这样的想法,将来有一天杀死他,报仇雪恨;趁我年幼无知,他设陷阱害了我,又通过我间接害了你,这仇不能不报。他拆散了

434

咱俩，毁了咱俩，现在看他怎么再作恶。安吉儿，我从来没爱过他，我爱的是你，你知道不知道？你一直都不回来，我也是迫于无奈才跟了他。你为什么弃我而去——为什么——我是那么爱你，我真想不明白，为什么你要离开我？但是我不怪你；只是，安吉儿，现在我把他杀了，你能不能宽恕我的罪过？我一路跑来，心里就想，我杀了他，你一定会宽恕我的。我突然闪过一个念头，唯有杀死他，才能让你回到我身边。再失去你，我可经受不住——你是不知道，你若不爱我，我现在完全无法忍受！现在该说你爱我了吧，亲爱的，亲爱的丈夫；人我都杀了，说你爱我吧！"

"我爱你，苔丝——啊，真的爱你——所有的爱都回来了！"克莱尔把苔丝紧紧抱在怀里，激情热烈，"可是，你说你把他杀了，究竟是什么意思？"

"我的意思是，我把他杀死了。"她嘟嘟囔囔，恍若梦境。

"什么，真杀了？他死了？"

"是。他听见我为你而哭，就挖苦我，尖酸刻薄；又咒骂你，粗暴难听；于是我就把他杀了。不杀他，我心难平。以前他就老是找碴儿，整天骂骂咧咧。完事以后，我就穿好衣服出来找你了。"

克莱尔逐步相信，苔丝至少曾起过一丝杀机。对此他又是恐惧，又是惊喜，恐惧的是她竟如此冲动，惊喜的是她对他的爱，力量竟是如此强大，她对他的爱，竟是这般奇特，为了爱情，她全然不顾道德是非。苔丝现在根本没意识到，她的所作所为，后果是多么严重，却感觉现在终于称心如愿了；她伏在克莱尔的肩上，幸福而泣，克莱尔看着她，心里纳闷儿，这德伯维尔家族的血统中，究竟有什么秘密特点，才让苔丝这般错乱反常——如果这能算作是错乱反常的话。瞬间，在他脑海里闪过一个念头，之所以会有马车和凶杀的家族传说，大概就是因为人家知道德伯维尔家干过这种事情。他一时迷惑不解，兴奋不已，便就此推断并认为，苔丝疯疯悲伤，一时心理失衡，陷入痛苦的深渊。

这件事如果是真的，那就太可怕了；如果只是暂时的幻觉，那就太凄伤了。不过无论怎样，他遗弃的妻子，那个感情热烈的女人，现在就站在他面前，紧紧地靠着他，毫不怀疑他就是她的保护神。他也非常清楚，在她心里，他一定是她的保护神。柔情终于战胜了克莱尔。他嘴唇苍白，不停地吻着苔丝，握住她的手，说道："我再也不会离你而去了！我最亲爱的，无论你杀没杀人，我都竭尽全力保护你！"

两人在树林里继续前行，苔丝不时回头看一眼安吉儿。安吉儿疲惫不堪，憔悴难看，然而苔丝满眼看不到一丝瑕疵。在她眼里，克莱尔的形体与心灵，还是跟过去一样，完美无瑕。他依然是她的安提诺俄斯，甚至是她的阿波罗；他病容满面，黯然无色，但在柔情蜜意的情人眼里，还是像初次见面一样，灿若晨光；天地之间，从未有其他面孔，如此纯洁地爱过她，如此坚定地相信她，相信她纯洁清新。

凭直觉，他不能按照原计划去镇外的下一个车站了；这片枞林绵延数英里，两人继续往枞林深处钻去。他俩互相搂着彼此的腰，一起踏着枞树干枯的针叶，漫步林间；这里清静幽僻，无人打扰，便把那具死尸抛在脑后，仿佛步入如痴如醉的太虚幻境，欢愉地沉浸其中，只觉得两人终于又走到一起了。就这样向前走了几英里，苔丝突然惊醒，看看四周，胆怯地问——

"我们这是要去哪里？"

"不知道，最亲爱的。怎么啦？"

"我也不知道。"

"哦，我们再往前走几英里吧，天黑了，再找地方住——或许找个僻静小屋。你还能走吗，苔丝？"

"能，当然能！你搂着我，我就能永远永远走下去！"

总的来说，这是个不错的选择。于是两人便加快脚步，避大路，循小径，一路往北。整整一天，两人的行动目标不清、毫无实效；或乔装改扮，或长期隐匿，这些有效的逃脱办法，两个人谁也没考虑过。所有的想法都是临时起意，毫无防范，就像两个小孩子。

正午时分，两人看到路边不远处有一家客栈，苔丝本想与安吉儿一起去弄点儿东西吃，但他不同意，只让她待在半是林地，半是荒原的树林与灌木丛里等着。她穿着时尚，打扮流行，就是随身所带的象牙柄的遮阳伞，在这信步所至的穷乡僻壤，也从未有人见过。这些物件新奇时尚，一定会招引客栈长椅上那些人的注意。很快，安吉儿便回来了，带回一些食物，足够五六个人吃的，还有两瓶酒——即便发生不测，这些足够他俩对付一两天了。

两人就地坐在枯枝干叶上，分享美食。下午一两点钟，将剩余的食物打包，继续赶路。

"无论走多远，我都没问题！"苔丝说道。

"我觉得咱们最好还是往内地走，在内地，我们可以先躲避一段时日，他们大概要在沿海一带搜捕，去内地追捕的可能性较小。"克莱尔说道，"躲上一段时间，等此事风头不紧了，咱们再从港口出去。"

她没做任何回答，只是紧紧地握着他的手，两人继续向内地进发。虽然刚到五月，英国的天气却是清明爽朗，下午时分更是暖意融融。两人沿小路又走了几英里，一直走进了一片叫作新森林的树林深处。傍晚时分，两人拐过一条篱路，一条小溪呈现眼前，溪上有座小桥，桥后面有块大木牌，上面用白色油漆写着几个大字"宜居大宅，家具齐全，待租入住"；下面详情尽述，以及几个伦敦代理机构的联系地址。他们进了栅栏门，眼前一座古老红砖建筑，中规中矩，屋宇宽阔。

"我知道这座房屋，"克莱尔说道，"这是布兰姆夏特庄园。你来看，房门紧闭，车道上都长满了草。"

"有几个窗户还开着哪！"苔丝说。

"应该是留着通风的。"

"这么多房间都空着，而咱俩却连个容身之处都没有！"

"你一定累了，我亲爱的苔丝！"克莱尔说道，"咱们马上就找个地儿歇脚。"他吻了吻苔丝的小嘴儿，那小嘴儿满是凄苦，然后又带着她继续前行。

克莱尔也渐渐体力不支，两人已经游荡了十几英里，有十四五英里的样子，也该找个地方休息一下了。他们远远望见那些孤零零散落在乡间的小屋和客栈，很想找个客栈住下休息一下。但心里害怕，只好躲开了。后来，两人实在迈不动腿了，只好停下来不走了。

"咱们能不能在树下睡一觉？"苔丝问道。

克莱尔认为这还不到在户外睡觉的时节。

"我一直在想咱们路过的那座空宅，"他说，"咱们再回去吧。"

他俩又原路往回返，走了近半个钟头，才到了刚才路过的栅栏门。克莱尔先让苔丝在外面等着，自己进去看看有没有人。

苔丝在栅栏门里的灌木丛中坐下，克莱尔蹑手蹑脚朝房子走去。克莱尔进去了很久才回来，苔丝又着急又担心，不是担心自己，而是担心安吉儿。他碰到了一个小孩子，从他那儿得知，看房子的是个老太太，就住在附近村里，只在天好时才到这儿开窗通风，等太阳落山，她便来关窗。"现在，咱们可以从楼下的窗户钻进去，到里面睡一觉。"克莱尔说道。

克莱尔搀护着苔丝慢慢向前墙走，一扇扇窗户都关了，窗板挡着，像失明的眼球，什么也看不到。两人又向前走了几步来到门口，旁边有个窗户开着，克莱尔翻身进去，又把苔丝拽进去。

除了大厅，全部房间都漆黑一团；他俩上了楼，楼上的窗也关得严严实实，开窗通风的工作也只是敷衍了事罢了，至少那天是这样，窗户只开了前厅一个，楼上后面一个。克莱尔拉开一个大寝室的门闩，摸索着走进去，把百叶窗开了两三英寸。一束夕阳照进房间，耀眼炫目，照亮了笨重的老式家具，红色的棉缎窗帘，一张四柱大床，床头雕刻着奔跑的人物，显然是正在赛跑的亚特兰特。

"终于可以休息了！"克莱尔放下行囊与食物包，说道。

两人在房间里，悄无声息，静待房屋照管人来关窗子：为小心起见，两人又把百叶窗关好，隐藏在一片黑暗之中，以免看管房子的老太太偶然打开房门，看到他俩。六七点钟，老太太来了，不过没到他俩藏身的那边去。只听她关了窗，闩好，走了。克莱尔又悄悄打开一点窗户，就着亮光，两人一起吃了晚饭。夜色渐袭，吞噬一切，没有蜡烛驱散黑暗，他们只好陷入这苍茫的黑暗之中。

58　落网巨石

那天夜里，深沉宁静，异常出奇。后半夜，苔丝低声向克莱尔讲述了他梦游的故事；他怎样在睡梦中抱着她，冒着两人随时掉进河里的危险，从弗卢姆河上的危桥走过，又如何把她放进废弃寺庙中的石棺，都一五一十地讲了。直到今夜，克莱尔才知道还有这么一档子事。

"那你为什么不在第二天就告诉我？"他问，"要是你早告诉我，很多误会和痛苦也许就能避免。"

"过去的事，不必再想！"她说道，"我现在就只顾眼前，不计其他。何必瞻前顾后！谁知道明天会发生什么？"

显然，第二天没有痛苦，也没有悲伤。早上潮湿大雾，克莱尔昨天便知悉，房屋看管人只在好天才来开窗户通风，他留苔丝在房间里继续睡觉，自己大胆走出来，把整座房子查看了一遍。屋内没有食物，但是有火。于是他在大雾的掩护下，出了宅院，来到两三英里外的一个小地方，在店铺里买了茶点、面包和黄油，还买了个白铁水壶和一盏酒精灯，这样他们就有了火，而且还不冒烟。他一进屋，苔丝便惊醒了，两人便共进早餐，享用买来的食物。

他俩都不想到外面去，只待在屋里；昼去夜来，日复一日，不知不觉，两人就在这隐逸静谧中差不多过了五天，既无人影，也无人语，一片宁静安详。天气变化是他们唯一的大事，林中的鸟儿是他们唯一的伴侣。两人心照不宣，婚后的诸多事情，几乎一次也没提过。那段悲伤的分居时光，好似消失在天地开辟之前的一片混沌之中，现在的厮守与过去的甜蜜仿佛没有中断。每当他提出离开这所宅院，到南安普敦或伦敦去，她总是奇怪地表示不愿离开。

"一切都是这般恩爱甜蜜，为什么要将其打断呢！"她恳求道，"要来的躲不掉。"从百叶窗的缝隙中向外观瞧，苔丝说道："屋外烦忧丛生，屋内美满富足。"

他也跟着向外看。她说得对：屋内前嫌冰释、恩爱交融，屋外却是冷酷无情、多灾多难。

"而且……而且，"将脸紧贴在克莱尔的脸上，苔丝说，"我害怕，你对我的这份情意不会长久，我不愿再眼睁睁看着失去你。我情愿在你看不起我之前死了，埋了，这样我就永远不知道你看不起我了。"

"我永远也不会看不起你。"

"我也希望如此，可一想到这辈子的遭遇，我总以为早晚会被人看不起……我真是个疯子！从前，我连一只蚊蝇、一条小虫都不忍伤害，看见关在笼子里的鸟儿，也要伤心流泪。"

苔丝与克莱尔在那座房里又待了一天。晚上，连阴数日的天一下子放晴，照看房子的老太太一大早就醒了。朝阳灿烂，她也精神爽朗，于是决定立即到房子里开窗通风。不到六点，她便来到房前，先开了楼下房间的窗，接着又上楼开寝室的窗；她来到克莱尔和苔丝躲藏的房间，正打算转动门把手，却好像听到房间里有呼吸声。她穿着便鞋，又上了年纪，走起路来悄无声息。一听见有动静，她便急忙抽身退回。转念一想，或许是自己听错了，又转身到门口，轻轻转动把手，试着开门。门锁坏了，可是却有人挪过来一件家具，从里面顶了门，只能开一两英寸的缝。从门缝往里看，只见一束晨光穿窗缝而过，照着一对酣睡人的脸，苔丝半张着嘴，宛如克莱尔脸旁含苞的花朵儿。老太太看着两人睡在那儿，烂漫纯真；又看见苔丝挂在椅子上的长袍、旁边的长筒丝袜，以及精致的小阳伞，还有苔丝随身穿来的其他几件衣服，也都华美雅致，老太太便为之动容震撼，随之也就改变了最初的印象；她原本以为这两人是妓女流氓，心生厌恶愤恨，现在看来他俩好像是上流社会一对私奔的情侣，怜爱之情油然而生。她带上门，悄然离开，寻街坊四邻切磋谈论新奇发现去了。

老太太刚走，苔丝便醒了，接着克莱尔也醒了。凭直觉，两人都感到好像有事发生，究竟发生了什么事，却又说不清；不安焦虑之情越来越甚。克莱尔穿好衣服，便匆匆从百叶窗那两三英寸的缝隙中仔细观察外面的草坪。

"我想我们得赶紧离开此地，"他说，"今天天好。我总觉得有人来过。无论怎样，那个老太太今天肯定得来。"

苔丝只得同意。她站起身，穿戴整齐，收拾好房间，两人带上随身物品，悄然离开。走进森林，苔丝回头，看了最后一眼。

"啊，再见了，幸福爱巢！"苔丝说道，"我也就几个礼拜的活头了。为什么不待在这儿享受生活呢？"

"别这么说，苔丝！很快我们就要一起离开这儿。咱们按照原计划，一路往北。没人会想到去那儿缉拿咱们。要抓咱，他们一定会在威塞克斯各个港口找。等到了北边，咱们就可以找个港口，悄然离开。"

克莱尔这样一说，苔丝也就同意了，两人按计划行事，径直向北而去。经过长时间休整，他俩走路也有了力气。将近中午时分，两人一抬头，迎面一座城市，尖塔林立，便是梅尔彻斯特了。克莱尔决定，下午让苔丝在一个树丛里休息一下，黄昏时分，依旧去买了食物，夜晚继续赶路。八点左右，两人越过了上威塞克斯与中威塞克斯之间的边界。

穿林过寨，走乡村野路，这些早已不是什么新鲜玩意儿，苔丝走起路来健步如飞、轻松自如。古城梅尔彻斯特横亘眼前，两人必须穿城而过，走城里石桥，跨过拦路的大河。午夜时分，街上空无一人，几盏街灯昏黄暗淡、闪烁不定。两人不敢走人行道，唯恐脚步有声，引起麻烦。一座大教堂，恢宏雄伟，矗立左侧，依稀可辨，但两人谁也无心观看。出了城，两人沿着收税公路，往前走了几英里，进入一片广阔平原，他俩得穿过平原，一路向前。

天上阴云密布，月光仍穿隙而下，多多少少照亮了前行的道路。后来，月亮落下，乌云笼罩，夜色深沉，漆黑如洞，伸手不见五指。两人摸索前行，寻草地走，免得脚步出声。周围既无树篱，也无围墙，这也不难做到。四周一片空旷，孤寂黑暗，荒原之上，风不停地吹，猛烈强劲。

他俩又向前摸索了两三英里；突然，克莱尔感觉到，一个巨大的物体，顶天立于草原，近在指端，两人几乎撞上。

"这是什么鬼地方？"安吉儿说道。

"还嗡嗡响呢，"苔丝又道，"你听！"

安吉儿侧耳一听。是风，吹过巨型建筑，发出嗡嗡的音调，就像一张顶天立地的单弦竖琴铮铮有声。除此以外，别无他声。克莱尔伸出手，向前走了一两步，去摸那建筑竖直的表面。是整块的大石头，既无接缝，也无造型。继续往上摸，才觉出这是一根巨大的方形石柱；他又伸出左手，摸到邻近还有一根石柱，一模一样。头顶之上，高空中还有一物，遮了天，本来漆黑的天空变得更加黑暗了；仔细一看，貌似一架巨型石梁，水平横跨在两根石柱之上。两人小心翼翼地从石柱中间、横梁底下走进去；石头表面回响着两人走路的沙沙之声，但头顶上似乎没有遮蔽，仍然像在户外。原来这座建筑根本没有屋顶。苔丝惊恐万状，呼吸急促，而安吉儿也感到莫名其妙，说道——

"这是什么东西？"

两人向旁边摸去，又摸到一根塔状方形石柱，与第一根一样，高大坚硬；然后又摸到一根，又是一根，除了石柱就是石框，有的石柱上面架着石梁。

"这是一座风神庙！"克莱尔说道。

有的石柱孤零零地矗立着；有的两根并排，上架横梁；有的躺伏在地上，宽度足以通过马车；不久他俩就明白了，原来在这绵延的草原上竖立的巨型石柱，一起构成了一片石林。两人继续往前，一直走到这漆黑的苍穹中央。

"原来是史前巨石阵。"克莱尔说道。

"你是说这是一座异教徒的神庙？"

"正是。这是世纪纪元以前建造的；比德伯维尔家族还要古老！啊，亲爱的，我们该怎么办呢？再往前，咱们也许就可以找个栖身的地方了。"

苔丝这次是真累了，身边正好有一块长方形石板，伏卧在一根石柱后面，挡了风，她便倒身躺了上去。白天太阳晒了一天，石板干燥暖和，比周围粗糙冰冷的野草舒服多了，野草上的露水，已经打湿了她的长裙与鞋袜。

"我再也不想往前走了，安吉儿，"她将手伸给克莱尔说道，"我们不能在这儿过一夜吗？"

"恐怕不行。这个地点晚上别人看不见，但在白天，好几英里以外就能看得一清二楚。"

"我想起来了，我母亲的娘家有个人在附近放羊。曾记得在泰波塞斯时你说我是个异教徒，那么现在我算是回家了。"

苔丝仰面躺在石板上，克莱尔跪在她身旁，两人深情相吻。

"亲爱的，困了吧？我觉得你这是躺在祭坛上。"

"我很喜欢就这样躺在这儿，"她嘟囔着说，"这儿庄严、幽僻——享受过了如此美妙的幸福——头上唯有苍穹茫茫。我仿佛觉得世上只有你我两人，再无其他。我也期盼世上再无其他人，除了丽莎·露以外。"

克莱尔心想，苔丝躺在这儿休息一下，等到天光微明时再走也行；于是他脱下自己的外套，盖在苔丝身上，坐在她身旁。

"安吉儿，要是我出了事，你能不能看在我的分儿上照看丽莎·露？"风声呼号，穿石柱而过，两人静听良久，苔丝开口说道。

"好。"

"她天真善良、纯洁无瑕。啊，安吉儿——我陪不了你多久了，要是我不在了，我希望你娶了她。啊，要是你愿意的话！"

"失去了你，我就失去了一切！她是我的小姨子啊！"

"没关系，亲爱的。马渚村周边常有再娶小姨子的；丽莎·露温柔甜美，出落得越来越漂亮了。啊，再说了，等有一天，我和她都死了，成了鬼魂，我也心甘情愿和她一起共同拥有你！安吉儿，你只要训练她，教导她，培育成你中意的人！……我的优点她都有，我的缺点她可一点儿也没有；她如果成了你的人，就是我死了，咱俩也好似永不分离……好啦，我说完了。我可不想再说第二遍。"

她住口不言，克莱尔陷入沉思。从石柱之间远眺天边，东北方泛起一道白光。天空乌云弥漫，像个大锅盖，慢慢揭起，将黎明之光从大地的边上放进来，巍巍矗立的巨型独石和巨石牌坊，也显露出黑色轮廓。

"他们就是在这儿祭祀天神吗？"她问。

"不！"他说。

"那又祭祀谁呢？"

"我想是祭祀太阳吧。你看，那根高高的石柱正朝着太阳升起的方向安放，一会儿太阳准从它后面升起来。"

"亲爱的，这让我想起一件事来。"她说。

"咱们结婚前，你说你永远不干涉我的信仰，还记得吗？其实你的思想我都清楚，你所想正是我所思——并非我个人的思考论断，而是因为你有此观点。现在你告诉我，安吉儿，咱们死后还能见面吗？我很想知道。"

他只是吻她，免得在这种时候回答这个问题。

"啊，安吉儿——恐怕你的意思是不能见面了！"她尽力忍住哽咽，说道，"我很想再和你见面——非常非常想！你我二人，安吉儿，爱得这样深切，都不能再见面吗？"

像一个比他自己更伟大的人物一样，在这个关键时候，对这个关键问题，安吉儿不作回答，两人又陷入沉默。过了一两分钟，苔丝的呼吸变得均匀，握着安吉儿的手也松了，她睡着了。此时，东方破晓，地平线上现出一道银灰色光带；白光映衬，远处，大草原显得阴沉黑暗，近在咫尺。苍茫广大的草原，露出了黎明之前的常有特征：矜持缄默、徘徊不前。东面的石柱和石柱上的横梁，拔地倚天，巍然耸立，逆着光，庞然黑沉。石柱之外是巨型火焰状的太阳石，石柱与太阳石之间是献牲石。经年累月，巨石上形成了杯口大小的石窝，石窝积水成潭，潭中水随风动；现在夜晚的朔风停了，小水潭里的水也不再颤抖了。正当此时，东边低地的边缘上似乎有什么东西在移动——是一个黑色的小点。那是一个人的头，正在从太阳石后面的洼地向他们走来。克莱尔后悔在此过夜而没有继续赶路，现在只能静观其变。那个人影径直朝两人待的那一圈石柱而来。

克莱尔忽听背后传来沙沙的脚步声。他一转身，看见倒伏在地的柱子后面有个人影；同时发现右手边也有一个人，左边的横梁下还有一个。黎明的曙光照亮了西面来人的整个身躯，只见他身材高大，看走路便觉得他训练有素。看样子，这些人事先早有安排，从四面包抄而来。苔丝说的话应验了！克莱尔一跃而起，四下观瞧，寻找武器，或是松动的石块，或是想出个逃跑的法子；这时，离他最近的那个人已经来到他面前。

"没用的，先生，"他说，"这片平原上有十六个我们的人，全国都在行动。"

"让她睡完这一觉！"来人围拢上来，克莱尔小声恳求道。

直到此时，来人才看到苔丝躺在石板上，也就没反对，只是垂手站立一旁，静静守候，仿佛周围那一圈石柱一般，一动不动。克莱尔走到石板跟前，俯身握住她那可怜的小手。她呼吸短促细弱，仿佛一只比女子还柔弱的小动物，楚楚可怜。天光放亮，所有人都缄默静候，脸上、手上镀上了亮白的银色，身上其他地方却仍是一片黑色；石柱染成灰绿色，晃晃闪耀，草原仍不得光，一片昏暗。很快，天光大亮，阳光照在苔丝身上，她睡着，感觉不出，而光线透过眼皮，射进眼里，将她唤醒。

"怎么啦，安吉儿？"她醒过来，说道，"抓我的人来啦？"

"是，最亲爱的，"他说道，"来啦。"

"是该来啦，"她嘟囔着说，"安吉儿，我还算满意——是，很满意！这样的幸福本不能久长，有幸享用，已是奢侈至极，我也知足了；现在我也活不到你看不起我的时候了！"

她站起来，抖了抖身子，往前走去，而其他人都站在原地没动。

"现在可以走了。"她说起话来从容安详。

59 姊妹续缘

温顿塞斯特历史悠久、美丽别致，是古威塞克斯王国的首府，位于波浪起伏的丘陵地带中心。七月的早晨，古城阳光明媚、温暖怡人。城中建有砾石瓦房，砖砌山墙，外墙及屋顶生了绿苔，因季节干燥，大都晒干剥落；草场沟渠中浅水缓流。一条斜坡大道，从西城门一直通到中古十字路，从中古十字路又直通大桥；街上有人清扫，悠闲自得，通常这是在迎接传统旧式大集。

由打前面提到的西城门开始，那条大道沿着长方形斜坡一路向上，平缓伸展，长度恰好一英里；越往上，房屋越少，温顿塞斯特人对此地了如指掌。沿着大街，从城里匆匆忙忙走来两个人，丝毫看不出走上坡路很费力——不费力并不是因为爽朗愉悦，而是因为心事重重。沿路往下不远处有一堵高墙，墙上有一道窄门，上面安装了铁条，两人正是从这道门里走出来，然后上了大道。他俩似乎要急于避开房屋、躲人耳目，而这条道显然是最佳捷径。两人年纪轻轻，走起路来却总低着头；太阳微微含笑，他俩却步履悲怆，阳光毫无怜悯之情，仍旧洒向这片无限戚伤。

两人之中，一个是安吉儿·克莱尔，另一个是克莱尔的小姨子丽莎·露；丽莎·露身材修长，宛如一朵含苞的蓓蕾，青春少女，亭亭玉立，体态却已玲珑圆润，乍现少妇丰韵，活脱脱就是苔丝的化身，只是略瘦几分，但美目明眸，丝毫不输苔丝。两人面色灰白，面庞似乎消瘦减半；他俩一语不发，只顾手挽手低头前行，就像吉奥托所绘的《两圣徒》中的人物。

两人即将登顶西山之时，城内钟声响起，八点整。听到钟声，两人不由得吃了一惊，又往前走了几步，来到第一块里程碑跟前；碑体亮白，立于碧绿草坪的边缘，背后是坡下的草原，俯瞰整条大道。两人走进草地，好像有某种力量控制了其意志，逼迫着他们，突然立在碑旁，转过身，瘫痪了似的守在那里。

由山顶俯瞰，周围景致一览无余。两人刚刚离开的城市，就坐落在下面的山谷之中，城中凸显的建筑，恰似一张等角图画，赫然在目——高大宽阔的教堂塔楼及其诺曼式的窗户与长长的连廊，圣·托马斯的尖塔，还有学院的尖顶高阁；再往右，便是古老安养院的塔楼与山墙，直到今天，来这儿朝圣的人都还能得到面包和麦酒。城市背后，是圣·凯瑟琳山浑圆的山体；更远处，景致重叠延展，消失在阳光所及之处的地平线上。

绵延无尽的乡村原野，衬托着城中建筑，正中有一座巨大的红砖楼房，平顶灰瓦，一排排窗户，安装了粗短的铁棍，一看便是囚禁犯人之地；整座楼房样式呆板教条，与周围那些错落有致的哥特式建筑形成鲜明对照。路旁密植紫杉与长青橡，从路上经过，大树遮掩，几不可见，但从山顶俯视，则一览无余。刚才两人走出来的那道小门，就开在那座建筑的高墙上。楼房之中，一座八角平顶塔楼矗立正中，东边天空一映衬，煞是丑陋难看；从山顶看去，背着光，只能看到阴面，让人感觉，这是城市美景中的污点。然而，两人关注的却正是这个污点，可不是什么城市的美丽景致。

　　塔楼顶楣上竖着一根高高的旗杆。两双眼睛死死盯着旗杆。钟声敲响后不久，有一样东西缓缓升上旗杆，微风一吹，那件东西便随风展开。一面黑旗。

　　"正义"得到了伸张，正如埃斯库罗斯所说，众神之王对苔丝的戏弄也终结了。德伯维尔家那些骑士与贵妇，安眠于墓穴之中，对此事一无所知。那两个沉默的看客，一躬到底，以头触地，仿佛在祷告，久久不起，一动不动。黑旗在空中静静飞舞。等恢复了气力，两人站起身，手挽手，继续朝前走去。

经典就读三个圈　导读解读样样全

三个圈
独家文学手册

导　读

托马斯·哈代的小说

作者：弗吉尼亚·伍尔夫[1]

伍尔夫在自己的读书随笔中用轻灵活泼的文笔写出她对于自己所喜爱的作家和作品的印象。其中《托马斯·哈代的小说》一文，介绍了哈代本人的主要作品、写作生涯、逸闻轶事等等，使人读来饶有趣味，也让我们得以从一个写作者的角度来看待哈代。

---

[1] 弗吉尼亚·伍尔夫（1882—1941），英国女作家、文学批评家和文学理论家，意识流文学代表人物，20世纪现代主义代表人物，女性主义先驱。——译者注（如无特殊说明，本文注释均为译者注）

　　当我们说托马斯·哈代之死让英语文学失去了领袖，其实是在说，哈代文学地位之高，无人能望其项背。没有哪一位作家如此被大众普遍接受，在文坛中，也没有哪一位作家能够如此值得我们自发致敬。显然，这个说法没人会否认。这位不问世事的俭朴老人，若是在这个场合听到此种溢美之词恐怕会万分尴尬。不过，我们可以毫不夸张地说，在他的时代，至少因他的存在，文学艺术成了一项光荣的使命。哈代在世时，任何人都不应对他的艺术抱有轻蔑的想法。这不仅是因为他举世无双的才华，更是由于他的谦逊和正直，由于他简单的生活——简居多塞特郡，从不追名逐利，从不自卖自夸——他的品格和简单的生活涌现出一种特质。他才华出众，又如此爱惜自己的羽毛，让我们无法不称他为艺术家，无法不尊敬他、爱他。但是我们必须谈论他的作品，那些很早之前写就的小说看起来似乎与当今的文学脱节，正如哈代本人一样，都远离了现实的喧嚣和琐碎。

　　要想追溯哈代的小说家生涯，我们要回到至少一代人之前。1871年，他31岁，已经写了一部小说《计出无奈》，不过那时他还不是一个自信的作家。他自言"正在摸索一种方法"；似乎他清楚自己拥有各种天赋，但并不知道它们的本质，也不知道如何用好它们。阅读他的第一部小说[1]，就是与作者一同感受他本人的困惑。他的想象力强大又讽刺；他通过涉猎

1　《计出无奈》（*Desperate Remedies*）为哈代发表的第一部小说，并非他写的第一部小说。

书本自学成才；他能够创造角色，却不能掌控角色；他显然被技巧上的困难所阻碍；更为奇特的是，他认为人类受自身以外的力量所支配，这使得他小说中的巧合极端夸张且戏剧化。那时他就认定，小说绝非玩具，也并非表达观点的工具；它是一种通过真实、残酷、激烈的印象展示人们生活的方式。不过，这本书中最令人印象深刻的，或许还是那响彻书页之间的、瀑布一般的回响。在《计出无奈》这本书里，这种巨大力量的首次得到展现，可以预见，这种力量也将成为他后续作品中的主要部分。在书中，他已然展示了自己是一个细致入微又成熟老到的自然观察者。他知道，雨，落在根茎上和落在耕地上是如何不一样的；风，穿过不同种类的树枝的声音是如何不同的。但他也有更深刻的洞察，他将自然看作一种力量。他觉察到了自然的特质——对于人类的命运，它会同情，也会嘲笑，还会冷漠地袖手旁观。在这种觉察之下，就不难理解《计出无奈》一书中，阿尔克里芙小姐和赛希莉亚的故事之所以如此让人难忘，正是因为这个故事在众神的注视之下发生，在自然之中展开。

那时他是一位诗人，这一点毋庸置疑，但小说家这个身份尚待商榷。但一年后，《绿荫下》问世，明显看出他无须再"摸索方法"了。先前作品中固执的独创性不见了。与前者相比，他的第二本小说完整、迷人，如田园诗歌一般美好。看起来，这位作家甚至有望成长为英国风景画家。他的画作中满是鲜花盛开的村舍花园和年老的农妇，他徘徊于这些画作中，收集并留存那些即将被遗忘的传统生活方式和语言，迅速地使用。它们而如今，从未有这样一位古典爱好者，一位兜里揣有显微镜的自然科学家，一位观察语言变迁的学者，会如此专注于倾听旁边那片树丛中，一只小鸟被猫头鹰杀死的悲鸣。这声悲鸣"在静默中传递，却不与它嬉闹"[1]。我们也听到，远远的，似乎有一声朝着大海发出的枪

1　出自《绿荫下》（*Under the Green Wood Tree*）。

响，打破了夏日早晨的平静，生出怪异、不祥的回响。但在读这些早期作品时，我们也会感到他的才华遭到浪费。哈代的天赋固执而古怪；才华一个不接踵而来，支配着他，他却无法轻易驾驭，让它们彼此合作。这确实可能成为一个作家必须面对的命运。他是诗人，同时也是现实主义者；他是田野和大地的忠实子孙，却为因书本滋生的怀疑和绝望所折磨；他热爱旧式生活和平凡的乡亲，却注定要目睹祖辈的信念和血肉在他眼前灰飞烟灭。

在这种矛盾冲突之下，自然又添加了一味元素，似乎要打破一种平衡发展。有些作家能够有意识地掌控笔下的角色和情节，有的作家则做不到这一点。有些作家，如亨利·詹姆斯[1]和福楼拜[2]，不仅能最大程度利用好自己泛滥的才华，还能在创作中控制它；他们了解每一种状况的所有可能性，因此他们的书里绝不会出现突发事件。而那些无意识的作家，如狄更斯[3]和司各特[4]，仿佛他们的作品在未经他们同意之下，突然之间剧情向前推进了。当高潮落下，他们既无法解释，也不知道发生了什么。我们必须把哈代的位置放在这些无意识的作家中——这是他才华的源泉，也是他的弱点。他的原话"幻象的瞬间"[5]精准地描述了他所写的每一本书中，那些有着石破天惊的美丽与力量的片段。一种我们无法预见，他似乎也无法掌控的力量迅速迸发，让一些场景与其他部分脱离

---

1 亨利·詹姆斯（1843—1916），移民欧洲的美国作家，作品有《鸽翼》《一位女士的画像》等。

2 居斯塔夫·福楼拜（1821—1880），法国批判现实主义作家，作品有《包法利夫人》等。

3 查尔斯·狄更斯（1812—1870），19世纪英国批判现实主义小说家，作品有《双城记》《远大前程》《雾都孤儿》等。

4 沃尔特·司各特（1771—1832），英国历史小说家、剧作家、诗人和历史学家，作品有《艾凡赫》《修墓老人》等。

5 Moments of Vision，也译为"视象时刻"或"瞬间幻影"，是哈代晚年所写的一本诗集的标题。

开来。这些场景似乎从始至终都是独立存在的：那辆载有芳丽尸体的马车，在湿漉漉的大树下穿梭；肥硕的绵羊在三叶草丛中艰难前行；特洛伊在巴斯谢芭身边挥舞着剑，削去了她的卷发，刺穿她胸口的毛虫，她却一动不动[1]。这些故事栩栩如生，不仅给我们带来了视觉的感受，它还调动了我们全部的感官。这样的场景如初升的太阳一样闪耀，令人回味无穷。但这种力量来得快去得也快。"幻象的瞬间"之后就是漫长的白日。不过我们相信不是每种技艺都能够抓住这种野生的力量，让它更好地释放。于是，这些小说中充满了不平衡感，它们显得粗糙、笨拙、词不达意，但绝对不是无趣；在他的小说中总带有一丝无意识的模糊性，总是有一些新鲜的光环和未曾表达的边界，这反而激发出最深刻的阅读满足感。哈代他本人并不清楚自己做了什么，好像他的意识超过了他的表达能力，于是他只有将完整意图留给读者来猜测，让读者用自己的经验去填补他的空白。

　　这些原因导致哈代的成长不够稳定，成就也参差不齐，但是当时机成熟，就会为他带来辉煌。这个时刻来临了，《远离尘嚣》完全展现了他的天赋。这部作品主题明确，技法成熟；这个诗人、乡下人，这个感性的人，这个深思熟虑的人，这个不断学习的人，他的一切品质和经验都注入了这部作品，无论潮流怎样改变，都无法撼动这部作品在英语文学中的伟大地位。首先，这本书里有着其他任何作家都无法构建的独特物质世界；其次，书里还有山野衬托下的渺小人类——虽然山野的存在与人类无关，却赋予他的作品以深沉而庄严的美。那黑暗的高地矗立于苍穹之下，其上

1　以上片段均出自《远离尘嚣》（*Far from the Madding Crowd*），哈代的第四本小说，也被认为是他第一部在文学上有所成就的作品。大致情节为：青年盖伯瑞尔·奥克爱上了农场主巴斯谢芭，因而去她的农场打工；但是巴斯谢芭的眼里只有花花公子特洛伊，尽管特洛伊曾残忍地抛弃了纯洁少女芳丽，但巴斯谢芭还是盲目地相信这个男人能够给自己带来完美的爱情。

竖立着埋葬死人的土墩与牧羊人的小屋，它如海浪一般平滑，却坚实而永恒；它朝着无尽的远方延绵而去，而其褶皱中遮蔽着安静的村庄，白日之下，炊烟袅袅；黑夜笼罩，灯火阑珊。在这世界背面照顾自己羊群的盖伯瑞尔·奥克则是那个永恒的牧羊人，星星是古老的灯塔，他在羊群旁边已观察了数年。

但是在这山谷之下，大地生机勃勃。繁忙的农场，丰裕的谷仓，田野里响彻着牛群的低鸣与羊群的咩叫。自然欣欣向荣、绚烂多彩、热情奔放；此时，它还未变得邪恶，依旧是劳动人民的伟大母亲。哈代第一次完全展现了他的幽默——只有在乡下人的嘴里，幽默才能发挥得如此淋漓尽致。一天的活儿干完了，简·科根、亨利·弗雷和约瑟夫·普格拉斯相聚在麦芽厂，借着酒劲，纵情释放他们那半机智、半诗意的幽默。自从朝圣者踏上朝圣之路，他们就开始在脑子里酝酿这些笑料了。莎士比亚、司各特还有乔治·艾略特都爱偷听农民们的趣语，但他们不论是在喜欢偷听的程度上，还是在理解程度上，都不及哈代。在这部威塞克斯小说中，农民并非以个体的方式脱颖而出，他们创造了一个智慧和幽默的公共宝库，它具有永恒的生命力。他们点评着男女主角的行为。特洛伊、奥克、芳丽或巴斯谢芭这些主角进进出出，来来去去，配角如简·科根、亨利·弗雷和约瑟夫·普格拉斯却还留在那儿。他们晚上喝酒，白天耕地。他们是永恒的。在这些小说里，我们一次又一次地与他们相遇，他们总有一些典型特征，他们代表着一个群体，而非个体。这些农民是智慧的圣所，乡村则是幸福的最后一座堡垒。当他们消失，这个群体便没有了希望。

奥克、特洛伊、巴斯谢芭和芳丽，这几个角色让我们见证了小说角色所能达到的巅峰。在每一本书中，都有三四个主导的角色，他们像避雷针一样吸引着各方力量。奥克、特洛伊和巴斯谢芭，游苔莎、维尔迪夫和文恩[1]，亨察德、露塞塔和法夫瑞[2]，裘德、淑·布莱德赫和费劳孙[3]。这些不同的角色组合甚至有一些相似之处。作为个体，他们各有特点，但他们又是相似的类型。巴斯谢芭有她的个性，但她同时也是女人，是游苔莎、露塞塔和淑的姐妹；盖伯瑞尔是奥克家的人，但他也代表着男人，是亨察德、文恩和裘德的兄弟。不管巴斯谢芭有多可爱、多迷人，她依然是柔弱的女人；不论亨察德多么固执，怎样误入歧途，他依旧是强壮的男人。这是哈代的基础视角，是他作品的主要成分。女人是柔弱的，是男人的欲望所在，她依附于更强壮的男人，迷住了他的双眼。尽管如此，在哈代的优秀作品中，他仍然自在地将生命倾注于这些有着既定框架的刻板之中！我们读到巴斯谢芭乘着马车，坐在自己的绿植之间，透过那扇视窗，展现她特有的可爱笑容时，我们就能大概猜到结局——这就是哈代的才能——她将会遭受怎样的痛苦，又将给他人带去怎样的伤害。但是在那个时刻，能看到生命之花绽放的美丽。而这样的时刻数不胜数。他笔下的男男女女对他有着无穷的吸引力。不过，和男性角色相比，他对女人展现出一种更温柔的关怀，或许，他对女人有着更为深刻的兴趣。她们美若天仙，她们的命运悲惨无比，但是只要生命之光还在身体里燃烧，她们的脚步就会永远轻盈，她们的笑声也会永远甜美。她们会投入自然母亲的怀抱，成为她宁静庄严的一部分；或是升腾而起，身披云雾的灵动和野花的狂放。与那些需要依靠的女性角色不同，男人的痛苦来自与命运的冲突，这引起了我们更为坚定的同情。对于盖伯瑞尔·奥克这样的男人来说，我们不必怀着畏惧之心。是的，我们尊敬他，但我们不必全身心地爱他。他立住了自己的脚跟，能给予别人聪明的打击（至少对于男性可以），当然，他也可以承受同样的

1　出自《还乡》（*The Return of the Native*）。

2　出自《卡斯特桥市长》（*The Mayor of the Casterbridge*）。

3　出自《无名的裘德》（*Jude the Obscure*）。

打击。他对所期望的事物有一种远见，这种远见来自性格，而不是教育。他情绪稳定，情感坚定，与人对视时连眼睛都不会眨。但是，他也并不是个木偶。在一般场合中，他就是个其貌不扬的无聊小伙子。走在街上，他不会引人多看一眼。简而言之，没人可以否认哈代的能力——一个真正的小说家的能力——他让我们相信他的角色与我们普通人一样，被自己的情感、特定的行为模式所驱动，同时又具有——这是诗人的天赋——一些象征性的特点，这些特点是我们普通人所共有的。

接下来，我们谈一谈哈代创作男女角色的能力，显然，他在这方面的能力将他的同辈作家远远甩开。我们回过头去看看这些角色，然后问问自己，这些人物何以让我们记住？他们的热情——我们记得他们有多深爱彼此，结局却令人感慨；我们记得奥克对巴斯谢芭爱得忠诚；我们记得维尔迪夫、特洛伊、菲兹比尔[1]这些男人的激情来得排山倒海，却又转瞬即逝；我们记得克林[2]对他妈妈多么孝顺，还记得亨察德对女儿伊丽莎白·简的变态控制欲。然而我们不记得他们是如何相爱的。我们不记得他们如何谈话，如何改变，如何一步一步、有条不紊地认识彼此。他们的关系并非基于那些看似微小却影响深远的事件，如相互理解的时刻、微妙的感情变化。在所有的书里，爱都是塑造人物命运最重要的因素之一。但它是一场灾难，铺天盖地席卷而来，却很难言明。爱侣之间的对话不再充满激情，变得务实甚至蕴含哲理，仿佛履行日常生活让他们渴望探寻生活的意义，而非探究彼此的感情。即便有能力分析自己的感情，他们也无法在过于动荡的人生中抽出时间去思考。他们需要用尽全力去对抗命运的当头棒喝、上天的愚弄和愈发可怕的厄运，再无心力

---

1 出自《林地居民》（*The Woodlanders*）。
2 出自《还乡》（*The Return of the Native*）。

将时间花在谈情说爱上。

我们可以确定地说，哈代的作品并不具备其他作家作品所带给我们的欢乐。他不如简·奥斯汀完美，缺少梅瑞狄斯[1]的机智，没有萨克雷的广博，更不具备托尔斯泰的天才头脑。伟大的经典作家作品中存在着一种"终极影响力"，让一些场景独立于故事情节之外，超越时间的变迁。我们不追问这种力量对作家的叙事有何影响，我们也不用它来解释场景外围的问题。一句笑语，一抹脸红，短短几字的对话，足以让我们愉悦不已，且这种喜悦源源不断，但是哈代的作品并不具有这种集中性和完整性。他从不直接描写人心，他的关注点越过了人的心灵，来到黑暗的荒郊野岭，带我们看到在暴风中摇晃的树枝。我们回头才发现，房间里烤火的人群已经散去了。每个人都去独自对抗外界的风暴。远离他人的注视，他们才能最大程度地展露自己的内心。我们并不像了解皮埃尔、娜塔莎[2]或贝姬·夏泼[3]一样了解这些人。我们不如那些随意拜访者、政府官员、贵妇人或战场上的将军对他们有着全方位的了解。我们不知道他们复杂的思绪，不知道他们内心深处的情感和冲突。方位上也一样，他们总是局限于英国乡村的同一片区域。极少情况下，哈代会让小地主或农民来描述那些社会地位身处他们之上的人士，而这往往会导致一个不快的结果。在会客厅、俱乐部或是舞会大厅，上等阶层的人聚集在一起谈笑风生，相互了解，哈代却显得笨拙而不自在。但若是情况反过来，也一样。

我们不知道他笔下的男女角色彼此之间有怎样的关系，但我们知

---

1 乔治·梅瑞狄斯（1828—1909），英国维多利亚时代作家。作品有《比尤坎普的职业》《利己主义者》《十字路口的戴安娜》等。以其结构严密，人物形象鲜明，对话精彩，获得了评论家和读者的一致欢迎。

2 出自《战争与和平》（*Война и мир*）。

3 出自《名利场》（*Vanity Fair*）。

道他们与时间、死亡和命运的关系。我们无法在城市的灯红酒绿和熙熙攘攘的人群当中见到他们，但我们在土地、风暴和四季变换中与他们相遇。我们知道他们对那些人类最深奥的问题秉持着怎样的态度。在我们的记忆中，他们的存在超越了时间。我们对他们的观察不在于细节，而在于那个威严的、高大的整体形象。我们看到苔丝身穿长睡袍，给自己的孩子念着洗礼词时"更显高大威严"。我们看到马蒂·萨斯[1]，"如同一个冷漠拒绝性别印象而选择更高尚的抽象人性的存在"，看到她在温特伯恩的墓上放上花束。她们的话语有着圣经一般的威严和诗性。她们身上有一种无法被定义的力量，这种力量由爱与恨组成，这种力量在男人身上，是反抗人生的源泉，在女人身上，则是无穷无尽的苦难，是这种力量主导着角色，让他们的其他特质都变得无关紧要。这是悲剧的力量。若我们要将哈代与其他作家相比较，我们必须说，在英国小说家中，他是当之无愧的悲剧大师。

但就在我们要进入哈代哲学的危险区域之前，让我们保持警惕。阅读一位充满想象力的作家作品时，和书本保持距离，无论如何都是必要的。因为对于一个有着鲜明特征的作家，读者十分容易抓住他的主要观点，把他牢牢束缚在一个一贯的观点上。人们越是感性，就越难得出结论，哈代也不例外。读者的权利在于，沉浸在书本营造的印象中，并对之进行评论。读者需要明智地选择何时抛开作家的明显意图，以探索那些或许作者自己都没有意识到的更深层次的表达。这一点，哈代是知道的。一部小说"是一种印象，不是表达观点的工具"，他提醒过我们。因此，我要重申：

带着偏见的感受有其价值所在，而通往真正的人生哲学之

1　出自《林地居民》（*The Woodlanders*）。

路似乎就在于谦卑地记录对于各种感受的不同解读，这些解读是由人生的不确定性和变化性带给我们的。

当然，这么说也失之偏颇：他的厉害之处在于激发我们的感受；但在阐述观点上，他的能力稍弱。在《林地居民》《还乡》《远离尘嚣》中，尤其是《卡斯特桥市长》中，我们看到了哈代对生活的感受，这种感受似乎是自然而然流露出来的。一旦任由自己的直觉发挥，他的才华就会消失。"苔丝，你不是说每一颗星星都是一个世界吗？"亚伯拉罕坐在装着蜂箱的车子上，在往市场去的路上问苔丝。苔丝回答说，星星就像"咱家苹果树上的果子，大多数丰润水灵，无可挑剔，只有少数几个长得虫眼疤瘌的"。"那咱住的这个，是丰润水灵的，还是虫眼疤瘌的？""是个生了虫子，结了伤疤的。"这是她的回答，更确切地说，这是那位悲伤的思想家哈代，戴上了她的面具，假扮成她在说话。这话尖锐伤人，冰冷彻骨又生硬。之前，我们看到的是一个有血有肉的形象，而这句话却让我们看到一个冷冰冰的机器。不一会儿，随着这辆马车翻倒，我们对苔丝的同情被强制中断，这种情绪转变了，我们认识到了这个世界的运行规则是多么讽刺。

这也是《无名的裘德》是哈代所有书中最痛苦的一本的原因，这也是唯一一本我们可以公正地"指控"它为悲观主义的作品。在《无名的裘德》这本书中，作者让表达观点超越了制造印象，结果就是，虽然这本书中的痛苦如此深重，但它并非一部悲剧。随着接连不断的灾难的发生，我们感觉这个与社会相悖的事件并没有引起公正的讨论，也无人对事实有深入的了解。这本书缺乏托尔斯泰那种兼具宽度与深度的洞察，也缺少对人类的深刻了解，正是这些使得托翁对社会的批判令人敬畏。这本书揭示的是残忍刻薄的人性，而不是众神的不公。要看到哈代的能力在哪里，我们必须对比一下《无名的裘德》和《卡斯特桥市长》。裘德与学院院长和世故的社会教条进行着悲惨的斗争。而亨察德的对手不是人类，是一种与他的雄心和权力相对的外部力量。没有哪个人诅咒过他，即便是那些他伤害过的人，法夫瑞也好，牛森也好，伊丽莎白·简也好，都对他示以同情，甚至欣赏他的坚强品格。亨察德与命运正面对抗着。他的结局本是他一手造成的，但哈代支持他。这让我们感到，在一场不平等的较量中，我们选择了站在人性这一边。即使这本书结局悲惨，却丝毫没有悲观主义的影子。整本书体现了一种崇高性，但这种崇高性却以最坚实的方式呈现给我们。从亨察德在市场上把自己的妻子卖给水手这一幕开始，到他在爱敦荒原去世，故事活力满满、幽默生动，语言无拘无束。讦奸会[1]，亨察德与法夫瑞在阁楼的争斗，考克松大妈关于亨察德夫人之死的一番话，那群恶棍在"彼得手指"[2]的谈话——自然在故事背后浮现，或是神秘主宰了前景——这些都是英语文学中闪闪发光的宝藏。或许，每个人所获得的幸福都是短暂且有限的，但只要我们是与命运抗争，而不是与人类社会的规则对抗；只要这种斗争发生在自然之中，动用我们的体力而非脑力，那么这场斗争就是有价值的，是值得我们骄傲和满足的。破产的谷物商人[3]在爱敦荒原上的小屋里去世，可与萨拉米斯之主，即大埃阿斯[4]之死相提并论。在这本书的结尾，作者将真正的悲剧情绪传递给了我们。

在面对这样的力量时，我们会感觉到我们所运用的对小说的普通评价体系是多么地无效。我们还要坚持要求一个伟大的小说家擅长写优美的散文吗？哈代就并非如此。他凭借自己的睿智和毫不妥协的真诚摸索

---

1 旧日在英国城乡举行的一种揭发别人阴私的游街集会，通常是揭发男女的奸情。

2 《卡斯特桥市长》中的一家客店。

3 即亨察德，《卡斯特桥市长》的主角。

4 希腊神话人物。特洛伊战争中希腊军的英雄之一，作战勇猛，但有勇无谋。阿喀琉斯死后，他成为希腊军中最强的英雄，但头脑却不及奥德修斯，在争夺阿喀琉斯甲胄的继承权中落败。大埃阿斯在愤怒中发狂，最终拔剑自杀。

到了自己的方法，寻到了他想要的措辞，而这些措辞往往刻骨铭心。如果做不到这些，他也能用家常的、笨拙的或旧式的语言，让文字时而尖锐，时而带有书卷气的精致。除了司各特，没有哪种文学风格如此难以分析。从表面上看，它如此糟糕，然而它无疑达到了其目的。试图理解哈代的风格，就像试图理解泥泞的乡间小路或冬日裸露的田地有什么吸引力一样困难。像多塞特郡本身一样，他的散文通过这些僵硬、棱角分明的元素变得高级，它带着拉丁式的雄浑，形成宏伟而庄严的对称，就像多塞特郡光秃秃的丘陵一样。既然如此，我们一定要求小说家留心观察所有可能性，尽可能贴近现实吗？要在哈代作品中找到暴力和错综复杂故事的根据，我们得回溯到伊丽莎白时代的戏剧。然而，我们在阅读时完全接受了他的故事；不只如此，很明显，作品的激烈和戏剧性，并非仅仅源自作者对不寻常事物的单纯好奇，还有一种充满野性的诗意精神。他用强烈的讽刺和冷酷的态度，让我们看到任何对生活的解读都无法超越生活本身的怪异，哪怕是最变幻无常和不可理喻的象征符号，都不足以代表我们那不按常理出牌的真实生活。

但是在我们考虑这些威塞克斯小说的庞杂结构时，似乎没有必要去考虑这些细枝末节——这个角色、那个场景或是这句短语有着深沉的诗意之美。哈代留给我们的馈赠不止这些细节。威塞克斯小说不是一本书，而是多本。它的覆盖面很广。它们并非完美无瑕，这无可避免——有一些是失败的作品，有一些则是作者才华的反面例证。但毫无疑问的是，当我们全身心投入这些小说，再从整体去思考对它们的观感时，就会发现这些书施加给我们以强烈的影响，带来巨大的满足感。我们得以从生活中的鸡毛蒜皮里脱身。我们的想象力得到了极大的延展和提高；我们的幽默感被激发出来，开始跟着书本大笑；我们还沉醉于这片土地的美丽。我们也跟着进入了哈代深沉忧伤的世界，即使在最悲伤的时候，他也坚守自己的尊严；即使在最容易动怒之时，也从未丧失对遭受苦难的人们的深切同情。

哈代，这个有着非凡的想象力、有着深邃而诗意的才华、温和又仁慈的灵魂，世界向他展露出其真实面容，而他所写的正是自己对这个世界和人类命运的真知灼见。

（野乌鸦　译）

图文解读

托马斯·哈代小传

　　托马斯·哈代是横跨两个世纪的作家，早期和中期的创作以小说为主，继承和发扬了维多利亚时代的文学传统，晚年以其出色的诗歌开拓了英国20世纪的文学。他的作品承上启下，意蕴深远，堪称英国文学史上当之无愧的璀璨明珠。

托马斯·哈代

1840年6月2日

托马斯·哈代出生在英国西南部的多塞特郡。

哈代出生时，他的母亲遭遇了难产，哈代被当作死婴扔在一边，一位细心的助产士高喊："等一下！他还活着！千真万确！"这位助产士的谨慎为世界保留了一位文豪。后来，哈代还在他的私人传记里对当时照顾他的护士们表达了感激之情。

1841年—1846年

在哈代的童年时光里，祖母是他生活中的重要人物，她讲的故事和唱的歌曲，都成为哈代成长中的快乐回忆。在哈代心目中，正是她给那座与世隔绝的偏僻村舍带来了生机。哈代的祖母无疑是天才般的叙述者，为哈代后来的小说家和诗人生涯带来了深远的影响。同时，她也是哈代小说《塔上恋人》中马丁太太的原型。

1850年

哈代喜欢在乡间小路上散步，又或是乘坐一辆马车慢悠悠地在村舍间到处闲逛。在这种漫无目的的乡村漫步中，他熟悉着这座偏僻小镇的点点滴滴。他和妹妹凯特将听闻的民间传说和奇闻逸事都写进日记里。这些日记本可能是哈代最早的素材本，他数年后的写作灵感也多来源于孩童时的细心观察和长期积累。

1853年

当年的销售简介中，哈代的童年居所被描述为"一座整洁的村舍"，这表明哈代的童年虽然算不上富裕，但至少是衣食无忧，甚至还有一个体面的寓所。这种"体面"主要得益于他身为泥瓦匠的父亲。在那个时期的乡村生活中，"泥瓦匠"这个工种属于自主经营。在当时，自主经营的人要比为雇主打工的人社会地位高。这两个阶层的生活，后来成为哈代大多数小说情节的来源。

1856年

哈代的母亲对他这个长子寄予厚望，希望他能够凭借自己的努力进入中产阶级。出于这种期望以及身为一个母亲的保护欲，哈代的母亲给予了他无微不至的关怀与照料，这一年，哈代也没有辜负母亲对他的期望，顺利成为多切斯特建筑师约翰·希克斯的签约学徒。

1860年

哈代学徒期满，希克斯将他留下来做了带薪助理，酬劳是每周十五先令[1]。建筑工作需要他四处考察，而这种奔波也使得他对多塞特的乡村景色更加熟悉。无疑，这份工作也在暗中为他日后的创作提供了助益，譬如在这一年他绘制的圣洗池的库姆·凯恩斯小教堂，就成了《苔丝》中重要情节的发生地。

---

1 1英镑相当于20先令，1先令相当于12便士。先令在1971年英国货币改革时被废除。——编者注

1862年

哈代独自前往伦敦闯荡。得益于希克斯为他写的推荐信，到达伦敦后没费多大力气他就被英国著名建筑师阿瑟·布洛姆菲尔德雇用了。尽管哈代这时依然从事着建筑工作，但他仍怀揣着成为一名牧师兼诗人的梦想。

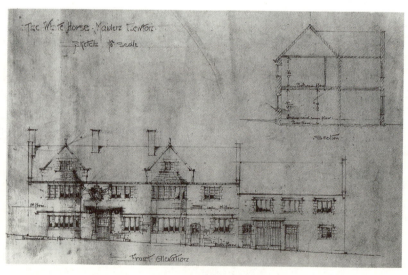

哈代绘制的建筑草图

1863年

哈代阅读了大量莎士比亚的作品，并着手学习写作议论文，甚至在他人的建议下开始学习速记。从这一年开始，哈代的文学生涯可以说是真正拉开了序幕。

1865年

哈代的散文《我的建房经历》被钱伯斯杂志选用并发表。作品版权的出售给他带来了第一笔文学上的收入。这笔可观的收入给了哈代极大的鼓励，让哈代看到了走上职业写作道路的可能性。

1867年

哈代和心上人的订婚协议被取消，他因此闷闷不乐，另外，伦敦的环境也令他颇为不适。这时，希克斯请求他回来再次成为自己的助理，于是哈代再一次回到了多塞特郡。离开伦敦的哈代已经放弃自己曾经想要以诗歌为主的写作道路，而是把写作重心放在更容易发表、经济前景更为可观的小说领域。可惜的是，他的第一部小说《穷人与贵妇》惨遭出版商的拒绝未能发表。

1871年

　　在第一部小说被出版商退稿后，哈代决心创作一些出版商愿意接受的作品。于是他将《计出无奈》设计成一部情节复杂、耸人听闻的小说。经过哈代在各个出版商间的奔走，并且为这部小说缴纳了七十五英镑的保险金之后，这部小说终于在当年3月25日匿名出版。

1872年

　　《计出无奈》问世后，评论家们对书中"乡村人物与风景"的部分给予大量好评。这种风向促使哈代尝试去写一个完全关于乡村生活的故事。于是，被评论家认为"堪称乡村油画"的《绿荫下》问世了。同年，略带忧郁色彩的《一双蓝眼睛》也以连载的形式出版。良好的社会反响无疑给了哈代极大的鼓舞，哈代确定了自己以"乡村"为主要背景的创作路径，全身心地投入了文学创作。

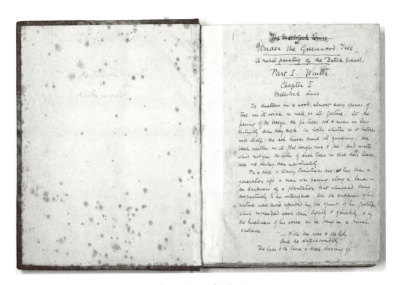

《绿荫树下》手稿

1874年

　　很快哈代又投入新小说《远离尘嚣》的创作中。《远离尘嚣》一经连载，就引起了读者的广泛好评。在杂志披露他是作者后，很快就有编辑和出版商与他接洽，给予他丰厚的报酬并开展一系列的采访活动。《远离尘嚣》的成功使哈代跻身当代小说家的前列。

1878年

　　哈代在《还乡》的写作过程中，开始对绘画产生兴趣。这种兴趣既是因为他自发的兴趣，也是因为了解绘画能对他的创作提供助益。这种对绘画的兴趣及思考也在他的小说中得以显现，例如哈代在《还乡》的第一章就对荒野进行了绘画意象方面的解读，这种对乡村风景的独到解读，也在他之后的创作中不断延续。

1881—1883年

　　疾病的痛苦成为哈代这一时期的主旋律。在哈代生病期间，妻子艾玛扮演了护士、管家、秘书、助理等多重角色，正是在她全心全意的帮助下，哈代才能继续自己的工作，不让自己的职业生涯到此停滞。

1886年

　　哈代发表《卡斯特桥市长》，这是他唯一不以乡村为背景的小说。《卡斯特桥市长》的出版也象征着他完全自发的、天赋式的创作戛然而止了，从此之后，他开始有意识地选择故事、背景和处理方式。

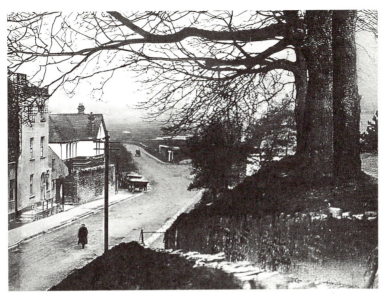

多切斯特粉笔步道，即《卡斯特桥市长》中哈代的卡斯特桥

1888年

这年秋天，哈代去多塞特郡中部进行了一次考察。这次考察也可以说是采风，哈代迫切地想要在这次考察中寻得可以用作新故事背景的社会风貌以及风土人情。在9月30日当天的笔记里，他第一次引用了"小牛奶场山谷"和"大牛奶场山谷"这两个地名，可能在此时，哈代就已经为当时尚未成型的《苔丝》选好了故事场景。

1891年

　　哈代曾说"若不是因为那样做显得太个人化的话，他本可以将小说命名为《哈代家的苔丝》"。苔丝在牛奶场工作的设定、午夜受洗礼的细节，包括德伯家族的衰败等情节，都与哈代的家族历史息息相关。正因如此，哈代在整部作品中不加掩饰地拥护着女主人公的所作所为，甚至为这本书加上了"一个纯洁的女人，忠实呈现"这样充满争议的副标题。

　　《苔丝》出版后引起了社会的广泛讨论，哈代也收到来自社会各界的许多信件。这些信件中的态度一半是抨击，另一半是感激。这部在当时充满争议的作品在今天看来无疑是19世纪英国文学的一颗明珠，而这本书也奠定了哈代在英国乃至世界的文学地位。

1896年

　　《无名的裘德》问世后，哈代遭遇了评论家、出版商、读者，甚至是同学好友的指责与批评，这种"残酷的对待"使得哈代对小说创作心灰意冷，此后哈代发誓不再写小说。

哈代与他的宠物狗

1904年

哈代的母亲去世了。虽然亲人去世给了哈代很大的打击，但好在哈代很快恢复了精神，又全身心地投入《列王》的创作中。

1908年

《列王》第三部分出版，这部诗集得到了社会的普遍赞誉。尽管评论家会质疑该作品中的某些细节，但是人们普遍认为这是一项伟大的成就。虽然哈代从未期待自己的任何一部诗集会大卖特卖，但是这样广泛的赞誉，还是给了他很大的鼓励，让他的心头舒畅不少。

晚年哈代在书房

1917年　　　哈代出于对自己身后之事的顾虑，销毁了大部分的私人信件及随笔，并在第二任妻子的帮助下开始撰写自己的传记。

哈代与他的第二任妻子

1928年1月11日

托马斯·哈代去世。

哈代逝世的时间是晚上九点零五分，这使得他身边的人正好及时给英国广播公司打电话，广播电台恰好在九点开始的整点新闻结束时向全国群众宣布了这一噩耗。

之后，他的骨灰被放在威斯特敏斯特教堂里，而他的心脏则被单独埋葬于因他的小说而闻名的埃格顿希思附近。